Guy de Maupassant

EROTISCHE NOVELLEN

Band III

Mit Illustrationen zeitgenössischer Künstler

Ausgewählt und herausgegeben
von
ERNST M. FRANK

WILHELM HEYNE VERLAG
MÜNCHEN

HEYNE-BUCH Nr. 01/6550
im Wilhelm Heyne Verlag, München

Printed in Germany 1984
Umschlaggestaltung: Atelier Ingrid Schütz, München
Gesamtherstellung: Ebner Ulm

ISBN 3-453-02029-4

Inhalt

Die kleine Roque

I

Der Landbriefträger Médéric Rompel, den die Leute einfach Médéric nannten, verließ das Posthaus in Rouy-le-Tors zur gewohnten Stunde. Mit dem langen Schritt des ehemaligen Soldaten ging er durch die kleine Stadt und wählte den kürzesten Weg über die Wiesen von Villaumes, zum Ufer der Brindille, um, immer am Wasser, das Dorf Carvelin zu erreichen, wo sein Bestellgang anfing.

Er ging rasch das schmale Flüßchen entlang, das unter dem Weidenbogen in seinem Grasbett schäumte, murrte und sprudelte. Die großen Steine, die seinen Lauf aufhielten, waren von Wasserwülsten umschlungen wie von Krawatten, die in einen Schaumknoten endeten. Stellenweise gab es fußhohe Wasserfälle, sichtbare und unsichtbare, die unter Blättern, unter Schlingpflanzen, unter einem Dach aus grünem Laub zornig lärmten oder sanft flüsterten; wo die Ufer mehr zurücktraten, sah man einen kleinen trüblichen See, in dem Forellen zwischen all dem Grün schwammen, wie es auf dem Grund stiller Flüsse wächst.

Médéric ging, ohne etwas zu sehen, immer weiter und dachte nichts als: Mein erster Brief ist für Poivron, dann hab' ich einen für Renardet; also muß ich durch den Wald.

Die blaue Bluse, die ein schwarzer Ledergürtel in der Taille zusammenhielt, ging rasch und gleichmäßig die grüne Weidenhecke entlang; und der Stock, der kräftige Stamm einer Stechpalme, marschierte neben ihr und hielt mit den Beinen Schritt.

So kreuzte er die Brindille auf einer Brücke aus einem einzigen Baumstamm, den man von einem Ufer zum andern geworfen hatte, und deren Geländer aus einem Stricke bestand, der auf dem rechten und linken Ufer an einem Pfahl befestigt war.

Der Wald gehörte Monsieur Renardet, dem Bürgermeister von Carvelin und dem größten Grundbesitzer des Ortes; es war ein Stück Gehölz, das sich sehen lassen konnte mit seinen uralten, riesigen Bäumen, die gerade wie Säulen standen und sich eine halbe Meile weit auf dem linken Ufer des Flusses hinzogen, der das unermeßliche Laubdach begrenzte. Am Wasser wuchsen in der Sonne hohe Büsche; aber im Schatten des Waldes fand sich nur Moos, dichtes Moos, weich und glatt, das die stagnierende Luft mit einem leichten Geruch von Moder und toten Zweigen füllte.

Médéric verlangsamte seinen Schritt, nahm die schwarze, mit roten Tressen besetzte Mütze ab und wischte sich die Stirn; denn es war auf den Wiesen schon heiß, wenn es auch noch kaum acht Uhr morgens war.

Er hatte die Mütze gerade wieder aufgesetzt und seinen gewohnten raschen Schritt angenommen, als er am Fuß eines Baumes ein Messer sah, ein kleines Kindermesser. Er bückte sich danach und entdeckte noch einen Fingerhut und zwei Schritte weiter eine Nadelbüchse.

Er nahm die Sachen an sich und dachte: Ich werde sie dem Bürgermeister abliefern. Im Weitergehen sah er sich aber genau um, als erwarte er, noch etwas zu finden. Plötzlich blieb er stehen, als wenn er gegen einen Schlagbaum gerannt wäre, denn zehn Schritte vor ihm lag auf dem Moose der völlig nackte Körper eines Kindes auf dem Rücken. Ein kleines Mädchen von etwa zwölf Jahren. Die Arme waren ausgebreitet, die Beine gespreizt, ein Taschentuch verhüllte das Gesicht. Die Schenkel zeigten Blutflecken.

Médéric trat auf den Fußspitzen näher, als fürchte er, Geräusche zu machen. Er riß die Augen auf.

Was war das? Schlief sie? Dann überlegte er sich, daß man morgens um halb acht Uhr nicht ganz nackt im kühlen Baumschatten zu schlafen pflegt. Also war sie tot, und er stand vor einem Verbrechen. Bei diesem Gedanken durchschauerte es ihn kalt, obgleich er ein alter Soldat war. Außerdem war ein Mord in dieser Gegend solch eine Seltenheit, und noch dazu ein Kindesmord; er traute seinen Augen nicht. Keine Wunden waren zu sehen, nichts als das geronnene Blut auf den Beinen. Auf welche Weise war die Kleine getötet worden?

Er stand dicht vor ihr und musterte sie, auf seinen Stock gestützt. Er mußte sie kennen, er kannte ja alle Leute in der Gegend. Da er aber das Gesicht nicht sah, konnte er ihren Namen nicht erraten. Er bückte sich, um das Taschentuch von ihrem

Gesicht zu nehmen, zog die ausgestreckte Hand aber wieder zurück. Hatte er ein Recht, den Körper zu berühren, ehe die Gerichtsbehörde den Todesfall protokolliert hatte? Er stellte sich die Gerichtsbehörde wie eine Art General vor, dem nichts entgeht und dem ein verlorener Knopf ebenso wichtig ist wie ein Messerstich in den Bauch. Das Tuch war vielleicht ein Hauptbeweismittel. Jedenfalls war es ein Beweisstück, das durch die Berührung einer ungeschickten Hand an Wert verlieren konnte.

Also erhob er sich, um rasch den Herrn Bürgermeister aufzusuchen; aber ein anderer Gedanke hielt ihn wieder zurück. Wenn das kleine Mädchen noch lebte, durfte er es nicht verlassen. Er kniete ziemlich weit von ihm vorsichtig nieder und streckte die Hand nach seinem Fuße aus. Er war kalt, eisig, von der schrecklichen, furchtbaren Kälte toten Fleisches, die jeden Zweifel vernichtet. Dem Briefträger drehte sich bei der Berührung das Herz im Leibe um, wie er später erzählte, und der Speichel in seinem Munde trocknete ein. Er sprang auf und eilte durch den Wald zu Renardets Haus. Die Fäuste geballt, den Stock unter dem Arme, den Kopf vorgestreckt, machte er Riesenschritte, und die Ledertasche mit den Briefen und Zeitungen schlug im Takt an seine Hüfte.

Das Haus des Bürgermeisters lag am Ende des Waldes, der sein Park war, und reichte mit einer Ecke bis an den kleinen Teich, den die Brindille bildete.

Es war ein sehr altes, großes, viereckiges Haus, aus grauen Steinen, das schon Belagerungen ausgehalten hatte, mit einem großen, zwanzig Meter hohen Turm, der ins Wasser hineingebaut war.

Von der Höhe dieses Turmes war in alter Zeit das ganze Land überwacht worden. Er wurde Fuchsturm genannt, ohne daß man wußte, warum er so hieß, und die Besitzer dieses Lehens, das seit mehr als zweihundert Jahren in derselben Familie war, gehörten zu den halbadeligen Bürgern, denen man vor der Revolution oft in der Provinz begegnete.

Der Briefträger stürzte in die Küche, in der die Dienstboten frühstückten und rief: »Ist der Herr Bürgermeister schon auf? Ich muß ihn gleich sprechen.«

Médéric galt als ein Mann von Gewicht und Autorität, also wußte man gleich, daß etwas Ernstes geschehen sein mußte.

Renardet, dem er gemeldet wurde, ließ ihn zu sich rufen. Der

Landbriefträger trat, die Mütze in der Hand, bleich und atemlos ein und fand den Bürgermeister hinter einem langen Tisch sitzen, der mit durcheinandergeworfenen Papieren bedeckt war.

Es war ein dicker, hochgewachsener Mann, schwerfällig und rot, stark wie ein Ochse und sehr beliebt in der Gegend, obgleich er sehr jähzornig war. Er war fast vierzig Jahre alt, seit sechs Monaten Witwer und lebte wie ein Landedelmann auf seinem Grund und Boden. Sein aufbrausendes Temperament hatte ihn oft in peinliche Geschichten verwickelt, aber die Richter von Rouy-le-Tors, seine nachsichtigen und diskreten Freunde, halfen ihm immer wieder heraus. Eines Tages hatte er den Postkutscher vom Bock geworfen, weil er seinen Hühnerhund Micmac fast überfahren hätte; einem Wildhüter, der gegen ihn ausgesagt hatte, weil er ihn, die Flinte im Arm, auf fremdem Jagdgrund getroffen hatte, schlug er die Rippen ein. Einen Unterpräfekten, der auf einer Geschäftsreise ins Dorf kam, die Renardet für eine Wahlagitationsreise hielt, packte er beim Kragen. Er war aus alter Familientradition oppositionell.

Der Bürgermeister fragte: »Was gibt's, Médéric?«

»Ich habe ein kleines Mädchen tot in Ihrem Walde gefunden.«

Renardet, ziegelrot im Gesicht, richtete sich auf:

»Was Sie sagen ... Ein kleines Mädchen?«

»Ja, ein kleines Mädchen, ganz nackt, auf dem Rücken, blutig, tot, ganz tot.«

Der Bürgermeister fluchte: »Gottsdonner; ich möchte wetten, daß es die kleine Roque ist. Es ist gemeldet worden, sie sei gestern nicht wieder zu ihrer Mutter nach Hause gekommen. An welcher Stelle haben Sie sie gefunden?«

Der Briefträger bezeichnete den Ort näher, gab Einzelheiten an und erbot sich, den Bürgermeister hinzuführen.

Aber Renardet wurde heftig: »Nein. Ich brauche Sie nicht. Schicken Sie mir sofort den Flurwächter, den Gemeindeschreiber und den Arzt, und machen Sie, daß Sie weiterkommen. Rasch, rasch, fort, und sagen Sie, sie sollen mir in den Wald nachkommen.«

Der Briefträger gehorchte und zog sich zurück, war aber wütend und traurig, weil er bei der Feststellung des Tatbestandes nicht dabeisein sollte.

Der Bürgermeister stand auf, nahm seinen Hut, einen großen,

weichen Hut aus grauem Filz mit sehr breiter Krempe und blieb auf der Schwelle seines Hauses noch einige Augenblicke stehen. Vor ihm breitete sich ein mächtiger Rasenplatz, auf dem drei große Flecke, ein roter, ein blauer und ein weißer sich schön abhoben, drei große korbförmige Beete mit blühenden Blumen, das eine dem Hause gegenüber, die beiden anderen zu seinen Seiten. Weiterhin ragten die ersten Bäume des Waldes bis in den Himmel auf, während links hinter der zum Teich erweiterten Brindille lichte Wiesen lagen, ein ganzes grünes Flachland, von Wassergräben und Weidenhecken durchschnitten, die wie Fabelwesen, wie Zwerge aussahen; denn sie wurden beständig gestutzt und trugen auf sehr dicken, kurzen Stämmen den zitternden Flaum junger Zweige.

Rechts hinter den Ställen, den Wagenremisen und all den anderen Gebäuden, die zu der Besitzung gehörten, fing das Dorf an, eine reiche Ortschaft, deren Bewohner von Viehzucht lebten.

Renardet stieg langsam die Stufen der Vortreppe hinunter, wendete sich nach links, erreichte das Flußufer und ging langsam, die Hände auf dem Rücken, am Wasser weiter. Er ging mit gesenkter Stirn; von Zeit zu Zeit sah er sich um, ob die Leute, die er hatte rufen lassen, noch nicht kämen.

Als er die ersten Bäume erreicht hatte, blieb er unter ihnen stehen, nahm den Hut ab und wischte sich die Stirn, ganz wie Médéric es gemacht hatte, denn die heiße Julisonne fiel in Feuerströmen auf die Erde herab. Dann setzte er seinen Weg fort, blieb wieder stehen und ging zurück. Auf einmal bückte er sich und tauchte sein Taschentuch in den Fluß zu seinen Füßen und legte es unter den Hut auf den Kopf. Wassertropfen liefen die Schläfen entlang über seine stets blauroten Ohren, über seinen mächtigen roten Hals und verschwanden einer nach dem andern in dem weißen Hemdkragen.

Da niemand erschien, stampfte er mit dem Fuße und rief dann:

»Hallo! Hallo!«

Da erschien der Arzt unter den Bäumen, ein kleiner, hagerer Mann, ein früherer Militärchirurg, der in der Gegend für sehr geschickt galt. Er hinkte, da er im Dienst verwundet worden war und bediente sich beim Gehen eines Stocks.

Dann erschienen zusammen der Flurwächter und der Gemeindeschreiber. Sie sahen bestürzt aus, kamen keuchend angerannt und bewegten dabei die Arme so heftig, daß sie mehr mit ihnen als mit den Beinen zu laufen schienen.

Renardet sagte zum Arzt: »Sie wissen, worum es sich handelt?«

»Ja, Médéric hat im Walde ein totes Kind gefunden.«

»Also vorwärts!«

Sie gingen, von den beiden andern gefolgt, Seite an Seite. Ihre Schritte auf dem Moose waren lautlos; ihre Augen waren gesenkt und suchten den Boden ab.

Plötzlich streckte Doktor Labarbe den Arm aus: »Da!«

In weiter Entfernung noch sah man unter den Bäumen etwas Helles. Wenn sie nicht gewußt hätten, was es war, hätten sie's kaum erraten. Es schien so leuchtend weiß wie ausgebreitetes Linnen, denn ein durch die Zweige gleitender Sonnenstrahl zog einen breiten Lichtstreif schräg über den Leib des Kindes. Als sie näher kamen, unterschieden sie allmählich die Gestalt, den verhüllten Kopf, der dem Wasser zugewendet lag, und die beiden wie gekreuzigt ausgestreckten Arme.

»Es ist furchtbar heiß«, sagte der Bürgermeister.

Er beugte sich über die Brindille, tauchte sein Taschentuch wieder hinein und legte es auf seine Stirn. Der Arzt, den der Fall interessierte, ging rascher. Bei der Leiche angekommen, bückte er sich, um sie genau zu betrachten, rührte sie aber nicht an. Er hatte seinen Kneifer aufgesetzt und vertiefte sich in den Anblick.

Er sagte, ohne sich aufzurichten: »Notzucht und Mord, was wir gleich feststellen werden. Das kleine Mädchen ist übrigens beinahe eine Frau, sehen Sie sich mal die Brust an.«

Die beiden schon ziemlich entwickelten Brüste hingen, durch den Tod weich geworden, schlaff herab.

Der Arzt hob vorsichtig das Tuch auf, das ihr Gesicht verhüllte. Es sah schwarz und schrecklich aus, mit herausgestreckter Zunge und hervorgequollenen Augen. Er sagte: »Wahrhaftig, der Kerl hat sie nach vollbrachter Notzucht erdrosselt.«

Er betastete den Hals: »Erdrosselt, mit den Händen, die übrigens keine besondere Spur zurückgelassen haben, keinen Nagel- oder Fingerdruck. Es ist wirklich die kleine Roque.«

Er legte das Tuch zart wieder über ihr Gesicht: »Ich kann hier nichts machen; sie ist wenigstens schon zwölf Stunden tot. Man muß das Gericht benachrichtigen.«

Renardet stand mit den Händen auf dem Rücken und musterte

starr den kleinen, aufs Moos hingestreckten Körper. Er murmelte: »So ein Schuft! Man sollte übrigens nach den Kleidern suchen.«

Der Arzt befühlte die Hände, die Arme, die Beine der Toten und sagte: »Sie hat sicher ein Bad nehmen wollen. Die Kleider werden am Ufer sein.«

Der Bürgermeister befahl: »Du, Principe (so hieß der Gemeindeschreiber), gehst und suchst die Kleider am Ufer. Du, Maxime (das war der Name des Flurwächters), läufst nach Rouy-le-Tors und holst mir den Untersuchungsrichter mit der Gendarmerie. Sie müssen in einer Stunde hier sein. Verstehst du!«

Die beiden Männer gingen eilig davon, und Renardet sagte zum Doktor: »Welcher Schuft ist hierzulande einer solchen Gemeinheit fähig?«

Der Arzt antwortete: »Wer kann das wissen! Jeder Mensch ist einer solchen Tat fähig, jeder im besondern und niemand im allgemeinen. Irgendein Landstreicher, irgendein Arbeitsloser wird's gewesen sein. Seitdem wir die Republik haben, sind die Landstraßen voll von solchem Gesindel.«

Alle beide waren Bonapartisten.

Der Bürgermeister sagte: »Ja, es kann nur ein Fremder sein, ein Strolch, ein Kerl ohne Heimat...«

Der Arzt lächelte leicht: »Und ohne Frau. Da er weder Abendessen noch Nachtquartier hatte, wollte er wenigstens... Man ahnt nicht, zu was für Schandtaten die Menschen fähig sind. Wußten Sie übrigens, daß die Kleine verschwunden war?«

Und er berührte mit der Spitze seines Stockes nacheinander alle Finger der Toten, spielte auf ihnen wie auf den Tasten eines Klaviers.

»Ja, die Mutter ließ mich gestern abend um neun Uhr rufen, weil das Kind zum Abendessen um sieben noch nicht zu Hause war. Wir haben bis Mitternacht auf allen Wegen nach ihr gerufen; an den Wald haben wir nicht gedacht. Zum richtigen Suchen muß man Tageslicht haben.«

»Wollen Sie eine Zigarre?« fragte der Arzt.

»Danke, ich habe keine Lust zu rauchen. Die Geschichte geht mir doch nah.«

Sie blieben beide vor dem zarten, weißen Kinderkörper auf dem dunkeln Moose stehen. Eine große Fliege mit blauem Leib kroch den einen Schenkel entlang, machte bei den Blutflecken halt und setzte dann ihren Weg aufwärts fort, rückte rasch und stoßweise über die Lende, erkletterte eine Brust, stieg wieder herunter, um die andere zu erforschen. Sie suchte auf der Toten etwas zum Trinken. Die beiden Männer betrachteten den schwarzen, wandernden Punkt.

Der Arzt sagte: »Wie hübsch das aussieht, eine Fliege auf weißer Haut. Die Damen des vorigen Jahrhunderts hatten recht, daß sie sich welche ins Gesicht klebten. Warum ist die Mode eigentlich abgekommen?«

Der Bürgermeister schien ihn nicht zu hören; er stand in tiefen Gedanken.

Aber plötzlich wandte er sich um; ein Geräusch hatte ihn überrascht: eine Frau mit Haube und blauer Schürze kam angerannt. Es war die Mutter der kleinen Roque. Als sie Renardet sah, fing sie laut zu weinen an: »Meine Kleine, wo ist meine Kleine?« Sie war so außer sich, daß sie nicht auf die Erde sah. Auf einmal erblickte sie die Leiche, blieb stehen, faltete die Hände, warf beide Arme in die Luft und stieß scharfe, herzzerreißende Schreie aus, die Schreie eines verwundeten Tieres. Dann stürzte sie vor, warf sich auf die Knie und riß dem Kinde das Tuch vom Kopf. Als sie das furchtbare Gesicht erblickte, schwarz und verzerrt, sprang sie auf und fiel mit dem Gesicht auf die Erde, verbarg es im Moose und schrie dabei unausgesetzt.

Ihr großer, magerer Körper mit den eng anschließenden Kleidern wurde wie von Krämpfen geschüttelt. Ihre starken Knöchel und ihre dürren Waden in groben, blauen Strümpfen zitterten furchtbar; ihre gekrümmten Finger wühlten ein Loch in den Boden, als wollte sie sich hineinflüchten.

Der Arzt flüsterte sehr bewegt: »Arme Frau!«

Renardet spürte in seinem Innern eine eigentümliche Bewegung; er brach in eine Art lautes Niesen aus, das ihm zugleich aus Nase und Mund kam, zog sein Taschentuch heraus und fing an hineinzuweinen. Dabei hustete er, schluchzte und schneuzte sich geräuschvoll. Er stammelte: »Ver... ver... ver... verdammtes Schwein, das das getan hat... Ich... ich... möchte sehen, wie man ihm den Kopf abschlägt.«

Principe erschien wieder mit trostlosem Blick und leeren Händen. Er sagte leise: »Ich finde nichts, Herr Bürgermeister, ich kann nichts finden.«

Der schrak zusammen und fragte mit schwerer, tränenerstickter Stimme: »Was findest du nicht?«

»Die Kleider der Kleinen.«

»Suche sie... suche weiter... und... und finde sie, oder du bekommst es mit mir zu tun.«

Der Mann wußte, daß man dem Bürgermeister nicht widersprechen durfte, warf einen furchtsamen Seitenblick auf die Leiche und ging wieder suchen.

Ferne Stimmen wurden unter den Bäumen laut, ein wirrer Lärm, das Geräusch einer sich nähernden Menschenmenge; denn Médéric hatte beim Bestellen der Briefe die Neuigkeit von Tür zu Tür getragen. Die Leute hatten es, zuerst starr vor Schreck, weitererzählt, dann waren sie zusammengeströmt, hatten geschwatzt, gestritten und die Begebenheit einige Minuten lang erörtert; und jetzt kamen sie, um selbst zu sehen.

Gruppenweise kamen sie, zögernd und unruhig, ein wenig ängstlich vor dem ersten Schrecken. Als sie den Körper sahen, blieben sie stehen, wagten sich nicht näher und sprachen leise. Dann nahmen sie sich zusammen, machten einige Schritte, hielten wieder an, rückten von neuem vor und bildeten bald um die Tote, die Mutter, den Arzt und Renardet herum einen dichtgedrängten, sich unruhig bewegenden, geräuschvollen Kreis, der durch plötzliche Stöße Nachkommender immer enger wurde. Bald waren sie ganz nahe bei der Leiche. Einige beugten sich sogar nieder, um sie zu betasten. Der Arzt wies sie zurück. Der Bürgermeister fuhr aus seiner Betäubung auf, wurde wütend, nahm den Stock Doktor Labarbes, stürzte sich auf die Versammelten und rief: »Aus dem Wege... schert euch... dummes Pack... schert euch...« In einem Augenblick war der Kreis der Neugierigen zweihundert Meter weit.

Die Mutter hatte sich erhoben, sich umgesehen, sich hingesetzt und weinte nun, das Gesicht in die Hände gepreßt. Die Menge besprach den Fall; gierige Knabenaugen betrachteten diesen jungen nackten Körper eingehend. Renardet bemerkte es, zog schnell seine Leinenjacke aus und warf sie über das kleine Mädchen, das ganz unter ihr verschwand.

Die Neugierigen näherten sich langsam wieder, der Wald füllte sich mit Menschen; ein unablässiges Stimmengewirr erhob sich unter dem dichten Laub der großen Bäume.

Der Bürgermeister stand in Hemdsärmeln, den Rock in der Hand, in Kampfstellung. Die Neugier des Volkes empörte ihn, und er rief: »Wenn einer von euch näher kommt, spalte ich ihm den Kopf wie einem Hund!«

Die Bauern fürchteten ihn sehr und hielten sich zurück. Doktor Labarbe saß rauchend neben der Mutter, sprach mit ihr und suchte sie abzulenken. Die alte Frau nahm die Hände vom Gesicht und antwortete mit einer Flut von Tränen und goß ihren Schmerz in eine Fülle von Worten. Sie erzählte ihr ganzes Leben, ihre Ehe, den Tod ihres Mannes, eines Ochsentreibers, die Kindheit ihrer Tochter, ihr elendes, mittelloses Witwenleben mit der Kleinen. Sie hatte nur ihre Luise gehabt; und man hatte sie getötet, man hatte sie hier im Walde ermordet. Plötzlich wollte sie sie wieder sehen, sie kroch auf den Knien bis zum Leichnam, hob einen Zipfel der Jacke auf, die sie deckte, ließ ihn wieder fallen und fing wieder zu schreien an. Die Menge schwieg und musterte gierig jede Bewegung der Mutter.

Plötzlich entstand eine große Bewegung; man rief: »Die Gendarmen, die Gendarmen!«

Zwei Gendarmen zeigten sich in der Ferne und kamen in Begleitung ihres Führers und eines kleinen Herrn mit rotem Backenbart eilig näher. Der kleine Rote schwankte wie ein Äfflein auf seiner großen weißen Stute.

Der Flurwächter hatte Monsieur Putoin, den Untersuchungsrichter, gerade in dem Augenblick getroffen, als er aufs Pferd stieg, um seinen täglichen Spazierritt zu machen; denn zum größten Gaudium der Offiziere markierte er den schneidigen Reiter.

Er stieg mit dem Hauptmann ab, drückte dem Bürgermeister und dem Doktor die Hand und warf dabei einen prüfenden Blick auf die Leinwandjacke über dem ausgestreckten Körper.

Als er alle Einzelheiten erfahren hatte, ließ er erst die Leute sich entfernen, die von den Gendarmen aus dem Wald gejagt wurden. Aber sie erschienen bald wieder auf der Wiese und bildeten längs der Brindille auf der andern Seite des Flusses eine Hecke, eine große Hecke aus erregten und sich bewegenden Köpfen.

Der Arzt gab Erklärungen, die Renardet mit einem Bleistift in sein Notizbuch eintrug. Das Ganze wurde aufgenommen, protokolliert und mit Bemerkungen versehen, ohne daß eine neue

Entdeckung gemacht worden wäre. Und auch Principe war wieder ohne die Kleider zurückgekommen.

Ihr Verschwinden überraschte alle. Sie konnten es sich nur mit einem Diebstahl erklären; und da die Lumpen des Kindes kaum zwanzig Sous wert waren, erschien selbst der Diebstahl kaum glaubhaft.

Der Untersuchungsrichter, der Bürgermeister, der Hauptmann und der Doktor suchten nun selbst, immer zu zweit, alles ab, schlugen sogar die kleinsten Zweige am Wasser zurück.

Renardet sagte zum Richter: »Wie kommt es, daß dieser Schurke die Lumpen versteckt oder mitgenommen hat und den Körper so frei, für jedermann sichtbar, liegen ließ?«

Der antwortete mit lauerndem und scharfem Blick: »He! He! Eine List vielleicht? Das Verbrechen hat ein Vieh oder ein gerissener Bursche begangen. In jedem Falle werden wir's bald heraus haben.«

Das Rollen eines Wagens ließ die Köpfe sich wenden. Es kamen ein Beamter der Staatsanwaltschaft, der Gerichtsarzt und der Gerichtsschreiber. Man untersuchte noch einmal alles und unterhielt sich lebhaft.

Renardet sagte plötzlich: »Darf ich die Herren bitten, zum Essen bei mir zu bleiben?«

Alle nahmen lächelnd an. Der Untersuchungsrichter, der fand, man habe sich für heute genug mit der kleinen Roque beschäftigt, wandte sich an den Bürgermeister:

»Ich darf die Leiche doch zu Ihnen bringen lassen, nicht wahr? Sie haben doch gewiß ein Zimmer, in dem sie bis zum Abend bleiben kann?«

Renardet machte ein verwirrtes Gesicht und stotterte: »Ja, nein, nein... Aufrichtig gestanden, ich möchte lieber, daß sie nicht zu mir gebracht wird... weil... weil meine Dienstboten... schon... schon von Gespenstern sprechen in... in meinem Turm, im Fuchsturm... Sie wissen... keiner würde bei mir bleiben. Nein... ich möchte die Leiche nicht in meinem Hause haben.«

Der Richter lächelte: »Gut... Ich werde die Leiche also gleich nach Rouy zur gerichtlichen Untersuchung bringen.« Und er wandte sich an den Beamten der Staatsanwaltschaft: »Ich kann doch Ihren Wagen nehmen, nicht wahr?«

»Gern.«

Alle näherten sich wieder der Leiche. Die Mutter saß jetzt neben ihrer Tochter, deren Hand sie gefaßt hatte, und starrte stumpf und blöd vor sich hin.

Die beiden Ärzte suchten zu verhindern, daß sie die Kleine fortbringen sehe, aber sie begriff doch, was geschehen sollte, warf sich über den Körper, umklammerte ihn mit beiden Armen und schrie: »Sie bekommen sie nicht, sie gehört mir, sie gehört mir. Man hat sie mir gemordet; ich will sie behalten, Sie bekommen sie nicht!«

Die Männer standen bewegt und unentschlossen um sie herum. Renardet kniete zu ihr nieder und sagte: »Hören Sie doch, Roque, es muß sein; man muß doch erfahren, wer es getan hat; ohne das bekommt man's nicht heraus. Er soll bestraft werden. Wenn man ihn gefunden hat, bekommen Sie die Leiche zurück, ich verspreche es Ihnen.«

Dies Argument machte Eindruck, und mit haßerfülltem Blick fragte sie: »Wird er gefaßt werden?«

»Ja, ich verspreche es Ihnen.«

Sie erhob sich entschlossen, den Männern Platz zu machen. Der Hauptmann sagte: »Wie sonderbar, daß die Kleider nicht gefunden sind.« Der Mutter kam eine neue Idee in ihren Bauernschädel, und sie fragte: »Wo sind ihre Kleider; sie gehören mir, ich will sie haben. Wo sind sie geblieben?«

Man erklärte ihr, sie seien nicht zu finden; sie aber verlangte sie schreiend und stöhnend mit verzweifelter Hartnäckigkeit: »Sie gehören mir, ich will sie haben; wo sie auch sind, ich will sie haben.«

Je mehr man sie zu beruhigen suchte, desto wilder schluchzte sie. Nicht mehr die Leiche, die Kleider, die Kleider ihrer Tochter wollte sie haben, vielleicht ebenso stark aus dem unbewußten Gefühl des Geizes armer Leute heraus, für die ein Goldstück schon ein Vermögen bedeutet, wie aus mütterlicher Zärtlichkeit.

Als der kleine Körper, in eine Decke gehüllt, die man von Renardet geholt hatte, im Wagen verschwand, schrie die Alte unter den Bäumen, vom Bürgermeister und dem Hauptmann gestützt: »Nichts mehr, nichts mehr, nichts mehr habe ich in der Welt, nichts mehr, nicht einmal ihr Mützchen, ihr kleines Mützchen; ich habe nichts, nichts, nicht einmal ihr kleines Mützchen.«

Gerade kam der Pfarrer, ein ganz junger, aber schon wohlbeleibter Priester. Er übernahm es, die Mutter fortzuführen, und sie gingen zusammen nach dem Dorfe zurück. Ihr Schmerz beruhigte sich unter den süß beschwichtigenden Worten des Geistlichen, der ihr tausend Belohnungen versprach. Aber sie wiederholte unaufhörlich: »Wenn ich nur ihr kleines Mützchen hätte...« Sie klammerte sich an den Gedanken, der im Augenblick alles andere verdrängte.

Renardet rief dem Pfarrer noch nach: »Sie essen doch mit uns, Hochwürden. In einer Stunde.«

Der Priester wandte den Kopf und antwortete: »Gern, Herr Bürgermeister. Ich bin um zwölf bei Ihnen.«

Alle gingen auf das Haus zu, dessen graue Mauern und dessen hohen Turm man durch die Zweige am Ufer der Brindille sah.

Das Essen dauerte lange; man besprach das Verbrechen. Alle waren einer Meinung; irgendein Landstreicher, der zufällig vorübergekommen war, während die Kleine badete, hätte es getan.

Die Amtspersonen kehrten nach Rouy zurück und versprachen, am nächsten Tage zeitig wiederzukommen. Der Arzt und der Pfarrer gingen nach Hause, während Renardet nach einem langen Spaziergang durch die Wiesen wieder in den Wald ging, den er bis zum Einbruch der Nacht, die Hände auf dem Rücken, ganz langsam durchstreifte.

Er ging früh zu Bett und schlief noch, als der Untersuchungsrichter am anderen Morgen in sein Zimmer trat. Der rieb sich die Hände und sagte mit zufriedener Miene: »So, so, Sie schlafen noch! Was? Aber mein Lieber, wir wissen etwas Neues.«

Der Bürgermeister hatte sich in seinem Bett aufgesetzt.

»Was denn?«

»Ja, etwas sehr Eigentümliches. Sie erinnern sich doch, wie die Mutter gestern nach einem Andenken an ihre Tochter verlangte, besonders nach dem Mützchen. Nun, als sie heute morgen die Tür öffnete, fand sie auf der Schwelle die beiden kleinen Holzschuhe des Kindes. Das beweist, daß das Verbrechen von einem Hiesigen begangen ist, von einem, der wohl Mitleid mit ihr hatte. Und dann hat mir der Briefträger noch den Fingerhut, das Messer und die Nadelbüchse der Toten gebracht. Der Mann, der die Kleider forttrug, um sie zu verstecken, muß also diese Sachen aus der Tasche haben fallen lassen. Für mich ist die Tatsache mit den

Holzschuhen besonders wichtig, denn sie beweist, daß der Mörder nicht ganz furchtlos ist, daß er in gewisser Weise moralische Kultur hat. Wir wollen, wenn es Ihnen recht ist, mal die Bewohner der Gegend durchnehmen.«

Der Bürgermeister hatte sich erhoben. Er schellte und ließ sich heißes Wasser zum Rasieren bringen. Er sagte: »Gern; aber das wird eine langwierige Geschichte, also wollen wir gleich anfangen.«

Richter Putoin hatte sich rittlings auf einen Stuhl gesetzt; er frönte sogar im Zimmer seiner Reitmanie.

Renardet seifte sein Kinn mit dem weißen Schaum ein und sah dabei in den Spiegel; dann zog er das Rasiermesser ab und sagte: »Der Haupteinwohner von Carvelin heißt Josef Renardet, Bürgermeister, reicher Grundbesitzer, ein harter Mann, der Flurwächter und Kutscher prügelt...«

Der Untersuchungsrichter fing an zu lachen: »Das genügt; gehen wir weiter...«

»Der zweitgrößte ist Pelledent, Adjunkt, Viehzüchter, auch ein reicher Grundbesitzer, ein verschmitzter, verschlossener, in Gelddingen sehr geriebener Bauer, aber meiner Meinung nach eines solchen Verbrechens nicht fähig.«

Putoin sagte: »Also weiter.«

Und beim Rasieren und Waschen setzte Renardet die moralische Untersuchung aller Einwohner Carvelins fort. Nach einer zweistündigen Diskussion blieb der Verdacht auf drei ziemlich anrüchigen Leuten haften: auf einem Wilddieb namens Cavalle, einem Forellen- und Krebsfischer mit Namen Paquet und einem Ochsentreiber namens Clovis.

2

Die Untersuchung des Falles dauerte den ganzen Sommer über; aber der Mörder wurde nicht entdeckt. Die Verdächtigen, die man verhaftete, konnten ihre Unschuld leicht nachweisen, und das Gericht mußte die Verfolgung aufgeben.

Aber der Mord schien die ganze Gegend seltsam erregt zu haben. In den Seelen der Einwohner blieb eine Unruhe, ein dunkles Angstgefühl, die Empfindung eines geheimnisvollen

Schreckens zurück, die nicht nur durch die Unmöglichkeit, irgendeine Spur des Täters zu entdecken, verursacht war, sondern, und das war die Hauptsache, von dem merkwürdigen Fund der Holzschuhe vor der Tür der Mutter Roque an dem gleichen Morgen. Die Gewißheit, daß der Mörder der Feststellung der Tatsachen beigewohnt hatte, daß er zweifellos noch im Dorfe lebte, spukte in den Köpfen, quälte die Geister, schien wie eine beständige Drohung über der Gegend zu schweben.

Der Wald wurde ein gefürchteter, gemiedener Ort, in dem Gespenster umgehen sollten.

Früher waren die Einwohner jeden Sonntag nachmittag dort spazierengegangen. Sie hatten sich unter den riesigen Bäumen ins Moos gesetzt oder waren am Wasser entlangspaziert und hatten Ausschau gehalten nach Forellen, die unter dem Grün hinzogen. Die Knaben hatten an gewissen Plätzen, die sie dazu hergerichtet hatten, Kegel geschoben oder Ball gespielt, und die Mädchen waren, in Reihen zu vier oder fünf, Arm in Arm spazierengegangen, hatten mit schreienden Stimmen ihre Lieder gegrölt, die das Ohr beleidigten, deren falsche Töne die stille Luft zerrissen und wie eine ätzende Tinktur die Zahnnerven reizten.

Jetzt ging niemand mehr unter dem dichten, hohen Blattgewölbe, als fürchtete man, dort jedesmal irgendwo einen ausgestreckten Leichnam zu finden.

Der Herbst kam, die Blätter fielen. Sie fielen Tag und Nacht, wirbelten rund und leicht um die dicken Stämme nieder, und man konnte wieder den Himmel durch die Äste sehen. Wenn zuweilen ein Windstoß durch die Wipfel ging, wurde der leise, immerwährende Blätterfall plötzlich stärker, wurde zu einem leise rauschenden Regen und deckte das Moos mit einem dicken, gelben Teppich, der unter den Tritten leise knisterte. Und das fast lautlose, tanzende, unablässige, süße und traurige Gemurmel glich einer Klage, und diese immer fallenden Blätter schienen Tränen zu sein, große Tränen, die die mächtigen, trauernden Bäume Tag und Nacht über das Scheiden des Jahres vergossen, über das Ende der lauen Morgenröten und der milden Abenddämmerungen, über das Ende der heißen, klaren Sonntage und vielleicht auch über das Verbrechen, das in ihrem Schatten begangen worden war, und weil sie hatten mit ansehen müssen, wie das Kind zu ihren Füßen vergewaltigt und ermordet wurde. Sie weinten in der Stille des einsamen, öden, verlassenen und gefürchteten Forstes, in dem der Geist, der kleine Geist der Toten umgehen sollte.

Die Brindille war durch Gewitterregen angeschwollen und lief rascher, gelber und zorniger zwischen ihren dürren Ufern und den zwei mageren, nackten Weidenhecken.

Plötzlich fing Renardet wieder an, im Walde spazierenzugehen. Jeden Tag verließ er bei sinkender Nacht das Haus, stieg langsam die Vortreppe hinab und ging ebenso langsam, die Hände in den Taschen, nachdenklich unter den Bäumen hin. Er wanderte lange auf dem weichen, nassen Moose, während eine Legion von Krähen, die von überallher zusammengeströmt waren, um in den mächtigen Wipfeln zu schlafen, scharfe und unheimliche Schreie ausstoßend, sich in die Luft schwangen, um dort wie ein riesiger Trauerschleier im Winde zu flattern. Ab und zu setzten sie sich und bildeten schwarze Flecken auf den Zweigen, die sich vielfältig vom roten Himmel, von dem blutroten herbstlichen Sonnenuntergangshimmel abhoben. Dann plötzlich stiegen sie mit schrecklichem Gekrächz wieder auf und entfalteten über dem Walde wieder die lange, dunkle Girlande ihres Fluges.

Dann ließen sie sich endlich auf den höchsten Spitzen der Bäume nieder und wurden nach und nach still, während die wachsende Nacht ihr schwarzes Gefieder im Dunkel verschwinden ließ.

Renardet durchirrte noch immer langsam den Wald; wenn ihn dann die dichte Finsternis nach Hause getrieben hatte, warf er sich schwer in seinen Lehnstuhl, der vor dem brennenden Kamin stand, und streckte seine nassen Füße aus, die noch lange über den Flammen dampften.

Eines Morgens durchlief eine große Neuigkeit die Gegend: der Bürgermeister ließ seinen Wald abholzen.

Zwanzig Holzhauer arbeiteten bereits. Sie hatten mit der Ecke am Hause angefangen, und es ging unter Aufsicht des Besitzers rasch vorwärts.

Zuerst erkletterten Leute die Stämme, um die Äste zu kappen. Durch Stricke am Stamm gehalten, umklammerten sie ihn zuerst mit den Armen, dann hoben sie einen Fuß und schlugen mit einem spitzen Stahl, der an der Sohle befestigt war, drauflos. Die

Spitze drang ins Holz, blieb stecken, und der Mann erhob sich wie auf einer Stufe, um die zweite Spitze am anderen Fuß ins Holz zu schlagen. Dann kam wieder die erste Spitze an die Reihe und so fort.

Und bei jeder Steigung zogen sie die Stricke, die sie am Baume hielten, höher; ihnen zur Seite hing funkelnd die kleine Axt aus Stahl. Langsam, wie ein Parasit einen Riesen angreift, klommen sie empor, schwerfällig stiegen sie die gewaltige Säule hinan, umarmten sie und drückten ihr die Sporen hinein, ehe sie sie enthaupteten.

Sobald sie die höchsten Äste erreicht hatten, hielten sie an, banden die kleine Axt von der Seite los und schlugen zu. Langsam, methodisch schlugen sie und trafen die Äste dicht am Stamm; und plötzlich krachte der Ast, gibt nach, neigt sich, reißt sich los, fällt und streift im Fallen die Nachbarbäume. Dann stürzt er mit großem Lärm zu Boden und alle seine Zweiglein zittern noch lange.

Der Boden bedeckt sich mit Trümmern, die andere Männer zerhacken, in Bündel ordnen und häufen, während die noch nicht gefällten Stämme wie überirdisch große Pfähle aussehen, wie riesige Pfosten.

Wenn der Mann, der die Äste kappte, seine Aufgabe erfüllt hatte, ließ er an der Spitze des geraden, schlanken Schaftes den Strick zurück, den er hinaufgebracht hatte, und stieg wieder mit den Sporenschlägen an dem der Krone beraubten Stamm hinab, dem die Fäller dann unten mit gewaltigen, weithin durch den Wald tönenden Axtschlägen zu Leibe gingen.

Wenn die Wunde am Fuß tief genug erschien, zogen ein paar Männer mit taktmäßigen Schreien den am Wipfel befestigten Strick an, und der riesige Mast krachte plötzlich und stürzte mit einem dumpfen Knall zu Boden, daß es hallte wie ein ferner Kanonenschuß.

Und der Wald wurde jeden Tag kleiner, verlor seine Bäume, wie eine Armee ihre Soldaten verliert.

Renardet wich überhaupt nicht mehr von der Stelle. Vom Morgen bis zum Abend war er da und sah, die Hände auf dem Rücken, dem langsamen Sterben seines Waldes zu. Wenn ein Baum gefallen war, setzte er den Fuß auf ihn wie auf einen Leichnam. Dann erhob er den Blick mit einer Art heimlicher, stiller Ungeduld zum nächsten, als erwarte, als erhoffe er etwas vom Ende dieser Metzelei.

Man näherte sich der Stelle, an der die kleine Roque gefunden worden war. Man erreichte sie eines Abends bei sinkender Dämmerung.

Da der Himmel bedeckt war, wurde es rasch dunkel, und die Holzfäller wollten ihre Arbeit einstellen, um erst am anderen Morgen eine riesige Buche zu Fall zu bringen, aber der Besitzer widersetzte sich und verlangte, daß man den Koloß, in dessen Schatten das Verbrechen begangen worden war, sofort fälle.

Als der Ästekapper ihn entkleidet hatte und er im Armesündergewand dastand und die Fäller ihn gesappt hatten, begannen fünf Männer den am Wipfel befestigten Strick anzuziehen.

Der Baum widerstand; sein mächtiger Stamm hielt, obgleich er bis zur Hälfte gespalten war, fest wie Stahl. Die Arbeiter zogen mit regelmäßigen Sprüngen, bei denen sie sich bis zur Erde niederbogen, alle gleichzeitig den Strick an und ließen einen heiseren Schrei hören, der ihre Anstrengung kundgab und taktierte.

Zwei Fäller standen, die Axt in der Faust, wie zwei Henker vor dem Riesen, bereit, noch einmal zuzuschlagen, und Renardet erwartete, die Hand gegen die Rinde des Stammes gestützt, regungslos, aber in unruhiger, nervöser Spannung den Sturz.

Einer der Männer sagte zu ihm: »Sie stehen zu nah, Herr Bürgermeister; wenn er fällt, kann er Sie treffen.«

Er antwortete nicht und trat auch nicht zurück; es sah aus, als wollte er die Buche selbst anpacken, um sie wie einen Gegner im Ringkampf niederzuwerfen.

Plötzlich ging durch die hohe Holzsäule ein Ruck vom Fuß bis zum Wipfel, und sie neigte sich ein wenig, als wollte sie fallen, widerstand aber schließlich doch. Die Arbeiter spannten, dadurch erregt, ihre Arme an und verdoppelten ihre Anstrengung. Als der geborstene Baum stürzte, trat Renardet plötzlich einen Schritt vor, blieb mit hochgezogenen Schultern stehen, um den tödlichen, zermalmenden Schlag zu empfangen.

Aber die Buche wich ein wenig seitwärts, streifte nur seine Hüfte und schleuderte ihn fünf Schritte weiter aufs Gesicht. Die Arbeiter sprangen zu, um ihn aufzuheben; er aber war schon selbst aufgekniet, sah mit irren Augen um sich und fuhr mit der Hand über die Stirn, als erwache er aus einem Wahnsinnsanfall.

Als er wieder auf den Füßen stand, redeten die bestürzten Männer auf ihn ein; sie begriffen nicht, was er getan hatte. Er antwortete stotternd, er sei einen Augenblick ganz verwirrt gewesen, hätte sich wieder als Kind gefühlt und sich eingebildet, er habe noch Zeit, unter dem Baume durchzulaufen, wie die Straßenjungen es tun, wenn sie vor einem schnellfahrenden Wagen über die Straße huschen; er habe mit der Gefahr gespielt, habe seit acht Tagen schon solche Lust in sich wachsen fühlen und sich jedesmal, wenn ein Baum vor dem Fallen krachte, gefragt, ob er wohl, ohne getroffen zu werden, vorbeikäme. Es wäre eine Dummheit, er gebe es zu; aber jeder Mensch habe derart verrückte Minuten und solche Versuchungen zu kindisch dummen Streichen.

Er sprach langsam und suchte nach Worten. Seine Stimme klang dumpf. Dann entfernte er sich und sagte:

»Bis morgen also, meine Freunde, bis morgen.«

In seinem Zimmer setzte er sich an den Tisch, den die Schirmlampe hell beschien, stützte die Stirn in die Hände und schluchzte.

Er weinte lange, trocknete seine Augen, hob den Kopf und sah zur Wanduhr. Es war noch vor sechs. Er dachte: Ich habe noch Zeit bis zum Essen, und schloß die Tür ab. Dann setzte er sich wieder an den Tisch, zog die mittlere Schublade heraus, nahm einen Revolver und legte ihn ins helle Licht, auf seine Papiere. Der Stahl blinkte und warf Reflexe gleich Flammen.

Renardet betrachtete die Waffe eine Zeitlang mit den trüben Augen eines Betrunkenen; dann erhob er sich und begann auf und ab zu gehen.

Er ging vom einen Ende des Zimmers zum andern und blieb von Zeit zu Zeit stehen, um sofort seine Wanderung wieder aufzunehmen. Dann öffnete er plötzlich die Tür zu seinem Ankleidezimmer, tauchte ein Handtuch in den Wasserkrug und netzte sich die Stirn, wie er's am Morgen nach dem Verbrechen gemacht hatte. Darauf ging er wieder auf und ab. Jedesmal, wenn er am Tisch vorüberkam, zog die blinkende Waffe seinen Blick an und reizte seine Hand; aber er sah auf die Uhr und dachte:

Ich hab' noch Zeit.

Es schlug halb sechs. Da packte er den Revolver, öffnete mit einer furchtbaren Grimasse den Mund ganz weit und steckte den Lauf hinein, als wollte er ihn verschlingen. So stand er ein paar Augenblicke, den Finger am Drücker, unbeweglich. Auf einmal aber schüttelten ihn kalte Schauer, und er spie den Revolver auf den Teppich.

Schluchzend fiel er wieder in seinen Stuhl: »Ich kann nicht. Ich wag' es nicht! Lieber Gott! Lieber Gott! Woher soll ich den Mut nehmen, mich zu töten!«

Es wurde an die Tür geklopft; er richtete sich erschrocken auf. Ein Diener sagte: »Das Essen ist aufgetragen, gnädiger Herr.« Er antwortete: »Gut, ich komme.«

Er hob die Waffe vom Boden auf, schloß sie wieder in die Schublade und musterte sich dann im Spiegel, um zu sehen, ob seine Mienen nicht gar zu verzerrt wären. Er war rot im Gesicht wie immer, vielleicht ein klein wenig röter. Das war alles. Er ging hinunter und setzte sich zu Tisch.

Er aß langsam wie einer, der seine Mahlzeit in die Länge ziehen möchte, einer, der sich fürchtet, wieder mit sich allein zu sein. Während abgedeckt wurde, rauchte er ein paar Pfeifen. Endlich ging er wieder in sein Zimmer hinauf.

Sobald er sich eingeschlossen hatte, sah er unters Bett, öffnete alle Schränke, spähte in jeden Winkel, untersuchte jedes Möbel. Dann zündete er die Kerzen auf dem Kamin an, drehte sich ein paarmal um sich selber, durchlief, das Gesicht von Angst verzerrt, mit den Augen die ganze Stube, denn er wußte, er würde sie heute wie jede Nacht sehen, die kleine Roque, das kleine Mädchen, das er vergewaltigt und erwürgt hatte.

Nacht für Nacht kam die furchtbare Vision. Zuerst kam's wie ein Brummen in den Ohren, wie das Geräusch einer Dreschmaschine oder das ferne Rollen eines Zuges auf einer Brücke. Dann begann er zu keuchen, zu ersticken und mußte Hemdkragen und Gürtel aufmachen. Er ging herum, um sein Blut in rascheren Fluß zu bringen, er versuchte zu lesen, zu singen; alles vergebens, seine Gedanken kehrten gegen seinen Willen zum Mordtage zurück, und er erlebte die geheimsten Einzelheiten mit ihren entsetzlichen Aufregungen von der ersten bis zur letzten Minute wieder.

Als er am Morgen jenes furchtbaren Tages aufgewacht war, hatte er etwas Schwindelgefühl und Kopfweh gehabt, was er der Hitze zuschrieb, und war deshalb bis zum Essen im Zimmer geblieben. Nach der Mahlzeit hatte er ein wenig geruht und war dann erst spät am Nachmittage ausgegangen, um sich unter den

Bäumen seines Waldes von dem frischen, beruhigenden Wind umwehen zu lassen.

Aber im Freien bedrückte ihn die schwere Glut der Ebene noch mehr. Die Sonne stand noch hoch am Himmel und goß heiße Lichtströme auf die trockene, dürstende Erde. Kein Lufthauch bewegte die Blätter. Alle Tiere schwiegen, sogar die Grillen. Renardet erreichte die großen Bäume und ging dort, wo die Brindille etwas Kühlung gewährte, unter dem riesigen Laubdach übers Moos. Aber er fühlte sich nicht wohl. Ihm war, als schnüre ihm eine unbekannte, unsichtbare Hand die Kehle zusammen; er dachte fast an nichts, er war ja auch sonst nicht reich an Ideen. Ein einziger unklarer Gedanke nur verfolgte ihn seit drei Monaten, der Gedanke, sich wieder zu verheiraten. Er litt unter der Einsamkeit seines Lebens, litt seelisch und körperlich. Er war seit zehn Jahren daran gewöhnt gewesen, eine Frau neben sich zu fühlen, sie beständig um sich zu haben, ihre täglichen Umarmungen zu genießen, und so sehnte er sich wild und wirr nach der beständigen Berührung mit einer Frau, nach ihrem regelmäßigen Kuß. Seit dem Tode seiner Gattin litt er unaufhörlich, ohne recht zu begreifen, warum; litt darunter, daß er nicht mehr täglich fühlte, wie ihr Kleid seine Beine streifte. Besonders eins fehlte ihm, daß er sich in ihren Armen nicht mehr beruhigen und ausschöpfen lassen konnte. Kaum sechs Monate war er Witwer, aber er sah sich schon überall nach einem jungen Mädchen oder einer Witwe um, die er heiraten könnte, sobald die Trauerzeit vorüber wäre.

Er hatte eine keusche Seele, aber sie lebte in dem Körper eines Herkules, und fleischliche Bilder fingen an, seinen Schlaf und seine wachen Stunden zu beunruhigen. Er verjagte sie; sie kamen wieder; und er sagte zuweilen lächelnd zu sich selber: »Ich bin wie der heilige Antonius.«

Da er auch heute schon mehrfach solche Anfechtungen gehabt hatte, kam ihm der Wunsch, in der Brindille zu baden, um sich zu erfrischen und sein heißes Blut zu kühlen.

Er kannte etwas weiter eine breite und tiefe Stelle, wo die Bauern zuweilen im Sommer badeten. Die suchte er auf.

Dichtbelaubte Weiden verbargen das klare Becken, wo die Strömung ruhte und ein Weilchen schlummerte, ehe sie weiterzog. Als Renardet näher kam, glaubte er ein leichtes Geräusch zu hören, ein schwaches Plätschern, das anders klang als das Anschlagen des Wassers am Ufer. Er bog die Zweige vorsichtig auseinander und spähte aus. Ein kleines Mädchen, ganz nackt, ganz weiß in der durchsichtigen Flut, schlug das Wasser mit beiden Händen, hüpfte auf und ab und drehte sich anmutig um sich selbst. Es war kein Kind mehr und noch kein Weib; sie war voll und entwickelt und hatte dabei doch noch das Aussehen eines frühreifen, schnell emporgeschossenen Wildfangs. Starr vor Überraschung und Angst rührte er sich nicht, und der Atem stockte ihm vor seltsamer, stechender Erregung. So stand er mit pochendem Herzen, ihm war, als wäre einer seiner sinnlichen Träume Wirklichkeit geworden, als lasse eine unreine Fee dies beunruhigende und allzu junge Wesen vor ihm erstehen, eine kleine Bauernvenus, aus den Wellen der Brindille geboren, wie die andere große aus dem Schaum des Meeres.

Plötzlich stieg das Kind aus seinem Bad und schritt, ohne ihn zu sehen, auf ihn zu, um ihre Kleider zu nehmen und sich wieder anzuziehen. Mit jedem Schritt, den sie ihm, aus Furcht vor den spitzen Kieseln trippelnd, entgegentrat, fühlte er sich stärker, fast unwiderstehlich zu ihr hingezogen; eine tierische Erregung durchwühlte sein Fleisch, beraubte seine Seele und machte ihn vom Kopf bis zu Fuß zittern.

Sie blieb einige Augenblicke hinter der Weide stehen, die ihn verbarg. Da verlor er die Besinnung, bog die Zweige auseinander, warf sich auf sie und nahm sie in seine Arme. Sie sank hin, zu erschrocken, um widerstehen, zu entsetzt, um schreien zu können, und ohne daß er wußte, was er tat, nahm er sie in Besitz.

Nachdem das Verbrechen geschehen war, erwachte er wie aus einem schweren Traum. Das Kind fing an zu weinen.

»Sei doch still, sei still, ich geb' dir Geld.«

Aber sie hörte nicht auf ihn; sie schluchzte.

»Sei doch still, sei doch still, sei doch still«, sagte er wieder.

Sie schrie und wand sich, um loszukommen.

Er begriff auf einmal, daß er verloren war, und packte sie an der Kehle, um ihr gellendes Schreien zu ersticken.

Sie aber schlug mit der Kraft der Verzweiflung im Kampf um Leben und Tod mit Händen und Füßen um sich. Da legte er seine Riesenhände um die kleine, vom Schreien geschwellte Kehle. In wenigen Augenblicken hatte er sie erwürgt, so wütend drückte er zu. Er hatte sie nicht töten wollen, nur still sein sollte sie.

Dann richtete er sich auf, außer sich vor Entsetzen.

Blutig und mit schwarzem Gesicht lag sie vor ihm. Er wollte fliehen, dann aber erwachte in seiner erschütterten Seele der geheimnisvolle Instinkt, der jedes Wesen in der Gefahr leitet.

Er dachte daran, den Körper ins Wasser zu werfen; aber ein anderer Impuls trieb ihn zu den Kleidern, aus denen er ein kleines Bündel machte. Da er immer Bindfaden bei sich trug, schnürte er es zusammen und verbarg es in einem tiefen Loche im Wasser unter einem Baumstamm, dessen Fuß in der Brindille stand.

Dann eilte er mit großen Schritten davon, erreichte die Wiesen, machte einen großen Umweg, damit er von den Bauern, die weitab wohnten, gesehen würde, war zu seiner Essensstunde zu Hause und erzählte den Dienstboten von seinem weiten Spaziergang.

In der Nacht schlief er, schlief so tief und fest, wie zum Tode Verurteilte zuweilen schlafen.

Er öffnete die Augen erst, als es schon Tag war, und erwartete angstgequält die Stunde, in der er gewöhnlich aufstand.

Dann mußte er der Feststellung des Tatbestandes beiwohnen. Er tat es wie ein Nachtwandler, in einer Betäubung, sah Dinge und Menschen wie im Traume in einer Rauchwolke, wie etwas zweifelhaft Wirkliches, wie der Geist in Stunden einer Katastrophe zu sehen pflegt.

Nur der gellende Schrei der Mutter Roque ging ihm wirklich ans Herz. In diesem Augenblick wäre er der alten Frau fast zu Füßen gesunken und hätte gerufen: »Ich hab' es getan.« Aber er bezwang sich. Nur in der Nacht holte er die Holzschuhe hervor und legte sie auf die Schwelle ihres Hauses.

Solange die Untersuchung dauerte, solange er das Gericht leiten und irreführen mußte, war er ruhig, blieb er Herr seiner selbst, schlau und lächelnd. Er sprach in aller Ruhe mit den Gerichtspersonen über alle Vermutungen, die das Hirn durchkreuzten, bekämpfte ihre Meinungen, warf ihre Gründe um. Er empfand sogar ein bitteres und schmerzliches Vergnügen, wenn er ihre Geister verwirren, ihren Scharfsinn trüben konnte, wenn er ihnen bewies, daß sie Unschuldige verdächtigten.

Aber an dem Tag, an dem die Nachforschungen aufgegeben wurden, wurde er nervös, reizbarer als früher, wenn er auch seine Zornausbrüche beherrschte. Plötzliche Geräusche ließen ihn zusammenfahren; er zitterte bei jeder Kleinigkeit, erbebte manchmal vom Scheitel bis zur Sohle, wenn eine Fliege sich auf seine Stirn setzte. Ein Bedürfnis nach Bewegung ergriff ihn und zwang ihn zu ganz wunderlichen Ausflügen, ließ ihn ganze Nächte ruhelos durch sein Zimmer wandern. Nicht gerade, daß er Reue empfunden hätte. Seine brutale Natur gab sich durchaus nicht moralischen Gefühlen oder moralischer Furcht hin. Er war ein energischer, ja jähzorniger Mann, eigentlich von Natur dazu bestimmt, Krieg zu führen, eroberte Länder zu verwüsten und die Besiegten hinzumorden, ein Mensch voll wilder Jäger- und Kämpferinstinkte. Ein Menschenleben bedeutete ihm nichts. Obgleich er der Kirche aus Politik anhing, glaubte er weder an Gott noch an den Teufel und erwartete weder Bestrafung noch Belohnung in einem anderen Leben. Sein Glaubensbekenntnis war eine unbestimmte Philosophie, die er sich aus allen Ideen der Enzyklopädisten des letzten Jahrhunderts zusammengestellt hatte; ihm war die Religion eine moralische Bekräftigung des Gesetzes, und beide waren von Menschen erfunden, um die menschlichen Beziehungen zu regeln.

Jemanden im Duell, im Krieg oder im Streit zu töten oder auch zufällig aus Rache, ja selbst aus Renommisterei, erschien ihm lustig und kühn. Solch ein Totschlag hätte in seinem Geiste nicht mehr Spuren hinterlassen als der tödliche Schuß auf einen Hasen. Aber diesem Kinde gegenüber fühlte er sich als Mörder. Im Wahnsinn eines unwiderstehlichen Rausches, in einer Art von sinnlichem Sturm, der ihn seiner Vernunft beraubte, hatte er sich an ihr vergriffen. In seinem Herzen, in seinem Fleisch, auf seinen Lippen, sogar in seinen Mörderhänden war eine Art tierischer Liebe zu diesem kleinen Mädchen geblieben und zugleich doch ein furchtbares Grauen vor der, die er so feig überfallen und gemordet hatte. Immer wieder durchlebte er in Gedanken die entsetzliche Szene; und obgleich er sich bemühte, das Bild zu verscheuchen, obgleich er es mit Entsetzen, mit Ekel von sich stieß, fühlte er, wie es ihn umkreiste, wie es nur den rechten Augenblick abwartete, um wieder zu erscheinen.

Da begann er die Abende zu fürchten und die über ihn niedersinkenden Schatten. Er wußte noch nicht, warum ihm die Finsternis so furchtbar war; aber instinktiv scheute er sie; er fühlte, sie war mit Schrecken bevölkert. Der helle Tag weiß nichts vom Grauen. Deutlich sieht man im Licht Dinge und Wesen; und nur natürliche Dinge, natürliche Wesen zeigen sich in seiner Klarheit. Aber die Nacht, die undurchsichtige Nacht, dichter als Mauern und leer, die unendliche, schwarze, weite Nacht, wo schreckhafte Dinge uns streifen können, die Nacht, in der man das geheimnisvolle Grauen schleichen fühlt, die Nacht schien ihm eine unbekannte, nahe und drohende Gefahr zu bergen. Welche Gefahr?

Er wußte es bald. Als er eines Abends, es war schon ziemlich spät, in seinem Lehnstuhle saß, glaubte er zu sehen, wie der Vorhang seines Fensters sich bewegte. Er wartete unruhig, mit klopfendem Herzen. Die Falten rührten sich nicht mehr; aber auf einmal bewegten sie sich wieder; wenigstens glaubte er, es zu sehen. Er wagte nicht aufzustehen; er wagte nicht mehr zu atmen; und doch hatte er Mut; er hatte sich oft duelliert, und gern hätte er Diebe bei sich entdeckt.

Bewegte sich der Vorhang wirklich? Das fragte er sich und fürchtete, seine Augen hätten ihn betrogen. Die Bewegung war außerdem nur leise gewesen, ein leichtes Erzittern des Stoffes, eine Art Beben der Falten, kaum solch eine Wellenbewegung, wie der Wind sie hervorbringt. Renardet saß mit starren Augen und vorgestrecktem Hals. Plötzlich erhob er sich, denn er schämte sich seiner Furcht, machte vier Schritte, griff den Vorhang mit beiden Händen und zog ihn ganz vom Fenster zurück. Zuerst sah er nur schwarze Scheiben. Die Nacht, tiefe, undurchdringliche Nacht dehnte sich dahinter bis zum unsichtbaren Horizont. Aufrecht stand er vor dieser unermeßlichen Finsternis. Auf einmal sah er einen Schein, einen Schein, der sich in weiter Ferne bewegte. Er näherte sein Gesicht den Scheiben, dachte, es sei ein Krebsfischer, der in der Brindille wildere; denn Mitternacht war schon vorüber, aber der Schein lief das Wasser entlang unter den Bäumen des Waldes. Da er nichts unterscheiden konnte, schirmte Renardet seine Augen mit beiden Händen. Da plötzlich wurde der Schein zu hellem Licht, und er sah die kleine Roque nackt und blutig auf dem Moose liegen.

Er taumelte entsetzt zurück, stieß gegen seinen Stuhl und stützte sich auf die Lehne. So blieb er ein paar Augenblicke mit stechendem Herzen stehen, dann setzte er sich und grübelte. Er hatte eine Halluzination gehabt, nichts weiter; eine Sinnestäuschung, hervorgerufen durch einen nächtlichen Wanderer, der mit seiner Laterne den Fluß entlangging. War's ein Wunder, daß die Erinnerung an sein Verbrechen ihm zuweilen das Bild der Toten vor Augen stellte?

Er stand auf, trank ein Glas Wasser und setzte sich wieder. Er dachte: Was soll ich anfangen, wenn es wiederkommt? Und es würde wiederkommen. Er fühlte es, er war dessen sicher. Schon zog das Fenster seinen Blick aufs neue an, rief ihn, verlangte nach ihm. Um es nicht mehr sehen zu müssen, drehte er seinen Stuhl um; dann nahm er ein Buch und versuchte zu lesen, aber er meinte zu hören, daß sich hinter ihm etwas bewege, und drehte seinen Stuhl auf einem Fuß herum. Der Vorhang hatte sich wieder bewegt; diesmal ganz sicher; er konnte nicht mehr zweifeln; er stürzte vor, packte ihn so kräftig, daß er samt der Stange herunterfiel, und preßte sein Gesicht gierig gegen die Scheiben. Er sah nichts. Draußen war alles schwarz, und er atmete auf mit der Freude eines Menschen, dem man eben das Leben gerettet hat.

Er setzte sich wieder, hatte aber gleich den neuen Wunsch, zum Fenster hinauszusehen. Seit der Vorhang ganz fort war, bildete es ein schwarzes Loch, das den Blick auf sich zog. Um der gefährlichen Versuchung zu widerstehen, zog er sich aus, löschte das Licht, legte sich nieder und schloß die Augen.

Unbeweglich, auf dem Rücken liegend, erwartete er den Schlaf. Seine Haut war naß und heiß. Plötzlich drang ein helles Licht durch seine Lider. Er öffnete sie, weil er glaubte, es brenne. Aber alles war schwarz. Er stützte sich halb auf, um zu sehen, ob er das Fenster unterscheiden könne, das ihn immer noch unwiderstehlich anzog. Da er angestrengt hinaussah, entdeckte er ein paar Sterne; er stand auf, durchquerte tastend das Zimmer, fand mit seinen ausgestreckten Händen die Scheiben und drückte seine Stirn dagegen. Unten unter den Bäumen leuchtete der Körper des kleinen Mädchens wie Phosphor und warf einen leichten Schein um sich her.

Renardet stieß einen Schrei aus und flüchtete in sein Bett, wo er, den Kopf in die Kissen gedrückt, bis zum Morgen blieb.

Von dem Augenblick an wurde sein Leben unerträglich. Er verbrachte seine Tage in der Angst vor den Nächten; und jede Nacht kam die Vision wieder. Kaum hatte er sich in seinem Zimmer eingeschlossen, so versuchte er, sich zu wehren; aber alles umsonst. Eine unwiderstehliche Kraft hob ihn auf und stieß ihn ans Fenster, als solle er das Gespenst rufen, und sofort sah er dann am Ort des Verbrechens mit gespreizten Beinen und ausgestreckten Armen den Körper liegen, wie man ihn damals gefunden hatte. Dann erhob sich die Tote und kam mit kleinen Schritten wie damals, als das Kind aus dem Fluß stieg, auf ihn zu. Sie kam leise, quer über den Rasen und über das verdorrte Blumenbeet, dann erhob sie sich in die Luft, auf Renardets Fenster zu. Sie kam wie damals am Tage des Verbrechens auf ihn, ihren Mörder, zu. Und der Mann wich zurück vor der Erscheinung, wich zurück bis an sein Bett, auf das er kraftlos niedersank, denn er wußte, die Kleine war jetzt im Zimmer, hinter dem Vorhange, der sich gleich bewegen würde. Und bis zum Tagesanbruch sah er starr auf diesen Vorhang und glaubte jeden Augenblick, sein Opfer hervortreten zu sehen. Aber sie zeigte sich nicht mehr; sie blieb hinter dem Stoff, der zuweilen erbebte. Und Renardet krampfte die Finger um seine Decke, wie er sie um den Hals der kleinen Roque gepreßt hatte.

Er hörte die Stunden schlagen, hörte in der Stille ringsum das Ticken der Uhr und die lauten Schläge seines Herzens. Und er litt, der Unglückselige, wie noch kein Mensch gelitten hatte.

Sobald der erste weiße Schimmer, der den nahen Tag verkündete, an der Decke erschien, fühlte er sich befreit, endlich allein, allein in seinem Zimmer und schlief ein. Er schlief ein paar Stunden unruhig und fieberhaft und oft sah er im Traum noch einmal die furchtbare Vision.

Wenn er dann später zum Frühstück hinunterging, fühlte er sich zerschlagen wie nach den größten körperlichen Anstrengungen. Er aß fast nichts, denn er fürchtete sich schon vor der kommenden Nacht.

Er wußte: das war keine Erscheinung; er wußte: die Toten kommen nicht wieder; er wußte, daß seine kranke Seele, von einem Gedanken, einer unauslöschlichen Erinnerung besessen, die einzige Ursache seiner Qual war, die einzige Beschwörerin der von ihr allein wiedererweckten Toten, die von ihr gerufen und vor seine Augen gestellt wurde, in denen der Abdruck des unvergeßlichen Bildes lebte. Aber er wußte auch, daß es für ihn keine Genesung gab, niemals würde er dieser wilden Verfolgung seines Gedächtnisses entrinnen; und er entschloß sich, lieber zu sterben, als länger diese Folter zu ertragen.

Er überlegte, wie er sich töten könnte. Einfach und natürlich, nicht wie ein Selbstmord sollte sein Tod aussehen. Denn er hielt viel auf seinen guten Ruf, auf den Namen, den ihm seine Väter vererbt hatten; und wenn ein Verdacht wegen seines Todes entstünde, würde man zweifellos auch an das unaufgeklärte Verbrechen denken, an den unauffindbaren Mörder, und man würde nicht zögern, ihn der Tat zu beschuldigen.

Eine sonderbare Idee war ihm gekommen, die Idee, sich von dem Baume erschlagen zu lassen, an dessen Fuß er die kleine Roque ermordet hatte. So entschloß er sich, seinen Wald abholzen zu lassen und dabei einen Unglücksfall herbeizuführen. Aber die Buche wollte ihn nicht zerschmettern. Als er nach Hause gekommen war, hatte er in wilder Verzweiflung seinen Revolver genommen und schließlich doch nicht zu schießen gewagt.

Dann war die Stunde des Essens gekommen, er hatte gegessen und war wieder hinaufgegangen. Er wußte nicht, was er tun sollte. Er fühlte sich jetzt, da er der Gefahr entgangen war, feig. Eben war er noch bereit gewesen, fest entschlossen, Herr seines Mutes und seines Willens; jetzt war er schwach und fürchtete den Tod ebenso wie die Tote.

Er stammelte: »Ich wage es nicht mehr, ich wag' es nicht mehr«, und voll Entsetzen musterte er abwechselnd den Revolver und den Vorhang, der das Fenster verbarg. Es war ihm auch, als müßte etwas Fürchterliches geschehen, sobald sein Leben zu Ende wäre! Aber was, was? Würde er ihr begegnen? Erwartete sie ihn nicht, rief sie ihn nicht, Abend für Abend, um ihn zu verderben, um sich zu rächen, um ihn in den Tod zu treiben?

Er fing an, wie ein Kind zu weinen und wiederholte: »Ich wage es nicht mehr, ich wage es nicht mehr.« Dann fiel er auf die Knie und stammelte: »Mein Gott, mein Gott«, aber ohne an Gott zu glauben. Er wagte wirklich nicht mehr, nach seinem Fenster hinzusehen, hinter dem die Erscheinung stand, und nach dem Tisch, auf dem der Revolver blinkte.

Als er sich wieder erhoben hatte, sagte er laut: »So kann es nicht weitergehen, ich muß ein Ende machen.«

Der Schall seiner Stimme im stillen Zimmer trieb ihm einen Angstschauer durch alle Glieder; aber da er zu keinem Entschluß kommen konnte, fühlte er, der Finger seiner Hand würde niemals den tödlichen Schuß abdrücken; er steckte den Kopf wieder unter die Bettdecke und dachte nach.

Er mußte irgend etwas finden, was ihn zum Sterben zwingen würde, irgendeine List gegen sich selbst, die ihm keinen Aufschub, kein Zurückweichen möglich machte. Er beneidete die Verbrecher, die von Soldaten zum Schafott geführt werden. Ach, wenn er doch jemand hätte bitten können, ihn zu erschießen; wenn er den Zustand seiner Seele, sein Verbrechen einem zuverlässigen Freunde hätte beichten können, der das Geheimnis bewahren, ihn aber töten würde. Von wem konnte er solch einen furchtbaren Dienst fordern? Von wem? Er ging alle Leute seiner Bekanntschaft durch. Der Arzt? Nein. Er würde es nachher sicher erzählen. Und plötzlich kam ihm ein seltsamer Gedanke. Er wollte dem Untersuchungsrichter schreiben, den er genau kannte, er wollte sich selbst denunzieren. Er würde in diesem Brief alles sagen, das Verbrechen gestehen und die Qualen, die ihn verzehrten, seinen Entschluß zu sterben, sein Zögern und das Mittel, das er angewendet hätte, um seinem sinkenden Mute zu Hilfe zu kommen. Er wollte ihn im Namen ihrer alten Freundschaft anflehen, den Brief zu vernichten, sobald er erfahren hätte, daß der Schuldige sich selbst gerichtet habe. Renardet konnte auf den Richter zählen, er wußte, daß er zuverlässig, diskret, ja nicht einmal einer leisen Andeutung fähig wäre. Er war einer von den Männern, die ein unbeugsames Gewissen haben, die sich nur durch die Vernunft beherrschen und leiten lassen.

Kaum hatte er diesen Entschluß gefaßt, da erfüllte ihn seltsame Freude. Er war ruhig. Er wollte langsam seinen Brief schreiben, ihn dann, sobald es Tag würde, in den Kasten werfen, der an seinem Hof angebracht war, dann auf den Turm steigen, um den Briefträger kommen zu sehen, und wenn die blaue Bluse fort wäre, würde er sich kopfüber auf die Felsen stürzen, auf denen die Fundamente ruhten. Er würde schon dafür sorgen, daß die Arbeiter, die seinen Wald fällten, ihn zuerst fänden. Er könnte auf die vorspringende Stufe klettern, die den Fahnenmast trug. Den Mast würde er mit einem Ruck zerbrechen und sich mit ihm hinunterstürzen. Das würde wie ein Zufall aussehen. Da er so schwer war und der Turm so hoch, würde er gleich tot sein.

Er stieg sofort aus dem Bett, setzte sich an den Tisch und begann zu schreiben. Er vergaß nichts, keine Einzelheit des Verbrechens, keine Einzelheit aus seinem Leben voller Angst und Schrecken und sagte zum Schluß, er habe sich selbst verurteilt, er werde den

Verbrecher hinrichten und bäte seinen Freund, seinen alten Freund, nur dafür zu sorgen, daß niemand sein Andenken verunglimpfe.

Als er den Brief beendet hatte, sah er, daß es schon Tag war. Er verschloß ihn, siegelte ihn zu, schrieb die Adresse, stieg dann mit leichten Schritten hinunter, lief zu dem kleinen weißen Kasten, der an der Mauerecke am Hof angebracht war, warf den Brief, der seiner Hand die Kraft genommen hatte, hinein, kam rasch zurück, verriegelte die Haustür von innen und stieg auf seinen Turm, um das Kommen des Landbriefträgers abzuwarten, der sein Todesurteil forttragen sollte. Endlich fühlte er sich ruhig, frei, gerettet.

Ein kalter, trockener Wind, ein eisiger Wind fuhr ihm übers Gesicht. Mit offenem Munde atmete er ihn gierig ein, trank er seine kalte Liebkosung. Der Himmel war rot, feurig rot, und die weißbereifte Ebene leuchtete unter den ersten Strahlen der Sonne, als wäre sie mit gestoßenem Glas bestäubt. Mit bloßem Kopfe stand Renardet, sah übers weite Land hinaus, links über die Wiesen, rechts über das Dorf, dessen Schornsteine zu rauchen begannen.

Zu seinen Füßen sah er die Brindille über die Felsen fließen, auf denen er bald zerschmettert liegen würde. Er fühlte sich in dem schönen, eisigen Morgenrot wie neu geboren, voll Kraft und Leben. Das Licht überstrahlte, umwogte, durchdrang ihn wie eine Hoffnung. Tausend Erinnerungen sprangen auf, Erinnerungen an ähnliche Morgen, an schnelles Wandern auf hartgefrorener Erde, die unter den Tritten klang, an fröhliche Pirschgänge an den Teichufern, wo die Wildenten schlummern. Alle guten Dinge, die er liebte, die guten Dinge des Lebens, erwachten in seiner Erinnerung, stachelten ihn zu neuen Wünschen, erweckten alle starken Begierden seines tätigen, kraftvollen Körpers in ihm.

Und er sollte sterben? Warum? Er sollte sich plötzlich töten, weil er einen Schatten fürchtete? Ein Nichts? Er war reich und noch jung! Welche Torheit! Er brauchte ja nur Zerstreuung, andere Umgebung, eine Reise, um zu vergessen! Schon heute nacht hatte er das Kind nicht gesehen, weil er sich ganz in andere Dinge vertieft hatte. Vielleicht würde es überhaupt nicht wiederkommen. Und wenn es ihn auch in diesem Hause heimsuchte, anderswo würde es ihn sicher in Ruhe lassen. Die Erde war so groß und die Zukunft so weit, warum sterben?

Sein Blick irrte über die Wiesen, und er sah, auf dem Fußweg, der den Fluß entlanglief, einen blauen Punkt. Es war Médéric, der die Briefe aus der Stadt brachte und die Briefe der Dörfler holen wollte.

Renardet zuckte zusammen, ein jäher Schmerz durchdrang ihn, und er stürzte die Wendeltreppe hinunter, um sich den Brief zurückzuholen, ihn dem Briefträger wieder abzufordern.

Es scherte ihn nicht mehr, ob man ihn sähe; er lief durch das bereifte Gras und traf vor dem Kasten mit dem Briefträger zusammen.

Der Mann hatte gerade das Holztürchen geöffnet und entnahm die wenigen Briefschaften.

Renardet sagte:

»Guten Tag, Médéric.«

»Guten Tag, Herr Bürgermeister.«

»Ach, hören Sie mal, Médéric, ich hab' da einen Brief in den Kasten geworfen, den ich zurückhaben möchte. Bitte geben Sie ihn mir wieder.«

»Schön, Herr Bürgermeister, den können Sie haben.«

Der Briefträger hob den Blick und sah befremdet in Renardets Gesicht. Seine Backen waren blaurot, sein Blick trübe, die Augen schwarz umrändert und gleichsam in den Kopf eingesunken, die Haare waren zerwühlt, der Bart wirr,die Krawatte gelöst. Man sah ihm an, daß er nicht geschlafen hatte.

Der Mann fragte: »Sind Sie krank, Herr Bürgermeister?«

Renardet, dem auf einmal einfiel, daß er sonderbar aussehen müsse, verlor die Fassung und stammelte: »Nein, ach nein. Ich bin nur schnell aus dem Bett gesprungen, um den Brief zurückzuholen... Ich habe geschlafen... Verstehen Sie?...«

Ein unbestimmter Verdacht blitzte im Kopfe des alten Soldaten auf.

»Was für einen Brief denn?« fragte er.

»Den, den Sie mir gleich wiedergeben werden.«

Jetzt zögerte Médéric, denn das Benehmen des Bürgermeisters erschien ihm unnatürlich. Es stand am Ende ein Geheimnis in dem Brief, ein politisches Geheimnis. Er wußte, daß Renardet kein Republikaner war, und kannte alle Kniffe und Listen, die bei den Wahlen eine Rolle spielen.

Er fragte: »An wen ist der Brief?«

»An Herrn Putoin, den Untersuchungsrichter. Sie wissen ja, Putoin ist mein Freund!«

Der Briefträger kramte die Briefschaften durch und fand das Gesuchte. Er betrachtete ihn, drehte ihn in den Fingern hin und her, sehr verlegen, sehr beunruhigt, in der Furcht, entweder einen schweren Fehler zu begehen oder sich den Bürgermeister zum Feinde zu machen.

Als Renardet sein Zögern sah, machte er eine Bewegung, als wolle er ihm den Brief entreißen. Diese plötzliche Geste überzeugte Médéric, daß es sich um ein wichtiges Geheimnis handle, und er beschloß, koste es, was es wolle, seine Pflicht zu tun.

Er warf den Brief in seinen Sack, verschloß ihn und sagte: »Nein, ich kann nicht, Herr Bürgermeister. Da ich gesehen habe, daß er ans Gericht ist, darf ich's nicht tun.«

Eine furchtbare Angst zog Renardets Herz zusammen, er stotterte: »Aber Sie kennen mich doch, Sie kennen doch auch meine Handschrift. Ich sage Ihnen, ich brauche den Brief.«

»Ich kann nicht.«

»Aber Médéric, Sie wissen doch, daß ich nicht imstande wäre, Sie zu betrügen; ich sage Ihnen doch, ich muß den Brief zurück haben.«

»Nein, ich darf nicht.«

Eine Zorneswelle überschäumte den gewalttätigen Geist Renardets: »Heiliges Donnerwetter, ich sage Ihnen, nehmen Sie sich in acht. Sie wissen, ich spaße nicht und kann Sie ohne weiteres um Ihre Stelle bringen. Und vor allen Dingen, mein Bester, ich bin der Bürgermeister, und ich befehle Ihnen jetzt, mir den Brief wiederzugeben.«

Der Briefträger antwortete im festen Tone: »Nein, ich darf nicht, Herr Bürgermeister.«

Da verlor Renardet den Kopf, er packte ihn an den Armen, um ihm die Tasche zu entreißen; aber der Mann befreite sich mit einem Stoß und hob seinen dicken Stechpalmenstock. Ganz ruhig sagte er: »Rühren Sie mich nicht an, Herr Bürgermeister, oder ich schlage zu. Hüten Sie sich, ich tue meine Pflicht!«

Renardet fühlte, daß er verloren war, er wurde auf einmal demütig und sanft und bat wie ein weinendes Kind.

»Hören Sie doch, lieber Freund, geben Sie mir den Brief, ich werde es Ihnen lohnen, ich gebe Ihnen Geld, da, da, ich gebe Ihnen hundert Franken, hören Sie doch, hundert Franken.«

Der Mann drehte ihm den Rücken und ging.

Renardet folgte ihm atemlos und stammelte:

»Médéric, Médéric, hören Sie, ich gebe Ihnen tausend Franken, tausend Franken.«

Der Briefträger ging weiter, ohne zu antworten.

Renardet fing zu heulen an: »Sie machen Ihr Glück, hören Sie, ich gebe Ihnen... fünfzigtausend Franken... fünfzigtausend Franken für den einen Brief... Warum wollen Sie ihn mir nicht geben?... Wollen Sie?... Sie wollen nicht?... Nun also, hunderttausend... ich gebe Ihnen hunderttausend Franken, verstehen Sie... hunderttausend Franken.«

Der Briefträger wendete sich mit hartem Gesicht und strenger Miene nach ihm um. »Genug, oder ich wiederhole vor Gericht, was Sie mir eben gesagt haben.«

Renardet blieb stehen. Es war also alles aus. Er hatte keine Hoffnung mehr. Er kehrte um und rannte wie ein gehetztes Wild seinem Hause zu.

Da blieb auch Médéric stehen und sah bestürzt seiner Flucht nach. Er sah den Bürgermeister in sein Haus treten, als müsse noch etwas Überraschendes kommen. Und bald erschien auch wirklich die hohe Gestalt Renardets auf dem Fuchsturm. Er rannte wie ein Wahnsinniger um die Plattform herum; dann packte er die Fahnenstange, schüttelte sie wütend, aber sie widerstand, und plötzlich warf er sich wie ein Schwimmer, der einen Kopfsprung machen will, mit ausgebreiteten Armen ins Leere.

Médéric stürzte fort, um ihm aufzuhelfen. Als er durch den Park lief, sah er die Holzfäller zur Arbeit gehen. Er rief sie an und schrie ihnen den Unglücksfall zu; sie fanden am Fuße der Mauer einen blutenden Körper, dessen Kopf an einem Felsen zerschmettert war. Die Brindille spielte um diesen Felsen, und auf ihrem hier breiter werdenden Wasser, das klar und ruhig floß, sah man einen langen rosaroten Faden schwimmen: Hirn und Blut.

Pierre-Auguste Renoir
Sitzende Badende
Radierung

Gerettet

I

Die kleine Marquise von Rennedon kam wie ein Wirbelwind ins Zimmer hereingesaust, und noch ehe sie ein Wort gesagt hatte, fing sie an zu lachen, ganz unsinnig zu lachen, gerade wie vor einem Monat, als sie ihrer Freundin erzählte, wie sie den Marquis betrogen hatte, um sich zu rächen, einzig und allein, um sich zu rächen und nur dies eine Mal, weil er so entsetzlich dumm und eifersüchtig wäre.

Die kleine Baronin de Grangerie hatte das Buch, in dem sie gerade las, hingeworfen und lachte selbst mit, während sie Annette voller Neugier ansah.

Dann fragte sie: »Was hast du denn heute wieder angestellt?«

»Liebste – Liebste. – Es ist zu komisch – zu komisch – denke dir nur – ich bin gerettet – gerettet – gerettet.«

»Wieso gerettet?«

»Richtig gerettet.«

»Wovor denn?«

»Vor meinem Mann, Liebste. – Ich bin gerettet, befreit. Ich bin frei, frei, frei!«

»Du bist frei? Was heißt das?«

»Was das heißt? Daß ich mich scheiden lasse. Ich habe die Scheidung in der Hand.«

»Du hast die Scheidung?«

»Nein, noch nicht, Dummköpfchen. Das geht nicht so in drei Stunden. Aber ich habe den Beweis – den Beweis, daß er mich hintergeht – den augenscheinlichen Beweis – denke dir doch, *in flagranti* ertappt. Jetzt hab' ich ihn.«

»Das mußt du mir erzählen. Er hat dich betrogen?«

»Ja – das heißt eigentlich nein – ja und nein zugleich – ich weiß es selber nicht. Kurz, ich habe den Beweis, das ist die Hauptsache.«

»Wie hast du das gemacht?«

»Wie ich es gemacht habe? Das ist es ja gerade. Oh, das habe ich schlau angefangen, riesig schlau. Er war unausstehlich seit drei Monaten, einfach unausstehlich, brutal, tyrannisch, kurz, ganz gemein. Ich sagte mir: So geht es nicht weiter, ich muß mich scheiden lassen. Es war gar nicht so einfach. Ich suchte ihn dahin zu bringen, daß er mich schlüge. Aber er wollte nicht. Er quälte mich von früh bis abends, zwang mich auszugehen, wenn ich nicht mochte, und wenn ich einmal Lust hatte, in der Stadt zu essen, mußte ich zu Hause bleiben. Kurz, er machte mir das Leben von Tag zu Tag unerträglicher, aber schlagen tat er mich nicht.

Dann versuchte ich herauszubekommen, ob er eine Mätresse habe. Natürlich hatte er eine, aber er war unglaublich vorsichtig. Unmöglich, die zusammen zu überraschen. Nun rate einmal, was ich getan habe?«

»Wie soll ich das raten?«

»Nein, das kannst du wirklich nicht. – Ich bat meinen Bruder, mir ein Bild von dem Mädchen zu verschaffen.«

»Von seiner Mätresse?«

»Ja. Es hat Jacques dreihundert Franken gekostet, den Preis für einen Abend von sieben bis zwölf, das Diner mit eingerechnet – die Stunde zu sechzig Franken. Die Fotografie hat er als Gratisbeilage erhalten.«

»Mir scheint, er hätte es auch billiger haben können, durch irgendeine List und ohne – ohne, daß er das Original mit in den Kauf nehmen mußte.«

»Oh, sie ist aber sehr hübsch. Es hat Jacques nur Vergnügen gemacht. Und dann wollte ich Details von ihr wissen – physische Details, wie sie gewachsen ist, was für einen Teint sie hat, was für einen Busen, kurz, alles mögliche.«

»Ich verstehe nicht recht.«

»Warte nur. Als ich alles erfahren hatte, was ich wissen wollte, bin ich zu einem – nun, wie soll ich sagen – zu einem Geschäftsmann gegangen – du weißt schon, so einen Mann, der alle möglichen Geschäfte übernimmt – die kompliziertesten Sachen – ein Mann, der – – nun, du verstehst schon.«

»O ja, so ungefähr wenigstens. Und was hast du ihm gesagt?«

»Ich zeigte ihm die Fotografie von Clarisse (so heißt sie nämlich) und sagte: ›Mein Herr, ich möchte eine Zofe haben, die diesem Bilde ähnlich ist. Sie muß hübsch, elegant und reinlich sein. Ich werde ihr zahlen, was sie verlangt, und wenn es mich zehntausend Franken kosten sollte. Übrigens brauche ich sie nur auf drei Monate.‹

Der Mann machte ein sehr erstauntes Gesicht und fragte: ›Muß sie von tadellosem Charakter sein?‹

Errötend stammelte ich: ›Nun freilich, was die Ehrlichkeit anbelangt.‹

›Und in sittlicher Beziehung?‹ fragte er wieder.

Ich wagte nicht zu antworten, sondern machte nur eine verneinende Kopfbewegung. Ich merkte plötzlich, daß er einen furchtbaren Verdacht hatte, verlor den Kopf und stotterte: ›Es betrifft meinen Mann – er hintergeht mich – aber außer dem Hause, und ich will – ich möchte, daß er mich in meinem eigenen Hause betrügt – verstehen Sie? – weil ich ihn ertappen möchte.‹

Da begann er zu lachen, und ich sah es ihm an, daß er die Achtung vor mir wiedergewonnen hatte. Ich imponierte ihm sogar. Ich möchte darauf wetten, daß er die größte Lust hatte, mir die Hand zu schütteln. Dann sagte er:

›Gnädige Frau, in acht Tagen werde ich etwas für Sie gefunden haben. Im Notfall lassen wir einen Wechsel eintreten. Ich garantiere Ihnen für den Erfolg. Sie brauchen mir nichts zu zahlen, ehe alles zur Zufriedenheit erledigt ist.‹ –

›Diese Fotografie stellt also die Mätresse Ihres Herrn Gemahls dar?‹

›Ja.‹

›Ein schönes Weib – schlank und üppig zugleich. Und was für ein Parfüm braucht sie?‹

Ich verstand ihn nicht gleich und wiederholte: ›Was meinen Sie – welches Parfüm?‹

Er lächelte: ›Ja, gnädige Frau, das Parfüm ist sehr wichtig, um einen Mann zu verführen. Es ruft halbvergessene Erinnerungen wieder wach, die seine Unternehmungslust anreizen, verdunkelt sein Bewußtsein, verwirrt und entnervt ihn. Man müßte auch zu erfahren suchen, was Ihr Herr Gemahl zu speisen pflegt, wenn er mit der Dame zusammen diniert. Dann könnten Sie ihm an dem Tage, wo Sie ihn erwischen wollen, die betreffenden Gerichte vorsetzen.

Ja, wir werden ihn schon fassen, gnädige Frau, wir haben ihn ganz in der Hand.‹

Höchst befriedigt verabschiedete ich mich. Ich war da wirklich an einen sehr intelligenten Helfershelfer geraten.

2

Drei Tage darauf tauchte eine schöne, hochgewachsene Brünette bei mir auf. Sie hatte etwas von einem weiblichen Don Juan an sich, eine gewisse Zurückhaltung, in der aber doch etwas Gewagtes lag. Sie betrug sich mir gegenüber ganz *comme il faut*. Da ich nicht recht wußte, wen ich vor mir hatte, redete ich sie ›Fräulein‹ an, worauf sie sagte: ›Gnädige Frau dürfen mich einfach Rose nennen.‹

Dann plauderten wir etwas miteinander.

›Rose, Sie wissen also, weswegen Sie hier sind?‹

›Ich habe so eine Ahnung, gnädige Frau.‹

›Gut, meine Liebe, – und ist Ihnen das denn nicht – – unangenehm?‹

›Ach, gnädige Frau, das ist schon die achte Scheidung, die ich zuwege gebracht habe – ich bin schon ganz daran gewöhnt.‹

›Um so besser. Und wie lange wird es dauern, bis Sie Ihre Mission erfüllt haben?‹

›Ach, gnädige Frau, das hängt ganz vom Temperament des gnädigen Herrn ab. Ein *tête-à-tête* von fünf Minuten genügte mir, um der gnädigen Frau darauf antworten zu können.‹

›Sie werden gleich seine Bekanntschaft machen, liebes Kind. Aber ich sage Ihnen im voraus, daß er nicht schön ist.‹

›Das stört mich durchaus nicht, gnädige Frau. Ich habe schon Scheidungen mitgemacht, wo der Mann sehr häßlich war. Ich möchte mir nur noch erlauben zu fragen, ob gnädige Frau über das Parfüm Erkundigungen eingezogen hat?‹

›Ja, das habe ich, liebe Rose – es ist Verveine.‹

›Desto besser, gnädige Frau, mir ist dieses Parfüm auch sehr sympathisch. Können gnädige Frau mir auch sagen, ob die Mätresse des gnädigen Herrn seidene Wäsche trägt?‹

›Nein, mein Kind, sie trägt Batist mit Spitzen.‹

›Dann ist es also eine Dame. Seidene Wäsche fängt an, ordinär zu werden.‹

›Sehr richtig.‹

›Kann ich also meinen Dienst antreten, gnädige Frau?‹

Und in der Tat trat sie ihren Dienst an, als ob sie noch nie etwas anderes getan hätte. Mein Mann kam etwa eine Stunde darauf nach Hause. Rose sah ihn nicht einmal an, um so mehr aber verfolgte er sie mit seinen Blicken. Sie duftete schon von weitem nach Parfüm. – Nach fünf Minuten verließ sie das Zimmer.

Sofort fragte er: ›Was ist das für ein Mädchen?‹

›Meine neue Zofe.‹

›Wo hast du die her?‹

›Die Baronin de Grangerie hat sie mir empfohlen. Sie hat die besten Zeugnisse.‹

›Übrigens ist sie recht niedlich.‹

›Findest du?‹

›Nun, ich meine natürlich für eine Zofe.‹

Ich war selig. Augenscheinlich hatte er schon angebissen.

Noch am selben Abend sagte Rose zu mir: ›Ich kann der gnädigen Frau versichern, daß es höchstens vierzehn Tage dauern wird. Der gnädige Herr ist sehr einfach.‹

›Bravo, liebe Rose. Haben Sie es schon versucht?‹

›Noch nicht, gnädige Frau. Aber das sieht man auf den ersten Blick. Er hat schon Lust, mich zu küssen, wenn er an mir vorbeigeht.‹

›Hat er schon etwas gesagt?‹

›Nein, gnädige Frau. Er hat mich nur nach meinem Namen gefragt, um den Klang meiner Stimme zu hören.‹

›Ausgezeichnet, liebe Rose. Machen Sie nur so schnell wie möglich.‹

›Seien Sie unbesorgt, gnädige Frau, ich werde nicht länger Widerstand leisten als nötig ist, um mich nicht zu entwerten.‹ Nach acht Tagen ging mein Mann fast gar nicht mehr aus. Ganze Nachmittage strich er im Hause umher, und was noch tiefer blicken ließ – er hinderte mich nicht mehr am Fortgehen. Natürlich war ich den ganzen Tag unterwegs, um – nun, um ihm vollen Spielraum zu gewähren.

Am neunten Tage sagte Rose mir abends beim Auskleiden schüchtern:

›Gnädige Frau, jetzt ist es soweit – seit heute morgen. –‹

Ich war etwas überrascht, sogar ein klein wenig erregt, weniger über die Sache selbst als über die Art, in der sie es mir mitteilte, und sagte etwas zögernd:

›Nun – und – ist es gut gegangen?‹

›Oh, sehr gut, gnädige Frau. Seit drei Tagen drang er in mich, aber ich wollte nicht so schnell vorgehen. Gnädige Frau wird die Güte haben, mir zu sagen, wann sie uns zu überraschen wünscht.‹

›Gewiß, meine Liebe. – Warten Sie – sagen wir Donnerstag.‹

›Gut, also Donnerstag. Ich werde dem gnädigen Herrn bis dorthin nichts gewähren, damit ich mein Versprechen sicher halten kann.‹

›Sie sind ganz sicher, daß es Ihnen gelingen wird?‹

›Gewiß, gnädige Frau. Ich werde den gnädigen Herrn schon bis zu dem Augenblick, den gnädige Frau mir angeben wird, hinhalten.‹

›Sagen wir also um fünf Uhr, liebe Rose.‹

›Gewiß, gnädige Frau, um fünf Uhr und wo?‹

›Nun, natürlich in meinem Zimmer.‹

›Abgemacht, in dem Zimmer der gnädigen Frau.‹

Nun, kannst du dir denken, was ich getan habe? Zuerst meine Eltern eingeladen, dann meinen Onkel Präsident d'Orvelin und schließlich noch einen Freund meines Mannes, Richter Raplet. Natürlich habe ich ihnen nicht gesagt, was für ein Schauspiel ich ihnen bieten wollte. Dann bat ich sie ganz leise, auf den Zehenspitzen an die Tür meines Zimmers zu gehen und wartete genau ab, bis es fünf schlug. Himmel, wie mir das Herz dabei geklopft hat. Den Portier ließ ich auch heraufkommen, um noch einen Zeugen mehr zu haben.

Und dann – und dann – in dem Augenblick, wo die Uhr fünf schlug, riß ich die Tür weit auf.

Ah – haha – die Überraschung war gründlich gelungen – aber ganz gründlich, sage ich dir. Und sein Gesicht – ach, du hättest nur sein Gesicht sehen sollen! Und wie er sich dann abgewandt hat – der Trottel. Nein, er benahm sich unglaublich komisch. Wie habe ich gelacht! Und wie Papa wütend war, schlagen wollte er ihn! Und der Portier – als treuer Diener half er ihm Toilette machen – vor uns allen – denke dir nur, vor uns allen, ihm geholfen, die Hosenträger anknöpfen.

Ach, es war die reine Komödie. Und Rose benahm sich tadellos, einfach tadellos. Sie vergoß Tränen, und das machte sie vorzüglich. Ein herrliches Mädchen. Wenn du sie jemals brauchen solltest, ich empfehle sie dir dringend.

Und ich – ich bin gleich hergestürzt, um die Geschichte zu erzählen – ich mußte gleich zu dir. Jetzt bin ich frei. Es lebe die Scheidung! –«

Und sie führte mitten im Salon einen Freudentanz auf, während die kleine Baronin nachdenklich und etwas ärgerlich vor sich hinmurmelte:

»Warum hast du mich nicht auch eingeladen?«

Pierre-Auguste Renoir
Studie einer sitzenden Nackten
Lithographie

Unbedacht

Ehe sie miteinander verheiratet waren, liebten sie sich wie Kinder in aller Unschuld und überirdischer Glückseligkeit. An der See hatten sie sich zum erstenmal gesehen und sofort aneinander Gefallen gefunden. Er war entzückt von dem blühend frischen jungen Mädchen, das mit hellem Sonnenschirm, in duftigem Kleidchen sich abhob vom weiten Horizont des Meeres. Die blonde, schlanke Erscheinung vor den blauen Wogen und dem unermeßlichen Himmel hatte es ihm angetan. Das zarte Regen, das die mädchenhafte Erscheinung der jungen Frau in ihm aufkeimen ließ, verquickte sich mit dem unerklärlichen heißen Prickeln, das durch die kräftige, salzige Seeluft und die sonndurchglühte Weite über dem Ozean wachgerufen wird, und wurde dadurch zu heller Glut angefacht.

Sie liebte ihn, weil er jung war, ritterlich, rücksichtsvoll und wohlhabend. Sie liebte ihn, weil es natürlich ist, daß ein junges Mädchen einen Mann liebgewinnt, der ihr zärtliche Worte sagt.

Drei Monate waren sie so beieinander; sie gingen Hand in Hand und schmachteten sich an. Der Gruß, den sie am Morgen tauschten, ehe sie in der Frische des jungen Tages zum Baden gingen, das Lebewohl, das sie sich am Abend leise zuflüsterten, wenn sie am Strande unter dem Sternhimmel einer lauen, windstillen Nacht Abschied nahmen, berauschte sie wie heiße Küsse, obwohl sich ihre Lippen noch nie gefunden hatten.

Wenn sie schliefen, träumten sie voneinander; wenn sie wach waren, dachten sie aneinander. Sie gehörten sich mit Seele und Leib und dürsteten nacheinander, längst, ehe es ihnen zum Bewußtsein kam.

Nach der Hochzeit hatten sie das Paradies auf Erden, anfangs in sinnlich zügellosem Rasen, dann in den glutvollen, wonnezärtlichen Berührungen, in Liebkosungen ohnegleichen, in immer neuen und immer kühneren Beweisen ihrer Leidenschaft. Jeder Blick war heißes Verlangen, jede Geste ein Nachklang glühender Nächte.

Allmählich aber begannen sie, ohne es einzugestehen, vielleicht ohne sich dessen bewußt zu werden, sich zu langweilen. Gewiß liebten sie sich noch! Aber es gab in dieser Liebe nichts Neues mehr; sie fanden nichts, was sie nicht schon hundertmal getan hätten; keiner konnte noch vom andern lernen; es gab nicht mehr ein Wort der Liebe, nicht einen einzigen überraschend neuen Sinn, einen neuen Klang, der ihren längst gewohnten und oft gehörten Beteuerungen wieder Glut hätte geben können.

Sie wollten die herabgebrannte Flamme ihrer ersten Umarmungen wieder anfachen. Jeden Tag erdachten sie eine liebevolle List, eine kindlich harmlose oder eine ganz durchtriebene Schelmerei, eine lange Reihe verzweifelter Versuche, in ihrem Gefühl die unersättliche Gier der ersten Ehetage, in ihren Adern das Feuer der Flitterwochen wieder zu entfachen.

Von Zeit zu Zeit gelang es ihnen auch, die Sinne aufzupeitschen, und sie gewannen eine Stunde künstlichen Rausches; aber dann folgte ihr auf dem Fuße ein widerwärtiges Ermatten.

Sie waren im Mondschein gelustwandelt, sie waren in milder Nacht durch das Dämmerlicht des Waldes gegangen; sie waren in die zauberhafte Schönheit der hohen Ufer versunken, wenn zu ihren Füßen dichter Nebel brodelte, sie hatten sich in das glänzende Treiben rauschender Feste gestürzt.

Da sagte Henriette eines Morgens zu Paul: »Würdest du mich wohl einmal zum Diner in einem Gasthaus einladen?«

»Aber gewiß, Liebste!«

»In ein recht bekanntes Weinhaus?«

»Aber gewiß!«

Er sah sie an. Er merkte, daß sie noch etwas auf dem Herzen hatte, aber nicht gleich damit herauszukommen wagte.

Dann aber sprach sie weiter: »Weißt du, ein Gasthaus ... wie soll ich sagen? ... ein – ein verschwiegenes Haus ... eine Weinstube, in der sich Verliebte zum Stelldichein treffen.«

Er lächelte: »Gewiß. Ich verstehe, du meinst ein Chambre séparée.«

»Ja, das meine ich. Aber es muß ein bekanntes Haus sein, in dem du verkehrt hast, in dem auch du zum Souper ... nein, zum Diner gewesen bist ... weißt du ... weißt du ... ich möchte ... nein, ich kann es nicht sagen!«

»Aber Liebling, sag's doch! Unter uns! Was will das heißen, so wie wir zueinander sind?«

»Nein – ich getrau mir's nicht!«

»Aber! Sei kein Dummerchen! Also, sagst du mir's nicht?«

»Nun... ja... also... ich möchte einmal nichts sein als deine ›Freundin‹. Die Kellner sollen nicht wissen, daß du verheiratet bist. Sie sollen mich für deine Freundin halten... und auch du... du sollst mich da ganz für deine kleine Freundin halten, einmal für eine Stunde nur, und gerade da an dem Ort, wo du so manches galante Abenteuer erlebt hast... Siehst du, das möchte ich!... Und ich, ich werde dann denken, ich wäre deine Freundin... ich ginge auf Abwegen... ich betröge dich... mit dir selbst!... Sieh, das ist verworfen... Aber ich möchte... Nein, wenn du mich ansiehst, werde ich rot... Ich fühle, daß ich rot werde. Du kannst dir aber gar nicht denken, wie sehr mich das... wieder aufreizen würde, so mit dir zu dinieren, an einem Ort, der sich nicht schickt... in einem Chambre séparée, wo verborgene Liebesfeste gefeiert werden... Abend für Abend... abscheulich!... Ich bin rot wie eine Pfingstrose. Sieh mich nicht so an!«

Er lachte herzlich und sagte: »Gut, heute abend dinieren wir in einem eleganten Weinhaus, wo ich gut bekannt bin!«

Es war gegen sieben Uhr, als sie über die Freitreppe in eine der vornehmsten Gaststätten auf dem Boulevard eintraten, er lächelnd, siegesgewiß, sie schüchtern, unsicher, aber einfach hingerissen. Sie erhielten ein Chambre séparée, darin waren vier rote Samtsessel und ein ebenso mit rotem Samt bezogenes Ruhebett. Der Geschäftsführer im Frack erschien und überreichte die Speisekarte. Paul hielt sie seiner Frau hin: »Was möchtest du essen?«

»Oh, ich weiß nicht, was hier besonders gut ist.«

Noch während Paul den Mantel abstreifte und dem Garderobediener überließ, überflog er die Karte und bestellte: »Pikante Vorspeisen, Kraftsuppe, Hummer, gebackenes Hähnchen, Hasenrücken, gewürzten Gemüsesalat und Nachtisch. Wir trinken Champagner.«

Der Geschäftsführer warf lächelnd einen Blick auf die junge Frau, nahm die Karte zurück und fragte leise: »Wünschen Sie etwas Leichtes, Monsieur Paul, oder einen kräftigen Sekt?«

»Sekt!«

Als Henriette hörte, daß dieser Mann ihren Gatten mit Namen kannte, war sie entzückt.

Sie nahm auf dem Sofa Platz, neben ihrem Manne, und das Diner begann.

Zehn Kerzen erleuchteten den Raum. Ihr Licht strahlte zurück aus einem großen Spiegel, über dessen Glas Tausende mit Diamant eingeritzter Namen einen Schleier breiteten wie ein riesiges Spinnennetz.

Schon nach den ersten Gläsern Sekt spürte Henriette, wie von ihr abfiel, was sie beengte. Sie trank in vollen Zügen, um sich immer mehr anzufeuern. Paul wurde in lebhaft beschwingte Stimmung versetzt durch mannigfache Erinnerungen, die hier noch in der Luft lagen. Immer wieder küßte er seiner Frau die Hand; seine Augen strahlten.

Die junge Frau war berauscht von der schwülen Atmosphäre; ihr Blut geriet in Wallung; sie fühlte sich zufrieden, ein wenig auf schiefe Bahn geraten, alle Nerven gespannt. Zwei Kellner gingen schnell und unauffällig ab und zu. Sie waren feierlich und ruhig, waren gewöhnt, alles zu übersehen und alles zu vergessen, zu erscheinen, wenn sie gebraucht wurden, und im rechten Augenblick wieder zu verschwinden.

Als sie kaum zur Hälfte fertig waren mit dem Diner, hatte Henriette einen Schwips, einen richtigen Schwips. Paul war in bester Laune; fest schmiegte er sein Knie gegen das ihre. Jetzt plauderte sie frisch drauflos; ihre Wangen glühten, die Augen schwammen in feuchtem Glanz.

»Ja, Paul, jetzt mußt du beichten! Du weißt, daß ich alles wissen will?«

»Was denn, meine Liebe?«

»Ich getraue mich nicht heraus damit.«

»Aber sag's doch!«

»Ehe du mich kanntest, da hast du Geliebte gehabt ... viele?«

Er war etwas überrascht und zögerte mit der Antwort. Sollte er sich seiner Abenteuer rühmen oder lieber schweigen? Sie aber sprach weiter: »Also bitte, sag mir's, hast du viele gehabt?«

»Nun ja, einige schon.«

»Wie viele?«

»Das weiß ich nicht ... So etwas merkt man sich ja nicht.«

»Hast du sie nicht gezählt?«

»Nein, wirklich nicht!«

»Also hast du viele gehabt?«

»Nun ja, das schon.«

»Wieviel ungefähr... nur ganz ungefähr?«

»Aber Liebling, ich weiß es wirklich nicht, mal in einem Jahr viele, in einem andern wenige.«

»Wie viele im Jahr, sag?«

»Bald zwanzig oder dreißig, bald bloß vier oder fünf.«

»Aber das sind doch auf alle Fälle mehr als hundert Frauen?«

»Mag sein, so ungefähr.«

»Das ist ja ekelhaft!«

»Wieso ekelhaft?«

»Weil es einen doch anekelt, wenn man nur daran denkt... alle diese Frauen... nackt... und immer – – – immer dasselbe... Ach, muß das ekelhaft sein – mehr als hundert!«

Er, unangenehm berührt, daß sie es als ekelhaft bezeichnete, nahm die überlegene Miene an, die Männer aufstecken, wenn sie einer Frau beibringen wollen, daß sie etwas Einfältiges gesagt hat, und meinte: »Aber das ist doch sonderbar, ich bitte dich! Wenn hundert Frauen zu haben ekelhaft ist, dann wäre doch eine Frau zu haben genauso ekelhaft!«

»O nein! Auf keinen Fall!«

»Warum nicht?«

»Weil eine Frau zu haben – das ist ein Bund, den die Liebe zusammengeführt hat. Aber hundert Frauen – das ist schmutzig, das ist einfach ungehörig! Wie kann sich nur ein Mann mit solchen schmutzigen Geschöpfen einlassen!«

»Aber nicht doch, sie sind sehr sauber!«

»Mädchen, die so leben, können nicht sauber sein.«

»Im Gegenteil – weil sie davon leben, müssen sie sauber sein!«

»Ach pfui! Wenn man bloß daran denkt, daß sie eben erst am Abend vorher mit einem andern genauso zusammen waren! Das nenne ich schmutzig!«

»Es ist nicht schmutziger, als wenn ich hier aus diesem Glase trinke, das heute vormittag ein anderer benutzt hat und das man, verlaß dich drauf, bestimmt nicht so gut gesäubert hat...«

»Oh, sei still du, sonst werde ich böse...«

»Aber warum willst du denn dann wissen, ob ich Geliebte gehabt habe?«

»Ja, sag, deine Geliebten... waren das Mädchen... alle hundert?...«

»Nein... nein.«

»Wen hast du denn eigentlich gehabt?«

»Ja... Schauspielerinnen... kleine Fabrikmädchen... und ein paar Frauen der Gesellschaft...«

»Wieviel Frauen der Gesellschaft?«

»Sechs.«

»Nur sechs? Waren sie hübsch?«

»Ja, gewiß.«

»Hübscher als die Mädchen?«

»Nein.«

»Wer hat dir besser gefallen, die kleinen Mädchen oder die Frauen der Gesellschaft?«

»Die Mädchen.«

»Du bist gräßlich! Warum?«

»Weil ich nun einmal in allen Dingen stümperhafte Talente nicht ausstehen kann!«

»Entsetzlich! Du bist einfach unerträglich, weißt du das? Aber höre mal, so von einer zur andern zu flattern – das hat dir Vergnügen gemacht?«

»Aber gewiß.«

»Viel Vergnügen?«

»Viel Vergnügen.«

»Worin steckt das Vergnügen? Ist nicht eine wie die andere?«

»Nein, keineswegs!«

»Dann sind also die Frauen nicht gleich?«

»Durchaus nicht!«

»In keiner Beziehung?«

»In keiner Beziehung.«

»Das ist merkwürdig! Worin unterscheiden sie sich denn?«

»In allem.«

»Im Körper?«

»Gewiß, im Körper.«

»Im ganzen Körper?«

»Im ganzen Körper.«

»Und worin noch?«

»Ja... in ihren Liebkosungen, in ihren Worten, in den geringsten Kleinigkeiten, die sie äußern.«

»So – und Abwechslung bringt Vergnügen?«
»Ohne Zweifel!«
»Sind nun Männer auch verschieden?«
»Das weiß ich nicht.«
»Das weißt du nicht?«
»Nein.«
»Aber schließlich müssen sie doch auch verschieden sein!«
»Ja... sicher!...«

Sie hatte ihr Glas Sekt erhoben und versank in Nachdenken. Das Glas war bis zum Rand gefüllt; sie leerte es in einem Zug. Dann stellte sie es zurück auf den Tisch, schlang die Arme um den Hals ihres Mannes und flüsterte: »O du, wie hab' ich dich lieb!...« Er umfing sie mit einer leidenschaftlichen Umarmung... Ein Kellner, der eintrat, zog sich schnell zurück und schloß die Tür wieder. Das Diner wurde für fünf Minuten unterbrochen.

Als der Oberkellner in feierlicher und würdevoller Haltung erschien und die Früchte zum Nachtisch auftrug, hatte sie schon wieder ein volles Glas in der Hand. Sie sah hinein, wie wenn sie auf dem Grunde der gelblichhellen Flüssigkeit ungeahnte und traumhaft schöne Geheimnisse erblicke. Nachdenklich murmelte sie vor sich hin: »O ja! Es muß schön sein!«

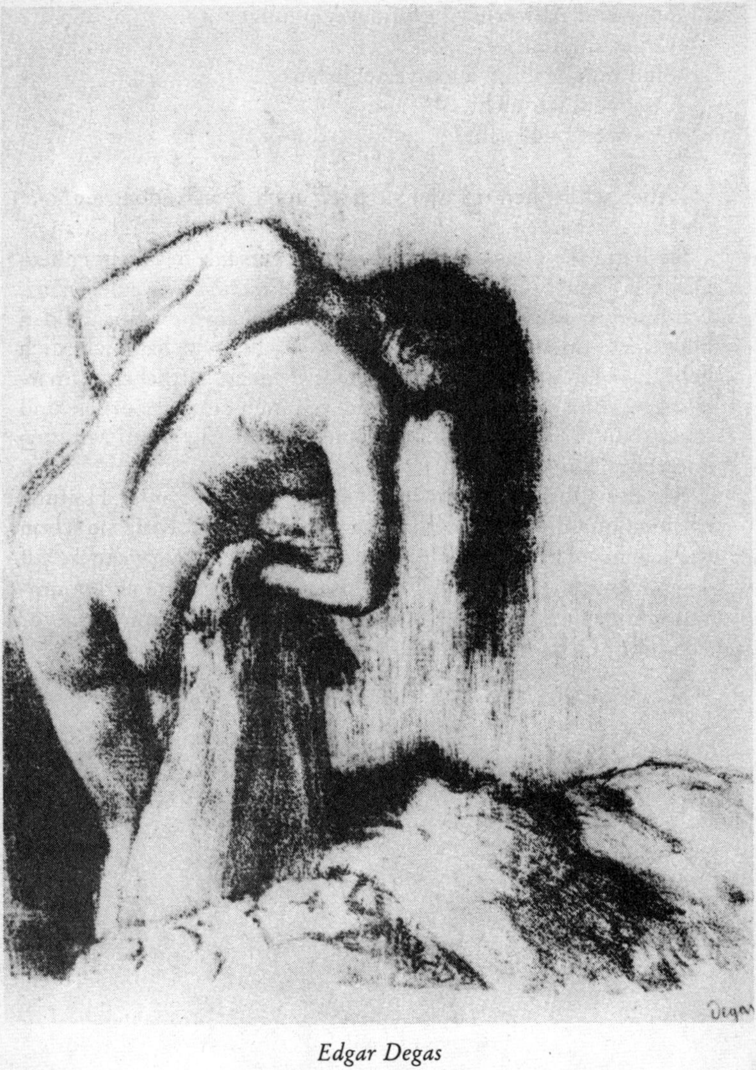

Edgar Degas
Nach dem Bade
Lithographie

Unter dem Siegel der Verschwiegenheit

Die kleine Baronin de Grangerie lag in sanftem Schlummer auf ihrem Ruhebett. Da stürmte die allerliebste Marquise de Rennedon ins Zimmer. Ihr Gesicht war erregt; die Bluse war ein wenig zerknüllt, der Hut etwas mitgenommen. Sie warf sich auf einen Stuhl und sagte: »So, nun ist's geschehen!«

Ihre Freundin kannte sie im allgemeinen als still und friedfertig. Sie richtete sich ganz überrascht auf und fragte: »Was denn? Was hast du getan?«

Die Marquise schien es nicht auf dem Stuhl zu halten. Sie sprang auf und lief ein paarmal durchs Zimmer, dann warf sie sich aufs Fußende des Ruhebetts, auf dem die Freundin lag, und ergriff ihre Hände: »Höre, Liebe«, rief sie, »aber schwöre, keinem Menschen ein Sterbenswörtchen von dem zu verraten, was ich dir erzähle!«

»Ich schwöre es dir!«

»Beim Heil deiner Seele?«

»Beim Heil meiner Seele!«

»Nun, endlich habe ich mich an Simon gerächt.«

Da rief die andre: »Das war gut!«

»Nicht wahr? Stell dir vor, seit einem halben Jahre war er unerträglich, unerträglicher denn je, einfach nicht mehr auszustehen, in jeder Beziehung! Als ich ihn heiratete, wußte ich, er ist häßlich; aber ich glaubte, er wäre ein guter Mensch. Und wie habe ich mich geirrt! Er hat sich natürlich eingebildet, ich wäre in ihn verliebt, in seinen dicken Bauch und in seine rote Nase. Da fing er an, um mich herumzubalzen wie ein Turteltäuberich. Was denkst du, wie ich gelacht habe! Ich habe ihn zuletzt auch einen alten Täuberich genannt. Wenn Männer so von sich überzeugt sind, dann machen sie sich zu lächerlich! Als er dahinterkam, daß ich für ihn nicht mehr als rein freundschaftliche Empfindungen aufbringe, wurde er mißtrauisch. Er erging sich in spitzigen Reden; er behandelte mich wie eine gefallsüchtige, leichtfertige Frau, was weiß ich! Die Sache wurde ernst wegen... wegen... ja, das ist nicht so leicht zu sagen... Nun ja, er war schrecklich verliebt in mich … schrecklich verliebt … und das zeigte er mir oft, viel zu oft. Ach, meine Liebe, es ist eine Strafe, wenn ein Mann zärtlich zu dir wird, der dir lächerlich ist … Nein … wirklich, ich konnte nicht mehr … konnte wirklich nicht mehr … Also das ist, wie wenn man dir jeden Abend einen Zahn ausrisse, nein, schlimmer noch, viel schlimmer! Such dir mal unter deinen Bekannten einen Mann, der sehr häßlich ist, sehr lächerlich aussieht, der dir äußerst widerwärtig ist und einen dicken Bauch hat – das ist besonders abscheulich – und dann noch plumpe, behaarte Waden! Siehst du ihn vor dir? Und dann stell dir vor, dieser Mensch wäre dein Ehemann … und … jeden Abend … du verstehst! Das ist schändlich … schändlich! Es erregte mir Ekel, wirklichen Ekel, Ekel als Frau! Wirklich, ich konnte nicht mehr. Es sollte ein Gesetz geben, das Frauen in solcher Lage schützt. Nein, stell dir das vor, jeden Abend … brr! Ekelhaft! Ich habe nicht etwa Träume von poetischer Liebe im Kopf gehabt, niemals. Das gibt's nicht mehr. Die Männer sind heutzutage alle Pferdenarren oder Bankiers. Sie lieben Pferde oder Geld. Wenn sie Frauen lieben, dann nur wie Pferde, um sie im Salon vorzuführen, so wie man ein Paar Fuchsstuten vorführt, nicht anders. Für Gefühl ist im Leben von heute kein Platz mehr.

Also müssen auch wir Frauen praktisch und nüchtern leben. Was haben wir an Männern, als daß wir regelmäßig mit ihnen zusammenkommen? Und immer wieder ergibt sich dasselbe. Für wen soll man da Zuneigung oder Zärtlichkeit empfinden? Die Männer, unsre Männer, sind im allgemeinen nichts als untadelige Schablonenmenschen ohne Verstand und Feinfühligkeit. Wenn wir einmal nach etwas Verstand suchen, so wie man in der Wüste nach einem Tropfen Wasser sucht, dann laden wir uns Künstler ein. Und wer kommt? Unerträgliche Großsprecher oder schlecht erzogene Schlawiner. Ich suche wie Diogenes nach einem Manne, nach einem einzigen Manne in ganz Paris; aber es scheint mir schon sicher, daß ich keinen finden werde – ich werde meine Laterne auslöschen! Aber ich wollte von meinem Mann erzählen. Es krempelte sich schließlich mein ganzes Inneres um, wenn er in Hemd und Unterhosen zu mir ins Zimmer kam. Da habe ich alles versucht, verstehst du, alles, um ihn fernzuhalten und ihm … die Lust an mir zu verleiden. Erst wurde er wütend. Dann wurde er eifersüchtig und glaubte, ich betröge ihn. Zunächst ließ er mich überwachen. Mit Argusaugen sah er auf alle Männer, die bei uns ein und aus gingen. Und dann wurde ich verfolgt. Er verfolgte mich, wo ich ging und stand. Er gebrauchte unglaubliche Kniffe, um mich zu überraschen. Wenn wir auf einem Ball waren, pflanzte er sich hinter meinem Stuhl auf, und wenn ich nur ein Wort sagte, dann streckte er schon den dicken Spürhundekopf vor. Wenn ich mir nur einen Imbiß holte, dann wich er mir nicht von den Fersen. Er verbot mir, mit dem oder jenem zu tanzen; er holte mich mitten aus dem Kotillon heraus. Er machte mich dumm und lächerlich und stellte mich bloß als – ich weiß gar nicht, wie ich's nennen soll. Ich bin einfach überhaupt nicht mehr in Gesellschaften gegangen.

In unsern vier Wänden wurde es noch schlimmer. Stell dir vor, der Kerl hat mich behandelt wie... wie... ich kann es kaum sagen, wie – ein Allerweltslottchen.

›Na, Frauchen‹, sagte er eines Abends, ›wen hast du heute wieder gehabt?‹ Ich weinte bitterlich; das machte ihm Spaß. Es kam noch besser! Vorige Woche nahm er mich mit in die Champs-Elysées, und wir haben dort gegessen. Der Zufall wollte, daß Baubignac am Nebentisch saß. Da fing Simon an, wütend meine Füße zu bearbeiten und grunzte mich über den Nachtisch hinweg an: ›Den hast du dir herbestellt, du widerliches Geschöpf – na warte!‹ Und, meine Liebe, du würdest nie darauf kommen, was er sich dann geleistet hat! Er zog heimlich die Nadel aus meinem Hut und bohrte sie mir in den Arm. Ich habe laut aufgeschrien. Alles lief herzu, und nun spielte er sich auf als der tiefbekümmerte Ehemann, verstehst du?

Und da habe ich mir geschworen: Ich werde mich rächen, jetzt ist es aus mit der Rücksicht! Was hättest du getan?«

»Ich hätte mir Genugtuung verschafft, da kannst du sicher sein!«

»Nun, das habe ich getan!«

»Wie denn?«

»Was, du verstehst mich nicht?«

»Na ja, Liebste... schon... immerhin. Na schön, also ja...«

»Was heißt ja?... Also hör zu! Stell dir seinen Kopf vor! Hast du ihn vor dir, ja, mit dem feisten Gesicht, der roten Nase und den Backenbartzipfeln, die wie schlappe Hundeohren runterhängen?«

»Ja.«

»Eifersüchtiger als ein Tiger.«

»Ja.«

»Nun, da habe ich mir gesagt: Ich muß abrechnen, das bin ich mir schuldig – aber auch dir, Maria; denn soviel stand fest: Dir mußte ich es erzählen, natürlich nur dir ganz allein, versteht sich! Nun stell dir die Visage vor, und dann denke daran, daß er – daß... er...«

»Was... du hast...«

»Oh! Liebste, Beste! Aber, um alles in der Welt! Keinem Menschen ein Sterbenswörtchen, schwöre es noch einmal!... Doch stell dir vor, wie lachhaft das ist... glaub mir... die ganze Welt sieht jetzt anders aus!... Ich kann nur noch lachen... nichts als lachen... Stell dir doch bloß noch einmal diese Visage vor...«

Die Baronin sah die Freundin an, und da wurde sie von einem irrsinnigen Gelächter geschüttelt; es sprudelte nur so aus ihrem Munde. Sie lachte, lachte, wie wenn sie einen Nervenanfall hätte. Die Hände über der Brust, mit völlig unbeherrschter Miene und fliegendem Atem krümmte sie sich vor Lachen.

Darauf fing auch die Marquise an zu lachen, daß man hätte meinen können, sie wolle ersticken. Und immer wieder von lautem Lachen unterbrochen, wiederholte sie: »Denk dir doch... denk dir doch... ist das nicht zum Lachen?... Sag... Stell dir nur diese Visage vor... den Backenbart... die Nase!... Ist das nicht zum Lachen?... Aber, ganz unbedingt... keinem Menschen etwas sagen... niemals... irgend... jemand etwas davon merken lassen!...«

Sie waren völlig außer Atem, brachten kein Wort mehr heraus und lachten Tränen vor ausgelassenem Übermut.

Die Baronin faßte sich zuerst. Immer noch prustend fragte sie: »Nun... erzähle... wie hast du das angestellt... Das ist ja einfach wonnig... herzig ist das!«

Die Freundin hatte sich immer noch nicht beruhigt; nur stoßweise kamen die Worte heraus: »Nachdem mein Entschluß feststand... sagte ich mir... jetzt... keine Zeit verlieren... Es muß sofort geschehen... Und ich habe es getan... eben, heute...«

»Heute?«

»Jawohl, in dem Augenblick... und Simon habe ich gesagt, daß er hierherkommen soll und daß wir hier noch vergnügt beieinandersitzen wollen... Er kommt... bald!... Darauf kannst du dich verlassen!... Und dann... denk daran, was ich von seiner Visage gesagt habe, wenn du sie vor dir siehst...«

Die Baronin hatte sich ein wenig beruhigt; sie atmete noch heftig wie nach einem schnellen Laufe und sagte: »Sag mir doch, wie hast du es angestellt... erzähl mir's doch!«

»Höchst einfach!... Ich habe mir gesagt, auf Baubignac ist er eifersüchtig, nun schön, dann soll er recht haben! Baubignac ist zwar dumm wie Bohnenstroh, aber anständig, wenn er auch nicht ein vernünftiges Wort herausbringt. Nun, und da habe ich ihn besucht, heute vormittag.«

»Du warst bei ihm? Was hast du denn für einen Vorwand gehabt?«

»Eine Sammlung... für Waisenkinder...«

»Also... schnell... erzähle... wie war's?«

»Als er mich sah, verschlug's ihm zunächst die Sprache. Dann spendete er vierzig Franken für meine Sammlung. Nun stand ich auf, wie wenn ich gehen wollte. Da fragte er nach dem Befinden meines Mannes, und nun tat ich, wie wenn ich meinen Kummer nicht mehr verbergen könnte, und habe ihm mein Herz ausgeschüttet. Ich habe das Scheusal noch schwärzer gemalt, als es schon ist, verstehst du! Baubignac war tief bewegt; er überlegte, wie er helfen könnte... und ich habe angefangen zu weinen... wie man weint... wenn man eben recht weinen will... Er sprach mir Trost zu... hat mich wieder in den Sessel gedrückt... und dann, als ich mich gar nicht beruhigte, hat er mich geküßt... Ich... ich sagte zu ihm: ›Lieber, lieber Freund... liebster Freund!‹ Er sagte: ›Meine arme, liebe Freundin... arme, arme Liebste!‹ Und er küßte mich... immer... immer wieder... und dann das Letzte. Das ist alles!

Danach war ich ganz krank vor Enttäuschung und machte mir Vorwürfe. Ich habe ihn behandelt wie die erbärmlichste Kreatur... Aber schließlich mußte ich lachen! Ich dachte an Simon, sah seine Visage vor mir, seinen Backenbart...! Stell dir das vor!... Stell dir das bloß vor!... Jetzt habe ich's geschafft!... Nun kann kommen, was will, ich habe abgerechnet! Und was hat sich Simon gerade über diesen Punkt für Gedanken gemacht! Jetzt können meinetwegen Kriege kommen und Erdbeben und Seuchen, wir können sterben... ich habe mein Ziel erreicht! Nun kann mich nichts mehr hindern! Und nun stell dir noch einmal seine dicke Visage vor und sage dir: Ich habe mein Ziel erreicht.«

Die Baronin erstickte fast vor Lachen und fragte: »Wirst du Baubignac öfter besuchen?«

»Aber nein – ich denke gar nicht daran ... ich habe genug ... Er ist auch nicht besser als mein Mann ...«

Und wieder lachten beide so unbändig, daß sie sich beinahe in Krämpfen wanden.

Ein Glockenzeichen machte dem ein Ende. »Das ist er«, flüsterte die Marquise, »sieh nach ...«

Die Tür ging auf. Ein dicker Mann trat herein, ein dicker Mann mit hochrotem Gesicht, mit wulstigen Lippen und einem lang herabhängenden, zweizipfligen Backenbart; aufgeregt rollte er seine Augen.

Die jungen Frauen sahen ihn einen Augenblick an. Dann sanken sie nieder auf das Ruhebett. Ein Lachkrampf schüttelte sie, daß sie stöhnen mußten wie unter grimmigen Schmerzen.

Er aber brachte nur immer wieder mit blecherner Stimme heraus: »Aber seid ihr denn verrückt geworden ... seid ihr denn beide verrückt ... seid ihr denn nun ganz verrückt ...?«

Auguste Rodin
Weiblicher Akt
Bleistift und graue Aquarell-Gouache auf grauem Papier

Monsieur Parent

I

Mitten im Wege lag der kleine Georges auf allen vieren und spielte im Sande. Er scharrte ihn mit den Händchen zusammen, häufte kleine Berge auf und pflanzte oben auf den Gipfel ein Kastanienblatt.

Sein Vater saß dicht dabei auf einem Stuhl und ließ den Kleinen nicht aus den Augen. Liebevollen Blicks beobachtete er sein Treiben und sah in dem ganzen kleinen, von Besuchern wimmelnden Park nichts als sein Söhnchen.

Auf dem langgeschwungenen Wege, der in weitem Bogen vor dem Wasserbecken und der Kirche De la Trinité vorüberführt, eine große, runde Rasenfläche umschließt und dann in sich zurückkehrt, waren viele andere Kinder genauso vertieft in die harmlosen Spiele ihres unbekümmerten Daseins, indes ihre Wärterinnen stumpf in die Luft starrten und Mütter lebhaft miteinander schwatzten, doch unausgesetzt das Treiben ihrer Kleinen überwachten.

Paarweis, mit würdevoll-ernsten Mienen, gingen Ammen vorüber. Von ihren Hauben flatterten lange, blendendweiße Bänder. Auf den Armen trugen sie weiße, in duftige Spitzen gehüllte Bündel. Kleine Mädchen mit kurzen Kleidern und nackten Knien trieben Reifen und gesellten sich zwischendurch mit ernsthaften Gesichtern zu Gesprächen zusammen. Der Parkwächter im grünen Rock schlängelte sich vorsichtig zwischen den vielen Knirpsen hindurch und wich immer wieder in behutsamen Bögen aus, um nicht ihre kunstvollen Erdbauten zu zerstören, ihre winzigen Händchen zu zerquetschen und den Bienenfleiß der kleinen Menschenkinder zu behindern.

Die Sonne schickte sich an, hinter den Dächern der Straße Saint-Lazare unterzugehen, und warf lange, schräge Strahlen über das frohgelaunte, unbeschwerte Treiben des geputzten kleinen Völkchens. Die Kastanien setzten leuchtend gelbe Lichter auf, und die drei Springbrunnen vor dem hohen Portal der Kirche glänzten wie flüssiges Silber.

Monsieur Parent hatte für nichts Augen als für seinen Sohn, der vor ihm auf dem Wege hockte. Liebevoll folgte er dem Spiel der kleinen Glieder; die gespitzten Lippen schienen jede Regung des kleinen Georges mit Küßchen zu begleiten.

Aber jetzt blickte er nach der Kirchturmuhr auf und sah, daß er sich bereits um fünf Minuten verspätet hatte. Er stand auf, nahm den Kleinen bei der Hand, klopfte den Sand von seinem Kittel, wischte ihm die Händchen ab und ging mit ihm nach der Rue Blanche. Er hatte es eilig, weil er nicht später nach Hause kommen wollte als seine Frau. Der Kleine, der nebenhertrippelte, konnte gar nicht mit ihm Schritt halten.

Da nahm ihn der Vater auf den Arm und schritt noch lebhafter aus. Es ging bergauf, und bald begann er zu schnaufen, so strengte es ihn an. Er war immerhin vierzig Jahre alt, schon ergraut und ziemlich wohlbeleibt. Aber dem Bäuchlein eines behaglichen Genießers zum Trotz sah er eigentlich eher aus wie ein Mann, dem das Schicksal nicht wohlgesinnt war.

Er war seit mehreren Jahren verheiratet und liebte seine junge Frau abgöttisch; sie aber behandelte ihn schroff und brutal wie ein grausamer Despot. Unaufhörlich hatte sie etwas an ihm auszusetzen, an allem, was er tat, und an allem, was er nicht tat. Bissig hielt sie ihm seine Eigenheiten vor, seine kleinen Gewohnheiten, seine bescheidenen Vergnügen, seine Liebhabereien, sein Benehmen, sein Bewegen, seine Beleibtheit und auch den verbindlichen Ton, in dem er zu reden pflegte.

Trotzdem liebte er sie. Aber noch mehr liebte er das Kind, das sie ihm geschenkt hatte, seinen Georges! Der Kleine zählte jetzt drei Jahre. Er war die einzige Freude seines Herzens und der ganze Inhalt seines Lebens. Monsieur Parent lebte von seinen zwanzigtausend Franken jährlich ein geruhiges Rentnerdasein, ohne weiteren Ehrgeiz zu entfalten. Aber seine Frau, die übrigens nicht einen Sou mit in die Ehe gebracht hatte, ließ kaum einen Tag vergehen, ohne sich über sein träges, untätiges Leben aufzuregen.

Inzwischen langte Parent zu Hause an. Er stellte das Kind auf die erste Treppenstufe nieder, wischte sich den Schweiß von der Stirn und stieg langsam zur Wohnung empor.

Im zweiten Stock zog er die Klingel.

Sein altes Hausmädchen öffnete. Sie hatte ihn großgezogen und war eine der herrschsüchtigen Dienerinnen, die die Familie tyrannisieren. Besorgt fragte er: »Ist Madame schon zu Haus?«

Das Mädchen zuckte die Achseln: »Wann hat Monsieur gesehn, daß Madame um halb sieben Uhr nach Haus käme?« Unangenehm berührt gab er zur Antwort: »Nun, um so besser, da habe ich Zeit, mich umzukleiden; mir ist etwas heiß geworden.«

Erzürnt, mit wegwerfendem Bedauern sah ihn das Mädchen an und grollte: »Ja, das sieht man, Monsieur ist in Schweiß gebadet; Monsieur hat sicher den Kleinen getragen, und warum? Um bis halb acht Uhr auf Madame zu warten. Mir aber soll keiner Unpünktlichkeit vorhalten! Um acht Uhr ist mein Essen fertig; und wenn man dann noch nicht soweit ist, kann ich's nicht ändern. Aber meinen Braten lasse ich nicht anbrennen!«

Monsieur Parent tat, wie wenn er nichts gehört hätte, und murmelte: »Gut, gut! Georges hat Sandtorten gebacken; die Hände müssen ihm gewaschen werden. Ich ziehe mich jetzt um. Bitte, sag dem Zimmermädchen, daß es den Kleinen in Ordnung bringt!«

Er ging in sein Zimmer und verriegelte die Tür, nur um allein zu sein, für sich allein, ganz allein. Er war schon so gewöhnt, unfreundlich behandelt zu werden, daß er sich nur noch hinter verschlossenen Türen geborgen fühlte. Er wagte kaum noch zu denken und zu überlegen, wagte nicht mehr, mit sich zu Rate zu gehen, wenn er sich nicht durch eine Umdrehung des Schlüssels im Türschloß gegen mißtrauische Blicke und gegen Unterstellungen gesichert wußte. Er fiel in einen Sessel und ruhte ein wenig, ehe er die Wäsche wechselte. Da dämmerte ihm mit einem Male auf, daß Julie anfing, in seinem Hause eine neue Gefahr heraufzubeschwören. Es lag klar zutage, daß sie seine Frau haßte. Aber noch mehr haßte sie seinen Freund Paul Limousin. Dieser war der unzertrennliche Gefährte seiner Junggesellenjahre gewesen und war nun weiter – ein seltener Fall – dem Haus und der Familie aufs engste befreundet geblieben.

Limousins Gegenwart beruhigte, wenn zwischen Henriette und ihm Spannungen auftraten; Limousin nahm ihn lebhaft, sogar entschieden in Schutz, wenn sie ihn mit unverdienten Vorwürfen überschüttete, ihn quälte und ihm das Leben zur Hölle machte.

Aber schon seit einem halben Jahr ließ Julie anzügliche Reden hören und krittelte an der Hausfrau herum. Fortwährend hatte sie etwas auszusetzen. Zwanzigmal am Tage hieß es: »Wenn ich Monsieur wäre, ich ließ' mich nicht so an der Nase herumführen! Na ja, schließlich... jeder, wie's ihm recht ist!«

Eines Tages war sie sogar gegen Henriette unverschämt geworden, und am Abend hatte Henriette nur gesagt: »Das merke dir, wenn sich diese Person noch einmal erlaubt, so anzügliche Reden zu führen, dann werfe ich sie eigenhändig zum Hause hinaus!« Aber wenn sie auch sonst kein Teufel schreckte – vor dem alten Mädchen schien sie Respekt zu haben. Parent erklärte es sich damit, daß sie Rücksicht auf die alte Verbundenheit des Mädchens mit seiner Familie nähme. Das Mädchen hatte ihn großgezogen; es hatte seiner Mutter die Augen zugedrückt.

Aber das half alles nichts – so konnte es nicht weitergehn! Und nun ergab sich für ihn die brennende Frage: Was sollte geschehn, was sollte er unternehmen? Julie entlassen – das erschien ihm so unmöglich, daß er nicht im Ernst daran zu denken wagte. Ihr gegen seine Frau recht zu geben war völlig ausgeschlossen. Und wenn es so weiterging, dauerte es keinen Monat mehr, und die Katastrophe war da!

Da saß er, hob händeringend die Arme, suchte nach einem Ausweg und fand keinen. Zuletzt faßte er sich und murmelte vor sich hin: »Ein Glück, daß ich Georges habe... ohne den Jungen wäre meine Lage hoffnungslos!«

Da schoß ihm durch den Kopf, Limousin um seine Meinung zu fragen. Schon war er entschlossen, da erinnerte er sich der feindseligen Stimmung, die zwischen dem Hausmädchen und dem Freunde aufgekommen war, und mußte annehmen, daß er kaum anders raten werde, als das Mädchen hinauszuwerfen. So blieb er in Ungewißheit und in Qual.

Die Uhr schlug. Er fuhr empor. Sieben Uhr, und er hatte die Wäsche noch nicht gewechselt! Hastig zog er sich aus, wusch sich, fuhr in ein frisches Hemd und kleidete sich so eilig an, als ob er nebenan schon zu einer großen Staatsfeier erwartet würde.

Dann begab er sich in den Salon. Es war gut; Vorwürfe brauchte er nun nicht mehr zu befürchten.

Er blätterte in der Zeitung, trat ans Fenster und sah auf die Straße, setzte sich wieder aufs Sofa. Da ging die Tür auf. Sein Söhnchen kam herein, sauber, schön gekämmt, lächelnd. Parent nahm ihn in die Arme und küßte ihn. Er küßte sein Haar, seine Augen, seine Wangen, seinen Mund, seine Hände. Dann schwang er ihn empor und hob ihn mit ausgestreckten Armen hoch bis an die Zimmerdecke. Erschöpft setzte er sich, nahm Georges aufs Knie und spielte mit ihm ›Hoppe-hoppe Reiter‹.

Das Kind lachte, zappelte mit den Ärmchen und kreischte hell auf; und vor Zufriedenheit lachte auch der Vater, lachte und prustete, daß ihm der Bauch wackelte, und er war wohl noch vergnügter als der Kleine.

Er liebte sein Kind mit der ganzen Hingabe eines guten, schwachen, enttäuschten, gepeinigten Vaterherzens. Diese Liebe brach manchmal ganz plötzlich aus ihm heraus. Er überschüttete den Knaben mit Liebkosungen voll schamhafter Zärtlichkeit, die sich in seinem Herzen aufgespeichert hatte, weil er sie nie hatte zeigen können, nicht einmal in der ersten Zeit seiner Ehe. Immer war seine Frau kühl und zurückhaltend gewesen.

Da erschien Julie in der Tür, blaß vor Erregung. Ihre Augen funkelten; ihre Stimme zitterte vor Entrüstung, als sie sagte: »Jetzt ist es halb acht Uhr, Monsieur!«

Parent war unangenehm berührt; aber er fand sich mit der Tatsache ab. Er sah nach der Uhr und meinte: »Tatsächlich, halb acht!«

»Ja, mein Essen ist fertig!«

Er sah ein Unwetter heraufziehen und suchte es abzulenken: »Sagtest du nicht, daß du für acht Uhr anrichten willst, als ich kam?«

»Acht Uhr! ... Das meinen Sie doch nicht im Ernst. Sie werden ja dem Kleinen nicht erst um acht zu essen geben wollen! Mein Gott, man sagt so etwas mal hin, nur um überhaupt etwas zu sagen. Aber wenn der Kleine wirklich erst um acht ißt, muß er doch magenkrank werden! Ja – wenn er eine richtige Mutter hätte! Aber sie – was kümmert sie sich um ihr Kind? Jawohl, das muß mal gesagt werden! Das ist wahrlich eine schöne Mutter! Ein Jammer, daß man so was von Mutter überhaupt zu sehn kriegt!«

Parent zitterte; er wollte dem peinlichen Auftritt schnell ein Ende machen und sagte: »Julie, auf keinen Fall erlaube ich dir, daß du über Madame solche Reden führst. – Du verstehst mich, nicht wahr? Und vergiß es nicht wieder!«

Dem alten Mädchen blieb das Wort im Munde stecken, so

verblüfft war es. Es wandte ihm den Rücken, rauschte hinaus und knallte die Tür hinter sich zu, daß der Kristalleuchter klirrte. Sekundenlang schepperte es in der Stille des Zimmers wie das Anschlagen unsichtbarer Glöckchen.

Georges war zuerst verdutzt, dann klatschte er vergnügt in die Hände. Er blies seine Bäckchen auf, ahmte den Schall der zuschlagenden Tür nach und rief »Bumm«, so laut er konnte.

Danach fing der Vater an, Geschichten zu erzählen. Aber er hatte seine Gedanken nicht beieinander und verlor jeden Augenblick den Faden. Erstaunt, mit großen Augen, sah ihn der Kleine an, weil er da nicht mitkam.

Parent ließ den Blick nicht von der Uhr. Es schien ihm, als sähe er die Zeiger Schritt für Schritt weiterrücken. Er hätte sie anhalten, die Zeit stillstehen lassen mögen, bis seine Frau zu Hause wäre. Er grollte Henriette nicht, weil sie so spät kam; aber er wurde ängstlich besorgt, weil er den Augenblick fürchtete, in dem seine Frau mit Julie zusammentreffen würde, und fürchtete, was sich da herausstellen mußte. Keine zehn Minuten mehr, und es würde einen entsetzlichen Auftritt geben, lautes Gezänk, Schmähungen, an die er gar nicht zu denken wagte. Wenn er sich nur das Wortgefecht vorstellte, schreiende Stimmen, Schimpfreden, die wie Pistolenschüsse durch die Luft peitschten, wenn er sich vorstellte, wie beide Frauen sich gegenüberstehen, ihre Augen ineinanderbohren und sich schmähen würden, da klopfte ihm das Herz. Die Zunge klebte ihm am Gaumen wie nach langer Wanderung in sengender Sonne; seine Glieder wurden schlaff, so kraftlos, daß er sein Kind nicht mehr heben und daß er es nicht mehr länger auf den Knien reiten lassen konnte.

Es schlug acht. Die Tür tat sich auf, und wieder erschien Julie. Der Ausdruck zorniger Erregung war von ihrem Antlitz gewichen; sie blickte starr, rücksichtslos entschlossen. Das war noch schlimmer als vorher.

»Monsieur Parent«, sagte sie, »ich habe für Ihre Mutter geschafft bis zu ihrem letzten Atemzuge, ich habe Sie selber gepflegt von Ihrer Geburt an bis auf den heutigen Tag. Ich meine, ich darf wohl behaupten, daß ich der Familie treu gedient habe!«

Sie wartete auf eine Antwort.

Parent stammelte: »Aber gewiß doch, meine gute Julie.«

Dann fuhr sie fort: »Sie wissen, daß ich es nie um des Geldes willen getan habe, sondern nur auf Ihr Wohl bedacht war. Ich habe Sie nie hintergangen, habe niemals gelogen; Sie haben sich nie über mich zu beklagen gehabt...«

»Aber gewiß doch, meine gute Julie.«

»Also, Monsieur, so kann es nicht mehr weitergehn! Nur weil ich Ihnen nicht weh tun wollte, habe ich bis jetzt den Mund gehalten und habe kein Wort zu Ihnen gesagt. Aber was zuviel ist, ist zuviel! Sie sind zum Gespött der Nachbarn geworden! Gewiß, Sie können tun und lassen, was Sie wollen! Aber jetzt, wo's die Spatzen von den Dächern pfeifen, da muß ich Ihnen schließlich mal ein Licht aufstecken, wenn es auch nicht meine Art ist zu klatschen. Warum kommt Madame nach Hause, wie's ihr paßt? Einfach darum, weil sie auf Abwegen geht!«

Er war bestürzt; er erfaßte nicht gleich den Sinn und stammelte: »Schweig... du weißt, daß ich dir verboten habe...«

Sie schnitt ihm das Wort ab: »Nein, Monsieur, jetzt schenke ich Ihnen reinen Wein ein! Madame hält's ja schon wer weiß wie lange mit dem Monsieur Limousin. Zwanzigmal und öfter habe ich mit eigenen Augen gesehen, daß sie sich heimlich geküßt haben. Ach, gehn Sie mir doch weg! Wenn Monsieur Limousin nur einen Sou gehabt hätte, dann hätte Madame nie und nimmer einen Monsieur Parent geheiratet. Denken Sie nur einmal nach, wie Ihre Hochzeit zustande gekommen ist, dann durchschaun Sie die Sache gleich...«

Parent stand auf; er war aschfahl. Stammelnd rief er: »Halt den Mund... halt den Mund... oder...«

Sie ließ sich nicht beirren: »Nein, jetzt muß alles heraus! Madame hat Sie nur geheiratet, weil Sie ein vermögender Mann sind, und Madame hat Sie vom ersten Tage an betrogen. Das war eine abgekartete Sache zwischen den beiden, verdammt noch mal! Es gehört wahrhaftig nicht viel Verstand dazu, um das zu durchschauen. Und als Madame Sie dann glücklich geködert hatte und hatte nicht ein Fünkchen Liebe für Sie – da war das nicht genug, da hat Sie Ihnen auch noch das Leben schwergemacht, so schwer, daß es mir das Herz umdrehte, wenn ich es mit ansehn mußte.«

Er ging zwei Schritte auf sie zu, ballte die Fäuste und brachte nichts weiter heraus als: »Halt den Mund... halt den Mund...!« Zu erwidern fand er nichts.

Aber das Mädchen war entschlossen bis zum Äußersten; sie wich und wankte nicht.

Georges lauschte erst ganz entgeistert den lauten Reden; dann aber fürchtete er sich und schrie gellend auf. Er stand hinter dem Vater mit angstverzerrtem Gesicht und weit aufgerissenem Munde und brüllte lauthals los.

Das Schreien regte Parent noch mehr auf; der Zorn packte ihn, und er fühlte seinen Mut wachsen. Mit hocherhobenen Armen ging er auf Julie los. Mit beiden Händen wollte er zuschlagen, und er schrie sie an: »Elende, jetzt machst du mir auch noch den Kleinen verrückt!«

Schon war er dicht vor ihr, da schleuderte sie ihm ins Gesicht: »Schlagen Sie zu, Monsieur, wenn Sie wollen! Ich bin alt; ich habe Sie großgezogen – schlagen Sie zu! Das ändert doch nichts daran, daß die Frau Sie betrügt und daß das Kind nicht von Ihnen ist...!«

Da hielt er inne; die Arme sanken kraftlos nieder. Wie vom Donner gerührt stand er vor ihr. Das überstieg seinen Verstand.

Und sie fuhr fort: »Man braucht den Kleinen bloß anzusehen, da erkennt man, wer der Vater ist. Herrgott ja, er ist doch dem Limousin wie aus dem Gesicht geschnitten! Ein Blick auf die Augen und auf die Stirn genügt. Das merkt ja ein Blinder!«

Da packte er sie bei den Schultern, schüttelte sie mit aller Kraft und brachte wutbebend heraus: »Schlange! Scheusal! Hinaus, du Ungeheuer!... Hinaus, oder ich schlage dich nieder! Hinaus! Geh!«

Und mit aller Kraft schleuderte er sie ins Nebenzimmer.

Sie schlug mit der ganzen Wucht des Körpers gegen den gedeckten Tisch. Gläser stürzten um und zersprangen. Aber sie raffte sich wieder empor und brachte den Tisch zwischen sich und Parent. Er langte nach ihr, um sie wieder zu packen, da warf sie ihm an den Kopf: »Gehn Sie bloß mal aus... heute abend... nach dem Essen... und kommen Sie gleich wieder... dann wird sich zeigen, ob ich geschwindelt habe!... Machen Sie mal die Probe... dann werden Sie ja sehn!«

Sie hatte die Tür zur Küche erwischt und huschte hinaus. Er lief hinter ihr her, die Treppe hinauf, bis an ihr Mädchenzimmer. Sie hatte sich eingeschlossen. Er pochte an die Tür: »Du verläßt das Haus, augenblicklich!«

Sie antwortete durch die Tür: »Darauf können Sie sich verlassen, in einer Stunde bin ich über alle Berge!«

Langsam ging er die Treppe wieder hinunter. Krampfhaft mußte er sich am Geländer festhalten, sonst wäre er gefallen. Als er wieder in das große Zimmer trat, saß Georges noch auf dem Fußboden und heulte.

Parent sank in einen Sessel. Er stierte das Kind an. Er begriff nichts mehr, er wußte nichts mehr. Er fühlte sich leer wie ein Dummkopf, wie ein Narr. Es war ihm, wie wenn er einen Schlag vor die Stirn bekommen hätte; kaum, daß er sich der Abscheulichkeiten noch bewußt war, die er eben von der alten Wärterin zu hören bekommen hatte. Ganz allmählich erst, nicht anders, als ein aufgerührtes Wasser zur Ruhe kommt, kamen seine Gedanken wieder in Ordnung. Sein Kopf wurde wieder klar. Aber nun fing die ungeheuerliche Anschuldigung an, sein Herz zu martern.

Diese Julie hatte sich so bestimmt geäußert, so bestimmt und sicher! Es klang auch so aufrichtig, daß er an ihrer guten Absicht nicht zweifeln konnte. Aber er wehrte sich dagegen, daß sie recht gesehen haben sollte. Julie liebte ihn blind ergeben, und Henriette haßte sie, vielleicht unbewußt. Und da konnte er sich getäuscht haben. Aber wie er seine Gedanken zu beschwichtigen und sich zu beruhigen suchte, so tauchten tausend kleine Einzelheiten in seinem Gedächtnis auf, Worte seiner Frau, Blicke Limousins, viele kaum beachtete, kaum wahrgenommene Nichtigkeiten, ein unschlüssiges Zögern vor dem Ausgehen, dann wieder gemeinsames Fernbleiben, und ganz unbedeutende und doch absonderliche Gesten, die er nicht recht hatte erkennen und nicht verstehen können, gewannen mit einemmal eine außerordentliche Bedeutung. Sie schienen Zeichen heimlichen Einverständnisses. In seiner Überreiztheit ließ er alles vor seinem Gedächtnis vorübergehen, was seit der Verlobung geschehen war. Alles kam ihm wieder in Erinnerung, hier ein merkwürdiger Tonfall, dort eine verdächtige Haltung; und dem armen, von Zweifeln gepeinigten Hirn des arglosen und gutherzigen Mannes erschien dann wieder als gewiß, was noch immer nur zu vermuten war.

Verbissen grübelte er über die fünf Jahre seiner Ehe nach und suchte sich aller Einzelheiten zu erinnern, Monat für Monat und Tag für Tag. Jede verdächtige Begebenheit, die ihm einfiel, tat seinem Herzen weh wie der giftige Stich einer Wespe.

Er hatte Georges vergessen. Der Kleine saß auf dem Teppich und hatte sich bis jetzt ganz ruhig verhalten. Als sich aber niemand um ihn kümmerte, fing er wieder an zu weinen.

Da stürzte der Vater hin zu ihm, nahm ihn in die Arme und bedeckte das Köpfchen mit Küssen. Wenigstens sein Kind mußte ihm bleiben! Was bedeutete dagegen alles andere auf der Welt! Er hielt das Kind fest, drückte es an sich, preßte den Mund in sein blondes Haar, war erleichtert, bereits getröstet und stammelte:

»Georges... mein kleiner Georges... lieber kleiner Georges...« Plötzlich fiel ihm wieder ein, was Julie gesagt hatte...! Sein Söhnchen wäre das Kind Limousins... das hatte sie gesagt... Aber nein, das war ja nicht möglich, das konnte nicht wahr sein, das war so gegen alle Vernunft; nicht einen Augenblick konnte man zweifeln! Solche gemeinen Gehässigkeiten konnte nur eine niedrige Dienstbotenseele ausbrüten! Zärtlich liebkoste er den Knaben:

»Georges... lieber Georges«, und beruhigte ihn wieder.

Parent spürte durch seine Kleidung hindurch die Wärme des kleinen Körpers, und mit der Liebe, die er verspürte, durchströmten ihn neuer Mut und neue Freude. Die sanfte Wärme des Kindes gab ihm Trost und Kraft; sie rettete ihn.

Er hielt den Knaben mit ausgestreckten Armen von sich und gab sich restlos versunken der Betrachtung des niedlichen, wohlgekämmten Köpfchens hin. Er verschlang es fast mit den Augen, hatte alles andere vergessen und flüsterte immer wieder: »O mein lieber... lieber kleiner Georges!«

Plötzlich schoß ihm durch den Kopf: ›Wenn er nun aber doch Limousin ähnlich sieht...!‹

Da quoll in seiner Brust ein ganz ungewohntes, ekelhaftes Gefühl auf; er empfand eine heftige, schneidende Kälte in allen Gliedern, im ganzen Körper. Es war, wie wenn seine Gebeine zu Eis erstarrten. Oh! Wenn Georges nun wirklich Limousin ähnlich wäre! Er betrachtete immer noch den Knaben, der jetzt lachte. Bestürzt, verwirrt und verstört sah er ihn an und suchte an Stirn, Nase, Mund und Wangen, ob er daran etwas von Stirn, Nase, Mund und Wangen Limousins entdecke.

Und bald gingen seine Gedanken Irrwege, wie wenn er den Verstand verlieren wollte. Je länger er das Gesicht betrachtete, um so mehr wandelte es sich. Er entdeckte Zeichen von Ähnlichkeit, unwahrscheinliche Ähnlichkeiten.

Julie hatte gesagt: »Das sieht doch ein Blinder!« Also mußte irgend etwas unbedingt Zutreffendes sichtbar sein, etwas völlig Unbestreitbares! Aber was? Die Stirn? Ja, vielleicht? Aber Limousin hatte eine weniger hohe Stirn! Vielleicht der Mund? Limousin trug einen Vollbart. Wie konnte man das rundliche Kinn des Kindes mit dem bärtigen Männerkinn vergleichen!

›Ich kann nichts finden‹, dachte Parent, ›aber ich sehe auch überhaupt nichts mehr. Ich habe mich zu sehr aufgeregt; es schwimmt mir alles vor den Augen... Ich muß mir Zeit lassen! Morgen früh will ich ihn ansehen, gleich nach dem Aufstehen!‹ Und dann liefen die Gedanken weiter: ›Aber ist er mir ähnlich, dann ist auch alles klar! Es wäre eine Erlösung für mich!‹ Mit zwei großen Schritten durchmaß er das Zimmer und verglich im Spiegel das Gesicht seines Kindes mit dem seinen.

Er hatte Georges auf den Arm genommen und sah die Gesichter dicht nebeneinander im Glas. Laut sprach er vor sich hin; dahin war es mit ihm schon gekommen.

»Ja... meine Nase hat er... die gleiche Nase... das heißt vielleicht... ganz sicher ist es nicht... und die gleichen Augen... aber nein, er hat blaue... Also... o mein Gott... mein Gott!... Es ist, um den Verstand zu verlieren... ich will nichts mehr sehen... ich werde verrückt!...«

Er flüchtete vom Spiegel ans andere Ende des Zimmers, fiel nieder in einen Sessel, setzte den Kleinen in einen anderen und weinte, weinte herzzerbrechend, schluchzte tief und verzweifelt. Bestürzt hörte Georges den Vater schluchzen und fing auch wieder an zu heulen.

Da erscholl die Hausglocke. Parent sprang auf, wie von einer Kugel getroffen. ›Da kommt sie... Was fange ich jetzt an?...‹ Er lief in sein Zimmer und schloß hinter sich ab. Er wollte Zeit gewinnen und sich wenigstens die Augen trocknen. Nach ein paar Sekunden schreckte ihn ein neues Glockenzeichen auf. Er entsann sich, daß Julie gegangen war, ohne daß das Stubenmädchen Bescheid wußte. Also öffnete niemand die Tür. Was blieb ihm übrig? Er ging selber.

Und er fühlte sich mutig genug und entschlossen, sich nichts anmerken zu lassen und den Kampf aufzunehmen. Die grausame Erschütterung hatte ihn in kurzer Zeit zu einem tapferen Mann gemacht. Er wollte jetzt wissen, woran er war; er war besessen von der Glut, die zaudernde und endlich zur Verzweiflung getriebene Menschen zuletzt fortreißt. Und doch zitterte er. War ihm bange? Ja... vielleicht fürchtete er die Frau noch immer? Wer weiß, wieviel Mut oft nichts ist als aufgepeitschte Feigheit?

Mit leisen Schritten huschte er zur Tür und lauschte. Das Herz schlug ihm bis zum Halse. Er hörte nichts als die heftigen Schläge seines Herzens in seinem Innern und aus dem Zimmer die durchdringende Stimme des kleinen Georges, der ohne Unterbrechung weiterschrie. Da rief gerade über ihm wieder die Glocke; es durchfuhr ihn wie ein Kanonenschuß. Er tastete nach dem Schloß. Er seufzte. Er drehte den Schlüssel im Schloß und öffnete den Türflügel. Fast hätte er seine Haltung wieder verloren. Auf der Vortreppe stand seine Frau mit Limousin. »Machst du jetzt die Tür auf?« fragte sie erstaunt und war ein wenig betroffen. »Wo ist denn Julie?«

Ihm war die Kehle wie zugeschnürt, heftig atmete er und wollte antworten; aber er brachte kein Wort heraus. Da fuhr sie fort: »Hast du die Sprache verloren? Ich frage, wo Julie ist.«

Er stammelte: »Sie ist... fortgegangen...« Seine Frau wurde ärgerlich: »Wie meinst du? Fortgegangen? Wohin denn? Warum?«

Allmählich gewann Parent seine Sicherheit wieder, und da fühlte er einen erbitterten, tödlichen Haß in sich aufsteigen gegen seine Frau, die da so trotzig vor ihm stand.

»Ja, für immer... ich habe sie fortgeschickt.«

»Du hast sie fortgeschickt...? Julie...? Bist du denn toll geworden...?«

»Ja – ich habe sie hinausgeworfen, weil sie unverschämt war... und weil sie... weil sie das Kind schlecht versorgt hat.«

»Julie?«

»Ja... Julie!«

»Warum ist sie unverschämt geworden?«

»Deinetwegen!«

»Meinetwegen?«

»Ja... weil ihr Essen angebrannt ist und du nicht nach Hause kamst.«

»Sie hat gesagt...?«

»Sie hat Worte über dich geäußert, die sich nicht ziemen... und die ich nicht mit anhören durfte... nicht mit anhören konnte...«

»Was hat sie denn gesagt?«

»Es hat keinen Sinn, es zu wiederholen.«

»Ich will es aber hören.«

»Sie hat gesagt, daß es sehr schlimm für mich als Mann ist, eine Frau wie dich zu haben, die unpünktlich und unordentlich ist, sich um nichts kümmert, eine schlechte Hausfrau, eine schlechte Mutter, eine schlechte Ehefrau dazu ...«

Die junge Frau war in den Vorraum getreten; Limousin war ihr gefolgt. Angesichts der unerwarteten Wendung der Dinge sagte er kein Wort. Die Frau warf die Tür zu, schleuderte ihren Mantel auf einen Stuhl, ging auf ihren Ehemann los und brachte, fast außer sich vor Erregung, nichts heraus als: »Du sagst ... du sagst ... ich sei ...?«

Er war blaß geworden, blieb aber ruhig und entgegnete: »Ich sage gar nichts, meine Liebe; ich wiederhole dir nur, was Julie behauptet hat, und du hast es hören wollen. Ich bitte dich, sehr zu beachten, daß ich sie eben deswegen vor die Tür gesetzt habe, weil sie es gesagt hat.«

Sie bebte vor Wut; sie hatte das Verlangen, ihm am liebsten den Bart auszureißen, ihm mit ihren Nägeln das Gesicht zu zerkratzen. Sie fand keine Erwiderung; aber sie fühlte sich durch den Tonfall, den Klang der Worte, die ganze Haltung des Mannes bedroht und wollte mit einer scharfen, verletzenden Frage zum Angriff übergehen.

»Hast du gegessen?« fragte sie. »Nein, ich habe gewartet.« Sie zuckte ungeduldig die Achseln: »Dumm genug, länger als bis halb acht Uhr zu warten. Du hättest dir denken können, daß ich aufgehalten worden bin, daß ich etwas zu erledigen hatte, Besorgungen.«

Und es schien ihr notwendig zu erklären, womit die Zeit draufgegangen sei. Mit kargen Worten und ganz von oben herab erzählte sie, in der Rue de Rennes habe sie Möbel angesehen und auf dem Rückweg nach sieben Uhr habe sie auf dem Boulevard Saint-Germain Limousin getroffen. Da habe sie ihn gebeten, sie zu begleiten; sie wollte in einem Restaurant, in das sie sich nicht gern allein hineinwagte, einen Bissen zu sich nehmen; denn sie wäre vor Hunger fast umgefallen. So hätte sie denn also schon gegessen, mit Limousin, das heißt, wenn man das essen nennen wolle; denn sie hätten nur eine Fleischbrühe und ein halbes Hähnchen genossen, so eilig hätten sie es gehabt, nach Hause zu kommen.

Parent sagte darauf nichts als: »Es war recht von dir, ich mache dir keine Vorwürfe.«

Limousin stand fast hinter Henriette verborgen und hatte den Mund noch nicht aufgetan. Jetzt trat er näher, streckte Parent die Hand hin und murmelte: »Geht dir's gut?«

Parent nahm die dargebotene Hand, drückte sie lässig und erwiderte: »Danke, sehr gut!«

Aber nun besann sich die junge Frau und griff ein Wort aus dem auf, was sie zuletzt von ihrem Manne zu hören bekommen hatte: »Vorwürfe ... Was meinst du eigentlich damit? ... Willst du damit irgend etwas sagen?«

Er entschuldigte sich: »Aber keineswegs! Meine Antwort sollte nur bedeuten, daß mich dein spätes Nachhausekommen gar nicht beunruhigt hat und daß ich daraus nicht etwa ein Staatsverbrechen mache.«

Aber jetzt suchte sie etwas in seinen Worten, denn sie wollte durchaus Streit: »Mein spätes Nachhausekommen? Das klingt ja, als ob es ein Uhr nachts wäre und ich meine Nächte draußen verbrächte.«

»Aber nein doch, meine Liebe. Ich habe ›spät‹ gesagt, weil mir kein anderes Wort einfiel. Du wurdest halb sieben erwartet und kamst um halb neun. Das ist natürlich verspätet, nicht? Ich verstehe es sehr wohl; ich ... wundere mich nicht einmal darüber ... aber ... aber ... es ist schwer, ein anderes Wort dafür zu finden.«

»Du gebrauchst Wendungen, als ob ich ein liederliches Frauenzimmer wäre ...«

»Aber nein ... nein doch ...«

Sie merkte, daß der Widerstand nachließ, und wollte schon in ihr Zimmer gehen, da hörte sie erst, daß Georges weinte, und fragte mit ganz bekümmertem Gesicht: »Was hat denn der Kleine?«

»Ich habe dir ja schon gesagt, daß Julie ihm weh getan hat.«

»Was hat sie ihm denn getan, diese dumme Gans?«

»Oh, nichts weiter. Sie stieß Georges an, und da ist er hingefallen.«

Sie eilte ins Eßzimmer und wollte ihr Kind sehen, da stand sie plötzlich vor der Tafel mit dem verschütteten Wein, den zerbrochenen Karaffen und Gläsern und den umgeworfenen Salznäpfchen.

»Was ist denn das für ein Trümmerhaufen hier?«

»Julie hat...«

Sie fiel ihm wütend ins Wort: »Aber das reicht mir jetzt wirklich! Julie tut ja, als ob ich überhaupt nicht da wäre, Julie schlägt mein Kind, Julie zerbricht mein Geschirr, stellt mir das ganze Haus auf den Kopf, und du scheinst das ganz in Ordnung zu finden.«

»Aber ich habe sie ja hinausgeworfen!«

»Vorzüglich!... Hinausgeworfen hast du sie!... Warum hast du sie nicht einsperren lassen? In solchem Falle holt man die Polizei!«

»Aber meine Liebe... das ging ja nicht... dazu lag doch wohl kein Grund vor... Tatsächlich, es war nicht so einfach...«

Da zuckte sie überaus geringschätzig die Achseln: »Man sieht eben, du bist ein Waschlappen, und du bleibst ein Waschlappen, ein Trottel, ein Schlappschwanz, eine Qualle, ein völlig willenloses Nichts! – Ah, diese haarsträubenden Geschichten muß sie dir erst an den Kopf werfen, deine Julie, bis du dich endlich aufraffst und sie hinauspfefferst! Wenn ich doch nur eine Minute dabeigewesen wäre – eine einzige Minute!«

Sie riß die Türe zum Wohnzimmer auf und lief hin zu Georges; sie hob ihn auf, drückte ihn an sich und küßte ihn: »Mein lieber kleiner Georges, was hast du denn, mein Kätzchen – mein Liebes – mein Herzenskind?«

Als die Mutter ihn liebkoste, beruhigte sich der Kleine, und als sie ihn noch einmal fragte: »Was hast du denn?«, da antwortete er ihr, so wie seine erschreckten Kinderaugen die Vorgänge aufgenommen hatten: »Zulie – Papa – dehaut!«

Henriette sah ihren Mann an, zunächst fassungslos. Dann aber blitzte es in ihren Augen auf. Über ihre Wangen huschte ein Zucken; leichte Fältchen kräuselten die Lippen, die Nasenflügel blähten sich, und dann platzte sie los. Eine Rakete des Übermuts, ein Sprudel tollster Laune brach aus ihrem Munde, laut und schallend wie ein schmetterndes Vogeltrillern. Und dazwischen stieß sie immer wieder zwischen ihren weißen, schimmernden Zähnen kurze, boshafte Schmähungen hervor, die Parent das Herz zerrissen: »Hahahaha! Sie hat dich geschlagen! Hahaha! Ist das ein Witz... ist das ein Witz! Hören Sie doch, Limousin! Julie hat ihn geschlagen... Julie hat meinen Mann geschlagen! Hahaha!... Ist das ein Witz!«

»Aber nein doch... nein!« stieß Parent hervor, »das stimmt nicht, es ist nicht wahr... es war anders. Ich habe Julie ins Eßzimmer hinübergeschleudert, und zwar ziemlich kräftig. Da stieß sie an den Tisch, daß er ins Wackeln kam. Das Kind hat es nicht richtig gesehen, ich habe dem Mädchen eins ausgewischt!«

Henriette fragte darauf das Söhnchen: »Sag's noch einmal, mein Herzchen: Hat Julie den Papa geschlagen?« Das Kind antwortete: »Ja, Zulie.«

Plötzlich schoß ihr etwas ganz anderes durch den Kopf, und sie fing an: »Aber das Kind hat wohl noch gar nicht gegessen? Hast du schon gegessen, Liebling?«

»Nein, Mama.«

Da drehte sie sich nach ihrem Mann um: »Bist du denn von allen guten Geistern verlassen, bist du ganz verrückt? Es ist halb neun, und Georges hat noch nichts zu essen bekommen!«

Der heftige Auftritt und der aufgeregte Wortwechsel hatten Parent erschüttert. Sein Leben zerbrach in diesen Augenblicken. Er war in sich zusammengesunken und wehrte nur entschuldigend ab: »Aber Liebe, wir haben gewartet. Ich wollte nicht ohne dich essen, ich meinte, du kommst ja immer ein wenig später und könntest jeden Augenblick zurück sein.«

Sie riß den Hut vom Kopf und warf ihn auf einen Sessel. Dann rief sie wütend: »Aber das ist doch furchtbar, wenn man mit Menschen zu tun hat, die kein bißchen Verständnis haben, die auf nichts eingehen, nichts tun, wenn man sie nicht dazu antreibt! Wenn ich um Mitternacht zurückgekehrt wäre, hätte das Kind wahrscheinlich überhaupt nichts bekommen! Hättest du dir nicht an den Fingern abzählen können, daß ich aufgehalten worden bin, daß ich etwas zu erledigen hatte, was einige Zeit kostet?«

Parent bebte am ganzen Körper; er fühlte, daß ihn der Zorn zu übermannen drohte. Aber da legte sich Limousin ins Mittel. Er wandte sich der jungen Frau zu und sagte: »Aber liebste Freundin, jetzt werden Sie ungerecht! Wie kann Parent ahnen, daß Sie heute so spät nach Hause kommen, so spät, wie bisher noch nicht ein einziges Mal? Und wie soll er denn überhaupt hier allein fertig werden, nachdem er Julie entlassen hat?«

Henriette antwortete gereizt: »Ja, da mag er zusehen, wie er fertig wird; ich helfe ihm nicht. Das ist seine Sache, wie er zu

Rande kommt!« Sie lief in ihr Zimmer und hatte schon ganz vergessen, daß ihr Sohn noch kein Abendbrot hatte.

Aber nun wurde Limousin geschäftig und half dem Freunde. Er sammelte die Scherben vom Tisch, brachte die Gedecke wieder in Ordnung und setzte das Kind auf sein hohes Kinderstühlchen, indes Parent ging und das Zimmermädchen zum Auftragen herbeirief.

Das Mädchen war höchst erstaunt; es hatte im Kinderzimmer gearbeitet und nichts gehört. Nun trug sie die Suppe auf, danach die Hammelkeule, die wirklich angebrannt war, und dazu Kartoffelbrei.

Parent hatte sich neben sein Kind gesetzt. Sein Herz war beklommen, sein Geist war abwesend. Er fütterte den Kleinen und versuchte, zwischendurch selbst zu essen. Er schnitt Fleisch, er kaute auch daran herum; aber er brachte kaum einen Bissen hinunter. Seine Kehle war wie zugeschnürt.

Limousin saß gegenüber und drehte Brotkügelchen. Parent fing an, ihn sich immer genauer zu betrachten. Er wollte wissen, ob er Georges ähnlich sähe. Erst scheute er sich, die Augen richtig zu heben. Aber dann tat er's doch und starrte auf das vertraute Gesicht. Und da schien ihm, er habe es noch nie richtig betrachtet, so anders sah es aus, als er es in Erinnerung hatte. Immer wieder blickte er hin. Er prüfte die feinsten Linien, die kleinsten Züge, die geringsten Einzelheiten im Ausdruck, und dann sah er schnell seinen Sohn an und tat, wie wenn er ihn füttern wollte.

Es summte ihm in den Ohren: ›Sein Vater! Sein Vater! Sein Vater!‹ Mit jedem Herzschlag pulsten diese Worte durch seine Schläfen. Vielleicht war der Mann, dieser Mann, der da ganz unbeteiligt gegenüber am Tisch saß, der Vater seines Sohnes, seines Georges, seines kleinen Georges! Parent hörte auf zu essen; er konnte nicht mehr! Ein wüster Schmerz bohrte in seinem Herzen, ein Schmerz, der den Menschen zum Heulen bringt, der ihn auf die Erde wirft, der ihn ins Holz der Möbel beißen läßt. Er verspürte Lust, das Messer zu ergreifen und sich ins Herz zu stoßen. Das würde ihn erlösen, das würde ihn retten, und alle Not hätte ein Ende!

Was sollte er noch auf der Welt? Konnte er so weiterleben, des Morgens aufstehen, seine Mahlzeiten einnehmen, durch die Straßen gehen, sich abends aufs Bett legen und nachts schlafen, wenn in ihm der Zweifel fraß: ›Ist Limousin der Vater von Georges ...?‹ Nein, er brächte die Kraft nicht mehr auf, noch einen Schritt zu tun, sich anzukleiden, zu denken, mit jemandem zu reden. An jedem Tag, zu jeder Stunde, in jeder Sekunde würde er diese Ungewißheit vor sich haben, und es würde aller Kraft bedürfen, das brennende Geheimnis zu erforschen, zu enträtseln, zu ergründen! Und den Kleinen, seinen lieben Kleinen, würde er nicht mehr sehen können, ohne daß dieser Zweifel ihn quälte, ihm das Herz zerrisse und ihn marterte bis aufs Mark seiner Knochen! Und hier sollte er weiterleben! In diesem Hause sollte er bleiben, an der Seite dieses Kindes, das er lieben und – hassen müßte! Ganz sicher, am Ende würde er es noch hassen müssen! Welch unerträgliche Qual! Wenn er wenigstens genau wüßte, ob Limousin der Vater ist, käme er vielleicht zur Ruhe. Er würde abgestumpft werden und Unglück und Leid nicht mehr empfinden. Aber die Ungewißheit war ja gar nicht mehr auszuhalten!

Im Dunkel sitzen und vergeblich nach dem Licht streben, darunter leiden und doch immer wieder das Kind in den Armen halten, das Kind eines andern! Mit ihm durch die Straßen gehen, es auf dem Arm tragen, das weiche Haar schmeichelnd an den Lippen spüren, ihn vergöttern – und immer wieder denken müssen: ›Vielleicht ist es gar nicht dein Kind?‹ Wäre nicht besser, es nie mehr vor die Augen zu bekommen, es auszusetzen, auf der Straße zu verlieren oder sich selber vor einem Wiedersehn in Sicherheit zu bringen, weit, weit weg, sehr weit weg, wo niemand mehr davon reden würde – niemals?

Er zuckte zusammen; die Tür öffnete sich. Seine Frau trat wieder ins Zimmer, und er hörte sie sagen: »Ich habe Hunger, und Sie, Limousin?« Limousin antwortete zögernd: »Wenn ich ehrlich sein soll – ich auch.« Da ließ sie die Hammelkeule reichen.

Parent fragte sich: ›Haben sie nun unterwegs gegessen, oder sind sie bei einem Schäferstündchen gar nicht dazu gekommen?‹

Beide langten tüchtig zu. Henriette gab sich ganz unbefangen; sie scherzte und lachte. Ihr Mann beobachtete sie mit kurzen, scharfen Blicken. Sie trug ein rosa Hauskleid mit weißen Spitzen. Der blonde Kopf, der weiße Hals und die rundlichen Hände wuchsen aus dem hübschen, sehr reizenden und zart duftenden Kleidungsstück heraus wie aus einer schaumgerandeten Muschelschale. Nun war sie den ganzen Tag mit diesem Manne zusammen gewesen! Parent malte es sich aus. Sie flüsterten heiße Liebesworte; sie küßten sich. Und er konnte nicht hinter jenes Geheimnis kommen, konnte das Rätsel nicht lösen, das ihn quälte. Da saßen sie ihm gegenüber, Seite an Seite. Hatten sie ihn wirklich betrogen vom ersten Tage an, so mußte er ihnen ja zum Gespött sein! Konnte man einem Menschen, einem anständigen Menschen so mitspielen, bloß weil ihm sein Vater etwas Vermögen hinterlassen hatte? Warum konnte man keine Gedanken lesen! Wie ist es möglich, daß einem ehrlichen Herzen ein ehrloser Betrug verborgen bleiben kann! Wie kann dieselbe Sprache ebenso gut lügen wie beten, und wie kann das Auge eines Gauners dem eines redlichen Mannes so ähnlich sein!

Er musterte die beiden; er lauerte auf eine verdächtige Gebärde, eine Redewendung, einen verräterischen Klang in den Worten. Und plötzlich kam ihm der Gedanke: ›Heute muß ich Klarheit haben!‹ Da sagte er: »Liebe Henriette, ich habe Julie entlassen, da will ich mich darum kümmern und ein anderes Kindermädchen besorgen. Ich gehe noch einmal weg, um eins zu suchen, das morgen gleich antreten kann. Vielleicht dauert es etwas länger, bis ich wiederkomme.«

Sie antwortete: »Geh ruhig; ich setze keinen Fuß mehr vor die Tür. Limousin kann mir Gesellschaft leisten. Wir werden auf dich warten.« Dann wandte sie sich zum Zimmermädchen und sagte: »Sie bringen Georges zu Bett, dann können Sie abdecken und auf Ihr Zimmer gehen!«

Parent hatte sich erhoben. Die Füße wollten ihm den Dienst versagen. Ihm wurde schwindlig; er taumelte. »Also bis nachher!« murmelte er. Unsicher tastete er sich an der Wand entlang und ging zur Tür. Der Fußboden schien zu schwanken wie die Planken eines schaukelnden Schiffes.

Georges war hinausgebracht worden. Henriette und Limousin gingen ins Wohnzimmer. Sobald sie die Tür hinter sich zugezogen hatten, sagte Limousin: »Sag, bist du denn toll, daß du den Mann derart behandelst?«

Sie drehte sich um: »Nun, weißt du, ich finde es mit der Zeit kränkend, wie du seit kurzem Parent zum Märtyrer machst!«

Limousin warf sich in einen Sessel und schlug die Beine übereinander: »Ich mache ihn keineswegs zum Märtyrer; aber ich muß sagen, daß ich es lächerlich finde, in unsrer Lage wenigstens, diesen Mann von morgens bis abends derart zu quälen!«

Sie langte sich eine Zigarette vom Kaminsims, zündete sie an und antwortete: »Ich behandle ihn doch nicht etwa schlecht, ganz im Gegenteil! Aber er, er macht mich noch verrückt mit seinem Stumpfsinn... Ich behandle ihn, wie er's verdient!«

Limousin meinte darauf, und seine Stimme klang unwillig: »Aber es ist doch höchst albern, was du tust! So sind eben die Frauen. Da haben sie einen ausgezeichneten Mann, viel zu gutmütig – vertrauensselig bis zum Stumpfsinn! Er macht uns nicht die geringsten Schwierigkeiten, hat nicht den geringsten Verdacht, läßt uns schalten, wie wir wollen, läßt uns ganz in Ruhe, und du tust, was du kannst, ihn zu reizen und unser behagliches Leben zu verpfuschen!«

Sie wandte sich ihm zu: »Hör auf, du langweilst mich! Du bist feige, wie alle Männer! Du hast Angst vor diesem Kümmerling!«

Da sprang er auf und wurde wütend: »Nun aber Schluß! Ich möchte wissen, was er dir getan hat? Was paßt dir nicht an ihm? Macht er dich unglücklich? Schlägt er dich? Betrügt er dich? Nein, das geht schließlich zu weit – einen Menschen nur darum zu quälen, weil er gutmütig ist, nur darum gegen ihn gehässig zu sein, weil – du ihn betrügst!«

Sie trat dicht vor Limousin hin und sah ihm in die Augen: »Du wirfst mir vor, daß ich ihn betrüge, du... ausgerechnet du? Hast du eine so schmutzige Seele?«

Er wurde etwas verlegen und verteidigte sich: »Aber liebe Freundin, ich mache dir nicht im geringsten Vorwürfe; ich bitte dich nur, nimm ein wenig Rücksicht auf deinen Gatten. Wir können beide nur wünschen, daß er sein Vertrauen zu uns behält, ich meine, das müßtest du einsehen!«

Sie standen dicht voreinander, er groß, dunkel, mit stattlichem Backenbart, in der Allerweltshaltung des schönen Mannes, der mit sich recht zufrieden ist; sie klein, rosig und blond, eine niedliche Pariserin, halb Lebedame, halb Kleinbürgerin, in einem kleinen Kramladen geboren, auf dessen Schwelle sie groß geworden war und in dem sie mit einem zugeworfenen Blick die Kunden heranholte. Und durch solchen zufälligen Fang war sie verheiratet mit einer Seele von Mensch, der sich in sie verliebt hatte, weil er sie jeden Tag vor dieser Tür sah, wenn er morgens wegging und abends nach Haus kam.

Und nun sagte sie: »Du verstehst mich nicht, du Siebenmalgescheiter! Ich verabscheue ihn eben, weil er mich geheiratet hat, weil er mich schließlich mit seinem Gelde gekauft hat, weil alles, was er sagt, was er tut, was er denkt, mir auf die Nerven fällt. Er treibt mich jede Sekunde zur Verzweiflung mit seiner Dummheit – du sagst Güte –, seiner Beschränktheit – du sagst Vertrauen –, und dann vor allem und überhaupt, weil er mein Ehemann ist, er, und nicht du! Er steht zwischen uns, wenn er sich auch kaum in den Weg stellt. Und schließlich ... was soll werden? Nein, er ist viel zu dumm, um überhaupt etwas zu ahnen. Wenn er wenigstens ein bißchen eifersüchtig wäre! Manchmal möchte ich ihm ins Gesicht schreien: ›Merkst du denn gar nichts, du großes Rindvieh, siehst du nicht, daß Paul mein Liebhaber ist?!‹«

Limousin lachte: »Na, vorläufig wirst du klug genug sein, den Mund zu halten, um nicht unsere schönen Tage zu gefährden!«

»Ach geh, ich gefährde nichts! Bei dem Schwachkopf gibt's nichts zu fürchten. Aber ich finde es unglaublich, daß du nicht begreifst, wie widerwärtig er mir ist und wie mich das zermürbt. Du machst immer den Eindruck, daß du ihn wirklich schätzest. Du kannst ihm offen die Hand schütteln. Männer sind manchmal unbegreiflich.«

»Man muß den Schein wahren, meine Liebe!«

»Ach, es handelt sich nicht darum, einen Schein zu wahren, mein Lieber, das sind einfach Dinge des Gefühls! Wenn ihr einen Mann betrügt, sieht es aus, wie wenn ihr ihn um so höher schätztet, wir hassen ihn von dem Augenblick an, in dem wir ihn betrogen haben.«

»Ich kann aber wirklich nicht einsehen, warum man einen anständigen Menschen, dem man die Frau abspenstig gemacht hat, hassen soll.«

»Das siehst du nicht ein? Das siehst du nicht ein ...? Das ist eine Ritterlichkeit, die euch allen abgeht! Siehst du, das sind eben Dinge, die man fühlen muß; darüber läßt sich nicht streiten. Und dann noch, warum soll man es nicht dürfen? ... Nein, das verstehst du nicht, es hat keinen Zweck! Ihr habt eben nicht so ein feines Empfinden!«

Und lächelnd, mit nachsichtigem Naserümpfen legte sie ihm die

Hände auf die Schultern und bot ihm die Lippen zum Kuß. Er beugte sich nieder, schloß sie in die Arme, und ihre Lippen fanden sich. Da sie gerade vor dem Spiegel über dem Kamin standen, küßte sich hinter der Stutzuhr ein zweites Paar, das ihnen aufs Haar glich.

Sie hörten nichts, weder das Geräusch des Schlüssels noch das Knarren der Tür. Plötzlich schrie Henriette gellend auf und stieß Limousin mit beiden Armen heftig von sich. Sie bemerkten Parent, der sie ansah, aschfahl im Gesicht, die Fäuste geballt, auf Strümpfen, den Hut in der Stirn.

Er sah sie an, einen nach dem andern; er rollte die Augen, ohne den Kopf zu bewegen. Er schien wahnsinnig geworden zu sein. Er fiel über Limousin her, packte ihn um den Leib, wie wenn er ihn erdrücken wollte, und schleuderte ihn mit heftigem Schwung in eine Ecke des Zimmers. Der Gegner verlor den Boden unter den Füßen, fuchtelte mit den Armen in der Luft und schlug hart mit dem Schädel gegen die Wand.

Da fürchtete Henriette, daß ihr Mann den Geliebten umbringen würde, und stürzte sich auf Parent. Sie packte ihn bei der Gurgel. Ihre zehn feinen rosigen Finger preßten sich in das Fleisch des Halses. Sie drückte mit solchem Ungestüm und mit der ganzen Kraft einer liebenden Frau, daß ihr das Blut unter den Nägeln hervorsprang. Zugleich biß sie ihn in die Schulter, wie wenn sie ihn mit ihren Zähnen zerreißen wollte. Halb erstickt unter dem Würgegriff, ließ Parent von Limousin und schüttelte erst einmal seine Frau ab, die sich an seinem Halse festgekrallt hatte. Dann packte er sie um die Hüften und schleuderte sie auf die entgegengesetzte Seite des Zimmers.

Nach dem kurzen Wutausbruch eines gutherzigen und der rasch wieder gedämpften Heftigkeit eines schwachen Menschen stand Parent zwischen den beiden, keuchend, erschöpft, und wußte nicht, wie weiter... Nach der Überanstrengung war seine Wut wieder vergangen wie der Schaum einer entkorkten Flasche Champagner. Er rang verzweifelt nach Luft. Als er sprechen konnte, stammelte er: »Hinaus... alle beide... sofort... hinaus!«

Limousin lag reglos in seiner Ecke an der Wand; er war noch zu bestürzt, um zu begreifen, was vor sich ging, zu erschreckt, um einen Finger zu rühren.

Henriette stützte die Fäuste auf ein Tischchen und streckte den Kopf vor; das Haar hing ihr ums Gesicht, die Bluse stand offen und zeigte die bloße Brust. Sie stand bereit wie ein Raubtier, das zuspringen will.

Parent wiederholte noch einmal, jetzt in viel kräftigerem Tone: »Hinaus, sofort... hinaus!«

Als seine Frau sah, daß sich der erste Zorn bei ihm legte, faßte sie sich ein Herz, richtete sich empor, ging ein paar Schritte auf ihn zu und sagte schon wieder hochfahrenden Tones: »Bist du verrückt geworden? Was ist denn in dich gefahren? Was soll der unglaubliche Überfall?«

Er drehte sich zu ihr um, hob die Faust, um sie niederzuschlagen, und stammelte: »Oh... oh... das war zuviel für mich... das ist das Letzte!... Ich... habe... ich habe... alles gehört!... Alles... alles... Verstehst du!... Du Nichtswürdige... Nichtswürdige! Beide seid ihr nichtswürdig!... Schert euch zum Teufel... alle beide... und sofort... Ich schlage euch sonst tot... Schert euch hinaus!«

Jetzt begriff sie, daß das Spiel verloren war, daß er sie durchschaut hatte, daß sie sich nicht mehr reinwaschen konnte und weichen mußte. Aber da hatte sie auch schon wieder ihre ganze Unverfrorenheit wiedergewonnen, ihr Haß gegen diesen Mann stieg aufs höchste und stachelte sie bis zur Kühnheit an, reizte sie, den Mann noch weiter herauszufordern und zu verhöhnen. Mit klangvoller Stimme sagte sie: »Kommen Sie, Limousin! Da ich davongejagt werde, komme ich zu Ihnen!«

Limousin rührte sich nicht. Parent wurde von neuem vom Zorn gepackt und schrie: »Hinaus mit euch... schert euch!... Elendes Pack!... Oder ich... ich...«

Er griff nach einem Stuhl und schwenkte ihn über seinem Kopfe. Da eilte Henriette mitten durchs Zimmer, ergriff ihren Liebhaber am Arm, zog ihn von der Mauer weg, an der er geradezu festzuhaften schien, wiederholte noch ein paarmal: »Aber kommen Sie doch, lieber Freund, kommen Sie... Sie sehen doch, daß dieser Mensch den Verstand verloren hat... Kommen Sie doch!«

In der Tür drehte sie sich noch einmal um. Sie suchte noch etwas, was sie tun konnte, etwas, was sie erfinden konnte, um ihn zutiefst ins Herz zu treffen, ehe sie das Haus verließ. Und da schoß ihr ein Gedanke durch den Kopf, einer jener giftigen, tödlichen Anschläge, in denen die ganze Heimtücke der Frauen schwelt. Mit fester Stimme verlangte sie: »Mein Kind nehme ich mit!«

Parent war verblüfft; er stotterte: »Dein ... dein ... Kind? Du wagst zu sagen, ›dein Kind‹? Du wagst es ... du wagst, dein Kind zu verlangen ... nach ... alledem ... Oh, oh, oh! Das ist doch der Gipfel der Unverschämtheit! ... Das wagst du noch? ... Mach, daß du hinauskommst, elendes Frauenzimmer, geh!«

Da trat sie noch einmal zu ihm. Ihre Züge deuteten ein Lächeln an. Jetzt kam ihre Rache. Trotzig, dicht vor seinem Gesicht, sagte sie: »Ja, mein Kind! Du hast kein Recht, es zu behalten, weil es nicht dein Kind ist. Verstehst du, verstehst du recht? Es ist nicht dein Kind – es ist von Limousin.«

Parent geriet völlig von Sinnen und schrie: »Das lügst du! Du lügst, du elendes Weibsstück!«

Aber sie fuhr fort: »Du Dummkopf! Die ganze Welt weiß das, bloß du nicht. Ich sage dir ja, das dort ist sein Vater. Man braucht bloß die Augen aufzumachen, dann sieht man es ...«

Parent wich zurück vor ihr, schwankend. Dann drehte er sich plötzlich um, ergriff eine Kerze und stürzte ins Nebenzimmer.

Er kam sofort wieder. Auf dem Arme trug er den kleinen Georges, eingewickelt in seine Bettdecke. Das Kind, das so plötzlich aus dem Schlaf gerissen war, weinte. Parent warf es seiner Frau in die Arme und stieß sie, ohne noch ein Wort zu verlieren, eilig zur Tür hinaus, nach der Treppe, wo der vorsichtige Limousin schon wartete.

Dann schloß er die Tür, drehte den Schlüssel zweimal herum und schob den Riegel vor. Kaum war er wieder im Wohnzimmer, da schlug er der Länge nach hin.

2

Parent lebte ganz zurückgezogen und völlig einsam. In den ersten Wochen nach der Trennung war ihm das neue Leben so erstaunlich, daß er nicht viel zum Nachdenken kam. Er hatte seine Junggesellengewohnheiten wieder aufgenommen, führte ein unstetes Leben und aß in der Gastwirtschaft wie ehedem. Um jedes

Aufsehen zu vermeiden, ließ er seiner Frau monatlich einen Betrag überweisen, den ihre Anwälte ausgemacht hatten.

Aber allmählich fing die Erinnerung an sein Kind an, ihn zu bedrücken. Oft, wenn er abends allein zu Hause war, glaubte er plötzlich, Georges rufen zu hören: »Papa!« Dann bekam er Herzklopfen, sprang auf und öffnete die Tür, um nachzusehen, ob der Kleine nicht doch zufällig zurückgekommen sein könnte. Er hätte sich doch zurückfinden können, so wie Hunde oder Tauben! Warum sollte ein Kind weniger Verstand haben als ein Tier?

Wenn er bemerkt hatte, daß er sich irrte, kehrte er in sein Zimmer zurück, setzte sich in seinen Lehnstuhl und dachte an nichts als seinen Kleinen. Stundenlang, tagelang dachte er nur an ihn, und das machte ihm schwer zu schaffen, nicht nur seelisch, sondern auch körperlich. Es verlangte ihn danach, ihn zu umarmen, ihn festzuhalten, ihn zu streicheln, ihn auf die Knie zu nehmen und ›Hoppe Reiter‹ zu spielen. Er fühlte die kleinen Arme ihn umhalsen, den kleinen Mund einen langen Kuß auf seinen Bart drücken und die feinen Härchen seine Wange kitzeln. Ein Verlangen nach den verlorenen, innigen Zärtlichkeiten, nach dieser warmen, zarten, pfirsichweichen Haut, die sich seinen Lippen darbot, zehrte an ihm wie der Wunsch nach einer geliebten und verlorenen Frau.

Wenn er auf der Straße ging und daran dachte, daß er ihn bei sich haben könnte, daß er ihn neben sich hertrippeln lassen könnte wie früher, als er ihn an der Hand führte, seinen lieben, großen Georges, dann schossen ihm die Tränen in die Augen. Er ging nach Haus, barg das Gesicht in den Händen und schluchzte vor sich hin bis zum Abend.

Und zwanzigmal, hundertmal den Tag über fragte er sich: ›Ist er der Vater von Georges, oder ist er es nicht?‹

Besonders nachts grübelte er unaufhörlich darüber nach. Kaum hatte er sich niedergelegt, dann begann er Abend für Abend immer wieder über denselben verzweifelten Fragen zu brüten.

Nach dem Weggang seiner Frau war er zunächst nicht im Zweifel, das Kind gehöre Limousin. Allmählich aber wurde er unsicher. Ganz gewiß konnte man der Behauptung Henriettes keinen großen Wert beilegen. Sie war aufgebracht gegen ihn und wollte ihn zur Verzweiflung treiben. Wenn er jetzt nüchtern das Für und Wider gegeneinander abwog, sprach ebensoviel dafür, daß sie die Unwahrheit gesagt hatte.

Vielleicht war Limousin der einzige, der die Wahrheit sagen konnte? Aber wie sollte man sie erfahren, wie ihn fragen, wie ihn zum Geständnis bringen?

Einige Male stand Parent mitten in der Nacht auf. Er wollte Limousin aufsuchen und ihn bitten, ihm geben, was er haben sollte – nur um der Qual ein Ende zu machen. Aber dann sagte er sich, daß der Liebhaber wohl genauso lügen würde, und er ging ohne Hoffnung wieder zu Bett. Er würde sogar sicher lügen, wenn es gälte, den richtigen Vater um sein Kind zu bringen.

Was konnte er tun? – Nichts!

Er war untröstlich, daß er die Dinge so auf die Spitze getrieben hatte, nicht besonnener gewesen war, daß er nicht fertiggebracht hatte, zu warten und einen oder zwei Monate zu heucheln, um sich erst noch mit eigenen Augen zu überzeugen. Er hätte den völlig Ahnungslosen spielen müssen, und sie würden sich nach und nach von ganz allein verraten haben. Es hätte genügt zu beobachten, wie jener das Kind küßte, um das Rätsel zu lösen und ein für allemal klarzusehen. Ein guter Freund küßt anders als ein Vater. Er hätte sie heimlich beobachten sollen! Warum war ihm das nicht rechtzeitig eingefallen? Wenn Limousin einmal mit Georges allein gelassen worden wäre und ihn nicht gleich hergenommen, an die Brust gedrückt, leidenschaftlich abgeküßt hätte, wenn er ihn hätte gleichgültig weiterspielen lassen, dann wäre kein Zweifel mehr möglich gewesen. Dann war er auch nicht der Vater; er fühlte sich nicht als Vater, er empfand nicht als Vater.

So hätte er, Parent, dann die Mutter hinausgejagt, aber sich den Sohn erhalten, und er wäre jetzt glücklich, sehr glücklich.

Er wälzte sich im Bett; er war in Schweiß gebadet und litt wahre Folterqualen. Er suchte sich zu vergegenwärtigen, wie Limousin im Umgang mit dem Kleinen gewesen war. Aber nichts hatte er mehr in Erinnerung, rein nichts, keine Geste, keinen Blick, kein Wort, nicht eine einzige auffällige Zärtlichkeit. Und schließlich – die Mutter bekümmerte sich ja auch kaum um ihr Kind. Wenn der Geliebte der Vater wäre, hätte sie ohne Zweifel mehr Liebe gezeigt.

Also hatte man ihm den Sohn genommen aus Rache, aus

Grausamkeit. Man wollte ihn dafür strafen, daß er sie überrascht hatte.

Und er beschloß, gleich in der Morgenfrühe die Polizei zur Hilfe heranzuziehen und sich den kleinen Georges herausgeben zu lassen.

Aber kaum hatte er sich zu dem Entschluß durchgerungen, da war er schon wieder genau vom Gegenteil überzeugt. Wenn Limousin vom ersten Tag an Henriettes Liebhaber, der leidenschaftlich geliebte Liebhaber gewesen war, dann hatte sie ihn auch mit dem Feuer, mit der Hingabe, mit der Glut umarmt, die aus Frauen Mütter macht. Mußte nicht demgegenüber die kalte Ablehnung, die sie im Umgang mit ihm stets bewahrt hatte, geradezu verhindern, daß seine Zärtlichkeiten Folgen gehabt hätten?

Also würde er das Kind eines Fremden herausverlangen, zu sich nehmen und erziehen. Und er würde es nie ansehen und küssen, ihn niemals ›Papa‹ rufen hören, ohne den niederschmetternden, vernichtenden Gedanken: ›Es ist gar nicht dein Sohn!‹ Er war drauf und dran, sich selber für immer zu dieser Strafe zu verurteilen, zu diesem unendlichen Elend. Nein, lieber allein bleiben, allein leben, allein alt werden und allein sterben!

Tag für Tag und Nacht für Nacht verfiel er dieser peinvollen Ungewißheit mit all ihrer Qual. Nichts konnte das Leid stillen, nichts konnte die Pein beenden. Am meisten scheute er den dunkelnden Abend, die Schwermut der Dämmerung. Mit den Schatten der Finsternis stürzte ein Regen von Kummer, eine Flut der Verzweiflung nieder auf sein Herz, überschwemmte es und machte sein Empfinden zunichte. Er fürchtete seine eigenen Gedanken, wie ein Gehetzter seine Verfolger fürchtet, und floh vor ihnen wie ein gejagtes Wild.

Ihm graute besonders vor der leeren, finsteren, entsetzlichen Wohnung, aber auch vor den verlassenen Straßen, in denen nur hier und da in gleichmäßigen Abständen eine Gaslaterne brennt, und der einsame Fußgänger, den man von weitem hört, ein nächtlicher Bummler sein mag, dessen Schritt langsamer oder schneller wird, je nachdem, ob er uns entgegenkommt oder ob er uns folgt.

Mit unwiderstehlicher Gewalt zog es Parent in die hellerleuchteten und lebhaften Straßen. Das strahlende Licht und die vielen

Menschen lockten ihn an, beschäftigten seine Gedanken und betäubten seinen Schmerz. Wenn er dann von dem Umherlaufen, dem ziellosen Treiben im Menschengewoge genug hatte, wenn er sah, daß das Treiben abnahm, die Straßen leer wurden, dann trieb ihn die Angst vor der Einsamkeit und vor der Stille in eins der großen Kaffeehäuser, wo er Gäste in Menge fand und strahlend helles Licht. Es zog ihn dorthin wie die Motte zur Flamme. Er setzte sich an einen der kleinen, runden Tische und bestellte ein Bier. Er trank langsam. Jedesmal, wenn ein Gast aufstand und fortging, wurde er unruhig. Er hätte ihn am Ärmel zupfen mögen, ihn zurückhalten, ihn bitten mögen, noch ein wenig zu bleiben. So fürchtete er den Augenblick, in dem der Kellner vor ihm stehen und mit mürrischer Miene sagen würde: »Darf ich bitten, mein Herr, das Haus wird geschlossen!«

Er war jeden Abend der letzte Gast. Er sah, wie die Tische von der Terrasse hereingeräumt wurden, sah die Gasflammen verlöschen, eine nach der andern, bis auf zwei, die bei ihm und die an der Ausgabe. Bekümmert sah er die Frau an der Kasse das Geld zählen und wegschließen, dann ging er, gedrängt vom Personal. »Aber der ist schwer von Begriff«, sagten sie, »er muß gar nicht wissen, wo er in der Nacht hingehört.«

Und sobald er auf der dunklen Straße allein war, mußte er wieder an Georges denken, zerbrach sich den Kopf und zermarterte sein Hirn, um zu ergründen, ob er der Vater seines Kindes sei oder nicht.

So wurde er schließlich Stammgast in einer Bierstube, in der die ständige Fülle an Gästen den Besucher mit angenehmen, schweigsamen Menschen umgibt, der dicke Rauch der Pfeifen alle Aufregung beruhigt, das schwere Bier das Denken einschläfert und das Herz wunschlos macht.

Hier lebte er. Sobald er früh aufgestanden war, suchte er hier Gesellschaft, um seine Augen und seine Gedanken zu beschäftigen. Bald gewöhnte er sich aus reiner Trägheit daran, hier auch seine Mahlzeiten einzunehmen. Zu Mittag klopfte er mit seiner Untertasse auf das Marmortischchen, und sofort brachte ihm der Kellner Teller, Glas und Mundtuch und trug ihm das Tagesgericht auf. Nach dem Essen trank er langsam seinen Kaffee, und sein Auge ruhte schon auf der Karaffe Branntwein, die ihm bald eine schöne Stunde des Vergessens schenken würde. Zuerst befeuchtete er mit dem Kognak nur die Lippen, wie um den Geschmack zu versuchen, und schmeckte nur mit der Zungenspitze das Aroma des Getränkes. Dann legte er den Kopf zurück und goß es sich langsam in den Mund, Tropfen um Tropfen. Jetzt schmeckte er den starken Kognak mit dem Gaumen, dem Zahnfleisch, der ganzen inneren Wangenhaut und kaute ihn mit dem Speichel, den die Berührung absonderte. So gemildert schluckte er ihn andächtig hinunter und fühlte ihn durch die Kehle rinnen bis hinunter auf den Grund des Magens.

Nach jeder Mahlzeit saß er eine gute Stunde und trank seine drei bis vier Gläschen. Dann fühlte er sich angenehm erschlafft. Er ließ den Kopf auf die Brust sinken, schloß die Augen und gab sich einem leichten Schlummer hin. Am späten Nachmittag wurde er wieder wach. Er griff nach dem Glase Bier, das der Kellner während des Schlummers vor ihn hingestellt hatte. Er trank einen Schluck; dann richtete er sich auf dem roten Plüschpolster empor, zog seine Hose in die Höhe, zog die Weste herab, um den Streifen weißer Wäsche zu verdecken, der dazwischen zu sehen war, rückte den Rockkragen zurecht, zupfte die Manschetten der Hemdsärmel vor, daß man sie sah, und griff wieder zu den Zeitungen, die er am Vormittag schon einmal gelesen hatte.

Er las sie noch einmal, von der ersten bis zur letzten Zeile, auch die Anzeigen, den Stellenmarkt, Bekanntmachungen, Börsenzettel und Theaterspiegel.

Von vier bis sechs Uhr ging er einmal um den Stadtring, »um Luft zu schnappen«, pflegte er zu sagen. Wenn er zurückkam, setzte er sich auf seinen Platz, den man für ihn freihielt, und bestellte seinen Absinth.

Dann unterhielt er sich mit den Stammgästen, die er kennengelernt hatte. Man sprach über die Tagesereignisse, über dies und das und über das politische Geschehen. So rückte die Stunde zum Essen heran. Der Abend verlief wie der Nachmittag, bis die Gaststätte ihre Pforten schloß. Dies war für ihn der schreckliche Augenblick, in dem er nach Hause gehen sollte, in die Finsternis, in sein ödes Zimmer voll häßlicher Erinnerungen, böser Gedanken und beängstigenden Alleinseins. Von seinen alten Freunden sah er niemanden mehr, niemanden seiner Verwandten, keine Menschenseele, die eine Erinnerung an sein früheres Dasein hätte wachrufen können.

Als ihm seine Wohnung zu teuer wurde, mietete er ein schönes Zimmer in einem Hotel, im Hochparterre, um zu sehen, wer vorüberging. In diesem großen Hause war er nicht mehr allein, er hatte stets ein Gewimmel von Menschen um sich, hörte Stimmen durch die Wände, und wenn ihn angesichts des aufgeschlagenen Bettes und des einsamen Ofenfeuers seine alten Sorgen quälten, trat er hinaus auf einen der weiten Flure und ging dort auf und ab wie eine Schildwache, an all den geschlossenen Türen vorbei, und sah trübsinnig auf das Schuhwerk, das dort paarweise herausgestellt worden war. Zierliche Damenschuhe schmiegten sich an große Männerstiefel. Da mußte er denken, daß alle diese Leute glücklich seien, ohne quälende Zweifel in ihren Herzen, und wie sanft sie schlafen mochten, Seite an Seite oder zärtlich umarmt, in ihrem schönen warmen Bett.

Fünf Jahre gingen so hin; fünf freudlose Jahre, ohne daß er mehr erlebte, als von Zeit zu Zeit ein kurzes, bezahltes Liebesabenteuer.

Eines Tages war er auf seinem gewöhnlichen Spaziergang zwischen La Madeleine und der Rue Drouot, da wurde er plötzlich einer Frau gewahr, deren Erscheinung ihm auffiel. Neben ihr gingen ein stattlicher Mann und ein Kind. Er sah die drei vor sich und überlegte: ›Wo habe ich diese Menschen schon gesehen?‹ Da – auf einmal –, eine Handbewegung, die ihm vertraut war: Es war seine Frau, die vor ihm herging, seine Frau mit Limousin und mit seinem Kinde, seinem kleinen Georges.

Sein Herz schlug bis zum Halse, aber er verhielt den Schritt nicht. Er wollte sie sehen und folgte ihnen. Sie sahen ganz aus wie eine solide Familie, ein einträchtiges bürgerliches Ehepaar. Henriette stützte sich auf den Arm von Paul, sah ihn zuweilen von der Seite an und sprach freundlich auf ihn ein. Dann sah Parent ihr Profil, erkannte die zierliche Linie ihres Gesichts, gewahrte die Bewegungen des Mundes, ihr Lächeln, die Zärtlichkeit in ihrem Blick. Er richtete sein Hauptaugenmerk auf das Kind. Wie groß es geworden war! Und wie kräftig! Parent konnte sein Gesicht nicht sehen; nur das lange blonde Haar, das sich in gedrehten Locken auf den Kragen herabringelte. Dieser stramme Junge in Wadenstrümpfen, der da wie ein kleiner Mann neben seiner Mutter herging, das war der kleine Georges!

Als sie vor einem Laden stehenblieben, sah er mit einemmal alle drei genau. Limousin hatte weißes Haar bekommen, sah hager aus; seine Frau dagegen erschien frischer denn je und hatte zugenommen; Georges war nicht mehr zu erkennen, so sehr hatte er sich verändert.

Sie gingen weiter. Parent folgte ihnen. Dann überholte er sie in langen Schritten und machte kehrt, um ihnen ganz nah ins Gesicht sehen zu können. Als er an dem Kinde vorbeiging, überkam ihn das Verlangen, das kaum zu bezähmende Verlangen, es in die Arme zu nehmen und zu entführen. Er rührte es an wie zufällig. Da wandte der Kleine den Kopf und streifte den ungeschickten Mann mit einem beleidigten Blick. Ganz betroffen ging Parent hastig weiter; der Blick verfolgte ihn. Er floh, voller Angst, daß ihn seine Frau und ihr Geliebter erkannt haben könnten. Er lief in einem Zuge bis zu seiner Bierstube und warf sich schnaufend in seinen Stuhl.

An dem Abend trank er drei Gläschen Absinth.

Vier Monate lang wurde er die Erinnerung an diese Begegnung nicht los; sie schnitt ihm ins Herz. Jede Nacht sah er die drei vor sich, wie sie, Vater, Mutter und Kind, glücklich und zufrieden vor dem Essen über den Boulevard spazierten. Dies neue Bild verwischte die alten Erinnerungen. Jetzt hatte er etwas anderes, eine neue Vorstellung und einen neuen Schmerz. Der kleine Georges, sein kleiner Georges, den er ehemals so geliebt, so oft geküßt hatte, gehörte nun einer lange entschwundenen Vergangenheit an, und jetzt sah er ihn wie einen neuen, einen Bruder des früheren, mit nackten Waden, der ihn gar nicht mehr kannte. Dieser Gedanke schuf ihm bitteres Leid. Die Liebe des Kleinen war erloschen; kein Band hielt sie beide mehr zusammen; das Kind hatte ihm nicht die Arme entgegengestreckt, als es ihn sah. Nein, es hatte ihn böse angesehen.

Allmählich beruhigte sich sein Gemüt wieder; seine seelische Qual ließ nach; das Bild, das er vor Augen gehabt hatte und das ihm nachts oft wieder erschienen war, verblaßte und tauchte selten noch einmal auf. Er fing an, ein Dasein zu führen wie alle anderen, wie alle diese Müßiggänger, die ihre Hosenböden auf dem abgeschabten Samt der Polsterbänke scheuern und hinter den Marmortischchen ihr Bier trinken.

Im Rauch der Pfeifen wurde er alt, verlor unter den Gasflammen sein Haar, und das wöchentliche Bad, das Haarschneiden alle vierzehn Tage, gar der Kauf eines neuen Anzuges oder eines

Hutes, das waren die gewichtigen Ereignisse seines Lebens. Wenn er mit einer neuen Kopfbedeckung in der Bierstube aufkreuzte, dann betrachtete er sich noch lange im Spiegel, ehe er seinen täglichen Platz einnahm, setzte ihn ein paarmal auf und ab, immer wieder anders, und fragte schließlich seine Freundin, die Kassiererin, die ihm aufmerksam zuschaute: »Finden Sie, daß er gut aussieht?«

Zwei- oder dreimal im Jahre ging er ins Theater, und den Sommer über verbrachte er den Abend ein paarmal in einem Musikcafé der Champs-Élysées. Die Melodien, die er von dort im Gedächtnis behielt, sang er wochenlang und trällerte sie noch vor sich hin und klopfte mit dem Fuß dazu den Takt, wenn er vor seinem Bier saß.

Träge, eintönig und kurzatmig folgten einander Jahr auf Jahr, weil sie keinen Inhalt hatten.

Er wurde kaum gewahr, wie sie an ihm vorübergingen. Am Tisch seiner Bierstube lebte er dem Tode entgegen, eigentlich ohne den Platz zu ändern, ohne sich von der Stelle zu rühren. Nur der große Spiegel, gegen den er seinen täglich leerer und schütterer werdenden Kopf lehnte, zeigte die zerstörende Hand der Zeit, der Zeit, die weiterrast und dahinflieht und dabei die Menschen aufzehrt, die armen Menschen!

Nun dachte er nur noch höchst selten an das häßliche Drama, das sein Dasein verdüstert hatte; denn zwanzig Jahre waren seit dem schrecklichen Abend vergangen. Aber durch das Leben, das er geführt hatte, war er aufgebraucht, geschwächt, erschöpft. Oft sagte der Geschäftsführer seiner Bierstube – der sechste, seit er dort verkehrte: »Monsieur Parent, Sie sollten sich ein wenig Bewegung machen. Sie müssen einmal an die Luft, hinaus aufs Land! Glauben Sie mir, Sie haben sich seit ein paar Monaten recht verändert!«

Als der Gast zur Tür hinaus war, sagte der Geschäftsführer auch der Kassiererin, was er beobachtet hatte. »Der arme Monsieur Parent«, meinte er, »spinnt einen schlechten Faden; es taugt nichts, daß er niemals aus diesem Paris herauskommt. Bringen Sie ihm doch bei, daß er von Zeit zu Zeit hinausgeht und sich mit einem kräftigen Kombüsenschlag stärkt. Der Sommer kommt, das wird ihn wieder auf die Beine bringen!«

Die Kassiererin, der der treue Stammgast leid tat und die ihn gern mochte, unterließ denn auch keinen Tag, Parent zu sagen: »Nein, Monsieur Parent, Sie müssen sich aufraffen und einmal einen Luftwechsel vornehmen. Was denken Sie, wie schön es auf dem Lande ist, wenn die Sonne scheint! Oh, wenn ich nur könnte, ich würde nur auf dem Lande leben!«

Und nun erzählte sie ihm von ihren Träumen, den romantischen Träumen, die alle die armen Mädchen träumen, die jahraus, jahrein hinter den Scheiben eines Geschäfts eingesperrt sind und draußen das geschäftige und geräuschvolle Leben der Straße vorübertreiben sehen. Dann sehnen sie sich nach dem ruhigen, friedlichen Leben zwischen Feldern unter den Bäumen im hellen Licht der Sonne, die herabstrahlt auf die Wiesen, die dunklen Wälder, die blinkenden Flüsse. Sie scheint auf die Kühe, die im Grase lagern, auf die Blumen, die draußen blühen, blau, rot, gelb, violett, lila, rosa, weiß und die so reizend sind und so frisch, und die so gut duften, alle die Blumen, die man sich pflückt, wenn man über Felder und Wiesen geht, und aus denen man große Sträuße bindet.

Mit der Zeit machte es ihr Vergnügen, ihm immer wieder von ihrer ungestillten Sehnsucht vorzuschwärmen, die doch nie erfüllt wurde und nicht zu erfüllen war; und er, dieser bedauernswerte alte Mann, der nichts mehr zu erhoffen hatte, gewann Freude daran, ihr zuzuhören. Er pflegte sich jetzt in die Nähe des Schanktisches zu setzen und mit Mademoiselle Zoé zu plaudern und sich mit ihr über die Vorzüge des Landlebens zu unterhalten. Und allmählich bekam er Lust, einmal zu versuchen, ob es außerhalb der Mauern der großen Stadt wirklich so schön sei, wie sie meinte.

So fragte er sie eines Vormittags: »Wissen Sie, wo man hier in der Umgebung gut ißt?« Sie gab ihm zur Antwort: »Oh, gehn Sie nach Saint-Germain auf die Terrasse, da ist es hübsch!«

Dort war er auch schon gewesen, damals, als er verlobt war, und so nahm er sich vor, wieder einmal hinzugehen.

Er suchte sich dazu einen Sonntag aus. Er hatte keinen besonderen Grund dafür; aber es ist einfach üblich, seine Ausflüge sonntags zu unternehmen, auch wenn man die ganze Woche nichts zu tun hat.

Und so machte er sich also eines Sonntags in der Frühe auf den Weg nach Saint-Germain.

Es war ein strahlend schöner, warmer Julitag. Er saß an der Tür seines Abteils und sah die Bäume vorüberfliegen und die wunderlichen Häuschen der Vororte. Es war ihm unbehaglich zumute. Es kränkte ihn, daß er dem neu aufgetauchten Verlangen nachgegeben hatte und damit so störend in das Gleichmaß seiner Tage eingriff. Ununterbrochen wechselte das Bild der Landschaft vor seinen Augen, und doch blieb es gleich. Er langweilte sich. Nun bekam er auch noch Durst. Sooft der Zug hielt, wandelte ihn die Lust an, auszusteigen, sich in das erstbeste Café zu setzen, das er in der Nähe des Bahnhofs finden würde, ein oder zwei Bier zu trinken und dann mit dem ersten Zug, der käme, wieder nach Paris zu fahren. Die Zeit wurde ihm lang, sehr lang. Es machte ihm nichts aus, ganze Tage auf einem Fleck zu sitzen, wenn er immer dieselben vertrauten Dinge vor Augen hatte; aber es ermüdete und zermürbte ihn, still zu sitzen und dabei von der Stelle zu kommen, kein Glied zu rühren und mit anzusehen, daß das ganze Land sich drehte.

Nur jedesmal, wenn der Zug über die Seine fuhr, dann merkte er auf. Unter der Brücke von Chatou schossen unter weitausholenden Riemenschlägen nacktarmige Ruderer in flinken Booten über das Wasser, und er dachte: ›Das sind flinke Burschen; sie haben sicher keine Langeweile.‹

Als sich das Ufer zu beiden Seiten des Pont du Pecq wie ein Band langhin erstreckte, empfand er ein leises Verlangen, einmal am Rande des Steilufers entlangzugehen. Aber da fuhr der Zug schon in den Tunnel kurz vor Saint-Germain, und gleich darauf hielt er auf dem Bahnhof.

Parent stieg aus. Teilnahmslos vor Müdigkeit schritt er dahin, die Hände auf dem Rücken, und strebte der Terrasse zu. Als er das eiserne Geländer erreicht hatte, blieb er stehen und blickte über das Land. Er hatte die weite Ebene vor sich, endlos wie das Meer, ganz mit Grün bedeckt. Wie Städte so stattlich lagen darin Dörfer verstreut. Weiße Straßen zogen sich hindurch, da und dort standen dichte Waldstücke, die Weiher von Vésinet glänzten wie silberne Tafeln, und in der Ferne zeichneten sich die Linien der Buttes de Sannois ab. Ein leichter bläulicher Dunst ließ sie eben noch ahnen. Die Sonne goß ihr strahlendes, heißes Licht über das weitgedehnte Land, über den leichten Schleier der Morgennebel, des Brodems, der in kleinen Wölkchen von der erwärmten Erde aufstieg, und des feuchten Dunstes über der Seine, die sich in einer endlosen Schlangenlinie durch die Ebene zieht, sich um die Dörfer herumwindet und an den Hügelreihen dahinströmt.

Ein leichter Windhauch wehte den Duft der grünenden Wiesen und treibenden Pflanzen herüber. Er schmeichelte um die Haut, drang tief in die Brust und schien das Herz zu beleben, den Geist anzufeuern und das Blut zu verjüngen.

Parent war überrascht. Langsam atmete er die kräftige Luft. Seine Augen waren geblendet vom Glanz der unendlichen Landschaft, und er murmelte: »Tatsächlich, hier ist es schön!«

Er ging ein paar Schritte weiter, dann blieb er wieder stehen und sah hinaus. Er vermeinte völlig neue Dinge zu entdecken, nicht nur, was er mit den Augen sah, nein, was er im Innern erahnte, ungekannte Erlebnisse, kaum denkbares Glück, nie genossene Freuden. Er blickte in ein Leben, von dem er gar keine Vorstellung hatte; hier vor der schrankenlosen Landschaft erschloß es sich ihm zum ersten Male.

Wie furchtbar armselig sein Dasein gewesen war, das wurde ihm klar in der Flut des Lichts, die sich über die Erde ergoß. Er dachte an seine zwanzig Jahre im Kaffeehaus, trübe, eintönige, zermürbende Jahre. Er hätte auf Reisen gehen können wie andere, weit, weit fort, zu fremden Völkern, in wenig bekannte Länder, übers Meer; er hätte treiben können, was andere Männer mit Leidenschaft erfüllt, die schönen Künste, die Wissenschaften, er hätte sich dem tausendfältigen Leben hingeben können, in tausenderlei Formen, dem geheimnisvollen, dem liebenswerten oder bitteren, immer wechselvollen, immer wieder rätselvollen und sonderbaren Erleben.

Nun war es zu spät. Jetzt leerte er ein Glas Bier nach dem andern, bis zu seinem Tode. Er hatte keine Familie, keine Freunde, keine Hoffnung, nichts, was ihn noch innerlich bewegte. Eine grenzenlose Trostlosigkeit überfiel ihn, ein Verlangen, sich herauszuretten, sich wieder zu verkriechen, nach Paris zurückzukehren, in seine Bierstube und seine Stumpfheit. Alle Gedanken, Träume, Wünsche, die in der Trägheit müder Herzen schlummern, hatte die strahlende Sonne über den Feldern aufgeweckt, aufgewühlt.

Er fühlte, daß er der Verzweiflung verfallen würde, wenn er länger hier weilte, und begab sich eilenden Schrittes zum Pavillon

Heinrichs IV., um hier seine Mahlzeit einzunehmen, sich mit Wein und Likören zu betäuben und wenigstens eine Menschenseele zu finden, mit der er ein Wort reden konnte.

Er setzte sich an einen kleinen Tisch zwischen dem Buschwerk, von dem man die ganze Landschaft übersehen konnte, traf schnell seine Wahl und bat, ihm sofort aufzutragen.

Weitere Spaziergänger langten an und setzten sich an die Nachbartische. Das tat ihm wohl; er war nicht mehr allein.

In einer Laube speisten drei Personen. Er hatte schon mehrmals zu ihnen hingesehen, ohne sie weiter zu beachten, so wie man gleichgültige Menschen ansieht.

Da traf ihn der Klang einer Frauenstimme, der ihm durch und durch ging. Die Stimme sagte: »Du könntest das Hähnchen teilen, Georges.«

Und eine andere Stimme antwortete: »Gern, Mama.«

Parent hob die Augen, und nun wurde es ihm klar, jetzt wußte er, wer diese Gäste waren. Er hätte sie kaum wiedererkannt. Seine Frau war in all den Jahren ganz weiß geworden, sehr stark, eine sehr würdige und achtunggebietende ältere Dame. Sie hatte sich ein Mundtuch vorgebunden; trotzdem bog sie den Kopf vor, um sich keine Flecke zu machen. Georges war erwachsen. Er trug einen Bart, das unausgeglichene, fast farblose Bärtchen, das auf den Wangen der Jünglinge keimt. Er trug Zylinderhut, weiße Weste und Monokel, sicher weil er das für vornehm hielt. Parent sah ihn an, verdutzt.

Das sollte Georges sein, sein Sohn Georges? Nein, diesen jungen Menschen kannte er nicht; zwischen ihnen gab es nichts Gemeinsames.

Limousin saß mit dem Rücken zu ihm, ein wenig nach vorn gesunken, und aß.

Die drei schienen glücklich und zufrieden zu sein; sie waren hier herausgekommen, nur um in einem Gasthaus von Ruf zu speisen. Sie hatten ein ruhiges und angenehmes Leben hinter sich; sie hatten sich eines traulichen Daseins in einem behaglichen Heim erfreut, einem Heim, das behaglich gemacht wurde durch all die kleinen Nichtigkeiten, die das Leben verschönen, durch die freundlichen Zeichen der Verehrung, durch alle die zärtlichen Worte, die man immer wieder miteinander tauscht, wenn man sich liebhat. So hatten sie gelebt auf seine Kosten, von seinem Gelde, nachdem sie ihn hintergangen, bestohlen, zugrunde gerichtet hatten. Ihn, den Arglosen, Treuherzigen, Gutmütigen hatten sie hinabgestoßen in das Elend der Vereinsamung, in das erbärmliche Dasein, das er zwischen Straße und Gasthaustheke führte, in alle Qualen des Leibes und der Seele. Sie hatten aus ihm einen unnützen, verlorenen, weltfremden Menschen gemacht, einen bemitleidenswerten alten Mann, den nichts mehr erfreuen konnte, der nichts mehr zu erhoffen hatte, von keiner Stelle und keinem Menschen. Für ihn war die Erde leer, weil es nichts auf Erden gab, das seinem Herzen nahestand. Und wenn er sich unter die Menschen stürzte, alle Straßen absuchte, in alle Häuser von Paris eindränge, alle Türen öffnete – hinter keiner hätte er das liebe, geliebte Antlitz einer Frau oder eines Kindes gefunden, das ihm entgegenlächelte. Und diese Vorstellung peinigte ihn, die Vorstellung von einer Tür, hinter der man jemanden finden und liebhaben konnte.

Und das, das war die Schuld dieser drei Elenden! Die Schuld dieser würdelosen Frau, dieses ehrvergessenen Liebhabers und dieses blonden jungen Mannes mit dem hochfahrenden Wesen.

Jetzt galt sein Zorn genauso dem Kinde wie den beiden andern. War es nicht der Sohn Limousins? Hätte ihn Limousin sonst so gehütet, so geliebt? Hätte Limousin nicht Mutter und Kind wieder verlassen, wenn er nicht gewußt hätte, daß es sein Kind war, sein echtes Kind? Zieht man fremde Kinder auf?

Dort waren sie nun, dicht vor ihm, diese drei Missetäter, die ihn so tief ins Elend gestürzt hatten.

Parent sah sie an; sein Groll wuchs, als er sich seiner Qualen, seines Kummers, seiner langen Verzweiflung erinnerte. Vor allem empörte ihn, wie ruhig und selbstzufrieden sie dort saßen. Er hätte sie morden können! Sollte er die Seltersflasche hinüberschleudern und den Schädel zerschmettern, der sich abwechselnd auf den Teller niederbeugte und wieder emporrichtete, den Schädel Limousins?

Konnte er die drei weiter so leben lassen, so ohne Sorgen, in unerschütterter Gemütsruhe? Nein, das wäre zuviel von ihm verlangt; jetzt hatte er sie in der Hand, jetzt sollten sie's ihm entgelten! Aber wie? Er dachte nach; schauerliche Dinge fielen ihm ein, die er in der Zeitung gelesen hatte. Aber es fiel ihm nichts ein, was sich durchführen ließ. Und so trank er, Schluck für

Schluck, um sich aufzumuntern und seinen Mut zu stärken. Die Gelegenheit durfte er sich nicht entgehen lassen; sie würde sich nie wieder bieten!

Plötzlich fiel ihm etwas Neues ein, ein grausamer Plan. Er trank nicht mehr; er dachte nur noch über alle Einzelheiten nach. Um seine Lippen spielte ein Lächeln. Er murmelte vor sich hin: »Jetzt habe ich sie; jetzt habe ich sie! Nun werden wir sehen, nun werden wir sehen!«

Der Kellner fragte: »Was darf ich dem Herrn noch bringen?«

»Einen Kaffee und einen Kognak, vom besten!«

Er ließ keinen Blick von den dreien und schlürfte langsam seinen Kognak. Hier war es zu belebt für das, was er vorhatte. So wartete er. Sie würden sicher nachher nach der Terrasse schlendern oder in den Wald gehen; dann wollte er ihnen folgen. Wenn sie erst ein Stück von hier entfernt wären, würde er sie einholen und seine Rache nehmen, ja, dann würde er sich rächen! Und das war bestimmt nicht übereilt, nach dreiundzwanzig qualvollen Jahren! Ha, sie ahnten natürlich nicht, was sie heute noch erleben würden!

Sie aßen unter sorglosem Plaudern zu Ende. Parent konnte nicht hören, was sie sprachen, aber er sah das Spiel der Mienen. Das Gesicht seiner Frau entrüstete ihn am meisten.

Sie trug ein hochfahrendes Wesen zur Schau, hatte die Haltung einer wohlbeleibten Betschwester, einer unnahbaren Heiligen, die von einem Harnisch von Grundsätzen, einem wahren Tugendpanzer umgeben ist.

Sie zahlten und erhoben sich. Da konnte er auch Limousin betrachten. Man hätte ihn für einen Diplomaten halten können, der sich zur Ruhe gesetzt hat, so bedeutend sah er aus mit seinem schönen, weichen, weißen Bart, dessen Enden auf die Revers seines Gehrocks herabhingen.

Sie gingen. Georges rauchte eine Zigarre; seinen Hut trug er auf einem Ohr. Parent folgte ihnen.

Zunächst gingen sie einmal über die Terrasse und bewunderten die Landschaft mit der gemessenen Ruhe wohlgesättigter Bürger; dann gingen sie in den Wald.

Parent rieb sich die Hände und folgte ihnen von weitem, hielt sich aber ihren Blicken verborgen, um nicht zu früh die Aufmerksamkeit auf sich zu lenken.

Sie gingen langsam und genossen das Grün des Waldes und die

milde Luft des schönen Tages. Henriette stützte sich auf Limousins Arm; sie ging an seiner Seite als selbstbewußte und selbstgefällige Ehefrau. Georges schlug mit seinem Stöckchen Laub von den Sträuchern, und zuweilen setzte er mit leichten Sprüngen über den Straßengraben, wie ein junges, übermütiges Pferd, das am liebsten losgaloppiert wäre bis hinein in das dunkelste Dickicht des Waldes.

Parent kam ihnen langsam näher. Er keuchte vor Aufregung und auch vor Erschöpfung; denn er war das Laufen nicht mehr gewöhnt. Er holte sie ein; aber da befiel ihn eine Furcht, eine dunkle, unerklärliche Furcht, und er überholte sie, um ihnen dann entgegenzukommen und sie Auge in Auge anzureden.

Mit klopfendem Herzen ging er weiter, nun er sie in seinem Rücken wußte, und sagte sich immer wieder: ›Vorwärts, es ist soweit; Mut, Mut, jetzt ist der rechte Augenblick!‹

Er kehrte um. Sie hatten sich alle drei im Schatten eines großen Baumes im Grase gelagert und plauderten.

Jetzt war er entschlossen. Schnellen Schrittes ging er zurück. Er blieb vor ihnen stehen, mitten auf der Straße. Mit abgehackter, brüchiger Stimme brachte er heraus: »Nun also, da bin ich! Ihr habt mich natürlich nicht erwartet, wie?«

Die drei musterten den Menschen. Er kam ihnen nicht ganz geheuer vor. Er sprach weiter: »Ihr habt mich auch nicht wiedererkannt. Seht mich nur an! Ich bin Parent, Henri Parent. Was meint ihr? Mit mir habt ihr hier wirklich nicht gerechnet. Ihr dachtet, es sei alles begraben und vergessen und ihr würdet mich nie wiedersehen. Aber da irrt ihr. Hier bin ich, und nun wollen wir uns einmal aussprechen!«

Henriette erschrak, verbarg das Gesicht in den Händen und murmelte: »Mein Gott, o mein Gott!«

Als Georges sah, daß der Fremde seine Mutter zu bedrohen schien, stand er auf und machte sich bereit, den Zudringlichen zu entfernen. Limousin saß noch auf dem Rasen; mit entsetzten Augen starrte er auf den spukhaft aufgetauchten Mann, der ein paar Sekunden schnaufte und dann fortfuhr: »Endlich können wir uns einmal gründlich aussprechen. Jetzt ist der rechte Augenblick gekommen! Ja! Ihr habt mich hintergangen, ihr habt mich in ein Sklavendasein gestoßen und habt gemeint, daß ich euch niemals wieder begegnen würde.«

Der Jüngling packte ihn an den Schultern und stieß ihn fort mit den Worten: »Haben Sie den Verstand verloren? Was wollen Sie eigentlich? Gehen Sie schleunigst Ihrer Wege, oder Sie beziehen eine Tracht Prügel, daß Ihnen Hören und Sehen vergeht!«

Parent antwortete: »Was ich will? Ich will dir beibringen, was für Leute das da drüben sind.«

Aber Georges war aufgebracht, schüttelte ihn und wollte auf ihn einschlagen. Der andere fing wieder an: »Laß das doch! Ich bin dein Vater... Paß auf, wir wollen sehen, ob sie mich nun erkennen, diese Elenden!«

Erschreckt ließ ihn der junge Mann aus seinen Händen und wandte sich nach der Mutter um.

Als Parent sich frei fühlte, lief er auf sie zu und sagte: »Nicht wahr? Sag du es ihm, daß ich es bin! Sage ihm, daß ich Henri Parent bin und daß ich sein Vater bin, da er Georges Parent heißt, da du meine Frau bist, da ihr alle drei von meinem Gelde lebt, von den zehntausend Franken, die ich dir jährlich zahlen lasse, seitdem ich dich aus meiner Wohnung hinausgewiesen habe. Sag ihm auch, warum ich dich zum Tempel hinausgejagt habe... Weil ich dich mit diesem Lump, mit diesem Strolch erwischt habe, deinem Liebhaber! Sag ihm, wer ich gewesen bin, ein untadeliger Mann, den du wegen seines Geldes geheiratet und vom ersten Tage an betrogen hast. Sag ihm, wer du bist und wer ich bin...« Er stotterte und schnaufte, so hatte der Zorn ihn mitgerissen.

Die Frau schrie mit schneidender Stimme auf: »Paul, Paul, laß ihn aufhören; er soll still sein, er soll schweigen! Laß ihn aufhören! Er soll das nicht vor meinem Sohn laut werden lassen!«

Limousin war nun aufgestanden. Mit ganz tiefer Stimme sagte er: »Seien Sie still! Hören Sie auf! Bedenken Sie doch, was Sie tun!«

Aber Parent geriet immer mehr in Wut und fuhr fort: »Oh, ich weiß sehr wohl, was ich tue. Ich bin noch nicht am Ende. Da ist noch eine Angelegenheit, der ich unbedingt nachgehen muß, eine Frage, die mich seit zwanzig Jahren peinigt.«

Dann wandte er sich Georges zu, der ganz gebrochen an einem Baum lehnte: »Höre gut zu! Als sie von mir ging, war ihr nicht genug, daß sie mich betrogen hatte; sie wollte mich völlig der Verzweiflung preisgeben. Du wärst mein einziger Trost gewesen! Nun, da hat sie dich mitgenommen und geschworen, ich sei nicht dein Vater, sondern dein wahrer Vater sei jener dort. Hat sie nun gelogen? Ich weiß es nicht und frage es mich seit zwanzig Jahren.«

Er ging dicht an sie heran, finster drohend, riß ihr die Hand vom Gesicht und sagte: »Nun, ich frage dich auf Ehre und Gewissen, wer von uns ist der Vater dieses jungen Mannes? Er oder ich – dein Ehemann oder dein Geliebter? Also bitte, heraus mit der Sprache!«

Limousin warf sich auf ihn. Parent stieß ihn zurück und grinste ihn voll Wut und Hohn an: »Ah, heute hast du Mut! Heute bist du tapfrer als damals, als du dich auf die Treppe hinaus in Sicherheit brachtest, weil ich dich totgeschlagen hätte. Nun schön, wenn sie nichts sagt, dann antworte du! Du mußt es schließlich ebensogut wissen wie sie. Sag, bist du der Vater dieses jungen Mannes? Los, sprich!«

Er trat wieder vor seine Frau.

»Wenn ihr es mir nicht sagen wollt, dann sagt es wenigstens eurem Sohn! Er ist Mann und hat ein Recht darauf, zu erfahren, wer sein Vater ist. Ich weiß es nicht. Ich habe es nie gewußt, nie, nie! Ich kann es dir nicht sagen, mein Junge!«

Er war wie von Sinnen; er überschrie sich; seine Hände flogen: »Nun, gebt ihr keine Antwort?... Sie kann's auch nicht sagen. Was gilt's, auch sie kann's nicht sagen... Nein... bei allen Heiligen!... Sie weiß es nicht... Sie hat bei beiden gelegen!... Hahaha!... Nun weiß es keiner, keiner... Gibt es so was?... Du wirst es nie erfahren, mein Junge, du wirst es für immer ebensowenig wissen wie ich... niemals... Da... frag sie... du wirst sehn, sie weiß es nicht... ich auch nicht... er auch nicht... keiner weiß es...! Nun kannst du dir einen Vater aussuchen... ja... du kannst dir einen aussuchen... ihn oder mich... Nun, wähle!... So, guten Abend, ...jetzt bin ich zu Ende!... Wenn sie sich noch entschließt, dir das Geheimnis zu offenbaren, dann sei so lieb und laß mich's auch wissen – Hotel des Continents, nicht wahr? Sollte mich freuen, es noch zu erfahren... Guten Abend... Wünsche noch recht viel Vergnügen!«

Er ging. Er bebte vor Erregung und sprach noch immer weiter, unter den hohen Bäumen, in der reinen, frischen Luft, die nach Wachsen und Reifen roch. Er drehte sich nicht ein einziges Mal nach ihnen um. Er ging stracks vorwärts. Wut und Erregung beschleunigten seinen Schritt, die Frage, die ihm sein Leben verbittert hatte, war ohne Antwort geblieben.

Ehe er sich's versah, war er auf dem Bahnhof. Ein Zug stand bereit. Er stieg ein. Während der Fahrt legte sich sein Zorn. Er kam wieder zu sich, und als er in Paris war, staunte er selber darüber, daß er so entschieden aufgetreten war. Denn eigentlich fühlte er sich so zerschlagen, wie wenn man ihm alle Knochen im Leibe gebrochen hätte. Trotzdem ging er in seine Bierstube, ein Glas ›Bock‹ zu trinken.

Als sie ihn hereinkommen sah, fragte Mademoiselle Zoé überrascht: »Schon zurück? Hat Sie's zu sehr angestrengt?«

Er gab zur Antwort: »Ja... ja... sehr angestrengt... sehr angestrengt...! Wissen Sie, man ist solche Dinge nicht mehr gewöhnt. Das ist nun eben vorbei; ich gehe nicht noch einmal hinaus aufs Land. Es wäre besser gewesen, ich hätte es nicht getan. Von heute an bleibe ich in der Stadt!«

Obgleich sie recht neugierig war, gelang es ihr nicht, etwas über den Spaziergang zu erfahren.

Monsieur Parent aber berauschte sich an dem Abend zum ersten Male in seinem Leben bis zur Besinnungslosigkeit. Er mußte nach Hause geschafft werden.

Constantin Guys
Die Equipage
Feder- und Pinselzeichnung

Der Einsiedler

Wir hatten mit ein paar Freunden den greisen Einsiedler aufgesucht, der sich in der weiten Ebene zwischen Cannes und Napoule auf einem mit großen Bäumen bestandenen ehemaligen Grabhügel niedergelassen hatte.

Auf dem Heimwege sprachen wir von diesen einst so zahlreichen sonderbaren Laien und Eremiten, die heutzutage fast verschwunden sind. Wir suchten nach sittlichen Gründen und mühten uns, die Art des Kummers festzustellen, der ehemals die Menschen in die Einsamkeit getrieben haben mochte.

Einer unserer Gefährten sagte: »Ich habe zwei solche Einsiedler gekannt: einen Mann und eine Frau. Die Frau muß noch leben. Sie wohnte, es mag fünf Jahre her sein, in einer Ruine auf dem Gipfel eines völlig verlassenen Berges an der Küste von Korsika, fünfzehn bis zwanzig Kilometer von jeder menschlichen Behausung entfernt. Sie lebte dort mit einer Bedienten, und ich suchte sie auf. Sie war zweifellos einmal eine Frau von Welt gewesen. Sie empfing mich höflich, ja sogar herzlich, aber ich weiß nichts über sie und habe auch nichts erraten können. Was aber den Mann anbetrifft, so kann ich Ihnen sein düsteres Geschick erzählen:

Wenden Sie sich einmal um, und Sie sehen ganz dort hinten einen spitzen, bewaldeten Hügel, einen einsamen Vorläufer des Esterelgebirges; man nennt ihn dortzulande den Schlangenberg. Auf ihm lebte vor jetzt etwa zwölf Jahren mein Einsiedler zwischen den Mauern eines kleinen, antiken Tempels.

Da ich von ihm gehört hatte, entschloß ich mich, seine Bekanntschaft zu machen und ritt an einem Märzmorgen von Cannes aus zu ihm.

Ich ließ das Pferd in einer Herberge in Napoule und kletterte den sonderbaren Hügel, der vielleicht hundertfünfzig oder zweihundert Meter hoch ist, zu Fuß hinauf. Er ist mit aromatischen Pflanzen überwuchert, hauptsächlich Farnen, deren Duft so durchdringend ist, daß mir übel wird. Der Boden ist steinig, und oft huschen Vipern über die Kiesel und verschwinden im Graswerk. Daher denn auch der berechtigte Name Schlangenberg. An gewissen Tagen scheinen die Reptile, zumal wenn man den Berg an der Sonnenseite erklimmt, unter den Füßen emporzuwachsen. Sie sind so zahlreich, daß man kaum aufzutreten wagt und ein merkwürdiges Unbehagen verspürt, nicht etwa Furcht – denn die Tiere sind harmlos –, wohl aber einen mystischen Schauer. Ein paarmal hatte ich die seltsame Empfindung, als stiege ich einen Götterberg empor, einen heiligen Hügel der Vorzeit, der von duftenden Kräutern überdeckt, von Schlangen bevölkert und von einem Tempel gekrönt ist.

Der Tempel existiert noch, wenigstens hat man mir bestätigt, daß es einer ist. Weiter habe ich nicht gefragt, weil ich mir meine Illusionen nicht zerstören lassen wollte.

Also eines Märzmorgens kletterte ich hinauf, unter dem Vorwand, die Aussicht von dort oben bewundern zu wollen. Als ich den Gipfel erreichte, erblickte ich wirklich Mauern und, auf einem Stein sitzend, einen Mann. Er konnte höchstens fünfundvierzig Jahre alt sein, obgleich seine Haare schlohweiß waren; aber sein Bart war noch fast schwarz. Er liebkoste eine Katze auf seinem Schoße und schien mich nicht zu bemerken. Ich ging rund um die Ruine, deren einer Teil als Wohnung abgetrennt und mit Zweigen, Stroh, Gräsern und Kies überdacht war, und trat dann neben ihn.

Die Aussicht dort oben ist herrlich. Rechts der Esterel mit den spitzen, seltsam zerklüfteten Gipfeln und das unendliche Meer, fernhin bis zu den Küsten Italiens, die zahllosen Vorgebirge, dann Cannes gegenüber, die grünen Inselflächen Lerins, die zu schwimmen scheinen und deren letzte eine alte Festung mit Turmzinnen trägt, die förmlich in die Fluten hineingebaut ist.

Über der grünen Küste aber, wo man den Rosenkranz der Landhäuser und weiß ins Grün der Bäume gebaute Landstädte sieht, die von weitem unzähligen, an den Uferrand gelegten Eiern gleichen, erheben sich die Alpenhäupter mit ihren Schneemützen.

Ich rief: ›Gott, ist das schön!‹

Der Mann hob den Kopf und sagte: ›Ja, aber wenn man's alle Tage sieht, wird's eintönig.‹

Er konnte also reden, plaudern, er langweilte sich also. Ich hatte ihn.

Ich blieb an diesem Tage nicht lange und bemühte mich nur zu entdecken, wie sein Menschenhaß gefärbt war. Er machte mir ganz den Eindruck eines der Menschen müden, der Welt überdrüssigen Wesens, eines unverbesserlich Enttäuschten, der einen Ekel hat vor sich und den anderen. Nach einer halbstündigen Unterhaltung verließ ich ihn. Aber acht Tage später kletterte ich wieder hinauf, in der nächsten Woche noch einmal und alle acht Tage wieder. Noch vor Ablauf zweier Monate waren wir Freunde.

Eines Abends im Mai hielt ich den richtigen Augenblick für gekommen und brachte Vorräte mit, um mit ihm auf dem Schlangenberge zu speisen. Es war ein echter, rechter, düfteschwerer Mittelmeerabend in diesem Lande, wo man die Blumen, wie im Norden das Korn, in Feldern baut, wo man fast alle Essenzen, die Frauenhaut und Frauenkleider duften machen, herstellt; es war einer jener Abende, an denen der Atem unzähliger Orangenbäume, die alle Gärten und alle Windungen der Täler füllen, so betäubt und schmeichelt, daß selbst Greise wieder von Liebe träumen.

Mein Einsiedler empfing mich mit sichtlicher Freude; er willigte gern ein, meine Mahlzeit zu teilen.

Ich brachte ihn dazu, etwas Wein zu trinken, was er längst nicht mehr gewöhnt war; er wurde lebhaft und fing an, von seinem vergangenen Leben zu sprechen. Er hatte immer in Paris gewohnt und wohl wie ein lustiger Junggeselle gelebt.

Ich fragte ihn ganz unvermittelt: ›Welch seltsame Idee von Ihnen, sich hier auf diese Bergspitze zu setzen!‹

›Weil ich vielleicht den schwersten Schlag bekommen habe, den je ein Mensch bekommen hat‹, gab er mir zur Antwort. ›Aber warum Ihnen mein Unglück verbergen? Sie bemitleiden mich vielleicht! Und dann ... ich habe es noch niemandem gesagt ... Niemandem ... und ich wüßte gern ... wie ein anderer darüber denkt ... wie er es beurteilt ...

In Paris geboren, in Paris erzogen, blieb ich dort. Meine Eltern hatten mir ein paar tausend Franken Rente hinterlassen, und ich erhielt durch Protektion eine bescheidene und ruhige Stellung, die mich für einen Junggesellen reich machte.

Von früh an führte ich ein Junggesellenleben. Sie wissen, was das heißt. Frei, ohne nähere Verwandten und fest entschlossen, nie eine Frau zur Ehe zu nehmen, lebte ich einmal drei Monate mit der einen, einmal sechs Monate mit einer andern, dann wieder ein Jahr ohne Gefährtin und suchte mir meine Jagdbeute unter den

Mädchen, die sich nehmen oder kaufen lassen. Dies mittelmäßige oder, wenn Sie wollen, banale Leben gefiel mir, befriedigte die mir angeborene Lust am Wechsel und am Schlendrian. Ich lebte auf dem Boulevard, im Theater und in Cafés, war immer draußen, fast nie zu Hause, obwohl ich sehr nett wohnte. Ich war eins von den tausend Geschöpfen, die sich treiben lassen wie die Korken, denen Paris die Welt bedeutet und die um nichts Sorge haben, weil sie für nichts eine Leidenschaft besitzen. Ich war das, was man einen guten Kerl nennt, ohne besondere Qualitäten und ohne besondere Laster. Ja. Ich beurteile mich schon ganz richtig.

So verlief mein Leben vom zwanzigsten bis zum vierzigsten Jahre, bald langsam und bald rasch, ohne irgendein besonderes Ereignis. Wie schnell vergehen solche einförmigen Pariser Jahre, in denen keine markante Erinnerung den Geist belastet, diese langsamen oder hastigen, die grauen oder bunten Jahre, in denen wir essen, trinken und lachen, ohne zu wissen warum, in denen man allem Schmackhaften und allem, was sich küssen läßt, den Mund hinhält, ohne doch wirklich etwas zu begehren. Man war jung und wird alt, ohne etwas getan zu haben, was andere tun; wird alt, ohne Halt, ohne Wurzel, ohne Bande, fast ohne Freunde, ohne Eltern, ohne Frauen, ohne Kinder!

So wurde ich allmählich und doch rasch vierzig Jahre alt. Um diesen Geburtstag würdig zu feiern, leistete ich mir ganz allein ein üppiges Festessen in einem großen Restaurant. Ich stand einsam in der Welt; ich fand es richtig für mich, diesen Tag auch einsam zu feiern.

Nach dem Essen überlegte ich nicht, was ich machen sollte. Ich hatte Lust, in ein Theater zu gehn, dachte daran, ins Studentenviertel zu pilgern, wo ich einst Jura studiert hatte, wanderte quer durch Paris und ließ mich in irgendein Bierhaus mit weiblicher Bedienung treiben.

Sie war ganz jung, die meinen Tisch hatte, hübsch und lustig. Ich lud sie ein, etwas mit zu essen, und sie nahm ohne Zögern an. Sie setzte sich mir gegenüber und sah mich prüfend an, ohne zu wissen, mit was für einer Sorte Mann sie zu tun hätte. Sie war blond, eigentlich mehr als blond, ein überaus frisches Geschöpf, und ich sah in Gedanken ihre rosige Fülle unter dem schwellenden Mieder. Ich machte ihr Komplimente, machte meine Witze mit ihr, wie sie so üblich sind mit solchen Wesen; und da sie wirklich reizend war, kam mir plötzlich der Einfall, sie zu mir zu nehmen... zur Feier meines vierzigsten Geburtstages. Es kostete weder Mühe noch Zeit... Sie war gerade frei... seit vierzehn Tagen, wie sie sagte... Sie nahm an und wollte, sobald ihr Dienst zu Ende war, erst noch mit mir soupieren gehen.

Da ich fürchtete, sie würde mich vielleicht doch noch im Stich lassen, wer weiß erstens, was passieren kann, zweitens, wer noch in solch Bierhaus kommt, und drittens, wann oder wie der Wind in einem Weiberkopf umspringt – blieb ich lieber gleich da und wartete den ganzen Abend.

Auch ich war seit etwa ein, zwei Monaten frei und überlegte mir, wie ich die niedliche, kleine Anfangsschülerin Amors so von Tisch zu Tisch gehen sah, ob es nicht richtiger sei, mit ihr einen längeren Kontrakt zu machen. Aber ich erzähle Ihnen da nichts als das Alltagsabenteuer aus dem Leben eines Pariser Mannes.

Entschuldigen Sie, bitte, die groben Einzelheiten. Aber Männer, die nicht mit Poesie geliebt haben, treffen die Wahl ihrer Frauen, wie man beim Metzger ein Kotelett aussucht, und denken lediglich an die Güte des Fleisches.

Schließlich begleitete ich sie in ihre Wohnung – denn mein eigenes Bett halte ich rein. Es war ein kleines Arbeiterinnenstübchen im fünften Stock, sauber und ärmlich, aber ich verbrachte dort zwei köstliche Stunden. Die Kleine hatte wirklich eine seltene Anmut und Grazie.

Als ich gehen wollte, trat ich an den Kamin, um auf den Sims das übliche Geschenk niederzulegen, nicht ohne mit der Kleinen, die im Bett geblieben war, eine zweite Begegnung verabredet zu haben, und sah im Halbdunkel eine Stutzuhr, zwei Blumenvasen und zwei Fotografien, die eine, ein schon sehr altes Glasbild, eine sogenannte Daguerreotypie. Ich beugte mich ganz ohne Absicht über dies Bild und war wie erschlagen... es war mein Konterfei, die erste Fotografie von mir, die ich einst hatte machen lassen, als ich hier im Studentenviertel hauste.

Ich griff danach und prüfte es näher. Ich hatte mich nicht getäuscht... ich hatte Lust zu lachen, so unerwartet und komisch erschien mir die Geschichte.

›Wer ist denn dieser Herr da‹, fragte ich.

Sie antwortete: ›Es ist mein Vater. Ich habe ihn nie gekannt.

Mutter hat es mir hinterlassen und mir gesagt, ich sollte es aufbewahren, es könne mir vielleicht einmal nützen ...‹

Sie stockte, fing an zu lachen und begann wieder: ›Ich möchte wissen, wozu es mir nützen soll. Ich glaube nicht, daß er mich erkennen würde.‹

Mein Herz ging in gestrecktem Galopp. Ich legte das Bild flach auf den Kamin zurück, und ohne zu wissen, was ich eigentlich tat, legte ich zwei Hundertfrankenscheine drauf, die ich gerade noch in der Tasche hatte, flüchtete und rief: ›Bald also ... auf ... Wiedersehen ... mein Liebling ... auf Wiedersehn.‹

Ich hörte sie ›Am Dienstag‹ antworten, als ich schon auf der dunkeln Treppe war und mich hinuntertastete. Erst draußen bemerkte ich, daß es regnete. Ich ging mit großen Schritten durch irgendeine Straße.

Ich wanderte, ganz außer Fassung, vor mich hin und suchte nach einer Erinnerung. War's möglich? – Ja. – Ich erinnerte mich plötzlich eines Mädchens, das mir einen Monat ungefähr nach unserem Bruche geschrieben hatte, sie hätte ein Kind von mir. Ich hatte den Brief zerrissen oder verbrannt und nie mehr an ihn gedacht. – Ich hätte mir auch die Fotografie der Frau auf dem Kamin ansehen sollen. Würde ich sie wohl wiedererkannt haben? War's nicht die Fotografie einer alten Frau?

Ich kam zum Kai. Ich sah eine Bank und setzte mich. Es regnete. Leute mit Regenschirmen kamen und gingen. Das Leben erschien mir grauenvoll, empörend grauenvoll, von Elend, Schmach, von bewußten und unbewußten Gemeinheiten erfüllt. Meine Tochter! ... Ich kam vielleicht aus den Armen meiner eigenen Tochter! ... Paris aber, das große, trübe, traurige, finstere, schmutzige, schwarze Paris mit all seinen verschlossenen Häusern war voll von ähnlichen Dingen, von Ehebruch, Blutschande, vergewaltigten Kindern. Ich mußte an die Brücken denken, von denen es heißt, daß sie die Schlupfwinkel des scheußlichsten Lasters sind.

Ohne Wissen und Wollen hatte ich Schlimmeres getan als diese niedrigsten Kreaturen. Ich war im Bette meiner eigenen Tochter!

Ich hätte mich fast ins Wasser gestürzt. Ich war wahnsinnig, irrte bis zum Morgen herum und ging dann erst nach Hause, um zu überlegen.

Ich tat, was ich für das klügste hielt: Ich bat einen Notar, die

Kleine einmal zu sich kommen zu lassen und sie zu fragen, unter welchen Umständen ihre Mutter ihr das Bild ihres vermeintlichen Vaters übergeben hätte. Ich fügte übrigens hinzu, ein Freund von mir habe mich gebeten, danach zu forschen. Der Notar erledigte meinen Auftrag. Die Frau hatte auf ihrem Totenbette in Gegenwart eines Priesters, dessen Namen ich ebenfalls erfuhr, den Mann auf dem Bild als den Vater ihrer Tochter bezeichnet.

Darauf ließ ich, natürlich immer namens meines unbekannten Freundes, diesem Kinde mein halbes Vermögen, etwa hundertvierzigtausend Franken, verschreiben, von dem sie allerdings nur die Renten erheben darf, legte meine Stellung nieder und – bin hier.

Beim Durchstreifen der Küstengegend fand ich diesen Berg und ließ mich hier nieder … wer weiß … auf wie lange?

Wie denken Sie nun über mich und meine Handlungsweise?‹

Ich reichte ihm die Hand und sagte:

›Sie haben recht gehandelt. Mancher hätte diesem verhängnisvollen Zufall weniger Gewicht beigelegt.‹

Er antwortete: ›Ich weiß wohl. Aber ich bin fast wahnsinnig geworden. Meine Seele war, scheint's, feinfühliger, als ich es ahnte. Heute fürchte ich mich vor Paris, wie sich der Gläubiger vor der Hölle fürchtet. Ich habe eben einen Schlag bekommen, einen Schlag vor den Schädel, als wenn mir ein Ziegelstein auf den Kopf gefallen wäre. Aber seit einiger Zeit geht es mir besser.‹

Ich verließ meinen Einsiedler. Seine Erzählung ging mir sehr nah.

Ich sah ihn nur noch zweimal, ehe ich reiste, denn ich bleibe nie länger als bis Ende Mai im Süden.

Als ich im nächsten Jahr wiederkam, war er nicht mehr auf dem Schlangenberge, und ich habe auch nie wieder etwas von ihm gehört.

Das ist seine Geschichte.«

Pierre-Auguste Renoir
Badende, mit den Füßen im Wasser stehend
Farblithographie

Rosalie Prudent

An der ganzen Geschichte blieb etwas dunkel, das weder die Geschworenen noch der Präsident des Gerichtshofes und auch der Generalstaatsanwalt nicht zu ergründen vermochten.

Die ledige Prudent, Rosalie, Dienstmädchen bei dem Ehepaar Varambot in Mantes, war, ohne daß die Herrschaft etwas davon bemerkt hatte, schwanger geworden, war während der Nacht in ihrer Kammer niedergekommen, hatte dann das Kind getötet und im Garten vergraben.

Soweit war es die alte Geschichte, daß ein Dienstmädchen ihr Kind aus der Welt schafft. Aber eins blieb ungeklärt. Bei der Durchsuchung der Kammer dieser Rosalie Prudent fand man eine vollständige Säuglingsausstattung, die Rosalie in drei Monaten nachts zugeschnitten und genäht hatte. Der Krämer, bei dem sie von ihrem Lohn die Kerzen gekauft hatte, bezeugte dies. Außerdem stand fest, daß ihr die Hebamme, die sie von ihrem Zustand unterrichtete, alle Weisungen und Ratschläge für den Fall gegeben hatte, daß die Niederkunft sie in einem Augenblick überraschte, in dem ihr niemand beistehen konnte.

Im übrigen hatte sie für das Mädchen in Poissy einen Platz gefunden, wo man sie aufnehmen wollte, wenn ihr gekündigt würde, denn das Ehepaar Varambot verstand in Fragen der Moral keinen Spaß.

Sie waren mit erschienen und wohnten der Verhandlung bei, kleine Rentnersleute aus der Provinz. Der Makel, mit dem ihr Haus befleckt worden war, hatte sie aufs äußerste empört. Sie hätten das Mädchen am liebsten ohne Urteil sofort guillotiniert gesehen und belasteten es mit gehässigen Aussagen, wie wenn ihr Mund die Klage zu führen hätte.

Die Beschuldigte war ein schönes, hochgewachsenes Mädchen aus der Basse-Normandie. Sie wußte, was auf dem Spiel stand, weinte unausgesetzt und war zu keiner Aussage zu bewegen.

So blieb nichts übrig, als anzunehmen, daß sie die grausige Tat in einem Augenblick der Verzweiflung und geistigen Umnachtung begangen habe, weil alle Anzeichen dafür sprachen, daß sie ihr Söhnchen behalten und aufziehen wollte.

Der Vorsitzende versuchte noch einmal, sie zum Sprechen zu bringen und ein Geständnis zu erlangen. Er hatte ihr mit großer Geduld zugeredet und machte ihr schließlich begreiflich, daß die Männer, die hier zu Gericht saßen, nicht ihren Tod wollten, sondern sie bedauerten.

Da entschloß sie sich endlich zu reden.

Der Vorsitzende fragte: »Also sagen Sie uns erst einmal, wer der Vater des Kindes ist!«

Bis jetzt hatte sie es hartnäckig verschwiegen.

Jetzt plötzlich antwortete sie und sah dabei ihre Herrschaft an, die sie so böswillig verleumdet hatte: »Monsieur Joseph, der Neffe von Monsieur Varambot.«

Die Eheleute fuhren hoch und riefen wie aus einem Munde: »Das ist nicht wahr! Sie lügt! Das ist eine Unverschämtheit!«

Der Vorsitzende bedeutete ihnen zu schweigen und sagte zur Beklagten: »Bitte, fahren Sie fort, und erzählen Sie, wie das gekommen ist.«

Nun waren ihre Hemmungen überwunden, und sie sprach ohne Scheu. Sie tat ihr verschlossenes Herz auf, das arme, vereinsamte und zerbrochene Herz, und sie breitete vor diesen strengen Männern, die sie bisher für ihre Feinde und unnachsichtige Richter gehalten hatte, ihren ganzen Kummer aus.

»Ja, Monsieur Joseph ist es gewesen, als er im letzten Jahr auf Urlaub war.«

»Was ist denn der junge Monsieur Varambot?«

»Unteroffizier bei der Artillerie, Monsieur. Zwei Monate war er zu Besuch. Zwei Monate im Sommer. Ich, ich dachte ja an nichts Böses, als er anfing, mir schöne Augen zu machen und Schmeicheleien zu sagen und den ganzen Tag mit mir schönzutun. Da hat er mich rumgekriegt, Monsieur. Er hat immer wieder gesagt, ich bin ein schönes Mädchen, ich bin reizend ... ganz sein Geschmack ... Und mir – er hat mir auch gefallen, ganz gewiß! ... Was wollen Sie ... man hört so was gern, wenn man allein ist ... ganz allein ... wie ich. Ich bin allein auf der Welt, Monsieur ... Ich habe keinen Menschen, mit dem ich mal 'n Wort reden kann ... keinen Menschen, der mich versteht ... Ich habe keinen Vater, keine Mutter, keinen Bruder, keine Schwester, keinen Menschen! Und wenn er sich nun mit mir was erzählte, war er wie 'n Bruder, der zu mir zurückgekommen ist. Und eines Abends hat er gesagt, ich soll hinunterkommen an den Fluß, da sind wir unbelauscht. Ich bin hingegangen, ja... weiß ich warum? Weiß ich das heute... Da hat er mich umgefaßt – ich wollte nicht, ganz gewiß... nein... nein... Aber ich konnte nicht mehr... ich wollte weinen, so schön war der Abend... der Mond schien... ich konnte nicht mehr... Nein, ich schwöre... ich konnte nicht mehr... er konnte mit mir machen, was er wollte... Drei Wochen ist das gegangen, so lange, wie er dablieb... Da wäre ich mit ihm bis ans Ende der Welt gegangen... er ist wieder fort... Ich wußte nicht, daß ich ein Kind kriegte!... Ich hab's erst nach einem Monat gemerkt...«

Sie fing so an zu weinen, daß man ihr Zeit lassen mußte, sich wieder zu fassen.

Sie begann aufs neue: »Als ich gemerkt habe, daß ich ein Kind bekomme, habe ich's Madame Boudin gesagt, der Hebamme, die ist doch dazu da, und habe gefragt, was ich tun muß, wenn es kommt, ohne daß sie dabei ist. Dann habe ich meine Kinderwäsche fertig gemacht, Nacht für Nacht, jede Nacht bis um eins. Und dann habe ich mir eine andere Stelle gesucht, denn ich wußte ja, daß sie mich wegschicken würden. Aber ich wollte so lange wie möglich bleiben, weil ich ein paar Sous sparen wollte und so gut wie nichts hatte, und weil ich's brauchte für das Kleine...«

»Also, Sie wollten es nicht töten?«

»Oh! Ganz gewiß nicht, Monsieur!«

»Warum haben Sie es dann getan?«

»Das war so. Es kam viel früher, als ich gedacht hatte. Es hat mich in der Küche überrascht, als ich beim Abwaschen war. Monsieur und Madame schliefen schon. Da ging ich denn in meine Kammer hinauf, es war nicht leicht, ich zog mich am Geländer hoch. Ich legte mich auf den blanken Fußboden, weil ich das Bett nicht schmutzig machen wollte. 's hat vielleicht eine Stunde gedauert, vielleicht zwei, vielleicht drei, ich weiß es nicht mehr, solche Schmerzen hatte ich! Und dann, dann preßte ich mit aller Kraft, da fühlte ich, daß es kam, und ich hab' es aufgehoben.

Oh! Ja, da war ich froh, das können Sie mir glauben! Ich habe alles getan, was Madame Boudin gesagt hat, alles! Und dann hab' ich's in mein Bett gelegt. Und dann kriegte ich wieder solche

Schmerzen, Schmerzen zum Umkommen – wenn Sie hier alle wüßten, wie das ist, dann würden Sie mich nicht so quälen … ach, laßt mich doch in Ruhe – alle! Ich bin auf die Knie gefallen, dann auf den Rücken und lag wieder auf dem blanken Boden. Und dann kam's noch einmal, vielleicht noch mal 'ne Stunde, vielleicht zwei, und ich so ganz allein … und da war auf einmal ein zweites da … ein zweites Wurm … Zwei … ja … zwei … denken Sie! Ich habe es genommen wie das erste und ins Bett gelegt. Da lagen sie nebeneinander, zwei – ist so was möglich? Eins, ja, das geht zur Not … aber zwei nicht! Da habe ich den Kopf verloren. Was weiß ich? – Was sollte das werden, sagen Sie bloß?

Ich weiß nicht! Ich war am Ende! Ich habe das Kopfkissen drübergedeckt, ich wußte nicht mehr, was ich tat … Zwei konnte ich nicht behalten, und dann hab' ich mich draufgelegt. Und dann habe ich mich die Nacht rumgewälzt und geheult, bis es draußen hell wurde.

Da waren sie unterm Kopfkissen beide tot. Da hab' ich sie auf den Arm genommen, und da bin ich die Treppe hinunter nach dem Krautgarten und hab' den Spaten vom Gärtner genommen und hab' sie vergraben, so tief, wie ich konnte, eins hier und eins da, nicht zusammen, damit sie nicht von ihrer Mutter sprechen können, wenn sie sprechen, die kleinen Toten. Was weiß ich denn davon!

Und dann im Bett bin ich so krank gewesen, daß ich nicht aufstehn konnte. Sie haben den Doktor geholt, und der hat gesehn, was los war. Das ist die reine Wahrheit, Herr Richter! Nun machen Sie mit mir, was Sie wollen, ich bin auf alles gefaßt!«

Die Hälfte der Geschworenen schneuzte sich verzweifelt, um die Rührung zu verbergen. Im Zuschauerraum schluchzten Frauen laut auf.

Der Vorsitzende fragte: »Wo haben Sie das zweite vergraben?«

Sie fragte: »Welches haben Sie gefunden?«

»Das … das in den Artischocken.«

»Ja … das andere liegt in den Erdbeeren, am Brunnen.« Und sie fing so bitterlich an zu schluchzen und zu stöhnen, daß es alle Herzen jammerte.

Die ledige Prudent wurde freigesprochen.

Edouard Manet
Olympia
Holzschnitt

Madame Parisse

I

Ich saß in dem kleinen Hafen Obernon, der ganz nahe bei dem Dörfchen Salis liegt, auf der Mole, um Antibes bei Sonnenuntergang zu sehen. Noch nie hatte ich eine so überraschende Schönheit geschaut.

Die kleine, von schweren Festungsmauern umschlossene Stadt reckte sich mitten in dem ungeheuren Golf von Nizza dem Meere zu. Die hohen Wogen der offenen See brachen sich am Fuße der Mauern und krönten sie mit ihrer Gischt. Eine Menge Häuser kletterte jenseits bis zu den beiden Türmen hinan, die wie zwei Spitzen eines antiken Helms in den Himmel ragten. Und die beiden Türme wieder hoben sich ab von dem Milchweiß der Alpen, von der riesigen, fernen Schneemauer, die den Horizont sperrte.

Zwischen dem weißen Schaum am Mauerfuß und dem weißen Schnee am Himmelsrand bot die kleine Stadt, die blendend und aufrecht auf dem blauen Grund der Vorberge stand, den Strahlen der untergehenden Sonne ihre Pyramide von rotgedeckten Häusern dar, deren Fronten zwar gleichfalls weiß waren, aber in so verschiedenen Tönungen, daß sie in allen Farben zu schimmern schienen.

Auch der Himmel über den Alpen war von einem fast weißen Blau, als hätte der Schnee ihn entfärbt. Silberwölkchen schwebten dicht über den gebleichten Gipfeln. Und an der anderen Seite des Golfes lag Nizza, dicht am Rande des Wassers wie ein weißer Faden zwischen Meer und Gebirge. Zwei große dreieckige Segel, von starkem Winde gebläht, schienen über die Wellen zu tanzen. Seltsam ergriffen betrachtete ich das ganze Bild.

Unvergeßlich wie eine Erinnerung an altes Glück drang die seltene Süße, die Köstlichkeit durch die Augen in meine Seele. Mit den Augen sehen, denken, leiden und lieben wir. Wer mit dem Auge zu empfinden versteht, hat bei Betrachtung der Dinge und

Wesen dieselbe scharfe, verfeinerte und tiefe Freude, die Menschen mit zartem und empfindsamem Ohr fühlen, wenn ihnen Musik das Herz zerwühlt.

Ich sagte zu meinem Gefährten Martini, einem Vollblutsüdländer: »Das ist wirklich eines der seltensten Schauspiele, die ich je habe bewundern dürfen. Ich habe den Mont Saint-Michel, das Riesenjuwel aus Granit, bei Sonnenaufgang aus dem Sande aufsteigen sehen; ich habe in der Sahara den fünfzig Kilometer langen Raianechergui-See bewundert, wie er bei einem Mondlicht, strahlend wie unsere Sonne, dem Himmel eine milchweiße Wolke entgegenhauchte. Auf den Liparischen Inseln habe ich den fantastischen Schwefelkrater des Volcanello geschaut, der einer rauchenden, brennenden Riesenblume gleicht, einer gelben, unnatürlich großen Blüte, die sich auf offener See erschlossen hat, und deren Stengel der Vulkan ist. Aber ich muß sagen, ich habe nichts Überraschenderes gesehen, als Antibes auf dem Hintergrund der Alpen bei Sonnenuntergang. Und ich weiß nicht, warum Erinnerungen aus dem Altertum auf mich einstürmen; Verse aus Homer fallen mir ein; als wäre Antibes eine Stadt des alten Morgenlandes, eine Stadt aus der Odyssee, Troja! Und wenn Troja auch nicht am Meere lag.«

Martini zog den Reiseführer aus der Tasche und las: »Die Stadt war ursprünglich eine von den Phocäern aus Marseille im Jahre 340 vor Christus gegründete Kolonie. Sie erhielt den griechischen Namen Antipolis, das heißt ›Gegenstadt‹, weil sie in der Tat Nizza, das auch eine Kolonie der Marseiller war, gegenüberlag. Nach der Besiegung der Gallier machten die Römer aus Antibes eine Beamtenstadt; die Bewohner standen unter römischem Standrecht. Wir wissen aus einem Epigramm des Martial, daß Antibes damals ...«

Er las weiter. Ich unterbrach ihn: »Es ist doch ganz gleich, was Antibes gewesen ist. Ich sagte Ihnen doch, daß ich eine Stadt aus der Odyssee vor Augen habe. Asiatische oder europäische Küste, sie sind an beiden Ufern gleich; und nichts erweckt am europäischen Ufer des Mittelländischen Meeres in mir so deutlich die Erinnerung an heroische Zeiten.«

Ein Geräusch von Schritten ließ mich den Kopf wenden; eine Frau, eine hochgewachsene Brünette, ging auf dem Wege, der am Meer entlang zum Kap führt.

Martini flüsterte: »Das ist Madame Parisse, Sie wissen ja!«

Nein, ich wußte nichts, aber dieser hingeworfene Name Paris, des trojanischen Schäfers Name, bestärkte mich in meinen Illusionen.

Trotzdem fragte ich: »Wer ist Madame Parisse?«

Er schien erstaunt zu sein, daß ich ihre Geschichte nicht kannte.

Ich beteuerte, daß ich nichts wüßte, und musterte dabei die Frau, die, ohne uns zu sehen, vorüberging, träumerisch und langsam, wie die Damen des Altertums gegangen sein mögen. Sie mochte etwa fünfunddreißig Jahre alt sein und war noch schön, sehr schön, nur etwas zu üppig.

Und Martini erzählte.

2

»Madame Parisse ist eine geborene Combelombe; sie heiratete ein Jahr vor dem Siebzigerkriege den Regierungsbeamten Herrn Parisse. Sie war damals ein schönes junges Mädchen, so schlank und heiter, wie sie jetzt üppig und melancholisch ist. Nur mit Widerstreben hatte sie Parisse zum Mann genommen, der einer von den kleinen, kurzbeinigen und dickleibigen Männern war, die mit Trippelschritten daherstolpern und immer zu weite Hosen tragen.

Nach dem Kriege lag in Antibes nur ein Linienregiment, das von einem gewissen Jean de Carmelin, einem jungen, im Kriege ausgezeichneten Offizier, kommandiert wurde, der eben erst Oberst geworden war.

Da er sich in der Festung und der von dem Doppelgürtel riesiger Mauern bis zum Ersticken eingeengten Kleinstadt sehr langweilte, ging er oft auf dem Kap spazieren, einer Art Park oder Tannenwäldchen, das allen Seewinden ausgesetzt ist.

Dort begegnete er Madame Parisse, die auch an den Sommerabenden dahin ging, um unter den Bäumen frische Luft zu schöpfen. Wie sie sich liebgewannen? Wer weiß es? Sie trafen sich und ließen kein Auge voneinander, und wenn sie sich nicht sahen, dachten sie sicherlich immer aneinander.

Das Bild der jungen Frau mit den braunen Augen, dem schwarzen Haar, dem bleichen Teint, das Bild der schönen frischen Südländerin, die beim Lächeln ihre Zähne zeigte, umschwebte den Offizier, der seinen Spaziergang fortsetzte und dabei an seiner Zigarre kaute, statt sie zu rauchen; und der Oberst in seiner eng anschließenden, goldbestickten Uniform mit roten Hosen; sein blonder Schnurrbart, der sich über der Lippe kräuselte, dies Bild mußte wohl Madame Parisse vorschweben, wenn ihr Mann, schlecht rasiert und schlecht angezogen, kurzbeinig und dickleibig, abends zum Essen heimkam.

Da sie einander oft trafen, lächelten sie sich wohl bei ihren Begegnungen an; und da sie einander oft sahen, bildeten sie sich schließlich ein, sie seien alte Bekannte. Und er grüßte sie wahrscheinlich. Sie war überrascht und verneigte sich ein wenig, ein ganz klein wenig nur, nur so viel, wie nötig war, um nicht unhöflich zu erscheinen. Aber nach vierzehn Tagen erwiderte sie seinen Gruß schon von weitem.

Er sprach mit ihr! Wovon? Natürlich vom Sonnenuntergang. Und sie bewunderten ihn zusammen, beobachteten ihn mehr in der Tiefe ihrer Augen als am Himmel. Und zwei Wochen lang blieb der Sonnenuntergang allabendlich der stete, immer bereite, banale Vorwand zu einer Unterhaltung von ein paar Minuten.

Dann wagten sie es, ein paar Schritte nebeneinander herzugehen und dabei von irgend etwas anderem zu sprechen. Aber ihre Augen sagten sich bereits tausend vertrauliche Dinge, geheime, entzückende Dinge, die sich in der Wärme des Tons, in der Erregung des Blicks widerspiegeln und das Herz schneller schlagen lassen, denn sie vermitteln die Zärtlichkeit der Seelen besser als ein Geständnis. Dann muß er wohl ihre Hand gefaßt und Worte gestammelt haben, die eine Frau versteht, scheinbar ohne sie zu hören.

Und sie kamen überein, sich nur ideal, platonisch zu lieben.

Sie wäre gern immer auf dieser Stufe der Liebe geblieben, aber er wollte weitergehen. Und jeden Tag bestürmte er sie glühender, seinem heißen Verlangen nachzugeben.

Sie widerstand, sie wollte nicht, schien entschlossen, fest zu bleiben.

Eines Abends jedoch sagte sie ihm, scheinbar ganz ohne Absicht: ›Mein Mann ist nach Marseille gefahren und will vier Tage fortbleiben.‹

Jean de Carmelin warf sich ihr zu Füßen und flehte sie an, ihm noch am selben Abend gegen elf Uhr die Tür zu öffnen. Aber sie wollte ihn nicht hören und ging erzürnt fort.

Der Kommandant war den ganzen Abend schlechter Laune; und am anderen Morgen war er schon vor Sonnenaufgang auf den Wällen, ging wütend vom Übungsplatze der Kapelle zum Schießplatz und warf Offizieren und Mannschaften Strafen an den Kopf; es war, wie wenn er Steine in eine Volksmenge schleuderte.

Als er zum Essen heimkam, fand er in einem Kuvert unter seiner Serviette folgende vier Worte: ›Heute abend, zehn Uhr.‹ Ohne Grund schenkte er seinem Burschen fünf Franken.

Der Tag wurde ihm sehr lang. Einen Teil der Zeit verbrachte er damit, sich zu frisieren und zu parfümieren. Als er sich abends zum Essen setzte, wurde ihm wieder ein Kuvert gebracht. Ein Telegramm lag darin: ›Liebes Kind, Geschäfte erledigt. Komme heute abend Neunuhrzug. Parisse.‹

Der Oberst stieß einen so fürchterlichen Fluch aus, daß der Bursche die Suppenterrine aufs Parkett fallen ließ.

Was nun? Er wollte sie um jeden Preis noch heute abend sein nennen! Er wollte es möglich machen, und wenn er auch den Ehemann einsperren müßte. Und eine tolle Idee fuhr ihm durch den Kopf. Er verlangte Papier und schrieb:

›Gnädige Frau!

Ich schwöre Ihnen, er kommt heute abend nicht, und ich werde um zehn Uhr bei Ihnen sein. Fürchten Sie nichts, ich stehe für alles ein, mit meinem Ehrenwort als Offizier.

Jean de Carmelin.‹

Nachdem er den Brief abgeschickt hatte, aß er ruhig weiter. Gegen acht Uhr ließ er sich Hauptmann Gribois kommen und sagte ihm, während er Parisses Telegramm zwischen den Fingern drehte:

›Herr Hauptmann, ich habe eben ein ganz sonderbares Telegramm bekommen, dessen Inhalt ich nicht einmal Ihnen mitteilen kann. Lassen Sie sofort alle Tore der Stadt schließen und streng bewachen, damit niemand, verstehen Sie mich wohl, auch niemand, vor sechs Uhr morgens herein oder hinaus kann. Auch durch die Straßen müssen Patrouillen gehen und die Einwohner zwingen, um neun Uhr zu Hause zu sein. Wer nach neun Uhr auf der Straße betroffen wird, wird mit bewaffneter Hand in seine Wohnung geschafft. Sollten Ihre Leute in der Nacht mir begegnen, so sollen sie tun, als hätten sie mich nicht gesehen.

Haben Sie mich verstanden?‹

›Jawohl, Herr Oberst.‹

›Ich mache Sie für die Ausführung meines Befehls verantwortlich, lieber Hauptmann!‹

›Zu Befehl, Herr Oberst.‹

›Trinken Sie ein Glas Chartreuse?‹

›Gern, Herr Oberst.‹

Sie stießen an, tranken das gelbe Naß, und Hauptmann Gribois ging.

3

Der Marseiller Zug lief pünktlich um neun Uhr in den Bahnhof ein, setzte zwei Reisende auf dem Perron ab und fuhr dann nach Nizza weiter.

Der eine Reisende war groß und mager, es war Saribe, der Ölhändler, der andere war klein und dick, es war Parisse. Seite an Seite machten sie sich, die Koffer in der Hand, auf den Weg nach der Stadt, die einen Kilometer vom Bahnhof entfernt liegt. Als sie aber an das Hafentor kamen, kreuzten die Posten ihre Bajonette und befahlen ihnen, sich zu entfernen.

Höchst erschrocken und erstaunt gingen sie zurück, um zu beratschlagen.

Dann kamen sie vorsichtig wieder näher, nannten ihre Namen und verlangten Einlaß.

Aber die Soldaten mußten strenge Befehle haben, denn sie drohten zu schießen; und die beiden Reisenden flohen voller Angst im Laufschritt und ließen ihre Handkoffer, die sie bei der Flucht hinderten, zurück.

Sie gingen um die Wälle herum zum Tor, das auf die Straße nach Cannes führt.

Es war ebenfalls verschlossen und von einem drohenden Posten besetzt. Die Herren Saribe und Parisse machten als kluge Männer keine weiteren Versuche und kehrten nach dem Bahnhof zurück, um dort Unterschlupf zu suchen, denn die Gegend bei den Befestigungen war nach Sonnenuntergang nie sicher.

Der überraschte und ganz verschlafene Eisenbahnbeamte erlaubte ihnen, den Tag im Wartesaal zu erwarten. Ohne Licht saßen sie dort nebeneinander auf dem mit grünem Samt überzogenen Sofa, zu verängstigt, um schlafen zu können.

Die Nacht wurde beiden lang.

Um halb sieben Uhr morgens erfuhren sie, daß die Tore wieder offen waren und daß man endlich nach Antibes hinein könne.

Sie machten sich auf den Weg, fanden aber auf der Straße ihre Handkoffer nicht wieder. Als sie noch etwas unruhig das Stadttor passierten, kontrollierte sie Oberst de Carmelin persönlich mit heimlichem Augenzwinkern und aufgezwirbeltem Schnurrbart.

Er grüßte sie höflich und bedauerte, daß er ihnen eine so schlechte Nacht habe bereiten müssen, aber er habe nur einem höheren Befehl gehorchen müssen.

Die Gemüter in Antibes waren furchtbar erregt. Die einen sprachen von einem Überfall, den die Italiener geplant hätten, die anderen von einer versuchten Landung des kaiserlichen Prinzen, manche glaubten auch an eine orleanistische Verschwörung. Erst später, als man erfuhr, daß Kommandant de Carmelin schwer bestraft und versetzt worden sei, erriet man die Wahrheit.«

4

Martini schwieg. Madame Parisse hatte ihren Spaziergang beendet und ging wieder an uns vorüber. Ernst schritt sie dahin, die Augen auf die Alpen gerichtet, deren Gipfel jetzt in den letzten Strahlen der Sonne rosig erglühten. Sie ging fast an mir vorbei.

Ich hatte Lust, die arme, melancholische Frau zu grüßen, die immer an jene ferne Liebesnacht und an den kühnen Mann denken mußte, der um einen Kuß von ihr eine ganze Stadt in Belagerungszustand gesetzt und seine ganze Zukunft riskiert hatte.

Heute hatte er sie sicher schon vergessen. Vielleicht dachte er aber doch noch manchmal an sie, wenn er bei irgendeiner Kneiperei die kühne Liebesposse zum besten gab.

Hatte sie ihn wiedergesehen? Liebte sie ihn noch? Und ich dachte bei mir: Wieder ein höchst charakteristischer Zug von grotesker und doch heroischer, moderner Liebe. Der Homer, der diese Helena und die Abenteuer ihres Menelaus besingen wollte, müßte den Geist eines Paul de Rock besitzen. Und doch ist der Held, der diese verlassene Schönheit einst geliebt hat, tapfer, verwegen, schön, stark wie Achill und schlauer als Odysseus gewesen.

Camille Pissarro
Badende nahe einem Wald
Lithographie

Julie Romain

Vor zwei Jahren im Frühling wanderte ich am Ufer des Mittelländischen Meeres entlang. Was ist schöner, als auf ebener Straße munter auszuschreiten und den Gedanken freien Lauf zu lassen? Man geht am Fuß des Gebirges und am Rande des Meeres dahin, durch helles Licht und sanft schmeichelnden Wind. Traumbilder steigen auf. Was gaukelt einem nicht alles durch den Sinn an lockenden Bildern, Liebesfreuden und Abenteuerlust, wenn der Fantasie die Fesseln gelöst sind! Mit der milden, reinen Luft, die wir atmen, füllen verworrene, zukunftsfrohe Erwartungen unsere Brust. Wir trinken sie mit der leichten Brise, und sie wecken im Herzen einen Hunger nach Glück, der wächst, wie auf der Wanderung auch unser Appetit immer größer wird. Geschwinde, reizende Einfälle flattern durch unser Denken wie flinke, jubilierende Vögel.

Ich wanderte auf der Straße, die sich von St-Raphael lang hinstreckt nach Italien zu, durch eine prachtvolle, abwechslungsreiche Szenerie für die großen Liebesspiele aus der Dichtung aller Welt.

Und mir ging durch den Sinn, daß man von Cannes, wo man sein Geld mit vollen Händen ausgibt, bis Monaco, wo man's am Spieltisch gewinnt, fast nur Menschen antrifft, die sich wichtig tun oder die zu Gelde kommen wollen. Unter diesem prächtigen Himmel, in diesem Garten der Rosen und Orangen stellen sie ihren Dünkel, ihre törichten Ansprüche und niedrigen Begierden zur Schau und zeigen den wahren Menschen: knechtisch, dumm, anmaßend und habgierig.

Da sah ich plötzlich im Hintergrunde eine der entzückenden Buchten, auf die man hinter jedem Bergesvorsprung trifft, einige Villen, es waren nur vier oder fünf. Mit dem Blick aufs Meer standen sie am Hang eines Berges, vor einem dichten Tannenwalde, der sich weit hinten in zwei weglosen Tälern verlor, die vielleicht gar keinen Ausgang hatten. Vor einem der Häuser hielt ich den Schritt an, so schön war es: ein kleiner, weißer Bau mit brauner Holzverkleidung. Bis ans Dach war er von Rosen überwuchert.

Und der Garten: ein Teppich aus Blumen aller Farben und Größen in verspielter, aber wohlüberlegter Unordnung! Sie standen überall verstreut im Rasen; jede Stufe der Freitreppe trug an den Seiten Blütenbüschel, von den Fenstern hingen blaue und gelbe Trauben schimmernd über die Hauswand herab, und das flache Dach mit der Steinbalustrade war überdeckt von Ranken voller blutrot leuchtender Glöckchen.

Hinter dem Gebäude führte eine lange Allee blühender Orangenbäume bis an den Fuß des Gebirges. Über der Tür war in kleinen, goldenen Buchstaben zu lesen ›Villa d'Antan‹.

Ich überlegte, welcher Dichter oder welche Fee dort wohnen, welcher feinsinnige Einsiedler diesen Platz und dieses Traumschloß geschaffen haben mochte, das hier mitten in einem Blumenbeet aufgeschossen war.

Auf der Straße, ein kleines Stück weiter, klopfte ein Straßenwärter Steine. Ich fragte ihn, wem das Kleinod gehöre. Er antwortete: »Madame Julie Romain.«

Julie Romain! Vor langer Zeit, in meiner Kindheit, hatte ich viel von ihr sprechen hören, der großen Schauspielerin und Rivalin der Rachel.

Niemals hatte eine Frau mehr Beifall gefunden und mehr Liebe, vor allem mehr Liebe! Wie viele Duelle waren ihretwegen ausgetragen worden, wie viele Selbstmorde hatte es gegeben, wieviel Skandale! Wie alt mochte sie jetzt sein, diese verführerische Circe? Sechzig, siebzig, fünfundsiebzig? Julie Romain! Hier in diesem Hause! Die Frau, die der größte Musiker und der größte Dichter unseres Landes angebetet haben! Ich erinnere mich, welches Aufsehen es in ganz Frankreich erregte (ich war damals zwölf Jahre alt), als sie plötzlich mit dem Musiker brach und mit dem Dichter nach Sizilien floh.

Überraschend war sie eines Abends nach einer Premiere abgereist, auf der ihr das Parkett eine halbe Stunde Beifall geklatscht und sie elfmal vor den Vorhang gerufen hatte.

Wie es damals üblich war, reiste das Paar in der Postkutsche ab. Sie fuhren weiter übers Meer und ließen sich auf der Insel nieder, die man im Altertum ›die Tochter Griechenlands‹ nannte, im großen Orangenhain, der sich rings um Palermo hinzieht, und lebten auf der ›Goldenen Muschel‹ nichts anderem als nur ihrer Liebe.

Man erzählte viel von ihrer gemeinsamen Besteigung des Ätna.

Innig umarmt und die Wangen aneinandergeschmiegt, hatten sie sich über den ungeheuren Krater gebeugt, wie um sich hinabzustürzen in den feurigen Schlund.

Der Dichter der hinreißenden, der tiefsinnigen Verse, die eine ganze Generation trunken machten, der kunstvollen und hintergründigen Strophen, die den nachfolgenden Poeten eine neue Welt erschlossen, war tot. Der andre, der Verlassene, der für sie Musik geschaffen, ihr in Tönen gehuldigt hatte, mit Melodien der Freude und der Verzweiflung, mit unvergänglichen Melodien, die allen Hörern den Sinn gefangennahmen und das Herz zerrissen, lebte auch nicht mehr.

Und sie, sie wohnte hier, hier in diesem von Blumen völlig überwucherten Hause.

Ich zögerte nicht einen Augenblick und zog die Glocke.

Ein kleiner Diener kam und öffnete die Tür, ein junger Mensch von achtzehn Jahren, ungewandt noch und unbeholfen. Ich schrieb auf meine Karte eine galante Huldigung für die Schauspielerin und die herzliche Bitte, mich zu empfangen. Vielleicht kannte sie meinen Namen und würde meinen Besuch annehmen.

Der Bediente ging und kam bald wieder mit der Einladung, ihm zu folgen. Er führte mich in einen Salon, wie man ihn sich nicht typischer vorstellen kann, mit kalt wirkenden, schweren Möbeln im Stil Louis-Philippes. Ein kleines Hausmädchen, zierlich, aber keineswegs hübsch, nahm noch eben die schonenden Hüllen von den Sesseln, offenbar mir zu Ehren.

Dann war ich allein.

An den Wänden hingen drei Porträts: ein Rollenbild der Schauspielerin, dann der Dichter im langen, auf Taille gearbeiteten Rock und dem Spitzenjabot von früher und zuletzt der Musiker an seinem Klavier.

Sie lächelte mit zierlichem Munde und blauen Augen liebreizend, aber gekünstelt aus dem Rahmen, ganz im Stil der Zeit. Die Malerei war sorgfältig durchgeführt, glatt und nichtssagend. Der Blick der beiden Männer schien schon ins Jenseits hinüberzuschauen.

Alles atmete Vergangenheit, lang verflossene Tage von Menschen, die nicht mehr auf Erden wandeln.

Da tat sich eine Tür auf, und eine kleine Frau trat ein. Sie war alt, sehr alt und sehr klein. Weißes, gescheiteltes Haar bedeckte ihr Haupt; weiß waren die Augenbrauen. Wie ein flinkes, heimliches weißes Mäuschen erschien sie mir. Sie streckte mir die Hand entgegen und begrüßte mich mit noch immer frischer, klangvoller und wohllautender Stimme: »Ich danke Ihnen, Monsieur! Wie liebenswürdig, daß die Herren von heute sich der Frauen von gestern erinnern! Bitte nehmen Sie Platz!«

Ich erzählte, daß mich ihr Haus angelockt habe, daß ich gern wissen wollte, wem es gehöre, und daß ich nicht hätte widerstehen können zu läuten, als ich erfahren hatte, wer es bewohne.

Sie erwiderte: »Das freut mich um so mehr, Monsieur, als mich zum erstenmal hier jemand aufsucht. Als mir Ihre Karte mit den liebenswürdigen Worten gebracht wurde, hat mich das berührt, wie wenn man mir einen Freund aus alten Tagen meldete. Ich gehöre ja nicht mehr zu den Lebenden; ich bin tot, wirklich tot, und niemand denkt mehr an mich, niemand erinnert sich meiner, bis auf den Tag, an dem man mich in die Gruft legen wird. Dann werden noch einmal alle Zeitungen drei Tage lang ihre Spalten füllen mit Anekdoten, Lebensdaten, Erinnerungen und begeistertem Lob zum Gedächtnis der Schauspielerin Julie Romain, und dann ist alles vorbei!«

Sie schwieg. Nach einigem Besinnen sprach sie weiter: »Und der Tag ist nicht mehr fern. In Monaten, vielleicht in Tagen schon, wird von der kleinen Frau, die heute noch lebt und atmet, nichts übrig sein als ein winziges Skelett.«

Sie blickte empor zu ihrem Bildnis; es lächelte herab auf sie, diese alte Frau, nur noch eine Karikatur ihrer selbst; dann wandte sie ihre Augen den Porträts der Männer zu, dem verächtlich herabschauenden Poeten und dem durch sie zum Schaffen begeisterten Musiker. Sie schienen zu sagen: ›Was geht uns diese menschliche Ruine an?‹

Da erfaßte mich ein unsagbares, tiefes, bohrendes Weh, der Schmerz über lang erloschenes Leben, durch den sich unser Gedächtnis sträubt gegen völliges Vergessen, so wie sich ein Ertrinkender gegen den Tod wehrt.

Von meinem Platze aus sah ich auf der Straße prächtige, schnelle Wagen vorüberrollen, die von Nizza nach Monaco fuhren. Junge, hübsche, reiche, glückliche Frauen saßen darin und lächelnde, mit sich und der Welt zufriedene Männer. Ihr Auge war meinem Blick gefolgt. Sie erriet meine Gedanken und meinte leise und resigniert: »Man kann nicht zugleich heute und gestern leben.«

Ich sagte: »Aber wie schön und reich muß Ihr Leben gewesen sein!«

Sie seufzte tief: »Schön und reich an Freuden! Drum ist der Abschied für mich nicht leicht.«

Ich sah, daß es sie drängte, von sich zu reden. Und vorsichtig, zurückhaltend, so, wie wenn man fürchtet, an schmerzende Wunden zu rühren, fing ich an zu fragen.

Da erzählte sie von ihren Erfolgen, ihren Triumphen, ihren Freunden, ihrer glänzenden Bühnenlaufbahn. Ich fragte sie: »Und danken Sie nun dem Theater auch die schönsten Freuden und das höchste Glück Ihres Lebens?«

Sie antwortete ohne Besinnen: »Nein! Keineswegs!«

Ich lächelte, und sie fuhr fort, mit einem Blick leiser Wehmut nach den beiden Bildnissen an der Wand: »Jenen danke ich es.«

Ich konnte mich nicht enthalten zu fragen: »Welchem?«

»Beiden! In der Erinnerung des Alters fließt das ineinander; gegenüber dem einen habe ich allerdings ein schlechtes Gewissen.«

»Nun, Madame, dann danken Sie Ihr Glück nicht den beiden Männern, sondern der Liebe überhaupt; die beiden sind nur ihre Mittler gewesen.«

»Möglich, aber was für Mittler!«

»Sind Sie sicher, daß ein einfacher Mann, ein Mann, der nicht berühmt war, Sie nicht ebenso oder sogar inniger geliebt hätte? Er hätte Ihnen sein ganzes Leben, sein ganzes Herz, sein Denken und Sein, sein ganzes Wesen geschenkt, während diese beiden Ihnen nur ihre Musik und ihre Poesie dargebracht haben, zwei erbitterte Rivalen allerdings!«

Mit jung gebliebener Stimme, die ans Herz rührte, widersprach sie lebhaft: »Nein, Monsieur, nein! Vielleicht hätte mich ein anderer aufrichtiger geliebt, aber er hätte mich nicht so feurig geliebt wie diese beiden. Oh! Sie haben mir das Lied der Liebe gesungen, wie niemand auf der Welt es hätte singen können! Sie haben mich damit berauscht! Es gibt keinen Mann, nicht einen Menschen, der mir das hätte sagen können, was sie zu finden wußten, der eine in Tönen, der andere in Worten. Ist es genug, wenn einer nur liebt und wenn er in seine Liebe nicht alle Poesie und alle Musik des Himmels und der Erde hineinzulegen versteht? Die beiden wußten, wie man eine Frau mit Tönen und mit Worten um den Verstand bringt! Gewiß, in unserer Leidenschaft mag mehr

Illusion als Wirklichkeit gewesen sein; aber diese Illusionen heben den Menschen empor in den Himmel, während die Wirklichkeit ihn auf der Erde festhält. Andere mögen mich echter geliebt haben, aber diese beiden haben mich gelehrt, was Liebe ist, und ich, ich habe sie empfunden und verehrt als etwas Göttliches!«

Und plötzlich fing sie an zu weinen.

Sie weinte still vor sich hin, wie verzweifelt.

Ich gab mir den Anschein, als gewahrte ich es nicht, und blickte ins Weite. Nach einigen Minuten fuhr sie fort: »Sehen Sie, Monsieur, fast bei allen Wesen altert das Herz mit dem Körper. Bei mir war es nicht so. Mein armer, alter Leib ist neunundsechzig, und das bedauernswerte Herz ist zwanzig ... Darum lebe ich hier für mich allein, zwischen meinen Blumen und mit meinen Träumen.«

Es entstand ein langes Schweigen. Dann beruhigte sie sich, und lächelnd sprach sie weiter: »Sie würden über mich spotten, wenn Sie wüßten ... wenn Sie wüßten, wie ich die Abende hinbringe ... wenn das Wetter schön ist ... Ich möchte mich schämen und doch zugleich bemitleiden ...!«

Ich mochte noch so bitten, sie wollte nicht sagen, womit sie ihre Abende ausfülle. So stand ich denn auf und wollte gehen. Da rief sie: »Schon?«

Und als ich sagte, daß ich in Monte Carlo dinieren wollte, fragte sie zögernd: »Wollen Sie nicht bei mir essen? Sie würden mir eine Freude machen.«

Ich nahm ohne Zögern an. Sie läutete, gab dem kleinen Hausmädchen ihre Weisungen und zeigte mir dann ihr Haus.

An das Eßzimmer schloß sich ein Wintergarten voller Stauden an und eröffnete den Blick auf die ganze lange Orangenallee, die bis zum Gebirge hinführte. Unter Laubwerk stand versteckt ein bequemer Sessel, dem man gleich ansah, daß er ein Lieblingsplatz der alten Schauspielerin war.

Wir gingen hinab in den Garten und freuten uns an den Blumen. Es wurde langsam Abend, ein stiller, lauer Abend. Aus dem Boden quoll der schwere Geruch der Erde herauf.

Als wir uns zu Tisch setzten, war es fast dunkel. Das Diner war gut und dauerte lange. Als sie erst merkte, daß eine tiefe Sympathie für sie in meinem Herzen aufkeimen wollte, wurden wir bald gute Bekannte. Sie hatte ein wenig vom Wein genippt und wurde vertrauensseliger, offenherziger.

»Kommen Sie«, sagte sie, »wir wollen den Mondschein genießen! Ich liebe den Mond, den guten Mond. Er hat meine schönsten Freuden gesehen. Mir ist, wie wenn alle meine Erinnerungen darin geschrieben stünden. Ich brauche ihn nur anzusehn, und sie werden in mir wach. Und zuweilen... abends... führe ich mir ein Schauspiel auf... so schön... so schön... wenn Sie das ahnten! Aber nein, Sie würden spotten... es ist unmöglich... Ich wage es nicht... nein... nein... wirklich nein...!«

Ich bat: »Aber... was denn? Sagen Sie es doch! Ich verspreche, nicht zu spotten... ich schwöre es... sagen Sie es doch...!«

Sie blieb unschlüssig. Ich faßte nach ihren Händen, den armen, kleinen, zarten, kalten Händen und küßte sie, eine nach der anderen, mehrere Male, so wie es ehemals jene beiden taten. Das ging ihr nahe.

Aber sie zögerte noch immer.

»Sie versprechen, daß Sie nicht lachen?«

»Jawohl, ich schwöre es!«

»Nun, dann kommen Sie!«

Sie stand auf, und als der kleine, linkische Diener in der grünen Livree hinter ihr den Stuhl wegnahm, sagte sie ihm ganz leise und sehr schnell etwas ins Ohr. Er antwortete: »Ja, Madame, sofort!«

Sie nahm meinen Arm und führte mich vor die Veranda.

Von hier aus bot die Orangenallee einen wahrhaft prächtigen Anblick. Jetzt stand der Mond, der volle Mond, hoch am Himmel und legte mitten zwischen die undurchsichtigen Kronen der Bäume auf den gelben Sand einen silbernen Pfad, einen langen Streifen hellen Lichtes.

Die Bäume standen in voller Blüte und erfüllten die Nacht mit ihrem starken, süßen Duft. Im schwarzen Laube schwirrten Tausende von Leuchtkäfern, wie Stäubchen von den Sternen. Ich rief aus: »Oh! Das wäre eine Dekoration für eine Liebesszene!«

Sie lächelte: »Nicht wahr? Nicht wahr? Nun, warten Sie!«

Ich mußte mich an ihre Seite setzen.

Leise sagte sie: »In solchen Augenblicken bedauert man, daß das Leben vergänglich ist. Die Menschen haben wohl kaum noch Verständnis für so etwas. Sie sind Börsenmänner, Kaufleute, Geschäftemacher. Wir verstehen uns kaum noch. Wenn ich sage ›uns‹, meine ich mich und andererseits die jungen Leute heutzutage. Sogar die Liebe wird zu einer geschäftlichen Angelegenheit. Oft entscheidet sich's bei einer verheimlichten Schneiderrechnung. Ist der Betrag höher, als euch die Frau wert ist, zieht ihr euch zurück; ist euch die Frau mehr wert als das Geld, dann bezahlt ihr. Schöne Sitten... reizende Beweise von Liebe!«

Da faßte sie meine Hand: »Sehen Sie...«

Ich war überrascht und entzückt... Ganz hinten am Ende der Allee kamen auf dem mondbeschienenen Pfade zwei junge Menschen gegangen. Sie hielten sich um die Taille gefaßt. Ein reizendes Bild; engumschlungen, langsamen Schrittes kamen sie näher, bald hell beschienen vom Licht und bald darauf versunken in dunklem Schatten. Er war nach der Mode des achtzehnten Jahrhunderts in einen weißseidenen, langen Rock gekleidet, und auf dem Kopfe hatte er einen Hut mit einer großen Straußenfeder. Sie trug ein Kostüm mit Reifrock und eine hohe gepuderte Perücke wie die Schönen aus der Zeit des Prinzregenten Philippe d'Orléans.

Hundert Schritte vor uns blieben sie mitten in der Allee stehn und küßten sich mit geziertem Anstand. Jetzt erkannte ich sie; es waren die beiden kleinen Bedienten. Da hätte ich am liebsten laut herausgelacht. Ich konnte mich kaum auf meinem Stuhle halten. Halb krank fast wand ich mich; so wie ein Patient, dem ein Bein amputiert wird, dem Drang widerstrebt loszuschreien – so mußte ich mich beherrschen.

Das junge Paar wandte sich um und schritt zurück in den Hintergrund der Allee. Nun gaben sie wieder ein reizendes Bild. Sie entfernten sich immer weiter, gingen davon, verschwanden wie ein Traum. Man sah sie nicht mehr. Leer und verlassen lag die Allee.

Und jetzt brach ich auf. Ich ging, weil ich nichts mehr sehen wollte! Mir war klar, daß hier noch lange Komödie gespielt werden würde, eine Komödie, die eine versunkene Welt heraufbeschwören sollte, Tage der Liebe und des Theaters, eine künstlich am Leben erhaltene, trügerische und verlockende, scheinbar und wirklich schöne Vergangenheit, die das Herz der alten Komödiantin und Virtuosin der Liebe noch immer höher schlagen ließ.

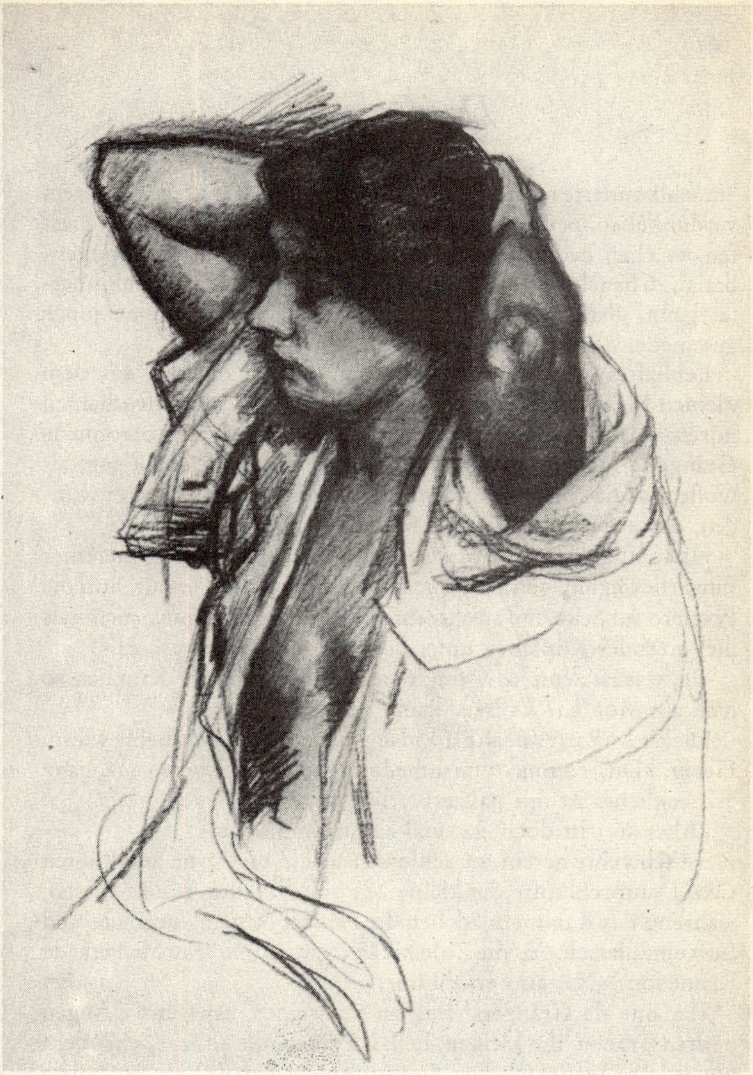

Theo von Rysselberghe
Sich kämmende Frau
Bleistiftzeichnung

Das Zeichen

Sie schlummerte noch, die kleine Marquise de Rennedon, in ihrem verdunkelten, parfümdurchdufteten Ruhegemach, in ihrem breiten, weichen, bequemen Bett, in Kissen aus flaumleichtem Spitzenbatist, so hauchzart, so kosend weich wie ein Kuß; sie schlummerte, ganz allein, so glücklich und so tief, wie nur eine junge geschiedene Frau schlummern kann.

Lebhaftes Stimmengewirr weckte sie auf. Es kam aus dem kleinen Blauen Salon nebenan. Sie lauschte: Es war – deutlich zu hören – die Stimme ihrer besten Freundin, der kleinen Baronin de Grangerie, die mit dem Kammermädchen zankte. Es klang, als wolle sich die Baronin energisch den Zutritt zum Boudoir erzwingen, dessen Tür das Zöfchen verteidigte.

Da sprang die kleine Marquise aus ihren Kissen, zog mit einer Fingerbewegung den Riegel zurück, drückte die Tür auf, hob die Portiere zur Seite und steckte ihren kleinen Kopf heraus, nichts als ihr reizendes Köpfchen unter dem blonden Haarwuschel.

»Ja, was ist denn los?« fragte sie. »Wo kommst du denn her, so früh am Morgen? Es ist ja kaum neun!«

Die kleine Baronin sah ganz blaß und nervös aus und bebte wie im Fieber. »Du, ich muß dich unbedingt sprechen! Etwas ganz, ganz Schreckliches ist mir passiert...!«

»Aber so tritt doch erst mal ein, meine Liebe!«

Sie schwebte herein, sie schlossen sich in die Arme und küßten sich. Dann schlüpfte die kleine Marquise wieder in ihre Kissen, während das Kammermädchen die Fenster öffnete, um Licht und Luft einzulassen. Als die Zofe hinaus war, ermunterte Madame de Rennedon: »Na, also erzähl mir!«

Madame de Grangerie fing an zu weinen. Aus ihren Augen perlten Tränen, die kleinen, hellen Tränen, die ein Frauengesicht noch viel reizender machen. Sie tupfte nicht erst die Lider ab, um sie nicht noch zu röten, sondern schluchzte unter schimmernden Blicken: »Oh, entsetzlich, meine Liebe, ganz entsetzlich, was mir da passiert ist! Die ganze Nacht habe ich darüber keine Ruhe gefunden, nicht eine Minute, du wirst das begreifen, nicht eine Minute! Hier, fühl mal mein Herz, wie es klopft!«

Sie ergriff die Hand ihrer Freundin und legte sie sich auf die Brust, auf diese runde, feste Hülle des Frauenherzens, an der die Männerwelt gemeinhin ihr Genügen findet und die den männlichen Betrachter wohl kaum auf den Gedanken bringt, noch etwas anderes dahinter zu suchen. Wirklich, das kleine Herz klopfte heftig!

Und sie schüttete es weiter aus:

»Also, gestern erst ist sie mir passiert, die entsetzliche Geschichte... am hellichten Tag... so gegen vier nachmittags... es kann auch halb fünf gewesen sein... Ich kann es wirklich nicht mehr so ganz genau sagen... Jedenfalls, unsere Wohnung kennst du ja, und du weißt doch, daß man von meinem kleinen Salon, in dem ich mich immer mit Vorliebe aufhalte, auf die Rue Saint-Lazare blicken kann, vom ersten Stock aus, und daß ich da zu gern am Fenster sitze, um mir die Leute zu beschauen, die da unten vorüberflanieren. Es ist doch immer so amüsant, dies Treiben in unserm Bahnhofsviertel, so anregend, so... so voll Leben – kurz, mir macht das von jeher solch großes Vergnügen! Gestern also saß ich wieder mal so recht behaglich hingelehnt auf meinem Beobachtersesselchen, das ich mir in die Erkernische habe einbauen lassen. Mein Fenster stand offen, und ich saß da so und dachte eigentlich an gar nichts weiter: Ich genoß den blauen Himmel, die sonnige, seidige Luft... Du besinnst dich doch, wie schön gestern der Tag war!

Mit einem Male sehe ich: Drüben, auf der andern Seite, an einem der gegenüberliegenden Fenster, sitzt auch eine Dame, ganz in Rot. Ich hatte mein Mauvefarbenes an, du kennst es ja, mein reizendes mauvefarbenes Kleid für die Nachmittage. Ich kannte mein Gegenüber noch nicht; sie war erst vor vier Wochen eingezogen, und da es ja die letzten vier Wochen vorwiegend regnerisch war, hatte ich sie noch nie zu Gesicht bekommen. Doch eins merkte ich sofort: Halbweltdame! Im ersten Augenblick war ich degoutiert, ja geradezu schockiert, daß sie ausgerechnet mir genau gegenübersaß, an ihrem Fenster; mit der Zeit aber machte es mir dann mehr und mehr ein wachsendes Vergnügen, sie zu beobachten. Sie saß da, mit aufgestützten Ellenbogen, und schaute zu den Männern hinunter, und die Männer guckten und schielten hinauf zu ihr, alle – wirklich, fast alle.

Es sah aus, als merkten sie bereits beim Näherkommen, was da oben ihrer wartete, als witterten sie etwas, wie die Hunde, wenn sie ihr Wild wittern, denn sie hoben alle ganz plötzlich den Kopf und wechselten einen Blick mit ihr, einen Blick – wie die Freimaurer! Das Augenspiel von oben schien zu fragen: ›Na, habt ihr Lust...?!‹ Die Blicke, die von unten kamen, drückten aus, je nachdem: ›Keine Zeit heut, schade!‹ oder ›Ein andermal gern!‹ oder ›Leider kein Geld!‹ oder, hin und wieder einmal, auch sogar: ›Reiz mich nicht, weg, lockende Fratze!‹ – dies natürlich waren die Gedanken, die man den Blicken der Familienväter ansah.

Du kannst dir nicht vorstellen, wie amüsant das war, die ›Dame‹ da drüben so bei ihrem Mienenspiel oder, besser gesagt, bei ihrem Metier zu beobachten!

Von Zeit zu Zeit machte sie rasch ihr Fenster zu, und dann sah ich jedesmal im selben Augenblick einen Herrn unten in ihrer Haustür verschwinden. Den hatte sie sich wieder mal geangelt, die da drüben, wie man seine Gründlinge am Köderhaken hochzieht! Dann schaute ich jedesmal nach der Uhr. Zwölf bis höchstens zwanzig Minuten blieb so einer bei ihr zu Besuch, länger nie...

Wahrhaftig, interessant und immer interessanter war das für mich, wie sie das machte, die Spinne! Sie fesselte mich geradezu! Übrigens war sie wirklich gar nicht häßlich, das Amüsiermädchen!

Ich fragte mich: Wie macht sie das nur, um mit jedem sofort Kontakt zu bekommen, sich mit einem Blick zu verständigen, so im Handumdrehen mit dem fremden Menschen einig zu werden? Macht sie, wenn sie jemanden ins Auge faßt, noch irgendeine Geste mit der Hand?

Ich nahm also mein Opernglas, um mir Klarheit zu verschaffen, wie sie das eigentlich anstellt. Oh, die Sache war wirklich höchst einfach, wie es aussah: erst ein Blick, dann ein Lächeln, darauf eine kaum merkliche Kopfbewegung, in der die Frage mitschwang: ›Na, wie wär's...?‹ Aber nur so leichthin, so reizend angedeutet, so spielerisch versteckt, daß wirklich enorm viel Geschick dazu gehört, derartigen Erfolg zu haben...!

Und ich dachte: Ob ich das wohl auch fertigbrächte, dies freche, nette, kleine Blickzeichen, so von oben herab –? Denn es war wirklich ganz reizend, ihr lockendes Mienenspiel...!

Also, ich stellte mich vor meinen Spiegel und probierte mal so...

Und, meine Liebe, ich sage dir, ich konnte es – besser, bedeutend besser als sie! Ich war entzückt. Und sofort ging ich wieder an meinen Ausguck...

In dem Augenblick war drüben mit dem Geschäft wirklich nicht viel los. Keiner wollte bei ihr anbeißen. Ganz augenscheinlich hatte sie keine Chancen –! Es muß aber auch wirklich schrecklich sein, auf diese Weise sein tägliches Brot zu verdienen, ganz schrecklich – aber mitunter doch auch wieder ganz amüsant, nicht? Denn die Männer, die einem da so in den Weg laufen, sind doch, wenn man näher hinsieht, manchmal wirklich gar nicht so übel...!

Jedenfalls gingen sie plötzlich alle auf meiner Straßenseite, wahrhaftig, nicht ein einziger spazierte mehr drüben bei ihr entlang. Einer nach dem andern kamen sie: junge und ältere, schwarze, blonde, graumelierte und sogar welche mit Silberhaar...

Manche waren darunter, die sehr fesch, wirklich höchst fesch aussahen, meine Liebe! Besser als mein Mann oder deiner – ich wollte sagen: dein Verflossener, denn ihr seid ja geschieden! Nun hast du ja ganz freie Wahl...!

Also, dabei kam mir der Gedanke: Wenn du dich jetzt mal so bemerkbar machtest und das bewußte Zeichen versuchtest – ob das wohl auch derart wirken würde auf die da unten, von dir – als anständige Frau...? Und da packte mich auch schon eine Lust, eine rasende Lust, es gleich mal zu versuchen, solch unbezähmbares Gelüst, weißt du, wie es einen überkommt, wenn man sich in anderen Umständen befindet... ein ganz wahnsinniges Verlangen, eine Lust, weißt du, der man einfach nicht widerstehen kann! Ich habe das schon manchmal gehabt, solche Anwandlungen! Ist das nicht zu verrückt, sag doch selber, solch Trieb, solch toller! Manchmal muß ich mir eingestehen: Wir Frauen, wir haben wohl doch so etwas wie eine Affennatur in uns! Übrigens ist mir auch von anderer Seite bestätigt worden – ein Arzt hat es mir einmal eingehend erklärt –, daß das Hirn eines Affen eine verblüffende Ähnlichkeit mit dem weiblichen Gehirn hat. Wir müssen ja auch immer irgendwen nachäffen, zum Beispiel, kaum daß wir verheiratet sind, unsere vergötterten Herren Gemahle – wenigstens die Flitterwochen hindurch –, sodann alle unsere Liebhaber und Verehrer und Freunde und schließlich – und nicht zuletzt – auch noch unsere Beichtväter, wenn sie irgend etwas Scharmantes und

Anziehendes an sich haben ... Wir ahmen ihre Manieren nach, ihre Denkart, ihre Redeweise, ihre ganze Art, sich zu geben – mit einem Wort, alles! Wirklich – zu blöd!

Bei mir jedenfalls ist es so: Wenn ich irgendwas wirklich tun will, dann – komme, was wolle –, dann tue ich es auch!

Und so dachte ich denn auch diesmal: Sehen wir doch mal, was du kannst! Immerhin, den Versuch könntest du doch mit irgend so einem wagen! Einmal ist keinmal! Bloß um mal selber so etwas zu erleben, so zum Vergnügen ...! Was kann dir denn dabei groß passieren? Doch gar nichts ...! Der und ich, wir lächeln einander zu, und aus ist die Geschichte – er wird mir nie mehr unter die Augen kommen! Und sollten wir uns doch noch mal irgendwo begegnen, dann wird er mich überhaupt nicht wiedererkennen! Und falls doch, dann tue ich, als wüßte ich von gar nichts! Das wäre doch gelacht!

Ich fing also an, meine Blicke spazieren zu lassen. Ich wollte mir einen aussuchen, der schick, wirklich schick aussieht. Plötzlich fallen meine Blicke auf einen: Tadellos sah er aus, schlank, gut gewachsen, blond. Du weißt doch: Blond ist mein Schwarm ...!

Ich schaue ihn an, er schaut mich an. Ich lächle, er lächelt zurück. Ich mache die bewußte leichte Bewegung, nur eben so, oh, kaum zu sehen! Und er – fast im selben Augenblick – nickt ›Ja!‹ und steuert auch schon, stell dir vor, Liebste, auf meinen Hauseingang zu und ist im nächsten Moment durch die große Tür im Privataufgang verschwunden ...

Du kannst dir nicht vorstellen, was sich in diesen Sekunden in meinem Innern abspielte! Mir war, als ginge mir der Verstand durch! Als würde ich wahnsinnig! Entsetzlich, die Angst! Stell dir vor: er wäre unserm Personal in die Hände gelaufen! Er hätte mit Joseph verhandelt, mit Joseph, der meines Mannes ergebenster Diener ist, in allem! Und natürlich hätte Joseph mich sofort im Verdacht gehabt, ich kenne den Herrn bereits des längeren!

Was tun? Sag selbst! Was tun? In derselben Minute noch mußte es schellen. O Gott, was nur tun?! Mir schoß der Gedanke durch den Kopf: das beste, dem fremden Besucher sofort entgegenzulaufen, ihn abzufangen, ihm zu sagen, es müsse ein Irrtum, ein Versehen sein, ihn zu beschwören, doch auf der Stelle wieder unser Haus zu verlassen! Ach, er müßte doch Mitleid empfinden einer Dame gegenüber, einer Dame in solch peinlicher Lage ...! Ich fliege also zur Tür hin, reiße sie auf – genau in dem Augenblick, als er draußen den Finger auf den Klingelknopf legt, um zu läuten...

Halb von Sinnen stammele ich: ›Gehen Sie, mein Herr, gehen Sie! Sie irren sich, ich bin eine anständige Frau, ich bin verheiratet, ich habe einen Mann! Ein Versehen ist es, ein entsetzliches Versehen – ich hielt Sie für einen unserer Freunde, dem Sie ähneln, zum Verwechseln ähneln! Ich bitte Sie inständigst: Haben Sie Erbarmen, mein Herr...!‹

Und er, was glaubst du wohl, meine Beste, er bricht in ein schallendes Gelächter aus und gibt zurück: ›Küß die Hand, mein Schnurrekätzchen! Sei beruhigt, die Geschichte da, die kenne ich schon! Verheiratet bist du also – doppelte Taxe! Zwei Louis statt einem! Sollst du haben! Und nun sei so nett und mach schon!‹

Damit schiebt er mich in den Vorsaal hinein, schließt die Tür; und wie ich völlig entgeistert stehenbleibe, faßt er mich mir nichts, dir nichts um die Hüfte, küßt mich und zieht mich in meinen Salon hinein, durch die offene Tür, die ich in meiner Aufregung zuzumachen vergessen hatte.

Dort drin schaut er sich um, mustert meine gesamte Inneneinrichtung wie ein Taxator vom Auktionsamt und fängt dann von neuem an: ›Verdammt nobel bei dir! Muß ich schon feststellen! Wie bei feinen Leuten! Sitzt momentan wohl verflucht schwer in der Klemme, was, daß du so directement aus 'm Fenster angelst...?!‹

Da bitte ich ihn nochmals inständig und händeringend: ›O Gott, Monsieur, so gehen Sie doch nur, gehen Sie doch nur! Mein Mann wird gleich dasein! Jeden Augenblick muß er ins Haus treten, um die Zeit kommt er immer! Sie irren sich, ich schwöre Ihnen, Sie irren sich...!‹

›Na‹, sagt er darauf zu mir mit der größten Seelenruhe, ›na, nu aber Schluß mit der Vorrede, mein holder Liebling! Und wenn dein edler Gatte wirklich kommen sollte, dann drück ich ihm noch extra hundert Sou in die Hand, damit er inzwischen mal vis-à-vis was besorgen kann!‹

Wie er dann seinen Blick so weiter umherwandern läßt und auf dem Kaminsims das große Foto von Raoul ins Auge faßt, fragt er: ›Aha, das ist er wohl, dein... dein Herr Gemahl?‹

›Ja, natürlich!‹

›Ein ganz hübscher Gauner! Und das da, wer ist ’n das? Wohl eine von deinen Busenfreundinnen?‹

Es war dein Foto, meine Liebe, das in der großen Balltoilette. Ich wußte wirklich kaum mehr, was ich sagen sollte. Ich stammelte: ›Ja, eine von meinen Freundinnen ...!‹

›Hum, wirklich – rassiges Weib! Du, mit der kannst du mich mal näher bekannt machen!‹

Ich blicke zur Standuhr hin; jeden Moment kann sie anfangen fünf zu schlagen ... Ach, und Raoul muß ja doch, wie immer, spätestens halb sechs – also in dreißig Minuten hier sein ... Wenn er käme, und der ... der Besuch wäre noch immer nicht hinaus, oh, stell dir das vor ...! Darüber ... da ... da habe ich vollständig den Kopf verloren ... vollkommen ... und ich dachte nur noch ... dachte nur noch ... das beste wäre, den ... den Mann da ... so schnell wie möglich ... loszuwerden ... je eher, je besser ... Du kannst dich in meine Situation hineinversetzen ... und darum ... deshalb ... Was blieb mir denn sonst noch übrig ... wie sollte ich ihn mir denn sonst vom Halse schaffen ... Da es sein mußte ... und es muß sein, meine Liebe ... anders wäre er ja überhaupt nicht wegzubringen gewesen ... also – da bin ich kurz entschlossen zur Salontür gestürzt ... und habe ... habe zugeriegelt ... und ... da hast du die Geschichte ...!«

Die kleine Marquise de Rennedon konnte nicht mehr an sich halten und brach in ein Lachen, ein rasendes Gelächter aus; sie wühlte ihren Kopf in die Kissen und schüttelte sich, daß das ganze Bett wackelte.

Als sie sich von ihrem unbändigen Lachanfall wieder etwas erholt hatte, wollte sie wissen: »Na, und – war er denn wenigstens hübsch, der Bursche?«

»Doch, doch, das schon ...!«

»Und da bedauerst du dich noch?«

»Aber ... das ist doch nur deswegen ... stell dir mal vor, meine Liebe ... weil er mir sagte ... er käme morgen wieder, um die gleiche Zeit ...! Ach, und ich ... ich habe solch entsetzliche Angst ... Du machst dir ja keinen Begriff, wie zudringlich er ist ... und wie ... wie hartnäckig ... Was soll ich tun? – Rate mir doch um Himmels willen: Was soll ich tun?«

Die kleine Marquise setzte sich auf, um nachzudenken; dann meinte sie kurz und entschieden: »Laß ihn verhaften!«

Die kleine Baronin saß da wie aus allen Wolken gefallen. Es verschlug ihr fast den Atem: »Was sagst du? Ihn verhaften lassen? Wieso? Mit welcher Begründung?«

»Oh, furchtbar einfach! Du begibst dich zum nächsten Polizeikommissar und erklärst: Seit Monaten belästige dich ein Herr! Gestern habe er sogar die Unverschämtheit besessen, bei dir Einlaß zu erzwingen! Im Verlaufe seines Besuches habe er dir gedroht, morgen wieder zu erscheinen, und deshalb bätest du um polizeilichen Schutz! Du wirst zwei Schutzleute mitbekommen, die ihn dann festnehmen ...!«

»Aber, meine Liebe, wenn er erzählt ...!«

»Bah, Dummerchen! Keine Silbe wird man ihm glauben! Du mußt natürlich deine Geschichte so überzeugend wie möglich vortragen! Und verlaß dich darauf, deinen Aussagen wird man unbedingt Glauben schenken – dir, einer Dame der besten Gesellschaft!«

»Ooh – das würde ich nie fertigbringen!«

»Du mußt es tun, meine Liebe, oder du bist verloren.«

»Aber bedenke doch ... wenn er ... wenn er mich bloßstellte bei seiner Verhaftung ...!«

»Wenn auch – dann kannst du Zeugen beibringen, und er wird rechtskräftig verurteilt!«

»Verurteilt – wozu denn?!«

»Nun, zu Schadenersatz! In solch einem Fall muß man eben unerbittlich sein!«

»Ach, weil du gerade von Schadenersatz redest! Da fällt mir eben noch etwas ein ... eine unangenehme ... wirklich sehr unangenehme Sache ... Als er ging, ließ er etwas auf meinem Kaminsims liegen ... zwei Louisdor.«

»Zwei Louisdor?«

»Ja.«

»Mehr nicht?«

»Nein.«

»Schäbig! Das hätte ich als Beleidigung aufgefaßt! Na, und ...?«

»Na, und – was soll ich denn mit dem Geld machen?«

Die kleine Marquise dachte einen Augenblick nach, dann riet sie mit der ernsthaftesten Miene der Welt: »Meine Beste, du mußt ... du mußt deinem Mann ein kleines Geschenk machen ... das ist nicht mehr als recht und billig ...!«

Henri de Toulouse-Lautrec
Im Moulin Rouge
Öl

Mademoiselle Perle

I

Es war wirklich eine sonderbare Idee von mir, Mademoiselle Perle an jenem Abend zur Königin zu wählen.

Ich feiere den Dreikönigstag alljährlich bei meinem alten Freunde Chantal. Mein Vater, dessen intimster Freund er war, hat mich schon als Kind hingeführt. Später habe ich diese Besuche dann allein fortgesetzt und werde, solange ich lebe und solange es einen Chantal in dieser Welt gibt, ihn sicherlich auch weiter besuchen.

Die Chantals führen übrigens ein ganz eigenartiges Leben; sie leben in Paris, aber es ist, als wohnten sie in Grasse, Yvetot oder Pont-à-Mousson.

In der Nähe der Sternwarte haben sie ein Haus inmitten eines kleinen Gartens. Sie hausen dort genau wie in der Provinz. Von Paris, dem wahren Paris, kennen, ja ahnen sie nichts; sie sind so weit von ihm entfernt, so weit! Aber manchmal machen sie doch eine Reise hin, eine lange Reise. Madame Chantal macht ihre großen Einkäufe, wie es in der Familie heißt. Und das macht sie folgendermaßen:

Mademoiselle Perle, die die Speisekammerschlüssel hat (die Leinwandschränke unterstehen der Hausfrau), Mademoiselle Perle also teilt mit, daß der Zucker auf die Neige geht, daß die Konserven bald aufgebraucht sind, daß der Kaffeesack bald leer ist.

Rechtzeitig also vor dem Verhungern gewarnt, sieht sich Frau Chantal die Reste selbst an, macht Notizen in ihr Buch, dann gibt sie sich an Hand ausreichender Zahlen langen Berechnungen hin, und dann folgen lange Debatten mit Mademoiselle Perle. Endlich einigen sie sich, wieviel Vorrat von allem für drei Monate nötig sein dürfte: von Zucker, Reis, Pflaumen, Kaffee, Eingemachtem, Erbsenkonserven, Bohnen, Hummern, gesalzenen oder geräucherten Fischen usw.

Dann wird der Tag des großen Einkaufes festgesetzt, und in

einer Droschke, einer Gepäckdroschke natürlich, geht die Reise nach einer bekannten Kolonialwarenhandlung jenseits der Seine, in den neuen Vierteln.

Frau Chantal und Mademoiselle Perle unternehmen gemeinsam die geheimnisvolle Reise und kehren um die Essenszeit heim, ganz erschöpft, aufgeregt und von der Wagenfahrt gerädert; das Verdeck des Wagens ist voll von Paketen und Säcken wie ein Möbelwagen.

In den Augen der Chantals ist das Paris jenseits der Seine, die neuen Viertel, eine verdächtige Gegend, die von einer sonderbaren, lärmenden, wenig ehrenwerten Bevölkerung bewohnt wird, die ihre Tage in Zerstreuungen, die Nächte in Festlichkeiten hinbringt und das Geld zum Fenster hinauswirft. Von Zeit zu Zeit nur werden die jungen Mädchen ins Theater geführt, in die Komische Oper und ins *Théâtre français*, wenn das Stück in der Zeitung, die Herr Chantal hält, gut besprochen ist.

Die jungen Mädchen sind jetzt neunzehn und siebzehn Jahre; es sind schöne, große, frische und wohlerzogene Mädchen, zu gut erzogen, so wohl erzogen, daß sie überall als zwei hübsche Puppen übersehen werden. Niemals würde es mir in den Sinn kommen, einer Demoiselle Chantal den Hof zu machen; man wagt kaum, sie anzureden, so makellos erscheinen sie; ich habe fast die Empfindung, als benehme ich mich unpassend, wenn ich sie nur grüße.

Ihr Vater ist ein reizender Mann, sehr gebildet, sehr geradezu und sehr herzlich, aber er liebt die Ruhe, den Frieden, die Stille über alles, und das hat sehr dazu beigetragen, seine Familie so zu mumifizieren, da sie ihm zu Gefallen in dieser stagnierenden Unbeweglichkeit dahinlebt. Er liest viel, plaudert gern und wird leicht sentimental. Der Mangel an Berührungen, Ellbogenstößen und anderen Stößen, hat seine Haut, seine moralische Haut sehr zart und empfindlich gemacht. Die geringste Kleinigkeit bewegt und erregt ihn und tut ihm weh.

Den Chantals fehlen nicht die Beziehungen, sie haben sie nur sehr sorgfältig ausgewählt und ihren Verkehr auf wenige Menschen aus der Nachbarschaft beschränkt. Zwei- oder dreimal im Jahre tauschen sie auch mit entfernter wohnenden Verwandten Besuche aus.

Was mich betrifft, so pflege ich am fünfzehnten August und am

Dreikönigstage bei ihnen zu essen. Das gehört zu meinen Pflichten, wie die Kommunion zu Ostern zu den Pflichten des frommen Katholiken gehört.

Am fünfzehnten August werden einige andere Gäste mit eingeladen, am Dreikönigstage aber bin ich der einzige Gast.

2

So habe ich denn auch dieses Jahr wie alle Jahre zur Feier des Epiphaniasfestes bei den Chantals gegessen.

Nach alter Gewohnheit umarmte ich Herrn Chantal, Frau Chantal und Mademoiselle Perle und machte Louise und Pauline eine tiefe Verbeugung. Ich wurde über tausend Dinge ausgefragt, über Boulevard-Neuigkeiten, über Politik, darüber, was die Welt über die Ereignisse in Tonkin und über unsre Abgeordneten denke. Madame Chantal, eine beleibte Dame, deren Gedanken mir immer wie Quadersteine vorkommen, hat die Gewohnheit, zum Schluß jedes politischen Gesprächs die Phrase loszulassen: »Das alles ist eine böse Saat für die Zukunft.« Warum mir Frau Chantals Gedanken immer so quaderhaft vorkommen, weiß ich nicht; aber alles, was sie sagt, nimmt in meinem Geiste diese Form an: ein Quadrat, ein großes Quadrat mit vier gleichen Winkeln. Ich kenne auch Menschen, deren Gedanken ich rund und rollend wie Reifen sehe. Sowie sie einen Satz begonnen haben, fängt es gleich zu rollen an, zehn, zwanzig, fünfzig Gedanken kommen, groß und klein, aber alle rund, und sie jagen hintereinander her bis zum Horizont. Wieder andre Menschen haben spitze Gedanken ... Aber das gehört nicht hierher.

Wir setzten uns zu Tisch wie gewöhnlich, und die Mahlzeit ging, ohne daß man etwas Besonderes gesagt hätte, vorüber.

Zum Nachtisch wurde der Dreikönigskuchen aufgetragen. Noch jedes Jahr war Chantal selbst König geworden. War es nur ein sich ständig wiederholender Zufall oder eine Familientradition, ich weiß es nicht, jedenfalls aber fand er mit tödlicher Sicherheit in seinem Stück Kuchen die Königsbohne und machte dann Madame Chantal ebenso regelmäßig zu seiner Königin. Ich war also höchst überrascht, als ich plötzlich etwas sehr Hartes in meinem Munde fühlte, das mir fast einen Zahn ausgebrochen hätte. Ich nahm den Gegenstand vorsichtig aus dem Munde und sah eine kleine Puppe aus Porzellan, nicht größer als eine Bohne. Überrascht machte ich »Ah!« Alle sahen mich an, und Chantal klatschte in die Hände und rief: »Gaston ist's, Gaston. Es lebe der König! Er lebe hoch!«

Alle wiederholten im Chor: »Es lebe der König! Er lebe hoch!« – Ich wurde rot bis über die Ohren, wie man ja oft in etwas lächerlichen Situationen ohne Grund errötet. Mit niedergeschlagenen Augen hielt ich das Porzellanstückchen zwischen den Fingern, zwang mich zum Lachen und wußte nicht, was tun und sagen, als Chantal mir zu Hilfe kam: »Jetzt müssen Sie eine Königin wählen.«

Ich war bestürzt. In einer Sekunde fuhren tausend Gedanken, tausend Vermutungen durch meinen Kopf. Wollte man, daß ich Demoiselle Chantal wählen sollte? Wollte man mir auf die Weise Gelegenheit geben, zu erklären, welche von den beiden ich vorzöge? War's eine leise, leichte Anspielung von seiten der Eltern, daß ich anhalten dürfte? Der Verlobungsgedanke geht ja in allen Häusern mit erwachsenen Töchtern um, nimmt mannigfaltige Formen und Verkleidungen an und bedient sich jeglicher Mittel. Eine furchtbare Angst, mich zu kompromittieren, packte mich und auch eine übermäßige Schüchternheit gegenüber der hartnäckig korrekten und verschlossenen Haltung der Töchter. Unter ihnen wählen erschien mir ebenso schwer wie die Wahl zwischen zwei Wassertropfen; und dann quälte mich die Furcht, ich könnte gegen meinen Willen ganz sacht und unmerklich, wie ich eben König geworden war, in eine Heiratsgeschichte verwikkelt werden.

Aber auf einmal hatte ich eine Eingebung: Ich reichte die symbolische Puppe Mademoiselle Perle. Alle waren zuerst überrascht, dann aber freuten sie sich offenbar über meine zarte Zurückhaltung, denn sie klatschten begeistert Beifall. Alles rief: »Es lebe die Königin! Sie lebe hoch!«

Sie aber, das arme alte Mädchen, verlor die Fassung, zitterte bestürzt und stammelte: »Ach nein... ach nein... ach nein... ich doch nicht... ich bitte Sie... ich doch nicht... ich bitte Sie...«

Da sah ich Mademoiselle zum erstenmal in meinem Leben an und fragte mich, wer sie sei.

Ich war daran gewöhnt, sie in diesem Hause zu sehen, wie man alte gestickte Lehnstühle sieht, auf denen man von Kind auf achtlos gesessen hat. Eines Tages, man weiß selbst nicht warum, vielleicht weil ein Sonnenstrahl auf den Sitz fällt, sagt man sich plötzlich: »Ach, das Möbel ist eigentlich seltsam«; und man entdeckt, daß ein Künstler das Holz bearbeitet hat und daß der Überzug schön ist. So hatte ich auch Mademoiselle Perle niemals beachtet.

Sie gehörte zur Familie Chantal, das war alles, was ich wußte; aber wie kam sie dahin? Mit welchem Recht war sie da? – Sie war eine große hagere Person, die sich Mühe gab, unbeachtet zu bleiben, aber dennoch nicht unbedeutend war. Sie wurde freundschaftlich behandelt, besser als eine Haushälterin, aber doch nicht ganz wie eine Verwandte. Ich bemerkte jetzt auf einmal eine Menge feiner Nuancen, die ich früher nicht beobachtet hatte. Madame Chantal pflegte sie ›Perle‹ zu nennen, die jungen Mädchen ›Mademoiselle Perle‹, und Chantal nannte sie noch etwas ehrerbietiger ›Mademoiselle‹.

Ich sah sie an. – Wie alt mochte sie sein? Vierzig? Ja, vielleicht vierzig. – Sie war nicht alt, aber sie machte sich alt. Ich war überrascht, als ich das plötzlich bemerkte. Ihre Frisur, ihre Kleidung war eigentlich lächerlich, und dennoch sah sie nicht lächerlich aus, so voll natürlicher Anmut war sie, die sich mit Absicht zu verstecken trachtete. Was für ein merkwürdiges Geschöpf! Daß mir das nicht früher aufgefallen war. Ihre Frisur war einfach grotesk, keine altmodische Löckchen, die absurd wirkten; und unter dieser unnatürlich jugendlichen Frisur eine hohe ruhige Stirn, von zwei tiefen Falten durchschnitten, zwei Furchen, die von langem Kummer sprachen, dann zwei blaue Augen, groß und sanft, schüchtern, furchtsam, demütig, zwei schöne, unschuldig gebliebene Augen, voll mädchenhaften Staunens, voll junger Gefühle, und auch voll Kummer, der sie weich gemacht hatte, ohne sie zu trüben.

Das ganze Gesicht war fein und verschwiegen, eins von den Gesichtern, die unbenützt erloschen oder nach großen Leiden und großen Leidenschaften verwelkt sind.

Was für ein hübscher Mund! Und was für hübsche Zähne! Sie sah aus, als ob sie nicht zu lächeln wagte. Und unwillkürlich verglich ich sie mit Madame Chantal! Sicherlich, Mademoiselle Perle sah hundertmal feiner, edler, stolzer aus.

Ich war über meine Beobachtungen erstaunt. Der Sekt wurde eingegossen. Ich reichte mein Glas der Königin und brachte mit einer gewandten Huldigung ihre Gesundheit aus. Ich bemerkte wohl, daß sie am liebsten ihr Gesicht in der Serviette versteckt hätte. Als sie ihre Lippen mit dem klaren Wein netzte, riefen sie alle: »Die Königin trinkt! Die Königin trinkt!« Sie wurde rot und verschluckte sich. Alle lachten; aber ich sah, daß die Menschen in diesem Hause sie sehr lieb hatten.

3

Als wir vom Tisch aufstanden, nahm Chantal meinen Arm. Es war die Stunde seiner Zigarre, eine heilige Stunde. Wenn er allein war, ging er auf die Straße und rauchte sie da; hatte er Besuch, so wurde ins Billardzimmer hinaufgegangen und bei einer Partie geraucht. An jenem Abend war das Billardzimmer zu Ehren der Heiligen Drei Könige sogar geheizt; und mein alter Freund ergriff ein Queue, ein sehr feines Queue, das er sorgfältig mit Kreide einrieb, und sagte:

»Fang an.«

Denn obgleich ich fünfundzwanzig Jahre alt war, sagte er noch du zu mir, da er mich von klein auf kannte.

Ich begann die Partie, machte mehrere Karamboles und verschiedene Fehlstöße. Da mir Mademoiselle Perle immer noch durch den Kopf ging, fragte ich plötzlich:

»Sagen Sie mal, ist Mademoiselle Perle eigentlich mit Ihnen verwandt?«

Er hörte sehr erstaunt zu spielen auf und sah mich an.

»Was, weißt du das denn nicht? Kennst du Mademoiselle Perles Geschichte gar nicht?«

»Nein.«

»Wirklich nicht? Wie komisch! Wie sonderbar!«

Er schwieg eine Weile und sagte dann:

»Und wenn du wüßtest, wie eigentümlich es ist, daß du mich gerade heute danach fragst, an einem Dreikönigstage!«

»Wieso?«

»Wieso? Hör zu. Es sind heute einundvierzig Jahre, einundvierzig Jahre auf den Tag; es war am Epiphaniasfest. Wir wohnten damals in Rouy-le-Tors, am Wall; aber ich muß dir zuerst das

Haus beschreiben, damit du die Geschichte begreifst. Rouy ist auf einer Höhe erbaut, oder vielmehr auf einem kleinen runden Hügel, von dem aus man ein weites Wiesenland überblickt. Wir hatten dort ein Haus mit einem schönen absteigenden Garten, der von den alten Festungsmauern gestützt wurde. So stand also das Haus in der Stadt an der Straße, während der Garten auf das freie, ebene Feld hinaussah. Dieser Garten hatte eine Ausgangstür nach dem Feld, am Fuße einer versteckten Treppe, die wie in Romanen innerhalb der gewaltig dicken Mauer hinunterführte. Unten ging ein Weg an dieser Tür vorüber, an der eine große Glocke angebracht war, denn die Bauern brachten uns ihre Waren an dieses Tor, um keinen Umweg machen zu müssen.

Kannst du dir die Lage gut vorstellen? In jenem Jahre also am Dreikönigstage schneite es seit einer Woche. Es war, als stünde das Ende der Welt vor der Tür. Wenn wir auf den Wall gingen, um aufs Feld hinauszuschauen, fror unsere Seele beim Anblick dieses unermeßlich weiten, ganz weißen, erstarrten Landes, das wie Lack glänzte. Es war, als hätte der liebe Gott die Erde eingepackt, um sie auf den Speicher zu den abgelegten Welten zu stellen. Ich versichere dir, es war ein trostloses, trauriges Bild.

Wir waren damals eine sehr große Familie: mein Vater, meine Mutter, mein Onkel und meine Tante, meine beiden Brüder und meine vier Cousinen; es waren hübsche kleine Mädchen; die jüngste von ihnen habe ich geheiratet. Von allen diesen Menschen leben heute nur noch drei: meine Frau, ich und meine Schwägerin in Marseille. Herrgott, wie so eine Familie mit der Zeit abbröckelt! Mich schaudert, wenn ich daran denke! Ich war damals fünfzehn Jahre alt; heute bin ich sechsundfünfzig.

Wir feierten also den Dreikönigstag und waren ausgelassen und lustig. Wir waren gerade vor dem Essen im Salon versammelt, als mein älterer Bruder Jacques sagte:

›Seit zehn Minuten heult ein Hund unten im Felde; das arme Tier muß sich verirrt haben.‹

Noch ehe er ausgesprochen hatte, schlug die Glocke an der Gartenmauer an. Sie hatte den Ton einer Kirchenglocke und erinnerte an Totengeläut. Alle schraken zusammen. Mein Vater rief den Diener und befahl ihm, nachzusehen, wer da sei. Wir warteten schweigend. Wir dachten an den Schnee, der die ganze Erde zudeckte. Der Diener kam zurück und meldete, es wäre niemand zu sehen. Der Hund aber heulte ununterbrochen weiter, und seine Stimme kam immer aus derselben Richtung.

Wir gingen zu Tisch; aber wir waren etwas unruhig, besonders wir Jüngeren. Bis zum Braten ging alles gut, dann läutete es unten aufs neue, dreimal hintereinander; es waren drei starke, lange Schläge, die uns bis in die Fingerspitzen erbeben ließen und uns den Atem raubten. Die Gabel in der Luft, sahen wir uns an und horchten; eine Art von übernatürlicher Furcht ergriff uns.

Meine Mutter sagte endlich: ›Es ist sonderbar, daß es bis zum zweiten Läutern so lange gedauert hat; gehen Sie nicht allein hinunter, Baptiste; einer von den Herren wird Sie begleiten.‹

Mein Onkel Franz stand auf. Er war eine Art Herkules und sehr stolz auf seine Kraft; er fürchtete sich vor nichts auf der Welt. Mein Vater sagte zu ihm: ›Nimm eine Flinte mit. Man weiß nicht, was passiert.‹

Aber mein Onkel nahm nur seinen Stock und ging mit dem Diener hinunter.

Wir warteten, vor Schrecken und Angst zitternd, stumm, ohne zu essen. Mein Vater suchte uns zu beruhigen: ›Ihr werdet sehen‹, sagte er, ›es ist irgendein Bettler oder ein im Schnee verirrter Wanderer. Nachdem er zuerst umsonst geläutet hatte, hat er versucht, seinen Weg wiederzufinden, und da es ihm nicht gelungen ist, ist er wieder an unsere Tür zurückgekommen.‹

Die Abwesenheit meines Onkels schien eine Stunde zu dauern. Endlich kam er wütend wieder und wetterte:

›Donnerwetter, ist das ein dummer Spaßvogel! Nichts da als der verfluchte Hund, der hundert Meter von der Mauer heult. Hätte ich eine Flinte gehabt, ich hätte ihn niedergeknallt.‹

Wir aßen weiter, blieben aber ängstlich; wir fühlten, es würde noch etwas kommen, und auf einmal tönte die Glocke wieder.

Und sie tönte gerade, als der Dreikönigskuchen angeschnitten wurde. Alle Männer sprangen auf. Mein Onkel Franz, der schon Sekt getrunken hatte, schwur mit solcher Wut, er würde ihn umbringen, daß meine Mutter und meine Tante sich ihm entgegenwarfen, um ihn davon abzuhalten. Mein Vater, der immer sehr ruhig und ein wenig verkrüppelt war (er schleppte ein Bein nach, das er sich bei einem Sturz vom Pferde gebrochen hatte), erklärte seinerseits, er wolle wissen, was das wäre, und würde selbst hinuntergehen. Meine Brüder, junge Leute von achtzehn und zwanzig Jahren, holten ihre Flinten; und da niemand auf mich achtete, bewaffnete ich mich mit einer Vogelflinte und schloß mich der Expedition an.

Man brach schon auf. Mein Vater und mein Onkel gingen mit Baptiste, der eine Laterne trug, voran. Dann kamen meine Brüder Jacques und Paul, und ich folgte als letzter, trotz der Bitten meiner Mutter, die mit meiner Tante und meinen Cousinen in der Haustür zurückblieb.

Es hatte seit einer Stunde wieder zu schneien angefangen, und die Bäume waren mit Schnee beladen. Die Fichten beugten sich unter der bleichen, schweren Decke, sie sahen aus wie weiße Pyramiden, wie riesige Zuckerhüte; und durch den grauen Vorhang von kleinen, hastigen Flocken sah man kaum die leichteren, im Dunkel bleich schimmernden Büsche. Der Schnee fiel so dicht, daß wir nicht zehn Schritte weit sehen konnten. Aber die Laterne warf einen hellen Schein vor uns her. Als wir die Wendeltreppe in der Mauer hinunterstiegen, fürchtete ich mich ernstlich. Ich hatte das Gefühl, als folge mir jemand und wolle mich an den Schultern packen und fortschleppen; ich hatte Lust, umzukehren; da ich aber den ganzen Garten allein hätte durchqueren müssen, wagte ich's nicht. Ich hörte, wie die Tür zum Feld geöffnet wurde; dann fing mein Onkel wieder zu fluchen an: ›Donnerwetter, er ist wieder fort! Wenn ich erst seinen Schatten sehe, entgeht er mir nicht.‹

Es war unheimlich, die Ebene so vor sich zu sehen, oder vielmehr sie so vor sich zu fühlen, denn zu sehen war sie nicht; wir sahen nur einen endlosen Schneeschleier, oben, unten, rechts und links, überall.

Mein Onkel sagte: ›Hört doch, da heult der Hund wieder; ich will ihm mal zeigen, wie ich schießen kann.‹

Aber mein gütiger Vater sagte: ›Wir wollen das arme Tier, das vor Hunger heult, lieber hereinholen. Er bellt ja um Hilfe; er ruft wie ein Mensch in Herzensangst. Gehen wir hin.‹

Und er schritt durch den Vorhang, durch dies dichte, unaufhörliche Flockenfallen, durch diesen Schaum, der Nacht und Luft erfüllte, sich bewegte, niederschwebte und unsere Körper gefrieren machte, als verbrennte er sie, so heftig war der Schmerz bei jeder Berührung mit den kleinen, weißen Flocken.

Bis an die Knie versanken wir in dieser weichen, kalten Masse, und um gehen zu können, mußten wir die Beine sehr hoch heben. Je weiter wir kamen, desto heller und stärker wurde die Stimme des Hundes.

Mein Onkel rief: ›Da ist er!‹ Wir blieben vor ihm stehen, um zu beobachten, wie vor einem Feind, auf den man bei Nacht stößt.

Ich konnte nichts sehen; dann holte ich die andern ein und sah: erschreckend und fantastisch sah dieser Hund aus, ein großer, schwarzer Hund, ein Schäferhund mit langen Haaren und einem Wolfskopf, der am Ende des langen Lichtstreifens, den die Laterne auf den Schnee warf, auf seinen vier Beinen stand. Er rührte sich nicht; er bellte nicht mehr; er sah uns nur an.

Mein Onkel sagte: ›Höchst sonderbar, er rückt nicht vor und geht nicht zurück. Ich habe Lust, ihm eins auf den Pelz zu brennen.‹

Mein Vater sagte mit fester Stimme: ›Nein, wir müssen ihn fangen.‹

Da rief mein Bruder Jacques: ›Aber er ist nicht allein. Irgend etwas steht neben ihm.‹

Wirklich lag etwas Graues, nicht zu Erkennendes hinter ihm. Vorsichtig gingen wir näher.

Als er uns kommen sah, setzte sich der Hund auf seine Hinterfüße. Er sah nicht bösartig aus. Er schien vielmehr froh zu sein, daß er endlich Menschen herbeigerufen hatte.

Mein Vater ging auf ihn zu und streichelte ihn. Der Hund leckte ihm die Hände; und wir merkten, daß er an das Rad eines kleinen Wagens gebunden war, einer Art Puppenwagen, der in drei oder vier wollene Decken eingewickelt war. Wir entfernten die Decken vorsichtig, und als Baptiste seine Laterne dem Wägelchen, das wie ein Nest auf Rädern aussah, näherte, sahen wir ein schlafendes, kleines Kind.

Wir waren so erstaunt, daß wir kein Wort sagen konnten. Mein Vater faßte sich zuerst, und da er ein großes Herz und eine begeisterungsfähige Seele hatte, legte er seine Hand auf das Verdeck des Wagens und sagte: ›Armes verlassenes Geschöpf, du sollst uns gehören.‹ Und er befahl meinem Bruder Jacques, unsern Fund vor uns herzurollen.

Mein Vater sagte, laut denkend: ›Ein Kind der Liebe, dessen Mutter in dieser Dreikönigsnacht, die dem göttlichen Kinde geweiht ist, an unserer Türe geläutet hat.‹

Er blieb stehen und schrie aus voller Kraft viermal nach allen

Himmelsrichtungen hin: ›Wir haben es aufgenommen!‹ Dann legte er seinem Bruder die Hand auf die Schulter und sagte leise: ›Wenn du nun auf den Hund geschossen hättest, Franz?...‹

Mein Onkel antwortete nicht, machte aber im Dunkeln das Zeichen des Kreuzes, denn er war trotz seines prahlerischen Wesens tief religiös.

Wir hatten den Hund losgebunden, und er folgte uns. Ach, wie schön die Rückkehr ins Haus war! Mit großer Mühe brachten wir den Wagen über die Wendeltreppe in der Mauer; endlich gelang es, und er wurde in den Flur gefahren.

Wie komisch, erschrocken und glücklich zugleich meine Mutter war! Und meine vier kleinen Cousinen (die jüngste war sechs Jahre alt) sahen wie vier Glucken aus, die ein Nest umstehen. Endlich wurde das noch immer schlafende Kind aus dem Wagen genommen. Es war ein ungefähr sechs Wochen altes Mädchen. In ihren Windeln fanden wir zehntausend Franken in Gold, ja, zehntausend Franken! Papa legte sie als Aussteuer für das Kind auf die Bank. Also war es wohl nicht armer Leute Kind... aber vielleicht das Kind irgendeines Adligen und eines kleinen Bürgermädchens aus der Stadt... oder auch... wir stellten tausend Vermutungen auf und haben nie etwas Sicheres erfahren... nie auch nur das geringste... niemals in allen diesen Jahren... Auch den Hund kannte niemand. Er war fremd in der Gegend. Jedenfalls aber mußten er oder sie, die dreimal an unserer Tür geläutet hatten, meine Eltern gut gekannt haben, denn ihre Wahl war gut. So ist Mademoiselle Perle im Alter von sechs Wochen in den Kreis der Familie Chantal eingetreten.

Erst später übrigens gab man ihr den Namen Perle. Getauft wurde sie Marie Simonne Claire. Claire sollte ihr Familienname sein.

Du kannst mir glauben, unsere Rückkehr in den Speisesaal mit der nun erwachten Kleinen, die all die Menschen und die Lichter mit großen, blauen ängstlichen Augen ansah, war sehr lustig.

Wir setzten uns wieder zu Tisch, und der Kuchen wurde verteilt. Ich wurde König; und ich wählte, wie du vorhin, Mademoiselle Perle zur Königin. Sie ahnte an jenem Abend nichts von der Ehre, die man ihr erwies.

So wurde das Kind denn in die Familie aufgenommen und erzogen. Sie wuchs heran; Jahre vergingen. Sie war freundlich, sanft, gehorsam. Alle Welt liebte sie, und sie wäre schauderhaft verwöhnt worden, wenn meine Mutter es nicht verwehrt hätte.

Meine Mutter sah sehr auf Rang und Ordnung. Sie war bereit, die kleine Claire wie ihre eigenen Kinder zu halten, betonte aber trotzdem immer die Kluft, die sie von uns trennte.

Und sobald das Kind es begreifen konnte, erzählte sie ihm seine Geschichte, und ganz sanft, zärtlich sogar, gab sie ihr zu verstehen, sie sei für die Chantals zwar eine Adoptivtochter, aber doch schließlich eine Fremde.

Claire erfaßte die Situation mit merkwürdiger Klugheit, mit überraschendem Instinkt; und sie wußte die Stellung, die ihr eingeräumt wurde, mit soviel Takt, Anmut und Freundlichkeit einzunehmen, daß mein Vater bis zu Tränen gerührt war.

Sogar meine Mutter war durch die leidenschaftliche Dankbarkeit und die ein wenig scheue Anhänglichkeit dieses zierlichen, zärtlichen Geschöpfes so bewegt, daß sie anfing, sie ›Tochter‹ zu nennen. Zuweilen, wenn die Kleine sich ganz besonders gut und zartfühlend benommen hatte, schob meine Mutter ihre Brille auf die Stirn, was bei ihr immer ein Zeichen von Rührung war, und sagte: ›Dies Kind ist eine Perle, wirklich eine Perle.‹

Sie wurde und blieb für uns Mademoiselle Perle.«

4

Chantal schwieg. Er hatte sich aufs Billard gesetzt, baumelte mit den Beinen, ergriff mit der linken Hand einen Ball und ballte mit der rechten das Tuch, das zum Wegwischen der Striche auf der Schiefertafel diente und das wir ›Kreidetuch‹ nannten.

Ein wenig rot im Gesicht, sprach er jetzt mit gedämpfter Stimme wie für sich; in Erinnerungen verloren, vertiefte er sich in alte Geschichten und alte Erlebnisse, die in seinem Geiste wieder auferstanden, wie man sich eben in alten Familiengärten ergeht, in denen man aufgewachsen ist, wo jeder Baum, jeder Weg, jede Pflanze, die hohen Stechpalmen, die duftenden Lorbeerbäume, der Taxus, dessen roten, fetten Samen man einst mit den Fingern gern zerdrückte, bei jedem Schritt ein kleines Erlebnis der Vergangenheit wachruft, ein unbedeutendes, aber köstliches, das den Grund, den Webfaden unseres Daseins bildet.

An die Wand gelehnt, die Hände auf mein müßiges Queue gestützt, stand ich ihm gegenüber.

Nach einem Augenblick des Schweigens fuhr er fort:

»Gott, wie hübsch sie mit achtzehn Jahren war ... und anmutig ... und ... ach! Ach, das hübsche ... hübsche ... und gute ... und brave ... und reizende Mädchen! ... Sie hatte Augen ... blaue Augen ... schimmernde ... klare Augen ... nie wieder hab' ich solche Augen gesehen ... nie wieder!«

Er schwieg wieder. Ich fragte: »Warum hat sie nicht geheiratet?«

Er antwortete nicht mir, sondern dem Wort ›geheiratet‹.

»Warum? warum? Sie hat nicht gewollt ... nicht gewollt. Sie hatte ja dreißigtausend Franken Mitgift und hat ein paar Anträge bekommen ... aber sie wollte nicht! Sie sah damals immer traurig aus. Es war um die Zeit, wo ich meine Cousine, die kleine Charlotte, heiratete, meine jetzige Frau, mit der ich schon sechs Jahre verlobt gewesen war.«

Ich sah Chantal an, und mir war, als dränge ich in seine Gedanken ein; ich erfaßte auf einmal eine jener schlichten und grausamen Tragödien ehrlicher Herzen, gerader Herzen, makelloser Herzen, die Tragödie eines jener verschlossenen, unerforschten Herzen, die niemand erkannt hat, nicht einmal sie selbst, und die dabei die stummen, ergebenen Opfer sind.

Und von kecker Neugier getrieben, sagte ich:

»Sie hätten sie heiraten sollen.«

Er erbebte, sah mich an und sagte:

»Ich? Wen sollte ich heiraten?«

»Mademoiselle Perle.«

»Wieso?«

»Weil Sie sie mehr geliebt haben als Ihre Cousine.«

Er blickte mich mit sonderbaren, großen, erschrockenen Augen an und stammelte:

»Ich hätte sie geliebt ... ich? ... wieso? Wer hat dir das gesagt? ...«

»Ich sehe es ja ... und um ihretwillen haben Sie so lange gezögert, Ihre Cousine zu heiraten; sie mußte ja sechs Jahre auf Sie warten.«

Er ließ den Ball, den er in der linken Hand hielt, fallen und faßte mit beiden Händen das Kreidetuch, barg sein Gesicht darin und brach in Tränen aus. Er weinte so verzweifelt lächerlich, wie ein Schwamm, den man ausdrückt, mit Augen, Nase und Mund zugleich. Und er hustete, spuckte aus, schneuzte sich in das Kreidetuch, wischte sich die Augen, nieste, vergoß wieder Ströme von Tränen, die die Falten seines Gesichts herabliefen mit einem Kehlgeräusch, das wie Gurgeln klang.

Ich hatte, erschrocken und beschämt, Lust, davonzulaufen und wußte nicht, was sagen, was tun, was anfangen.

Auf einmal ertönte Madame Chantals Stimme auf der Treppe: »Seid ihr bald fertig mit Rauchen?«

Ich öffnete die Tür und rief: »Jawohl, gnädige Frau, wir kommen gleich.«

Dann stürzte ich zu ihrem Mann und packte ihn am Arm: »Mein lieber Freund Chantal, hören Sie mich an; Ihre Frau ruft Sie, nehmen Sie sich zusammen, beruhigen Sie sich, wir müssen hinunter; beruhigen Sie sich doch.«

Er stotterte: »Ja... ja... ich komme schon... armes Mädchen!... Ich komme schon... sagen Sie ihr, daß ich gleich komme.«

Und er fing an, sein Gesicht sorgfältig mit dem Tuch zu trocknen, das seit zwei oder drei Jahren die Striche auf der Tafel weggewischt hatte, dann kam er endlich zum Vorschein, halb weiß, halb rot, Stirn, Nase, Wangen und Kinn mit Kreide beschmiert, die Augen verschwollen, noch voll von Tränen.

Ich faßte seine Hände, zog ihn in sein Zimmer und sagte leise: »Ich bitte, verzeihen Sie mir, ich bitte herzlich, verzeihen Sie mir, daß ich Ihnen weh getan habe... aber... ich wußte ja nicht... Sie... Sie begreifen...«

Er drückte mir die Hand: »Ja... ja... es gibt schwere Augenblicke im Leben...«

Dann tauchte er sein Gesicht in die Waschschüssel. Als er wieder erschien, war er mir noch immer nicht präsentabel genug; ich verfiel also auf eine List. Während er sich noch unruhig im Spiegel besah, sagte ich:

»Wir können ja erzählen, daß Ihnen ein Staubkorn ins Auge gekommen ist, dann können Sie vor aller Augen weinen, soviel Sie wollen.«

Er ging wirklich mit hinunter und rieb sich mit seinem Taschentuch die Augen. Alles war höchst besorgt; alle wollten das

Staubkorn suchen, das aber nicht gefunden wurde, und ähnliche Fälle wurden besprochen, in denen sogar ein Arzt hatte geholt werden müssen.

Ich war zu Mademoiselle Perle getreten und sah sie an in glühender, bis zur Qual sich steigernder Neugier. Sie mußte wirklich sehr hübsch gewesen sein, ihre Augen waren so sanft, so groß, so still, so weit, daß es aussah, als könne sie sie nicht schließen wie andere Menschen. Ihre Kleidung war etwas lächerlich, richtige Altjungfernkleider, und verunzierte sie, ohne sie jedoch linkisch erscheinen zu lassen.

Mir war, als könnte ich in sie hineinsehen, wie ich eben in Chantals Seele geblickt hatte, und ich sah dies bescheidene, einfache, aufopfernde Leben durch und durch; ein Wunsch drängte sich mir auf die Lippen, das unwiderstehliche Verlangen, zu erfahren, ob auch sie ihn geliebt hätte; ob sie wie er diese lange, heimliche, bittere Qual erduldet habe, die niemand gesehen, gekannt, geahnt habe, die sich nachts in der Einsamkeit ihres dunklen Zimmers ausgelebt hätte. Ich betrachtete sie, ich sah ihr Herz unter ihrer Spitzentaille schlagen, und ich fragte mich, ob dies sanfte, offene Gesicht sich wohl Abend für Abend stöhnend ins nasse Kopfkissen geschmiegt und geschluchzt hätte, den Körper im fieberheißen Bett von Schmerz geschüttelt.

Und ganz leise sagte ich zu ihr, wie Kinder tun, wenn sie ein Spielzeug zerbrochen haben, um sein Inneres zu sehen: »Wenn Sie eben Herrn Chantal hätten weinen sehen, Sie hätten Mitleid mit ihm gehabt.«

Sie zitterte: »Was, er hat geweint?«

»Ja, er hat geweint!«

»Und warum?«

Sie schien sehr bewegt zu sein. Ich antwortete:

»Ihretwegen.«

»Meinetwegen?«

»Ja. Er hat mir erzählt, daß er Sie einmal geliebt hat; und wie schwer es ihm geworden ist, seine Frau zu heiraten und nicht Sie...«

Ihr blasses Gesicht schien mir plötzlich spitzer zu werden; ihre stillen, sonst immer offenen Augen schlossen sich so rasch, als sei es für immer. Sie glitt vom Stuhl auf den Boden, sank langsam und sacht wie ein fallendes Tuch in sich zusammen.

Ich rief: »Hilfe! Hilfe! Mademoiselle Perle ist nicht wohl.«

Madame Chantal und die Töchter stürzten herbei, und während man Wasser, Essig und eine Serviette holte, nahm ich meinen Hut und flüchtete.

Ich ging mit großen Schritten, das Herz bewegt, voll Reue und Bedauern. Und doch war ich zufrieden mit mir; mir war, als hätte ich etwas Löbliches, Notwendiges getan.

Ich fragte mich: ›Hab' ich unrecht getan? Hab' ich recht getan?‹ Sie hatten es in sich getragen wie Blei in einer verheilten Wunde. Würden sie jetzt nicht glücklicher sein? Ihre Qual würde sich nicht erneuern, dazu war es zu spät, und doch war es früh genug, daß sie mit Rührung daran denken konnten.

Vielleicht würden sie eines Abends im nächsten Frühling, bewegt durch einen Mondstrahl, der durch die Zweige auf das Gras zu ihren Füßen fallen würde, sich umfassen und sich in der Erinnerung an den erstickten, bitteren Kummer die Hand drükken; vielleicht würde diese kurze, innige Umarmung etwas von jenem Schauer, den sie nie kennengelernt hatten, durch ihre Adern treiben und ihnen, den für eine Sekunde wiedererweckten Toten, eine göttlich-flüchtige Empfindung jener Trunkenheit vermitteln, jener Torheit, die Verliebten in einem Erbeben mehr Glück gibt, als anderen Menschen in ihrem ganzen Leben zuteil wird!

Mary Cassatt
Mutter und Kind
Bleistift

Die Stecknadeln

»Jaja, mein Lieber, die Frauen haben's faustdick hinter den Ohren!«

»Warum?«

»Sie haben mir einen ganz infamen Streich gespielt!«

»Dir?«

»Ja, mir!«

»Die Frauen oder eine Frau?«

»Zwei Frauen.«

»Zwei auf einmal?«

»Ja.«

»Wieso?«

Die beiden jungen Männer saßen vor einem großen Café am Boulevard und tranken ihren Aperitif, einen Likör mit Selter. Er schillerte in allen Regenbogenfarben.

Sie mochten etwa gleichaltrig sein, fünfundzwanzig bis dreißig Jahre, einer blond, der andere dunkel. Ihre Eleganz war zweiten Ranges. Es waren Männer, die von Gelegenheitsgeschäften leben, die sich auf der Börse und in den Salons umhertreiben, überall zu Hause sind, sich überall breitmachen und überall Liebschaften anknüpfen. Der Dunkelhaarige redete weiter: »Ich hab' dir von dem Techtelmechtel mit der kleinen Beamtenfrau am Strande von Dieppe erzählt, nicht?«

»Ja.«

»Also, mein Lieber, du weißt ja, was das heißt! Ich hatte doch in Paris schon eine Geliebte, die ich sogar verdammt gern hatte, eine alte Freundin, eine gute Freundin. Die Frau war mir eine liebe Gewohnheit geworden, und ich mochte sie nicht missen.«

»Die Gewohnheit?«

»Jawohl, die Gewohnheit, und die Frau auch.

Sie ist übrigens verheiratet, und zwar mit einem ausgezeichneten Manne, den ich ebensosehr schätze, einem Prachtmenschen, einer treuen Seele, einem großartigen Kerl, kurz und gut, ich saß dort hübsch und gut im warmen Nest.«

»Na und?«

»Na und –! Sie konnte nicht von Paris fort, und ich war in Dieppe unbeweibt.«

»Warum bist du denn da überhaupt nach Dieppe gegangen?«

»Ich mußte mal eine Luftveränderung haben! Immer auf dem Boulevard – das hält doch kein Mensch aus!«

»Na, und weiter?«

»Ja, und da ist mir eben am Strande die Kleine über den Weg gelaufen, von der ich dir schon erzählt habe.«

»Die Frau des Bürovorstehers?«

»Ja, die! Sie hatte Langeweile. Ihr Mann kam nur an Sonntagen und ist ein ekliger Mensch. Ich verstand mich bald ausgezeichnet mit ihr. Und da haben wir viel miteinander gelacht und getanzt.«

»Na, und weiter?«

»Kommt alles! Also, wir haben uns bekannt gemacht, wir haben uns gefallen, ich habe es ihr gesagt, sie hat mich's immer wieder sagen lassen, weil sie es recht genau hören wollte, und alle Wege waren glatt.«

»Hast du sie geliebt?«

»Gewiß – schon! Es ist eine ganz reizende Frau.«

»Und die andre?«

»Die andre war ja in Paris!

Wir haben sechs traumschöne Wochen verlebt und kehrten schließlich in herzlichem Einvernehmen zurück nach Paris. Sag, würdest du mit einer Frau brechen können, die dir nicht das geringste angetan hat?«

»Aber ja, selbstverständlich!«

»Wie machst du das?«

»Ich lasse sie einfach sitzen!«

»Aber wie fängst du das an?«

»Ich gehe nicht mehr hin.«

»Wenn sie aber zu dir kommt?«

»Dann ... bin ich nicht zu Hause.«

»Und wenn sie wiederkommt?«

»– bin ich krank.«

»Und wenn sie dich pflegt?«

»– werde ich gemein.«

»Und wenn sie es geduldig hinnimmt?«

»Dann schreibe ich dem Ehemann anonyme Briefe, damit er an den Tagen, an denen sie mich besuchen will, ein wachsames Auge auf sie hat.«

»Das ist toll! Soviel Energie bringe ich nicht auf; ich kann mit keiner Schluß machen und habe schon eine ganze Sammlung. Manche sehe ich einmal im Jahr, andere alle zehn Monate, andere alle Vierteljahre, wieder andere, wenn sie mal auswärts dinieren wollen. Die ich mir schon etwas vom Leibe geschafft habe, die machen mir keinen Kummer, aber mit neuen gibt's oft Ärger, bis ich sie erst wieder etwas vom Halse habe.«

»Na ja...«

»Na ja, mein Lieber! Die Kleine war ganz Feuer und Flamme, nichts auszusetzen, wie schon gesagt! Und da ihr Alter den ganzen Tag im Büro sitzt, kommt sie einfach an und besucht mich, ohne mir vorher was zu sagen. Zweimal wäre sie beinah der alten Freundin in die Arme gelaufen.«

»Donnerwetter!«

»Ja. Da habe ich für jede feste Tage angesetzt, damit es keinen Verdruß geben sollte: Montag und Sonnabend für die alte, Dienstag, Donnerstag und Sonntag für die neue.«

»Warum kommt sie besser weg?«

»Sie ist jünger, mein Lieber!«

»Und in der Woche zwei Ruhetage?«

»Das genügt mir.«

»Hochachtung!«

»Nun paß auf, was für eine dumme, lächerliche Geschichte das gegeben hat! Vier Monate ging alles ausgezeichnet. Ich ahnte nichts Böses und fühlte mich glücklich und froh, als plötzlich am letzten Montag die Sache aufflog.

Ich wartete zur gewohnten Stunde, um ein Uhr fünfzehn, auf meine alte Liebe und rauchte eine Zigarre.

Höchst zufrieden gab ich mich angenehmen Träumen hin, da sah ich, daß die verabredete Zeit längst vorüber war. Das überraschte mich, denn die Gute ist sehr pünktlich. Aber ich tröstete mich mit einer zufälligen Verzögerung. Doch verging eine halbe Stunde, dann eine Stunde, anderthalb Stunden, und ich nahm an, daß irgendein ernstlicher Grund sie abhielt, vielleicht eine Migräne oder ein lästiger Besuch. Solch Warten ist langweilig... unnötig langweilig und sehr zermürbend. Schließlich galt es, etwas zu unternehmen, ich ging aus, und weil ich nicht wußte, was ich anfangen sollte, suchte ich sie auf.

Sie war zu Haus und las einen Roman.

›Nanu?‹ fragte ich.

Sie antwortete mit größter Seelenruhe: ›Liebling, ich konnte nicht kommen, ich war verhindert.‹

›Wodurch?‹

›Durch... Abhaltungen.‹

›So... was für Abhaltungen?‹

›Ach, ein sehr ärgerlicher Besuch.‹

Ich dachte, sie wollte den wahren Grund verbergen. Weil sie aber sehr ruhig war, machte ich mir auch weiter keine Gedanken. Ich gedachte schon wieder auf meine Rechnung zu kommen, am nächsten Tage. Da wollte mich die andere besuchen.

Es wurde Dienstag. Ich war sehr aufgeregt. Recht liebehungrig wartete ich auf die kleine Beamtenfrau. Um so mehr war ich erstaunt, als sie nicht, wie sonst, schon vor der vereinbarten Zeit erschien. Ich sah immer wieder nach der Uhr. Ungeduldig beobachtete ich die Zeiger.

Sie rückten eine Viertelstunde weiter, dann eine halbe, auf zwei Uhr... ich hielt es auf meinem Stuhl nicht mehr aus und lief mit großen Schritten durchs Zimmer. Ich stierte durch die Fensterscheiben.

Ich lauschte nach der Tür, ob ich sie nicht auf der Treppe hörte.

Es wurde halb drei, es wurde drei Uhr. Da nahm ich den Hut und lief zu ihr. Was denkst du, sie las in einem Roman!

›Nanu?‹ sagte ich verwundert.

Sie antwortete ebenso seelenruhig wie meine alte Liebe: ›Ich konnte nicht kommen, Liebling, ich war verhindert.‹

›Wodurch?‹

›Durch... Abhaltungen.‹

›So... was denn für Abhaltungen?‹

›Ein ärgerlicher Besuch.‹

Natürlich vermutete ich wohl einen Augenblick, ihr wäre ein Licht aufgegangen. Aber sie gab sich so sanft, so friedlich, daß ich meinen Verdacht fallenließ und an ein sonderbares Zusammentreffen glaubte. Wie konnte ich eine so ausgeklügelte Verstellung für möglich halten! Wir plauderten eine Stunde gemütlich. Aber mindestens zwanzigmal kam ihr Töchterchen ins Zimmer, und schließlich zog ich ab wie ein begossener Pudel. Und stelle dir vor, das nächste Mal...«

»War es wieder so?«

»Jawohl... und am anderen Tag auch wieder. So ging das drei Wochen, und keine tat den Mund auf, keine sagte mir den Grund für ihr merkwürdiges Verhalten. Ich konnte es bloß ahnen.«

»Sie waren dahintergekommen?«

»Verflixt noch mal, ja! Aber wie?! – Ich habe lange gebraucht, bis ich das heraus hatte!«

»Und wodurch ist dir's gelungen?«

»Durch Briefe. Beide haben mir am gleichen Tage mit denselben Worten den Laufpaß gegeben.«

»Na, und wie ist es gewesen?«

»Folgendermaßen... Du weißt, Frauen haben immer eine Unmenge Nadeln an sich. Haarnadeln kenne ich; denen mißtraue ich von vornherein und passe auf. Aber andere sind viel niederträchtiger, diese verflixten kleinen Stecknadeln mit dem schwarzen Glasknöpfchen. Männern scheinen sie alle gleich, wir sind ausgewachsene Rindviecher. Aber Frauen unterscheiden sie ganz genau und so sicher wie du ein Rennpferd von einem Straßenköter. Und nun ist von der kleinen Beamtenfrau eins dieser verräterischen Dinger in der Wandbespannung neben dem Spiegel steckengeblieben.

Meine alte Liebe hat das kleine, schwarze Pünktchen, nicht größer als ein Floh, auf dem Stoff bemerkt, stillschweigend an sich genommen und eine Nadel von sich hingestreckt, ebenfalls schwarz, aber ein anderes Fabrikat.

Am andern Tage suchte die kleine Neue ihre vergessene Nadel und sah, daß sie vertauscht war. Das war verdächtig, und sie steckte zwei Nadeln in die Wand, über Kreuz.

Die alte gab auf dies Zeichen Antwort mit drei Kugeln, eine über der andern.

So kamen sie miteinander in Fühlung, ohne noch ein Wort gewechselt zu haben, aber es paßte eine auf die andre auf. Schließlich hat die alte Liebe, die unternehmendere, um ihre Stahlnadel ein winziges Streifchen Papier gerollt, auf dem stand: ›Postlagernd Boulevard Malesherbes, C. D.‹

Nun schrieben sie sich Briefe. Jetzt war ich verraten und verkauft. Es ist klar, daß sich noch manches getan hat, aber sie gingen mit all der Vorsicht zu Werke, mit tausend Schlichen, mit der ganzen Durchtriebenheit, die eine so heikle Sache verlangt! Die alte Liebe blieb nicht auf halbem Wege stehn. Sie verabredete mit der andern ein Zusammentreffen.

Was sie da besprochen haben, weiß ich nicht, aber ich bin sicher, daß ich die Kosten der Unterhaltung getragen habe. Und nun hab' ich die Bescherung!«

»Das ist alles?«

»Ja.«

»Und du bekommst sie jetzt nicht mehr zu sehen?«

»O doch, wir sehen uns noch so rein aus Freundschaft. Wir haben uns nicht etwa gezankt!«

»Und haben sich denn die beiden wiedergesehen?«

»Klar, mein Lieber, sie sind Herzensfreundinnen.«

»Sieh an! Und da merkst du nichts?«

»Nein, was denn?«

»Ach, du Rindvieh! Sie möchten ihre Nadeln nebeneinanderstecken!«

Pierre-Auguste Renoir
Die Hutnadel
Farblithographie

Die Tür

»Du lieber Gott!« rief Karl Massouligny. »Das ist ein schwieriges Kapitel. Ich habe wirklich alle Sorten gekannt, und doch verstehe ich mich auf keine Sorte ganz. Oft habe ich zu bestimmen versucht, ob sie wirklich blind, wissend oder schwach waren. Es gibt, glaube ich, alle drei Kategorien.

Die Blinden kann man übersehen. Sie sind ja auch eigentlich gar nicht nachsichtig. Sie wissen ja nichts und sind bloß gute Kerls, die nur so weit sehen, wie ihre Nase reicht. Es ist übrigens interessant und amüsant, wie leicht Männer, alle Männer, und sogar Frauen, alle Frauen, sich täuschen lassen. Wir lassen uns von den geringsten Listen unserer Umgebung fangen, von unseren Kindern, unseren Freunden, unseren Dienstboten und unseren Lieferanten. Die Menschheit ist leichtgläubig; auch nicht den zehnten Teil der Schlauheit, die wir selbst anwenden, wenn wir jemand täuschen wollen, entfalten wir, um die Listen anderer zu durchschauen und aufzudecken.

Die mit Wissen betrogenen Ehemänner zerfallen wieder in drei Arten. Erstens die Gatten, die ein Interesse – sei es nun ein pekuniäres, ein streberisches oder ein anderes – daran haben, daß ihre Frau einen oder mehrere Liebhaber besitzt. Sie verlangen nur, daß zur Not der Schein gewahrt werde; mit der Sache selbst sind sie zufrieden.

Dann kommen die Szenenmacher. Über sie könnte man leicht einen langen Roman schreiben.

Die dritte Art sind die Schwachen, die sich vor dem Skandal fürchten.

Dann wären noch die Impotenten zu erwähnen, die Erschöpften, die das eheliche Bett aus Furcht vor Rückenmarksleiden oder Schlagflüssen meiden, und voll Ergebung zusehen, wie ein Freund sich in diese Gefahr begibt.

Was mich betrifft, so habe ich einen Ehemann von sehr seltener Art gekannt, der sich auf eine geistreiche und bizarre Weise gegen das übliche Ehemalheur zu sichern wußte.

Ich verkehrte in Paris in einem eleganten, vornehmen Hause, wo viel Geselligkeit herrschte. Der Frau, die lebhaft, groß, schlank und sehr umworben war, wurde eine bewegte Vergangenheit nachgesagt. Sie war geistreich; das zog mich an, und auch ich schien ihr zu gefallen. Ich machte ihr den Hof, versuchsweise nur, und sie ermunterte mich durch deutliches Entgegenkommen. Wir waren bald bei den zärtlichen Blicken, den Händedrücken, kurz, allen den verliebten Kleinigkeiten, die den Hauptangriff vorbereiten.

Aber ich zögerte noch. Ich finde, daß die meisten Liaisons in der guten Gesellschaft den Verdruß nicht wert sind, den sie fast immer im Gefolge haben. Ich wog gerade im Geiste die Annehmlichkeiten und Unbequemlichkeiten gegeneinander ab, als ich zu bemerken glaubte, daß der Gatte Verdacht geschöpft hatte und auf mich aufzupassen anfing.

Eines Abends auf einem Balle, als ich der jungen Frau in einem kleinen Salon, der neben dem großen Tanzsaal lag, Schmeicheleien sagte, sah ich plötzlich in einem Spiegel ein Gesicht, das uns beobachtete. Er war es. Unsere Blicke kreuzten sich; dann sah ich, immer nur im Spiegel, wie er den Kopf wendete und fortging.

Ich flüsterte:

›Ihr Mann beobachtet uns.‹

Sie schien sehr überrascht zu sein.

›Mein Mann?‹

›Ja, er hat schon ein paarmal herübergesehen.‹

›Ach, Unsinn! Sie täuschen sich.‹

›Nein, bestimmt nicht.‹

›Sehr sonderbar. Er ist doch immer so nett zu meinen Freunden.‹

›Vielleicht hat er erraten, daß ich Sie liebe?‹

›Ach Unsinn! Und Sie sind doch nicht der erste, der mir den Hof macht. Jede ein bißchen auffallende Frau hat einen Haufen Anbeter.‹

›Ja. Ich aber liebe Sie mit einer wirklich ernsten Liebe.‹

›Setzen wir den Fall, es wäre wirklich so – glauben Sie, daß ein Ehemann so etwas je errät?‹

›Er ist also nicht eifersüchtig?‹

›Nein... O nein... Ich habe nie bemerkt, daß er eifersüchtig ist.‹

›Hat er Sie nie... niemals überwacht?‹

›Nein... Wie gesagt, ist er sehr nett zu meinen Freunden.‹

Von diesem Tage an ging ich entschiedener vor. Die Frau gefiel mir nicht mehr als vorher, aber die mutmaßliche Eifersucht des Mannes reizte mich.

Sie selbst beurteilte ich kalt und klar. Sie hatte einen gewissen mondänen Reiz, der einem raschen, heiteren, liebenswürdigen und oberflächlichen Geist entsprang, das wirklich tief und dauernd Verführerische fehlte ihr. Sie war eine lebhafte, ganz äußerlich angelegte Frau von etwas lauter Eleganz. Wie soll ich Ihnen das nur erklären? Sie war... sie war mehr ein Staatsgemach als ein Zimmer.

Eines Tages, als ich bei ihr gegessen hatte, sagte der Mann beim Abschied zu mir:

›Lieber Freund‹ (er behandelte mich seit einiger Zeit freundschaftlich), ›wir gehen bald aufs Land. Es macht meiner Frau und mir eine große Freude, wenn uns dort die Menschen besuchen, die wir gern haben. Wollen Sie nicht auch für einen Monat hinauskommen? Das wäre sehr nett von Ihnen.‹

Ich war überrascht, nahm die Einladung aber an.

Einen Monat darauf fand ich mich auf ihrem Gute Vertiressen in der Touraine ein.

Die Bahnstation lag fünf Meilen vom Schloß entfernt. Ich wurde dort abgeholt. Es waren ihrer drei, sie, ihr Mann und ein mir unbekannter Herr, ein Graf Morterade. Ich wurde ihm vorgestellt. Er schien entzückt zu sein, meine Bekanntschaft zu machen; und höchst seltsame Ideen durchkreuzten meinen Kopf, während wir in raschem Trabe einen hübschen, ebenen Fahrweg zwischen zwei grünen Hecken hinunterfuhren. Ich sagte zu mir: Aufgepaßt, was soll das heißen? Da ist ein Mann, der nicht daran zweifeln kann, daß sich zwischen seiner Frau und mir eine Liebesgeschichte anspinnt – und er lädt mich zu sich ein, er empfängt mich wie einen ersehnten Gast, er macht ein Gesicht, als wolle er sagen: ›Nur zu, mein Lieber, der Weg ist frei!‹ Dann stellt man mich einem Herrn vor, der schon lieb Kind im Hause zu sein scheint, und... und der vielleicht wieder hinaus möchte, der sich über mein Kommen ebensosehr zu freuen scheint wie der Hausherr.

Ist es ein alter Liebhaber, der sich zurückziehen will? Fast sieht es so aus. – Aber dann? Haben die beiden Herren etwa stillschweigend miteinander einen hübschen, infamen, kleinen Pakt geschlossen, wie sie in der Gesellschaft üblich sind? Und haben sie mich, ohne ein Wort zu sagen, dazu ausersehen, mitzumachen und der Nachfolger zu werden? Hände und Arme strecken sich mir entgegen. Alle Türen und Herzen stehen mir offen.

Und sie? Sie ist mir ein Rätsel. Sie kann, sie muß doch von allem wissen. Und doch?... Und doch?... Ach, ich finde mich nicht heraus.

Das Essen verlief sehr heiter und herzlich. Nach Tisch setzten sich der Mann und sein Freund an den Kartentisch, und ich genoß mit der gnädigen Frau auf der Freitreppe den Mondschein. Die Natur stimmte sie weich, und ich fühlte den Augenblick meines Glückes nahe. An jenem Abend fand ich sie wirklich reizend. Das Land hatte sie schmiegsamer, schmachtender gemacht. Ihre hohe, schlanke Gestalt sah auf der Steintreppe neben der großen Vase, die einen Pflanzenkübel trug, sehr hübsch aus. Ich hatte Lust, sie unter die Bäume zu locken, dort vor ihr niederzuknien und ihr Liebesworte zuzuflüstern.

Die Stimme ihres Mannes rief:

›Louise?‹

›Ja, mein Lieber?‹

›Du vergißt den Tee.‹

›Ich komme schon, mein Lieber.‹

Wir gingen hinein, und sie servierte uns den Tee. Die beiden Männer hatten ihre Kartenpartie beendet und waren offenbar schläfrig. Wir suchten unsere Zimmer auf. Ich schlief sehr spät ein und hatte schwere Träume. Am nächsten Morgen wurde für den Nachmittag ein Ausflug verabredet. Im offenen Landauer fuhren wir, irgendeine Ruine zu besichtigen. Sie und ich saßen im Fond, die beiden anderen uns gegenüber. Wir plauderten sehr angeregt mit gegenseitiger Sympathie und ohne Rückhalt. Ich war früh Waise, und es war mir, als sei ich wieder im Schoße meiner Familie, so heimisch fühlte ich mich.

Sie hatte ihren Fuß zwischen die Füße ihres Mannes gestreckt. Da sagte er plötzlich mit einem tadelnden Blick: ›Louise, ich bitte dich, trage deine alten Schuhe doch nicht so auf. Es ist nicht das Richtige, in Paris mehr für seine Toilette zu tun als auf dem Lande.‹

Ich senkte die Augen. Sie hatte wirklich alte, schiefgetretene Schuhe an, und ich sah, daß ihr Strumpf nicht glatt saß.

Errötend zog sie ihren Fuß zurück und verbarg ihn unter ihrem Kleide. Der Freund sah gleichgültig in die Landschaft hinaus, als hätte er kein Wort davon gehört.

Der Ehemann bot mir eine Zigarre an; und ich nahm sie.

Mehrere Tage lang war es mir nicht möglich, auch nur zwei Minuten mit ihr allein zu sein; überallhin folgte er uns. Ich fand das Leben aber doch herrlich.

Eines Morgens, als er mich vor dem Frühstück zu einem Spaziergang abgeholt hatte, kamen wir auf die Ehe zu sprechen. Ich sagte ein paar Worte über die Einsamkeit, und wie schön so ein gemeinsames Dasein sei, das durch die Zärtlichkeit einer Frau verschönt würde.

Er unterbrach mich plötzlich: ›Lieber Freund, sprechen Sie nicht von Dingen, von denen Sie nichts verstehen. Eine Frau, die kein anderes Interesse mehr daran hat, als zu lieben, liebt bald überhaupt nicht mehr. Alle Koketterien, die eine Frau reizend machen, solange sie uns noch nicht gehört, hören auf, sobald wir sie besitzen. Und dann ... die ehrbaren Frauen ... das heißt unsere Frauen ... sie sind ... sind nicht ... kurz, sie verstehen sich auf ihr Frauenhandwerk nur mäßig. Das ist ... meine Erfahrung.‹

Er sagte nichts weiter, und ich wußte nicht recht, was er meinte.

Zwei Tage nach dieser Unterhaltung rief er mich sehr früh schon in sein Zimmer, um mir seine Sammlung von alten Stichen zu zeigen.

Ich saß auf einem Lehnstuhl gegenüber der großen Tür, die sein Zimmer von dem Schlafgemach seiner Frau trennte; und hinter dieser Tür hörte ich Schritte. Ich dachte kaum an die Stiche, trotzdem ich in einem fort rief: ›Famos! Wundervoll! Sehr schön!‹

Er sagte plötzlich:

›Oh, nebenan habe ich ein noch viel schöneres Bild, ich will es holen.‹

Und er stürzte zur Tür, deren Flügel sich wie zu einem Theatercoup öffneten. In einem großen, unordentlichen Zimmer lagen Röcke, Kragen, Korsetts auf dem Boden, und ein langes, dürres Geschöpf in einem alten, seidenen Unterrock bürstete vor einem Spiegel seine blonden, kurzen und dünnen Haare.

Ihre Arme bildeten zwei spitze Winkel, und als sie sich erschrocken umdrehte, sah ich unter einem Hemd von gewöhnlichem Leinen einen beinernen Kirchhof, der sonst durch einen falschen Wattebusen der Öffentlichkeit verborgen war.

Der Gatte stieß einen höchst natürlichen Schrei aus, schloß rasch wieder die Tür und rief entsetzt: ›Ach du lieber Gott, bin ich ein Esel! Das verzeiht mir meine Frau ihr Lebtag nicht!‹

Ich aber hatte Lust, mich bei ihm zu bedanken.

Drei Tage später reiste ich ab. Ich schüttelte den beiden Männern herzlich die Hände, der Dame des Hauses küßte ich sie. Sie sagte mir kühl adieu.«

Karl Massouligny schwieg.

Irgend jemand fragte:

»Aber der Freund? Was spielte der für eine Rolle?«

»Ich weiß nicht... Aber... aber er schien untröstlich zu sein, mich so bald abreisen zu sehen.«

Pierre-Auguste Renoir
Tanz im Bougival
Bleistiftzeichnung

Die Baronin

»Du wirst dort allerlei Kostbarkeiten zu sehen bekommen«, sagte mein Freund Boisrené, »komm mit!«

Wir gingen in den ersten Stock eines ansehnlichen Hauses in einer Hauptstraße von Paris. Ein sehr gut gekleideter Herr mit vollendeten Umgangsformen empfing uns und führte uns durch eine Flucht von Zimmern. Er machte auf besondere Raritäten aufmerksam und erwähnte ganz nebenbei die Preise. Dabei kamen beträchtliche Summen von zehn-, zwanzig-, dreißig- und fünfzigtausend Franken so leicht und wohlgefällig über seine Lippen, daß kein Zweifel aufkommen konnte: Im Geldschrank dieses Grandseigneurs von Kaufmann lagen Millionen.

Ich kannte den Ruf dieses Geschäftsmannes sehr wohl. Gewandt, anpassungsfähig, klug bahnte er Geschäfte jeder Art an. Er unterhielt Beziehungen zu den reichsten Kunstliebhabern in Paris, ja in Europa und in Amerika. Er war unterrichtet über ihren Geschmack, hielt sich auf dem laufenden über ihre Liebhabereien und gab ihnen brieflich oder, wenn sie in Frankreich wohnten, telegrafisch sofort Nachricht, wenn er von einem Objekt erfuhr, das zu verkaufen war und ihnen zusagen konnte.

Männer aus den vornehmsten Kreisen nahmen ihn in Anspruch, um bares Geld zum Spiel in die Hand zu bekommen oder eine Schuld zu tilgen, um ein Gemälde, einen Familienschmuck, einen Wandteppich oder in Zeiten einer Wirtschaftskrise gar ein Pferd oder einen Grundbesitz günstig loszuschlagen.

Es hieß allgemein, er habe seine Hilfe noch nie versagt, wenn dabei für ihn auch etwas herausspringe.

Boisrené schien mit ihm recht gut bekannt zu sein; sie mochten manches Geschäft gemeinsam gemacht haben.

Der Mann nötigte mir Interesse ab. Er war hoch gewachsen, hager, kahlköpfig und sehr elegant gekleidet. Seine sanfte, einschmeichelnde Stimme hatte etwas Gewinnendes, einen zauberischen Reiz, der jeder Sache sofort einen eigenen Wert verlieh. Wenn er eine kleine Kostbarkeit in den Fingern hielt, drehte er sie hin und her und sprach von ihrer Seltenheit so geschickt, so gefällig, so vornehm und so begeistert, daß sie schon durch seine Berührung, durch seinen Blick, der darauf ruhte, in einem neuen, schöneren Licht erschien. Der Gegenstand, den er aus der Vitrine nahm, erhielt gleich einen viel höheren Wert.

»Und Ihr Kruzifix«, sagte da unvermittelt Boisrené, »dieser wundervolle Renaissance-Christus, den Sie mir vor einem Jahr gezeigt haben?«

Der Mann lächelte und sagte: »Der Christus ist verkauft. Es ist seltsam zugegangen. Eine wirkliche Pariser Geschichte! Wollen Sie sie hören?«

»Aber natürlich!«

»Kennen Sie die Baronin Samoris?«

»Ja und nein. Ich habe sie nur einmal gesehen, weiß aber Bescheid über sie.«

»Sie wissen... genau?«

»Ja.«

»Bitte erzählen Sie! Ich möchte sehen, ob Sie sich nicht täuschen.«

»Gern! Madame Samoris ist eine Dame der Gesellschaft. Sie hat eine Tochter. Ihren Mann hat niemand kennengelernt. Nun, wenn sie keinen gehabt hat, dann muß sie Freundschaften sehr unauffälliger Art gepflegt haben. In großzügig denkenden, nicht zu engherzigen Kreisen ist sie wohlgelitten.

Den Gottesdienst versäumt sie selten. Sie geht, soviel man weiß, andächtig zur Beichte und zum Abendmahl und ist in ihrem Auftreten ohne Tadel. Und jetzt möchte sie ihre Tochter anständig unter die Haube bringen. Ist's nicht so?«

»Ja, aber es kommt noch einiges hinzu: Sie ist eine sehr anregende Frau und versteht es, ihren Verehrern auf ihre Art mehr Achtung einzuflößen, als wenn sie ihnen ihre Gunst vorenthielte. Das ist eine seltene Gabe. Aber damit erreicht sie bei den Männern alles, was sie will. So hat sie längst ihre Wahl getroffen, ehe der Erwählte es ahnt. Er macht ihr den Hof, bemüht sich um ihre Gunst, umwirbt sie lange, vornehm zurückhaltend. Und schließlich ist er erstaunt, daß er ihre Gunst erringt, ist glücklich, daß er diese Frau gewinnt, und merkt gar nicht, daß er sie bezahlt – so taktvoll ist sie! Ihr Verhalten ist so unaufdringlich, würdevoll, sittsam, daß er imstande wäre, jeden zu ohrfeigen, der wagen würde, ihre Tugend in Zweifel zu ziehen, wenn er ihr Bett verläßt.

Ich habe ihr wiederholt Gefälligkeiten erwiesen. Vor mir hat sie keine Geheimnisse.

Anfang Januar kam sie und wollte dreißigtausend Franken geborgt haben. Ich habe sie ihr nicht gegeben. Aber ich wollte ihr helfen. So bat ich sie, mir ihre Lage zu schildern, um zu sehen, was sich tun ließe.

Sie brachte ihr Anliegen so geschmackvoll vor, daß sie die Erstkommunion ihres Töchterchens nicht besser hätte erzählen können. Ich verstand daraus so viel, daß wir schlechte Zeiten hätten und daß sie völlig ohne Mittel dastehe.

Das Darniederliegen des Handels, die politische Unsicherheit, die von der gegenwärtigen Regierung anscheinend absichtlich aufrechterhalten werde, das Gerede vom Krieg, die allgemeine Unzufriedenheit und Mißstimmung hätten sogar unter Liebenden eine Verknappung und ein Zurückhalten des Geldes herbeigeführt, und sie könne sich als ehrbare Frau schließlich nicht dem ersten besten in die Hände geben.

Sie brauche einen vornehm gesinnten Mann, einen Mann der besten Gesellschaft, dessen Verkehr ihr die Achtung der Welt sichere, aber auch, was zum täglichen Leben nötig sei. Ein Lebemann, und sei er noch so reich, würde sie bloßstellen und eine gute Heirat ihrer Tochter unmöglich machen. Sie könne sich auch nicht mit gefälligen Agenturen oder zweifelhaften Vermittlern einlassen, die ihr für einige Zeit aus der Verlegenheit helfen könnten.

Und auf alle Fälle müsse sie ihren Hausstand aufrechterhalten, sehr gastfrei sein, um nicht die Hoffnung zu verlieren, unter ihren Besuchern einmal den verschwiegenen, vornehmen Freund zu finden, auf den sie warte und der ihr zusage.

Ich gab zu bedenken, daß meine dreißigtausend Franken wenig Aussicht hätten, sich wieder zu mir zurückzufinden; denn wenn sie verbraucht wären, würde sie sechzigtausend aufnehmen müssen, um mir die Hälfte davon zurückgeben zu können.

Sie schien über meine Worte untröstlich, und ich wußte nicht, was ich noch sagen sollte, als mir ein Gedanke, ein wahrhaft glänzender Gedanke, durch den Kopf schoß.

Ich hatte eben jenen Christus angekauft, den ich Ihnen gezeigt habe, ein wunderbares Stück, das schönste aus der Renaissance, das ich je gesehen habe. Und da sagte ich: ›Meine Teuerste, ich werde dieses Elfenbein zu Ihnen bringen lassen. Sie erfinden eine sinnige, rührende, poetische Geschichte, oder was Sie sonst wollen, um Ihren Wunsch verständlich zu machen, sich von dem Stück zu trennen. Natürlich ist's ein Familienerbstück. Ihr Vater hat es Ihnen hinterlassen.

Ich schicke Ihnen Kunstliebhaber ins Haus, führe sie Ihnen auch persönlich zu, und alles Weitere ist Ihre Sache! Ich werde Sie stets am Tag zuvor benachrichtigen. Das Kruzifix ist fünfzigtausend Franken wert. Ich lasse es Ihnen für dreißigtausend, die Differenz ist für Sie.‹

Sie überlegte einige Augenblicke. Ich sah ihr an, daß sie tief nachdachte. Dann gab sie mir zur Antwort: ›Ja, das ist vielleicht ein guter Vorschlag. Ich danke Ihnen sehr!‹

Am Tage darauf ließ ich meinen Christus zu ihr bringen und schickte noch am selben Abend den Baron von Saint-Hospital zu ihr.

Drei Monate lang wies ich ihr Käufer zu, die besten, zahlungskräftigsten, mit denen ich geschäftlich zu tun hatte. Sie ließ nichts wieder von sich hören.

Da besuchte mich ein Ausländer, der nur sehr wenig Französisch sprach, und ich entschloß mich, ihn selbst bei der Samoris einzuführen, um zu sehen ...

Ein feierlich in Schwarz gekleideter Lakai empfing uns und bat uns, in einen hübschen, etwas dunklen, aber geschmackvoll ausgestatteten Salon einzutreten. Wir mußten ein paar Minuten warten, dann erschien sie – eine entzückende Frau! Sie reichte mir die Hand, lud uns zum Sitzen ein, und als ich ihr den Grund meines Besuches gesagt hatte, läutete sie.

Der Lakai erschien.

›Fragen Sie Fräulein Isabella, ob wir ihre Kapelle betreten können!‹ Isabella brachte selbst die Antwort. Sie war fünfzehn Jahre, natürlich in ihrem Wesen, sah gut aus und strahlte in der Frische ihrer Jugend.

Sie führte uns selbst zu ihrer Kapelle. Wir kamen in ein weihevolles Gemach. Auf einem Tuch von schwarzem Samt lag der Christus; mein Christus! Davor brannte eine silberne Lampe.

Das Ganze war gut und sehr geschickt arrangiert.

Nun schlug das Kind ein Kreuz und sagte: ›Sehen Sie, meine Herren, ist er nicht schön?‹

Ich nahm das Kunstwerk in die Hand, prüfte es und erklärte es für hervorragend. Der Fremde betrachtete es gleichfalls. Aber auf ihn machten sichtlich die beiden Frauen mehr Eindruck als das Kruzifix. In der Wohnung lag ein feiner Duft von Weihrauch, Blumen und andern köstlichen Wohlgerüchen. Man fühlte sich wohl. Es war behaglich hier und lud zum Verweilen ein.

Als wir wieder im Salon waren, brachte ich zurückhaltend und zartfühlend die Frage nach dem Preise vor. Madame Samoris schlug die Augen nieder und forderte fünfzigtausend Franken.

Und dann setzte sie hinzu: ›Wenn Sie den Wunsch haben, Monsieur, ihn nochmals zu sehen – ich gehe kaum vor drei Uhr aus und bin alle Tage anzutreffen.‹

Auf der Straße fragte mich der Fremde noch nach allen möglichen Einzelheiten über die Baronin. Er fand sie bezaubernd. Und dann ließ keiner wieder von sich hören, weder er noch sie.

So vergingen drei Monate.

Da, eines Morgens, es ist kaum vierzehn Tage her, erschien sie zur Stunde des Frühstücks und gab mir eine Brieftasche: ›Mein Lieber, Sie sind ein Engel! Hier haben Sie fünfzigtausend Franken. Ich kaufe den Christus selbst und zahle Ihnen zwanzigtausend Franken über den vereinbarten Preis unter der Bedingung, daß Sie mir auch weiterhin ernsthafte Kunstfreunde ins Haus schicken ... Denn er ist noch zu verkaufen ... mein Kruzifixus.‹«

Pierre-Auguste Renoir
Frontispice pour »Pages« de Mallarmé
Radierung

In eigener Sache

Rechtsanwalt Bontran, der berühmte Pariser Spezialist für Scheidungsfälle, der in zehnjähriger Praxis bisher mit größtem Erfolge die Ehen aller seiner unglücklich verheirateten Klienten glücklich auseinanderplädiert hatte, öffnete die Tür seines Sprechzimmers und trat zur Seite, um den nächsten Klienten einzulassen.

Ein kräftig gebauter, vollblütiger Herr mit dichtem blondem Backenbart schob sich mit seiner stattlichen Leibesfülle durch die Tür und machte eine Verbeugung.

»Bitte nehmen Sie Platz«, sagte der Anwalt.

Der Klient ließ sich auf dem angebotenen Stuhl nieder und räusperte sich:

»Ich möchte Sie bitten, Herr Anwalt, mich in eigener Sache zu vertreten.«

»Bitte. Lassen Sie hören!«

»Herr Anwalt, vor Ihnen sitzt einer Ihrer Berufskollegen, allerdings ein ehemaliger.«

»Aha, also bereits –?«

»Ja, bereits ohne Praxis. Ich bin siebenunddreißig.«

»Nur zu, bitte! Ich höre.«

»Herr Kollege – ich bin eine Ehe eingegangen, eine unglückliche, sehr unglückliche Ehe.«

»Da sind Sie nicht der einzige!«

»Ich weiß, und ich kann mich in die Lage jedes andern hineinfühlen, dem es ähnlich ergangen ist! Aber mein Fall liegt ganz anders. Was ich gegen meine Frau vorzubringen habe, ist wirklich nicht alltäglich. Doch ich erzähle Ihnen am besten meine Geschichte ganz von vorn. Ich habe mich auf höchst absonderliche Weise verehelicht. Übrigens – halten Sie es für möglich, daß es Ideen gibt, die für eine gewisse Geistesverfassung so gefährlich werden können wie Gift für den Organismus?«

»Nun ja, schon möglich.«

»Sogar bestimmt! Es gibt Ideen, die sich in uns einschleichen, sich in uns festsetzen, uns schwach, uns verrückt machen, uns umbringen können, wenn wir uns ihrer nicht zu wehren wissen. Sie sind wie eine Art Rebläuse der Seele, diese Ideen. Und wenn wir uns unglücklicherweise von so einer Idee ankriechen lassen, wenn wir nicht auf den ersten Blick merken, daß sie ein Eindringling, eine Schmarotzerin, eine Tyrannin ist, die sich von Stunde zu Stunde mehr breitmacht, immer wiederkommt, sich häuslich in uns einrichtet, unsere ganze Tagesordnung über den Haufen wirft, sozusagen unser ganzes Denken frißt und unsern gesunden Menschenverstand zerrüttet – dann, dann sind wir verloren.

Herr Kollege, mir ist also folgendes passiert:

Wie gesagt – ich war Rechtsanwalt und Notar in Rouen. Ich lebte in etwas beengten Verhältnissen, aus denen ich nie so richtig herauskam, immer etwas in der Klemme. Ich hatte einige Sorgen, hauptsächlich Geldsorgen; an allen Ecken und Enden mußte ich mich einschränken, mir oft die einfachsten Genüsse und Annehmlichkeiten des Lebens verkneifen, tja, wirklich auf das allermeiste verzichten, und so etwas macht sich für unsereinen auf die Dauer unangenehm spürbar.

Als Notar, also sozusagen schon aus beruflichem Interesse, studierte ich immer genauestens die Anzeigen der Tagesblätter, die Spalten ›Angebote und Nachfragen‹, die ›Kleinen vermischten Anzeigen‹ und so weiter und so weiter; auf die Weise ist es mir ein paarmal gelungen, etlichen meiner Klienten zu vorteilhaften Heiraten zu verhelfen.

Eines schönen Tages nun stoße ich in der Rubrik ›Wunschecke‹ auf folgendes:

JUNGE HÜBSCHE DAME,

gepflegte Erscheinung, wohlerzogen, wünscht Bekanntschaft mit vornehmer Persönlichkeit zwecks späterer Eheschließung. Zweieinhalb Millionen Franken Mitgift.

Vermittler verbeten.

Also, wie es der Zufall so will – gerade an dem Tage traf ich mich mit zwei Freunden, einem engeren Berufskollegen und einem Spinnereibesitzer, zum Essen. Ich weiß nicht mehr, wie wir während unseres Diners aufs Heiraten zu sprechen kamen; jedenfalls berichtete ich ihnen lachend von meiner Dame mit den zweieinhalb Millionen.

Der Fabrikant meinte: ›Was mag denn das für eine Sorte sein?‹

Mein Kollege ließ einfließen, er habe immerhin schon mehrfach beobachten können, daß so zustande gekommene Ehen recht glücklich und geradezu vorbildlich geworden wären, und er erzählte Einzelheiten darüber. Dann drehte er sich mir zu und machte die Bemerkung:

›Zum Deibel, ja! Warum siehst du dir das nicht mal selber 'n bißchen näher an? Heiliger Bimbam noch mal, mit zweieinhalb Millionen wärst du doch fein heraus!‹

Wir lachten alle drei und kamen dann schnell wieder vom Thema ab.

Eine Stunde danach war ich wieder daheim. Die Nacht war kalt. Mein Zuhause war ein dunkler, alter Kasten, eins jener alten Provinzhäuser, die so etwas von Champignonkellern in und an sich haben. Als ich meine Hand auf das eiserne Treppengeländer legte, zog mir ein Kälteschauer bis in den Arm hinauf, und als ich mit der andern Hand nach der Wand tastete, durchrieselte mich bei der Berührung abermals ein Schauer, noch kälter und noch feuchter als der erste. Die ganze Brust durchschauerte es mir eisig! Trostlosigkeit, Beklemmung, Schwäche überkamen mich. Da schoß es mir plötzlich durch den Sinn, und ich ächzte heraus: ›Schockschwerenot! Wenn ich jetzt die zweieinhalb Millionen hätte!‹

Meine Bude war schauerlich, so die richtige Rouener Behausung für einen Junggesellen, ein Loch, in dem eine bezahlte Aufwärterin auch noch kochte. Sie können es sich ja wohl deutlich vorstellen, mein Rouener Junggesellenheim: Riesenbett ohne Vorhänge, Schrank, Kommode, Waschtisch – ungeheizt! Überall Kleider auf den Stühlen, unzählige Papiere auf dem Fußboden...

Als ich wieder zwischen meinen vier Wänden stand, da summte ich so vor mich hin – einen Caféhausschlager, den ich aus meinem Stammlokal mitgebracht hatte:

›Zwei Millionen,
Zwei Millionen
Würden sich lohnen...
Es könnten auch zwei und 'ne halbe sein
Mit 'nem kleinen Frauchen noch obendrein!‹

Eigentlich hatte ich bis dahin noch nie ernstlich ans Heiraten gedacht; und nun kam mir das alles plötzlich wieder in den Sinn, als ich mich zu Bett legte. Ich dachte sogar so gründlich daran, daß ich lange nicht einschlafen konnte.

Am andern Morgen, als ich noch vor Tagesanbruch die Augen aufmachte, da schoß es mir durch den Kopf, daß ich ja um acht, eines wichtigen Termins wegen, in Darnétal sein müsse. Also schon früh um sechs Uhr aus den Federn – und draußen eine Hundekälte. Verflucht noch mal – jetzt so zweieinhalb Millionen Franken!

Gegen zehn landete ich wieder in meinem Büro. Es roch darin nach glühendem Ofen, nach verräucherten Prozeßakten – nichts stinkt so scheußlich wie das – und nach Kanzlisten, Stiefeln, Überröcken, Hemden, Haarpomade, atmender Haut, winterlicher, wenig gewaschener Haut – und das alles in einer Atmosphäre von mindestens achtzehn Grad Celsius.

Ich frühstückte; wie gewöhnlich verbranntes Kotelett und ein Stück Käse, dann machte ich mich wieder an meine Akten.

Da dachte ich wieder und diesmal ganz ernstlich an meine Dame mit den zweieinhalb Millionen. Wer war sie? Warum sollte ich nicht mal hinschreiben? Um Näheres zu erfahren?

Um es kurz zu machen, Herr Kollege: Vierzehn Tage und vierzehn Nächte spukte mir diese Idee im Kopfe herum, ging mir nicht mehr aus dem Sinn, quälte und peinigte mich. All die vielen kleinen Unbequemlichkeiten und Verdrießlichkeiten, all das, was das Leben tagtäglich so mit sich brachte, ohne daß ich bisher allzuviel Notiz davon nahm, ja kaum recht gewahr geworden war – all das stach mich jetzt wie mit Nadelstichen. Die kleinste Unannehmlichkeit ließ mich immer wieder an die Dame mit ihren zweieinhalb Millionen denken.

Schließlich hatte ich mir eine ganze Geschichte über sie zusammengedacht. Wenn man sich einmal etwas in den Kopf setzt und es durchaus haben will, Herr Kollege, dann stellt man es sich eben so vor, wie man es gern haben möchte.

Allerdings, ganz alltäglich war es nicht, daß ein junges Mädchen aus guter Familie, das so viel von Hause mitbekam, durch ein solches Zeitungsinserat einen Lebensgefährten suchte. Nun ja, die Dame konnte ja vielleicht im Leben irgendein Unglück gehabt haben, aber nichtsdestoweniger höchst achtbar sein.

An und für sich war mir dies Vermögen von zweieinhalb Millionen Franken gar nicht einmal so fabelhaft hoch vorgekommen. Denn wer, wie unsereiner, schon von Berufs wegen alle derartigen Angebote liest, ist an Heiratslustige mit sechs, acht, zehn, ja zwölf Millionen durchaus gewöhnt. Die Zahl zwölf kommt unter solchen Millionenangeboten sogar ziemlich häufig vor: – Das hat so etwas Sympathisches an sich! Ich weiß natürlich sehr wohl, daß wir an die Wahrheit solcher Versprechungen kaum recht glauben können. Immerhin – sie gehen unserem Geist ganz angenehm ein, diese feenhaften Zahlen, und sie machen unsrer etwas sorglosen Leichtgläubigkeit solche verschwenderisch hohen Summen, wie sie uns vorgespiegelt werden, bis zu einem gewissen Grade glaubwürdig. Und da sind wir denn leicht geneigt, solch eine Mitgift von zweieinhalb Millionen als durchaus im Bereich des Möglichen liegend, als etwas sehr Solides zu betrachten.

Sehr wohl denkbar also, daß meine junge Schönheit – als natürliche Tochter irgendeines schwerreichen Industriellen und irgendeiner kleinen Zimmerfee – ihren Erzeuger plötzlich beerbt haben mochte und an diesem ihrem Glückstag zugleich eröffnet bekommen hatte, was für ein Schönheitsfleck ihrer Herkunft anhafte. Um nun nicht dem erstbesten Verehrer und Bewerber ihr Geheimnis offen anvertrauen zu müssen, wird sie auf diesem durchaus nicht mehr ungewöhnlichen Wege, mit dem man allerdings wohl auch immer irgendwie das Eingeständnis einer nicht ganz reinen Sache zu umgehen pflegt, eben ihren Lebensgefährten suchen.

Meine Vermutung war reichlich romantisch. Aber ich verrannte mich geradezu in diese Idee. Wir Rechtsanwälte und Notare sollten eigentlich nie Romane lesen; und ich habe leider viel zu viele gelesen in meinem Leben.

Ich setzte also ein notarielles Schreiben auf – ›... im Auftrage eines meiner Klienten ...‹ – und sah den Dingen entgegen, die da kommen würden.

Fünf Tage später, nachmittags gegen drei – ich saß gerade über meinen Prozeßakten –, kommt mein Oberkanzlist und meldet: ›Mademoiselle Chantefrise.‹

›Ich lasse bitten!‹

Eine weibliche Gestalt, etwa dreißigjährig, korpulent, brünett, etwas verlegen, erscheint in der Tür.

›Bitte nehmen Sie Platz, Mademoiselle.‹

Sie setzt sich und lispelt etwas gepreßt: ›Ich bin es selbst, Herr Rechtsanwalt.‹

›Sehr angenehm, mein Fräulein! Aber ich hatte leider noch nicht das Vergnügen, Sie persönlich ...‹

›Ich bin doch die Dame, der Sie geschrieben haben!‹

›Auf das Eheinserat?‹

›Ganz recht, Monsieur.‹

›Aha, sehr schön!‹

›Ich bin gleich persönlich gekommen, weil solche Angelegenheiten sich wohl besser mündlich erledigen lassen.‹

›Ganz Ihrer Ansicht, mein Fräulein. Sie haben also den Wunsch, einen passenden Ehepartner zu finden?‹

›Ganz recht, Monsieur!‹

›Haben Sie irgendwelchen Anhang sonst?‹

Sie zögerte, senkte die Augen und sagte stockend: ›Nein, Monsieur... Meine Mutter... und mein Vater... sind beide nicht mehr am Leben.‹

Ich zuckte leicht zusammen. Also richtig vermutet! Eine lebhafte Sympathie für dieses arme Wesen regte sich in meinem Innern. Um sie nicht weiter in Verlegenheit zu bringen, wechselte ich das Thema und fragte nur: ›Die Vermögensangabe ist doch wohl genau?‹

Diesmal kam die Antwort prompt: ›Ja natürlich, Monsieur!‹

Ich sah sie mir aufmerksamer an, und wahrhaftig, sie gefiel mir gar nicht übel, obschon sie mir etwas reif vorkam, reifer jedenfalls, als ich gedacht hatte. Sie war eine schöne, üppige Erscheinung und hatte etwas entschieden Frauliches an sich. Mir kam die Idee, ihr eine nette, gefühlvolle kleine Komödie vorzuspielen, den Verliebten zu machen und an die Stelle meines als Strohmann vorgeschobenen Klienten zu treten, sowie ich mir sicher wäre, daß die Mitgift schwarz auf weiß vorhanden sei. Ich erzählte ihr von diesem Klienten, den ich als einen sehr ehrenwerten, aber etwas trübsinnigen und kränkelnden Mann schilderte.

Da bekundete sie temperamentvoll: ›Oh, Monsieur, aber für gesunde Männer habe ich viel mehr übrig!‹

›Na, mein Fräulein, Sie werden ihn ja noch selber zu Gesicht bekommen. Allerdings erst in frühestens drei, vier Tagen, er ist gerade gestern kurz nach England verreist.‹

›Ach – wird das aber langweilig!‹ sagte sie.

›Nun, wie man's nimmt. Haben Sie es denn so eilig mit dem Heimfahren?‹

›Keineswegs!‹

›Na schön, dann bleiben Sie doch noch! Ich werde mich der angenehmen Pflicht unterziehen, Ihnen inzwischen die Zeit zu vertreiben.‹

›Zu liebenswürdig von Ihnen, mein Herr!‹

›Sie sind im Hotel abgestiegen?‹

Sie bejahte und nannte den Namen des ersten Hauses am Platz.

›Sehr gut, Mademoiselle. Wenn Sie also Ihrem zukünftigen... Notar gestatten wollen, Sie heut abend zu Tisch zu führen...?‹

Sie zögerte; es sah aus, als überlege sie, etwas unentschlossen. Dann nickte sie: ›Sehr gern, Monsieur!‹

›Dann darf ich Sie wohl um sieben Uhr abholen?‹

›Sehr gern, Monsieur!‹

›Also, Mademoiselle, dann bis heute abend.‹

›Sehr gern, Monsieur!‹

Und ich begleitete sie bis zur Tür.

Um sieben Uhr war ich bei ihr. Sie hatte mir zu Ehren große Toilette angelegt und empfing mich mit ganz reizender Koketterie.

Ich führte sie in ein Restaurant, in dem ich Stammgast war, und bestellte ein geradezu sinnenverwirrendes, fürstliches Souper.

Eine Stunde später waren wir schon die besten Freunde. Sie erzählte mir ihre ganze Geschichte: Als Tochter einer von einem adligen Kavalier verführten vornehmen Dame sei sie bei Bauersleuten in Pflege gegeben und aufgezogen worden. Jetzt habe sie keine materiellen Sorgen mehr; sie habe eine Menge Geld geerbt von ihrem Herrn Papa und ihrer Frau Mama. Ihrer beider Namen aber möchte sie aus gewissen Gründen nicht nennen. Nein, wirklich nicht! Es wäre zwecklos, danach zu fragen, in sie zu dringen, nein, sie werde die Namen nie nennen...! Da ich auch absolut keinen Wert darauf legte, erkundigte ich mich dafür um so genauer nach ihrem Vermögen. Sofort ging sie als praktische Frau darauf ein. Sie wußte genau Bescheid über alle Fragen, die mit Kapitalanlage, Wertpapieren, sonstigen Einkünften, Zinsen und so weiter zusammenhingen. Ihre Beschlagenheit auf diesem Gebiete flößte mir wirklich Hochachtung ein, und ich wurde galant, allerdings mit einiger Vorsicht; aber ich ließ doch irgendwie deutlich durchblicken, daß ich sie sehr schätzte.

Sie zierte sich etwas, doch nicht ohne Anmut. Ich ließ Champagner bringen, trank und spürte, wie sich mir die Gedanken etwas verwirrten. Dafür fühlte ich immer deutlicher, wie sich meine Unternehmungslust steigerte, und ich bekam Angst, Angst vor mir, Angst vor ihr, daß auch sie am Ende noch etwas erregter werden könne, als gut wäre, und mir in die Arme sinken möchte. Um mich zu beruhigen, fing ich wieder an, von der Mitgift zu reden, die klar und sicher festgelegt sein müsse, denn mein ›Klient‹ sei ein korrekter Geschäftsmann.

Sie erwiderte heiter: ›Das konnte ich mir natürlich denken! Drum habe ich alle nötigen Papiere gleich mitgebracht.‹

›Wie? Nach Rouen mitge...?‹

›Allerdings! Hierher nach Rouen.‹

›Sie haben sie wohl im Hotel gelassen?‹

›Natürlich!‹

›Könnte ich mal einen Blick hineinwerfen?‹

›Aber gewiß.‹

›Heute abend noch?‹

›Aber gewiß.‹

Das kam mir in jeder Hinsicht gelegen. Ich zahlte, und wir begaben uns in ihr Hotel.

Sie hatte wirklich sämtliche Papiere mitgebracht. Es war nicht daran zu zweifeln; ich hielt sie in Händen, ich wendete sie hin und her, ich konnte mich mit eigenen Augen von ihrer Richtigkeit überzeugen. Das beglückte mich dermaßen, daß mich sofort heftiges Verlangen ankam, die Besitzerin an mein Herz zu drükken – in aller Vernünftigkeit, versteht sich, aus einem Gefühl heraus, wie es eben einen glückseligen Mann überkommen kann. Und ich zog sie an mich, und ich küßte sie, kann ich Ihnen sagen! Einmal, zweimal, zehnmal... so sehr, daß..., der Champagner tat auch das Seine dazu..., daß ich unterlag... oder vielmehr... nein... sie unterlag.

Oh, Herr Kollege, was ich für einen Kopf hatte hinterher... und sie erst! Ihr quoll das Wasser aus den Augen, wie aus einer Fontäne; sie flehte mich an, nichts zu verraten, sie nicht ins Verderben zu stürzen! Ich versprach alles, was sie wollte, und verließ sie dann in einer geradezu scheußlichen Gemütsverfassung.

Was nun –? Ich hatte meine Klientin schwer mißbraucht. Aber das wäre vielleicht noch nicht mal das schlimmste gewesen, wenn ich wenigstens einen Klienten für sie gehabt hätte! Aber ich hatte keinen. Ich, ich selber war ja der Klient, der dumme, hereingefallene, auf sich selbst hereingefallene Klient. Versetzen Sie sich in meine Lage! Ich hätte sie natürlich sitzenlassen können. Aber das Geld, das viele schöne Geld, die ganze greifbar sichere Mitgift! Und hatte ich das Recht, sie nun in der Patsche sitzenzulassen, nachdem ich sie so überrumpelt hatte? Und die ganze Unruhe sonst noch!

Überhaupt – was für eine unsichere Angelegenheit war eine Frau, die so leicht erlag!

Eine Nacht lang wälzte ich mich schlaflos, in fürchterlicher Unentschlossenheit hin und her, von Skrupeln gequält, von Befürchtung zu Befürchtung getrieben – ein willenloser Spielball der eigenen Ideen. Dann, bei Tageslicht, sah ich die ganze Sache doch schon wieder etwas anders. Ich kleidete mich mit aller Sorgfalt an und erschien Punkt elf wieder bei ihr im Hotel.

Als sie mich erblickte, wurde sie rot bis unter die Haare.

Ich sagte zu ihr: ›Mademoiselle, mir bleibt nur eins, das Unrecht in Ordnung zu bringen. Ich – bitte um Ihre Hand.‹

Sie lispelte: ›Ich – bin ganz die Ihre.‹

So führte ich sie heim.

Sechs Monate ging alles gut.

Ich hatte mein Notariat aufgegeben, ich privatisierte und hatte nicht den geringsten, tatsächlich nicht den geringsten Anlaß, meiner Frau irgend etwas vorzuwerfen.

Doch da fiel mir allmählich auf, daß sie von Zeit zu Zeit auszugehen pflegte und daß ihre Spaziergänge sich reichlich lange ausdehnten. Das geschah regelmäßig an ganz bestimmten Tagen, in der einen Woche dienstags, in der darauffolgenden freitags, immer abwechselnd.

Ich hielt mich für hintergangen und spionierte ihr schließlich hinterher.

An einem Dienstag war's. Gegen ein Uhr mittags ging sie los. Sie schritt die Rue de la République entlang, bog rechts ab in die Straße, die am Erzbischöflichen Palais vorbeiführt, dann durch die

Rue Grand-Pont bis zur Seine, weiter am Kai und schließlich über den Pont-de-Pierre zum andern Ufer hinüber. Von da an merkte man ihr eine gewisse Unruhe an; öfters drehte sie sich um und sah sich alle Vorübergehenden genauer an.

Ich hatte mich verkleidet, so daß ich aussah wie ein Kohlenmann, und so erkannte sie mich nicht.

Schließlich verschwand sie am linken Flußufer in die Bahnhofshalle. Für mich gab es nun keinen Zweifel mehr, daß sie hier ihren Liebhaber mit dem Zug ein Uhr fünfundvierzig erwartete.

Ich versteckte mich hinter einem Gepäckkarren und wartete mit. Ein Pfiff... ein Strom von Reisenden... Sie schiebt sich durch, stürzt vor, breitet ihre Arme aus und umarmt – ein kleines Mädchen von drei, vier Jahren, das eine dicke Bäuerin an der Hand führt; leidenschaftlich drückt sie das Kind an sich. Dann dreht sie sich suchend um, erblickt ein zweites, noch kleineres Gör (nicht genau erkennbar, ob Mädel oder Junge) auf den Armen einer andern Bäuerin, schießt darauf zu, reißt es an sich und strebt dann eilends, links und rechts begleitet von den beiden Gören und ihren ländlichen Wärterinnen, hinaus auf die lange, schattendunkle, menschenleere Promenade du Cours-la-Reine.

Ganz verstört und mit hängendem Kopf ging ich wieder nach Hause. Halb kam mir das alles wie verständlich vor, und dann wieder begriff ich überhaupt nichts mehr, ich wagte nicht, scharf darüber nachzudenken.

Als sie zur Tischzeit heimkam, stürzte ich auf sie zu und brüllte sie an: ›Was sind das für Kinder?‹

›Kinder –?‹

›Die du da am Zuge von Saint-Ever erwartet hast?!‹

Sie schrie auf und sank in Ohnmacht. Als sie wieder zu sich kam, gestand sie mir unter Strömen von Tränen, es seien ihre... vier hätte sie! Tja, ja, ja, Herr Kollege, *vier* eigene Kinder! Zwei, die beiden Mädels, für dienstags und die andern zwei, die Buben, für freitags.

Und daher – o fürchterlicher Reinfall! –, daher also hatte sie das Riesenvermögen! Vier Väter...! Sie hatten die Mitgift zusammengebracht.

Und nun, Herr Kollege, was raten Sie mir zu tun?«

Der Advokat sagte gemessen: »Die Sprößlinge als legitim anerkennen, Herr Kollege.«

Edouard Manet
Die Pariserin
Holzschnitt

Auf die Probe gestellt

I

Die Bondels führten eigentlich eine ganz gute Ehe, wenn es auch von Zeit zu Zeit etwas kriegerisch zuging. Sie stritten sich oft um die nichtigsten Dinge; aber dann schlossen sie auch wieder Frieden. Bondel hatte so viel Vermögen zusammengebracht, daß es für bescheidene Ansprüche genügte, und hatte sich dann vom Geschäft zurückgezogen. In Saint-Germain mietete er ein Häuschen mit Garten, und hier, abgeschieden von aller Welt, lebte er mit seiner Frau.

Er war ein ruhiger, gesetzter Mann, nicht voreilig im Denken. Aber er kannte sich in der Welt aus, las ernst zu nehmende Zeitschriften und wußte geistreichen gallischen Witz zu schätzen. Er verfügte über Vernunft, konnte nachdenken und hatte soviel gesunden Menschenverstand wie jeder regsame französische Bürger. Unnötige Gedanken machte er sich nicht, überlegte aber genau und traf nicht eher eine Entscheidung, als bis er überzeugt war, alles bis aufs letzte erwogen zu haben.

Er war von mittlerer Statur, schon leicht ergraut; sein Gesicht sah fast vornehm aus.

Die Frau hatte viele vorzügliche Eigenschaften, aber natürlich auch ihre Fehler. Sie war aufbrausend, unbeherrscht bis zur Rücksichtslosigkeit, halsstarrig und äußerst nachtragend. In jungen Jahren war sie eine Schönheit gewesen; jetzt neigte sie ein wenig zur Fülle und war etwas robust. Für ihre Nachbarschaft in Saint-Germain war sie eine schöne Frau, die vor Gesundheit strotzte, aber Haare auf den Zähnen hatte.

Gewöhnlich schon beim Frühstück begannen mit einer belanglosen Meinungsverschiedenheit die Sticheleien; aber dann hielt der Groll an bis zum Abend, oft bis zum anderen Tage. In dem engen Dasein bekamen die geringsten Dinge ein großes Gewicht. Jede Unterhaltung gab Anlaß zu Streit. Früher war es anders gewesen, als ihr Geschäft sie noch in Anspruch nahm und ihre Sorgen vereinte, ihre Herzen gleichschlagen ließ und beide mit dem Netz gemeinsamer Interessen umstrickte und festhielt.

Aber in Saint-Germain kam man wenig unter Leute. Man hatte erst neue Bekanntschaften anknüpfen müssen und war ohne ernsthafte Beschäftigung. Nun waren beide von der Eintönigkeit ihres Daseins verbittert. Das stille Glück, auf das sie gehofft, auf das sie gewartet hatten, wollte sich nicht einstellen.

An einem Junimorgen hatten sie sich kaum an den Tisch gesetzt, da fragte Bondel: »Kennst du die Leute in dem kleinen roten Haus am Ende der Rue de Berceau?«

Madame Bondel mußte mit dem linken Bein zuerst aufgestanden sein; sie antwortete: »Ja und nein. Ich kenne sie; aber ich lege keinen Wert darauf, mit ihnen bekannt zu werden.«

»Warum denn? Sie machen doch einen sehr guten Eindruck!«

»Weil...«

»Ich habe auf der Terrasse heute den Mann getroffen, und wir sind ein paarmal auf und ab gegangen.«

Bondel spürte, daß etwas in der Luft lag, und fuhr fort: »Das heißt, er kam auf mich zu und sprach mich an.«

Die Frau sah ihn stirnrunzelnd an und meinte: »Du hättest vernünftiger getan, ihm aus dem Weg zu gehen.«

»Aber warum?«

»Weil über die Leute geredet wird.«

»Was wird geredet?«

»Was wird geredet! Mein Gott! Wie eben so über Leute geredet wird!«

Monsieur Bondel beging den Fehler, etwas vorschnell in seiner Antwort zu sein: »Meine Liebe, du weißt, daß ich Klatsch nicht vertragen kann! Klatsch reicht hin, mir Leute von vornherein zu empfehlen. Und was diese hier im besonderen betrifft, so finde ich sie ganz prächtig!«

Sie wurde böse und fragte: »So – die Frau auch?«

»Mein Gott, ja, die Frau auch, obwohl ich sie kaum zu Gesicht bekommen habe.«

Der Streit ging weiter; allmählich wurde er giftig; man verbohrte sich in die Sache, weil man nichts anderes fand. Madame Bondel dachte gar nicht daran zu verraten, was über die Nachbarn geklatscht wurde; sie ließ häßliche Dinge durchblicken, sagte aber nichts Bestimmtes. Bondel zuckte die Achseln und lachte. Seine

Frau lief rot an. Schließlich schleuderte sie ihm ins Gesicht: »Nun denn – dieser Monsieur hat sich Hörner aufsetzen lassen!«

Der Ehemann erwiderte mit größter Seelenruhe: »Ich sehe nicht ein, was das mit der Ehrenhaftigkeit eines Mannes zu tun haben soll.«

»Wie, du siehst nicht... das siehst du nicht?... Das ist die Höhe, wahrhaftig! Das siehst du nicht? Es ist ein öffentlicher Skandal! Der Hahnrei ist ein für allemal erledigt!«

Er erwiderte: »Nicht im mindesten! Er ist betrogen worden, er ist verraten, ist bestohlen worden. Und das soll seine Ehre antasten? Was die Frau anbetrifft, gebe ich dir recht, aber der Mann? Nein!«

Sie geriet in Weißglut: »Er so gut wie sie! Die Leute sind unmöglich! Der Skandal ist zu groß!«

Bondel blieb ruhig und sagte: »Zunächst wäre einmal zu fragen: Ist es überhaupt wahr? Wer will eine solche Behauptung beweisen, wenn er nicht mit eigenen Augen dabeigewesen ist?«

Madame Bondel hielt es kaum noch auf ihrem Stuhl. »Wie? Wer das beweisen kann? Alle Welt, alle Welt! So etwas sieht man mit geschlossenen Augen! Alle Welt weiß es; die Spatzen pfeifen es von den Dächern. Es gibt keinen Zweifel. Es ist so sicher wie das Amen in der Kirche!«

Er lachte auf: »Die Menschen haben auch lange todsicher geglaubt, daß sich die Sonne um die Erde drehe. Sie haben tausend andere nicht weniger sichere Behauptungen aufgestellt – und alle waren falsch! Dieser Mann vergöttert seine Frau. Er spricht von ihr mit größter Liebe und Verehrung. Es ist nicht wahr!«

Sie stampfte mit dem Fuß auf. Ihre Worte überstürzten sich: »Und dabei weiß der Mensch, wie's um ihn bestellt ist, dieser Dummkopf, dieser blöde, arme Irre!«

Bondel ließ sich nicht aufregen; er wollte seine Frau überzeugen: »Entschuldige, der Mann ist nicht dumm! Es macht eher den Eindruck, daß er nicht auf den Kopf gefallen ist und seine Augen offenhält. Und du willst mir einreden, daß ein kluger Mann nicht wüßte, was in seinem Hause vorgeht, wenn die Nachbarn, die nicht mit im Hause wohnen, einen Fehltritt bis in alle Einzelheiten kennen wollen; denn selbstverständlich wissen sie alles haargenau.«

Madame Bondel brach in ein so unbändiges Gelächter aus, daß

er ihrem Manne nun doch auf die Nerven ging: »Hahaha! Einer wie der andre, einer wie der andre! Ob in der ganzen Welt wohl ein einziger zu finden wäre, der so etwas merkt, wenn man ihn nicht gleich mit der Nase draufdrückt!«

Der Streit ging weiter, ohne daß man noch daran dachte, womit er angefangen hatte. Sie schwor steif und fest, betrogene Ehemänner seien mit Blindheit geschlagen, er bestritt es, und sie vertrat ihre Behauptung schließlich mit einer Miene so starker innerlicher Beteiligung und tiefer Verachtung, daß er auch in Zorn geriet.

So wuchs sich der Streit zu einem wütenden Zank aus. Sie ergriff Partei für die Frauen, er verteidigte die Männer.

Zuletzt verstieg er sich dazu zu erklären: »Nun, laß gut sein! Das schwöre ich dir: Wenn du mich betrogen hättest – ich hätte es gemerkt, und zwar sofort! Und ich hätte dir den Appetit daran verdorben, und zwar so gründlich, daß du keinen Arzt mehr gebraucht hättest!«

Da ging sie in die Höhe und schrie ihn an: »Du?... Du?... Du bist genauso ein Idiot wie alle anderen, das kannst du mir glauben!«

Er widersprach noch einmal: »Ich sage dir aber: Nein!«

Da brach sie in ein Gelächter aus, so maßlos, daß ihm fast das Herz stehenblieb und ein Schauer seine Haut überrieselte.

2

Als Bondel allein war, wurde ihm unbehaglich zumute. Das unverschämte, herausfordernde Lachen hatte ihn getroffen wie der Stich einer giftigen Fliege. Zuerst spürt man ihn gar nicht; aber bald fängt er an zu brennen und wird unerträglich. Bondel ging hinaus ins Freie, lief blindlings drauflos und grübelte. Das zurückgezogene Leben, das er hier geführt hatte, ließ ihn auf trübe Gedanken kommen und alles schwarz sehen. Da stand plötzlich der Nachbar vor ihm, den er am Morgen gesprochen hatte. Sie drückten sich kameradschaftlich die Hände und kamen ins Plaudern. Sie redeten über dies und über das, und dann kamen sie auch auf ihre Frauen. Einer wie der andere schien etwas auf dem Herzen zu haben, etwas, wofür sie keine Worte fanden, etwas Ungewisses, Heikles über dieses Wesen, das nun einmal mit ihrem Leben verbunden war: die Frau.

Der Nachbar sagte: »Tatsächlich, man könnte glauben, daß sie mitunter gegen ihren Ehemann eine ganz besondere Feindseligkeit an den Tag legen, und nur deshalb, weil er ihr Ehemann ist! Ich kann wirklich sagen: Ich liebe meine Frau. Ich liebe sie sehr; ich schätze sie und achte sie. Und sehen Sie, doch scheint es manchmal, als schenke sie unsern Freunden mehr Vertrauen und Zuneigung als mir.«

Sofort schoß Bondel durch den Kopf: ›Also, da haben wir's, meine Frau hat recht!‹

Als er sich von dem Manne wieder verabschiedet hatte, wurde er nachdenklich. Der Kopf schwirrte ihm, daß er schmerzte, und im Ohr wurde er dieses beleidigende Lachen nicht los, dieses unbändige Gelächter, das zu sagen schien: Du bist genauso ein Idiot wie alle andern! Natürlich war das wieder der höhnende Trotz, die zügellose Hetze einer Frau, die alles wagt, die alles aufs Spiel setzt, nur um Wunden zu schlagen und den Mann zu demütigen, über den sie erbost ist.

Jener bedauernswerte Nachbar mußte aber doch ein betrogener Ehemann sein. Es laufen ja so viele herum in der Welt! Wie trübsinnig das klang: »Manchmal sieht es aus, als schenke sie unsern Freunden mehr Vertrauen und Zuneigung als mir.« So also sprach ein Ehemann, das heißt, ein blind Verliebter, den das Gesetz als einen Ehemann bezeichnet, über das, was er vom Verhältnis seiner Frau zu einem andern Manne beobachtet hatte. Das war alles! Mehr hatte er nicht gesehen. Er war genauso dumm wie die andern ... wie alle andern!

Ja, aber dann – wie sonderbar frech ihm, Bondel, die eigene Frau ins Gesicht gelacht hatte: »Du auch ... du auch ...« Verrückt und höchst unüberlegt sind doch diese Geschöpfe! Nur weil es ihnen Vergnügen macht, versuchen sie, einen so gefährlichen Verdacht zu erwecken.

Er ging im Geiste die langen Jahre ihrer Ehe durch und forschte in seinem Gedächtnis, ob sie je einem ihrer Bekannten mehr Vertrauen und Zuneigung geschenkt habe als ihm. Er hatte nie Argwohn gehegt; er war sich ihrer vollkommen sicher und schenkte ihr restloses Vertrauen.

Doch richtig, einen Freund hatte sie gehabt, einen sehr guten

Freund! Ein Jahr lang etwa kam er dreimal in der Woche und aß bei ihnen. Es war Tancret, der gute, prächtige Tancret! Er schätzte ihn wie einen Bruder. Seitdem sich aber seine Frau mit diesem ausgezeichneten Mann überworfen hatte – er hatte keine Ahnung weshalb –, traf er sich nur noch mit ihm, ohne daß er seiner Frau etwas davon sagte.

Er hielt den Schritt an. Er überlegte und durchmusterte noch einmal beunruhigt ihre gemeinsame Vergangenheit. Dann aber packte ihn der Zorn über sich selber und über seinen schandbaren Verdacht, den Verdacht des mißtrauischen, eifersüchtigen, boshaften Ichs, das wir alle in uns mit herumschleppen. Als er sich der Besuche und des Auftretens ihres Freundes im einzelnen näher erinnerte, daß seine Frau ihn erst so gern sah und dann ohne ernstlichen Anlaß vor die Tür setzte, überhäufte er sich selbst mit Vorwürfen, Selbstanklagen und Scheltworten. Weitere Erinnerungen stiegen in ihm auf, Erinnerungen an ähnliche Fälle, in denen sie ihre freundschaftlichen Beziehungen nur wegen der Streitsucht Madame Bondels aufgegeben hatten, die selbst die kleinste Kränkung nicht wieder vergessen konnte. Da mußte er über sich selber lachen und über die Besorgnis, die sich eben bei ihm einnisten wollte. Und als ihm weiter in den Sinn kam, welch haßerfüllte Miene seine Frau jedesmal aufsteckte, wenn er harmlos abends beim Nachhausekommen sagte: »Ich bin dem guten Tancret begegnet, er fragte nach dir«, da wurde er seiner Sache ganz sicher.

Sie antwortete einmal wie allemal: »Wenn du den Herrn triffst, dann sag ihm nur, ich lege keinen Wert darauf, daß er sich mit mir beschäftigt.« Äußerst erregt und wütend brachte sie das jedesmal heraus! Man sah, sie wollte ihm nicht verzeihen ... sie würde ihm nie verzeihen ... Und auf ihn hatte er Verdacht haben können? ... Auch nur eine Sekunde? ... Mein Gott, wie dumm!

Aber warum war sie so wütend auf ihn? Sie hatte sich eigentlich niemals darüber geäußert, was den Anlaß zum Zerwürfnis und den Grund zu ihrer Abneigung gegeben hatte. Aber sie war sehr böse auf ihn, wirklich sehr böse! ... Etwa weil ...? Nein ... nein, ausgeschlossen! Bondel war sich klar darüber, daß er sich selber herabwürdigte, wenn er so etwas nur denken wollte.

Ja, zweifellos würde er sich herabwürdigen! Aber er konnte es doch nicht unterlassen, immer wieder daran zu denken, und fragte sich entsetzt, ob er den Verdacht überhaupt je wieder loswerden oder ob er ihn wie ein Gespenst im Nacken behalten würde. Er kannte sich. Er drehte in Gedanken alles und jedes tausendmal und immer wieder um und um, so wie er Tag und Nacht seine Geschäfte überdacht und jedes Für und Wider abgewogen hatte, bis er überzeugt war, nichts übersehen zu haben.

Schon wurde er erregt; er beschleunigte den Schritt und verlor seine ruhige Sicherheit. Gegen Gedanken sind wir machtlos; wir können sie nicht halten, nicht verjagen, nicht totschlagen.

Plötzlich kam ihm ein so verwegener Plan, daß er zuerst daran zweifelte, ob er ihn auch durchführen könnte.

Jedesmal, wenn er Tancret traf, fragte dieser nach dem Befinden von Madame Bondel, und Bondel antwortete: »Sie ist immer noch etwas böse.« Weiter nichts, mein Gott... Wäre er ein Ehemann gewesen, wie er sein soll!... Vielleicht!...

Nun, jetzt setzt er sich in den Zug, fährt nach Paris, sucht Tancret auf und erzählt ihm, daß der unerklärliche Groll seiner Frau verflogen sei, und lädt ihn kurzerhand für den Abend ein! Schön! Aber was für ein Gesicht würde Madame Bondel machen... was für einen Auftritt würde das geben... welche Wutausbrüche... welchen Zank!... Das läßt sich nicht ändern, das wäre die Rache für ihr Gelächter, aber wenn er sie urplötzlich einander Auge in Auge gegenüberstellte, ohne daß sie vorher etwas davon ahnt, dann würde er auf ihren Gesichtern die Wahrheit ablesen.

3

Ohne es noch lange zu bedenken, ging er zum Bahnhof, löste seine Karte und stieg in ein Abteil. Als der Zug bei Pecq ziemlich schnell den Abhang hinunterfuhr, wurde ihm etwas bang zumute; er hatte ein leichtes Schwindelgefühl, wenn er bedachte, was er da wagte. Aber er wollte nicht schwanken, seinen Vorsatz nicht wieder aufgeben und allein nach Hause gehen. So zwang er sich, nicht mehr daran zu denken, sich abzulenken und blind entschlossen durchzuführen, was er sich einmal vorgenommen hatte. Er summte bis nach Paris hinein Operettenmelodien und Kaffeehausschlager vor sich hin und betäubte damit seine erregten Gedanken.

Als er die Straße entlangging, die zu Tancrets Wohnung führte, wandelte ihn immer wieder die Lust an stehenzubleiben. Er schlenderte langsam von einem Fenster zum andern, studierte die Preisschilder, besah die ausgestellten Neuigkeiten, bekam Lust, ein ›Bock‹ zu trinken, was er sonst kaum einmal tat, und als er dann doch an der Wohnung des Freundes anlangte, hoffte er stark, ihn nicht anzutreffen.

Aber Tancret war zu Hause; er war allein und las. Er war überrascht, sprang auf und rief: »Ah, Bondel! Schön, daß du dich einmal sehen läßt!«

Bondel erwiderte etwas verlegen: »Ja, mein Lieber, ich hatte gerade Besorgungen in Paris, und da wollte ich dir wenigstens guten Tag sagen.«

»Das ist lieb von dir, sehr lieb! Um so mehr, als du mich recht lange nicht besucht hast!«

»Was kann ich dafür? Manchmal kommt man gegen gewisse Dinge nicht an, und da es den Anschein hatte, daß meine Frau dir nicht recht grün wäre...«

»Zum Kuckuck noch mal... den Anschein hatte... das war schon etwas mehr! Hinausgefeuert hat sie mich!«

»Aber warum denn? Das habe ich ja gar nicht gewußt!«

»Oh, eigentlich wegen nichts... wegen einer lächerlichen Sache... wegen eines Streites, in dem ich nicht ihrer Meinung war.«

»Aber worüber habt ihr euch denn gestritten?«

»Oh – nur über eine Dame, die du vielleicht dem Namen nach kennst, über eine meiner Freundinnen, Madame Boutin.«

»Ach ja, wirklich... Nun, ich glaube aber, daß dir meine Frau schon längst nichts mehr nachträgt. Erst heute morgen wieder hat sie sehr freundlich von dir gesprochen.«

Tancret zuckte zusammen und schien so überrascht, daß er ein paar Augenblicke keine Worte fand. Dann sagte er: »Sie hat von mir gesprochen... und sehr freundlich, sagst du...?«

»Ja doch!«

»Du täuschst dich nicht?«

»Ja, zum Donnerwetter... Ich weiß doch, was ich höre!«

»Na und?«

»Na und... weil ich sowieso in Paris zu tun hatte, da dachte ich, es könnte dir nur angenehm sein, das auch zu vernehmen!«

»Natürlich... ja natürlich!«

Bondel zögerte ein wenig; nach einer kleinen Pause sagte er: »Ich habe einen Einfall... einen großartigen Einfall!«

»Und?«

»Ich nehme dich gleich mit zu uns zum Abendessen.«

Tancret war von Natur vorsichtig; aus einer gewissen Bedachtsamkeit heraus nahm er den Vorschlag erst mit inneren Hemmungen auf.

»Meinst du«, sagte er, »es wäre möglich? Setzen wir uns nicht... irgendwelchen Unannehmlichkeiten aus?«

»Aber nein, keinesfalls!«

»Immerhin... du weißt ja... Madame Bondel vergißt nicht leicht.«

»Das ist richtig. Aber ich kann dir versichern, daß sie dir nichts mehr nachträgt. Ich weiß, daß sie sich freuen würde, dich unverhofft wiederzusehen.«

»Tatsächlich?«

»Bestimmt!«

»Schön! Also, mein Lieber, dann wollen wir gehn! Es freut mich; denn sieh, unsere Verstimmung hat mir recht leid getan.«

Arm in Arm machten sie sich auf den Weg zum Bahnhof Saint-Lazare.

Auf der Fahrt sprachen sie kein Wort. Anscheinend waren beide in tiefes Nachdenken versunken. Sie saßen sich im Abteil gegenüber, ohne zu reden, und jeder stellte für sich fest, daß der andre recht blaß aussähe.

Sie stiegen aus und hielten sich aneinander, als wollten sie einer Gefahr gemeinsam ins Auge sehen. Nach kurzer Zeit standen sie, beide etwas außer Atem, vor Bondels Haus.

Bondel ließ den Freund vorangehen und trat mit ihm in den Salon.

Er rief das Mädchen und fragte: »Ist Madame zu Haus?«

»Ja, Monsieur.«

»Bitte, sagen Sie ihr, sie möchte doch gleich einmal herkommen!«

»Ja, Monsieur.«

Darauf warf sich jeder in einen Sessel, und dann warteten sie. Am liebsten wären beide so schnell wie möglich wieder verschwunden, ehe die Gefürchtete auf der Schwelle erschien. Da kam ein bekannter, ein sehr bestimmter Schritt die Treppe herab. Eine Hand griff nach der Klinke. Die Männer sahen den kupfernen Griff sich drehen. Dann tat sich sperrangelweit die Tür auf, und Madame Bondel stand im Rahmen; sie wollte erst sehen, was es gab, ehe sie eintrat.

Sie überblickte das Zimmer, wurde rot, fing an zu zittern, wankte noch einmal einen halben Schritt zurück und hielt sich dann, blutübergossen, mit beiden Händen reglos am Türrahmen fest.

Tancret war jetzt bleich, wie wenn ihm das Bewußtsein schwinden wollte. Er war aufgestanden, sein Hut rollte über den Teppich. Stockend kam es von seinen Lippen: »Mein Gott... Madame... ich bin es... ich glaubte... und wagte... Ich bin zu unglücklich gewesen...«

Als sie nichts darauf sagte, fuhr er fort: »Werden Sie mir endlich verzeihen?«

Da, mit einem Male brach der Bann. Sie ging auf ihn zu und streckte beide Hände aus. Er ergriff sie, drückte sie und hielt sie fest; und leise, mit warmer, weicher, hingebungsvoller Stimme, die ihr Ehemann nie an ihr vernommen hatte, sagte sie: »Ach, lieber, lieber Freund... wie bin ich froh!«

Bondel sah die beiden an; ein Schauer lief ihm durch die Glieder, wie wenn man ihn kopfüber in eiskaltes Wasser gestürzt hätte.

Pierre-Auguste Renoir
Der Fluß Scamandre
Radierung

Mouche

Aus den Erinnerungen eines Seine-Ruderers

Er erzählte:

»Was habe ich damals, als ich noch eifrig auf dem Wasser lag und ruderte, für merkwürdige Dinge erlebt und für merkwürdige Dinge kennengelernt! Oft wandelte mich die Lust an, ein kleines Buch zu schreiben mit dem Titel ›Auf der Seine‹ und darin das Leben dort zu schildern, dies Dasein in jugendlicher Kraft und Unbekümmertheit, in Frohsinn und Genügsamkeit, voll derber und geräuschvoller Geselligkeit, das ich von meinem zwanzigsten bis dreißigsten Jahre geführt habe.

Damals war ich Angestellter ohne einen Pfennig Vermögen; jetzt habe ich es zu etwas gebracht und kann mein Geld zum Fenster hinauswerfen, wenn ich Lust habe. Mein Herz war voll tausend kleiner Wünsche. Sie waren nie zu erfüllen, und doch verklärten sie alle meine heimlichen Hoffnungen mit einem goldenen Schimmer. Heute wüßte ich nicht ein einziges Wunschbild zu sagen, das mich vom Sofa weglocken könnte, wenn ich dort eingedämmert bin. Wie einfach war das Leben, wie anständig war es, und wie schwierig, zwischen der Amtsstube in Paris und dem Seine-Ufer bei Argenteuil zurechtzukommen. Die Seine war zehn Jahre lang meine große, einzige, verzehrende Leidenschaft. Oh, wie schön ist der stille, ewige wechselnde, leicht modrig riechende Strom mit den zauberhaften Spiegelbildern auf trübdunklem Wasser! Ich glaube, meine Liebe gehörte ihm, weil er mir gezeigt hatte, was Leben heißt. Wie wunderbar war eine Fahrt am blühenden Ufer entlang! Auf dem Blatt einer Wasserrose saßen meine Freunde, die Frösche, kühlten den Leib im frischen Windhauch und träumten. Zierliche, schlanke Wasserlilien boten plötzlich hinter einer Weide im Rahmen breiter Blätter, wenn ein Eisvogel wie ein blauer Blitz durch die Luft zuckte, den überraschenden Anblick eines zarten japanischen Holzschnitts. Wie habe ich das alles geliebt! Zuerst war es nichts als eine unbewußte

Liebe der Augen; aber dann erfaßte sie mein ganzes Innere mit reiner und tiefer Freude.

Wie manche das Gedenken zärtlicher Nächte pflegen, so hütete ich die Erinnerung an ein Erwachen der Sonne im Morgennebel hinter wehendem, waberndem Dunst, der totenfahl war, ehe sie aufging, und beim ersten Strahl, der über das Land glitt, rosig aufleuchtete, daß das Herz jauchzte vor Entzücken; oder ich denke an den Mond, wenn er mit seinem Schein das zitternd dahinströmende Wasser silbern überflutete und in dem schimmernden Licht eine ganze Traumwelt aufblühte.

Und all das empfand ich auf schmutzbelastetem Wasser, das den Schlamm von ganz Paris zum Meer schleppt: ein Abbild unausrottbaren holden Selbstbetrugs.

Aber wie froh und unbekümmert verbrachte ich hier mit meinen Kameraden meine Tage! Wie waren unser fünf, eine tolle Bande; heute sind alle sehr angesehene Männer. Knapp bei Gelde waren wir alle, und so hatten wir denn auch unser unsagbar bescheidenes Klubheim in einer einfach fürchterlichen Kneipe von Argenteuil, das heißt, eigentlich hatten wir nichts als einen einzigen Schlafraum. Aber das steht fest: dort habe ich die tollsten Feste meines ganzen Lebens gefeiert! Wir kannten keine anderen Sorgen, als vergnügt zu sein und zu rudern. Das Rudern betrieben wir, mit Ausnahme eines einzigen, wie einen Kult. Wir fünf übermütigen Burschen heckten so unerhört abenteuerliche Dinge aus, so unglaubliche Streiche, daß sie heute kein Mensch mehr für möglich halten würde. Das Leben ist anders geworden, auch auf der Seine. Die unverwüstliche Laune, die uns in Schwung hielt, ist ausgestorben.

Wir besaßen zu fünft ein einziges Boot, für das wir mit großer Mühe die Kaufsumme zusammengebracht hatten. Über den Kahn haben wir so gelacht, wie wir in unserm ganzen Leben nicht wieder lachen werden. Es war ein breites, etwas schwerfälliges Fahrzeug; aber es war fest gebaut, geräumig und bequem. Von den Kameraden will ich nur so viel sagen, wie nötig ist. Da war der eine, klein, mit sehr spottbereiter Zunge, den nannten wir ›Schwipsel‹; ein lang aufgeschossener mit grauen Augen, der ganz gefährlich aussah, hieß ›Tomahawk‹; ein andrer, ein geistreicher Mensch, der sich aber nicht gern anstrengte, hatte den Spitznamen ›Hohes Haus‹. Er war der einzige, der nie ein Ruder anfaßte; er behauptete, er würde das Boot unfehlbar zum Kentern bringen. Ein anderer, ein zierlich gewachsener, eleganter Mann, eine sehr gepflegte Erscheinung, führte nach einem eben erschienenen Roman von Cladel den Namen ›Einaug‹, weil er immer mit einem Monokel herumlief, und mich schließlich hatten sie ›Joseph Zwetsch‹ getauft. Wir lebten in herrlichem Einvernehmen, und es fehlte uns nur noch eins, um restlos glücklich zu sein: wir hatten kein Mädchen auf unserer Steuerbank. Und eine Frau gehört auf jedes Boot! Es ist ohne Frau gar nicht denkbar, weil das erst Leben bringt, unterhält, zerstreut, dem Ganzen Reiz gibt und weil ein roter Sonnenschirm, der vor dem grünen Ufer hingleitet, dem Fahrzeug erst das rechte Ansehen verschafft. Aber wir fünf fühlten uns als etwas ganz Besonderes auf dieser Welt, und wir wollten an unser Steuer nicht irgendein gewöhnliches Frauenzimmer haben. Wir brauchten etwas ganz Außergewöhnliches, ein Mädchen voll Scherz und Laune, eins, das zu allen Schandtaten bereit war, kurz, ein Mädchen, wie es kaum eins zu geben schien. Wir haben es nicht an Versuchen fehlen lassen, kamen aber nur an Trampel, die wohl mal eine Ruderpinne zwischen die Hände nehmen, und nicht an Mädchen, die ein Boot mit Schick zu steuern wissen, an dumme Puten, die sich viel lieber durch ein Gläschen Wein in Stimmung bringen lassen als durch Wasser, das zwischen seinen Ufern strömt und Boote schaukelt. Wir ertrugen sie einen Sonntag, und dann schickten wir sie wieder davon, weil wir sie satt hatten.

Da führte uns eines Samstagabends Einaug ein kleines, schmächtiges Ding zu, lebhaft, zappelig, voller Laune und Schelmerei, der Schelmerei, die beim männlichen und weiblichen jungen Gassenvolk von Paris die geistvolle Bildung ersetzt. Das Mädchen war reizend, wenn auch nicht hübsch. Man hatte die Skizze einer Frau vor sich, in der alles angedeutet ist, was eine Frau ausmacht, wie eine Silhouette, die ein gewandter Zeichner nach dem Essen zwischen Kognak und Zigarette in wenigen Zügen auf die Kaffeedecke strichelt. Die Natur bringt zuweilen so etwas hervor.

Am ersten Abend kamen wir nicht aus dem Staunen heraus. Sie machte uns Vergnügen; aber wir wurden uns noch nicht klar über sie, so überraschend war ihre Art. Sie war hier mitten in ein Nest von Männern hineingeschneit, die alle vor keiner Tollheit zurückschreckten; aber sehr bald beherrschte sie völlig die Lage, und am andern Tag konnte sie uns um den Finger wickeln. – Es war übrigens ein ganz verdrehtes Frauenzimmer. Sie hatte schon ein Glas Absinth im Leibe, als sie zur Welt kam, weil die Mutter gerade in dem Augenblick unbedingt eins hatte zu sich nehmen müssen, und seitdem war die Kleine nie wieder nüchtern geworden, denn auch ihre Amme, so erzählte sie, pflegte immer ein paar Gläschen süßen Branntwein zu nippen, wenn sie einer Stärkung bedurfte. Und sie selber gab ihrer Verehrung für die Flaschen, die hinterm Ladentisch der Weinhändler in langer Reihe standen, stets Ausdruck mit den Worten ›Meine Heilige Familie‹.

Ich weiß nicht mehr, wer sie ›Mouche‹* getauft hat, weiß auch nicht mehr, warum sie so genannt wurde; aber der Name paßte zu ihr, und sie behielt ihn. Und unser Boot ›Feuille-à-l'Envers‹ trug nun jede Woche zwischen Asnières und Maisons-Laffitte fünf fröhliche, rüstige Burschen über das Wasser der Seine; ein lebensprühendes, unbekümmertes Menschenkind unter einem bunten Papierschirm führte das Steuer und behandelte uns wie Sklaven, die dazu verdammt waren, ihre Herrin auf dem Wasser spazierenzufahren; und wir, wir liebten sie.

Wir alle liebten sie sehr. Erst hatten wir vielerlei Gründe und zuletzt einen einzigen. Auf dem Rudersitz unsres Fahrzeugs war sie eine kleine Plappermühle und schwatzte mit dem Winde, der leicht über das Wasser strich. Ohne Unterbrechung ging dies Plaudern. Es war wie das Klappern der kleinen Windmühlen, die unaufhörlich im leichten Hauch des Windes schnurren. Sie schwatzte drauflos und ließ die überraschendsten, drolligsten und verblüffendsten Dinge hören. In diesem Köpfchen schien alles bunt durcheinandergewürfelt zu sein wie lose geheftete, nicht durch feste Nähte verbundene Stoffrestchen jeder Art und Farbe. In diesem Köpfchen steckte so viel Fantasie wie in einem bunten Märchen. Es war vollgestopft mit gallischem Witz, Schamlosigkeit, Frechheit, Überraschungen und Scherzen, und sie besaß dabei einen weiten Blick, einen Horizont, wie aus der Höhe eines unter den Wolken hinschwebenden Luftballons.

Wir legten ihr Fragen vor, nur um ihre Antworten zu hören. Sie flogen ihr zu, wer weiß, woher. Am meisten neckten wir sie.

* (frz.) »Fliege«

›Warum heißt du eigentlich Mouche?‹

Sie fand oft so unglaubliche Deutungen, daß wir vor Lachen nicht weiterrudern konnten.

Aber sie erregte unser Wohlgefallen auch als Frau, und so antwortete einmal das Hohe Haus, der ja nie ruderte und neben ihr auf dem Steuersitz saß, auf die übliche Frage: ›Warum heißt du eigentlich Mouche?‹ mit: ›Vielleicht ist sie ein schillerndes Käferchen?‹

Ja, ein kleiner, erregend summender Käfer, nicht die giftige, gleißende, gepanzerte spanische Fliege, aber ein Käferchen mit roten Flügeln war sie, das schon begann, die ganze Besatzung der ›Feuille-à-l'Envers‹ durcheinanderzubringen.

Was wurde nur alles an törichten Späßen angestellt auf diesem Boot, seitdem sich die Mouche hier eingewöhnt hatte!

Einaug genoß, seitdem Mouche zum Boot gehörte, ein ganz besonderes Ansehen, das Ansehen nämlich eines Mannes, der eine Frau hat, gegenüber vier andern, die keine haben. Er zeigte dies manchmal in einer Weise, die uns zum Verzweifeln brachte. Er umarmte sie vor unsern Augen; er zog sie nach den Mahlzeiten auf seine Knie und nahm sich viele andere Vorrechte heraus, die für uns ebenso demütigend wie aufreizend waren.

Im Schlafraum hatten wir für die beiden mittels eines Vorhangs eine Ecke abgeteilt.

Aber es dauerte nicht lange, da merkte ich, daß wir, die Kameraden so gut wie ich, im tiefsten Innern unsrer Einspännerseelen alle die gleichen Gedanken erwogen: Warum, nach welcher Ausnahme von der Regel, nach welchem keineswegs zu billigenden Grundsatz sollte Mouche, die kaum von Vorurteilen belastete Mouche, einem Liebhaber treu sein, wenn die Frauen der besten Gesellschaft ihren Männern nicht treu sind?

Unsre Überlegungen waren richtig. Davon wurden wir bald überzeugt. Wir hätten nur früher so gescheit sein sollen, dann hätten wir nicht soviel verlorne Zeit zu bedauern gehabt. Mouche hinterging Einaug mit der gesamten Besatzung der ›Feuille-a-l'Envers‹.

Sie betrog ihn mit jedem von uns, ohne Schwierigkeiten zu machen und ohne sich zu zieren, aufs erste Wort.

Mein Gott, prüde Menschen werden darüber höchst entrüstet sein. Warum? Nennt mir eine große Kurtisane auf dem Gipfel ihrer Triumphe, die nicht ein Dutzend Liebhaber hätte! Und ist unter diesen Liebhabern auch nur ein einziger, der so dumm wäre, davor die Augen zu verschließen? Ist es nicht Sitte, bei einer gefeierten und in ihrer Stellung anerkannten Frau den Abend zu verbringen, so wie man in die Grand Opéra, ins Théâtre Français geht oder ins Odéon, seitdem hier die Nachklassiker aufgeführt werden? Zehn Männer finden sich zusammen und unterhalten eine Kokotte, die sorgfältig genau ihre Zeit zuteilt, nicht anders, als zehn sich zusammentun, um ein Rennpferd im Stalle zu haben. Und der Jockey reitet es dann; er ist das wahre Bild des Herzgeliebten!

Vom Samstagabend bis Montagfrüh kam zartfühlend dem Einaug bei der Mouche niemand ins Gehege; die Tage, an denen wir ruderten, gehörten ihm. Nur an den übrigen Tagen der Woche hintergingen wir ihn, aber weit weg von der Seine, drin in Paris. Für Seine-Ruderer wie wir hatte das schon gar nicht mehr den Geschmack des Hintergehens. Nun war es so, daß wir vier sehr wohl wußten, zugleich Mouches Gunst zu genießen. Wir sprachen unter uns davon, sprachen sogar mit Mouche darüber, natürlich in bildhaften Wendungen, und sie wollte sich darüber ausschütten vor Lachen. Nur Einaug schien ahnungslos zu sein, und dadurch entstand eine gewisse Befangenheit. Es schien ihn abseits zu stellen und von uns abzusondern. Unser altes Vertrauensverhältnis und unsre Eintracht drohten in die Brüche zu gehen. Wir empfanden seine Lage etwas peinlich, fast lächerlich. Wir sahen in ihm nur noch den betrogenen Liebhaber, beinahe einen richtigen Ehemann. Er war sehr klug und verstand, anzügliche kleine Bosheiten treffend an den Mann zu bringen, ohne mit der Wimper zu zucken, und so fragten wir uns manchmal ein wenig unsicher, ob er denn wirklich mit Blindheit geschlagen sein sollte.

Er versäumte nicht, uns darüber ein Licht aufzustecken! Die Art war sogar etwas peinlich für uns. Wir wollten in Bougival zu Mittag essen und ruderten kräftig drauflos. Unser Hohes Haus trug an diesem Morgen die zufriedene Miene eines glücklichen Siegers zur Schau. Er saß neben unserm Steuermaat und lehnte sich, so schien uns, etwas gar zu dicht an sie. Plötzlich unterbrach er die Fahrt und kommandierte: ›Halt!‹ Die acht Riemenblätter hoben sich aus dem Wasser.

Dann wandte er sich zur Nachbarin und fragte: ›Warum heißt du eigentlich Mouche?‹

Ehe sie den Mund aufmachen konnte, antwortete Einaug trocken von ganz vorn aus der Spitze des Bootes: ›Weil sie wie eine Fliege mit jedem Stückchen Aas zufrieden ist!‹

Zuerst trat eine große Stille ein. Man war verlegen, aber dann überwog die Lust zu lachen. Mouche war verblüfft.

Da erscholl das Kommando vom Hohen Haus her: ›Achtung, fertig – los!‹

Das Boot kam wieder in Fahrt.

Der Zwischenfall war erledigt, wir waren ins Bild gesetzt. Das kleine Abenteuer änderte nichts an unsern Gepflogenheiten; es stellte lediglich das alte Einvernehmen zwischen Einaug und uns andern wieder her. Sein Vorrecht auf Mouche von Samstagabend bis Montagfrüh lag unbestritten fest. Seine Erklärung ihres Namens hatte die bevorzugten Ansprüche ein für allemal gesichert. Außerdem hatte er den Fragen über den Namen ›Mouche‹ für immer ein Ende gemacht. Wir waren dankbar und zufrieden als Freunde, die in aller Eintracht die Wochentage für sich wahrnahmen.

Drei Monate etwa ging das aufs beste. Da wurde Mouche launisch. Ihre Heiterkeit war versiegt; sie wurde empfindlich, reizbar, fast aufgeregt. Immer wieder fragten wir: ›Was hast du?‹

Sie antwortete: ›Nichts! Laßt mich in Ruhe!‹

Die Erklärung gab uns eines Samstagabends Einaug. Wir saßen in dem kleinen Eßzimmer, das uns unser Schankwirt Barbichon in seiner Kneipe immer zur Verfügung stellte. Wir hatten die Suppe gegessen und warteten auf den Braten. Da ergriff Einaug, der auch bekümmert schien, die Hand von Mouche und sagte: ›Liebe Freunde, ich muß euch eine recht ernste Mitteilung machen. Wir werden vielleicht länger darüber zu sprechen haben, aber während wir essen, ist dazu Zeit genug.

Unsre kleine Mouche hat mir eine recht bedenkliche Sache eröffnet und mir den Auftrag gegeben, es euch auch zu sagen. Sie erwartet ein Kind.

Ich will dazu nur eins sagen: Wir dürfen sie nicht im Stich lassen, und ein Forschen nach dem Vater kommt nicht in Frage.‹

Zunächst waren wir unangenehm betroffen. Das war ein rechtes Mißgeschick! Wir sahen uns zunächst gegenseitig an. Einer wollte die Schuld auf den andern schieben. Aber auf wen? Wer war's? Nie habe ich so grausam wie damals den Spott der Natur empfunden, wie wenig ein Mann überhaupt weiß, ob er der Vater seines Kindes ist.

Allmählich trösteten wir uns und faßten wieder Mut, und zwar nun gerade deshalb, weil wir alle gemeinsam in derselben Klemme saßen.

Tomahawk, der nicht häufig den Mund auftat, fand die richtigen Worte: ›Na ja, da haben wir den Zauber – vereinte Kräfte führen zum Ziel!‹

Ein Küchenjunge setzte die Gründlinge auf den Tisch. So wie sonst stürzten wir uns nicht darauf; die Sache hatte uns immerhin etwas mitgenommen.

Einaug fuhr fort: ›Unter diesen Umständen hat mir nun Mouche auch ehrlich gesagt, wie sie zu uns steht. Liebe Freunde, da ist einer soviel schuld wie der andre. Wir wollen uns die Hand reichen und das Kind als unser Adoptivkind annehmen.‹

Der Vorschlag wurde einstimmig gutgeheißen. Wir streckten die Arme aus über der Schüssel mit den Bratfischen und gelobten: ›Wir adoptieren es.‹

Da war Mouche mit einemmal von der furchtbaren Last der Ungewißheit, die das reizende, noch eben ganz hilflose Mädchen der Liebesfreuden seit einem Monat niedergedrückt hatte, befreit und rief: ›Liebe Freunde, meine lieben Freunde! Ihr seid gute Menschen ... ihr seid gute Menschen ... ihr seid gute Menschen!‹ Und dann weinte sie. Es war das erste Mal, daß wir sie weinen sahen. Von dem Tage an sprachen wir in unserm Boot von dem Kinde, als ob es schon auf der Welt wäre, und jeder verfolgte mit allergrößter Teilnahme, wie der Leib unseres Steuermaats sich rundete.

Mitten im Rudern hielten wir ein und fragten: ›Mouche?‹

Sie erwiderte: ›Hier!‹

›Junge oder Mädchen?‹

›Junge!‹

›Was soll er werden?‹

Dann ließ sie ihrer blühenden Einbildungskraft die Zügel schießen. Endlos fabulierte sie erstaunliche Lebensläufe zusammen, vom Tage der Geburt an bis zum errungenen Triumph. Das kleine, seltsame Wesen, das jetzt keusch mit uns fünfen zusammen lebte und uns die ›fünf Papas‹ nannte, kannte in seinen kindlichen, leidenschaftlichen und rührenden Träumen nichts, was seinem

Kinde nicht erreichbar gewesen wäre. Sie machte es zu einem Seefahrer, der eine neue Welt entdeckte, größer als ganz Amerika, zu einem General, der Elsaß-Lothringen für Frankreich zurückeroberte, oder zu einem Kaiser, der ein Geschlecht edler, weiser Herrscher gründete, das unser Vaterland für ewig glücklich machen würde. Sie machte es zu einem Gelehrten, der das Geheimnis der Goldmacher ergründen und den Schlüssel zum ewigen Leben finden werde. Sie machte es zu einem Luftschiffer, der zu den Sternen auffliegen und den Himmel zu einem einzigen Tummelplatz der Freude machen und die ungeahntesten, glanzvollsten Sehnsüchte der Menschen erfüllen würde.

Du lieber Gott, wie reizend und unterhaltsam war das arme Kleinchen – bis der Sommer zu Ende ging.

Es war am zwanzigsten September, als alle Träume in nichts zerflossen. Wir kamen von Maisons-Laffitte, wo wir gefrühstückt hatten, und fuhren an Saint-Germain vorüber. Sie hatte Durst und bat, in Le Pecq anzulegen.

Seit einiger Zeit ging sie schwer, und das gefiel ihr gar nicht. Sie konnte nicht mehr springen wie vordem und nicht mehr vom Boot hinüberschnellen ans Ufer, wie sie's gewöhnt war. Sie versuchte es immer noch, unserm Schreien und Wehren zum Trotz, und wohl zwanzigmal wäre sie gestürzt, wenn wir ihr nicht die Arme entgegengestreckt und sie aufgefangen hätten.

An diesem Tage nun war sie so unklug, daß sie zum Ufer hinüber wollte, als das Boot noch in Fahrt war. Es war wie die Gewaltprobe eines verbrauchten, lebensmüden Kraftmenschen.

Gerade als wir uns zum Landen fertig machten, ehe wir es vermuten oder verhindern konnten, richtete sie sich auf, nahm Schwung und versuchte hinüberzuspringen.

Ihre Kraft reichte nicht aus; sie berührte nur mit der Fußspitze die Ufermauer, glitt ab, schlug mit dem Leib hart auf die scharfe Kante, stieß einen lauten Schrei aus und verschwand in den Fluten.

Wir tauchten alle fünf zugleich und brachten ein armes, kraftloses Wesen ans Tageslicht. Sie war totenbleich und krümmte sich unter rasenden Schmerzen.

Wir mußten sie schnell ins nächste Gasthaus schaffen und holten einen Arzt.

Es gab eine Fehlgeburt; sie dauerte ungefähr zehn Stunden. Mit wahrem Heldenmut ertrug das Mädchen fürchterliche Qualen.

Wir standen verzweifelt dabei und fieberten vor Angst und Furcht.

Schließlich wurde sie von einem toten Kinde entbunden, und tagelang noch fürchteten wir für ihr Leben.

Endlich, eines Morgens, sagte der Arzt: ›Ich glaube, sie hat's überstanden. Das Mädchen hat eine eiserne Gesundheit.‹ Und alle zusammen gingen wir erleichterten Herzens zu ihr ins Zimmer.

Einaug ergriff das Wort und sagte: ›Die Gefahr ist vorüber. Liebe Mouche, wir sind glücklich!‹

Da sahen wir sie zum zweiten Male weinen. Unter bitteren Tränen schluchzte sie: ›Ach, wenn ihr wüßtet, wenn ihr wüßtet, wie traurig ich bin, wie traurig ich bin... ich werde es nie verwinden!‹

›Was denn, Mouche?‹

›Daß ich ihn getötet habe! Denn ich habe ihn getötet! Ach, das wollte ich nicht! So ein Kummer!‹

Sie schluchzte herzzerbrechend. Wir standen tief bewegt dabei und wußten nichts zu sagen.

Sie fing wieder an: ›Ihr, ihr habt ihn doch gesehen?‹

Wie aus einem Munde kam die Antwort: ›Ja.‹

›Es war ein Junge, nicht wahr?‹

›Ja.‹

›Ein hübscher Junge, nicht wahr?‹

Wir zögerten mit der Antwort. Da raffte sich Schwipsel auf, der am wenigsten empfindsam war, und bestätigte: ›Sehr hübsch.‹

Er hatte nicht das Rechte getroffen. Ihr Jammer wurde dadurch noch größer; sie heulte geradezu vor Verzweiflung.

Da kam dem Einaug, der sie doch vielleicht am meisten liebte, ein glänzender Gedanke, sie zu beruhigen. Er küßte sie auf die tränenverschleierten Augen und sagte: ›Tröste dich, Mouche, wir machen dir ein neues!‹

Da brach wieder ihre Schelmerei durch. Noch unter Tränen und mit kummerschwerem Herzen sah sie uns der Reihe nach an und fragte halb im Ernst, halb schelmisch spottend: ›Wirklich wahr?‹

Und einstimmig versicherten wir: ›Ehrensache!‹«

Edgar Degas
Tänzerinnen
Bleistiftskizze

Ungenützte Schönheit

I

Der elegante offene Wagen, dem zwei prächtige Rappen vorgespannt waren, wartete vor dem Palaiseingang. Es war Ende Juni, gegen halb sechs nachmittags, und der Himmel leuchtete klar, warm und heiter zwischen den Dächern des Vorhofes.

Die Gräfin Mascaret zeigte sich gerade in dem Augenblick am Eingang, als ihr Gatte, der eben heimkehrte, im Einfahrtstor erschien. Er hielt eine kurze Zeit inne, um seine Frau zu betrachten, und dabei wurde er ein wenig blaß. Sie war überaus schön und schlank, das lange ovale Gesicht sehr vornehm, die elfenbeinfarbige Haut hatte einen goldigen Schimmer, die großen Augen waren grau und das Haar schwarz; sie stieg in den Wagen, ohne den Grafen zu beachten, scheinbar ohne ihn gesehen zu haben, in einer Haltung, die ihre gute Rasse verriet, so daß ihm die niederträchtige Eifersucht, die ihn schon seit langem quälte, von neuem bis ins Herz weh tat. Er trat heran und sagte, während er sie grüßte: »Wirst du ausfahren?«

Sie antwortete verächtlich mit kaum geöffneten Lippen: »Du siehst doch.«

»Ins Bois?«

»Wahrscheinlich.«

»Wäre es erlaubt, dich zu begleiten?«

»Der Wagen gehört dir.«

Ohne über die Art verwundert zu sein, in der sie ihm antwortete, stieg er ein und setzte sich neben sie; dann befahl er: »Ins Bois.«

Der Lakai sprang auf den Sitz neben den Kutscher; die Pferde warfen wie zu feierlichem Gruß stolz die Köpfe auf und nieder, bis sie in die Straße einbogen.

Die Ehegatten saßen schweigend Seite an Seite. Er suchte, wie er ein Gespräch anknüpfen könnte, aber der Ausdruck ihres Gesichtes war so eigensinnig verschlossen, daß er nicht anzufangen wagte.

Schließlich langte seine Hand scheinbar schüchtern und unbewußt nach der Hand der Gräfin und berührte den Handschuh wie zufällig, aber sie zog ihren Arm so rasch und voll Abscheu zurück, daß er ängstlich innehielt, trotzdem er sonst gewohnt war, herrisch und despotisch zu sein.

Er murmelte nur: »Gabriele!«

Sie fragte, ohne den Kopf zu wenden: »Was wünschst du?«

»Ich finde dich anbetungswürdig.«

Darauf antwortete sie nichts und blieb ruhig im Wagen hingestreckt; ihr Antlitz glich dem einer erzürnten Königin. Sie fuhren eben durch die Champs-Elysées gegen den Arc de Triomphe de l'Etoile. Das ungeheuere Denkmal öffnete am Ende der breiten Straße seinen gewaltigen Bogen gegen den roten Himmel. Die Sonne fiel dort langsam hinab in ein feuriges Gewölk.

Die Wagen zogen wie zwei entgegengesetzt fließende Ströme unvermengt aneinander vorbei, der eine zur Stadt, der andere von der Stadt; auf den Beschlägen von Kupfer und Silber und auf den kristallenen Laternen blitzte der Widerschein der Sonne. Der Graf Mascaret wollte das Gespräch fortsetzen: »Meine liebe Gabriele!«

Da konnte sie nicht an sich halten und antwortete verzweifelt: »Laß mich in Frieden, ich bitte dich. Ich genieße nicht einmal mehr die Freiheit, in meinem Wagen allein zu sein.«

Er tat, als hörte er nicht: »Du warst nie so schön wie heute.«

Gewiß war sie am Ende ihrer Geduld, denn sie antwortete in unbeherrschtem Zorn: »Du hast nicht mehr das Recht, es zu bemerken; ich schwöre dir, daß ich dir nie mehr angehören werde.«

Er war bestürzt und verwirrt; aber seine gewohnte Heftigkeit gewann bald das Übergewicht. Er stieß hervor: »Was soll das heißen?«, und dies verriet mehr den gewalttätigen Herrn als den liebenden Mann.

Sie wiederholte mit gedämpfter Stimme, obwohl die zwei auf dem Kutschbock in dem betäubenden Rattern der Räder ohnehin nichts hätten hören können: »Was es heißen soll? Was es heißen soll? Ich erkenne dich wieder! Soll ich dir sagen, was es heißen soll?«

»Ja.«

»Daß ich dir alles sage?«

»Ja.«

»Alles, was ich auf dem Herzen habe, seitdem ich das Opfer deines wilden Egoismus geworden bin?«

»Ja, sag es.«

Er war ein Mann von großer Gestalt, mit breiten Schultern, einem mächtigen roten Vollbart, ein schöner Mann, ein Edelmann, ein Mann von Welt, der den Ruf eines vollkommenen Gatten und eines ausgezeichneten Vaters hatte.

Zum erstenmal, seit sie aus dem Palais hinausgefahren waren, wandte sie sich zu ihm und blickte ihm voll in die Augen: »Nun, da wirst du unangenehme Dinge hören, aber denke dir, daß ich auf alles vorbereitet bin, daß ich allem Trotz bieten werde, daß ich nichts und niemanden fürchte und dich heute am allerwenigsten.«

Er blickte ihr ebenfalls in die Augen, und die Wut begann ihn zu schütteln. Er murmelte: »Du bist verrückt!«

»Nein; aber ich will nicht mehr das Opfer der Mutterschaft sein, die du mir wie eine abscheuliche Strafe seit elf Jahren auferlegst! Ich will endlich als Frau der Gesellschaft leben, wie es mein Recht ist, wie es das Recht jeder Frau ist.«

Indem er plötzlich wieder bleich wurde, stammelte er: »Ich verstehe dich nicht.«

»Doch, du verstehst mich. Es ist jetzt drei Monate her, daß ich mein jüngstes Kind zur Welt gebracht habe; und weil ich noch schön und trotz deiner Bestrebungen unzerstörbar bin, wie du es ja vor der Ausfahrt zu bemerken beliebtest, glaubst du, daß es wieder an der Zeit ist, mich schwanger zu machen.«

»Du redest Unsinn.«

»Nein. Ich bin dreißig Jahre und habe sieben Kinder. Wir sind elf Jahre verheiratet, und du meinst, daß das noch zehn Jahre so weitergehen wird; dann dürftest du aufhören, eifersüchtig zu sein.«

Er griff nach ihrem Arm und preßte ihn zusammen: »Ich erlaube nicht, daß du weiter so zu mir sprichst.«

»Und ich, ich werde zu Ende sprechen, bis ich mit allem fertig bin, was ich dir zu sagen habe; und wenn du versuchen solltest, mich daran zu hindern, werde ich so laut sprechen, daß mich die zwei auf dem Kutschbock hören. Ich habe dich nur deshalb einsteigen lassen, damit ich mit diesen zwei Zeugen rechnen kann, durch die du gezwungen sein wirst, mich anzuhören und dich zurückzuhalten. Höre also! Du warst mir seit je unsympathisch, und ich habe es dich immer fühlen lassen. Du hast mich gegen meinen Willen geheiratet, du hast meine Eltern, die in mißlichen Vermögensverhältnissen waren, gezwungen, mich dir zu geben, weil du sehr reich bist. Sie haben mich dazu gedrängt, obwohl sie mich damit weinen machten. Du hast mich also gekauft, und seit ich in deiner Macht bin, seit ich begonnen habe, dir eine Gefährtin zu sein, bereit, dir meine Zuneigung zu schenken und deine Methoden der Einschüchterung und des Zwangs zu vergessen, um allein daran zu denken, daß ich dir eine hingebende Frau sein und dich lieben muß, so gut es mir möglich, da hat dich die Eifersucht gepackt wie noch nie einen Mann, die Eifersucht eines Spions, niederträchtig, gemein, herabsetzend für dich, beleidigend für mich. Kaum acht Monate war ich verheiratet, hast du mich aller möglichen Hinterlist verdächtigt. Du hast es mich fühlen lassen – welch eine Schande! Und weil du es nicht verhindern konntest, daß ich schön war und gefiel, daß man mich in den Salons und in den Zeitungen eine der schönsten Frauen von Paris nannte, da hast du gesucht und gesucht, was du erfinden könntest, um alle Liebesabenteuer von mir fernzuhalten, und da hattest du diese abscheuliche Eingebung, mich mein Leben in einer ständigen Schwangerschaft verbringen zu lassen, bis zur Zeit, wo sich schließlich alle Männer vor mir ekeln würden. Leugne nicht! Lange habe ich dich nicht durchblickt; endlich ist mir aber ein Licht aufgegangen. Du hast dich damit sogar deiner Schwester gegenüber gebrüstet; die hat es mir gesagt, weil sie mich gern hat, und sie selbst war aufgebracht über deine pöbelhafte Roheit. Erinnerst du dich unserer Kämpfe? Der erbrochenen Türen und aufgesprengten Schlösser? Zu welch einem Dasein hast du mich in diesen elf Jahren verurteilt, zum Dasein einer fruchtbaren Stute in einem Zuchtstall. Jedesmal, wenn du mich schwanger gemacht hast, kam dir selbst der Ekel vor mir, und ich bekam dich durch Monate nicht zu sehen. Du schicktest mich aufs Land, auf dein Schloß, ins Grüne, in die Wiesen, damit ich mein Kleines werfe. Und wenn ich wieder erschien, frisch und schön, unzerstörbar, immer verführerisch, umgeben von Verehrung, da hoffte ich, endlich ein wenig leben zu können wie eine junge reiche Frau, die zur Gesellschaft gehört; aber dich packte gleich wieder die Eifersucht, und du begannst mich immer von neuem mit deinem niederträchtigen und feindseligen Verlangen zu verfolgen, an dem du auch in diesen Augenblicken an meiner Seite leidest. Es ist nicht das Verlangen, mich zu besitzen – ich hätte mich dir nie versagt –, sondern das Verlangen, mich zu verunstalten. Dabei hat sich immer wieder ein mysteriöser und abscheulicher Vorgang abgespielt, der mir erst allmählich zum Bewußtsein kam: Du hast deinen Kindern so viel Zärtlichkeit entgegengebracht, weil sie dir so viel Sicherheit verschafft haben, während ich sie im Leib trug. Den ganzen Ekel vor mir, alle deine gemeinen Befürchtungen, die da beruhigt wurden, und die Freude, mich wieder unförmig werden zu sehen, all das hast du in Vaterliebe umgewandelt. Ja, diese Freude! Wie oft habe ich sie an dir gespürt, sie an deinen Blicken erkannt, sie erraten! Deine Kinder liebst du nicht als dein Blut, sondern als deine Siege. Sie sind die Siege über mich, über meine Jugend, über meine Schönheit, über meine Anmut, über die Schmeicheleien, die man an mich richtete, und über jene, die man um mich herum flüsterte, ohne sie mir zu sagen. Du bist stolz auf deine Kinder, du paradierst mit ihnen, führst sie im Break ins Bois de Boulogne und auf Eseln nach Montmorency. Du gehst mit ihnen in die Theatermatineen, nur damit man dich mitten unter ihnen sieht und immer wieder sagt: ›Ein guter Vater!‹ und dann ...«

Er griff mit grausamer Wildheit nach ihrem Handgelenk und preßte es so heftig, daß sie verstummte; ein Seufzer zerriß ihr beinahe die Kehle.

Er sagte ganz leise zu ihr: »Ich liebe meine Kinder, verstehst du! Das, was du mir da eingestanden hast, ist eine Schande für eine Mutter. Aber du gehörst doch mir! Ich bin der Herr ... dein Herr ... ich kann von dir verlangen, was mir beliebt und wann es mir beliebt ... ich habe die Gesetze ... für mich.«

Er suchte ihr in dem Zangengriff seiner groben kraftvollen Faust die Finger zu zerdrücken. Sie, bleich vor Schmerz, bemühte sich vergeblich, ihre Hand aus diesem Schraubstock zu befreien, der sie zermalmte; sie begann zu stöhnen, und Tränen kamen ihr in die Augen.

»Du siehst, daß ich der Herr bin«, sagte er, »und ein starker noch dazu!« Dabei ließ er ein wenig locker.

Sie fragte: »Hältst du mich für fromm?«

Überrascht stammelte er: »Selbstverständlich.«

»Bist du überzeugt, daß ich an Gott glaube?«

»Ja doch.«

»Daß ich fähig wäre zu lügen, wenn ich dir einen Schwur ablege vor einem Altar, in dem der Leib Christi verschlossen ist?«

»Nein.«

»Würdest du mich in eine Kirche begleiten?«

»Wozu das?«

»Du wirst es sehen. Willst du?«

»Wenn dir daran gelegen ist, ja.«

Sie erhob die Stimme: »Philipp!«

Der Kutscher bog ein wenig den Hals, ohne die Pferde aus den Augen zu lassen, und schien nur das Ohr allein zu seiner Herrin zu wenden, die ihm sagte: »Fahren Sie zur Kirche Saint-Philippe-du-Roule.«

Der Wagen war eben am Eingang des Bois de Boulogne angekommen und kehrte nun stadtwärts zurück.

Die Ehegatten wechselten während dieser Fahrt kein Wort mehr. Dann, als der Wagen vor dem Eingang des Gotteshauses hielt, sprang Frau von Mascaret ab und ging rasch hinein; einige Schritte hinter ihr folgte der Graf.

Sie ging, ohne sich aufzuhalten, bis an das Geländer vor dem Altar, und indem sie sich in einer Bank auf die Knie fallen ließ, verbarg sie das Antlitz in den Händen und betete. Sie betete lange, und er, aufrecht hinter ihr, wurde schließlich gewahr, daß sie weinte. Sie weinte ganz still, wie Frauen weinen, die von einem überwältigenden Schmerz erfaßt werden. Es ging in kaum merkbaren Wellen durch den ganzen Körper und endigte in einem leichten Schluchzen, das sie zwischen den Fingern erstickte.

Der Graf Mascaret war indessen der Ansicht, daß sich die Sache zu sehr in die Länge zog, und berührte ihre Schulter.

Diese Berührung wirkte so, als wäre sie durch sie versengt worden. Sie richtete sich auf und sah ihn an, Aug' in Auge: »Das habe ich dir also zu sagen: Ich habe keine Furcht; du wirst tun, was du wollen wirst. Du wirst mich töten, wenn es dir beliebt – eines deiner Kinder ist nicht von dir! Ich schwöre es dir vor Gott, der mich hier hört. Das war die einzige Nacht, die mir dir gegenüber möglich war, gegen deine niederträchtige männliche Tyrannei, gegen dieses übertriebene fortgesetzte Schwängern. Wer mein Geliebter war? Du wirst es nie erfahren! Du wirst jeden einzelnen in Verdacht haben. Du wirst ihn aber nicht herausbekommen. Ich habe mich ihm ohne Liebe und ohne Freude hingegeben, einzig nur um dich zu hintergehen. Und auch er hat mich zur Mutter gemacht! Welches Kind ist seines? Du wirst es nie erfahren! Ich habe ihrer sieben – suche! Das alles wollte ich dir eigentlich erst später sagen, viel später; man rächt sich nicht an einem Mann, indem man ihn betrügt, sondern nur dann, wenn er auch davon weiß. Du hast mich gezwungen, es dir heute zu gestehen – ich bin fertig.«

Sie flüchtete quer durch die Kirche dem offenen Ausgang zu, während sie erwartete, hinter sich die Schritte des gereizten Gatten zu vernehmen, um bald darauf unter dem Schlag seiner Faust auf das Pflaster zu sinken.

Aber sie hörte nichts und erreichte den Wagen. Mit einem Sprung war sie drin, und geschnürt von Angst, keuchend vor Furcht rief sie dem Kutscher zu: »Nach Hause!«

Die Pferde griffen in vollem Trabe aus.

2

Die Gräfin Mascaret erwartete, eingeschlossen in ihrem Zimmer, die Zeit des Diners, wie ein zum Tode Verurteilter die Stunde der Vollstreckung erwartet. Was würde er wohl machen? War er überhaupt zurückgekehrt? Dieser Despot, sicher bereit zu jeder Gewalttat, was hatte er sich zurechtgelegt, was vorbereitet, was beschlossen? Nichts rührte sich im ganzen Haus, und sie schaute jeden Augenblick nach den Zeigern der Wanduhr. Die Kammerfrau war gekommen, um sie für den Abend anzukleiden; dann war sie wieder fortgegangen.

Es schlug acht Uhr, und fast gleichzeitig pochte es zweimal an die Tür.

»Herein.«

Der Kammerdiener erschien und meldete: »Gnädige Frau Gräfin, bitte zu Tisch.«

»Der Graf ist zurückgekehrt?«

»Ja, der Herr Graf ist im Speisezimmer.«

Während einiger Augenblicke hatte sie den Einfall, sich mit einem kleinen Revolver zu bewaffnen, den sie einige Tage früher gekauft hatte, in der Voraussicht des Dramas, das sich in ihrem

Herzen vorbereitete. Aber sie dachte daran, daß doch alle Kinder anwesend sein würden; und sie nahm nichts anderes zu sich als ein Fläschchen mit Riechsalz.

Als sie ins Speisezimmer eintrat, stand ihr Gatte aufrecht neben seinem Stuhl und wartete. Sie wechselten einen leichten Gruß und nahmen Platz. Dann setzten sich auch die Kinder nieder. Die drei Söhne mit ihrem Hofmeister, dem Abbé Marin, waren zur Rechten der Mutter, die drei Mädchen mit der englischen Erzieherin, Fräulein Smith, zur Linken. Nur das jüngste Kind im Alter von drei Monaten war mit seiner Amme im Kinderzimmer geblieben.

Die drei Mädchen, alle ganz blond, die älteste zehn Jahre alt, trugen blaue Kleider, mit weißen Spitzen verziert, und sahen wie kostbare Puppen aus. Die jüngste war kaum dreijährig. Aber alle waren schon hübsch und versprachen schön zu werden wie ihre Mutter.

Die drei Söhne, zwei noch dunkelblond, der älteste aber mit seinen neun Jahren schon braun, schienen große, kraftvolle Männer mit breiten Schultern werden zu wollen. Die ganze Familie schien vom gleichen starken und lebhaften Blut zu sein.

Der Abbé sprach das Gebet wie immer, wenn niemand eingeladen war; denn in Anwesenheit Fremder kamen die Kinder nicht zu Tisch. Dann setzte man sich nieder.

Die Gräfin war von einer Erregung ergriffen, die sie nicht vorausgeahnt hatte, und hielt die Augen gesenkt, während der Graf bald die drei Knaben, bald die drei Mädchen mit unsicheren Blicken prüfte, die von einem Gesicht zum anderen gingen, ganz verwirrt von Befürchtungen. Als er sein Weinglas auf den Tisch zurückstellte, zerbrach der Stiel, und der rote Wein floß über das Tischtuch. Bei diesem leichten Geräusch schauerte die Gräfin zusammen und richtete sich auf. Zum erstenmal schauten sie einander in die Augen. Von da ab mußten sie immer wieder ihre Blicke kreuzen wie feindliche Waffen, obwohl sich ihnen das Herz dabei krampfte.

Der Abbé fühlte das Peinliche der Situation, konnte aber die Ursache davon nicht erraten; er versuchte ein Gespräch in Fluß zu bringen. Umständlich begann er immer wieder neue Themen, ohne daß diese Versuche den beiden einen Gedanken oder auch nur ein Wort entlockt hätten.

Die Gräfin bemühte sich zwar, als Frau der Gesellschaft, ihrem Instinkt folgend, zwei- oder dreimal zu antworten, aber alles umsonst. Sie fand in der Verwirrung ihres Geistes kein Wort; als sie einmal zu einer Silbe ansetzte, machte ihr die eigene Stimme in der Stille des großen Raumes beinahe Angst, denn es war sonst nur das leise Geräusch der Bestecke auf den Tellern zu hören.

Plötzlich neigte sich der Graf zu ihr und sagte: »Kannst du mir hier mitten unter deinen Kindern schwören, daß du vorhin die Wahrheit gesprochen hast?«

Der aufgespeicherte Haß in ihr gab ihr Festigkeit, und sie antwortete voll Energie in Blick und Ton, indem sie ihre beiden Hände erhob, die rechte gegen die Scheitel der Söhne, die linke gegen die Scheitel der Töchter, entschieden und ohne Zaudern: »Beim Leben meiner Kinder schwöre ich dir, daß ich dir die Wahrheit gesagt habe.«

Er erhob sich, warf die Serviette auf den Tisch, schnellte den Stuhl bis an die Wand und ging, ohne ein Wort zu sagen, aus dem Zimmer.

Sie aber atmete erleichtert auf wie nach einem ersten Sieg und sagte mit ruhiger Stimme: »Beunruhigt euch nicht, Kinder, euer Vater hat jetzt viel Kummer und Sorgen, aber in einigen Tagen wird wieder alles gut sein.«

Dann sprach sie mit dem Abbé und mit Fräulein Smith. Für jedes Kind hatte sie zärtliche Worte und jene kleinen mütterlichen Liebesbezeigungen, welche Kinderherzen aufschließen.

Als die Mahlzeit beendet war, ging sie mit allen in den Salon. Sie brachte die größeren Kinder zum Erzählen und die kleinen unterhielt sie selbst mit Geschichten, und als die Zeit zum Schlafengehen gekommen war, küßte sie jedes einzelne lange und ging dann allein in ihr Zimmer.

Sie wartete, denn sie zweifelte nicht, daß der Graf kommen würde. Jetzt, da ihre Kinder fern von ihr waren, entschloß sie sich, sich als menschliches Wesen zur Wehr zu setzen, wie sie vorher als Frau der Gesellschaft ihr Leben verteidigt hatte. Sie verbarg in der Tasche ihres Kleides den kleinen geladenen Revolver, den sie einige Tage vorher gekauft hatte.

Die Stunden vergingen. Im Palais erstarb auch das letzte Geräusch. Nur auf der Straße rollten noch Wagen, aber dieses Geräusch drang nur gedämpft durch die Mauern.

Sie wartete entschlossen, mit angespannten Nerven und hatte jetzt keine Angst vor ihm; sie war zu allem bereit und fühlte fast eine sieghafte Genugtuung, denn sie hatte doch eine Strafe gefunden, für jeden seiner Augenblicke und für die Dauer seines ganzen Lebens.

Aber das erste Dämmern des Tages begann schon durch die Vorhänge zu dringen, ohne daß der Graf gekommen wäre. Da begriff sie, ganz erstaunt, daß er nicht mehr kommen würde. Sie verriegelte die Tür und legte sich zu Bett. Dann lag sie mit offenen Augen da, grübelnd, und konnte nicht begreifen, nicht erraten, was er jetzt wohl tun würde.

Als ihr die Kammerfrau den Tee brachte, gab sie ihr auch einen Brief vom Grafen. Er teilte ihr mit, daß er eine längere Reise unternehmen würde, und fügte noch bei, daß sie durch den Notar das notwendige Geld für ihre Ausgaben erhalten werde.

3

Es war in der Oper, während des Zwischenaktes von ›Robert der Teufel‹. Die Herren standen beim Orchester, die Hüte auf dem Kopf; auf den weißen Hemden zwischen den weit offenen Westen glitzerten die Knöpfe von Gold und Edelsteinen. Sie blickten zu den Logen, die dicht besetzt waren von Frauen in tiefausgeschnittenen Kleidern. Ihre Schönheit und der Glanz der bloßen Schultern, im Schmuck von Diamanten und Perlen, schien in diesem erleuchteten Treibhaus für die Blicke aufzublühen, umrauscht von Musik und Gesang.

Zwei Freunde, an die Brüstung des Orchesters gelehnt, betrachteten durch ihre Gläser diese Galerie schöner Frauen, diese Ausstellung von wahrer und falscher Anmut, von Kostbarkeiten und von Anmaßung, die sich da ausbreitete.

Der eine, Roger de Salins, sagte zu seinem Gefährten, Bernard Grandin: »Schau dir die Gräfin Mascaret an; die ist doch immer noch schön.«

Der andere richtete sein Glas dorthin und fand eine große Frau, die noch sehr jung aussah und deren auffallende Schönheit die Blicke aller bis aus den entferntesten Winkeln des Theaters anzuziehen schien. Ihre weiße Haut von elfenbeinernem Glanz gab ihr das Aussehen einer Statue. In ihrem nachtschwarzen Haar ein kleines Diadem in der Form eines Regenbogens, das dicht besät war von Diamanten, glänzte wie eine Milchstraße.

Als er sie eine Zeitlang angeschaut hatte, antwortete Bernard Grandin zwar scherzhaft, aber doch mit aufrichtiger Überzeugung: »Das glaub ich, daß sie schön ist!«

»Wie alt kann sie sein?«

»Warte. Das kann ich dir genau sagen. Ich kenne sie seit ihrer Kindheit. Ich habe sie gekannt, wie sie als junges Mädchen in die Gesellschaft eingeführt wurde. Sie... sie ist... dreißig... zwei... sechsunddreißig Jahre alt.«

»Das ist nicht möglich!«

»Ich weiß es bestimmt.«

»Sie sieht aus wie fünfundzwanzig!«

»Sie hat schon sieben Kinder.«

»Das ist unglaublich!«

»Sie leben sogar alle sieben, und sie ist eine sehr gute Mutter. Ich gehe manchmal hin. Es ist dort eine ruhige, angenehme und gesunde Atmosphäre. Dieses Haus ist ein Beweis, daß Familie und Gesellschaftsleben sich vereinbaren lassen.«

»Das ist allerdings ungewöhnlich. Und man hat sich nie etwas von ihr erzählt?«

»Nie.«

»Aber ihr Mann? Ist er auch eine Ausnahme?«

»Ja und nein. Vielleicht hat es zwischen ihnen ein kleines Drama gegeben, eines jener kleinen Ehedramen, die man ahnt und nicht kennt, die man aber beiläufig errät.«

»Was für eines?«

»Ich wüßte nicht. Mascaret ist heute ein großer Lebemann, nachdem er ein tadelloser Ehemann gewesen war. Aber solange er ein guter Gatte war, hatte er einen unausstehlichen Charakter und war ziemlich widerborstig und wenig umgänglich. Seitdem er das Leben von der leichten Seite nimmt, ist er sehr gleichgültig geworden, aber es scheint ihn irgendeine Sorge, ein Kummer, ein nagender Wurm zu quälen; er altert rasch.«

Dann philosophierten die zwei Freunde noch weiter über die geheimen unbekannten Leiden, die in einer Familie aus der Verschiedenheit der Charaktere oder vielleicht aus körperlicher Antipathie entstehen können.

Roger de Salins, der unausgesetzt die Gräfin Mascaret betrachtete, nahm das Gespräch wieder auf: »Es ist ganz unbegreiflich, daß diese Frau schon sieben Kinder hat.«

»Ja, binnen elf Jahren. Daraufhin hat sie mit dreißig Jahren Schluß gemacht und dann ist, nach der Periode der Zeugung, die glänzende Periode der Repräsentation gekommen, die wohl nicht so bald enden wird.«

»Die armen Frauen.«

»Warum bedauerst du sie?«

»Warum? Mein Lieber, bedenke doch! Elf Jahre Schwangerschaft für eine solche Frau! Welche Hölle! Das ist doch die ganze Jugend, die ganze Schönheit, die ganze Hoffnung auf Erfolg; das ganze poetische Ideal eines glanzvollen Lebens wird zum Opfer dieses abscheulichen Naturgesetzes der Vermehrung, welches aus der Frau einfach eine Brutmaschine macht.«

»Was willst du? Das ist die Natur.«

»Ja. Aber ich sage eben, daß die Natur unsere Feindin ist, daß man immer gegen sie kämpfen muß, denn sie führt uns immer wieder zurück zum Tier. Was es auf der Welt an Reinem, Schönem, Vornehmem, Idealem gibt, stammt nicht von Gott, sondern vom Menschen, aus dem menschlichen Gehirn. Wir Menschen haben in die Schöpfung ein wenig Anmut, Schönheit und Geheimnis hineingetragen, indem wir diese Schöpfung als Dichter besungen, erklärt und bewundert haben, indem wir sie bis ins kleinste ausgeforscht haben als Gelehrte, die sich zwar irren, aber für alle Wunder geistreiche Vernunftgründe finden. Gott hat nur grobe Wesen erschaffen, die voll sind von Krankheitskeimen und die nach einigen Jahren tierischer Entwicklung alsbald altern, in Hinfälligkeit, mit allen Häßlichkeiten und allen Hilflosigkeiten menschlichen Verfalls. Er scheint sie nur deshalb geschaffen zu haben, damit sie sich auf eine unreine Art vermehren und dann sterben, so wie Eintagsfliegen. Ich habe gesagt, ›auf eine unreine Art vermehren‹, und ich bestehe auf diesem Ausdruck. Denn was gibt es in der Tat Unedleres und Widerwärtigeres als diesen schmierigen und lächerlichen Vorgang des Zurweltkommens menschlicher Wesen, über den alle zarten Naturen ewiglich empört sind und sein werden. Alle Organe, die von diesem sparsamen und böswilligen Schöpfer erfunden worden sind, dienen zwei Zwecken! Warum hat er nicht andere Organe gewählt, die nicht unrein und beschmutzt sind, um ihnen diese heilige Sendung anzuvertrauen, diese edelste und hinreißendste aller menschlichen Funktionen? Der Mund, der den Körper mit Nahrungsmitteln versehen muß, vermittelt auch das Wort und den Gedanken. Die Nase, die den Lungen Luft zuführt, gibt dem Gehirn auch alle Gerüche weiter: den Duft der Blumen, der Wälder und des Meeres. Das Ohr, das uns die Verbindung mit unsersgleichen herstellt, begünstigt auch die Erfindung der Musik, die mit ihren Tönen uns in das Reich der Träume, des Glücks und der Unendlichkeit versetzen kann! Aber man könnte sagen, daß dieser hinterlistige und zynische Schöpfer den Mann daran hindern wollte, jemals seine Beziehung zur Frau zu veredeln, zu verschönern und zu idealisieren. Indessen hat der Mensch die Liebe erfunden, was als Antwort auf die Schlauheit Gottes nicht so übel ist, und er hat diese Liebe so gut verziert mit literarischer Poesie, daß die Frau oft vergißt, zu welcher Berührung sie eingerichtet ist. Jene unter uns, die unfähig sind, sich kraft der Leidenschaft über alles hinwegzutäuschen, haben das Laster erfunden und raffinierte Ausschweifungen, was immerhin eine Möglichkeit bietet, Gott zu prellen und der Schönheit eine Verehrung zu bezeigen, allerdings eine schamlose Verehrung. Aber das normale Menschenwesen macht die Kinder gesetzmäßig, wie es gepaarte Tiere machen. Schau dir doch diese Frau an! Ist es nicht abscheulich zu denken, daß dieses Kleinod, daß diese Perle, geboren, um schön, bewundert, gefeiert und angebetet zu sein, elf Jahre ihres Lebens damit verbracht hat, dem Grafen Mascaret Erben zu schenken?«

Bernard Grandin sagte lachend: »Es gibt viel Wahres in dem, was du da gesagt hast, aber nur wenige Menschen würden dir beistimmen.«

Salins ereiferte sich: »Weißt du, wie ich Gott auffasse? Wie ein ungeheuerliches Schöpfungsorgan, das wir nicht kennen und das im Unendlichen Milliarden von Welten sät, ähnlich wie ein Fisch im Wasser seine Eier verstreut. Er erschafft, weil dies sein Amt als Gott ist; er weiß aber selbst nicht, was er tut, er ist bloß auf eine unsinnige Art fruchtbar und sich der Zukunft all dieser Früchte gar nicht bewußt. Der menschliche Geist ist eigentlich nur ein glücklicher kleiner Zufall in den vielen Zufällen dieser Fruchtbarkeit, ein örtlicher, vorübergehender, unvorhergesehener Zufall, der dazu verurteilt ist, mit der Welt wieder zu verschwinden, um dann vielleicht irgendwo wieder zu beginnen, ähnlich oder anders, mit neuen Verknüpfungen dieser ewigen Wiedererneuerungen. Wir verdanken diesem kleinen Zufall, daß wir uns in dieser Welt nicht zurechtfinden können, die nicht richtig vorbereitet war, uns zu empfangen, zu beherbergen, zu ernähren und als denkende Wesen zufriedenzustellen, und wir verdanken ihm auch, daß wir ewig gegen das, was man die göttliche Vorsehung nennt, kämpfen müssen, vorausgesetzt, daß wir wirklich verfeinerte und kultivierte Menschen sind.«

Grandin hörte ihm mit Aufmerksamkeit zu, da er schon seit langem die überraschenden Ausbrüche seiner Einbildungskraft kannte, und fragte nun: »Du glaubst also, daß der menschliche Geist nur ein zufälliges Produkt der blinden göttlichen Zeugung ist?«

»Gewiß! Eine zufällige Funktion der Nervenzentren in unserem Gehirn, ähnlich der unvorhergesehenen Erscheinungen bei neuen chemischen Vermengungen, ähnlich auch der Erzeugung elektrischer Kraft aus der Reibung oder aus unerwarteter Annäherung von bestimmten Elementen, oder all den vielfältigen Erscheinungen, die durch die endlose und fruchtbare Gärung alles Stofflichen, das lebt, hervorgerufen sind. Mein Lieber, jedem, der zu schauen versteht, springen Beweise für das, was ich behaupte, in die Augen. Wenn der menschliche Geist von einem bewußten Schöpfer beabsichtigt gewesen wäre, so wie er geworden ist, so verschieden vom Geist und der Entsagung des Tieres, so anspruchsvoll, forschbegierig, immer in Bewegung, zerquält, wäre dann die Welt, die bestimmt war, solche Wesen zu beherbergen, wie wir heute sind, wäre sie dann erschaffen worden als dieser kleine unbequeme Garten für Tiere, als dieses Salatfeld, als dieser Gemüsegarten, der da und dort felsig ist und im ganzen rund und in den uns die unüberlegte Vorsehung hineinverurteilt hat, da nackt zu leben in Höhlen und unter Bäumen, ernährt vom Fleisch ermordeter Tiere, unserer Brüder in Gott, oder von rohen Kräutern, die von selbst in Sonne und Regen gedeihen? Aber es genügt, wenn man einen Augenblick überlegt, um zu begreifen, daß diese Welt zur Aufnahme von Wesen unserer Art nicht tauglich ist. Die Geisteskraft, die durch einen wunderbaren Zufall aus dem Zellengewirr in unserem Kopf entstanden ist, die aber der Welt gegenüber immer ohnmächtig bleiben wird, macht uns Verstandesmenschen zu ewigen unglücklichen Verstoßenen auf dieser Welt. Betrachte doch diese Welt, wie sie Gott geschaffen hat, und dann die Menschenwesen, die sie bewohnen sollen! Ist sie nicht einzig für die Tiere eingerichtet, bepflanzt und bewaldet? Was gibt es da für uns? Nichts! Und für die Tiere? Alles: die Höhlen, die Bäume, das Laub, die Quellen, die ganze Landschaft, die Nahrung und das Getränk. Heikle Menschen wie ich werden sich hier nie wohl fühlen. Nur die allein, die hinlänglich tierisch sind, können zufrieden sein. Aber die anderen, die Dichter, die Zartfühlenden, die Träumer, die Sucher, die Unruhigen!... Oh, diese Armen! Ich esse Kohl und gelbe Rüben, zum Teufel, dann Zwiebel und Rettiche, weil wir gezwungen worden sind, uns daran zu gewöhnen und sogar daran Geschmack zu finden, und vor allem deshalb, weil nichts anderes wächst; aber das ist doch eine Nahrung für Kaninchen und Ziegen, wie das Gras und der Klee die Nahrung für Pferde sind. Wenn ich die reifen Ähren eines Getreidefeldes betrachte, so kann ich sehr wohl verstehen, daß dies für die Schnäbel von Spatzen und Lerchen gewachsen ist, nicht aber für meinen Mund. Indem ich also Brot kaue, beraube ich verschiedene Vögel, so wie ich das Wiesel und den Fuchs bestehle, wenn ich Hühner verspeise. Ist die Wachtel, das Rebhuhn und die Taube nicht die natürliche Beute des Sperbers? Und das Schaf, die Ziege und das Rind jene für große Raubtiere? Nicht aber dazu bestimmt, als Braten für uns aufgetischt zu werden, mit Trüffeln, die für uns von Schweinen aus der Erde gewühlt wurden. Die Tiere aber, mein Lieber, haben auf der Welt nichts anderes zu tun, als zu leben. Sie sind da zu Hause, sie mögen da weiden und jagen und sich gegenseitig auffressen je nach ihrem Trieb, denn Gott hat nie Sanftmut und friedvolle Sitten vorgesehen; er hat nur den Tod eingesetzt für alle die heißhungrigen Tiere, damit sie sich gegenseitig vernichten und verschlingen. Und was uns betrifft? Wir mußten erst viel Arbeit aufwenden, Anstrengungen, Geduld, Erfindung, Talent und Genie, um diese Erdkruste von Wurzeln und Steinen halbwegs wohnlich zu machen. Denke nur daran, was wir leisten mußten, der Natur zum Trotz, um uns hier einzurichten, auf eine mittelmäßige Art, zur Not reinlich, zur Not bequem, zur Not anständig, keinesfalls aber würdig unserer. Je mehr wir zivilisiert, gebildet und verfeinert sind, desto mehr müssen wir den tierischen Trieb in uns bändigen und besiegen, der den göttlichen Willen in uns bedeutet. Vergiß nicht, daß wir die Kultur erst erfinden mußten, die so viele Dinge einschließt, so viele der verschiedensten Art, angefangen von den Strümpfen bis zum Telefon. Denke an alles, was du täglich siehst, an alles, was uns dienlich ist. Um unser Schicksal als Tier zu mildern, haben wir das Mannigfaltigste entdeckt und geschaffen, die Häuser, köstliche Nahrungsmittel, Bonbons, Bäckereien, Getränke, Liköre, Stoffe, Kleider, Schmuck, Betten, Reitpferde, Wagen, Eisenbahnen und zahllose Maschinen; überdies haben wir die Wissenschaften und Künste, die Schrift und die Verse erfunden. Ja, wir haben die Künste, die Poesie, die Musik, die Malerei erschaffen. Jedes Ideal geht von uns aus und auch die ganze Anmut des Lebens, wie sie sich in der Kleidung der Frauen zeigt, oder auch im Talent der Männer, mit dem sie es zuwege gebracht haben, daß unser Dasein nicht so hart und eintönig ist, wie es die Vorsehung beabsichtigt hat. Schau in diesem Theater um dich. Ist das nicht eine menschliche Gesellschaft, die ausschließlich von uns erschaffen ist, vom ewigen Schicksal nicht vorgesehen, nicht gekannt, nur unserem Geiste verständlich, eine spielerische sinnliche Zerstreuung, allein für und von dem kleinen unzufriedenen und beweglichen Tier erfunden, das wir sind? Sieh dir diese Frau von Mascaret an. Gott hatte sie erschaffen, daß sie in einer Höhle lebe, nackt oder eingehüllt in Tierfelle. Ist sie nicht schöner so? Nebenbei gesagt, weiß man, warum dieses Vieh von einem Mann, der glückliche Besitzer einer derartigen Gefährtin, die er wie ein Bauernlümmel siebenmal zur Mutter gemacht hat, warum und wieso er sie plötzlich verlassen hat, um Straßenmädeln nachzulaufen?«

Grandin antwortete: »Ja, mein Lieber, der einzige Grund dürfte der sein: er hat schließlich gefunden, daß es ihm zu teuer zu stehen kam, wenn er immer zu Hause schlief. Er ist aus häuslicher Sparsamkeit zu den gleichen Grundsätzen gekommen, die du als Philosoph aufstellst.«

Die drei Schläge für den Beginn des letzten Aktes ertönten. Die zwei Freunde wandten sich wieder der Bühne zu, nahmen die Hüte ab und setzten sich nieder.

4

In dem geschlossenen Wagen, der sie nach der Vorstellung von der Oper nach Hause führte, saßen sie stumm Seite an Seite, der Graf und die Gräfin Mascaret. Aber plötzlich sagte er zu seiner Frau: »Gabriele!«

»Was willst du von mir?«

»Findest du nicht, daß es lang genug gedauert hat?«

»Was denn?«

»Die abscheuliche Strafe, zu der du mich seit sechs Jahren verurteilt hast.«

»Was willst du – ich kann nichts dafür.«

»Sage mir endlich – welches?«

»Niemals.«

»Bedenke, daß ich meine Kinder nicht mehr anschauen, nicht mehr um mich fühlen kann, ohne das Herz vom Zweifel zerfressen zu haben. Sage mir, welches es ist, und ich schwöre dir, daß ich verzeihen werde, daß ich es so behandeln werde wie die anderen.«

»Ich habe kein Recht dazu.«

»Du siehst doch, daß ich dieses Leben nicht mehr ertragen kann, diesen Gedanken, der immer an mir nagt, und diese Frage, die ich mir immer wieder stelle, die mich jedesmal quält, wenn ich die Kinder sehe. Ich werde verrückt davon.«

Sie fragte: »Du hast also viel gelitten?«

»Fürchterlich. Hätte ich mich sonst auf dieses Entsetzliche eingelassen, neben dir weiterzuleben, und auf das noch Entsetzlichere, unter ihnen eines zu wissen, das mich daran hindert, die anderen zu lieben, ohne es aber herauszuerkennen?«

Sie wiederholte: »Also du hast wirklich viel gelitten?«

Er antwortete mit verhaltener und gequälter Stimme: »Ja doch, wenn ich dir sage, daß es für mich eine unleidliche Strafe ist. Wäre ich sonst zurückgekehrt, hätte ich sonst weiter gelebt in diesem Haus, neben dir, neben ihnen, wenn ich sie nicht so geliebt hätte? Du hast dich gegen mich ganz abscheulich benommen. Das einzige zärtliche Gefühl in meinem Herzen ist das zu meinen Kindern, du weißt es sehr gut. Ich bin für sie ein Vater, wie es solche nur in vergangenen Zeiten gegeben hat, so wie ich auch für dich ein solcher Gatte gewesen war, denn ich bleibe ein Triebmensch, ein Naturmensch, ein Mensch von ehemals. Ja, ich gestehe es, du hast mich furchtbar eifersüchtig gemacht, weil du eine Frau von anderer Rasse, von anderem Geist und mit anderen Bedürfnissen ausgestattet bist. Ich werde es dir nie vergessen, was ich habe von dir anhören müssen. Von dem Tag hab' ich mich übrigens nicht mehr um dich gekümmert. Ich habe dich nicht getötet, weil ich sonst kein Mittel mehr auf dieser Welt besessen hätte, es jemals zu entdecken, welches von unseren – von deinen Kindern nicht mir gehört. Ich habe gewartet, aber ich habe dabei mehr gelitten, als du jemals begreifen wirst, denn ich wage sie nicht mehr zu lieben, vielleicht mit Ausnahme der zwei Ältesten; ich wage es nicht mehr, sie anzuschauen, sie zu rufen, sie zu küssen, ich kann keines von ihnen auf meine Knie nehmen, ohne mich zu fragen: ›Ist es nicht dieses?‹ Ich war während der sechs Jahre zu dir einwandfrei und sogar sanft und nett. Sage mir die Wahrheit, und ich schwöre dir, daß ich nichts Böses tun werde.«

Im Dunkel des Wagens glaubte er zu erraten, daß sie gerührt war, und da er fühlte, daß sie jetzt endlich sprechen würde, sagte er noch: »Ich bitte dich – ich flehe dich an ...«

Sie flüsterte: »Ich war vielleicht schuldiger gewesen, als du glaubst. Aber ich konnte nicht, ich war unfähig, dieses unausstehliche Leben mit ständiger Schwangerschaft weiterzuführen. Ich hatte nur dieses einzige Mittel, dich von meinem Bett zu vertreiben. Ich habe vor Gott gelogen, ich habe gelogen, als ich die Hand über die Häupter meiner Kinder erhob, denn ich habe dich nie betrogen.«

Er griff im Finstern nach ihrem Arm, und indem er ihn so preßte, wie er es damals an dem schrecklichen Tag der Spazierfahrt ins Bois de Boulogne getan hatte, stammelte er: »Ist es wahr?«

»Es ist wahr.«

Aber er, von Angst gepackt, stöhnte: »Ich werde in neue Zweifel verfallen, die nie enden werden! Welches Mal hast du gelogen, damals oder heute? Wie soll man einer Frau nach all dem noch glauben? Ich werde nie mehr wissen, was ich denken soll. Es wäre mir lieber gewesen, hättest du mir gesagt: ›Es ist Jacques, oder es ist Jeanne.‹«

Der Wagen bog in den Vorhof des Palais ein. Als er vor dem Aufgang hielt, stieg der Graf als erster aus und bot wie immer seiner Frau den Arm, um sie hinaufzugeleiten.

Dann, als sie den ersten Stock erreichten, sagte er: »Kann ich dich noch einige Augenblicke sprechen?«

Sie antwortete: »Sehr gerne.«

Sie traten in einen Salon, in dem ein Lakai, ein wenig überrascht, sofort die Kerzen anzündete.

Als sie dann allein waren, sagte er: »Wie soll ich die Wahrheit ergründen? Ich habe dich hundertmal angefleht zu sprechen, du aber bist stumm geblieben, undurchdringlich, unbeugsam, unerbittlich, und heute sagst du mir, daß du damals gelogen hast. Sechs Jahre lang hast du mich so etwas glauben lassen können? Nein, heute lügst du! Ich weiß nicht, warum, vielleicht aus Mitleid mit mir?«

Sie antwortete mit einem aufrichtigen und überzeugenden Ausdruck: »Aber ohne das hätte ich doch noch vier Kinder bekommen während der letzten sechs Jahre.«

Er rief aus: »Das ist eine Mutter, die so spricht?«

»Oh, ich fühle mich durchaus nicht als Mutter der Kinder, die nicht geboren sind, es genügt mir, die Mutter jener zu sein, die ich besitze, und sie von ganzem Herzen zu lieben. Ich bin, wir sind Frauen einer kultivierten Welt. Wir sind nicht mehr einfache Weibchen, die die Erde bevölkern sollen, und wir lehnen es auch ab, dafür gehalten zu werden.«

Sie erhob sich; aber er ergriff ihre Hand: »Ein Wort, nur ein Wort, Gabriele. Sag mir die Wahrheit!«

»Ich habe sie schon gesagt: Ich habe dich niemals betrogen.«

Er schaute ihr fest in die Augen, in diese kalten grauen Augen in dem wunderschönen Gesicht. In dem nachtschwarzen Haar funkelte das Diamantendiadem wie eine Milchstraße. Da fühlte er plötzlich durch eine Art Eingebung, daß dieses Wesen nicht allein eine Frau war mit der Bestimmung, die Rasse fortzupflanzen, sondern das merkwürdige und geheimnisvolle Ergebnis aller unserer vielfältigen Wünsche, die seit Jahrtausenden in uns aufgehäuft waren, abgelenkt von ihrem einfältigen und göttlichen Endzweck, suchend nach einer mystischen, kaum geahnten und unfaßlichen Schönheit. Es gibt solche Frauen, die einzig für unsere Träume erblüht sind, geschmückt mit allem, was die Kultur an Poesie, idealem Luxus und ästhetischer Anmut um eine Frau geschaffen hat, diese Statue von Fleisch und Blut, die ebenso die geistigen Wünsche belebt wie die sinnliche Leidenschaft.

Er blieb aufrecht vor ihr stehen, ganz erstaunt über diese verspätete und unklare Entdeckung, und ahnte unbestimmt den Grund der einstigen Eifersucht, obwohl er das alles nicht gut begriff.

Schließlich sagte er: »Ich glaube dir. Ich fühle es, daß du in diesem Augenblick nicht lügst.«

Sie streckte ihm die Hand entgegen: »Da sind wir also Freunde?«

Er ergriff die Hand, küßte sie und antwortete: »Ja, wir sind Freunde. Ich danke dir, Gabriele.«

Dann ging er, sie immer noch anschauend, entzückt, daß sie noch so schön war, und spürte im Innern ein sonderbares Gefühl aufsteigen, das vielleicht noch furchtbarer werden konnte als jene frühere einfache Liebe.

Quellenverzeichnis

Der Abdruck der Übersetzungen von Helmut Bartuschek: Das Zeichen, In eigener Sache, und Karl Friese: Unbedacht, Unter dem Siegel der Verschwiegenheit, Monsieur Parent, Rosalie Prudent, Julie Romain, Die Stecknadeln, Die Baronin, Auf die Probe gestellt, Mouche erfolgt mit freundlicher Genehmigung des Aufbau-Verlags Berlin/Weimar.

Die Übertragungen von Robert Michel (Nutzlose Schönheit) und anderen, namentlich nicht genannten Übersetzern sind der Ausgabe: Guy de Maupassant, Romane und Novellen, München 1924, entnommen.

HEYNE
BÜCHER

Guy de Maupassant

EROTISCHE NOVELLEN

Band I

Mit Illustrationen zeitgenössischer Künstler

Ausgewählt und herausgegeben
von
ERNST M. FRANK

WILHELM HEYNE VERLAG
MÜNCHEN

HEYNE-BUCH Nr. 01/6550
im Wilhelm Heyne Verlag, München

Printed in Germany 1984
Umschlaggestaltung: Atelier Ingrid Schütz, München
Gesamtherstellung: Ebner Ulm

ISBN 3-453-02029-4

Inhalt

Henri de Toulouse-Lautrec
Paar
Aquarell

Fettklößchen

Mehrere Tage lang hatten Reste der in Auflösung begriffenen Armee die Stadt durchzogen. Das waren keine Truppen mehr, sondern undisziplinierte Horden. Die Männer trugen lange, schmutzige Bärte, zerlumpte Waffenröcke und schleppten sich kraftlos dahin, ohne Fahne, ohne Ordnung. Alle sahen niedergeschlagen aus, todmüde, schienen unfähig, einen Gedanken oder Entschluß zu fassen; sie marschierten nur noch aus Gewohnheit und kippten vor Müdigkeit um, sowie sie haltmachten. Es waren zumeist Reservisten, friedliche Leute, ruhige Rentner, die unter der Last des Gewehrs fast zusammenknickten, und kleine behende Ersatzrekruten, die gleich leicht zu erschrecken wie zu begeistern, gleich bereit zum Sturmangriff wie zur Flucht sind; dann, mitten unter ihnen, ein paar Rothosen, Überbleibsel einer in schwerer Schlacht aufgeriebenen Division; Artilleristen in ihren dunklen Uniformen Seite an Seite mit verschiedenerlei Fußvolk; und hie und da der schimmernde Helm eines Dragoners, der schwerfällig zu Fuß stapfte und nur mühsam dem leichteren Schritt der Infanteristen folgte.

Franktireur-Verbände mit heroischen Namen: *Die Rächer der Niederlage – Die Grabgenossen – Die Todesbrüderschaft*, zogen vorüber; sie sahen aus wie Banditen.

Ihre Anführer, ehedem Tuch- oder Kornhändler, Talg- oder Seifenkrämer, Gelegenheitshelden, die man wegen ihrer Louisdore oder wegen der Länge ihrer Schnurrbärte zu Offizieren ernannt hatte, waren mit Waffen, Litzen und Tressen behängt, sprachen mit dröhnender Stimme, erörterten Feldzugpläne und gebärdeten sich, als trügen sie allein das verröchelnde Frankreich auf ihren prahlerischen Schultern. Aber sie hatten manchmal Angst vor ihren eigenen Landsern, diesen Schnappsäcken und Galgenstricken, die oft draufgängerisch bis zum Äußersten, aber bei der gleichen Gelegenheit Plünderer und Wüstlinge waren.

Die Preußen, so hieß es, würden in Rouen einziehen.

Die Nationalgarde, die seit zwei Monaten sehr vorsichtige

Aufklärungsstreifen in die benachbarten Wälder unternommen, mitunter dabei ihre eigenen Vorposten erschossen und sich kampfbereit gemacht hatte, sowie sich ein kleines Kaninchen im Gebüsch regte, war zu Heim und Herd zurückgekehrt. Ihre Waffen, ihre Uniformen, all das Mordwerkzeug, mit dem sie noch bis vor kurzem die Kilometersteine der Landstraßen auf drei Meilen in der Runde zum Erschrecken gebracht hatte, war plötzlich verschwunden.

Schließlich hatten die letzten französischen Soldaten die Seine überschritten, in der Richtung auf Pont-Audemer, über Saint-Sever und Bourg-Achard; und, als allerletzter, zu Fuß, zwischen zwei Ordonnanzoffizieren, der verzweifelte General, der mit diesen wild gemischen Heerestrümmern nichts mehr wagen konnte und selber hineingerissen wurde in den großen Zusammenbruch eines Volkes, das zu siegen gewohnt und trotz seiner sagenhaften Tapferkeit doch so unheilschwer geschlagen worden war.

Dann hatte sich eine tiefe Stille, eine beklemmende und schweigende Erwartung über die Stadt gebreitet. Viele feiste, durch ihren Kramhandel verweichlichte Bürger erwarteten angstvoll die Sieger und zitterten bei dem Gedanken, daß man ihre Bratspieße oder ihre langen Küchenmesser für Waffen halten könnte.

Das Leben schien stehengeblieben zu sein. Die Läden waren geschlossen, die Straßen stumm. Manchmal drückte sich ein Einwohner, von dieser Stille geängstigt, schnell an den Mauern entlang.

Das Warten war so quälend, daß man das Kommen des Feindes geradezu herbeiwünschte.

Am Nachmittag des Tages, der auf den Abzug der französischen Truppen folgte, durchsprengten einige Ulanen – niemand wußte, woher sie gekommen waren – in schnellem Galopp die Stadt. Etwas später schob sich eine dunkle Marschkolonne den Hügel Sainte-Catherine herab, während zwei andere herandringende Ströme auf den Landstraßen von Darnetal und Boisguillaume sichtbar wurden. Die Vorhuten der drei Heeresgruppen langten genau im selben Augenblick auf dem Rathausplatz an; und dann zog durch alle Nachbarstraßen die deutsche Armee ein und entfaltete ihre Bataillone, die unter ihrem harten, taktmäßigen Marschtritt das Pflaster zum Erdröhnen brachten.

Kommandorufe in fremden Kehllauten gellten an den Häusern

empor, die tot und verödet schienen, während hinter den geschlossenen Fensterläden doch Augen auf die Sieger hinabspähten, die nach Kriegsrecht nun Herren der Stadt, ihres Reichtums und ihres Lebens waren. Die Einwohner in ihren verdunkelten Zimmern hatten jenes Gefühl der Verwirrung, das Sintfluten, große mörderische Umwälzungen mit sich bringen, gegen die alle Weisheit und alle Stärke nutzlos sind. Denn dieselbe Empfindung stellt sich jedesmal wieder ein, wenn die fest bestehende Ordnung der Dinge umgestürzt wird, wenn es keine Sicherheit mehr gibt, wenn alles, was Menschen- oder Naturgesetze schützten, einer blinden, wilden Gewalt sich preisgegeben sieht. Das Erdbeben, das unter einstürzenden Häusern ein ganzes Volk zerschmettert; der über die Ufer tretende Strom, der ertrunkene Bauern neben Rinderkadavern und losgerissenen Dachbalken mit sich fortwälzt; oder die glorreiche Armee, die alles niedermetzelt, was sich zur Wehr setzt, und das übrige in die Gefangenschaft fortschleppt, im Namen des Schwertes plündert und im Donner der Kanonen einem Gotte dankt: – das sind die gleichen furchtbaren Geißeln, die jeden Glauben an die ewige Gerechtigkeit, alles eingelernte Vertrauen auf den Schutz und Schirm des Himmels und auf die menschliche Vernunft völlig in Verwirrung bringen.

An alle Türen pochten kleine Soldatentrupps und verschwanden dann in den Häusern. Das war die Besetzung nach dem Einmarsch! Nun begann die Verpflichtung für die Besiegten, sich gegen die Sieger freundlich zu zeigen...

Nach einiger Zeit, als der erste Schrecken vorüber war, trat wieder Ruhe ein. In vielen Familien aß der preußische Offizier mit am Tisch. Mitunter war er gut erzogen, bedauerte Frankreich aus Höflichkeit und äußerte seinen Widerwillen, diesen Krieg mitzumachen. Man dankte ihm für dieses Mitgefühl; übrigens konnte man heute oder morgen ja auch seinen Schutz nötig haben! Wenn man ihn pfleglich behandelte, brauchte man vielleicht einige Männer weniger durchzufüttern. Und – warum jemand vor den Kopf stoßen, von dem man im Augenblick ganz und gar abhängig war? Das wäre weniger Tapferkeit als Tollkühnheit gewesen. Und die Tollkühnheit gehört längst nicht mehr zu den Fehlern der Bürger von Rouen wie ehedem in den Zeiten heldischen Widerstands, in denen ihre Stadt sich rühmlich hervorgetan hatte. Schließlich sagte man sich – höchst vernünftig, der französischen Höflichkeit gemäß –, daß es wohl erlaubt bleibe, in seinem Hause entgegenkommend zu sein, wenn man sich nur nicht öffentlich zu dem fremden Soldaten vertraulich benehme. Draußen kannte man einander nicht, aber zu Hause plauderte man gern zusammen, und der Deutsche blieb Abend um Abend länger am gemeinsamen wärmenden Kamin.

Allmählich nahm die Stadt ihr gewohntes Aussehen wieder an. Die Franzosen gingen zwar noch selten aus, und von preußischen Soldaten wimmelte es auf den Straßen. Übrigens schienen die Offiziere der Blauen Husaren, die hochmütig ihre langen Mordwerkzeuge über das Pflaster nachschleppen ließen, nicht erheblich viel mehr Verachtung für die gewöhnlichen Bürger zu haben als die Offiziere der Chasseurs, die vor einem Jahr in denselben Cafés gezecht hatten.

Aber dennoch lag irgend etwas in der Luft, irgend etwas Ungreifbares und Unbekanntes, eine fremde, unerträgliche Atmosphäre, wie ein sich ausbreitender Geruch, der Geruch der Invasion! Er erfüllte die Wohnungen und die öffentlichen Plätze, veränderte den Geschmack der Nahrungsmittel, gab einem die Empfindung, auf Reisen zu sein, sehr weit fort, bei barbarischen und gefährlichen Völkerschaften.

Die Sieger forderten Geld, viel Geld. Die Einwohner zahlten fortwährend; sie waren ja reich.

Aber je wohlhabender ein normannischer Kaufmann wird, um so mehr leidet er unter jedem Opfer, auch dem des kleinsten Bruchteils seines Vermögens, den er in die Hände eines anderen übergehen sieht.

Zwei, drei Meilen unterhalb der Stadt, flußabwärts in der Richtung nach Croisset, Dieppedalle oder Biessart, zogen die Schiffer und Fischer nun öfters mal den aufgedunsenen Leichnam eines deutschen Soldaten aus dem Wasser, der durch einen Messerstich oder einen Hieb kaltgemacht, dessen Schädel von einem Steinwurf zertrümmert, der tot oder noch lebendig von einer Brücke herab ins Wasser gestoßen worden war. Der Schlamm und Schlick des Flusses begrub diese dunklen, wilden und doch rechtlichen Rachetaten, dieses namenlose Heldentum, diese stummen Angriffe, die gefahrvoller waren als die Schlachten am hellichten Tage – und ohne den Nachhall des Ruhmes.

Denn der Haß gegen den Feind wappnet immer einige Tollköpfe, die für eine Idee zu sterben bereit sind...

Schließlich aber, als die Eindringlinge, obschon sie die Stadt ihrer eisernen Ordnung unterwarfen, doch keinen jener Greuel begangen hatten, die das Gerücht sie auf ihrem ganzen langen Triumphzuge vollführen ließ, da faßte man wieder Mut; und das Bedürfnis, Geschäfte zu machen, regte sich erneut in den Herzen der Kaufleute des Landes. Einige hatten gewichtige Geschäfte mit Le Havre angebahnt, das die französische Armee noch besetzt hielt, und sie wollten versuchen, diesen Hafen auf dem Landwege über Dieppe zu erreichen, von wo sie sich dann weiter einschiffen konnten.

Man nutzte den Einfluß der deutschen Offiziere, die man kennengelernt hatte, und erhielt eine Reisegenehmigung vom Kommandierenden General...

Eine große vierspännige Eilkutsche war also für diese Reise vorausbestellt worden, und als sich zehn Fahrteilnehmer beim Wagenhalter hatten einschreiben lassen, beschloß man, an einem Dienstagmorgen in aller Frühe abzufahren, um jedes Aufsehen zu vermeiden.

Seit einiger Zeit bereits war die Erde hart gefroren, und am Montag gegen drei Uhr brachten dicke schwarze Wolken, die von Norden kamen, Schnee, der ununterbrochen den ganzen Abend und die ganze Nacht hindurch fiel.

Um halb fünf Uhr früh fanden sich die Reiseteilnehmer im Hofe des Hotels ›Normandie‹ ein, wo man den Wagen besteigen wollte. Sie waren noch ganz verschlafen und zitterten vor Kälte unter ihren Umhüllungen. Man konnte einander in der Dunkelheit kaum erkennen, und die unförmigen schweren Wintersachen ließen alle diese Gestalten behäbigen geistlichen Herren in langen Chorröcken ähnlich sehen. Zwei Männer erkannten sich doch, ein dritter sprach sie an, und sie kamen ins Plaudern. »Ich bringe meine Frau weg«, sagte der eine.

»Ich auch.«

»Und ich ebenfalls.« Der erste setzte hinzu: »Wir kommen nicht mehr nach Rouen zurück, und wenn die Preußen bis Le Havre vorrücken, gehn wir nach England hinüber!«

Alle hatten die gleichen Pläne, wie sie sich auch in ihrer Art ähnelten.

Der Wagen wurde jedoch noch nicht bespannt. Eine kleine Laterne, die ein Stallknecht trug, kam von Zeit zu Zeit aus einer dunklen Tür, um sogleich wieder in einer andern zu verschwinden. Pferdehufe stampften, durch Streu und Mist gedämpft, den Stallboden, und eine Männerstimme, die auf die Tiere einredete und fluchte, wurde aus dem Innern des Gebäudes vernehmbar. Leises Schellengeklirr zeigte an, daß man sich am Geschirr zu schaffen machte; dieses Geklirr wurde bald zu einem hellen, fortwährenden Läuten, das je nach der Bewegung des Tieres mitunter stockte und mit heftigem Schütteln wieder einsetzte, begleitet vom dumpfen Hall eines eisenbeschlagenen Hufes, der gegen den Boden stieß. Plötzlich schloß sich die Tür. Jedes Geräusch hörte auf. Die durchgefrorenen Bürger waren still geworden; sie standen regungslos und steif.

Ein schimmernder Vorhang weißer Flocken fiel unaufhörlich zur Erde nieder; er verwischte die Umrisse, bestäubte die Dinge mit eisigem Schaum; und in dem großen Schweigen der stillen, unter dem Winter begrabenen Stadt hörte man nichts als dieses wehende, unbestimmte, fließende Gleiten des fallenden Schnees, das mehr eine Empfindung als ein Geräusch war, dieses Durcheinanderwirbeln schwereloser Atome, die den weiten Raum zu erfüllen, die ganze Welt zu bedecken schienen.

Der Mann mit der Laterne erschien wieder und zog am Halfter ein kopfhängerisches Pferd hinter sich her, das nur widerwillig nachkam. Er schob es gegen die Deichsel, machte die Zugstränge fest und ging lange um das Tier herum, um das Geschirr festzuschnallen; denn er konnte nur eine Hand gebrauchen, weil er in der andern sein Licht hielt. Als er das zweite Pferd holen wollte, bemerkte er die reglos dastehenden Reisenden, die schon ganz weiß verschneit waren, und sagte zu ihnen: »Warum steigen Sie denn nicht in den Wagen? Da sitzen Sie doch wenigstens trocken!«

Daran hatten sie zweifellos nicht gedacht, und nun stürzten sie sich in aller Hast auf das Fahrzeug. Die drei Männer brachten ihre Frauen auf den hinteren Sitzen unter und stiegen zu ihnen; dann setzten sich die andern unerkennbaren, vermummten Gestalten auf die noch übrigen Plätze, ohne ein Wort zu wechseln.

Der Wagenboden war mit Stroh bedeckt, in das die Füße sich

einwühlten. Die Damen hinten im Wagen hatten kleine kupferne Fußwärmer mit Glühkohle mitgebracht, setzten diese Apparate in Brand und zählten mit leiser Stimme erst mal ein Weilchen deren Vorzüge auf, wobei sie sich Dinge noch einmal erzählten, die sie schon lange wußten.

Als der Eilwagen endlich, des beschwerlichen Ziehens wegen, mit sechs anstatt mit vier Pferden bespannt war, fragte eine Stimme von draußen: »Alles eingestiegen?« – Von drinnen antwortete es: »Ja!« – Man fuhr an.

Langsam, ganz langsam bewegte sich der Wagen vorwärts, Schritt für Schritt. Die Räder sanken tief in den Schnee ein, der ganze Kasten ächzte unter dumpfem Gekrach; die Rösser glitten aus, schnaubten und dampften, und die riesige Peitsche des Kutschers knallte unaufhörlich, schnellte nach allen Seiten, ringelte sich zusammen, streckte sich wieder wie eine geschmeidige Schlange und traf dann jäh eine runde Pferdekruppe, die sich unter heftigerer Anstrengung streckte.

Unmerklich dämmerte der Tag herauf. Die leichten Flocken, die einer der Reisenden, ein Rouener reinsten Geblüts, mit einem Baumwollregen verglichen hatte, fielen nicht mehr. Ein schmutziges Licht sickerte durch dichte, dunkle und schwere Wolken, die das weiße Land rings noch heller machten. Bald tauchte eine Reihe großer, bereifter Bäume, bald ein Strohdach mit einer Schneekappe auf.

Im Wagen betrachtete man einander neugierig in der trüben Helle dieses Frühlichtes.

Ganz hinten, auf den besten Plätzen, einander gegenüber, schlummerten Monsieur und Madame Loiseau, Weingroßhändler aus der Rue Grand-Pont.

Als ehemaliger Erster Kommis eines Kaufmanns, der Bankerott machte, hatte Loiseau den Lagerbestand aufgekauft und ein Vermögen damit erworben. Er verkaufte zu sehr billigen Preisen sehr schlechte Weine an die kleinen Gastwirte auf dem Lande und galt unter seinen Bekannten und Freunden als ein schlauer Fuchs, ein echter Normanne, gerissen und immer guter Laune.

Sein Ruf als Spitzbube war so wohlbegründet, daß eines schönen Abends in der Präfektur Monsieur Tournel, der als Fabulist und Chansondichter wie als witziger, scharfer Geist stadtberühmt war, den Damen, die er schon etwas schläfrig werden sah, vorschlug, eine Partie ›*Loiseau vole*‹* zu spielen; dieses Bonmot flog durch alle Salons der Präfektur, von da durch die ganze Stadt und brachte anschließend einen Monat lang alle Kinnladen in der Provinz zum Lachen.

Loiseau war im übrigen wegen seiner Späße aller Art, seiner guten und schlechten Scherze berühmt; und niemand konnte von ihm reden, ohne sofort hinzuzusetzen: »Unbezahlbar ist er, dieser Loiseau!« Er war klein und wies einen Kugelbauch vor, über dem sein rotbäckiges Gesicht zwischen zwei ergrauenden Backenbartkoteletten glänzte.

Seine Gemahlin, groß, knochig, resolut, von lauter Stimme und schnellem Entschluß, vertrat die Ordnung und den Erwerbssinn des Handelshauses, in das er als Prinzipal mit seiner munteren Geschäftigkeit Leben brachte.

Neben den beiden saß in würdevoller Haltung, als Angehöriger einer höheren Gesellschaftsklasse, Monsieur Carré-Lamadon, ein gewichtiger Mann der Baumwollbranche, Besitzer dreier Spinnereien, Offizier der Ehrenlegion und Mitglied des Generalrates. Unter dem Kaiserreich war er unentwegt Führer der wohlwollenden Opposition geblieben: einzig und allein, um seine Vereinigung mit der Sache, die er – wie er sich ausdrückte – mit ritterlichen Waffen bekämpft hatte, sich desto teurer bezahlen zu lassen! Madame Carré-Lamadon, viel jünger als ihr Herr Gemahl, war der Trost der Offiziere aus guter Familie geblieben, die nach Rouen in Garnison geschickt worden waren.

Sie saß ihrem Gatten gegenüber, sehr klein, sehr zierlich und sehr hübsch; in ihre Pelze eingewickelt, schaute sie mit verzagtem Blick auf das klägliche Innere des Wagens.

Ihre Nachbarn, der Graf und die Gräfin Hubert de Bréville, trugen einen der ältesten und edelsten Namen der Normandie. Der Graf, ein alter, vornehm aussehender Edelmann, legte alles darauf an, durch Toilettenkünste seine natürliche Ähnlichkeit mit König Heinrich dem Vierten noch hervorzuheben, der – einer ruhmvollen Familienüberlieferung nach – eine Dame de Bréville schwanger gemacht hatte, wofür deren Gatte zum Grafen und Statthalter der Provinz erhoben worden war.

* Unübersetzbares Wortspiel mit *L'oiseau vole*, der Vogel fliegt, und *Loiseau vole*, Loiseau stiehlt.

Als Kollege des Monsieur Carré-Lamadon im Generalrat vertrat Graf Hubert die orléanistische Partei im Departement. Die Geschichte seiner Heirat mit der Tochter eines kleinen Reeders aus Nantes blieb immer in Dunkel gehüllt. Aber da die Gräfin vortrefflich aussah, großartigere Empfänge als irgend sonst jemand gab und da ihr sogar das Gerücht nachging, sie sei von einem der Söhne Louis-Philippes geliebt worden, feierte sie der ganze Adel, und ihr Salon blieb der erste des Landes, der einzige, in dem die alte Galanterie gewahrt wurde und zu dem man nur schwer Zutritt erlangte.

Das gräfliche Vermögen der de Brévilles, durchweg Liegenschaften, warf – wie es hieß – eine Leibrente von fünfhunderttausend Franken ab.

Diese sechs Personen also nahmen die hinteren Sitze der Kutsche ein, die Plätze der reichen, in Heiterkeit thronenden und herrschenden Gesellschaft, der ehrenwerten und angesehenen Leute, die Religion und Grundsätze haben.

Durch einen sonderbaren Zufall saßen alle Frauen auf derselben Bank; und die Gräfin hatte noch zwei Barmherzige Schwestern neben sich, die lange Rosenkränze durch ihre Finger gleiten ließen und Paternoster und Ave-Marias vor sich hin murmelten. Die eine war alt und hatte ein Gesicht, das von Pockennarben durchlöchert war, als hätte sie aus nächster Nähe eine Schrotladung mitten hineinbekommen. Die andere, sehr schmächtige, hatte einen hübschen, kränklichen Kopf über einer schwindsüchtigen Brust und schien wie verzehrt von jenem brennenden Glauben, der Märtyrer und Erleuchtete schafft.

Den beiden Nonnen gegenüber saßen ein Mann und eine Frau, die die Blicke aller auf sich zogen.

Der Mann, allen wohlbekannt, war Cornudet, der Demokrat, der Schrecken der achtbaren Leute. Seit zwanzig Jahren tunkte er seinen großen rötlichen Bart in die Biergläser aller demokratischen Kaffeehäuser. Er hatte mit Freunden und guten Kameraden ein ganz schönes Vermögen durchgebracht, das er von seinem Vater, einem ehemaligen Zuckerbäcker, geerbt hatte; und nun wartete er voll Ungeduld auf die Republik, um endlich auf den Platz zu kommen, den er mit so vielen revolutionären Trankopfern verdient hatte. Am Tag der Gefangennahme Napoleons III. hatte er, vielleicht infolge eines Ulkes, ernstlich geglaubt, man habe ihn zum Präfekten ernannt; aber als er sein Amt antreten wollte, weigerten sich die Büroschreiber, die allein Herren des Amtes geblieben waren, ihn anzuerkennen; das zwang ihn zum Rückzug. Als ein sonst recht biederer Kerl, der unkriegerisch, aber dafür um so wichtigtuerischer war, hatte er sich mit unvergleichlichem Eifer damit beschäftigt, die Landesverteidigung zu organisieren. Er hatte auf Äckern und Wiesen Wolfsgruben auswerfen, alle jungen Bäume in den benachbarten Wäldern umlegen, Weg und Steg rings mit Fallen spicken lassen – und beim Herannahen des Feindes hatte er sich, über seine Vorbereitungen sehr befriedigt, eiligst nach der Stadt abgesetzt.

Jetzt glaubte er, sich in Le Havre noch nützlicher machen zu können, wo bald neue Verteidigungsanlagen notwendig sein würden.

Das weibliche Wesen, das neben ihm saß – eine von den sogenannten galanten Dämchen –, war berühmt wegen ihrer jugendlichen Leibesfülle, die ihr den Spitznamen *Fettklößchen* eingebracht hatte. Sie war klein, überall rundlich und feist, mit molligen Fingern, die in den Gelenken wie eingeschnürt erschienen und Reihen kleiner Würstchen glichen, hatte glänzende straffe Haut und einen gewaltigen Busen, der sich unter ihrem Kleide vorwölbte, aber sie blieb doch appetitlich und viel begehrt, so vergnüglich war es, sie in ihrer Frische zu sehen. Ihr Gesicht war wie ein roter Apfel, wie eine Pfingstrosenknospe, die eben aufblühen will; darin öffneten sich oben zwei prachtvolle schwarze Augen, die von langen, dichten Wimpern umschattet waren und dadurch noch dunkler erschienen, und unter ihnen ein entzückender, kleiner, zum Küssen feuchter Mund mit schimmernden, winzigen Zähnchen.

Sie hatte – wie es hieß – eine Fülle noch anderer unschätzbarer Eigenschaften.

Sowie man sie erkannt hatte, lief ein Getuschel unter den ›anständigen‹ Frauen um, und die Worte ›Dirne‹, ›öffentliche Schande‹ wurden so laut geflüstert, daß sie den Kopf hob. Dabei streifte sie ihre Nachbarn mit einem so herausfordernden und kühnen Blick, daß sogleich tiefe Stille herrschte und alles die Augen senkte, mit Ausnahme von Loiseau, der belustigt zu ihr hin blinzelte.

Aber bald lebte die Unterhaltung unter den drei Damen wieder auf, die durch die Anwesenheit dieses Mädchens plötzlich zu nahen und fast vertrauten Freundinnen geworden waren. Sie mußten, so schien ihnen, in ihrer Würde als Ehefrauen zusammenstehen gegenüber dieser schamlosen Käuflichkeit; denn die rechtlich eingesetzte Liebe behandelt ihre freie Schwester immer sehr von oben herab.

Auch die drei Männer, die aus einem konservativen Instinkt heraus beim Anblick Cornudets näher zueinandergerückt waren, sprachen von Geldangelegenheiten in einem Tone, aus dem Geringschätzigkeit für die Armen klang. Graf Hubert erwähnte die Schäden, die er durch die Preußen erlitten habe, die Ausfälle, die aus gestohlenem Vieh und verwüsteten Ernten sich ergeben würden, und redete darüber mit der Sicherheit eines Grandseigneurs und zehnfachen Millionärs, den diese Verheerungen kaum ein Jahr lang in einige Verlegenheit zu setzen imstande sind. Monsieur Carré-Lamadon, der sich als Textilgroßindustrieller beträchtlich heimgesucht fühlte, hatte vorsorglich sechshunderttausend Franken nach den Britischen Inseln transferiert, als ›Notgroschen‹, den er sich für alle Fälle ›abgespart‹ habe. Was Loiseau betraf, so hatte er seine Sache natürlich auch geregelt, indem er allen billigen Wein, der ihm im Keller liegengeblieben war, an die französische Verwaltung verkaufte, so daß ihm der Staat eine riesige Summe schuldete, die er in Le Havre abzuheben gedachte.

Und alle drei warfen sich rasche, freundschaftliche Blicke zu. Wenn sie auch unterschiedlichen Standes waren, fühlten sie sich doch verbrüdert durch das Geld, im großen Freimaurerorden der Besitzenden, die mit dem Golde klimpern, wenn sie nur die Hand in die Hosentasche stecken.

Der Wagen fuhr so langsam, daß man um zehn Uhr vormittags noch keine vier Meilen hinter sich hatte. Die Männer stiegen dreimal aus, um Straßensteigungen zu Fuß hinaufzugehen. Man fing an, unruhig zu werden; denn das Déjeuner sollte in Tôtes eingenommen werden, und man zweifelte nun sehr daran, noch vor Einbruch der Nacht dorthin zu gelangen. Jeder spähte nach einer, irgendeiner ländlichen Schenke an der Landstraße aus; da – mit einemmal versank jäh die ganze Eilkutsche in einer hohen Schneewehe; und es dauerte zwei Stunden, sie wieder frei zu machen.

Der Appetit regte sich immer stärker und beunruhigte die Geister. Kein Landgasthof, keine Weinschenke zeigte sich; das Heranrücken der Preußen und der Durchmarsch der ausgehungerten französischen Vaterlandsverteidiger hatten allen Handel und Wandel zum Stocken gebracht.

Die Herren liefen die Bauernhöfe längs der Landstraße nach etwas Eßbarem ab, aber sie fanden nicht einmal Brot dort, denn der mißtrauische Bauer hielt seine Vorräte versteckt, aus Furcht, von den Soldaten ausgeplündert zu werden, die nichts zu brechen und zu beißen hatten und mit Gewalt requirierten, was sie auftrieben.

Gegen ein Uhr mittags verkündete Loiseau, daß er in seinem Magen entschieden ein unangenehmes Loch verspüre! Alle litten längst wie er; und das heftige Bedürfnis nach Essen, das sich immer mehr steigerte, hatte alle Gespräche verstummen lassen.

Von Zeit zu Zeit gähnte einer; ein anderer machte es ihm fast im Nu nach; und jeder tat abwechselnd, je nach Charakter, Lebensart und sozialer Stellung, geräuschvoll oder mäßig laut seinen Mund auf, indes er mehr oder weniger schnell die Hand vor die klaffende Öffnung führte, aus der dampfender Atem quoll.

Fettklößchen bückte sich ein paarmal, als suche sie irgend etwas unter ihren Röcken. Sie zögerte einen Augenblick, sah ihre Nachbarn an und richtete sich dann ruhig wieder auf. Alle Gesichter waren blaß und verzerrt. Loiseau versicherte, er würde tausend Franken für einen kleinen Schinken hergeben. Seine Frau machte eine Bewegung, als wolle sie dagegen Einspruch erheben, – dann beruhigte sie sich wieder. Sie stand jedesmal Qualen aus, wenn sie von Geldverschwendung reden hörte, und verstand nicht einmal Scherze darüber. – »Ich fühle mich tatsächlich nicht sehr wohl«, sagte der Graf. »Wie habe ich auch nicht daran denken können, etwas Mundvorrat mitzunehmen?« – Jeder machte sich denselben Vorwurf. Doch Cornudet hatte eine Feldflasche voll Rum mit; er bot an; man lehnte kühl ab. Nur Loiseau nahm ein paar Schlucke, und als er die Flasche dankend zurückreichte, schmunzelte er: »Immerhin – das tat gut, so was! Macht wieder warm und täuscht den leeren Magen!« Der Alkohol versetzte ihn in gute Stimmung, und er schlug vor, man solle es doch wie auf dem kleinen Schiffchen im Volksliede machen: den fettesten Fahrgast verspeisen! Diese unverblümte Anspielung auf Fettklößchen wirkte anstößig auf die Wohlerzogenen. Man äußerte sich nicht dazu; nur Cornudet lächelte. Die beiden Barmherzigen Schwestern hatten aufgehört, ihre Rosenkranzgebete zu murmeln; sie saßen, die Hände tief in ihre weiten Ärmel versenkt, unbeweglich da, hielten hartnäckig die Augen niedergeschlagen und brachten dem Himmel offensichtlich die Leiden, die er ihnen geschickt hatte, zum Opfer dar.

Um drei Uhr endlich, als man sich mitten in einer endlosen Ebene befand, ohne daß ein einziges Dorf sichtbar gewesen wäre, bückte sich Fettklößchen rasch und zog unter der Sitzbank einen großen Henkelkorb hervor, der mit einer weißen Serviette zugedeckt war. Sie entnahm ihm zunächst einen kleinen Steingutteller, einen feinen Silberbecher, dann eine große, bauchige Schüssel, in der zwei ganze Hühner, wohlzerlegt, in ihrer Gallertsülze lagen. Und man sah in dem Korbe eingepackt noch so allerhand andere Dinge: Pasteten, Früchte, Leckereien, kurz, Vorräte für eine Dreitagesreise, um keinesfalls unterwegs auf Gasthausküchen angewiesen zu sein. Vier Flaschenhälse sahen zwischen den Paketen mit Eßwaren hervor. Sie nahm einen Hühnerflügel heraus und begann ihn appetitlich mit einem jener Brötchen zu verspeisen, die man in der Normandie Regenten-Brötchen nennt.

Alle Blicke waren gespannt auf sie gerichtet. Gemach verbreitete sich der Duft der Speisen, ließ die Nasenflügel sich blähen und das Wasser im Munde zusammenfließen, während die Kinnbakken unter den Ohren sich schmerzhaft zusammenzogen. Die Verachtung der Damen gegen dieses Mädchen wurde zur Wut, als hätten sie alle Lust bekommen, sie umzubringen oder aus dem Wagen hinauszuwerfen, in den Schnee, sie, ihren Becher, ihren Korb und ihre Vorräte.

Loiseau aber verschlang mit seinen Augen die Hühnerschüssel. Er sagte: »Alles was recht ist, die Dame ist vorsichtiger als wir gewesen! Es gibt Leute, die immer an alles denken...!« Sie wandte den Kopf zu ihm hin: »Wünschen Sie etwas davon, mein Herr? Es ist hart, den ganzen Morgen durch zu fasten!« Er verbeugte sich. »Wahrhaftig, freiheraus, ich sage nicht nein – ich kann nicht mehr...! Krieg ist Krieg, nicht wahr, Madame?« Und während er umherblickte, setzte er hinzu: »In so einem Augenblick ist man höchst angenehm überrascht, so gefällige Menschen anzutreffen!« Er brachte währenddessen eine Zeitung zum Vorschein und breitete sie auf seinen Knien aus, um seine Hosen nicht zu bekleckern; und mit der Spitze seines Messers, das er stets in der Tasche trug, langte er ein dickes, saftig glänzendes Hühnerbein heraus, biß kräftig hinein und kaute es dann mit so augenfälliger Genugtuung klein, daß ein tiefer Seufzer der Verzweiflung durch den Wagen ging.

Doch Fettklößchen bot nun mit bescheidenen und sanften Worten auch den Barmherzigen Schwestern an, das Mahl mit ihr zu teilen. Sie nahmen beide augenblicklich die Einladung an und begannen, ohne die Augen zu heben, hastig zu essen, nachdem sie ein paar Dankesworte gestammelt hatten. Cornudet schlug das Anerbieten seiner Nachbarin auch nicht aus, und man bildete mit den Klosterfrauen eine Art Tafel, indem man weitere Zeitungen auf den Knien auseinanderfaltete.

Ununterbrochen gingen die Münder auf und zu, schluckten, kauten, schlangen gierig hinunter. Loiseau, der sich in seiner Ecke schwer ins Zeug legte, forderte mit gedämpfter Stimme seine Frau auf, es ihm nachzutun. Sie widerstand eine Weile, aber nach einem krampfhaften Zucken, das ihre Eingeweide durchlief, gab sie nach. Mit wohlgedrechselten Worten fragte ihr Mann nun die ›bezaubernde Reisegefährtin‹, ob sie ihm wohl gestatte, seiner Frau – Madame Loiseau – auch ein bißchen davon anzubieten. »Aber ja, gewiß, mein Herr!« sagte sie mit einem liebenswürdigen Lächeln und reichte die Schüssel hin.

Etwas Verlegenheit entstand, als man die erste Flasche Bordeaux entkorkt hatte: Es war nur ein einziger Becher da. Man ließ ihn vom einen zum andern gehen, wobei man ihn jedesmal auswischte. Nur Cornudet drückte, zweifellos aus Galanterie, seine Lippen an die Stelle, die noch feucht von den Lippen seiner Nachbarin war.

Zwischen allen diesen schmausenden Leuten, in den atembeklemmenden Düften, die den Speisen entströmten, standen der Graf und die Gräfin de Bréville nicht minder als Monsieur und Madame Carré-Lamadon jene Martern aus, die von alters her den Namen Tantalusqualen tragen. Plötzlich stieß die junge Gattin des Herrn Fabrikanten einen so abgrundtiefen Seufzer aus, daß alle Köpfe sich nach ihr hinwandten; sie war so weiß wie der Schnee draußen; ihre Augen schlossen sich, ihr Kopf sank vornüber; sie hatte das Bewußtsein verloren. Ihr Gemahl flehte fassungslos nach allen Seiten um Beistand. Alles war ratlos, bis die älteste der Barmherzigen Schwestern der Ohnmächtigen den Kopf gestützt, ihr Fettklößchens Becher zwischen die Lippen geschoben und ein paar Tropfen Wein eingeflößt hatte. Die hübsche kleine Frau bewegte sich wieder, öffnete die Augen, lächelte und versicherte mit verlöschender Stimme, sie fühle sich nun wieder ganz wohl. Aber damit so etwas nicht noch einmal vorkäme, zwang ihr die Barmherzige Schwester noch ein volles Glas Bordeaux auf und fügte hinzu: »Das ist der Hunger, nichts sonst!«

Da sah Fettklößchen errötend und verlegen die vier Mitreisenden an, die noch nichts gegessen hatten, und stammelte: »Ach, lieber Gott, wenn ich den Herrschaften vielleicht etwas anbieten dürfte...« Dann stockte sie, als wäre sie schon auf eine schroffe Zurückweisung gefaßt. Da ergriff Loiseau das Wort: »Na, weiß Gott, in dergleichen Fällen sind doch alle Menschen Brüder und müssen einander beispringen! Los, meine Damen, keine langen Ziereren, greifen Sie zu, zum Teufel! Wissen wir, ob wir überhaupt noch ein Haus finden, wo wir übernachten können? Wenn das so weitergeht, sind wir vor morgen mittag noch nicht in Tôtes!« – Man zögerte; niemand wollte die Verantwortung für das Ja auf sich nehmen.

Der Graf entschied die Frage. Er wandte sich der schüchternen Dicken zu, setzte seine großartigste Edelmannsmiene auf und sagte: »Wir nehmen mit Dank an, Madame...«

Nur der erste Schritt kostete Überwindung. Aber nachdem einmal der Rubikon überschritten war, gab es kein Halten mehr. Der Korb leerte sich. Er enthielt noch eine Gänseleberpastete, eine Lerchenpastete, ein Stück Räucherzunge, Crassaner Butterbirnen, einen Pont-L'Évêque-Käse, kleines Gebäck und ein Glas voll Gewürzgürkchen und kleinen Zwiebeln in Weinessig; denn wie alle Frauen schätzte Fettklößchen schwerverdauliche Speisen am höchsten.

Man konnte nicht gut die Vorräte dieses Mädchens aufessen, ohne mit ihm auch zu sprechen. So begann man denn ein bißchen zu plaudern, anfangs zurückhaltend, dann, da sie sich recht ordentlich benahm, allmählich ungezwungener. Die Damen de Bréville und Carré-Lamadon, die sehr viel Lebensart hatten, gaben sich zartfühlend-huldvoll. Besonders die Gräfin zeigte jene liebenswürdige Herablassung sehr vornehmer Damen, die keinerlei Berührung beflecken kann, und war bezaubernd. Nur die stämmige Frau Loiseau, eine Wachtmeisterseele, blieb streng, sprach wenig und aß viel.

Natürlich unterhielt man sich über den Krieg. Man berichtete von schauerlichen Untaten der Preußen, von Heldenstücken der Franzosen; und alle diese auf der Flucht befindlichen Leute rühmten begeistert den Mut der andern. Bald kam man auf persönliche Dinge, und mit echter Erregung, mit jener Hitze des Redens, in die manchmal Wesen ihres Schlages geraten, wenn sie ihren natürlichen Zornausbrüchen Ausdruck verschaffen, erzählte Fettklößchen, wie sie Rouen verlassen hatte: »Zuerst habe ich doch geglaubt, ich könnte bleiben«, fing sie an, »mein Haus war von oben bis unten verproviantiert, und ich hätte lieber ein paar Soldaten durchgefüttert, als so – wer weiß wohin – außer Landes zu gehen. Aber als ich sie dann so gesehen habe, diese Preußen, da war es zuviel für mich! Sie haben mir die Galle ins Blut getrieben; und ich habe vor Scham und Schande geweint – den ganzen Tag lang! Oh, wenn ich ein Mann wäre, dann –! Ich habe sie mir von meinem Fenster angesehen, diese dicken Schweine mit ihren Pickelhauben, und mein Zimmermädchen hat mir die Hände festhalten müssen, um zu verhindern, daß ich denen da meine Möbel auf den Buckel feuerte. Dann sind sie gekommen und wollten Quartier bei mir haben. Da bin ich dem ersten an die Gurgel gesprungen: Sie sind nicht schwerer zu erdrosseln als andre auch...! Und ich hätte ihn kaltgemacht, diesen Kerl, wenn man mich nicht an den Haaren gefaßt und zurückgerissen hätte! Nach dieser Affäre habe ich mich verstecken müssen; und schließlich bin ich bei der ersten besten Gelegenheit auf und davon; und hier sitze ich nun.«

Man beglückwünschte sie von allen Seiten. Sie stieg in der Achtung ihrer Reisegefährten, die sich nicht so tollköpfig gezeigt hatten; und Cornudet behielt, während er ihr zuhörte, ein billigendes, wohlwollendes Apostellächeln bei. So lächelt ein Priester, wenn er einen Frommen Gott loben hört; denn die langbärtigen Demokraten haben den Patriotismus gepachtet wie die Männer in den geistlichen Röcken die Religion. Er hob nun selbst an zu reden, in lehrhaftem Ton, mit dem hochtrabenden Schwung, den er sich aus den Proklamationen angeeignet hatte, die man tagtäglich an die Mauern klebte; und er schloß mit einem demagogischen

Glanzstück, in dem er diesen »Lumpen Badinguet*« schulmeisterlich heruntermachte. Aber darüber erboste sich Fettklößchen sofort, denn sie war Bonapartistin. Sie wurde röter als eine Kirsche und stotterte vor Entrüstung: »Ich hätte euch, ja euch alle miteinander sehen mögen an seiner Stelle! Das wäre was Rechtes geworden, jawohl ja! Ihr, ihr habt ihn verraten, diesen Mann –! Wenn man auf die Dauer von so einem Straßengesindel regiert wird wie euresgleichen, dann – dann bleibt einem eben nichts weiter übrig, als unserem Frankreich Lebewohl zu sagen!« Cornudet blieb unbeweglich sitzen und steckte nur ein verächtliches und überlegenes Lächeln auf; aber man fühlte, daß jeden Augenblick die gröbsten Wortkanonaden losbrechen würden. Da stellte sich der Graf dazwischen und beschwichtigte nicht ohne Mühe das aufgebrachte Mädchen, indem er mit Nachdruck erklärte, daß jede ehrliche Meinung zu achten sei. Die Gräfin jedoch und die Fabrikantin, in deren Seele der unvernünftige Haß der feinen Leute gegen die Republik lebte sowie die instinktive Neigung für die despotischen und militaristischen Regierungsformen, fühlten sich gegen ihren Willen zu diesem Straßenmädchen hingezogen, das so viel Würde zeigte und dessen Gefühle ihren eigenen so stark ähnelten.

Der Korb war leer. Zu zehnt hatte man seinen Inhalt ohne Mühe bis auf den Grund geleert und bedauerte nur, daß er nicht größer war. Die Unterhaltung lief noch eine Weile weiter, wenn auch wieder etwas abgekühlter, seit man mit dem Essen fertig geworden war.

Die Nacht brach ein, die Dunkelheit wurde nach und nach immer tiefer, und die Kälte, die ja während der Verdauung stets fühlbarer wird, ließ Fettklößchen trotz ihrer Molligkeit erschauern. Da bot ihr Madame Bréville ihren Fußwärmer an, in dem die Kohlen seit dem Morgen mehrmals erneuert worden waren, und das Mädchen nahm sofort an, denn sie hatte eiskalte Füße. Madame Carré-Lamadon und Frau Loiseau gaben ihre Öfchen den Klosterschwestern.

Der Kutscher hatte seine Laternen angezündet. Sie beleuchteten

* *Badinguet* ist der politische Spitz- und Schimpfname Napoleons III. geworden; es ist eigentlich der Familienname des Maurers, in dessen Handwerkerkittel der damalige Erbprinz nach seinem zweiten Putschversuch 1840 aus der sechsjährigen Festungshaft nach London entkam.

scharf den wolkigen Dunst über den schwitzenden Kruppen der Stangenpferde und den Schnee an beiden Straßenseiten, der unter dem beweglichen Widerspiel der Lichter dahinzugleiten schien.

Im Wagen war nichts mehr zu unterscheiden; aber plötzlich entstand zwischen Fettklößchen und Cornudet eine Bewegung, und Loiseau, dessen Auge das Dunkel durchforschte, glaubte zu sehen, daß der langbärtige Mann mit einem Ruck zur Seite fuhr, als hätte er heimlich einen tüchtigen Stoß bekommen.

Kleine Lichtpunkte glühten vorn an der Landstraße auf. Das war Tôtes: Elf Stunden war man gefahren! Mit den zwei reichlichen Ruhestunden, die man an vier Stationen den Rössern zum Haferfressen und Verschnaufen gelassen hatte, waren es fast vierzehn. Man fuhr in den Ort ein und hielt vor dem ›Hôtel du Commerce‹.

Der Wagenschlag tat sich auf. Ein wohlbekanntes Gesicht ließ alle Reisenden erzittern: das Aufstoßen einer Säbelscheide auf das Straßenpflaster. Im selben Augenblick schrie die Stimme eines Deutschen irgend etwas.

Obwohl die Postkutsche hielt, stieg niemand aus, als wäre man gewärtig, beim Hinausklettern niedergemetzelt zu werden. Da erschien der Kutscher; in der Hand hielt er eine seiner Laternen, deren Licht jäh bis in den hintersten Grund des Wagens die beiden Reihen bestürzter Gesichter beleuchtete, in denen die Münder offenstanden und die Augen vor Überraschung und Schrecken weit aufgerissen waren.

Neben dem Kutscher stand im vollen Licht ein deutscher Offizier, ein hochgewachsener, überschlanker, blonder junger Mann, der – wie ein Mädchen in sein Korsett – in seinen Waffenrock eingezwängt war; schief aufs Ohr gedrückt trug er seine flache Schirmmütze, die ihm das Aussehen eines englischen Hotelboys gab. Sein maßlos langer, drahthaariger Schnurrbart, der sich beiderseits zuspitzte und in je einem einzigen, derart dünnen Haar endigte, daß man sein Ende nicht sah, schien schwer auf den Mundwinkeln zu lasten, die Backe zu spannen und die Lippen nach unten zu drücken.

Er forderte in einem elsässisch gefärbten Französisch und in rauhem Ton die Reisenden auf auszusteigen: »Bittäh –! Kommen Sie schon herraus, meine Herrschaften!«

Als erste gehorchten die beiden Barmherzigen Schwestern mit

der Fügsamkeit von Nonnen, die an jegliche Unterwerfung gewöhnt sind. Darauf erschienen der Graf und die Gräfin, hinter ihnen der Fabrikant und seine Gattin, dann Loiseau, der seine größere Ehehälfte vor sich herschob. Während er seinen Fuß auf die Erde setzte, sagte er zu dem Offizier: »Guten Abend, mein Herr!« – wohl mehr aus Vorsicht als aus Höflichkeit. Der Preuße, hochmütig, wie die Allmächtigen sind, sah ihn an, ohne zu antworten.

Fettklößchen und Cornudet stiegen, obschon sie nahe an der Wagentür saßen, als letzte aus: ernst und stolz gegenüber dem Feinde. Das dicke Mädchen gab sich Mühe, sich zu beherrschen und ruhig zu bleiben; der Demokrat fuhr mit tragischer und etwas zitternder Handbewegung durch seinen langen rötlichen Bart. Sie wollten Würde bewahren; denn es war ihnen klar, daß bei solcher Art Zusammentreffen jeder in nicht geringem Grade auch sein Land vertritt. Und aufgebracht, wie sie beide über die Unterwürfigkeit ihrer Reisegenossen waren, gab sie sich Mühe, sich stolzer zu zeigen als ihre Nachbarinnen, die ›anständigen‹ Frauen; während er, der sehr wohl fühlte, daß er ein Beispiel zu geben hatte, in seiner ganzen Haltung weiterhin den ›Mann des Widerstandes‹ erkennen ließ, der seine Aufgabe mit der Zerstörung der Landstraßen begonnen hatte.

Sie traten alle nacheinander in die geräumige Küche des Gasthauses ein, und der Deutsche, der sich die Reisegenehmigungen vorweisen ließ, die vom Kommandierenden General unterzeichnet waren und Namen, Personenbeschreibung und Beruf jedes Fahrtteilnehmers enthielten, sah sich die Versammelten – einen nach dem andern – lange und genau an, indem er jede einzelne Person mit den amtlichen Personalangaben eingehend verglich.

Dann sagte er barsch: »Errledigt!« und verschwand.

Da atmeten alle auf. Hunger hatte man immer noch; das Souper wurde bestellt. Eine halbe Stunde war nötig, es anzurichten, und indes zwei Küchenmamsells sich damit zu beschäftigen schienen, sah man sich inzwischen die Zimmer an. Sie lagen alle längs eines Ganges, den eine Milchglastür mit der bekannten Nummer abschloß.

Endlich wollte man sich zu Tische setzen, da erschien der Wirt selber. Er war ein ehemaliger Roßhändler, ein dicker kurzatmiger Mann, durch dessen Kehlkopf ein unaufhörliches Pfeifen, heiseres

Rasseln und schleimiges Singen ging. Sein Vater hatte ihm den Namen Follenvie mitgegeben.

Er fragte: »Mademoiselle Elisabeth Rousset –?«

Fettklößchen wandte sich bebend um: »Ja –?«

»Mademoiselle, der preußische Offizier will Sie unverzüglich sprechen!«

»Mi-ich?!«

»Ja, falls Sie die gewünschte Dame sind!«

Sie wurde etwas verwirrt, überlegte einen Augenblick und erklärte dann rundheraus: »Schon möglich, aber da kann er lange warten!«

Um sie her wurde es unruhig; alle erörterten diese Aufforderung und fragten sich, was das wohl für Gründe haben könnte. Der Graf trat an Fettklößchen heran: »Sie haben unrecht, Madame, denn Ihre Weigerung kann beträchtliche Unannehmlichkeiten nach sich ziehen, nicht nur für Sie, sondern auch für alle Ihre Reisegefährten! Man soll sich nie Leuten widersetzen, die mächtiger sind als man selbst. Diese Aufforderung bringt Sie sicherlich in keinerlei Gefahr. Zweifellos handelt es sich um irgendeine vergessene Formalität.«

Alles stimmte ihm zu. Man bat sie, man drängte sie, man redete ihr ins Gewissen, und schließlich überzeugte man sie; denn alle befürchteten Schwierigkeiten, die aus ihrer Halsstarrigkeit entstehen könnten. Endlich sagte sie: »Ich tue es – aber wirklich nur Ihretwegen!«

Die Gräfin ergriff ihre Hand. »Und wir danken Ihnen dafür...!«

Sie ging. Man wartete mit dem Essen auf sie.

Jeder bedauerte, daß er nicht selber an Stelle dieses heftigen, jähzornigen Mädchens hinbeordert worden war, und legte sich im Geiste schon etliche Redensarten zurecht, für den Fall, daß die Reihe doch noch an ihn käme.

Nach zehn Minuten erschien sie wieder, nach Atem ringend, krebsrot, außer sich vor Wut. Sie stammelte: »Oh! Die Kanallje! Die Kanallje, die...!«

Alle waren begierig, etwas zu erfahren, aber sie äußerte keine Silbe weiter; und als der Graf in sie drang, entgegnete sie voller Würde nur: »Nein, das geht Sie nichts an; ich will darüber nicht sprechen.«

So nahm man denn rund um eine riesige Suppenterrine Platz, aus der Kohlduft aufstieg. Trotz der Aufregung wurde es noch ein ganz heiteres Nachtmahl. Der Apfelmost war gut; das Ehepaar Loiseau und die beiden Barmherzigen Schwestern entschlossen sich aus Preisgründen für ihn. Die andern bestellten Wein; Cornudet verlangte Bier. Er hatte eine ganz besondere Art, die Flasche zu entstöpseln, das goldgelbe Naß hervorschäumen zu lassen, den Trank aufmerksam zu betrachten, indem er das Glas etwas neigte und es dann zwischen Lampe und Auge emporhob, um die Farbe zu prüfen. Während er ihn in langen Zügen durch die Kehle rinnen ließ, schien sein dicker Bart, der die Farbtöne seines Lieblingsgetränks hatte, vor genießender Zärtlichkeit mitzuzittern; er schielte, um seinen Schoppen ja nicht aus den Augen zu verlieren; und er sah dabei aus, als erfülle er die einzige menschliche Bestimmung, für die er geboren war. Er vollzog, möchte man sagen, dabei in seinem Geiste die Annäherung, ja so etwas wie die Verschmelzung der beiden großen Leidenschaften, die sein ganzes Leben erfüllten: Bier und Revolution! Und sicher konnte er eines nicht auskosten, ohne an das andere zu denken...

Monsieur und Madame Follenvie speisten am untersten Ende der langen Tafel. Der Mann, der wie eine defekte Lokomotive röchelte, hatte zu viel Atembeschwerden, als daß er beim Essen noch hätte reden können; aber seine Frau schwieg keinen Augenblick. Sie erzählte alle Eindrücke vom An- und Einrücken der Preußen, was sie machten, was sie sagten – sie waren ihr allesamt ein Greuel, einmal, weil sie Geld kosteten, und dann, weil sie selber zwei Jungen bei der Armee hatte. Sie wandte sich vor allem an die Gräfin, geschmeichelt, mit einer Grande Dame plaudern zu können. Dann dämpfte sie ihre Stimme, um einige heikle Dinge aufzutischen; von Zeit zu Zeit unterbrach sie ihr Ehegefährte mit einem: »Du solltest lieber stille sein, Madame Follenvie!«

Aber sie beachtete seine Zwischenrufe nicht und schwatzte weiter: »Jaja, Madame, diese Saupreußen, das tut rein nichts wie Kartoffeln und Schweinebauch futtern und dann Schweinebauch und Kartoffeln! Und man soll ja nich glauben, daß die da sauber sind! O nein! Verschweinigeln tun die alles, mit Verlaub zu sagen...! Und wenn Sie erst sehn täten, wie die da stundenlang, tagelang exerzieren! Da stehn sie alle aufmarschiert, und dann geht's: vorwärts marsch, und rückwärts marsch, und so rum, und so rum! – Wenn die Kerle wenigstens was Ordentliches auf dem Acker täten oder bei sich zulande die Straßen instand hielten ...! Aber nein, Madame, diese Landsknechte, die sind zu nichts nütze! Muß das arme Volk diese Bande dickpäppeln, daß die Kerle dann nichts lernen als Mord und Totschlag?! – Ich bin ja bloß eine alte Frau ohne großartige Bildung: aber – wenn ich sehe, wie diese Kerle sich gegenseitig schikanieren und die Seele aus dem Leib schinden und weiter nichts tun als von morgens bis abends auf unsern Feldern alles niedertrampeln, dann sag ich mir: Wenn's Menschen gibt, die so viele schöne und segensreiche Erfindungen machen und so großen Nutzen damit stiften, müssen dann andre so wild drauf aus sein, egal nur Schaden anzurichten –?! Wahrhaftig, ist es nich die reinste Abscheulichkeit, Menschen umzubringen, ob sie nun Preußen oder Engländer oder Polen oder Franzosen sind –? Wenn man sich an einem rächt, der unsereinem mal bittres Unrecht angetan hat, dann gilt das als schlecht, dann wird man dafür verurteilt! Aber wenn man unsre Jungens niederknallt wie die Hasen, das, das is gut, denn der kriegt die größten Orden, der die meisten abschießt! Nein, sehn Sie, da werd ich nie klug draus werden!«

Cornudet erhob seine Stimme: »Der Krieg ist eine Barbarei, wenn man einen friedlichen Nachbarn überfällt; er ist eine heilige Pflicht, wenn das Vaterland verteidigt werden muß!«

Die Alte senkte den Kopf: »Ja, wenn man sich verteidigen muß, das, das is was andres! Aber sollte man nich lieber vorher alle Großkopfeten, die bloß rein zu ihrem Vergnügen Krieg anzetteln, einen Kopf kürzer machen ...?!«

Cornudets Augen flammten auf. »Bravo, Bürgerin!« bekundete er.

Monsieur Carŕ-Lamadon saß in tiefes Nachdenken versunken. Obwohl er ein glühender Bewunderer der berühmten, großen Feldherren war, brachte ihn der gesunde Menschenverstand dieser Bauersfrau doch auf den Gedanken, welch einen Wohlstand so viele unbeschäftigte und folglich schädliche Arme, so viele unproduktiv vergeudete Menschenkräfte einem Staate bringen könnten, wenn man sie bei den großen industriellen Arbeiten verwendete, die zu vollenden es noch Jahrhunderte brauchen würde.

Loiseau aber verließ seinen Platz und fing an, sich leise mit dem Wirt zu unterhalten. Der dicke Mann lachte, hustete und spuckte;

sein riesiger Bauch wackelte vor Vergnügen bei den Witzen seines Nachbarn. Und er bestellte zu guter Letzt bei ihm sechs Fäßchen Bordeaux, auf das Frühjahr, wenn die Preußen abgerückt sein würden.

Kaum war das Abendessen beendet, da ging auch schon alles schlafen; denn vor Müdigkeit war man wie gerädert.

Einzig Loiseau, der Augen und Ohren ständig offenhielt, brachte erst mal seine Ehehälfte zu Bett; dann drückte er bald sein Ohr, bald sein Auge ans Schlüssellock, um von dem etwas zu entdecken, was er *die Geheimnisse des Korridors** nannte.

Nach einer Stunde ungefähr hörte er ein Rascheln, spähte rasch hinaus und gewahrte Fettklößchen draußen. Sie sah noch rundlicher aus in ihrem mit weißen Spitzen besetzten blauen Kaschmirnachtgewand. In der Hand hielt sie einen Leuchter und ging auf die Tür mit der großen Nummer zu. Aber da tat sich seitlich eine Tür spaltweit auf, und als sie nach ein paar Minuten zurückkam, folgte ihr – Cornudet, in Hosenträgern! Sie redeten leise und blieben dann stehen. Fettklößchen schien mit Nachdruck den Zugang zu ihrem Zimmer zu verteidigen. Unglücklicherweise verstand Loiseau nicht, was gesprochen wurde, aber zum Schluß, als die beiden ihre Stimme erhoben, erhaschte er einiges. Cornudet sprach lebhaft auf sie ein. Er sagte: »Na, sind Sie aber albern! Was macht Ihnen denn das aus?!«

Sie machte ein empörtes Gesicht und erwiderte: »Nein, mein Lieber! Es gibt eben Augenblicke, wo so etwas nicht geht. Und dann hier – das wäre eine Schmach und eine Schande!«

Er begriff offenbar nicht und fragte: »Warum?« Da wurde sie aufgebracht und erhob ihre Stimme noch höher: »Warum?! Sie begreifen nicht, warum? Wo im Hause diese Preußen sind, und vielleicht noch gar im Zimmer nebenan!«

Er schwieg. Diese patriotische Schamhaftigkeit einer Dirne, die sich, wenn der Feind in der Nähe war, keinem Liebesgetändel überließ, mußte in seinem Innern die schwankende Würde wieder gestärkt haben; er gab ihr nur einen Kuß und schlich dann auf den Zehenspitzen in sein Zimmer zurück.

Loiseau verließ sehr angeregt das Schlüsselloch, machte einen

* Ironische Anspielung auf einen Romanreißer – *Die Geheimnisse von Paris* – des französischen Sensations-Schriftstellers Eugène Sue (1804–1857), den auch andere bedeutende Prosaisten wegen seiner Plattheiten geistreich verspotten.

Luftsprung durch das Zimmer, band seine Nachtmütze fest, hob dann die Bettdecke auf, unter der das dürre Gestell seiner Ehegefährtin ruhte, weckte sie mit einem Kuß und flüsterte: »Liebst du mich, Schatz –?«

Dann wurde es still im ganzen Haus. Aber bald erhob sich irgendwo, aus unbestimmter Richtung, es konnte vom Keller wie vom Dachboden her sein, ein mächtiges, einförmiges, gleichmäßiges Schnarchen, ein dumpfes, langgezogenes Geräusch, vibrierend wie ein Dampfkessel unter Hochdruck: Monsieur Follenvie schlief...

Da man ausgemacht hatte, am nächsten Morgen um acht Uhr weiterzufahren, fanden sich alle beizeiten in der Küche ein, aber der Wagen, dessen Plane ein Schneedach hatte, stand einsam mitten im Hofe, ohne Pferde und ohne Kutscher. Den suchte man vergebens in den Ställen, in den Futterkammern, in den Wagenschuppen. Da entschlossen sich alle männlichen Fahrtteilnehmer, die Gegend nach ihm abzusuchen, und sie zogen hinaus. Sie gelangten auf den Platz mit der Kirche im Hintergrund und niedrigen Häusern zu beiden Seiten; überall sah man da preußische Soldaten. Der erste, den sie sahen, schälte Kartoffeln; der zweite, etwas weiter hin, scheuerte den Laden des Friseurs. Ein anderer, der einen Rauschebart bis unter die Augen hatte, küßte einen heulenden Fratz und schaukelte ihn auf den Knien, um ihn wieder zu beruhigen. Und die dicken Bäuerinnen, deren Männer ›im Felde‹ waren, wiesen durch Zeichen den gehorsamen Siegern die Arbeit zu, die zu tun war: Holz spalten, Suppe anrichten, Kaffee mahlen. Einer von ihnen wusch sogar seiner Quartierwirtin, einer ganz entkräfteten Alten, die Wäsche...

Erstaunt fragte darüber der Graf den Kirchendiener aus, der gerade aus dem Pfarrhaus kam. Die alte Kirchenratte gab Bescheid: »Oh, die da sind gar nich so bösartig! Es heißt, das wären gar keine richtigen Preußen! Die sind von weiter her; ich weiß nich recht, von wo gleich. Und die haben alle Weib und Kinder zu Haus lassen müssen. Sehn Sie, denen da macht das Kriegführen überhaupt keinen Spaß. Ich leg' meine Hand ins Fegefeuer, bei denen drüben flennt man daheim auch nach den Männern und Söhnen; und bei denen zu Haus wird's dasselbe große Elend geben wie bei uns hier. Wir sind hier im Augenblick noch nich mal allzu schlimm dran mit denen da, denn sie stellen weiter kein Unheil an, sondern schuften und schaffen, als wenn sie bei sich zu Haus wären. Sehn Sie, Monsieur, unter armen Leuten muß eins schon dem andern helfen... Den Krieg machen die Großkopfeten!«

Entrüstet über das herzliche Einvernehmen zwischen Siegern und Besiegten, kehrte Cornudet um; er zog es vor, sich im Gasthaus aufzuhalten. – Loiseau machte einen Witz: »Sie sind beim Wiederbevölkern!« Monsieur Carŕ-Lamadon entgegnete ernst: »Sie sind beim Wiedergutmachen!«

Aber den Kutscher fand man nicht. Zuletzt stöberte man ihn doch noch im Café des Dorfes auf, wo er brüderlich vereint mit dem Burschen des Offiziers an einem Tische saß. Der Graf stellte ihn zur Rede: »War Ihnen nicht befohlen worden, früh acht Uhr anzuspannen?!«

»O ja, das schon; aber dann kriegte ich 'ne andere Anweisung!«

»Welche?«

»Überhaupt nicht anzuspannen!«

»Wer hat Ihnen das befohlen?«

»Na, der preußische Kommandant natürlich!«

»Weshalb?«

»Was weiß ich? Da müssen Sie ihn schon selber fragen. Man hat mir verboten anzuspannen, und da spann ich nich an – basta!«

»Hat er Ihnen das persönlich aufgetragen?«

»Nee, Monsieur, der Wirt – in seinem Namen!«

»Wann?«

»Gestern abend, grade als ich mich hinlegen wollte.«

Die drei Herren kehrten stark beunruhigt zurück.

Man verlangte Monsieur Follenvie zu sprechen, aber die Magd gab zur Antwort, Monsieur stehe wegen seines Asthmas nie vor zehne auf. Er habe sogar strengstens verboten, ihn zeitiger aufzuwecken, außer im Falle eines Brandes.

Man wollte den Offizier aufsuchen, aber das war ganz unmöglich, obwohl er im Gasthaus wohnte. Nur Monsieur Follenvie war befugt, ihn in Zivilangelegenheiten zu sprechen. Also wartete man. Die Damen gingen wieder in ihre Zimmer hinauf und vertrieben sich die Zeit mit Nichtigkeiten.

Cornudet richtete sich an dem hohen Kamin in der Küche ein, in dem ein loderndes Feuer brannte. Er ließ sich einen der kleinen Kaffeehaustische dahin bringen, verlangte Bier und zog seine Tabakspfeife heraus, die sich unter seinen Demokraten eines

Ansehens erfreute, das dem seinen fast gleichkam: als ob sie dem Vaterlande dadurch diente, daß sie Cornudet diente! Es war eine prächtige Meerschaumpfeife, wunderbar angeraucht, ebenso schwarz wie die Zähne ihres Herrn und Meisters, nur duftender, schön geschwungen, glanzvoller, seiner Hand vertraut – die schönste Ergänzung seines Gesichts. Und er blieb regungslos sitzen, mit stieren Blicken, die bald auf dem Herdfeuer, bald auf dem Schaume ruhten, der seinen Schoppen krönte. Und jedesmal, wenn er einen tiefen Zug daraus gesogen hatte, fuhr er, befriedigt lächelnd, mit den langen, mageren Fingern durch sein langes, fettiges Haar, während er mit den Lippen seinen schaumtriefenden Schnurrbart dabei ausschlürfte.

Loiseau ging unter dem Vorwande, er wolle sich die Beine vertreten, zu den Schankwirten in der Nachbarschaft, um seine Weine an den Mann zu bringen. Der Graf und der Fabrikant gerieten in ein politisches Gespräch. Sie ergingen sich in Prophezeiungen über die Zukunft Frankreichs. Der eine glaubte an das Haus Orléans, der andere an einen unbekannten Retter, an einen Helden, der aufstehen würde, wenn alles verzweifelt sei: ein Du Guesclin, eine Jungfrau von Orléans vielleicht... Oder gar ein neuer Napoleon der Erste? Ach, wenn der kaiserliche Erbprinz nicht noch so jung wäre! – Cornudet hörte sich ihr Gerede lächelnd an, wie ein Mann, der den Spruch des Schicksals kennt.

Als es zehn schlug, erschien Monsieur Follenvie. Man überhäufte ihn gleich mit Fragen; aber er konnte nur zwei-, dreimal immer dieselben Worte wiederholen: »Der Offizier hat mir gesagt, Monsieur Follenvie, hat er gesagt, Sie werden Anweisung geben, daß auf keinen Fall der Wagen morgen früh angespannt wird! Ich untersage Ihren Gästen, ohne meine ausdrückliche Anweisung weiterzureisen. Verstanden? Erledigt!«

Nun wollte man persönlich bei dem Kommandanten vorsprechen. Der Graf ließ ihm seine Karte überreichen, auf der auch Monsieur Carré-Lamadon mit Namen und sämtlichen Titeln unterzeichnet hatte. Der Preuße ließ ihnen bestellen: Er werde den beiden eine Unterredung gewähren, wenn er gefrühstückt habe, das heißt: gegen ein Uhr.

Die Damen erschienen wieder, und man nahm einen Imbiß zu sich, trotz der Unruhe. Fettklößchen sah angegriffen und reichlich verstört aus.

Man trank gerade den Kaffee, als der Offiziersbursche kam, um die Herren zu holen.

Loiseau schloß sich ihnen an; aber als sie auch Cornudet für die Deputation zu gewinnen suchten, um ihrem diplomatischen Schritt mehr Gewicht zu geben, erklärte er stolz, er werde nie, in keiner Weise mit den Deutschen Unterhandlungen aufnehmen. Und er ließ sich wieder an seinem Kaminplatz nieder und verlangte ein neues Maß Bier.

Die drei Herren gingen hinauf und wurden in das schönste Zimmer des Gasthauses geführt; der Offizier empfing sie; er lag in einem Sessel ausgestreckt, die Füße auf dem Kaminsims, rauchte eine lange Porzellanpfeife und war in einen flammendbunten Hausrock gewickelt, der zweifellos aus der verlassenen Wohnung irgendeines französischen Bürgers von schlechtem Geschmack mitgenommen worden war. Er erhob sich nicht, würdigte sie weder eines Grußes noch eines Blickes. Er bot ein prächtiges Musterbeispiel der Flegelhaftigkeit siegreichen Militärs.

Nach einigen Augenblicken sagte er endlich: »Was wollen Sie?«

Der Graf nahm das Wort: »Wir wünschen weiterzureisen, Monsieur!«

»Nein!«

»Darf ich nach dem Grund dieser Verweigerung fragen?«

»Weil ich nicht will!«

»Dann möchte ich Sie höflich darauf aufmerksam machen, Monsieur, daß Ihr Kommandierender General uns eine Reisegenehmigung für Dieppe hat ausstellen lassen! Und ich persönlich denke nicht, daß wir irgend etwas getan haben, wodurch wir solche rigorosen Maßnahmen Ihrerseits verdient hätten.«

»Ich will nicht, das ist alles. Sie können gehen.«

Mit steifer Verbeugung zogen sich die drei zurück.

Der Nachmittag wurde kläglich. Man verstand einfach diese Laune des Deutschen nicht! Die sonderbarsten Gedanken und Mutmaßungen schwirrten durch die Köpfe. Sie blieben alle miteinander in der Küche, redeten endlos hin und her und kamen auf die unwahrscheinlichsten Dinge. Man wollte sie vielleicht als Geiseln dabeihalten – aber zu welchem Zweck? Oder sie mitnehmen als Gefangene? Oder, eher noch, ein beträchtliches Lösegeld erpressen? Bei dieser Vorstellung überfiel sie alle eine panische Verwirrung. Die Reichsten waren die Ängstlichsten; sie sahen sich schon gezwungen, nur um ihr Leben zu erkaufen, diesem unverschämten Marodeur Säcke voll Gold in die Hände zu schütten! Sie strengten ihr Hirn an, glaubhafte Lügen zu erfinden, ihren Reichtum zu verschleiern, sich als arm hinzustellen, als sehr arm. Loiseau knipste seine Uhrkette ab und steckte sie in die Tasche. Die hereinbrechende Nacht ließ die Befürchtungen noch größer werden. Die Lampe wurde angezündet. Und da man noch etwa zwei Stunden Zeit bis zum Diner hatte, schlug Frau Loiseau vor, eine Partie *Trente-et-un* zu spielen, das bringe Zerstreuung. Man ging darauf ein. Sogar Cornudet, der höflicherweise seine Pfeife hatte ausglimmen lassen, beteiligte sich daran.

Der Graf mischte die Karten und gab: Fettklößchen hatte beim Aufnehmen gleich einunddreißig in der Hand! Und bald drängte das Interesse an der Partie die Beklemmung zurück, die sich auf die Gemüter gelegt hatte. Doch Cornudet beobachtete, daß das Ehepaar Loiseau anfing zu mogeln.

Gerade als man zu Tisch gehen wollte, erschien Monsieur Follenvie wieder und verkündete mit seiner rasselnden, verschleimten Stimme: »Der preußische Offizier läßt Mademoiselle Elisabeth Rousset fragen, ob sie ihre Meinung noch nicht geändert habe!«

Fettklößchen stand starr da. Sie war sehr blaß; dann wurde sie plötzlich dunkelrot und geriet in einen so heftigen Anfall von Wut, daß sie keinen Ton hervorbrachte. Endlich brach sie los: »Sagen Sie diesem ekligen Kerl, diesem Schweinehund, diesem Aas von Preußen, daß ich nie wollen werde, verstehen Sie, nie, nie!«

Der dicke Wirt ging wieder. Da wurde Fettklößchen umringt, mit Fragen bestürmt, von allen inständig ersucht, das Geheimnis ihres Besuchs zu enthüllen. Zuerst sperrte sie sich; aber bald riß die Erbitterung sie fort: »Was er will? Was er will?... Schlafen will er mit mir!« schrie sie. Niemand nahm Anstoß an diesem Wort, so lebhaft war die Entrüstung. Cornudet setzte sein Bier so heftig auf die Tischplatte auf, daß das Glas zerbrach. Ein Schrei der Empörung erhob sich gegen diesen gemeinen Kriegsknecht, ein Sturm der Wut, ein einiger Wille zum Widerstand, als hätte man von jedem einzelnen einen Teil des Opfers gefordert, das von dem Mädchen verlangt wurde. Der Graf erklärte voll Ekel, jene Leute benähmen sich wie die Barbaren im Altertum. Die Damen vor allem bezeigten Fettklößchen nachdrücklich ihr zärtliches Mitgefühl. Die Barmherzigen Schwestern, die sich nur zu den Mahlzeiten blicken ließen, hielten die Köpfe gesenkt und sagten nichts.

Trotzdem aß man zu Abend, als die erste Wut beschwichtigt war. Aber man sprach wenig: Man dachte nach.

Die Damen zogen sich zeitig zurück; die Herren rauchten und veranstalteten unter sich eine Partie Écarté, zu der auch Monsieur Follenvie eingeladen wurde – wobei man die heimliche Absicht hatte, ihn geschickt über die Mittel auszuhorchen, mit denen man den Widerstand des Offiziers beugen oder brechen könne. Aber Follenvie dachte nur an seine Karten, hörte auf nichts, antwortete auf nichts und wiederholte nur unablässig: »Spielen Sie, meine Herren, spielen Sie!« Seine Aufmerksamkeit war so gespannt, daß er sogar vergaß auszuspucken, was mitunter langhallende, tiefe Orgeltöne in seiner Brust auslöste. Seine pfeifenden Lungen brachten die ganze Tonleiter des Asthmas hervor, von den schweren und tiefen Tönen bis zu dem heiseren Gekrächze der jungen Hähne, die zu krähen versuchen.

Er lehnte sogar ab hinaufzugehen, als seine Alte, die vor Müdigkeit fast umfiel, ihn holen kam. Da zog sie allein ab, denn sie war als Frühaufsteherin immer beizeiten mit der Sonne heraus, während ihr Alter für den Abend und immer bereit war, die Nacht in angeregter Gesellschaft hinzubringen. Er rief ihr nach: »Stellst mir doch noch meine Eiermilch ans Feuer?« und spielte weiter. Als man sich vergewissert hatte, daß aus ihm nichts weiter herauszubekommen war, erklärte man, daß es Zeit sei, Schluß zu machen, und jeder stieg in sein Bett.

Auch am andern Morgen stand man ziemlich früh auf, mit der unbestimmten Hoffnung und dem noch stärkeren Wunsch weiterzureisen – und mit einem Grauen vor dem Tag, den man vielleicht noch in diesem scheußlichen kleinen Gasthaus zubringen mußte.

Leider blieben die Pferde im Stall, und der Kutscher blieb ebenfalls unsichtbar. Man spazierte, zur Untätigkeit verdammt, rund um den Wagen herum.

Das Déjeuner verlief ziemlich traurig, und es war etwas wie eine Abkühlung der Gefühle gegenüber Fettklößchen aufgekommen; denn die Nacht, die ja bekanntlich Rat schafft, hatte die Urteile doch ein wenig verändert! Man nahm es diesem Mädchen nun fast übel, daß sie sich nicht doch – in aller Stille – mit dem Preußen eingelassen hatte, um jetzt ihren Gefährten beim Aufwachen eine angenehme Überraschung zu bereiten. Was wäre einfacher gewesen? Wer hätte übrigens etwas davon erfahren? Sie hätte den Schein wahren können, indem sie dem Offizier sagte: daß sie aus Mitleid mit der Not der andern alles auf sich nehme. Für sie hatte das doch so Geringes auf sich!

Aber noch sprach niemand diese Gedanken laut aus.

Am Nachmittag, als man sich bereits zum Sterben langweilte, schlug der Graf vor, einen Spaziergang in die Umgebung des Dorfes zu machen. Jeder mummte sich sorgsam ein, und die kleine Gesellschaft machte sich auf den Weg, mit Ausnahme von Cornudet, der es vorzog, am Feuer sitzen zu bleiben, und der Barmherzigen Schwestern, die ihre Stunden in der Kirche oder beim Pfarrer zubrachten.

Der Frost, der von Tag zu Tag schärfer wurde, stach grausam in die Nasen und Ohren; die Füße taten so weh vor Kälte, daß jeder Schritt zur Qual wurde. Und als das weite Land offen vor ihnen lag, erschien es ihnen so erschreckend schaurig in seiner grenzenlosen Weiße, daß sie alle bald umkehrten, mit erstarrter Seele und bedrängtem Herzen.

Die vier Frauen stapften voraus, die drei Männer folgten in einigem Abstand.

Loiseau, der die Lage klar übersah, fragte plötzlich, ob dieses ›Weibsbild da‹ sie noch lange in einem solchen Nest aufzuhalten gedenke. Der Graf äußerte, ritterlich wie immer, ein so peinliches Opfer könne man von einer Frau doch nicht fordern; es müsse von ihr selbst kommen. Monsieur Carré-Lamadon bemerkte, falls – wie allgemein die Rede ging – die Franzosen einen Gegenstoß über Dieppe unternähmen, könnte doch die Entscheidungsschlacht nur in und um Tôtes herum stattfinden. Diese Überlegung machte auch die beiden andern besorgt. »Wenn man sich zu Fuß aus dem Staube machte?« sagte Loiseau. Der Graf zuckte die Achseln: »Wie stellen Sie sich das vor, in diesem Schnee, mit unseren Damen?! Und dann würden wir ja sofort verfolgt, in zehn Minuten wieder gefaßt und als Gefangene zurückgebracht und der Willkür der Soldateska ausgeliefert!« Das schien zuzutreffen; man verstummte ...

Die Damen vorn sprachen über die Mode, aber eine gewisse Gezwungenheit störte offensichtlich das gute Einvernehmen.

Plötzlich erschien am Straßenausgang der Offizier. Vom Schnee, der das Blickfeld abschloß, hob sich seine hohe wespenschlanke Gestalt in Uniform scharf ab. Er schritt aus mit gespreizten Knien, mit jener besonderen Bewegung, wie sie Militärs haben, die bestrebt sind, ihre sorgfältig gewichsten Stiefel nicht schmutzig zu machen.

Er verbeugte sich im Vorbeigehen vor den Damen und hatte geringschätzige Blicke für die Männer, die übrigens ihrerseits die Würde besaßen, nicht zu grüßen – obschon Loiseau eine Handbewegung machte, als wollte er den Hut ziehen.

Fettklößchen war bis über die Ohren rot geworden; und die drei verheirateten Damen empfanden es als eine große Demütigung, daß der Herr Offizier sie in der Gesellschaft dieser öffentlichen Dirne treffen mußte, die er so unkavaliersmäßig behandelt hatte.

Dann sprach man von ihm, von seiner Haltung, von seinem Gesicht. Madame Carré-Lamadon, die viele Offiziere in ihrem Leben kennengelernt hatte und als Sachverständige zu urteilen in der Lage war, fand ihn durchaus nicht übel; sie bedauerte sogar, daß er kein Franzose sei, weil er einen höchst schneidigen Husaren abgegeben hätte, in den bestimmt alle Frauen verschossen waren...

Als man wieder im Hause war, wußte man nicht, was man sonst noch tun sollte. Spitze Worte wurden schon – wegen der geringsten, bedeutungslosesten Dinge – hin und her gewechselt. Bei Tisch sprach niemand. Das Diner war schnell zu Ende, und jeder stieg hinauf, um sich niederzulegen, in der Hoffnung, mit Schlafen die Zeit totzuschlagen.

Am andern Morgen kamen alle mit müden Gesichtern und erbitterten Herzen herunter. Die Damen sprachen kaum mehr mit Fettklößchen.

Von draußen erklang hell das Gebimmel einer Kirchenglocke. Sie läutete zu einer Taufe. – Das dicke Mädchen hatte ein Kind, das bei Bauersleuten in Yvetot in Pflege war. Sie sah es kaum einmal im Jahr, und sie gedachte seiner sonst nie; aber der Gedanke, daß hier ein winziges Wesen zur Taufe getragen wurde, erfüllte plötzlich ihr Herz mit einer jähen, stürmischen Zärtlichkeit für ihr eigenes – sie wollte durchaus der Feierlichkeit beiwohnen!

Sowie sie hinaus war, sahen alle einander an, dann rückte man mit den Stühlen zusammen; denn man hatte das dringliche

Empfinden, daß nun endlich irgend etwas beschlossen werden müsse. Loiseau hatte einen glänzenden Einfall: dem Offizier solle der Vorschlag gemacht werden, Fettklößchen allein dazubehalten und die andern weiterreisen zu lassen.

Monsieur Follenvie nahm auch diese Bestellung auf sich, aber er kam fast im Handumdrehen wieder herunter. Der Deutsche, der sich in der menschlichen Natur auskannte, hatte ihn einfach vor die Tür gesetzt. Er erklärte, er werde die ganze Gesellschaft festhalten, solange seinem Wunsche nicht Genüge getan sei.

Da entlud sich das pöbelhafte Temperament der Frau Loiseau: »Wir wollen doch nicht etwa hier noch an Altersschwäche sterben! Ich finde, da es nun mal ihr Gewerbe ist, es mit allen Männern zu treiben, hat diese Schlampe überhaupt kein Recht, den einen abzuweisen und den andern nicht! Ich bitte Sie, die hat alles genommen, was sie in Rouen gefunden hat, sogar Kutscher! Ja, Madame, den Kutscher von der Präfektur! Ich weiß es genau, er kauft seinen Wein bei mir. Und jetzt, wo es darum geht, uns aus der Verlegenheit zu helfen, da spielt sie die Zierpuppe, diese Rotznase!... Ich finde, er benimmt sich sehr gut, dieser Offizier. Er hat vielleicht schon seit langem nichts mehr gehabt; und uns drei, wie wir hier sind, hätte er sicher vorgezogen. Aber nein, er begnügt sich mit der da für alle! Er nimmt Rücksicht auf die verheirateten Damen. Bedenken Sie doch, er ist hier der Herr! Er brauchte nur zu sagen: ›Ich will!‹, und er könnte uns mit seinen Soldaten gewaltsam nötigen.«

Die beiden Zuhörerinnen überlief ein leichter Schauer. Die Augen der hübschen Madame Carré-Lamadon glänzten, und sie war etwas blaß geworden, als fühlte sie sich schon von dem Offizier gewaltsam genötigt...

Die Herren, die sich abseits besprachen, kamen wieder heran. Loiseau tobte, er wollte »dieses Weibsstück« an Händen und Füßen gefesselt dem Feinde ausliefern. Aber der Graf, der aus drei Generationen von Gesandten hervorgegangen war, ein Diplomat vom Scheitel bis zur Sohle, war für ein klügeres Vorgehen. »Man müßte sie von der Notwendigkeit überzeugen«, sagte er.

Nun ging man an die Verschwörung.

Die Frauen steckten die Köpfe zusammen, man sprach mit gedämpfter Stimme, das Gespräch wurde allgemein; jeder sagte seine Ansicht. Übrigens blieb der Anstand völlig gewahrt. Vor allem die Damen fanden zarte Umschreibungen, entzückende Feinheiten des Ausdrucks, um die verfänglichsten Dinge zu sagen. Ein Unbeteiligter hätte nicht das geringste verstanden, so behutsam wählte man die Worte. Aber die leichte Hülle von Scham, die jede Frau von Welt zur Schau trägt, bedeckt nur die Oberfläche; im Grunde schwelgten sie in diesem Abenteuer und amüsierten sich wie toll dabei; sie fühlten sich in ihrem Element, indem sie in der Liebe herumrührten mit der sinnlichen Lust eines feinschmeckerischen Kochs, der das Souper für jemand anderen bereitet.

Die Heiterkeit stellte sich von selbst wieder ein, so drollig erschien ihnen zuletzt die ganze Geschichte. Der Graf machte ein paar gewagte Scherze, die er aber so hübsch vorbrachte, daß sie ein Lächeln hervorriefen. Loiseau ließ seinerseits einige saftigere Witze los, an denen man sich durchaus nicht stieß. Und der Gedanke, den seine Ehehälfte so grob ausgesprochen hatte, beherrschte alle Geister: Da es nun mal ihr Gewerbe ist, warum sollte die da gerade diesen hier abweisen, wo sie doch sonstwen nimmt. Die liebenswürdige Madame Carré-Lamadon hegte – so schien es – geradezu den Gedanken, daß sie an Fettklößchens Stelle diesen hier weniger abweisen würde als irgendeinen andern!

Man bereitete des langen und breiten die Belagerung vor, wie bei einer eingeschlossenen Festung. Sie einigten sich über die Rolle, die jeder zu spielen hatte, über die Beweisgründe, auf die er sich stützen sollte, über die strategischen Bewegungen, die jeder durchführen mußte. Man setzte bis ins einzelne die Angriffspläne fest, die Kriegslisten, die anzuwenden waren, und die überraschenden Attacken, durch die man diese lebende Trutzburg zwingen wollte, den Feind bei sich einzulassen.

Cornudet indessen hielt sich abseits, er war an dieser Angelegenheit völlig unbeteiligt.

Die Geister waren so aufmerksam bei der Sache, daß man nicht einmal Fettklößchen wieder hereinkommen hörte. Aber der Graf flüsterte ein leises »Pst!«, das alle aufsehen ließ. Sie war da. Man verstummte jäh, und eine gewisse Verlegenheit hinderte fürs erste daran, mit ihr zu sprechen. Die Gräfin, gewandter als die andern in dem Doppelspiel des gesellschaftlichen Lebens, erkundigte sich: »War sie nett, die Taufe?«

Das dicke Mädchen, das noch ganz bewegt war, schilderte alles, die Gesichter und das Gebaren der Leute und sogar das Aussehen der Kirche. Sie fügte hinzu: »Es tut so gut, wenn man hin und wieder einmal betet!«

Bis zum Déjeuner indes begnügten sich die Damen damit, liebenswürdig zu ihr zu sein, um ihr Vertrauen zu erhöhen und sie ihren Ratschlägen gefügig zu machen.

Kaum saß man bei Tisch, so begann man sich vorzutasten. Erst war es ein leichtes Gespräch über Opfersinn. Man führte Beispiele aus dem Altertum an: Judith und Holofernes, dann, ohne recht ersichtlichen Grund, Lukretia und Sextus, Kleopatra, die alle feindlichen Feldherren auf dem Wege über ihr Bett zu Sklavengehorsam erniedrigt habe. Dann entfaltete sich eine phantastische Geschichte, die aus der Einbildungskraft dieser unwissenden Millionäre erblüht war, in der die Bürgerinnen von Rom Hannibal in Capua in ihren Armen eingeschläfert hatten und mit ihm seine Offiziere und die Schlachtreihen seiner Söldner. Man führte alle Frauen auf, die je Eroberer aufgehalten, die aus ihrem Leib ein Schlachtfeld, ein Mittel zum Herrschen, eine Waffe gemacht, die durch ihre heroischen Umarmungen widerliche oder verhaßte Kreaturen besiegt und ihre Keuschheit der Rache, der Aufopferung geweiht hätten.

Man sprach sogar mit versteckten Anspielungen von jener Engländerin aus großem Hause, die sich eine furchtbare, anstekkende Krankheit habe einimpfen lassen, um Napoleon damit anzustecken, der allerdings wie durch ein Wunder davor bewahrt worden sei: – durch eine plötzliche Mannesschwäche, die sich während dieses verhängnisvollen Schäferstündchens eingestellt habe.

Alles das wurde auf eine anständige und maßvolle Art erzählt, aus der nur ab und zu eine gewollte Begeisterung hervorbrach, die zur Nacheiferung anstacheln sollte.

Man hätte zu guter Letzt glauben können, daß die einzige Aufgabe der Frau auf Erden wäre: sich unaufhörlich zu opfern, sich andauernd der Willkür irgendwelcher Kriegsvölker preiszugeben.

Die beiden Barmherzigen Schwestern nur schienen nicht das geringste zu hören; es sah aus, als wären sie tief in Gedanken verloren. Fettklößchen sagte nichts.

Den ganzen Nachmittag ließ man ihr Zeit zum Überlegen. Aber anstatt sie, wie bisher, mit ›Madame‹ anzureden, sagte man jetzt einfach ›Mademoiselle‹ zu ihr, ohne daß jemand recht wußte, warum; als ob man sie um eine Stufe in der allgemeinen Achtung, die sie erlangt hatte, wieder herabsetzen, sie ihre schmähliche Lage fühlen lassen wollte.

Gerade als die Suppe aufgetragen wurde, erschien Monsieur Follenvie und wiederholte seinen Satz vom Vorabend: »Der preußische Offizier läßt Mademoiselle Elisabeth Rousset fragen, ob sie ihre Meinung *noch nicht* geändert habe.«

Fettklößchen erwiderte trocken: »Nein!«

Beim Abendessen aber geriet die Verschwörung ins Wanken. Loiseau machte drei unpassende Bemerkungen. Jeder bemühte sich, ein paar neue Beispiele ans Licht zu ziehen, und fand nichts, bis die Gräfin schließlich, vielleicht ohne Vorbedacht und nur bewegt vom leisen Verlangen, der Religion Ehre zu erweisen, die ältere der Barmherzigen Schwestern nach großen Taten im Leben der Heiligen fragte. Nun – viele hatten Handlungen begangen, die in unseren Augen Verbrechen wären; aber die Kirche vergibt diese Taten, wenn sie zum Ruhme Gottes oder zum Wohle des Nächsten geschehen sind. Das war ein mächtiger Beweisgrund; die Gräfin machte ihn sich zunutze. Und sei es aus einem jener stillschweigenden Einverständnisse, einer jener verhüllten Gefälligkeiten, in denen alles, was ein geistliches Gewand trägt, sich auszeichnet, oder sei es einfach aus glücklicher Einfalt, einer hilfswilligen Dummheit: – Die alte Nonne wurde zu einer gewaltigen Stütze für die Verschwörung. Man hatte sie für schüchtern gehalten, und sie zeigte sich kühn, wortmächtig und heftig. Sie wurde nie verwirrt durch das Herumtasten in Gewissensfragen, ihre Lehre war starr wie Eisen, ihr Glaube wurde nie schwankend, ihr Gewissen befielen nie Zweifel. Sie fand Abrahams Opfer ganz selbstverständlich, denn auch sie hätte unverzüglich auf ein Geheiß von oben Vater und Mutter ins Jenseits befördert; und nichts konnte nach ihrer Ansicht dem Herrn mißfallen, wenn nur die Absicht löblich war. Die Gräfin, die Nutzen aus der geheiligten Autorität ihrer unerwarteten Helferin zu ziehen verstand, ließ sie eine Art erbaulicher Paraphrase halten über den alten Satz der Moral: »Der Zweck heiligt die Mittel.«

Sie fragte: »Dann also glauben Sie, Schwester, daß Gott alle Wege zuläßt und jede Tat vergibt, wenn nur der Beweggrund rein ist?«

»Wer dürfte daran zweifeln, Madame? Eine Handlung, die an und für sich tadelnswert wäre, wird oft verdienstlich durch den Gedanken, der sie eingibt.«

Und so fuhren sie fort, den Willen Gottes zu entwirren und seine Beschlüsse vorauszusehen; und sie ließen ihn sich in Dinge hineinmischen, die ihn wirklich nichts angingen.

Alles das wurde verhüllt, geschickt und behutsam vorgebracht. Aber jedes Wort der frommen Klosterfrau in der Haube schlug eine Bresche in den empörten Widerstand der Kurtisane. Als dann das Gespräch ein wenig abschweifte, erzählte die Frau mit den Rosenkranzgehängen am Gürtel von den Klöstern ihres Ordens, von ihrer Oberin, von sich selber und von ihrer zierlichen Nachbarin, der lieben Schwester Saint-Nicéphore. Man habe sie beide nach Le Havre angefordert, damit sie dort in den Hospitälern die Hunderte von Vaterlandsverteidigern pflegten, die von den Blatten befallen wären. Sie schilderte sie, diese Ärmsten, und malte ihre Krankheit bis ins einzelne aus. Und während sie hier durch den Eigensinn dieses Preußen unterwegs aufgehalten würden, könnten eine Menge Franzosen sterben, die sie vielleicht noch gerettet hätten! Es sei ihre besondere Stärke, Soldaten zu pflegen; sie wäre auf der Krim dabeigewesen, in Italien, in Österreich, und indem sie so von ihren Feldzügen berichtete, entpuppte sie sich auf einmal als eine jener Nonnen, die gleichsam auf das Kalbfell geschworen haben und – wie es scheint – dazu geschaffen sind, den Feldlagern zu folgen, die Verwundeten im Gewühl der Schlachten zu bergen und, besser als ein Vorgesetzter, mit einem Worte die ungeschlachten, zuchtlosen Kerls zu bändigen; eine richtige Schwester Rataplan, deren verheertes, von zahllosen Löchern zernarbtes Gesicht wie ein Abbild der Verwüstungen des Krieges erschien. Nach ihr sagte niemand mehr etwas, so ausgezeichnet schienen ihre Worte zu wirken.

Gleich nachdem die Mahlzeit beendet war, gingen alle sehr rasch wieder in die Zimmer hinauf und kamen erst ziemlich spät am andern Tag wieder nach unten.

Das Déjeuner verlief ruhig. Man ließ der Saat vom vorhergehenden Abend Zeit, zu keimen und Frucht zu tragen.

Die Gräfin schlug vor, am Nachmittag einen Spaziergang zu machen; der Graf bot, wie es verabredet war, Fettklößchen den Arm und blieb mit ihr hinter den andern zurück.

Er sprach mit ihr in jenem vertraulich-väterlichen, etwas herablassenden Ton, den gesetzte Männlichkeit solchen Mädchen gegenüber anschlägt, nannte sie »mein liebes Kind« und behandelte sie von der Höhe seiner gesellschaftlichen Stellung, seiner unumstrittenen Ehrenhaftigkeit und Noblesse herab. Er kam gleich zum Kern der Sache: »Sie ziehen es also vor, uns hier sitzenzulassen und uns wie sich selbst allen Gewalttätigkeiten auszusetzen, die eine Schlappe der preußischen Soldaten nach sich ziehen dürfte, ehe Sie sich bereit fänden zu einer jener Gefälligkeiten, die Sie so oft in Ihrem Leben erwiesen haben?«

Fettklößchen antwortete nichts.

Er versuchte, ihr mit Güte, mit Vernunft, mit Gefühlen beizukommen. Er verstand es, der Herr Graf zu bleiben und ihr dabei doch, wenn es der Augenblick verlangte, galant den Hof zu machen, kurz, durchaus liebenswürdig zu sein. Er übertrieb die Größe des Dienstes, den sie ihnen erweisen würde, sprach von der Dankbarkeit aller; dann plötzlich duzte er sie, heiter scherzend: »Na, weißt du, Liebling, er könnte sich eigentlich etwas drauf einbilden, bei so einer appetitlichen Schönheit, wie es kaum welche in seinem Deutschland gibt, naschen zu dürfen...!«

Fettklößchen antwortete noch immer keinen Ton und schloß sich schweigend wieder der Gesellschaft der andern an.

Bei der Rückkehr in das Gasthaus ging sie gleich in ihr Zimmer hinauf und erschien nicht wieder. Die Unruhe wuchs bis zum Äußersten. Was würde sie tun? Und wenn sie halsstarrig bliebe – was dann?

Die Stunde des abendlichen Diners schlug; man wartete vergeblich auf sie. Da kam Monsieur Follenvie herein und teilte mit: Mademoiselle Rousset fühle sich nicht wohl, und man möge sich ruhig zu Tisch begeben. Alles spitzte die Ohren. Der Graf trat an den Wirt heran und fragte leise: »Na, ist es soweit...?« – »Ja!« – Anstandshalber sagte er nichts zu seinen Reisegefährten, sondern machte nur eine leichte Bewegung mit dem Kopfe. Da entfuhr jeder Brust ein tiefer Seufzer der Erleichterung, und Freude erhellte alle Gesichter. Loiseau schrie: »Hurra! Ich stifte Champagner, wenn man in diesem Laden welchen kriegen kann!« Und seine Ehehälfte bekam Herzbeklemmungen, als der Wirt mit vier Flaschen in den Händen wiederkam. Jeder war plötzlich mitteilsam und laut geworden; ausgelassene Freude erfüllte alle Gemüter. Der Graf schien erst jetzt zu bemerkten, daß Madame Carré-Lamadon bezaubernd war; der Fabrikant sagte der Frau Gräfin Artigkeiten. Die Unterhaltung wurde lebhaft, übermütig, sprudelte über von witzigen Einfällen.

Mit einemmal verzerrte Loiseau angstvoll sein Gesicht, warf die Arme hoch und brüllt: »Ruhe!« Alles schwieg, überrascht, fast schon erschrocken. Er horchte gespannt, winkte mit beiden Händen ab, machte: »Pst –st«, schielte zur Decke hinauf, horchte von neuem und sagte, wieder mit seiner natürlichen Stimme: »Keine Sorge, Herrschaften! Das Kind wird geschaukelt!«

Man verstand nicht gleich, aber bald ging ein Lächeln über alle Gesichter.

Nach einer Viertelstunde begann er den Spaß von neuem und wiederholte ihn im Verlauf des Abends noch oft. Dann tat er, als rede er eindringlich mit jemandem im oberen Stockwerk, dem er zweideutige Ratschläge gab, die seinem Reiseonkelgeist entsprangen. Einen Augenblick lang setzte er eine traurige Miene auf und seufzte: »Armes Mädchen!«, um im nächsten mit wütender Grimasse zwischen den Zähnen hervorzuzischeln: »Saupreuße, raus!« Manchmal, in Augenblicken, wenn man nicht mehr daran dachte, stieß er mit zitternder Fistelstimme mehrmals »Genug! Genug!« aus und schloß, wie im Gespräch mit sich selbst, daran an: »Daß wir sie nur wiedersehen! Daß er sie nicht dabei umbringt, der Schurke...!«

Wenn auch diese Scherze von bedauernswert schlechtem Geschmack waren, ergötzten sie doch und verletzten niemanden, denn die moralische Entrüstung hängt, wie alles übrige, von den inneren und äußeren Zuständen ab, und die Atmosphäre, die sich allmählich um diesen Kreis verdichtet hatte, war mit lüsternen Gedanken geladen.

Beim Nachtisch machten sogar die Frauen geistvolle und versteckte Anspielungen. Die Augen leuchteten; man hatte viel getrunken. Der Graf, der selbst bei seinen witzigsten Ausfällen sein würdiges, gemessenes Wesen behielt, zog einen Vergleich, den man sehr köstlich fand: Er verglich ihrer aller Situation mit dem Ende der Überwinterung am Pol und der Freude der Schiffbrüchigen, die einen Weg nach dem Süden sich öffnen sehen.

Loiseau schnellte von seinem Stuhl hoch mit einem Glase Champagner in der Hand: »Ich leere diesen Kelch auf unsere

Befreiung!« Alles sprang auf und klatschte ihm Beifall. Selbst die beiden Barmherzigen Schwestern ließen sich, von den Damen aufgefordert, dazu herbei, ihre Lippen in diesen schäumenden Wein zu tauchen, von dem sie noch nie gekostet hatten. Sie erklärten, das ähnele im Geschmack der Brauselimonade, aber es sei doch feiner. Loiseau traf genau die allgemeine Stimmung: »Ein Jammer, daß kein Klavier da ist, sonst könnte man jetzt 'ne Quadrille schunkeln.«

Cornudet hatte während der ganzen Zeit kein Wort geäußert, kaum eine Bewegung gemacht. Er schien in sehr ernste Gedanken versunken zu sein und zog manchmal mit einer wütenden Handbewegung an seinem langen Barte, als wolle er ihn noch länger ziehen. Schließlich, gegen Mitternacht, als man gerade auseinandergehen wollte, stupste ihn Loiseau, der schon mächtig hin und her schwankte, auf den Bauch und lallte: »Na Sie... Sie sind wohl nicht gut aufgelegt heut abend... Sie sagen ja gar nichts, Bürger...?!« Aber Cornudet hob mit einem Ruck sein Haupt und überflog mit einem funkelnden und furchtbaren Blick die ganze Gesellschaft: »Ich sage euch allen miteinander: Eine Gemeinheit habt ihr da begangen!« Er erhob sich, schritt auf die Tür zu, wiederholte noch einmal: »Eine ganz große Gemeinheit!«, und verschwand.

Das wirkte zuerst wie ein kalter Guß. Loiseau stand verdutzt und blöd da; aber er war schnell wieder obenauf, wand sich plötzlich vor Lachen und schrie in einem fort: »Zu sauer sind die Trauben, alter Fuchs, bloß zu sauer!« Als man nicht gleich verstand, gab er die ›Geheimnisse des Korridors‹ zum besten. Das rief von neuem schallende Heiterkeit hervor. Die Damen lachten wie toll. Der Graf und Monsieur Carré-Lamadon weinten Tränen vor Lachen. Sie konnten es nicht glauben.

»Wie? Sind Sie sich dessen sicher? Er wollte...?«

»Ich sag Ihnen doch, ich habe es mit eigenen Augen gesehen!«

»Und sie wollte nicht...?«

»Weil der Preuße im Zimmer nebenan war.«

»Nicht möglich!«

»Mein Ehrenwort!«

Der Graf erstickte beinahe. Der Fabrikant hielt sich den Bauch mit beiden Händen. Loiseau fuhr fort: »Und nun verstehen Sie wohl, daß er heute abend an der Sache keinen Spaß findet, wirklich, ganz und gar keinen ...!«

Und alle drei legten von neuem los und lachten sich fast krank und schnappten nach Luft.

Nun trennte man sich. Aber Frau Loiseau, die eine scharfe Zunge hatte, sagte, als sie zu Bett gingen, zu ihrem Mann, daß »diese Ziege« von einer kleinen Carré-Lamadon den ganzen Abend nur gezwungen gelacht habe. »Die Weiber, weißt du, wenn die in eine Uniform verschossen sind, ob Franzose oder Preuße, du meine Güte, das ist ihnen ganz egal! Wenn das nicht zum Händeringen ist, Gott im Himmel ...!«

Und die ganze Nacht lief es durch das Dunkel des Korridors wie ein Rascheln, wie leise Geräusche, die kaum vernehmbar waren, wie Tuscheln und Flüstern, wie leichtes Tappen nackter Füße und unmerkliches Knacken. Und man schlief sicherlich erst sehr spät ein, denn Lichtstrahlen drangen noch lange unter den Türen hervor. Der Champagner hat derartige Wirkungen; er stört, sagt man, den Schlaf.

An andern Morgen flimmerte blendend der Schnee unter strahlender Wintersonne. Die endlich angespannte Eilkutsche hielt wartend vor dem Tor, während ein Schwarm weißer Tauben, mit aufgeplustertem Gefieder und rosenroten Augen, die in der Mitte einen schwarzen Tupfen hatten, gravitätisch zwischen den Beinen der sechs Pferde umherwandelte und sein Futter in den dampfenden Roßäpfeln suchte, die die Schnäbel auseinanderpickten. Der Kutscher saß, in seinen Schafpelz gehüllt, auf dem Bock und qualmte seine Pfeife, und die allesamt freudestrahlenden Reisenden ließen noch rasch etwas Eßbares für den Rest der Reise einpacken.

Man wartete nur noch auf Fettklößchen. Sie kam.

Sie schien ein wenig verwirrt zu sein und sich zu schämen; scheu kam sie auf ihre Reisegefährten zu, die sich alle mit einer Bewegung von ihr wegwandten, als hätten sie sie nicht bemerkt.

Der Graf nahm würdevoll den Arm seiner Gemahlin und entzog sie solcher unreinen Berührung.

Das dicke Mädchen blieb verdutzt stehen, dann raffte sie allen Mut zusammen und redete mit einem bescheiden gemurmelten »Guten Morgen, Madame« die Gattin des Fabrikanten an. Die andere erwiderte den Gruß nur mit einer kurzen, schnippischen

Kopfbewegung, die von einem Blick beleidigte Tugend begleitet war. Alles schien sehr beschäftigt und hielt sich ihr fern, als hätte sie eine ansteckende Krankheit in ihren Röcken mitgebracht. Dann stürzte alles dem Wagen zu. Sie langte als letzte allein am Trittbrett an und nahm schweigend den Platz drinnen wieder ein, auf dem sie während des ersten Teils der Reise gesessen hatte.

Man schien sie nicht zu sehen und nicht zu kennen; nur Frau Loiseau, die sie aus dem Hintergrund voller Entrüstung ansah, raunte halblaut ihrem Mann zu: »Ein Glück, daß ich sie nicht neben mir habe!«

Das schwerfällige Gefährt setzte sich in Bewegung, und die Reise ging weiter.

Man sprach zunächst gar nichts. Fettklößchen wagte nicht, die Augen zu heben. Sie hatte ein Gefühl der Empörung gegen alle ihre Nachbarn und fühlte sich zugleich erniedrigt, daß sie nachgegeben und sich mit den Küssen dieses Preußen besudelt hatte, dem sie auf so heuchlerische Weise in die Arme getrieben worden war. Aber die Gräfin brach bald das peinliche Schweigen, indem sie sich zu Madame Carré-Lamadon wandte: »Sie kennen doch, meine ich, Madame d'Étrelles?«

»Aber ja, sie ist eine meiner Freundinnen!«

»Eine bezaubernde Frau!«

»Entzückend! Eine wahrhaft vornehme Natur, hochgebildet übrigens und künstlerisch bis in die Fingerspitzen; sie singt bezaubernd und zeichnet vollendet...!« Der Fabrikant plauderte mit dem Grafen, und aus dem Rasseln und Klirren der Fensterscheiben sprang ab und zu ein vernehmliches Wort hervor: Coupon – Fälligkeit – Prämie – Termingeschäft.

Loiseau, der aus dem Gasthause das alte Kartenspiel mitgenommen hatte, das vom mehrjährigen Gebrauch auf schlecht abgewischten Tischen ganz fettig geworden war, haute mit seiner Ehepartnerin eine Partie Bésigue herunter.

Die Barmherzigen Schwestern griffen nach den langen Rosenkränzen, die von ihren Gürteln herunterhingen, machten wie auf Kommando das Zeichen des Kreuzes, und ihre Lippen fingen plötzlich an, sich lebhaft zu bewegen, hastiger und hastiger, und sie überstürzten sich in ihrem flüchtigen Gemurmel wie zu einem Wettlauf im *Oremus*. Von Zeit zu Zeit küßten sie eine Andachtsmünze, bekreuzigten sich von neuem und fingen dann ihr rasches und andauerndes Gemurmel wieder an.

Cornudet saß in Gedanken versunken.

Nach drei Stunden Fahrt schob Loiseau seine Karten zusammen: »Man kriegt Hunger!« sagte er.

Da holte Frau Loiseau ein verschnürtes Paket hervor, aus dem sie ein Stück kaltes Kalbfleisch nahm. Sie schnitt es säuberlich in dünne, feste Scheiben, und alle beide fingen zu essen an.

»Wir sollten es ebenso machen«, meinte die Gräfin. Man stimmte zu, und sie packte die für die beiden Paare zurechtgemachten Vorräte aus. In einer jener länglichen Schüsseln, deren Deckel ein Hase in Steingut ziert, zum Zeichen, daß darunter ein Hase als Pastete begraben ruht, lag ein saftiges Fleischgericht: braunes Wildbret, von weißen Speckschnitzeln durchzogen und mit anderem feingewiegten Fleisch gemischt. Ein schöner Würfel Schweizerkäse war in eine Zeitung gewickelt, und auf seinem fettigen Anschnitt hatte sich die Überschrift ›Vermischtes‹ abgedruckt.

Die beiden Barmherzigen Schwestern packten einen dicken Ring Knoblauchwurst aus; und Cornudet, der beide Hände zugleich in die weiten Taschen seines Mantels versenkte, zog aus der einen vier hartgekochte Eier und aus der andern einen Brotkanten hervor. Er pellte die Schale ab, warf sie in das Stroh unter seinen Füßen und biß in die Eier, daß auf seinen breiten Bart winzige Krümel des Eigelbs fielen, die darin wie Sterne leuchteten.

Fettklößchen hatte in der Hast und Aufregung ihres Aufbruchs an nichts denken können, und nun sah sie, außer sich und vor Wut nach Atem ringend, all diese Leute da geruhsam essen. Zuerst schüttelte sie ein rasender Zorn. Und sie machte den Mund auf, um ihnen ihre Untat mit einer Flut von Schimpfworten ins Gesicht zu schreien, die ihr auf die Lippen kamen; aber sie konnte nicht sprechen, so schnürte ihr die Erbitterung die Kehle zu.

Niemand sah zu ihr hin, niemand dachte an sie. Sie fühlte sich untergehen in der Verachtung dieser ehrbaren Schufte, die sie erst geopfert und dann wie einen unsauberen und unnützen Gegenstand weggestoßen hatten. Dann dachte sie an ihren großen Korb mit all den guten Sachen, die sie gierig verschlungen hatten, ihre beiden Hühnchen in Gelee, ihre Pasteten, ihre Birnen, ihre vier Flaschen Bordeaux! Und plötzlich fiel ihre Wut in sich zusammen wie ein zu straff gespanntes Seil, das reißt, und sie fühlte sich dem Weinen nahe. Sie machte fürchterliche Anstrengungen, stemmte sich dagegen, schluckte wie ein Kind ihre Schluchzer hinunter, aber die Tränen quollen hoch, glitzerten schon am Rand ihrer Lider, und bald lösten sich zwei dicke Tropfen von den Augen und rollten langsam über ihre Backen. Die nächsten folgten schon rascher, rannen wie Wassertropfen, die aus einem Felsen sickern, und fielen im Gleichmaß auf die Wölbung ihrer Brust nieder. Sie saß ganz gerade da, mit starrem Blick, mit unbewegtem, blassem Gesicht, und hoffte, niemand würde ihr etwas ansehen.

Aber die Gräfin bemerkte es und wies ihren Gemahl mit einem Zeichen darauf hin. Er zuckte die Achseln, als wollte er sagen: »Was willst du, es ist nicht meine Schuld ...« Frau Loiseau lachte stumm und triumphierend und zischelte: »Sie heult über ihre Schande!«

Die beiden Barmherzigen Schwestern wandten sich wieder dem Beten zu, nachdem sie den Rest ihrer Wurst in ein Papier gewickelt hatten.

Da streckte Cornudet, der seine Eier verdaute, die langen Beine bis unter die Bank gegenüber aus, lehnte sich zurück, kreuzte die Arme, lächelte wie ein Mann, der auf einen guten Witz gekommen ist, und fing an, die Marseillaise zu pfeifen.

Alle Mienen verdüsterten sich. Offensichtlich gefiel das Lied des Volkes seinen Nachbarn nicht. Sie wurden aufgeregt und gereizt und sahen aus, als wollten sie losheulen wie Hunde, die einen Leierkasten hören. Er bemerkte es, hörte aber gerade nicht auf. Ab und zu näselte er sogar die Worte:

Amour sacré de la patrie,
Conduis, soutiens nos bras vengeurs,
Liberté, liberté chérie,
Combats avec tes défenseurs ...!*

Immer rascher rollten die Räder, da der Schnee härter geworden war. Und bis nach Dieppe, während der langen, öden Stunden der Reise, im Rollen und Holpern über die Landstraßen hin, in der

* Stärk, Heimatliebe, uns, befeure,
führ' unsern Arm im Rachekrieg!
Freiheit, Freiheit, heilige, teure,
stürm' voran deinem Heer in den Sieg!

hereinbrechenden Dämmerung, dann in der tiefen Dunkelheit, die sich im Kutschkasten ausbreitete, setzte Cornudet mit wilder Hartnäckigkeit sein eintöniges Rachepfeifen fort. Und er zwang immer von neuem die müden und erbitterten Geister, der Melodie von Anfang bis Ende zu folgen und sich jedes Wort ins Gedächtnis zu rufen, es bei jedem Takt mitzudenken.

Fettklößchen weinte noch immer; und manchmal glitt ein Schluchzen, das sie nicht hatte zurückhalten können, zwischen zwei Liedstrophen in die Dunkelheit.

Camille Pissarro
Gruppe von Badenden
Lithographie

Das Haus Tellier

I

Abends um elf Uhr ging man immer noch gern auf ein Stündchen hin, gerade so, wie man sich in sein Stammcafé begibt.

Es waren immer dieselben, die sich dort trafen, mal sechs, mal acht, durchaus keine ›Sumpfhühner‹ etwa, sondern lauter ehrsame Männer der Stadt, jüngere und ältere Herren aus Handel und Verwaltung. Man schlürfte da seinen Chartreuse, schäkerte mit den Mädchen des Hauses oder führte wohl auch ein vernünftiges Gespräch mit Madame, die sich allgemeiner Achtung erfreute.

Um Mitternacht pflegte man sich wieder auf den Heimweg zu machen. Die jungen Leute blieben mitunter noch etwas länger da.

Klein und gemütlich war es, das Haus. Gelbgetüncht lag es an seiner vorspringenden Straßenecke, gleich hinter der Kirche Saint-Étienne; aus seinen Fenstern konnte man hinausblicken auf das Hafenbecken, in dem Schiff an Schiff lag, wo die Ladungen gelöscht wurden, und auf den großen Salzteich dahinter, den sogenannten Stauweiher, und noch weiter hinüber bis zum Strande mit seiner altersgrauen Marienkapelle.

Madame entstammte einer angesehenen Bauernfamilie aus dem Departement Eure. Sie hatte sich ihrem Beruf mit der gleichen Selbstverständlichkeit zugewandt, wie man beispielsweise auch hätte Leiterin eines Modeateliers oder eines Wäschereibetriebes werden können. Das etwas ehrenrührige Vorurteil, das man besonders in den Großstädten gegen das öffentliche Liebesgewerbe hat, bringt man in der ländlichen Normandie kaum auf. Der Bauer ist der Ansicht: ›Anständig ist jedes Handwerk!‹ – und so ist es ihm eins, ob seine Tochter einen Harem öffentlicher Mädchen oder irgendein anderes Damenpensionat leitet.

Übrigens hatte Madame ihr Haus von einem alten Onkel geerbt. Monsieur und Madame, die damals gerade einen Gasthof in der Nähe von Yvetot bewirtschafteten, hatten diesen Betrieb sofort veräußert in der Erwägung, daß das Geschäft in Fécamp sicher einträglicher sein werde; und eines schönen Morgens waren sie denn da und übernahmen das Etablissement, dem die richtige Geschäftsführung gefehlt hatte und mit dem es etwas bergab gehen wollte.

Sie waren nette, tüchtige Leute und machten sich rasch bei Personal und Kundschaft beliebt.

Schon zwei Jahre darauf war Monsieur einem Schlaganfall erlegen. Die neue Betätigung, die eigentlich für ihn keine war und die ihm noch weniger Bewegung als seine bisherige verschaffte, hatte ihn übermäßig dick und bequem gemacht; und so war er sozusagen im eigenen Wohlsein erstickt.

Madame wurde, seit sie Witwe geworden war, von allen ihren Stammgästen umworben, allerdings ohne Erfolg; und so hieß es denn von ihr, sie sei wirklich unnahbar, und sogar ihre Angestellten hätten ihr nicht das mindeste nachreden können.

Sie war gut gewachsen, stattlich, von einnehmendem Äußeren. Ihre Haut, die im steten Dämmerlicht ihres Hauses etwas blaß geworden war, hatte einen leicht mattfettigen Glanz. Auf ihrer Stirn kräuselte sich ein kleiner Haarkranz aus falschen, gebrannten Löckchen und gab ihrem Gesicht ein jugendliches Aussehen, das zu der Reife ihrer Formen nicht so ganz mehr passen wollte. Sie war unentwegt heiter, zeigte eine offene Miene und scherzte gern; dabei legte sie aber immer eine leichte Zurückhaltung an den Tag, die ihr auch der neue Beruf nicht hatte nehmen können. Alles offen Herausgesagte ging ihr gegen den Strich; und wenn ein ungeschliffener Bursche ihr Etablissement beim wahren Namen zu nennen wagte, dann konnte sie sehr böse werden. Sie war eben feinfühlig, und wenn sie ihre Angestellten auch fast wie Freundinnen behandelte, so betonte sie doch immer wieder gern: Sie und das Gemüse da wären nun mal nicht aus ein und demselben Salatkorbe.

Hin und wieder in der Woche unternahm sie mit einem Teil ihrer Gesellschaft in der Mietkutsche eine Fahrt ins Grüne; dann tollte man sich jedesmal ordentlich aus auf den Wiesen an den Ufern des Flüßchens, das die Auen von Gramont durchfließt. Die ganze lustige Bande benahm sich da immer wie ein Schwarm Backfische, der aus dem Pensionat ausgekniffen ist, und jagte sich kreischend und haschend im Kreise herum; es war wie das tolle Ausgelassensein lange eingesperrter Nönnchen, die von der Luft und der Freiheit wie berauscht sind. Und dann lag man im Gras, verschmauste die mitgebrachten Leckereien und trank Apfelwein dazu. Und wenn es anfing dunkel zu werden, stieg man in den Wagen und rollte wonnig müde und zärtlich gestimmt wieder heimwärts. Während der Fahrt wurde Madame abgedrückt wie ein liebes, gutes Muttchen, das so gütig und so nachsichtig ist...

Das Haus hatte zwei Eingänge. Die Ecktür führte in eine Art Winkelcafé, das sich abends für den Mann aus dem Volke und die Matrosen auftat. Zwei von den Mädchen waren eigens für diesen Kundenkreis da. Sie stellten die Viertel und Halben Wein auf die wackligen Marmortische und setzten sich dann selber den Gästen auf den Schoß, legten ihnen die Arme um den Hals und ermunterten sie zu weiteren Genüssen. Als Helfer stand ihnen der Hausbursche Frédéric zur Seite, ein Flaumbart mit einem Mädchengesicht, aber mit der Muskelkraft eines Bullen.

Die drei anderen Damen (sie waren im ganzen fünf) bildeten so etwas wie die höhere Gesellschaft; sie standen den Gästen des Obergeschosses zur Verfügung, wenigstens solange sie nicht unten mit einspringen mußten, falls mal oben gerade nichts zu tun war.

Der ›Jupitersalon‹, in dem sich die Herren Honoratioren versammelten, war blau tapeziert und mit einem großen Kupferstich geschmückt, der Leda mit dem Schwan darstellte. In dieses Gesellschaftszimmer gelangte man über eine Wendeltreppe, die nach der Straße zu ein schmales Pförtchen abschloß. Über diesem niederen und unauffälligen Einlaß glomm die ganze Nacht durch eine kleine vergitterte Laterne, ein Ewiges Lämpchen von der Art, wie man sie in manchen Städten zu Füßen von Madonnen in einsamen Mauernischen blaken sieht.

Der ganze Bau war alt und feucht und strömte einen leichten Modergeruch aus. Ab und zu wehte auch ein frischer Hauch von Eau de Cologne durch die Hausgänge. Doch scholl dazu von unten durch eine halboffene Tür das pöbelhafte Grölen und Lärmen der Leute an den Tischen im Erdgeschoß herauf wie Donnergetöse, das alle Wände erschütterte, dann verzogen die Herren im ersten Stock etwas unangenehm berührt und unruhig ihre Mienen.

Madame, die mit ihren Stammgästen auf vertrauterem Fuß stand, pflegte im allgemeinen kaum ihr Haus zu verlassen, bekundete aber das lebhafteste Interesse für alles, was sich in der Stadt ereignete und was die Hausfreunde an Neuigkeiten in ihren Salon mitbrachten. Das Gespräch, das sie in ihrer gemessenen, würdevollen Art führte, unterschied sich wie Tag und Nacht von dem nichtssagenden Geplauder ihrer drei Gesellschafterinnen; und jedes Wort von ihr wirkte wie eine Oase in dem wüsten Gewitzel der schmerbäuchigen Biedermänner, die sich Abend für Abend »in allen Ehren« erlaubten, ihren kleinen Seitensprung zu machen und in Gesellschaft dieser öffentlichen Dämchen ihren Likör zu genießen.

Die drei im ersten Stock hießen Fernande, Raphaële und Rosa, genannt ›das Aas‹.

Da das Personal etwas knapp war, hatte man seitens der Leitung des Hauses Wert darauf gelegt, daß jede der Angestellten einen ganz bestimmten Typ Weiblichkeit darstelle, damit jedem Kunden annähend das geboten werden könnte, was er als Verkörperung seines Ideals ansah.

Fernande gab sich ganz als die »schöne Blondine«, hochgewachsen und rundum gut gepolstert, wie sie war: das mollige, sommersprossige Kind vom Lande. Ihre fadblonden, gestutzten Haarsträhnen, die nur schütter die Schädelplatte bedeckten, nahmen sich da oben wie eine Lage gehecheltes Hanfstroh aus.

Raphaële aus Marseille spielte – als kesse Nixe der Hafenstädte – die unentbehrliche Rolle der ›schönen Jüdin‹. Sie war mager und hatte vorspringende Backenknochen, auf die sie noch extra Rot auflegte. Ihr rabenschwarzes Haar, das sie mit Rindermark auf Hochglanz brachte, war an den Schläfen zu Schmachtlocken aufgedreht. Die Augen hätte man fast schön nennen können, wenn nicht rechts der milchige Tupfer auf der Hornhaut gewesen wäre. Die Nase bog sich kühn zu dem vorstehenden Gebiß herunter, in dem als helle Flecke zwei neue falsche Oberzähne von den echten übrigen abstachen, die mit den Jahren den Farbton nachgedunkelten Holzes angenommen hatten.

Rosa, ›das Aas‹, eine kleine runde Fettkugel, die eigentlich nur aus einem Bauch auf winzigen Beinchen bestand, sang zu allen Tages- und Nachtstunden mit ihrer blechernen Stimme bald saftige, bald schmalzige Lieder, plapperte dazwischen und sprudelte ihre nie endenden, belanglosen Geschichtchen heraus; sie hörte nur auf zu plappern, um zu essen, und hörte nur auf zu essen, um zu plappern. Sie war immer in Bewegung und trotz ihres

Wänstchens und ihrer knubbeligen Pfötchen gewandt wie ein Eichkätzchen. Ohne Pause erklang ihr Gekicher, ein richtiger Springbrunnen schriller Töne, bald von hier, bald von da, aus den Zimmern, von der Dachkammer herunter, aus dem Café herauf, kurz, von überallher und meist ohne den geringsten Anlaß.

Die beiden von unten, Louise, mit dem Spitznamen ›Kokotte‹, und Flora, ›die Schaukel‹ genannt, weil sie etwas hinkte, sahen aus wie zwei Küchenmädchen, die sich für den Fasching herausstaffiert hatten. Die erstere erschien stets als Freiheitsgöttin mit blauweißroter Schärpe, die andere als phantastisch kostümierte Spanierin, mit Kupferblechmünzen behängt, die bis in ihr feuerrotes Haar hinauf an ihr baumelten und bei jedem ihrer Hinkeschritte mit hin und her schepperten. Die zwei waren nicht schöner noch häßlicher als alle weiblichen Wesen ihres Schlages, eben die richtigen Schenkmädchen; sie hießen im ganzen Hafen nur ›die beiden Pumpen‹.

Zwischen den fünfen herrschte ein Friede, der manchmal zwar ein klein wenig durch Eifersüchteleien gespannt schien, aber dank der ausgleichenden Klugheit und der unversiegbar guten Laune von Madame immer wieder zur Harmonie wurde.

Das Etablissement, das einzige seiner Art in der kleinen Stadt, erfreute sich regen Besuches. Madame hatte ihrem Unternehmen einen Anstrich von Wohlanständigkeit zu geben verstanden; sie zeigte sich derart liebenswürdig und zuvorkommend gegen jedermann, und ihr gutes Herz war so allgemein bekannt, daß man ihr allerseits eine Art Hochachtung entgegenbrachte. Die Stammgäste ließen es sich etwas kosten, ihre Huld und Gewogenheit zu gewinnen, und jeder schwoll vor Stolz, wenn sie ihm bei nächstbester Gelegenheit ihr ganz besonderes freundschaftliches Wohlwollen bekundete. Traf man sich tagsüber auf dem Geschäftswege, dann rief man einander zu: »Also bis nachher, Sie wissen ja wo!« – ganz wie man leicht die Frage hinwirft: ›Wir sehen uns doch nach Tisch noch im Café, nicht?‹

Kurz und gut – das Haus Tellier war zu etwas durchaus Unentbehrlichem geworden, und nur selten kam es vor, daß bei den allabendlichen Zusammenkünften einer fehlte.

Da geschah es eines schönen Abends – es war gegen Ende des Monats Mai –, daß Monsieur Poulin, seines Zeichens Holzhändler und ehemaliges Stadtoberhaupt, als erster Besucher nahte und –

das Pförtchen verschlossen fand. Auch die kleine Laterne hinter ihrem Gitter brannte nicht wie sonst; das gastliche Haus lag still, wie ausgestorben da. Er klopfte erst leise, dann stärker – nichts rührte sich. Er schlenderte die Straße wieder zurück, und als er am Marktplatz anlangte, stieß er beinahe mit Monsieur Duvert, dem Reeder, zusammen, der seinerseits auf dem besten Wege dorthin war, wo Poulin eben herkam. Gemeinsam kehrten sie zur Stätte der Geselligkeit zurück; aber als sie davorstanden, mußten sie dasselbe feststellen, was vorher schon Poulin für sich wahrgenommen hatte. Mit einemmal erhob sich ganz in der Nähe ein wüster Radau, und als sie um die Hausecke bogen, um zu sehen, was los sei, standen sie plötzlich einem Haufen englischer und französischer Seebären gegenüber, die mit ihren Pranken gegen die geschlossenen Fensterläden des Cafés donnerten.

Die beiden Herren machten kehrt und strebten tunlichst rasch von dannen, um keine Unannehmlichkeiten zu erleben; erst ein leises »Ps-st!« brachte sie wieder zum Stehen: Es war Monsieur Tournevau, der Besitzer der Fischsalzerei, der sich, als er sie erkannte, bemerkbar gemacht hatte. Sie teilten ihm die Sachlage mit. Ihr Bericht bestürzte ihn um so mehr, als er – der Ehemann und Familienvater, der keinen Schritt unbeobachtet tun konnte – sich nur samstags seinen ›Klubbesuch‹ leisten konnte: übrigens auch securitatis causa, aus Gesundheitsrücksichten, wie er zu scherzen pflegte mit Anspielung auf die Maßnahmen der sanitären Polizei, deren Kontrollzeiten ihm sein Freund, der Doktor Borde, ins Ohr geflüstert hatte. Und diesmal war doch gerade wieder mal sein Abend da, und nun sollte er eine ganze Woche lang so auf dem trockenen sitzen!

Die drei Herren machten einen weiten Bummel bis an den Kai. Unterwegs trafen sie den Stammgast Monsieur Philippe junior, den Bankierssohn, und gleich darauf Monsieur Pimpesse, den Steuereinnehmer. Geschlossen zogen sie zu fünft durch die Rue-aux-Juifs zurück zu einem letzten Versuch. Da aber die krakeelenden Blaujacken das Haus noch immer umlagert hielten, es mit Steinen bombardierten und weitertobten, entschlossen sich die fünf Kunden des ersten Stockes zu schleuniger Umkehr und bummelten etwas ziellos durch die nächtlichen Straßen.

Schließlich stießen zu ihnen noch Monsieur Dupuis, der Versicherungsagent, und Handelsgerichtsrat Monsieur Vasse. Ein längerer Spaziergang führte die Herrengesellschaft wieder bis zum Hafendamm. Dort nahmen sie nebeneinander auf der Granitbrüstung Platz und schauten auf die plätschernden Fluten hinunter. Draußen leuchtete hell auf den Kämmen der Wogen der Gischt aus dem Dunkel auf und erlosch gleich wieder; und das eintönige Rauschen des Meeres, das längs der Küste gegen die Felsen brandete, scholl ununterbrochen durch die Nacht zu ihnen herüber. Als die Herren Spaziergänger mit hängenden Köpfen und stumm eine Weile so dagesessen hatten, bemerkte Monsieur Tournevau: »Allzu unterhaltsam ist es hier nicht gerade!« – »Bestimmt nicht!« pflichtete ihm Monsieur Pimpesse bei. Und so stand man denn wieder auf und schlenderte weiter.

Sie gingen die Straße entlang, die auf der Höhe über dem Strande hinführt und im Volksmund »Unter den Bäumen« heißt, überschritten die Holzbrücke zum Stauweiher hin, marschierten am Bahndamm weiter und schwenkten gerade wieder zum Marktplatz ein, als es – ganz unvermittelt – zu einer lauten Meinungsverschiedenheit zwischen dem Steuereinnehmer Monsieur Pimpesse und dem Fischselcher Monsieur Tournevau über eine eßbare Pilzart kam, von der einer der beiden ein Exemplar in der Umgebung gefunden haben wollte.

Die Gemüter waren in recht gereizter Stimmung, und es wäre vielleicht zu Handgreiflichkeiten gekommen, wenn sich die anderen Exkursionsteilnehmer nicht ins Mittel gelegt hätten. Pimpesse blieb eingeschnappt und zog wütend ab; kaum war er fort, da ging eine neue Zankerei los, diesmal zwischen dem ehemaligen Stadtoberhaupt, Monsieur Poulin, und dem Generalvertreter für Lebensversicherungen, Monsieur Dupuis, – und zwar drehte es sich nun um das Problem, wie hoch eigentlich das Gehalt eines Steuereinnehmers sei und was für Einnahmen er sich sonst noch so nebenbei verschaffen könne. Man war gerade in der besten Auseinandersetzung, bei der es von Anspielungen und Anwürfen nur so hagelte, – da erhob sich plötzlich ein noch viel furchtbareres Gebrüll als vorhin aus nächster Nähe, und über den Platz her sah man die Rotte Matrosen angerückt kommen, die es offenbar satt hatten, das verschlossene Haus weiterhin erfolglos zu belagern. Immer zwei und zwei, marschierten sie eingehakt in unabsehbarer Tiefenstaffelung heran und fluchten ungeheuerlich. Das Grüppchen der Herren Honoratioren zog sich in das schützende Dunkel eines Torbogens zurück, und die johlende, grölende Horde wogte vorüber und verschwand in Richtung der Abtei. Ihr Radau war noch eine ganze Weile zu hören, nach und nach erst verebbte er in der Ferne wie ein abziehendes Gewitter; und dann war alles wieder still ...

Nun liefen – nach entgegengesetzten Richtungen – Monsieur Poulin und Monsieur Dupuis wütend, ohne sich zu grüßen, auseinander.

Die übrigen vier setzten sich weiter in Marsch und landeten wie zufällig wieder vor dem Etablissement Tellier. Es lag noch immer in tiefer Stille und verschlossen da. Rätselhaft! Nur ein einsamer Betrunkener stand friedsam und beharrlich davor und patschte an die Vorderwand des Cafés. Von Zeit zu Zeit hielt er inne und rief lallend halblaut nach dem Kellner Frédéric. Als er merkte, daß er auf sein Rufen keine Antwort bekam, ließ er sich auf den Türstufen nieder, um die weitere Entwicklung der Dinge abzuwarten.

Die Herren wollten sich gerade – endgültig für diesmal – zurückziehen, da tauchte am andern Ende der Straße wieder der wüste Haufen Seebären auf. Die französischen Blaujacken brüllten die Marseillaise, die englischen grölten dazwischen ihr »Rule Britannia!«. Noch einmal setzte der allgemeine Sturmlauf gegen die Hauswände ein, dann wälzte sich der Strom der Schreier dem Kai zu, wo eine wüste Keilerei zwischen den beiden Nationen anhub, in der einem der Tommys ein Arm entzweigeschlagen und einem der blauen Jungens auf französischer Seite die Nase aufgeschlitzt wurde.

Inzwischen packte den einsamen Süffel, der immer noch vor der Cafétür saß, das heulende Elend; er fing an zu flennen, wie Bezechte und Kinder flennen, die ihren Willen nicht bekommen.

Da machten sich denn die Herren, der eine dahin, der andere dorthin, auf ihren Heimweg.

Nach und nach senkte sich wieder die Ruhe über das aufgestörte Städtchen. Von da und dort erhob sich noch kurzes Stimmengewirr, dann verlor sich der letzte Laut in der Ferne.

Nur ein einzelner Mann wandelte noch immer, ohne Ruhe zu finden, umher. Es war Monsieur Tournevau, der Fischselcher; er konnte sich nicht darüber beruhigen, daß er bis Samstag nächster Woche ›auf dem trockenen sitzen‹ sollte. Und im stillen hegte er doch noch die leise Hoffnung, die Dinge könnten irgendeine günstige Wendung nehmen. Es wäre doch einfach unverständlich, sann er etwas aufgebracht vor sich hin, wie es die Polizei dulden könne, daß ein Etablissement, das für das öffentliche Wohl da sei und das unter ihrer besonderern Obhut stehe, so mir nichts dir nichts seine Pforten schlösse! Er wollte also der Sache auf den Grund gehen, steuerte nochmals auf das Haus zu und tastete die Mauern ab. Da entdeckte er einen Zettel, der an den Fensterläden angeklebt war. Er riß ein Schwefelholz an und entzifferte beim Geflacker seiner Leuchte folgende in großen Buchstaben hingekrakelten Worte:

Wegen Erstkommunion geschlossen.

Da zog er ab; nun war ihm klargeworden, daß diesmal wirklich nichts zu machen sei.

Der Betrunkene war mittlerweile immer tiefer auf die ungastliche Schwelle hinabgesunken und eingeduselt...

Am andern Tag richteten die Stammgäste von Madame es so ein, daß jeder für sich – die Aktenmappe unter dem Arm, damit es besser aussähe – auf seinem Wege wie zufällig durch die bewußte Straße mußte; und einer wie der andere warf einen verstohlenen Seitenblick zu der Hausfront hinüber, sah den Zettel und las im Vorübergehen die geheimnisvolle Mitteilung:

Wegen Erstkommunion geschlossen.

II

Hinter der rätselhaften Sache steckte folgendes:

Madame hatte einen Bruder, der in ihrem Heimatort Virville, im Departement Eure, eine Schreinerei betrieb. Zu der Zeit, als Madame noch die Frau Wirtin von Yvetot gewesen war, hatte sie als Patentante das Töchterchen ihres Bruders über das Taufbecken gehalten und der kleinen Nichte den Namen Constance gegeben. Das Kind hieß also wie sie: Constance Rivet – so war ja der Mädchenname von Madame. Der Schreiner, der wußte, daß seine Schwester in guten Verhältnissen lebte, hatte sie nie ganz aus seinen Augen verloren, wenn auch die Geschwister einander nur selten sahen; wurde doch jedes durch seine eigene Beschäftigung und schließlich auch durch die weite Entfernung zwischen ihren Wohnorten von gegenseitigen Besuchen abgehalten. Als nun das Mädchen mittlerweile fast zwölf Jahre alt geworden war und zur ersten Kommunion gehen sollte, nahm er aber doch die Gelegenheit wahr und schrieb seiner Schwester, er rechne bestimmt mit ihrem Kommen zu der Feier. Des Kindes Großeltern waren nicht mehr am Leben; Madame konnte es ihrer Patennichte also nicht gut abschlagen, sie nahm die Einladung an. Bruder Joseph hoffte dabei so im stillen, seiner Schwester bei der Gelegenheit als Patengeschenk ein Testament abzuschmeicheln, mit dem Madame – sie war ja kinderlos – ihre kleine Nichte bedenken könnte.

Wie Madame zu ihrem Vermögen gekommen war, das störte ihn dabei in keiner Weise, und außerdem wußte es ja auch sonst niemand in der ganzen Gegend. Wenn die Rede mal auf sie kam, dann hieß es einfach: »Madame Tellier lebt jetzt in Fécamp ...«, und das ließ die Vermutung zu, daß sie da wohl von ihren Zinsen lebe. Virville liegt von Fécamp wenigstens zwanzig Meilen ab; und wenn der Mann vom Lande mal zwanzig Meilen weit zu fahren hat, dann ist das für ihn schwerer zu bewerkstelligen, als wenn unsereiner sich aufs Schiff setzt und eine Weltreise über den Ozean tut. Die Leute von Virville waren nie über Rouen hinausgekommen, und für die Bewohner von Fécamp war ein kleines Bauernnest mit fünfhundert Seelen, das weltverloren in der weiten Ebene liegt und überdies zu einem andern Departement gehört, auch nicht gerade ein besonderer Anziehungspunkt. So kam es, daß man kaum etwas voneinander hörte und sah.

Als nun der Tag der Kommunion immer näher rückte, wurde Madame doch von einiger Unruhe befallen. Sie hatte keine Stellvertreterin und wagte nicht, ihr Haus sich selbst zu überlassen, und wäre es auch nur für einen Tag. Bestimmt würde dann sofort zwischen ihren Damen von oben und von unten Zank und Streit entstehen; und Frédéric würde sich natürlich auch einen antrinken – und wenn der seinen Rausch hatte, dann ging er gleich jedem, der ihm in die Quere kam und ein Wörtchen sagte, mächtig ans Zeug. So entschloß sie sich denn, doch lieber ihr gesamtes Personal mitzunehmen, außer Frédéric, der bis übermorgen freibekommen sollte.

Als sie ihren Entschluß dem Bruder eröffnete, war er ganz und gar nicht dagegen, sondern schrieb vielmehr zurück: Er könne die ganze Gesellschaft recht gut für die Nacht unterbringen. So machte sich denn an dem Samstagmorgen Madame samt ihrem Gefolge mit dem Achtuhrzug auf die Reise.

Bis Beuzeville hatten sie das bequeme Abteil ganz für sich allein, und sie schwatzten lustig durcheinander wie die Elstern. Als der Zug dort hielt, kletterte ein ländliches Ehepaar herein. Der Mann, ein alter Bauer in blauer Bluse mit gefälteltem Kragen und weiten, an den Handgelenken gekräuselten und weißbeborteten Ärmeln, hatte einen altertümlichen, turmartigen Hut aus rötlichem Borstenhaar auf dem Kopf; in der einen Hand hielt er einen ungeheuer großen grünen Regenschirm und in der andern einen mächtigen Henkelkorb, aus dem die aufgeregt wackelnden Köpfe dreier Enten hervorlugten. Die Frau in ihrer starren bäuerlichen Tracht und mit ihrer spitzen Schnabelnase sah aus wie ein Huhn. Sie setzte sich ihrem Alten gegenüber, und beide rührten und regten sich nicht mehr. Offenbar fühlten sie sich beklommen in dieser so glanzvollen Gesellschaft, in die sie da geraten waren.

Und es war auch wirklich an dem: Das Abteil gleißte nur so von schillernden Farben. Madame war von Kopf bis Fuß in Blau gehüllt, in blaue Seide, und um die Schultern lag ihr ein blendender, knallroter Schal aus imitiertem französischem Kaschmir. Fernande thronte in einem schottisch gemusterten Etwas von Robe da, die ihr die Kolleginnen mit vereinten Kräften hatten straffschnüren müssen; darin hob sich ihr etwas hinfälliger Busen wieder zu einem wogenden Kugelpaar, das unter dem Stoff deutlich hin und her schwabbelte.

Auf Raphaëles Haarfrisur thronte ein Gebäude aus bunten Federn, das ein Nest voll Vögelchen darstellen sollte. Das lilafarbene, von Goldflitter überschimmerte Gewand, das sie umfloß, machte aus ihr eine Schönheit, die geradezu orientalisch anmutete. Rosa das Aas in ihrem rosigen Röckchen mit breiten Volants sah aus wie ein im Wachstum zurückgebliebenes, zu dick geratenes Kind. Und die beiden Pumpen schienen ihre sehr aparten Leibesbehänge aus alten Fensterdraperien geschneidert zu haben, aus jenen großgeblümten Vorhangstoffen, die einst in den Zeiten vor Anno achtundvierzig Mode gewesen waren.

Sowie die Damen sich nicht mehr allein unter sich fühlten, nahmen sie eine würdevollere Haltung an und begannen, sich sehr vornehm miteinander zu unterhalten, damit jeder sehen und hören konnte, daß sie sich in der Welt zu benehmen wußten. Es dauerte nicht lange, da stieg – es war in Bolbec – ein junger blondbärtiger Herr zu, schwerberingt und mit goldener Uhrkette behängt. Er schob ein paar in Wachstuch gehüllte Pakete ins Gepäcknetz. Sein Gesicht sah noch halb jungenhaft und übermütig aus. Er grüßte lächelnd und fragte gleich ungezwungen: »Die Damen wechseln die Garnison, stimmt's?«

Die Frage setzte den Damenflor doch in einige Verlegenheit, und Madame brauchte eine kleine Weile, bis sie ihre Fassung wiedergewann. Es galt, die Standesehre zu wahren; sie antwortete kühl und trocken: »Sie dürften sich durchaus etwas höflicher ausdrücken!«

Er entschuldigte sich: »Verzeihung, ich wollte sagen – das Kloster...!«

Madame hatte nichts darauf zu erwidern; vielleicht hielt sie diese Richtigstellung für der Sache angemessen. Jedenfalls bewegte sie hoheitsvoll das Haupt und kniff nur etwas die Lippen zusammen.

Darauf wandte sich der junge Herr, der zwischen Rosa dem Aas und dem alten Bauern saß, zu den Enten, die ihre Köpfe aus dem Korbe steckten, und zwinkerte ihnen zu; als er merkte, daß er die Blicke der Umsitzenden auf sich zog, kraulte er die Tiere unter den Schnäbeln und redete zur allgemeinen Erheiterung auf sie ein: »Aus unserm Paddel-Paddel-Pfützchen sind wir rausgewatschelt – waak! waak! waak! –, um ein bissel Bekanntschaft mit dem Bratel-Bratel-Pfännchen zu machen – waak! waak! waak!«

Die unglücklichen Vögel drehten ängstlich die Hälse hin und her, um sich diesen Zärtlichkeiten zu entwinden; dann rafften sie sich zu gewaltsamen Ruderbewegungen auf und suchten ihrem Korbgefängnis zu entflattern. Als das nicht gelang, schnatterten sie alle drei mit einemmal angstvoll laut: »Waak! waak! waak!«

Da platzten die Damen los, bogen sich vor und schubsten einander zur Seite, um besser sehen zu können: diese Entenviecher da waren wirklich zum Quieken!

Und der junge Herr wurde immer betulicher mit den Tieren, witzelte – und neckte sie immer mehr.

Rosa machte als erste mit, legte sich quer über die Beine ihres Nachbarn nach vorn und drückte jedem der Viecher einen Kuß auf den Schnabel. Und sofort wollten es die andern ihr nachmachen. Damit es leichter ginge, nahm der Monsieur die Damen eine nach der andern auf den Schoß, ließ sie hopsen und schaukeln, kniff sie und sagte freiweg ›du‹ zu jeder.

Die beiden Bauersleute, die noch verwirrter waren als ihr Federvieh, machten Augen, so groß und rund, als wollten sie ihnen aus dem Gesicht springen; aber sie wagten sich nicht zu rühren. Ihre alten, verrunzelten Mienen zeigten weder ein Lächeln noch sonst eine Gemütsbewegung.

Nun langte der junge Herr eins seiner Pakete aus dem Netz, stellte sich als Geschäftsreisender vor und bot den Damen aus Spaß Hosenträger an. Listig öffnete er das Paket, und – Strumpfbänder kamen zum Vorschein.

Da gab es welche in blauer Seide, in Rosa, Veilchenblau, Malvenfarben, Mohnrot, mit metallenen Schließen, die goldene Amorettenpärchen in inniger Umschlingung darstellten. Die Mädchen kreischten auf vor Freude und Schaulust. Dann ging es ans Mustern, Befühlen, Betasten der Ware. Sie waren mit einemmal wieder ganz ernst und verständig geworden, wie alle Frauen, wenn sie Putz und Schmuck begutachten. Mit Blicken, mit Getuschel wurde hin und her beraten; und auch Madame nahm immer wieder ein orangefarbenes Paar zur Hand, das sich stattlicher und eleganter ausnahm als die andern, mit einem Wort: *das* Strumpfband für sie!

Der junge Mann nahm sich Zeit; er hatte sich wohl seinen Plan schon zurechtgelegt. »Na los, ihr kleinen Kätzchen«, ermunterte er schließlich, »nun mal ran ans Anprobieren!«

Ging da ein Sturm der Entrüstung los!

Sie klemmten die Röcke zwischen die Beine, als müßte man gewärtigen, er könne Gewalt anwenden. Aber er wartete ruhig auf seine Chance; er sagte ganz einfach: »Ihr wollt nicht, na schön, dann wird eben wieder eingepackt!« und, nach einer Kunstpause, verschmitzt: »Wer bei mir anprobiert, bekommt gratis ein Paar – ganz nach eigener Wahl!«

Aber sie wollten nicht, wurden auf einmal wieder ganz würdevoll und setzten sich steif zurück. Nur die beiden Pumpen warfen ihm so ehrlich betrübte Blicke zu, daß er es bei ihnen noch einmal mit seinem Vorschlag versuchte. Vor allem in Flora der Schaukel schien offensichtlich ein heftiger Kampf zwischen Verlangen und

Verzicht vor sich zu gehen. Er redete auf sie ein: »Immer ran, Kindchen, etwas mehr Courage! Schau dir mal die lila hier an, die passen doch ganz entzückend zu deinem Kleid ...!«

Da gab sie sich einen Ruck, hob ihre Robe und streckte ihr Bein hin, einen wahren Stampfer von Kuhmagdbein, das in einem schlechtsitzenden Strumpf steckte. Der Monsieur bückte sich zu diesem Riesenschlegel hinunter und probierte der Dicken das Strumpfband erst unter dem Knie und dann darüber an; dabei strich er ihr kitzelnd über den Schenkel, daß sie aufquiekte und sich schüttelte. Und als er dann fertig war und Flora ihr lilaseidenes Paar überreichte und in die Runde fragte: »Wer kommt nun dran?« – da riefen alle wie aus einem Munde: »Ich! Ich!«

Er nahm als nächste Rosa das Aas vor, die ein formloses Etwas von Bein enthüllte, ein Ding, ganz aus einem Stück, vollkommen rund und gleich dick oben wie unten. »Ein richtiger Rollschinken«, wie Raphaële sich ausdrückte. Als danach Fernande ihre mächtigen, schöngedrechselten Säulen dem Strumpfbandfachmann darbot, wurde sie mit uneingeschränkter Lobeserhebung bedacht. Die knochigen Schienbeine der schönen Jüdin fanden weniger Beifall. Louise die Kokotte aber stülpte dem Monsieur aus Jux, während er sie bediente, gleich ihr Kleid über den Kopf, so daß sich Madame nun doch genötigt sah einzuschreiten, um dieser wirklich unpassenden Alberei ein Ende zu machen. Und dann hielt schließlich Madame auch noch ihr Bein hin, ein wohlgeformtes normannisches Bein, ebenmäßig und stramm, und der Reisende, der ganz überrascht und bezaubert war, erwies diesen Prachtwaden seine Hochachtung: Er zog – als echter französicher Kavalier – galant vor ihnen den Hut!

Die beiden Bauersleute, starr vor Staunen, blickten verstohlen von der Seite auf das Treiben; sie ähnelten buchstäblich so sehr zwei verdutzten Hühnern, daß der blondbärtige Frechdachs aufstand und dicht vor ihren Nasen ein »Kikeriki!« erschallen ließ. Damit entfesselte er einen neuen Orkan von Heiterkeit.

Das Paar mit seinem Entenkorb und seinem Regenschirm kletterte in Motteville wieder aus dem Wagen; während die beiden davonschlurften, konnte man deutlich vernehmen, wie die Landfrau sagte: »Das waren solche Schlampen, wo immer in das Sündenbabel Paris neinfahren!«

Der lustige Geschäftsreisende stieg in Rouen aus. Ehe er am Ziel angelangt war, ging er noch so weit aus sich heraus, daß sich Madame nochmals genötigt sah, den Monsieur ganz gehörig auf seinen Platz zu verweisen. Und daran knüpfte sie ihre kleine Moral an: »Man soll eben nicht mit jedem ersten besten anbandeln!«

In Oissel mußten sie in die Kleinbahn umsteigen, und an der nächsten Haltestelle erwartete sie bereits der Bruder Joseph mit einer großen zweirädrigen Karrete voller Stühle; ein Schimmel stand davorgespannt.

Der Schreiner schloß, wie es sich gehörte, die Damen reihum in seine Arme und half dann einer nach der andern auf das Gefährt hinauf. Drei setzten sich auf die hinteren Sitze, Raphaële, Madame und ihr Bruder auf die vorderen, und Rosa, für die kein Stuhl mehr da war, nahm, so gut es gehen wollte, auf den Knien der großen Fernande Platz. Dann rollte man los. Aber schon nach den ersten paar Metern rüttelte und schüttelte der stoßweise Trab des kleinen Kleppers das ganze Fuhrwerk so fürchterlich durcheinander, daß die Stühle zu tanzen anfingen und die Fahrgäste nur so hin und her geschleudert wurden; bald flogen sie in die Höhe, bald wurden sie nach links und nach rechts geschnellt wie die Hampelmänner; sie schnitten ganz erschrockene Gesichter und kreischten ängstlich auf, wenn sie einen besonders heftigen Stoß bekamen. Sie klammerten sich an den Wagenrädern fest; die Hüte rutschten ihnen in den Nacken, auf die Nase oder übers Ohr. Aber der Schimmel trabte unentwegt weiter, mit vorgestrecktem Schädel und steifgerecktem Schwanz, einem haarlosen, rattenschweifähnlichen Stummel von Schwanz, mit dem er sich von Zeit zu Zeit über die Hinterbacken klatschte. Joseph Rivet, einen Fuß auf die Deichsel gestemmt, das andere Bein unter den Leib gezogen, hielt mit hoch angewinkelten Ellenbogen die Zügel zwischen den Fingern; alle Augenblicke kamen schnalzende Laute aus seiner Kehle, die den Klepper die Ohren spitzen ließen und veranlaßten, in noch schnelleren Trab überzugehen.

Rechts und links von der Landstraße dehnte sich die grüne Ebene aus. Blühende Rapsfelder breiteten sich hier und da wie gelbe, wogende Riesentücher dazwischen, aus denen der Wind einen Schwall würzig-starken, süßen Duftes herübertrug. Aus dem schon hochstehenden Roggen lugten die lichtblauen Köpfchen der Kornblumen hervor, und die Mädchen wollten sich gern welche pflücken, aber Meister Rivet hielt nicht an. Dann und wann wieder rollten sie an einem Felde entlang, das wie mit Blut übergossen dalag, so wimmelte es darin von Mohnblumen. Und mitten durch dieses weite, bunt überblühte Land ratterte der Ackerwagen, der aussah, als wäre auch er mit einem farbenfrohen, grellbunten Blumenflor über und über beladen, hinter seinem zockelnden Schimmel dahin, verschwand hinter der Baumreihe eines Bauernhauses, erschien am anderen Ende der Laubwand wieder und rumpelte und ratterte weiter an den grünen und gelben, blau und rot übersprenkelten Feldern vorüber, dieser farbensprühende Karren voller Frauen, der in der glühenden Sonne seinem Ziel zurollte.

Es schlug eins, als die Fuhre vor der Tür des Schreinerhauses anlangte. Die ganze Gesellschaft war wie gerädert und blaß vor Hunger, denn seit der Abfahrt von Fécamp hatten sie nicht einen Bissen mehr gegessen. Mutter Rivet kam herausgestürzt, half einer nach der andern vom Fahrzeug herunter, schloß jede, sowie sie auf dem Erdboden ankam, in ihre Arme, und bei Madame kam sie mit dem Abdrücken schier überhaupt nicht zu Ende, als wollte sie ihre teure Schwägerin gar nicht wieder loslassen. Dann stärkte man sich erst einmal mit einem ordentlichen Imbiß, den man in der Werkstatt einnahm, die bereits für das morgige Festmahl ausgeräumt war.

Nach einer leckeren Omelette folgte eine gebratene Wurst, die tüchtig mit prickelndem Apfelwein hinuntergespült wurde, und da stellte sich die gute Stimmung wieder wie von selbst ein. Meister Rivet hob sein Glas und stieß immer wieder mit seinen Gästen an, während seine Ehehälfte auftische, in die Küche lief, mit vollen Platten hereinkam, mit abgeleerten hinausging und dabei jeder Dame ins Ohr tuschelte: »Na, schmeckt's denn auch?« Und dazu duftete aus den Bretterstapeln, die an der Wand lehnten, und aus den zusammengekehrten Haufen Sägespänen ein so frischer, würziger Harzgeruch durch den Raum, so ein richtiger Schreinereigeruch, daß es eine Lust war zu atmen.

Man fragte nach der Kleinen. Sie sei, hieß es, in der Kirche und würde erst gegen Abend heimkommen.

Dann brach die ganze Gesellschaft auf, um einen Rundgang ums Dorf und durch die Felder zu machen.

Das Nest war recht klein. An der Dorfstraße – es war ein

Stückchen Landstraße, die hindurchführte – reihten sich zehn, zwölf Häuserchen aneinander, in denen die Gewerbetreibenden des Ortes wohnten: Metzger, Krämer, Schreiner, Schankwirt, Schuster und Bäcker. Am Ende der Dorfallee ragte mitten aus ihrem kleinen Friedhof die Kirche auf; vier breitkronige Linden überschatteten ihr Portal. Sie war aus behauenen Feldsteinen ohne besonderen Stil erbaut; ein schiefergedecktes Glockentürmchen krönte ihr Dach. Gleich hinter der Friedhofsmauer war man schon wieder in den Feldern, die sich weithin ausdehnten; hie und da waren sie von Baumgruppen durchsetzt, hinter denen sich Gehöfte versteckten.

Meister Rivet war zwar noch im Arbeitskittel, nichtsdestoweniger aber hatte er mit Anstand seiner Schwester den Arm gereicht und eröffnete voll angemessener Würde mit ihr den Zug. Seine Ehehälfte, der es Raphaëles Goldflitterrobe angetan hatte, reihte sich zwischen die ›schöne Jüdin‹ und Fernande ein; und die kugelrunde Rosa trippelte neben Louise, der Kokotte, und der Schaukel-Flora, die vor lauter Anstrengung gewaltig auf und ab wippte, hinterdrein.

Die Dorfleute zeigten sich in ihren Türen, die Kindern hielten im Spiel inne; da und dort wurde ein Vorhang gelüpft, und ein Gesicht in einer Kattunhaube lugte halb hervor; eine halbblinde Alte an ihrer Krücke bekreuzigte sich angesichts des Zuges wie vor einer Wallfahrtsprozession. Und aller Blicke folgten noch lange den schönen Damen aus der Stadt, die von so weit hergekommen waren, um der ersten heiligen Kommunion der kleinen Rivet beizuwohnen. Eine Fülle von Glanz und Ansehen ergoß sich auf den Schreiner!

Als sie an der Kirche vorbeikamen, hörten sie von drinnen her Kindergesang: Ein Choral stieg in hohen, schrillen Tönen zum Himmel empor... Aber Madame winkte den andern ab, als man eintreten wollte: damit nicht die Engelchen in ihrer Andacht gestört würden!

Nach dem Rundgang durch die Dorfflur, auf dem Meister Joseph seinen Damen die großen Bauerngehöfte gezeigt und einen Vortrag über Bodenerträge und Viehzuchtsteigerung gehalten hatte, führte er seine Gesellschaft in die gastliche Behausung zurück.

Da es etwas knapp mit dem Raum bestellt war, hatte man die

Damen immer zu zwei und zwei in die verfügbaren Stuben verteilt.

Der Hausherr sollte sich für diesmal sein Nachtlager auf den Hobelspänen in der Werkstatt einrichten, seine Ehehälfte wollte ihr Bett mit der Schwägerin teilen; und in der Stube daneben konnten Fernande und Raphaële zusammen schlafen. Louise und Flora waren in der Küche auf einer Matratze untergebracht, und Rosa hatte für sich allein ein kleines dunkles Kämmerchen über der Stiege eingeräumt bekommen, Wand an Wand mit einem schmalen Bodengelaß, in dem für diese Nacht die kleine Kommunikantin schlummern sollte.

Als die Kleine endlich auf der Bildfläche erschien, prasselte ein wahrer Regen von Küssen auf sie nieder; alle wollten sie zu gleicher Zeit an sich drücken! Es war die Macht der Gewohnheit, die bei ihnen zur zweiten Natur gewordene Gewohnheit, zärtlich zu tun und ihre Liebkosungen bei jedem anzubringen, wer es auch sei: nicht anders als sie es am Morgen beim Abschnäbeln der drei Enten gemacht hatten. Jede zog das ›goldige Mädel‹ zu sich auf den Schoß, streichelte ihm das blonde Haar und drückte es stürmisch ans Herz. Das artige kleine Ding war noch ganz erfüllt vom Erlebnis der frommen Andacht und benommen von der ersten Beichte und ließ alles geduldig und still über sich ergehen.

Der Tag war für alle recht anstrengend gewesen, und so ging man denn bald nach dem Abendessen zu Bett. Eine grenzenlose, fast heilige Ruhe der Natur senkte sich über das kleine Dorf und seine Felder nieder, eine alles umfließende und meertiefe Stille, die Himmel und Erde erfüllte. Die Mädchen, die an durchlärmte Nachtstunden in ihrem Etablissement gewöhnt waren, fühlten sich durch das stumme Schweigen des ruhenden Landes im Innersten erregt und erschreckt. Schauer liefen ihnen über die Haut, nicht der Kühle und des Fröstelns, vielmehr Schauer der Angst vor der Einsamkeit, die aus dem eigenen unruhigen, umgetriebenen Herzen kommt.

Sowie sie – immer zwei und zwei – im Bett beisammen lagen, umschlangen sie sich und kuschelten sich eng aneinander, als könnten sie so gemeinsam mit ihren Leibern die andringende Allgewalt der nächtlichen Verlassenheit der Welt von sich abwehren. Rosa das Aas aber, die ganz allein in ihrem finsteren Kämmerchen lag und es doch so gar nicht gewöhnt war, niemanden dabei im Arm zu haben, überkam ein noch viel unheimlicheres und beklemmenderes Gefühl. Sie wälzte sich hin und her auf ihrem Lager und fand keinen tröstenden Schlaf. Da hörte sie mit einemmal leises Schluchzen; es klang durch den Holzverschlag zu ihren Häuptern herüber, als weinte ein Kind. Aufgeregt rief sie halblaut, was denn los sei, und ein von Schluchzern unterbrochenes Stimmchen gab ihr Antwort. Das Mädelchen war es, das sonst immer bei seiner Mutter schlief und nun auf dem finsteren, einsamen Hängeboden Angst bekommen hatte.

Rosa sprang glückselig aus den Kissen, tappte leise, um niemanden zu wecken, hinüber und holte die Kleine zu sich ins schöne, warme Bett. Sie drückte das Kind an ihre Brust, hätschelte, summte, wiegte es in Schlaf und wurde selber darüber ruhiger und auch müde und schlief zu guter Letzt mit ein. Und als der Morgen des heiligen Festtages anbrach, ruhte immer noch friedlich das Unschuldsgesicht der kleinen Kommunikantin auf den nackten Brüsten des Freudenmädchens.

Schon früh um fünf hob schwungvoll das Gebimmel der kleinen Glocke an, die den *Angelus* einläutete, und weckte die Damen, die eigentlich gewohnt waren, bis in den Tag hinein sich auszuruhen, da sie ja doch die Nacht durch auf den Beinen sein mußten. Im Dorf herrschte schon Leben. Die Frauen liefen geschäftig hin und her, zeigten sich in den Türen, machten ein Schwätzchen miteinander, brachten vorsichtig die steifgestärkten Musselinkleidchen an und hatten in der andern Hand riesenlange Kerzen, an denen goldbefranste Seidenschleifen baumelten und die eine Einbuchtung im Wachs hatten, an der die Kinderhand sie umfassen konnte.

Die Sonne strahlte schon hoch vom makellos blauen Himmel hernieder; nur am Horizont war noch ein Hauch Rosa zu sehen, ein letzter Abglanz der Morgenröte, der langsam verblich. Hühnerfamilien spazierten vor den Häusern auf und ab, und bald hier, bald da reckte ein schwarzer Hahn sein schimmerndes Halsgefieder und den purpurgeschmückten Kopf, schlug mit den Flügeln und schmetterte sein metallisches Kikeriki in die Luft, auf das ihm sofort seine gespornten Artgenossen Antwort krähten.

Aus den Nachbargemeinden rollten schon Karren und Wagen herein ins Dorf, hielten vor den Türen und luden ihre Fracht ab: Hochgewachsene Normanninnen entstiegen ihnen in ihrer dunklen Tracht, mit dem übergeschlagenen Brusttuch, das eine Silberspange, ein hundertjähriges Erbstück, zusammenhielt. Die Mannsleute hatten ihre blaue Bluse über den neuen Abendmahlsrock oder den altmodischen, grünlichen Schwenker gezogen, dessen Rockschöße darunter hervorhingen.

Die Pferde wurden in die Ställe gebracht, und bald reihte sich längs der Dorfstraße eine Doppelzeile bäuerlicher Fahrzeuge aneinander: zweirädrige Karren, offene Kabrioletts, Dogcarts, Kremser – Fuhrwerke jeder Art und jeglichen Alters; die einen vornübergekippt, die andern hinübergestellt, Deichsel in die Luft.

Im Schreinerhaus entwickelte sich ein Leben wie in einem Bienenstock. Die Damen standen noch in Korsett und Unterrock da, mit offenem Haar, recht kurzem, schütterem, vom ewigen Kräuseln mit der Brennschere weggesengtem Haar – und putzten erst einmal die Kleine festtäglich heraus.

Das Dingelchen stand auf dem Tisch und rührte sich nicht, während Madame Tellier um so schwungvoller die Bewegungen ihres fliegenden Leibkorps leitete und lenkte. Das Mädelchen wurde gewaschen, gekämmt, frisiert, angezogen; mit einer Unmenge Nadeln wurde ihr das Kleid in Falten gesteckt, die zu weite Taille enger gerafft, ihrem Feiertagsstaat der nötige Schick gegeben. Als man endlich damit fertig war, durfte sich das kleine zusammengeschnürte und in Gala gesteckte Leidensgeschöpf setzen; aber es wurde ihr dringend eingeschärft, sich nicht zu rühren und zu regen. Und dann stob der aufgeregte Weiberschwarm davon, um sich selber schön zu machen.

Wieder läutete es von der kleinen Kirche herüber. Das helle Gebimmel des armseligen Glöckchens verlor sich wie dünnes Gewisper in das unermeßliche Blau des Himmels.

Die Kommunikanten kamen aus den Türen und strömten zum Gemeindeamt, in dem die beiden Schulklassen und die Bürgermeisterei untergebracht waren. Das Amtsgebäude lag am einen Ende des Ortes, das Gotteshaus am entgegengesetzten.

Den Sprößlingen folgten die Eltern und Anverwandten im Feiertagsstaat. Linkisch, mit dem schweren Gang von Menschen, die harte Arbeit krumm gemacht hat, stapften und schlurften sie dahin. Die kleinen Mädchen verschwanden fast in ihrer Wolke aus schneeweißem Tüll, der wie Schlagsahne glänzte und schimmerte, während die Buben mit ihren glatten, geölten Scheiteln wie frischgebackene Pikkolos aussahen und breitbeinig einherstaksten, um beim Gehen sich nicht die neuen langen Hosen zu beschmutzen.

Da es seit je der Stolz einer jeden Bauernfamilie ist, wenn ein mächtiger Haufen Bekannter und Verwandter von auswärts herzuströmt, um dem Sohn oder der Tochter des Hauses zur Einsegnung das Ehrengeleit zu geben, so konnte Meister Rivet geradezu die größten Triumphe feiern. Das ganze Damenkorps Tellier mit seiner Kommandeuse an der Spitze marschierte als Ehrenparade hinter der kleinen Constance einher! Voran der stolze Papa mit seiner Schwester am Arm, dann die Mutter, Raphaële zur Seite gesellt, dahinter Fernande mit Rosa, und als Beschluß die beiden Pumpen – so setzte sich die Gesellschaft in Glanz und Pracht, gleich einem Generalstab in Galauniform, in Bewegung.

Der Eindruck im ganzen Dorf war gewaltig.

Im Schulhaus sammelten sich die kleinen Himmelsbräute um die Flügelhaube der ›lieben Schwester‹; im Klassenraum daneben ordneten sich die kleinen Männer um den Schlapphut des Herrn Lehrers, eines stattlichen Mannes, der sehr würdig dreinschaute; dann setzte sich der jugendliche Festzug, einen Choral anstimmend, in Gang.

Die Buben marschierten in Zweierreihen voraus, zwischen der Doppelzeile der ausgespannten Wagen hindurch, die Mädchen schlossen sich in gleicher Ordnung an; und unmittelbar hinter den Kindern folgte der Damenflor – da alle Dorfbewohner den Herrschaften aus der Stadt den Vortritt gelassen hatten. Drei Damen links, drei Damen rechts, so verlängerte die Gästedeputation des Etablissements Tellier die Doppelreihe der Dorfjugend, und die Toiletten der Damen leuchteten wie das reinste Brillantfeuerwerk.

Als sie durch das Kirchenportal einzogen, ging eine heftige Bewegung durch die versammelte Gemeinde. Alles drängte nach vorn, reckte sich nach ihnen den Hals aus, stieß und schubste einander zur Seite, um sie besser anschauen zu können. Und unter den Betschwestern ging ein Gemurmel und Getuschel los, das lauter und lauter wurde vor Staunen über die prachtvollen Roben der Damen, die wahrhaftig die Meßgewänder noch überstrahlten!

Der Herr Gemeindevorsteher bot den Herrschaften gleich seine

Bank an: vorn die erste, rechts vom Altar. Und Madame nahm dankend darin Platz mit ihrer Schwägerin, Raphaële und Fernande. Rosa das Aas und die beiden Pumpen besetzten die zweite Bank, und der Schreinermeister schob sich auch noch zu ihnen mit hinein.

Der Altarchor hatte sich mit den Kommunikanten gefüllt; an der einen Seite knieten die Mädchen, an der andern die Buben, und die langen Kerzen, die sie in den Händen hielten, schwankten wie ein Wald glitzernder Lanzen durcheinander.

Vor dem Chorpulte standen drei Männer in Meßgewändern und stimmten mit dröhnender Stimme die Liturgie an. Unendlich gedehnt sangen sie die klangvollen Silben des lateinischen Textes heraus und kamen mit ihren in die Länge gezogenen, ewigen ›A-A-Amen‹ schier nicht zu Ende. Unterstützt wurden sie in ihrem Bemühen noch durch das Schlangenhorn, ein Blasinstrument, aus dessen breitmäuligem Blechtrichter in endloser Wiederkehr immer derselbe tiefe Muhlaut heraustutete. Eine spitze Kinderstimme sang schrill das Responsorium – den Gegenpart – dazu. Von Zeit zu Zeit erhob sich aus einem Chorstuhl ein Kaplan, der ein viereckiges Barett aufhatte, murmelte irgend etwas herunter und setzte sich wieder, während die drei Vorsänger von neuem mit ihrer Litanei anhuben, die Blicke starr auf das große Chorbuch geheftet, das aufgeschlagen vor ihnen stand und von den ausgebreiteten Fittichen eines hölzernen Adlers getragen wurde, der über seinem Drehzapfen auf der Pultsäule saß.

Dann wurde es plötzlich still. Die ganze Festgemeinde sank wie auf Kommando auf die Knie nieder; aus der Sakristei trat der Priester, der die Messe zelebrieren sollte. Ehrwürdig, weißhaarig schritt er einher, über den Kelch geneigt, den er in der Linken trug. Vor ihm her wandelten die beiden Ministranten in ihren roten Chorröcken und weißen Meßhemden, und hinter ihm drein polterte eine Menge ländlicher Chorsänger nach, die sich zu beiden Seiten des Altars aufstellten.

In das tiefe Schweigen hinein klingelte ein Glöckchen. Das Meßopfer nahm seinen Anfang. Würdevoll wandelte der alte Priester vor dem goldenen Hostienschrein auf und ab, beugte immer wieder vor ihm die Knie und psalmodierte mit seiner zittrigen Greisenstimme die einleitenden Gebete. Sowie er aufhörte zu murmeln, setzten jedesmal schlagartig alle Chorsänger samt dem Tuthorn ein, und auch im Kirchenschiff unten sangen einige Stimmen mit, aber weniger laut und demütiger, wie es sich für andächtig fromme Laien geziemt.

Mit einemmal brauste – aus allen reuigen Kehlen und Herzen hinausgeschmettert – das *Kyrie Eleison* zum Himmel empor. Von oben, aus dem uralten Gewölbe, das unter dem mächtigen Schwall und Getöse der Stimmen erzitterte, rieselten Kalkplättchen, stoben Moderwolken hernieder. In dem kleinen Kirchlein, auf dessen Schieferdach die Maisonne herunterbrannte, herrschte eine wahre Backofenhitze. Eine angstvolle Spannung, die bange Erwartung des Gotteswunders, der Verwandlung des Brotes und des Weines in göttliches Fleisch und Blut, preßte die Herzen der Kinder zusammen und verschlug den Müttern den Atem.

Der alte Priester, der während des Gesanges von Chor und Gemeinde im Gebet in seinem Chorstuhl gesessen hatte, stieg wieder zum Altar hinan und verkündete mit entblößtem Haupt, auf dem sein Silberhaar schimmerte, und mit zitternden Handbewegungen das Nahen des göttlichen Mysteriums.

Er wandte sich den Gläubigen zu, breitete seine Arme aus und sprach das *Orate, Fratres* – Betet, meine Brüder. Alle beteten. In dem allgemeinen Gemurmel gingen die letzten geflüsterten Worte des greisen Seelsorgers unter. Wieder und wieder erklang das Glöckchen. Bußfertig lag die Menge auf den Knien und rief den Höchsten an; die kleinen Sünder wollten vor Bängnis schier umsinken.

In diesem Augenblicke geschah es, daß Rosa, die ihre Stirn in den Händen barg, sich plötzlich wieder ihrer Mutter erinnerte. Ihr war, als knie sie wieder in der Kirche ihres Heimatdorfes und erlebe noch einmal ihre eigene erste heilige Kommunion. Sie fühlte sich zurückversetzt in jene Zeiten, als sie noch klein war; sie sah sich selbst als die kleine Kommunikantin hier knien, im weißen, duftigen Kleide, in dem sie fast versank. Da kam es über sie. Sie mußte weinen, erst still und leise: Sacht tropfte Träne um Träne ihr zwischen den Wimpern hervor; dann aber, als ihr mehr und mehr aus jenen Zeiten einfiel, wurde ihr immer schwerer ums Herz. Es quoll ihr höher in die Kehle, ihre Brust hob und senkte sich, sie fing zu schluchzen an. Sie hatte ihr Taschentuch hervorgenestelt, tupfte und wischte sich in einem fort über die Augen und preßte es dicht vor Mund und Nase, um nicht laut herauszuheulen

– aber vergebens. Ein stoßweises Röcheln drang aus ihrer Kehle herauf, und zwei andere, herzzerreißend tiefe Seufzer gaben ihr Antwort. Louise und Flora, die neben ihr knieten, waren von den gleichen Kindheitserinnerungen überwältigt und schwammen ebenfalls in Tränen.

Tränen sind nun einmal ansteckend! Und so fühlte denn auch Madame bald, daß ihr die Augen feucht wurden. Und als sie zur Seite blickte, sah sie, daß die Schwägerin und die beiden anderen Mädchen auch weinten...

Der Priester hob die goldene Monstranz empor: Die heilige Wandlung vollzog sich! Die Kinder sanken nieder auf die Steinfliesen im Gebet; inbrünstig beteten sie, vor Ehrfurcht und vor Herzensangst. Im Kirchenschiff unten fing in dieser Bank und in jener Bank eine Frau, eine Mutter, eine Schwester an, es den schönen Damen nachzumachen, die da vorn knieten und schluckten und schluchzten. Eine nach der andern wurden diese Bäuerinnen ergriffen von der Erregung und angesteckt von der Tränenseligkeit. Und so weinten und schluchzten sie um die Wette mit den Stadtdamen und heulten ihre karierten Kattuntücher naß und preßten die Linke stürmisch auf das wogende Herz.

Wie ein fliegender Funke ein ganzes Feld trockener Gräser in Flammen setzt, so breitete sich Rosas Geschluchz im Nu über die kniende Menge der Gläubigen aus: Weiber, Männer, Alte und Junge – alles schluchzte und seufzte einmütig mit. Es war, als sei über diese Bauernschädel etwas Übermenschliches herabgefahren, der Geist der Gemeinschaft herniedergeströmt, als wehe der mächtige Atem eines unsichtbaren, allwaltenden, allgegenwärtigen Wesens durch den Raum...

Da hallte plötzlich vom Altarchor ein kurzes, trockenes Pochen herüber. Die »liebe Schwester« hatte mit ihren Fingerknöcheln auf das Gebetbuch geklopft: das Zeichen zur Kommunion. Mit frommem Schauern nahten die Kommunikanten dem Tisch des Herrn.

Die erste Reihe kniete nieder. Der greise Priester trat, das Ziborium aus vergoldetem Silber in der Linken, vor die Kinder und reichte jedem mit zwei Fingern seiner Rechten die geweihte Hostie, den Leib Christi, des Erlösers der Welt. Krampfhaft, mit bleichen, nervös verzerrten Gesichtern und geschlossenen Augen öffneten sie ihren Mund, und das lange Kommuniontuch, das von Kinn zu Kinn vor ihnen entlanglief, zitterte wie bewegte Wellen.

Mit einem Male kam es wie wilde Verzückung über die im Gotteshaus zu Boden gesunkene Masse Menschen: Ein Sturmwind von Schluchzern, von erstickten Ausrufen wogte durch die Kirche. Es scholl und schwoll durch den weiten Raum wie Windstöße, unter denen Wälder sich rauschend und ächzend beugen. Und der Priester stand regungslos über der Menge aufgerichtet da, die Hostie in der Hand, und spürte: ›Das ist Gott, das ist Gott, der mitten unter uns weilt, der uns seine Allgegenwart bekundet, der auf mein Bitten und Rufen sich über sein kniendes, betendes Volk niederbreitet...!‹ Und er stammelte Gebete, verworrene Worte ohne Zusammenhang, Stoßgebete der Seele, die er voll inbrünstigen Eifers zum Himmel emporschickte.

Er vollzog die Kommunion in solch übermächtigem Glaubensgefühl seiner Sendung, daß seine alten Beine ihm fast den Dienst versagen wollten; und als er das Blut unseres Herrn und Heilandes in sich getrunken hatte, da versank er in einen Taumel glühenden, tiefen Dankes für sein Hirtenamt.

Hinter seinem Rücken kam das Volk allmählich wieder zur Ruhe. Die Liturgiesänger hatten sich, in der Würde ihrer weißen Chorhemden, wieder erhoben und setzten von neuem ein, allerdings mit etwas weniger festen, noch tränendurchzitterten Stimmen. Und sogar das Tuthorn klang etwas verquollen und heiser, als schluchze es ebenfalls noch nach.

Dann hob der Priester die Hände und gebot Schweigen, er schritt zwischen den beiden Reihen der Kommunikanten hindurch, die immer noch ganz vom Erlebnis benommen und mit Glanz in den aufgerissenen Augen dastanden, und trat an das Gitter des Altarchores vor.

Unterdessen hatte sich die Festgemeinde unter lautem Stühlerücken gesetzt, und ein gewaltiges Schnauben und Schneuzen hub an. Als Hochwürden am Gitter erschien, wurde alles wieder still.

Hochwürden begann in gedämpftem Ton, mit stockender und verschleierter Stimme: »Meine lieben Brüder, meine lieben Schwestern, meine lieben Kinder im Herrn!

Aus tiefstem Herzen danke ich euch: Die schönste Freude meines ganzen Lebens habt ihr mir heute bereitet! Ich habe verspürt, wie der Herr auf mein Rufen über uns alle niedergekommen ist. Wahrlich, ER ist gekommen, ER, der Allgegenwärtige, ER war da! ER hat euch die Seelen erfüllt und euch die Augen übegehen lassen.

Ich bin der älteste Seelenhirte der Diözese, und ich bin auch, ja, heut darf ich es einmal aussprechen: Ich bin auch ihr überglücklichster! Ein Wunder ist unter uns geschehen, ein wahres, großes, erhabenes Wunder! Dieweil unser Herr und Heiland all diese Kinderherzen hier tief mit seiner Liebe durchdrang, alldieweil ist der Heilige Geist, die weiße, reine Taube, auf euch niedergefahren, alldieweil hat der Odem Gottes euch alle angeweht und euch durch und durch geschüttelt und gerüttelt und euch niedergebogen, wie der Wind das Schilfrohr niederwärts beugt...!«

Nach einer kleinen Atempause wandte er sich zu den Bänken hin, wo die Ehrendamen des Schreinerpaares saßen, und fuhr mit klarerer Stimme fort:

»Vor allem aber danke ich auch euch, meine lieben Schwestern im Herrn, die ihr von so weit hergeeilt seid!

An euch, die ihr an diesem Tage unter uns weilt, an eurer tiefen menschlichen Hingabe kann jeder von uns sich ein heilsames Beispiel nehmen! Ihr seid das leuchtende Vorbild für meine ganze Gemeinde! Euer Herzensfeuer hat alle Gemüter entflammt! Und ich weiß nicht, ob ohne euch und eure tiefe Inbrunst dieser große Tag so weihevoll geworden wäre. Zuweilen bedarf es nur eines auserwählten Schäfchens, das sich in Liebe hinopfert, um den Höchsten zu bewegen, sich über seine Herde niederzubeugen und zu erbarmen...«

Die Stimme versagte ihm. Er schloß: »... Der Segen von oben komme über euch und bleibe auf euch. Amen.«

Damit kehrte er sich wieder dem Altar zu und führte die heilige Handlung zu Ende.

Nun begann etwas hastig der allgemeine Aufbruch der Teilnehmer des Festgottesdienstes. Besonders die Kinder, die von der übermäßig langen Geistesanspannung müde geworden waren, wurden wieder lebendig und drängelten dem Ausgang zu. Zudem meldete sich der Appetit bei ihnen, und die Hausfrauen und Mütter warteten auch nicht mehr die Verlesung des Evangeliums bis zu Ende ab; denn an die letzten Vorbereitungen fürs Mittagsmahl mußte ja auch gedacht werden.

Ein tappendes Schieben, lärmendes Schwirren von durcheinanderrufenden Stimmen erhob sich, in denen sich der normannische Tonfall in beredter Weise kundtat. Die gesamte Einwohnerschaft bildete links und rechts zwei dichte Spaliere; und als die Kinder hinausströmten, stürzte sich jede Familie auf das ihre.

Die kleine Constance sah sich sofort umringt von der ganzen Frauengesellschaft; alle Damen wollten sie zugleich in ihre Arme ziehen. Rosa zumal wollte gar nicht aufhören, sie immer wieder an sich zu drücken und sie abzuküssen. Zu guter Letzt faßte sie ›ihr Mädel‹ bei der einen Hand und ließ sie nicht wieder los, Madame bemächtigte sich der andern Hand; und Raphaële im Verein mit Fernande erhaschten den Saum des langen Musselinkleides und hoben ihn hoch, damit er nicht im Staube nachschleppe; Louise und Flora beschlossen mit Mutter Rivet den Zug.

Von solcher Ehreneskorte geleitet, schritt die kleine Himmelsbraut, ganz glückselig und gotterfüllt, dem elterlichen Hause zu.

Das Festmahl war in der Werkstatt aufgetischt auf langen und breiten Planken, die über hölzernen Böcken lagen.

Durch die Tür, die nach der Straße zu offenstand, scholl der fröhliche Festlärm des ganzen Dorfes herein. Überall saß man jetzt bei Tisch und schmauste. Hinter allen Stubenfenstern sah man tafelnde Leute im Sonntagsstaat sitzen, und in jedem Haus erklangen lustiges Rufen und fröhlicher Gesang. Die Bauern thronten in Hemdsärmeln an ihren Tischen und tranken ihren Cidre, den schäumenden normannischen Apfelwein, in vollen Zügen aus mächtigen Gläsern. Mitten in jeder Tafelrunde waren zwei von den festlich geschmückten kleinen Kommunikanten zu erblicken, da zwei Mädchen, dort zwei Buben, die im nachbarlichen Austausch zu den befreundeten Familien zum Essen geschickt worden waren.

In der glühenden, drückenden Mittagshitze ratterte ab und zu ein polternder, zweirädriger Bankwagen, von einem müden, alten Klepper im Zuckeltrab gezogen, durch das feiernde Dorf, und der Mann im Arbeitskittel, der auf dem Kutscherbock saß, warf im Vorüberfahren einen etwas neidvollen Blick auf all die üppige Tafelei und Festerei da.

Im Schreinerhaus wollte die Heiterkeit und lustige Laune nicht so recht aufkommen; ein Rest der ernsten Stimmung, die am Vormittag die Gemüter erfüllt hatte, hielt immer noch an. Nur Meister Rivet war bereits tüchtig in Fahrt und trank frisch und fröhlich drauflos. Madame sah alle Augenblicke auf die Uhr, denn um nicht gleich zwei Feiertage lang den Betrieb geschlossen zu halten und das Geschäft zu vernachlässigen, mußte man unbedingt mit dem Zug drei Uhr fünfundfünfzig heimfahren, mit dem man gegen Abend wieder in Fécamp sein würde.

Der Bruder Schreinermeister gab sich alle Mühe, den Blick seiner Schwester von der Uhr abzulenken und seine Damengesellschaft zum Bleiben bis zum anderen Morgen zu bewegen; aber Madame ließ sich nicht von ihrem festen Entschluß abbringen; und sie verstand nun mal keinen Spaß, wenn es sich um das Geschäft handelte!

Sowie der Kaffee hinuntergeschlürft war, wies sie ihre Begleiterinnen an, sich rasch fertig zu machen; dann wandte sie sich ihrem Bruder zu: »Und du, du wirst sofort anspannen!« Darauf ging sie selbst an ihre letzte Reisevorbereitungen.

Als sie wieder nach unten kam, lauerte bereits die Schwägerin auf sie und versuchte, sie in ein Gespräch über die Zukunft der Kleinen zu verwickeln; eine längere Unterhaltung entspann sich daraus, die aber zu keinem rechten Ergebnis führte. Die Bäuerin schmuste und schmeichelte, aber Madame, die ihr kleines Nichtchen auf dem Schoß wiegte, ging auf nichts recht ein und versprach nur so halb und halb: Um die Kleine würde man sich schon kümmern, und bis dahin sei ja noch Zeit, und inzwischen würde man einander doch wohl noch wiedersehen.

Vom Wagen war immer noch nichts zu hören und zu sehen, und auch die Damen kamen nicht nach unten. Dafür ließ sich aus dem Oberstock Leben und Bewegung vernehmen: Lachen, Gebums und Gepolter, Aufkreischen und Händeklatschen! Während die Schreinermeistersgattin nach dem Stall hinausging, um nachzugucken, wie weit ihr Alter mit dem Anspannen sei, entschloß sich Madame, hinaufzugehen und da oben nach dem Rechten zu sehen.

Sie kam gerade zurecht, um mit ansehen zu müssen, wie der halb ausgezogene Rivet drauf und dran war, Rosa – wenn auch erfolglos – Gewalt anzutun; das Mädchen fiel bald um vor Lachen. Die beiden Pumpen zerrten ihn an den Armen zurück und versuchten ihn zu bändigen; sie waren mächtig aufgebracht über »so ein Benehmen«, »so einen Auftritt« nach dem »weihevollen Akt am Morgen«. Aber Raphaële und Fernande wanden sich vor Lachen, hielten sich die Seiten und feuerten ihn mit Zurufen immer noch mehr an; und sie kreischten jedesmal schrill auf, wenn der Torkelnde einen neuen erfolglosen Anlauf unternahm. Der schnaufende Kerl, mit wutverzerrter Miene, puterrotem Gesicht und halbnackt, suchte immer von neuem mit gewaltigen Rucken die beiden Weiber abzuschütteln, die ihn umklammert hielten, und zerrte zugleich mit allen Leibeskräften Rosa zu sich heran und röchelte: »Was, du Schneppe, du willst nicht...?!« Aber Madame stürzte ganz empört sofort auf Bruder Joseph zu, packte ihn bei den Schultern und schob ihn so heftig durch die Tür hinaus, daß er draußen gegen die Wand flog.

Eine Minute später hörte man schon die Pumpe drunten im Hof quietschen und sah ihn, wie er sich den eiskalten Brunnenstrahl über den Schädel plätschern ließ. Dann fuhr er mit seiner Karrete vor und war schon wieder ganz friedsam und nahezu nüchtern.

Und los ging's auf demselben Wege, auf dem man am Vortage hergerollt war. Der kleine Schimmel trabte lebhaft und tänzelnd davon.

Unter der glühendheißen Sonne brach von neuem die übermütige Laune hervor, die während des feierlichen Mahls nicht recht hatte aufkommen wollen. Die Mädchen machten ihre Witze über das Stoßen und Schaukeln des Wackelkastens, schubsten sich gegenseitig von den Sitzen. Alle Augenblicke erinnerten sie sich kichernd und aufkreischend an die danebengegangene »Hobelei« von Meister Rivet.

Ein Licht, grell zum Verrücktwerden, gleißte über den Feldern, ein Licht, das in die Augen brannte und stach. Und die rollenden Räder wirbelten zwei Staubstreifen auf, die lange noch hinter dem Gefährt auf der Landstraße auf und ab tanzten.

Plötzlich schubste Fernande, die Musik für ihr Leben gern hörte, Rosa an und animierte sie, eins zu singen. Und Rosa stimmte sogleich heiter und mit aller Kraft das Lied von ›Hochwürden Dick von Meudon‹ an. Aber Madame machte sofort ›ps-st!‹ und sagte, sie fände, am heutigen Tage schicke sich so ein Gassenhauer wirklich nicht. Und dann fügte sie etwas milder hinzu: »Sing uns lieber etwas Nettes von Béranger!«

Da zögerte Rosa erst ein paar Augenblicke und gab zunächst mal gar keinen Ton von sich; dann fing sie kurz entschlossen mit ihrer abgeleierten Stimme das ›Lied vom Großmamachen‹ an:

»Omachen hatte mal genippt, ei!
An ihrem Ehrenfest vom Wein,
Da sang sie wackelnd ganz beschwipst: Hei!
Verehrer hatt ich auch, du mein...!
  Ach, Kinder, wie schade,
  Wie ich euch beneid
  Um Brust, Arm und Wade –
  Wohin ist die Zeit...!«

Und die Mädchen wiederholten den Kehrreim, von Madame nun höchsteigen dirigiert, im Chor:

»Ach, Kinder, wie schade,
Wie ich euch beneid
Um Brust, Arm und Wade –
Wohin ist die Zeit...!«

»Ha, das, das haut hin! Das haut hin!« wieherte Revet hingerissen und angefeuert von Text und Tönen. Rosa sang gleich weiter:

»›Ei, Oma, bist nicht brav geblieben?‹
›–Mit Fünfzehn brav?! Kind, geh mir bloß!
Da hat man doch Statur zum Lieben!
Da legt man doch grad richtig los –!‹«

Und wieder brüllte die ganze Gesellschaft den Kehrreim mit. Rivet tappte mit der Schuhsohle auf die Deichselstange und klatschte den Takt mit den Zügelriemen auf der Kruppe und den Hinterbacken seines Schimmels. Und das Pferdchen ging, als wäre es vom Rhythmus und Takt mitgerissen, in einen Galopp über, einen so stürmischen Galopp, daß die Damen wie die Kegel durcheinanderflogen und eine über die andere auf den Wagenboden hinpurzelte. Sie zogen sich wieder gegenseitig auf die Beine und lachten dabei wie die Tollen. Und weiter ging's im Text, Strophe um Strophe wurde das Lied über die Felder und Fluren hingebrüllt und hingejuchzt; unter dem glühenden Himmel erscholl über die reifenden Saaten hin der lustige Wechselgesang. Und jedesmal, wenn die Fuhre den Refrain anstimmte, machte der kleine Klepper einen gewaltigen, nervösen Satz, riß den Wagen mit und preschte – zum größten Gaudium aller Insassen – seine hundert Meter im gestreckten Galopp durch.

An jedem Steinhaufen, an dem sie vorüberrasten, richtete sich ein Steinklopfer nach dem andern auf und starrte durch seine Drahtmaske dieser kreischenden und johlenden Weiberfuhre nach, die in einer Wolke von Staub davonsauste.

Als sie vor dem Bahnhof herauskletterten, meinte der Schreiner rührselig zu seinen Damen: »Schade, daß ihr schon abdampfen wollt! Es hätte noch soviel Spaß gegeben . . .!«

Madame aber beschied ihn, vernünftig wie immer: »Alles zu seiner Zeit! Man kann sich nicht immer bloß amüsieren.«

Da hatte Rivet einen Einfall: »Halt«, schlug er vor, »ich komme mal nächsten Monat zu euch nach Fécamp!« Dabei zwinkerte er – ein Auge zugekniffen, das andere blitzte vielsagend – Rosa zu.

»Na, von mir aus kannst du kommen, wann du willst«, gab Madame ihm Bescheid. »Aber – immer schön vernünftig sein! Und keine Dummheiten mehr machen!«

Er sagte nichts dazu und begann – der Zug pfiff schon zum Einsteigen – sich von seiner Damenwelt zu verabschieden. Eine nach der andern schloß er in seine Arme. Als er Rosa an sich drückte, wollte er mit aller Gewalt ihren Mund erwischen. Aber sie preßte lachend ihre Lippen fest aufeinander und drehte sich jedesmal blitzschnell nach links oder rechts. Er hielt sie fest in seinen Pratzen und kam doch nicht zum Ziel, denn der lange Peitschenstecken, den er ja auch mit festhalten mußte, kam ihm dauernd dabei in die Quere: Zum Verzweifeln wackelte und wuppte er jedesmal neckisch hinter Rosas Rücken hervor und ihm ins Gesicht.

»Richtung Rouen bitte einsteigen!« rief der Schaffner. Die Damen kletterten ins Abteil.

Eine Trillerpfeife ließ ihr dünnes Zwitschern ertönen, dem das mächtige Getute der Lokomotive antwortete. Fauchend stieß sie ihre erste Dampfwolke aus, und mit sichtlicher Anstrengung fingen ihre Räder an, sich erst langsam, dann schneller und schneller zu drehen.

Rivet rannte vom Bahnsteig zur Barriere, um Rosa noch einmal zu sehen. Und als der Waggon voll Weiberfleisch an ihm vorüberrollte, da knallte er mit der Peitsche, sprang von einem Bein aufs andere und sang, so laut er konnte:

»Ach, Kinder, wie schade,

Wie ich euch beneid
Um Brust, Arm und Wade –
Wohin ist die Zeit...!«

Und dann guckte er einem weißen Taschentuch nach, das aus dem Wagenabteil geschwenkt wurde, bis es in der Ferne ihm aus den Augen entschwand.

III

Bis Fécamp schliefen sie durch – den sanften Schlaf des guten Gewissens. Und als sie dann, erfrischt und gestärkt für den allabendlichen Lebensberuf, in ihrem Etablissement wieder einrückten, konnte Madame es sich nicht verkneifen kundzutun: »Es mag sein, wie's will, aber – mein Haus ist meine Welt!«

Rasch ging es ans Abendessen, und dann rüstete man sich und erwartete in voller Kriegsbemalung die Herren Stammkunden. Und über der Tür blinkte wieder die kleine Laterne in ihrem milden Madonnenschimmer und bekundete mit ihrem diskreten Schein den Nachtschwärmern, daß die Schäfchen wieder in den Stall eingetrippelt waren.

Im Handumdrehen, ja, man möchte sagen: im Augenzwinkern verbreitete sich die Kunde. Wie sie weitergeflüstert wurde und durch wen – man hätte es nicht feststellen können. Jedenfalls war Monsieur Philippe junior vom Bankhaus Philippe und Co. so liebenswürdig, die Nachricht durch Eilboten sofort an Monsieur Tournevau, der im Schoße seiner Familie wohlgeborgen saß, weiterzuleiten.

Der Herr Fischsalzereibesitzer hatte gerade, wie gewöhnlich am Sonntagabend, ein paar Verwandte zum Diner da, und man saß eben gemütlich beim Kaffee, als ein Bote anpochte und einen dringenden Brief überbrachte. Monsieur Tournevau riß etwas nervös und unruhig den Umschlag auf und erblaßte beim Lesen folgender weniger, mit Bleistift flüchtig hingekritzelter Worte:

›Ladung frischer Kabeljaus wieder aufgefunden, Kutter im Hafen eingelaufen. Feine Sache für Sie. Fassen Sie rasch zu!‹

Er fischte in seinen Taschen herum, brachte zwanzig Centimes zum Vorschein, drückte sie dem Briefboten in die Hand und sagte hastig, rot bis über die Ohren: »Ich muß sofort mal weg!« Damit reichte er seiner Ehehälfte den lakonisch kurzen und mysteriösen Zettel hin, drückte auf den Tischklingelknopf und befahl dem hereineilenden Mädchen: »Meinen Überzieher und Hut, rasch, rasch, machen Sie schnell!« Kaum war er draußen und auf der Straße unten, da setzte er sich auch schon in Trab und pfiff ein Lied, um seine Ungeduld zu meistern; denn der Weg kam ihm heute doppelt so weit vor wie sonst.

Das ganze Etablissement Tellier strahlte in festlichem Glanze. Aus dem Erdgeschoß quoll und scholl der vielstimmige, ohrenbetäubende Radau und Singsang der Seeleute heraus. Louise und Flora wußten gar nicht, wem sie sich zuerst widmen und zuwenden sollten: Sie prosteten diesem zu, sie stießen mit jenem an – und wenn sie, die beiden Pumpen, ihren Spitznamen ehrlich verdienten, so heute mehr denn je. Von allen Seiten rief und brüllte man nach ihnen, und sie konnten schon jetzt kaum ihrem vielseitigen Geschäft richtig nachkommen. Die Nacht schien schön strapaziös zu werden!

Die Herrengesellschaft im ersten Stock war ab neun vollzählig versammelt. Handelsgerichtsrat Vasse, Madames würdigster, schon des längeren mit besonderer Gunst bedachter platonischer Verehrer, plauderte eifrig und gedämpft in einer Ecke mit seiner Herzensdame; und sie lächelten verständnisinnig, wie zwei, die sich so gut wie einig sind, einander immer wieder zu. Monsieur Poulin, das ehemalige Stadtoberhaupt, ließ Rosa auf seinen dicken Schenkeln reiten. Sie drückte ihr Stupsnäschen an seine Nase und kraulte ihm mit ihren knubbeligen Pfötchen den weißen Backenbart. Unter ihrem hochgerutschten gelben Seidenrock kam ihr nackter Schenkel hervor und wetzte lustig auf dem schwarzen Hosenbein ihres Monsieurs hin und her; und um ihren roten Strumpf schmiegte sich das blaue Gummiband, das ihr der Strumpfband-Jüngling verehrt hatte.

Die lange Fernande lag auf dem Diwan und hatte ihre Beine auf dem Bauch von Monsieur Pimpesse, dem Herrn Steuereinnehmer, während ihr Oberkörper Monsieur Philippe junior an der Weste ruhte; mit ihrer Rechten umfaßte sie lässig den Hals des jungen Herrn, mit der Linken hielt sie eine Zigarette.

Raphaële schien mit Monsieur Dupuis, dem Generalvertreter für Lebensversicherungen, in Unterhandlungen zu stehen und schloß ihre Abmachung mit den Worten: »Ja, mein Liebling, heute abend kann man von mir haben, was man will...!« Und dann drehte sie ganz solo einen schnellen Walzer quer durch den Salon und rief: »Heute nacht könnt ihr alles haben, was ihr wollt...!«

Da ging mit einem Ruck die Tür auf, und Monsieur Tournevau stand auf der Schwelle. Alles brüllte und kreischte begeistert: »Hurra, Tournevau! Er lebe!« Und Raphaële, die sich immer noch im Kreis um sich selber drehte, sank ihm in die Arme und ans Herz. Er packte sie, ohne ein Wort zu sagen, mit festem Griff, hob sie wie eine Feder in die Höhe, ging quer durch den Salon zur hinteren Tür und verschwand unter prasselndem Applaus mit seiner lebenden Fracht über die Hintertreppe nach oben.

Rosa, die dem ehemaligen Stadtoberhaupt tüchtig einheizte, preßte ihn in einem fort an sich, zog immer wieder an beiden Enden seines Backenbartes zugleich, um seinen Kopf im Gleichgewicht zu halten, und feuerte ihn an: »Los, mach's ihm nach!« Da reckte und streckte sich der Ehrensenator, zog seine Weste gerade und folgte seiner Dame nach; und im Abgehen stöberte er seine Taschen durch, um festzustellen, wo seine Franken steckten.

Fernande und Madame leisteten gemeinsam den vier übrigen Herren Gesellschaft. Monsieur Philippe junior rief: »Ich stifte Champagner! Madame, drei Flaschen, auf meine Kosten!« Da preßte sich Fernande an ihn und lispelte ihm ins Ohr: »Mach doch mal 'n bißchen nette Tanzmusik, ja, los! Na, mach schon!«

Er kam ihrem Drängeln nach, setzte sich an das uralte Spinett, das in einer Ecke vor sich hin dämmerte, und entlockte dem wimmernden Klimperkasten einen dünn und zimperlich klingenden Walzer. Das starke Mädchen nahm den Steuereinnehmer in ihre Arme, und Madame überließ sich der Führung des Herrn Handelsgerichtsrats Vasse. Dann fingen die beiden Paare an, sich zu drehen, und es gab zwischen den Partnern die nötigen Zärtlichkeiten – nicht nur Handküsse – dabei. Monsieur Vasse, der früher viel in ersten Kreisen verkehrt hatte, machte seine Honneurs ganz ausgezeichnet, und Madame sah berückt an ihm auf und blickte ihn an mit Augen, in denen ein ›Ja‹ zu lesen war, ein verschwiegenes ›Ja‹, das viel köstlicher, viel verheißender ist als ein gesprochenes.

Frédéric brachte den Champagner. Der erste Pfropfen knallte, und Monsieur Philippe junior spielte die Anfangstakte einer Quadrille.

Die vier tanzten sie, wie man so eine Quadrille in der vornehmen Welt tanzt, würdevoll und gemessen, in tadelloser Haltung, mit Knicks und Verbeugung und allem, was dazu gehört.

Dann setzte man sich und erholte sich an den Sektkelchen. Da erschien Monsieur Tournevau wieder, zufrieden, beschwingt, glückselig vor guter Laune. Strahlend verkündete er: »Ich weiß nicht, was in Raphaële gefahren ist, so toll wie heut abend war sie noch nie in Form!« Und als man ihm ein Glas vor den Mund hielt, leerte er es auf einen Zug und murmelte: »Teufel, es geht doch nichts über solchen Luxus!«

Da wirbelte Monsieur Philippe eine feurige, wie Paprika ins Blut fahrende Polka herunter, und Monsieur Tournevau legte mit der ›schönen Jüdin‹ als erster los. Er hatte sie um die Taille gepackt und derart hochgehoben, daß ihre Füße nicht mehr den Boden berührten. Monsieur Pimpesse und Monsieur Vasse stürzten sich gleichfalls mit neuem Feuer in den Tanz. Von Zeit zu Zeit hielt eines der drei Paare am Kamin inne, um ein Kelchglas voll prickelnden Sekts durch die Kehle zu schütten. Dann ging es weiter, und der Tanz schien sich bis ins Endlose ausdehnen zu wollen. Da tat sich die Hintertür auf, und Rosa guckte, das Haar aufgelöst, einen Leuchter in der Hand, zu den anderen herein. Sie war im Hemd und in Pantoffeln. Mit roten Backen, ganz aufgeregt und animiert, rief sie dazwischen: »Ich will auch tanzen!«

»Na, und dein Opapa?« fragte Raphaële.

Rosa lachte laut auf: »Der –? Der pennt schon! Der pennt ja immer gleich ein!«

Damit holte sie sich Monsieur Dupuis, der auf dem Diwan saß und Mauerblümchen spielte. Und die Polka hob von neuem an.

In den Tanzpausen leerten sich rasch die Flaschen. Da rief Monsieur Tournevau in die Runde: »Ich spendiere noch eine!« – »Ich dito!« bekundete Monsieur Vasse. »Ich nehme die dritte auf meine Kappe!« schloß sich Monsieur Dupuis an. Alles klatschte Beifall.

Es kam immer mehr Schwung in die ganze Gesellschaft. Es entwickelte sich ein regelrechter Ball daraus. Ab und zu ließen sich nun auch Louise und Flora sehen, um rasch eine Runde mitzutanzen; und wenn die Rufe nach ihnen von unten aus dem Café zu laut und ungeduldig heraufdröhnten, dann stolperten die beiden – wenn auch ungern – hastig wieder zu ihren Kunden hinunter. Um Mitternacht war der Tanz noch in vollstem Gange. Nur hin und wieder verschwand mal eine der Damen. Und wenn sie gesucht wurde, weil einer der Herren Tänzer eine Partnerin brauchte, da mußte man plötzlich feststellen, daß auch einer der Herren fehlte.

»Wo kommt ihr denn her?« näselte mit komischem Ernst Monsieur Philippe junior, als nach einer Weile Monsieur Pimpesse und Fernande gemeinsam wieder auf der Bildfläche erschienen.

»Wir – wir wollten nur mal fix Papa Poulin sein Schläfchen machen sehen«, antwortete schmunzelnd der Steuereinnehmer.

Diese witzige Bemerkung wirkte wie ein Stichwort. Reihum stand einer der Herren nach dem andern auf und stieg mit einer der Damen, die sich fabelhaft liebenswürdig und entgegenkommend in jener Nacht benahmen, die Treppe hinauf, um Papa Poulin sein Schläfchen machen zu sehen. Madame nahm von diesem neckischen Gesellschaftsspiel keine weitere Notiz. Sie führte, auf und ab wandelnd, im Salonwinkel immer wieder lange Gespräche unter vier Augen mit Monsieur Vasse; dabei schienen – wie es aussah – Angelegenheiten geregelt zu werden, die schon so gut wie abgemacht und vereinbart waren.

Als es eins schlug, erklärten Monsieur Tournevau und Monsieur Pimpesse, die beiden Verheirateten in der heiteren Herrengesellschaft, sie müßten nun wohl doch so langsam den Heimweg antreten und würden gern ihre Rechnung begleichen. Sie brauchten nur den Champagner zu zahlen: die Flasche – ausnahmsweise zum Originalpreis – sechs Franken statt zehn wie sonst.

Und als alles staunte und sich erkundigte nach dem Grund solcher Großzügigkeit, da lächelte Madame vielsagend und gab mit strahlendem Blick zur Antwort:

»Alle Tage ist kein Sonntag ...!«

Edouard Manet
Das Café
Autographie

Eine Landpartie

Seit fünf Monaten schon war bei Dufours immer wieder erörtert worden, am Namenstag von Madame Dufour – sie hieß Pétronille – in der Umgebung von Paris ein Picknick zu veranstalten. Und als dann endlich der längst mit Ungeduld erwartete Morgen angebrochen war, hatte man sich schon beizeiten auf den Weg gemacht.

Monsieur Dufour hatte sich für die Festtagsfahrt den Wagen vom Milchhändler ausgeliehen und thronte höchstselbst auf dem Kutschbock.

Schmuck sah das zweirädrige Gefährt aus. Es hatte ein Sonnendach, das auf vier Eisenstangen schwebte. Die leinenen Schutzplanen zu beiden Seiten hatte man hochgerollt, um die Landschaft besser genießen zu können. Und das Stück Zeltleinwand, das die hintere Ausstiegseite schließen sollte, flatterte munter wie ein Banner im Winde. Madame Dufour saß strahlend an der Seite ihres Gemahls und entfaltete im kokett geschnittenen, kirschroten Seidenkleid all ihre Reize. Hinter dem Prinzipalspaar hatten es sich, so gut es ging, auf zwei Sitzen die alte Großmama und die Tochter des Hauses bequem gemacht. Und schließlich guckte noch über den Wagenrand der semmelblonde Schopf eines jungen Mannes hervor, der mangels sonstiger Sitzgelegenheiten sich auf den Bodenbrettern niedergelassen hatte.

So rollten sie die Avenue des Champs-Élysées entlang; und als sie durch die Porte Maillot hinaustrabten und die alten Wallanlagen hinter sich hatten, gaben sie sich uneingeschränkt der Betrachtung der Gegend hin.

Mitten auf dem Brückenbogen des Pont de Neuilly entfuhr Monsieur Dufour der Ausruf: »Da, seht doch mal die Landschaft! – Aah – endlich!« Das war für Madame Dufour gewissermaßen das Stichwort, auch ihrerseits in Begeisterung über die Natur auszubrechen.

Am Rond-Point von Courbevoie, da, wo man den weiten Rundblick hat, waren alle bei der wundervollen Aussicht geradezu sprachlos vor Entzücken. Rechts drüben lag Argenteuil mit seinem hoch emporragenden Kirchturm; dahinter erhoben sich die Hügelwellen der Buttes de Sannois und die Mühle von Orgemont. Links zeichnete sich deutlich der Aquädukt von Marly am klaren Morgenhimmel ab, und weiter drüben war auch die Terrasse von Saint-Germain zu sehen. Gegenüber, am Ende einer Hügelkette, leuchteten hell die frisch aufgeworfenen Erdwälle des Forts von Cormeiles herüber. Und ganz weit, weit hinten am Horizont, hinter all den Wiesenbreiten, hinter all den Dörfern mit ihren Ackerflächen, halb im Dunstschleier der Ferne schon, konnte man den dunklen Kranz der Wälder erkennen.

Die steigende Sonne brannte immer stärker auf die Gesichter, und fortwährend flog ihnen der Staub in die Augen. Links und rechts der Fahrstraße dehnte sich eine endlos öde, graue Ebene hin, über der üble Dünste lagerten. Das ganze Land sah aus, als wenn rings die Lepra gewütet und auch die letzte menschliche Behausung zerfressen hätte. Überall starrten Gerippe eingestürzter Bauwerke in die Luft, reckten vier leere Wände ihre rohen Dachsparren zum Himmel empor, Häuserchen, die nie fertig geworden waren, weil den Bauunternehmern und Spekulanten die Gelder ausgingen.

Da und dort wuchsen aus dem unfruchtbaren Boden riesige Fabrikschornsteine empor – das einzige, was diese faulig riechende Ebene hervorbrachte. Der Frühlingswind trieb einen dicken Schwall von Petroleumdunst und Mergelstaub herüber, dem sich allerlei noch unangenehmere Düfte beimischten.

Nach einer Weile hatte das Dufoursche Gefährt einen weiteren Seinebogen erreicht; und als man über die Brücke rollte, brach alles von neuem in helles Entzücken aus. Der Fluß funkelte und glitzerte im Licht; aus den flutenden Wellen wehte, von den Sonnenstrahlen hochgesogen, ein frischer, kühler Dunsthauch herauf; und alles, was im Wägelchen saß, empfand eine sanfte, wohltuende Erquickung, als man endlich reinere Luft atmete, die nicht mehr durchschwängert war von dem schwarzen Qualm der Fabriken und den stickigen Düften aus Kläranlagen und Sickergruben.

Von einem Manne, der ihnen entgegenkam, erfuhren sie, daß der Ort hier Bezons hieß.

Vor einem Gasthaus brachte Monsieur Dufour sein Gefährt zum Halten und las das einladende Schild über der Pforte:

Restaurant Poulin
Sämtliche Fischgerichte nach Matrosenart / Gutbürgerliche Küche / Gesellschaftszimmer / Lustwäldchen und Schaukelplätze

»Na, Madame Dufour«, wandte er sich an seine bessere Hälfte, »wär das nicht was für dich? Hättest du nicht Lust, hier einzukehren?«

Sie sah sich nun ihrerseits erst mal eingehender das Schild mit den gastfreundlichen Lettern an:

Restaurant Poulin
Sämtliche Fischgerichte nach Matrosenart / Gutbürgerliche Küche / Gesellschaftszimmer / Lustwäldchen und Schaukelplätze

Dann warf sie einen umfassenden Blick auf das ganze Etablissement.

Es war ein ländliches Gasthaus, weißgetüncht, und stand dicht an der Straße. Durch die offene Tür war die blitzende Zinkplatte der Theke zu sehen, an der zwei Arbeiter im Sonntagsstaat lehnten.

Nach einiger Überlegung hatte sich Madame Dufour entschieden: »Ja, hier ist's richtig! Und außerdem ist die Aussicht prima.«

Auf diese ihre Worte lenkte Monsieur Dufour sein Gefährt von der Straße weg in einen geräumigen, mit hohen Bäumen umstandenen Hof hinein, der sich hinter der ländlichen Raststätte nach der Seine zu öffnete und vom Fluß nur durch einen schmalen Treidelpfad getrennt war.

Dann stieg man aus. Als erster sprang der Familienvorstand herab von seinem Bock und breitete unten seine Arme aus, um seine bessere Hälfte aufzufangen. Das Trittbrett schwebte an seinen beiden eisernen Barren so tief unten, daß Madame Dufour, um es zu erreichen, mindestens die Hälfte ihres Beines sehen lassen mußte, dessen einstige Wohlgeformtheit unter einem gewaltigen Fettpolster verschwand.

Monsieur Dufour war von der Landluft schon recht übermütig; er kniff unternehmungslustig seine Gefährtin in die Wade und faßte sie ziemlich weit oben um die Taille, um sie langsam wie ein stattliches, schweres Paket zu Boden zu stellen.

Sie patschte mit der Hand auf ihr Seidenkleid, um den Straßenstaub abzuklopfen, und ließ dabei ihre Blicke rundum schweifen.

Mit ihren sechsunddreißig Jahren war sie gar keine so üble Erscheinung; mollig und blühend, ganz appetitlich sah sie aus. Ihre ansehnliche Brust wogte eingezwängt in dem zu straff geschnürten Korsett, und der stramme Druck dieses Schönheitsapparats ließ die wallende Bewegung ihres üppigen Busens deutlich noch bis hinauf in das sanft wabbelnde Doppelkinn sichtbar werden.

Der Mutter folgte das junge Mädchen. Graziös legte die Demoiselle ihre Hand auf die Schulter des Herrn Papa und sprang ohne Hilfe leichtfüßig zu Boden. Währeddessen war auch der semmelblonde Jüngling über das Wagenrad heruntergeklettert und legte neben dem Prinzipal mit Hand an, um schließlich noch der Großmama herunterzuhelfen.

Dann wurde der Gaul ausgesträngt und an einem Baumstamm festgebunden. Der Zweirädrige war vornüber gekippt; seine beiden Deichselstangen stippten mit ihren Spitzen in den Sand. Die Männer hatten sich ihres Bratenrocks entledigt, wuschen sich die Hände in einem Eimer Wasser und suchten dann ihre Damen wieder auf, die schon auf den Schaukeln hin und her wippten.

Mademoiselle Dufour versuchte ganz allein und stehend zu schaukeln, ohne doch recht in Schwung zu kommen. Sie war ein hübsches Mädchen, knapp zwanzig, so ganz eines jener holden weiblichen Wesen, die einem bei der ersten Begegnung auffallen, die gleich auf den ersten Blick ein heftiges Verlangen erregen und bei uns Männern den ganzen Tag lang leichte Unruhe und Erregung der Sinne hinterlassen. Hochgewachsen war sie, schlank und doch rund in den Hüften. Ihr Teint war dunkel. Sie hatte sehr große Augen und ganz schwarzes Haar. Unter ihrem Kleid zeichneten sich ihre vollen, festen Formen ab, die mit jeder Bewegung ihrer Hüften, wenn sie sich hochzuschwingen suchte, noch runder hervortraten. Mit hochgestreckten Armen hielt sie sich an den Stricken fest, so daß bei jedem Schwung, den sie sich gab, ihre Brust sich mit vorwölbte. Der Wind hatte ihr den Hut vom Kopf geweht; er lag hinter ihr auf der Erde. Höher und höher flog die Schaukel mit ihr, ließ beim Auf- und Absausen die wohlgeformten Beine der jungen Demoiselle sehen und wehte den beiden Männern, die lachend zusahen, den Duft des Kleides ins Gesicht, einen Hauch, der berauschender war als Weinduft.

Madame Dufour saß auf der anderen Schaukel und jammerte in

einem fort im gleichen Ton: »Cyprien, los, komm doch und gib mir mal einen Schubs! Komm doch und stoß mich mal, los. Cyprien!« Schließlich ging er hin, krempelte sich die Hemdsärmel auf, als gelte es, eine gewaltige Arbeit zu verrichten, und setzte mit außerordentlicher Kraftanstrengung seine bessere Hälfte in Bewegung.

Sie klammerte sich an die Seile an und streckte ihre Beine steif von sich, um nicht am Boden entlangzuschleifen. Halb betäubt vor Entzücken genoß sie die Schaukelbewegungen. Ihr ganzer fülliger Körper schwabbelte bei diesen Erschütterungen wie Fleischsülze auf einer Schüssel. Als aber die Stöße immer stärker und die Schwünge immer höher wurden, überkamen sie Schwindel und Angst. Jedesmal, wenn sie auf der Schaukel nach unten sank, stieß sie einen so schrillen Schrei aus, daß alle Straßenjungen der Umgegend herzuliefen. Und so sah sie denn bald, jedesmal, wenn die Schaukel mit ihr wieder hochsauste, verchwommen über der Gartenhecke ihr gegenüber eine Reihe frecher Gesichter auftauchen, die ihr grinsend alle möglichen Fratzen und Grimassen schnitten.

Endlich ließ sich eine Kellnerin blicken, und man wandte sich nun dem Bestellen des Menüs zu; etwas außer Atem, aber mit ihrer sonstigen ganzen Gewichtigkeit kommandierte Madame Dufour: »Gebackenen Seinefisch, geschmortes Kaninchen, Salat und Nachtisch.« – »Und zwei Liter von Ihrem Landwein und eine Flasche Bordeaux!« schärfte der Herr Gemahl der Serviermamsell ein. »Wir wollen unser Picknick hier draußen auf dem Rasen einnehmen!« bekundete abschließend Mademoiselle Dufour.

In der Zwischenzeit hatte sich die Großmama – schon seit mindestens zehn Minuten – an die Verfolgung der Hauskatze des ländlichen Idylls begeben. Als die alte Dame das Tier erblickte, wollte sie vor Zärtlichkeit fast aus dem Häuschen geraten und suchte, allerdings ohne sichtlichen Erfolg, das ›Miezchen‹ mit den allersüßesten Kosenamen an sich zu locken. Von soviel Aufmerksamkeit fühlte sich das Tier wohl zwar innerlich geschmeichelt und hielt sich immer in greifbarer Nähe der guten Frau auf, aber fassen ließ es sich doch nicht und strich in ruhigem Bogen mit steif aufgerichtetem Schwanz um die Bäume herum, an deren Stämmen es sich, vor Behagen schnurrend, den Buckel rieb.

»Da, seht mal!« ließ sich plötzlich der semmelblonde junge

Mensch, der am Ufergelände herumstöberte, hören, »das sind ja schicke Gondeln!« Alles strebte hin, um zu sehen, was es gäbe. Unter einem kleinen Holzschuppen waren an Tauen zwei prächtige Boote festgemacht, schnittig und fein gearbeitet wie Luxusmöbel. Sie ruhten Seite an Seite nebeneinander, wie zwei große, schlanke Mädchen, lang, schmal, leuchtend. Ihr Anblick machte einem geradezu Lust, sich mit ihnen auf den Wellen zu wiegen, an milden Sommerabenden oder in hellen Morgenstunden, mit ihnen an blühenden Ufern entlangzugleiten, wo Bäume ihre dichten Zweige tief ins Wasser tauchen, wo das Schilf in ewigen Schauern erbebt und Eisvögel im Zickzackflug wie blaue Blitze dahinhuschen.

Die ganze Familie stand voll Bewunderung vor den beiden Booten. – »Oha, oha, das ist wirklich was ganz Schickes!« unterstrich immer von neuem Monsieur Dufour seinen Eindruck. Es hörte sich an, als spräche ein Fachmann. Als Jüngling im lockigen Haar habe er – führte er aus – natürlich auch seine Kahnpartien gemacht. Da hätte man ihn mal sehen sollen! Mit so ein paar Dingern in den Händen – und er tat dabei so, als lege er sich kräftig in die Ruder –, da pfeife er auf alles übrige in der Welt. Mehr als einen Engländer habe er damals, in Joinville, bei der Ruderregatta um Nasenlängen hinter sich gelassen. Und er renommierte mit dem Fachausdruck *dames* – mit dem jeder zünftige Rudersportler die beiden Gabelschenkel bezeichne, zwischen denen die Ruderstangen sich bewegen – und meinte, was ein richtiger Ruderer sei, der steche aus gewissen Gründen eben nie ohne seine ›Damen‹ in See. Er schlug immer höhere Töne an, kam mehr und mehr im Feuer beim Erzählen und war schließlich bei der Behauptung angelangt, er gehe jede Wette ein, daß er mit einem so schnittigen Boot, wie dem hier, ohne sich besonders in die Riemen zu legen, bequem seine sechs Meilen in der Stunde machen könne.

»Zu Tisch, die Herrschaften!« rief die Serviermamsell dazwischen, die in der Tür erschien. Alles stürzte herzu. Aber an dem Platz, den Madame Dufour schon bei der Ankunft in Gedanken für sich ausgesucht hatte, ausgerechnet an diesem günstigsten Platz saßen bereits zwei junge Männer und frühstückten. Es waren zweifellos die Besitzer der beiden Boote, denn sie trugen Sportdreß.

Sie saßen, oder vielmehr, sie lagen fast ausgestreckt auf ihren Stühlen. Ihre Gesichter waren sonnverbrannt. Ihre breite Brust straffte sich unter dem enganliegenden hellen Baumwolltrikot, aus dem ihre nackten Arme mit Muskeln, wie ein Schmied sie hat, hervorkamen. Zwei stattliche Burschen waren es, die sich auf ihre Kraft und ihren Wuchs nicht wenig einzubilden schienen. Bei jeder Bewegung zeigten sie das elastische Spiel ihrer Glieder, das ein junger Mann durch Sport und Training erlangt; solch einer bietet doch einen so ganz anderen Anblick als ein plumper, schwerfälliger Mensch, dem der tägliche Umgang mit ungefügen Gegenständen schon rein äußerlich anzusehen ist.

Sie lächelten, als sie die Mutter sahen; als aber dahinter die Tochter zum Vorschein kam, wechselten sie rasch einen verständnisvollen Blick. – »Wir könnten ihnen eigentlich unsere Plätze anbieten«, meinte einer zum andern, »und dabei uns gleich mal näher bekannt machen!« Sofort stand der andere auf, zog seine rot-schwarz gestreifte Sportkappe und stellte mit ritterlicher Handbewegung den Damen den einzigen Platz im Garten zur Verfügung, auf den die Sonne nicht schien. Dieses kavaliersmäßige Anerbieten wurde mit nicht enden wollenden Entschuldigungen angenommen. Und damit es ganz ländlich würde, räumte man Tisch und Stühle beiseite und ließ sich im Kreis im Grase nieder.

Die beiden jungen Ruderer hatten sich mit ihren Tellern etwas abseits gesetzt und frühstückten weiter. Ihre nackten Arme, die sie unablässig bewegten, brachten die junge Demoiselle etwas in Verlegenheit. Sie tat, als drehe sie den Kopf weg und bemerke sie gar nicht mehr. Madame Dufour dagegen legte mehr Mut an den Tag und beschaute sich, ohne ein Auge abzuwenden, die beiden herkulischen Gestalten voll weiblicher Neugier, der sich offensichtlich ein Schuß persönlicheren Interesses beimischte. Mit dem Blick der Kennerin verglich sie zweifellos die beiden mit den verborgenen Unzulänglichkeiten ihres Gatten.

Mit übereinandergeschlagenen Beinen hockte sie auf ihrer stattlichen Sitzfläche und schüttelte sich in einem fort, weil ihr – angeblich – Ameisen mal dahin, mal dorthin krabbelten. Monsieur Dufour, dem das liebenswürdige Verhalten und die Nachbarschaft der beiden jungen Männer mit der Zeit etwas ungemütlich wurden, suchte vergebens, in eine bequeme Ruhelage zu kommen. Der semmelblonde Jüngling hatte sich hingelümmelt und entwickelte in aller Stille einen Appetit, der für vier gereicht hätte.

»Recht schön heute, nicht wahr, Monsieur?« nickte die dicke Dame dem einen der beiden Ruderer zu. Sie mußte bekunden, wie liebenswürdig sie es finde, daß der junge Herr ihr seinen Platz eingeräumt hatte. – »Ganz Ihrer Meinung, Madame!« erwiderte der Angeredete. »Sind Sie öfters hier draußen auf dem Lande?«

»Oh, nur so ein-, zweimal im Jahr, um ein bißchen frische Luft zu schnappen. Und Sie, Monsieur?«

»Ich, ich verbringe fast jede Nacht hier draußen.«

»Ach, muß das aber herrlich sein ...!«

»Doch! Ist es auch, Madame!«

Und er kam ins Erzählen und berichtete, was er täglich so erlebe; und was er da erzählte, das klang so romantisch, daß es in den Herzen dieser Pariser, die nie weit aus ihrem Viertel herausgekommen waren und das ganze Jahr wohl kaum eine richtige Wiese gesehen hatten, gefühlvoll zu rumoren anfing. Es überkam sie wieder einmal das, was der Großstädter sentimental seine »Liebe zur Natur« nennt, die ihn immer wieder anwandelt, wenn er das ganze Jahr hinter seinem Kassentisch im Krämerladen verbringt.

Die junge Demoiselle schlug die Augen auf und warf dem Ruderer einen schmelzenden Blick zu. Monsieur Dufour wurde zum ersten Mal wieder gesprächig. »Oha, das nenn ich Leben!« äußerte er mit Schwung. Dann knüpfte er etwas unvermittelt die Frage daran: »Na, wie wär's noch mit so'nem Schenkel da, meine Liebe?«

»Nein danke, Dufour!«

Sie wandte sich wieder den jungen Männern zu und deutete auf die nackten Arme der beiden: »Friert Sie's denn nie so ... so ...?«

Alle beide brachen in ihr schallendes Lachen aus und gaben dann ihre
Ruderergeschichten zum besten, Geschichten von ihren fabelhaften körperlichen Leistungen, von Hechtsprüngen, die sie schweißtriefend ins eiskalte Wasser machten, von ihren Fahrten im nächtlichen Nebel... Und dabei schlugen sie sich mit der geballten Faust an die gewölbte Brust, um zu zeigen, was sie ›auf dem Kasten‹ hätten. – »O wirklich, ganz stabil gebaut!« mußte der Familienvorstand zugeben. Er erwähnte dabei nichts mehr von den Engländern, die er aus dem Felde geschlagen hatte.

Die junge Demoiselle blickte sich doch jetzt die beiden etwas genauer von der Seite an. Da hustete plötzlich der Semmelblonde, dem offenbar beim stillvergnügten Trinken etwas in die falsche Kehle gekommen war, so heftig los, daß ein wahrer Sprühregen auf das kirschrote Seidenkleid von Madame Dufour niederrieselte; empört verlangte sie nach Wasser, um die befleckten Stellen aus ihrer Robe zu waschen.

Immer drückender wurde die Hitze. Der glitzernde Fluß strahlte Feuergluten aus, und der Wein umwölkte mehr und mehr die Sinne.

Monsieur Dufour stieß dauernd der Schluckauf. Er knöpfte sich Weste und Hosenbund auf, während seine Gattin, die vor Beklemmung kaum noch atmen konnte, immer weiter ihr Kleid aufhakte. Der semmelblonde Ladenschwengel wiegte sichtlich angeheitert seine Mähne hin und her und goß sich ein Glas Wein nach dem andern in den Rachen. Die Großmama, die das Gefühl hatte, es fange sich alles um sie zu drehen an, saß steif und sehr würdevoll da. Einzig die Demoiselle ließ sich nichts anmerken; nur in ihren Blicken funkelte es heller, und ihre braune Haut überhauchte, zumal an den Wangen, ein rosiger Schimmer.

Der Kaffee brachte die Gesellschaft vollends in Stimmung. Alles redete von Singen, jeder, reihum, kam mit seinem Verschen dran, wonach jedesmal alle andern wie rasend Beifall klatschten. Dann erhob man sich etwas umständlich. Und während die Damen noch ein wenig benommen nach Atem rangen, machten sich ihre beiden männlichen Partner auf ziemlich unsicheren Beinen ans Turnen. Mit purpurroten Backen und schlappen Bewegungen hängten sie sich wie zwei volle Säcke an die Ringe, ohne einen Klimmzug zustande zu bringen. Und jeden Augenblick sah es aus, als rutsche ihnen das Hemd aus der Hose und werde gleich frei flattern wie ein Wimpel im Winde.

Unterdessen hatten die Ruderer ihre Boote aufs Wasser gebracht und kamen zurück, um galant die Damen zu einer kleinen Spazierfahrt auf der Seine einzuladen.

»Monsieur Dufour, einverstanden? Na, sag schon ja!« rief seine Gattin herüber. Er starrte sie verständnislos aus seinen verschwommenen Augen an. Da brachte einer der beiden Ruderer zwei Angelruten. Und im Nu leuchtete es in den glasigen Blicken auf bei der Aussicht, Gründlinge zu angeln, dieser idealen Betätigung aller Männer seines Schlags! Mochte man gondeln, wohin man Lust hatte! Er machte es sich im Schatten des nächsten Brückenbogens bequem und ließ die Beine über den Wellen baumeln; und neben ihm hatte sich sein semmelblonder Kommis hingerekelt und war schon halb im Einduseln.

Einer der beiden Sportfreunde opferte sich und nahm die Mutter. »Also los denn, zum Wäldchen auf der Engländer-Insel!« rief er und stieß vom Ufer ab.

Das andere Boot folgte langsam nach. Der Ruderer sah seine Bootspartnerin unverwandt an. Nichts anderes mehr beschäftigte seine Gedanken. Er war in einer inneren Erregung, die sich aller seiner Sinne bemächtigte.

Das junge Mädchen saß ihm gegenüber und gab sich ganz dem wohligen Empfinden hin, auf dem Wasser so dahinzutreiben. Sie fühlte, wie in ihr alles Denken schwach und schwächer wurde, wie Mattigkeit sich ihr über die Glieder legte, wie sie in einen ohnmächtig-süßen Rausch versank. Sie war sehr rot geworden und atmete schneller. Betäubt und schlaff von dem Wein, von der Glut, die rings in der Luft sie umrieselte, war ihr, als verneigten sich alle Bäume am Ufer. Ein unbestimmtes Gelüst überkam sie; in heißen Wellen jagte das Blut ihr durch den ganzen Körper, den die Schwüle dieses Tages immer mehr erregte. Es machte sie verwirrt, mit diesem jungen Mann so allein zu sein, mitten auf dem Wasser, rings um sie glühendes Sonnengeflimmer, weit und breit keine Menschenseele – und sie so ganz allein mit diesem jungen Mann ihr gegenüber, der sie fühlen ließ, wie schön sie sei, dessen Augen – sie spürte es – ihre Haut küßten, dessen heimliche Wünsche sie durchdrangen wie die heißen Sonnenstrahlen.

Sie fanden beide kein Wort zu sagen, doch immer mehr wuchs die Spannung in ihnen. Ihre Blicke wichen sich aus, und sie schauten eine Weile in die Gegend. Schließlich gab er sich einen Ruck und fragte, wie sie heiße. »Henriette«, sagte sie. »Ach, so ein netter Zufall! Ich heiße – Henri!« gab er zurück.

Der Klang ihrer Stimmen hatte sie beide wieder ruhiger gemacht. Sie beobachteten gemeinsam die Ufer. Das vorausgeglittene Boot hatte gestoppt und schien auf sie zu warten. Der Kamerad des Ruderers rief herüber: »Im Wäldchen treffen wir uns wieder! Wir zwei wollen erst noch bis zum ›Robinson‹ hin, Madame hat Durst!« Damit legte er sich in die Ruder und schoß so rasch davon, daß er mit seiner Partnerin bald den Blicken der beiden Zurückbleibenden entschwand.

Ein donnerndes Getöse, das schon dumpf eine Zeitlang zu hören war, hallte näher und näher. Der ganze Fluß schien davon in seinen Tiefen zu erzittern; es hörte sich an, als dröhne und walle es aus seinem Grunde herauf.

»Was ist das?« fragte sie. Das sei der Wasserfall am großen Wehr, das den Fluß bei der Inselspitze in zwei Stromhälften teile. Er wollte sich gerade in eine längere Erklärung verlieren, da schlug plötzlich – durch das Getöse der Wassermassen herüber – wie aus weiter Ferne das flötende Singen eines Vogels an ihr Ohr. »Da!« sagte er, »die Nachtigall singt am Tage! Fürs Weibchen, wenn es brütet.«

Eine Nachtigall! Noch nie hatte sie eine Nachtigall gehört, und der Gedanke, daß sie in diesem Augenblick eine hörte, ließ in ihrem Mädchenherzen die zärtlichsten Wunschbilder aufsteigen. Eine Nachtigall! Welcher Zauber tönte auf aus diesem Wort! Die Nachtigall, das war sie, die heimliche Vertraute süßer Liebesstunden, die Julia auf ihrem Balkon anruft und beschwört, die himmlische Musik, die sich den Küssen zweier Menschen voll Wohllaut gesellt, – die immer und immer wieder alle Herzensbrecher zu ihren schmachtenden Romanzen begeistert, in denen sich den armen kleinen, ach, so sehnsüchtigen Mädchenherzen ein ganzer lichtblauer Himmel voll Liebe und Glück auftut ... Jetzt hörte sie also wirklich die Nachtigall.

»Wir wollen ganz leise sein«, raunte der Gefährte ihr zu, »dann können wir an Land gehen und uns im Wäldchen ganz nah bei ihr hinsetzen!«

Lautlos glitt das Boot dahin, auf die Insel zu. Zwischen ihren Bäumen, die immer deutlicher sichtbar wurden, erstreckte sich der Ufersaum fast eben hin, so daß man tief in das Unterholz hineinblicken konnte. Sie hielten an, das Boot wurde festgemacht; und dann schritten sie durch das Gewirr der Zweige. Henriette ließ sich von Henri führen. »Bücken Sie sich!« riet er. Sie duckte sich und schlüpfte an seiner Seite durch ein dichtes Geflecht von Schlingpflanzen, Laub und Schilf tiefer und tiefer hinein ins Dickicht, bis sie zu einem lauschigen Plätzchen kamen, das nur Eingeweihte finden konnten. Lächelnd flüsterte der junge Mann: dies hier, das sei sein »Geheimkabinett«.

Da – war es wieder, gerade über ihnen, dies leidenschaftliche Getön. Der Vogel mußte in einem der Baumwipfel sitzen, die ihr schirmendes Blätterdach über sie breiteten. Erst kamen ein paar Anläufe, rollende Triller; dann ging das Geschmetter über in einzelne langgedehnte, zitternde, schmelzende Töne. Sie erfüllten rings die Luft und verloren sich dann langsamer ferner und ferner, zogen mit dem Fluß dahin und verschwebten leiser, immer leiser über der Ebene, durch die glutende Stille, die dumpf und schwer über der Weite lag.

Sie sprachen kein Wort, um nicht den Vogel in seinem Gesang zu stören oder zu verscheuchen. Sie hatten sich nebeneinander hingesetzt. Sacht legte Henri seinen Arm um Henriettes Hüfte und zog sie sanft an sich. Sie nahm, ohne böse zu werden, die kühne Hand und schob sie, so oft sie ihr nahe kam, immer wieder leicht von sich. Sie war gar nicht weiter ungehalten über dies Zärtlichsein; ihr war, als gehörte es dazu als etwas ganz Natürliches; und ebenso natürlich wehrte sie es auch ab, fast wie im Spiel.

Wie berauscht von den süßen Tönen, lauschte sie hingegeben dem Gesang. Ein unendliches Verlangen nach Glück überkam sie, ein Sehnen nach viel Zärtlichkeit, Gefühle und halbe Gedanken an große, an übermenschliche Liebe. Weich und weh wurde ihr um Sinn und Herz; sie mußte weinen, sie wußte selbst nicht warum. Ihr Gefährte zog sie fester an sich. Sie dachte an nichts mehr und wehrte ihm nicht...

Da – plötzlich verstummte die Nachtigall. Von weitem rief eine Stimme: »Hen-ri-et-te!«

»Nicht antworten!« hörte Henriette leise neben sich sagen. »Sonst fliegt der Vogel davon...!«

Sie dachte auch gar nicht daran zu antworten.

So schwiegen sie miteinander eine Weile. Madame Dufour mußte sich irgendwo in der Nähe niedergelassen haben; denn von Zeit zu Zeit vernahm man das Kichern der dicken Dame. Ihr Ruderer schien sich lustig mit ihr herumzunecken.

Das junge Mädchen weinte noch immer leise vor sich hin, ganz den süßen Empfindungen hingegeben, die ihr die Sinne erfüllten. Auf ihrer warmen Haut fühlte sie ein wohliges Prickeln, das sie noch nie verspürt hatte. Henris Kopf lag auf ihrer Schulter; und plötzlich küßte er sie auf den Mund. Sie sträubte sich empört und warf sich rücklings ins Gras, um ihm zu entgehen. Da warf er sich über sie. Lange suchte er den kleinen Mund, der sich ihm entzog; und als er ihn endlich hatte, drückte er den seinen darauf. Und da gab sie ihm – ganz toll vor Verlangen – den Kuß zurück und preßte ihn an sich; ihr Widerstand sank zusammen, wie niedergebrochen unter einer allzu schweren Last.

Ringsum war es still. Da fing der Vogel wieder an zu singen. Erst schmetterte er drei durchdringende Töne heraus. Es klang wie ein heller Lockruf der Liebe. Dann, nach einer kurzen Stille, setzte er neu ein, nun verhaltener, mit langsamen, schmelzenden Läufen.

Ein weicher Windhauch glitt durch die Wipfel; die Blätter wisperten leise. Aus dem dichten Gebüsch drangen zwei glühende Seufzer und verschmolzen mit dem Gesang der Nachtigall und dem leisen Atemwogen der Bäume.

Trunkene Leidenschaft schien den Vogel zu erfüllen. Sein Gesang schwoll mächtiger und mächtiger an und nahm zu an Inbrunst. Er klang wie die strahlend helle Begleitung zu dem dunkleren Duo von Küssen unter dem Baum. Immer glühender wurde der Wonnejubel, der seiner kleinen Kehle entströmte. Er jubilierte in kurzen, rasenden, in langsam verhallenden Tönen, es war wie eine Art melodischer Krampf.

Manchmal verhielt er ein wenig, flötete nur zwei, drei leise, zarte Töne und brach dann jäh und schrill ab. Dann wieder setzte er mit einemmal wie toll ein, mit einem Schwall von Tönen und Trillern, einer sprühenden, rieselnden Kaskade lockender, sehnsuchtstrunkener Laute. Wie ein feuriger Liebesgesang klang es auf, der in hellen Triumphschreien verhallte.

Sein Lied war jäh aus. Unter ihm stöhnte es so tief auf, daß es war, als verhauche eine Seele ihre letzten Seufzer. Das Stöhnen dauerte ein Weilchen an; dann endete es in einem erlösenden Schluchzen ...

Als das Paar sich von seinem grünen Lager erhob, war es recht blaß. Der blaue Himmel schien beiden dunkler geworden; sie nahmen fast die glühende Sonne nicht mehr wahr; sie fühlten nur noch die Einsamkeit und die Stille. Rasch brachen sie auf. Sie gingen nebeneinander, ohne sich zu berühren. Es sah aus, als hätten sie sich für immer entzweit, als hätten sie einen Widerwillen, eins gegen das andere, einen Ekel vor dem Körper, als haßten sich ihre Seelen.

Henriette rief von Zeit zu Zeit: »Mama! – Mama!«

Unter einem Gebüsch regte sich etwas. Henri schien es, als habe er da eben gesehen, wie drüben hastig ein weißer Unterrock über eine dicke Wade heruntergezogen wurde. Dann tauchte zwischen den Zweigen Madame Dufour in ihrer ganzen Leibesfülle auf, etwas verlegen und noch röter im Gesicht als sonst, mit glänzenden Augen und wogendem Busen – und vielleicht, wenn man genauer hinsah, ein paar Fingerbreit zu dicht neben ihrem Partner. Der mußte wohl ganz neckische Dinge gesehen haben; denn über sein Gesicht lief mit tausend Lachfältchen ein Schmunzeln, das er nur schwer verbergen konnte.

Mit zärtlicher Miene nahm Madame Dufour den Arm ihres Kavaliers und ließ sich zum Anlegeplatz zurückführen. Henri ging immer noch stumm an der Seite des jungen Mädchens voraus. Plötzlich war es, als höre er hinter sich ein Geräusch; es klang wie das halberstickte Schmatzen eines langes Kusses.

Schließlich landete man zu viert wieder in Bezons.

Monsieur Dufour war inzwischen sichtlich nüchterner geworden und erwartete sie bereits mit einiger Ungeduld. Der semmelblonde Freund und Helfer des Hauses Dufour verschlang im Stehen rasch noch ein paar Happen, als man sich zum Aufbruch rüstete. Das Gefährt stand abfahrbereit im Hof. Die Großmama saß schon oben und mahnte jammernd zur Eile: Sie habe Angst, es könne sie da in der stockdusteren Nacht irgendso'n Kerl auf der Landstraße anfallen – denn in der Umgegend von Paris trieben sich ja immer so viele dunkle Individuen herum!

Nach wechselseitigem Händeschütteln rollte die Familie Dufour wieder ab in Richtung Paris. »Auf Wiedersehen!« riefen die Ruderer.

Ein Seufzer und eine Träne waren die Antwort...

Zwei Monate danach führte Henri der Weg durch die Rue des Martyrs. Über einer Ladentür las er ein Schild: *Dufour, Eisen- und Stahlwarenhandlung*.

Er trat ein.

An der Kasse thronte Madame Dufour in ihrer ganzen Fülle. Man erkannte einander gleich wieder; und nach den üblichen Komplimenten erkundigte er sich, was es Neues gäbe. »Ja, und Mademoiselle Henriette? Wie geht es ihr?«

»Oh, sehr gut, danke! Sie ist verheiratet.«

»Ah...!« Etwas gepreßt setzte er hinzu: »Und... mit wem denn?«

»Nein aber...! Natürlich mit dem jungen Mann, der damals mit war; Sie kennen ihn doch. Er wird unser Nachfolger.«

»O der – ach so, allerdings...!«

Er verabschiedete sich, etwas gedrückt; er wußte eigentlich selbst nicht recht, was ihn betrübte. Madame Dufour hielt ihn fest: »Und was macht... Ihr Freund?«

»Dem geht's, wie immer, gut!«

»Grüßen Sie ihn recht, recht herzlich von... von uns, ja? Und sagen Sie ihm, wenn er's im Vorbeigehen so einrichten kann, dann soll er doch mal auf 'nen Sprung mit rankommen!«

Sie wurde sehr rot und fügte rasch hinzu: »Das wäre mir eine ganz besondere Freude! Sagen Sie es ihm!«

»Ich werde es ihm ausrichten – Adieu!«

»Nein, auf recht baldiges Wiedersehen!«

Ein Jahr war ins Land gegangen. An einem heißen Sonntag kam Henri sein Erlebnis vom letzten Mai wieder einmal in den Sinn, das Erlebnis, das er nie ganz vergessen konnte. So deutlich und so verlockend stand es ihm wieder vor Augen, daß er sich ganz allein nach dem lauschigen Platz im Wäldchen aufmachte.

Erstaunt blieb er am umbuschten Eingang stehen. Da war *sie* ja, – *sie*! Dort saß sie auf dem Rasen, traurig, in sich versunken; und neben ihr im Grase lag sorglos in Hemdsärmeln der semmelblonde Kerl, ihr Ehemann, und schnarchte wie ein Vieh.

Als sie Henri erblickte, wurde sie so blaß, daß er glaubte, eine Ohnmacht übermanne sie. Er setzte sich zu ihr. Dann kamen sie allmählich in ein unbefangenes Plaudern, als ob nie etwas zwischen ihnen gewesen wäre.

Aber als er sagte, er liebe diesen Platz sehr und er komme sonntags oft her, um hier im Grase zu liegen und sich schöner Stunden zu erinnern, da sah sie ihm lange in die Augen und flüsterte: »Ich – ich träume jeden Abend davon...!«

In diesem Augenblick erwachte ihr Herr Gemahl, erhob sich gähnend und brummte: »Los, Kind, los! Zeit, scheint mir, daß wir aufbrechen!«

Edouard Manet
Jeanne: der Frühling
Radierung

Im Frühling

Wenn die ersten schönen Tage wieder da sind und die Natur zu neuem Leben erwacht, wenn die Erde ihr junges Grün anlegt und die Luft uns lind Stirn und Wangen umschmeichelt, wenn ihr duftiger Hauch uns die Brust erfüllt und das Herz weit macht, dann überfällt es uns immer wieder von neuem, dies dunkle Verlangen nach Glück, nach einem nie gekannten Glück, die unbändige Lust, ins Blaue hineinzulaufen, aufs Geratewohl loszurennen, Abenteuer zu erleben und den Frühling in vollen Zügen zu genießen.

Der vergangene Winter war ungewöhnlich rauh und lang gewesen, und so brach denn, als es nun Mai wurde, dieser Drang nach Leben wie ein mächtiger, wie ein überschäumender Rausch in mir aus.

Eines Morgens beim Aufwachen sah ich über die Nachbardächer hinweg mitten in den sonnigen, leuchtenden, blauen Himmel hinein. An den offenen Fenstern zwitscherten wie toll die Kanarienvögel, aus allen Etagen trällerten die Dienstmädchen. Von der Straße schallte fröhlicher Lärm herüber. Und so machte ich mich denn festlich gestimmt auf und schlenderte los, auf gut Glück, dem unbekannten Erlebnis entgegen.

Alle Menschen, die mir begegneten, zeigten heitere Gesichter. Ein Hauch von Glück spielte im warmen Licht des jungen, neuen Frühlings. Es war, als striche ein köstlich frischer Morgenschauer der Liebe durch die ganze Stadt. Und die jungen Frauen, die in ihren duftigen Kleidern vorübertänzelten, Zärtlichkeit in den Augen und wiegende Anmut im Gang, ließen vollends mein Mannesherz höher schlagen.

Ohne zu wissen wie und warum, stand ich mit einem Male am Seineufer. Vergnügungsdampfer rauschten nach Suresnes stromab. Plötzlich packte mich die unbändige Lust, auch so an den Ufern dahinzutreiben und dann drüben durch die Wälder zu streunen.

Auf dem Deck der »Mouche« wimmelte es schon von Ausflüglern – denn so ein erster Sonnenstrahl lockt alles, was Leben in sich fühlt und Mensch heißt, immer wieder hinaus ins Freie. Und so war denn ein Kommen und Gehen, ein Lachen und Plaudern rings um mich auf dem Schiff.

Ich hatte eine hübsche Nachbarin, ein einfaches Mädchen aus dem Volk wohl, aber von der Grazie, die eben nur die Pariserin hat – ein entzückender Blondkopf, mit Löckchen an den Schläfen. Wie schimmernde Sonnenkringel flimmerte dies Haar, wellte sich um das kleine Ohr, kräuselte sich bis zum Nacken hinab, spielte im Wind und lief in ein zartes Büschelchen Flaum aus, so fein, so leicht, so licht, daß man es kaum sah – und doch erregte es die unwiderstehliche Lust, Küsse über Küsse daraufzudrücken.

Während ich sie so beharrlich ansah, wandte sie sich plötzlich um. Ihr Blick streifte den meinen. Dann senkte sie gleich wieder die Augen. Dabei kniff sich ihr kleiner Mundwinkel leicht zusammen zu weichen Fältchen, wie von einem Lächeln, das eben entstehen will; und auch über diesem Grübchen schimmerte es zart und seidig hell wie sonniger Goldstaub.

Die Ufer blieben zurück, der Fluß strömte in ruhigen Wellen breit dahin. Ein wohliges Behagen lag in der warmen Luft, und Nähe und Weite durchwogte lebendiges Murmeln und Raunen. Meine Nachbarin hob wieder den Blick, und diesmal – ich sah sie immer noch an – lächelte sie deutlich. Sie war so reizend, und in ihrem flüchtigen Blick wurde ich tausend Geheimnisse gewahr, tausend Geheimnisse, die ich noch kaum geahnt hatte. Ich sah hinein in unerschlossene Herzenstiefen, in allen Zauber der Liebe, von der wir immer schwärmen, immer träumen –; ich sah es vor mir, leibhaftig, das Glück, das wir ohne Unterlaß suchen. Und mich überkam ein ganz tolles Verlangen, sie in meine Arme zu ziehen, sie irgendwohin zu tragen und ihr die süßesten Liebesworte ins Ohr zu flüstern.

Eben wollte ich den Mund auftun und sie ansprechen, da tippte mich jemand auf die Schulter. Überrascht drehte ich mich um und sah einen alltäglich aussehenden Mann neben mir stehen. Weder jung noch alt schien er zu sein. Er blickte mir tief und trübsinnig in die Augen.

»Ich habe Ihnen etwas mitzuteilen«, murmelte er.

Er mußte mein Mienenspiel wohl deutlich verstanden haben, denn er setzte hinzu: »Äußerst wichtig!«

Ich erhob mich und folgte ihm an die andere Bordseite.

»Monsieur!« fing er an, »– wenn der Winter herannaht mit Frost und Kälte, mit Regenschauern und Schneetreiben, dann schärft Ihnen doch Tag für Tag Ihr Arzt ein: ›Recht schön warm halten – vor allem die Füße! Sehr sich in acht nehmen vor jeder Art Erkältung, Schnupfen, Bronchitis, Brustfellentzündung!‹ Tja, und dann sehn Sie sich doch sofort vor an allen Ecken und Enden, ziehen Flanellhemd und wollne Unterhosen an, hüllen sich in einen dicken Überzieher ein und gehn nur aus in Schnürstiefeln mit Doppelsohlen! Und trotzdem kommen Sie durchaus nicht immer darum herum, doch noch Ihre acht Wochen im Bett zu verbringen. Aber – wenn erst das Lenzen losgeht, die Knospen schwellen und die Säfte steigen, die linden Lüfte Tag und Nacht säuseln und weben, ein betäubender Duft die ganze Welt einhüllt und Ihnen den Verstand umnebelt, daß es Ihnen so grundlos weich ums Herz wird, daß Sie die ganze Welt umarmen könnten, dann kommt nie einer und warnt Sie: ›Monsieur! Achtung – Lebensgefahr! Vorsicht vor der Liebe!! Sie ist gefährlicher als Schnupfen und Bronchitis und Brustfellentzündung! Wen sie hat, den läßt sie nie mehr los! Die besonnensten Männer verführt sie zu Dummheiten, zu Dummheiten, die nie wieder gutzumachen sind...!‹ Ja, Monsieur, ich, ich sage immer wieder: Jedes Jahr müßte unsere Regierung an allen Ecken weithin sichtbare Plakate ankleben lassen, Riesenplakate mit der Aufschrift:

ACHTUNG! ACHTUNG!
FRÜHLING SCHLEICHT IM STAATE UM!
BÜRGER FRANKREICHS
VORSICHT VOR DER LIEBE!

Solche Riesenplakate! In der gleichen Weise, nur natürlich viel größer im Format, wie man an die Haustüren das Schild hängt: Achtung! Frisch gestrichen! Na, und sehn Sie, weil hier unsere Regierung versagt, darum stehe ich auf dem Standpunkt: dann mußt *du* es eben an ihrer Stelle tun. Und darum warne ich Sie dringend: Vorsicht, größte Vorsicht vor der Liebe! Sie ist drauf und dran, Ihnen den bekannten Ring durch die Nase zu ziehen und...! Wirklich, ich habe geradezu die Pflicht, Sie davor zu warnen, so wie man zum Beispiel in Rußland jeden Daherkommenden darauf aufmerksam machen muß, daß seine Nase auf dem besten Wege ist, ihm zu erfrieren ...«

Verblüfft hatte ich bis dahin den Redeschwall dieses komischen Sonderlings über mich ergehen lassen. Die kurze Atempause, die er machte, benutzte ich, um etwas überlegen zu erwidern: »Guter Mann, mir scheint, Sie mischen sich da sehr in Angelegenheiten, die Sie wirklich nichts angehen!«

Er machte eine heftige Bewegung und redete weiter auf mich ein: »Oho, Monsieur! Oho, Monsieur! Wenn ich aber sehe, wie einer da ganz gefährlich hineinschlittert, soll ich den da so einfach futschgehn lassen? Halt! Hören Sie sich doch erst mal meine Geschichte an, dann wird Ihnen klarwerden, weshalb ich Ihnen das alles erzählen muß.

Also, voriges Jahr geschah's, um die gleiche Zeit. Aber vorher muß ich noch erwähnen, Monsieur: Ich bin Staatsangestellter, Sekretär im Marineministerium, in der hohen Behörde, in der sich unsere Herren Kommissäre mit ihren Bürooffizierslitzen so wichtig tun, daß sie sich einbilden, sie könnten uns wie die Schiffsjungen kommandieren! Na, wenn alle Vorgesetzten von dieser Sorte wären – aber Schwamm drüber. Also, wie ich eines schönen Morgens so an meinem Schreibtisch sitze, da guck ich doch unversehens in ein Streifchen wunderbar blauen Himmel hinein, über den die Schwalben nur so hinschossen. Und da packte mich mit einemmal eine unbändige Lust, zwischen meinen verräucherten Aktenständern einen Tanz aufzuführen.

Mein Freiheitsdrang wuchs derartig, daß ich, trotz meines Widerwillens, doch zu meinem Alten ging. Er war ein kleiner, immer bissiger Nörgler. Ich meldete mich krank. Erst stierte er mich an, dann fauchte er los: ›Können Sie mir nicht erzählen, Monsieur! Machen Sie, daß Sie wegkommen! Aber bilden Sie sich etwa ein, mein Büro käme mit solchen Angestellten, wie Sie einer sind, auch nur einen Schritt vorwärts?‹

Ich machte, daß ich fortkam, und strebte schnurstracks der Seine zu. Ein Wetter, sag ich Ihnen – wie heute! Eins, zwei, drei war ich an Bord der ›Mouche‹, um eine kleine Spritztour nach Saint-Cloud zu unternehmen.

Ach, Monsieur, hätte mich doch bloß damals mein Chef abschlägig beschieden: ›Urlaub ...! Kommt nicht in Frage!‹

Mir war's an dem Tag, als ginge mir das Herz auf unter der Sonne. Alles begeisterte mich: der Dampfer, der Fluß, die Bäume, die Häuser, alles, was um mich herumsaß – alles! Ich hätte sonstwas umarmen können, ganz egal was. Sehn Sie, Monsieur, das war die Liebe – und ich war auf dem allerbesten Wege, ihr in die Netze zu gehn.

Plötzlich, am Trocadéro, steigt so ein nettes, kleines Mädchen zu – kleines Päckchen in der Hand – und setzt sich mir gegenüber.

Reizend sah das Ding aus! Ja, Monsieur, sonderbar, wie die Frauen in unsern Augen schöner werden, sozusagen mit dem Wetter, wenn's Frühling wird. Etwas Berauschendes, etwas geradezu Bestrickendes haben sie da an sich, so ein ganz unbeschreibliches Etwas. Da ist es einem so, als genieße man edlen Wein nach Käse.

Also, ich sehe sie an, sie sieht mich an, aber nur so mal hin und wieder, genau, wie's da eben die Ihre mit Ihnen gemacht hat. Als wir uns so gegenseitig eine Weile in die Augen geschaut hatten, dünkte mich's, unsere Seelenbekanntschaft genüge nun wohl und wir könnten uns nun mal auch auf andre Weise etwas näherkommen. Und so sprach ich sie an. Sie antwortete. Sie war entschieden nett, in jeder Hinsicht, Monsieur! Sie berauschte mich geradezu, mein Lieber!

In Saint-Cloud stieg sie aus – ich natürlich hinterher. Sie hatte da etwas Geschäftliches zu erledigen. Als sie wieder erschien, war die ›Mouche‹ schon weitergedampft. Wir wandelten auf und ab. Ich immer an ihrer Seite. Es war so lind, so schwül, daß wir beide unwillkürlich leise aufseufzen mußten.

›Oh, wie angenehm mag es jetzt im Walde sein!‹ meinte ich.

Sie hauchte zurück: ›Ach ja!‹

›Wie wär's denn mit einem kleinen Bummel dahin? Haben Sie Lust, mein Fräulein?‹

Sie blitzte mich aus ihren halbgeschlossenen Lidern von der Seite her an, als wolle sie feststellen, was an mir dran sei! Dann zauderte sie einige Augenblicke, und dann sagte sie: ›Ja.‹ Und so schlenderten wir Seite an Seite in den Wald hinein. Über uns nur das lichte, schüttere Laubdach, und unter uns das hohe, weiche, schwellende Gras, leuchtend grün, blitzblank, von Sonnenglanz übergossen und voll von kleinen Lebewesen, die sich auch liebten. Und aus allen Zweigen zwitscherten die Vögel. Meine Begleiterin begann zu hüpfen und Unsinn zu treiben, wie berauscht von der köstlichen Luft, vom Odem der freien Natur. Und ich, ich rannte hinter ihr her und machte Sprünge wie sie. Was für ein Esel man doch sein kann, Monsieur!

Und dann fing sie schmelzend zu singen an, alles mögliche durcheinander, Opernmelodien und ihren Hauptschlager: – das Lied der Musette! Das Lied der Musette! Wie wundervoll poetisch fand ich es damals ...! Mir kamen fast die Tränen. Oh, so fängt es immer an, das blöde Gesäusel, das uns den Kopf verdreht. Ich kann Ihnen bloß dringend raten: Nehmen Sie ja keine Frau, die draußen im Grünen zu trällern anfängt – und vollends noch das Lied der Musette!

Sie fühlte sich bald müde und sank an einer Grasböschung nieder. Ich setzte mich ihr zu Füßen und nahm ihre Hände in meine – die kleinen Fingerchen, die von dem ewigen Sticheln ganz zerstochen waren, und das rührte mich so. Ich Schwärmer betete sie heimlich an: ›Da, betrachte sie dir – die heiligen Wundmale der Arbeit!‹ Ha, Wertester, ha, Wertester, ahnen Sie, was es mit ihnen auf sich hat, mit diesen ›heiligen Malen der Arbeit‹? Sie könnten erzählen von all dem Geklatsch und Getratsch im Damenatelier, dem zweideutigen Geflüster und Gewisper, von der Verderbtheit, der verlorenen Unschuld, von all den Streichen und Prahlereien, von den miserablen Angewohnheiten, von der gemeinen Alltäglichkeit, deren Name ›Weib‹ ist – und die sich mir ganz besonders verkörpert in so einem holden Wesen, das solche ›geheiligten Wundmale der Arbeit‹ an den Fingerspitzen trägt.

Und dann schauten wir uns tief und lange in die Augen ...

Oh, was so ein Frauenauge für eine Macht haben kann! Wie einen das verwirren, einen an sich saugen kann, einen nie wieder losläßt, geradezu behext! Welche Tiefen sich da aufzutun scheinen, voll von unendlichen Verheißungen! Man nennt das – einander bis auf den Grund der Seele schaun. Oha, Wertester, nichts als Geflunker! Wenn man wirklich hineinguckte, in diese Seele, dann wäre man klüger, bestimmt ...

Schließlich hatte sie mich denn soweit: ich war verrückt! Ich wollte sie in meine Arme ziehen, Da zischelte sie lächelnd: ›Tatzen weg!‹

Da kniete ich nieder vor ihr und tat ihr mein ganzes Herz auf. Alles, was an Zärtlichkeit in mir war, wovon mir das Herz überquoll, alles schüttete ich aus in ihren Schoß. Sie schien erstaunt über mein plötzliches Umschlagen in Ton und Haltung und sah mich wieder von der Seite her an, so, als sagte sie sich: ›Aha, mein Kleiner, also auf *die* Art kriegt man dich rum! Na schön, sehn wir mal weiter.‹

In der Liebe, Wertester, bleiben wir Männer doch immer die dummen Jungen und die Weibsbilder die Berechnenden.

Ich hätte sie haben können, damals, ohne Frage. Ich war ein Dussel, begriffen habe ich das erst hinterher. Aber wonach ich damals verlangte, war nicht bloß ein Körper, das war zärtliche, ›ideale‹ Liebe! Ich wurde gefühlvoll, ich war sentimental, wo ich meine Zeit wirklich hätte besser nutzen sollen.

Als sie genug von meinen Erklärungen hatte, erhob sie sich, und wir schlenderten zurück nach Saint-Cloud. Bis an ihre Pariser Bleibe brachte ich sie. Auf der Heimfahrt machte sie ein so trauriges Gesicht. Ich fragte, was sie hätte. Sie gab mir leise zur Antwort: ›Ach, ich denk gerade dran, daß es solche Tage wie heute wohl nicht viele im Leben gibt ...‹ Da schlug mir das Herz höher, so, als wollte es mir die Brust sprengen.

Am nächsten Sonntag sahen wir uns wieder, am übernächsten auch, und dann auch die andern Sonntage alle. Ich führte sie aus: nach Bougival, nach Saint-Germain, nach Maisons-Laffitte, nach Poissy – kurz, überallhin, wo Pariser Liebesleute ihre Schäkerstunden verleben. Das Teufelsding hatte den Dreh weg und spielte die Leidenschaftliche.

Schließlich ging mir der Verstand restlos durch und – drei Monate später führte ich sie heim.

Was sollte ich machen, Wertester? Ein Mann wie ich, Staatsdiener, allein, ohne eine Menschenseele, mit der man sich wirklich aussprechen konnte! Da bildet man sich eben ein, wie wundervoll das Leben sein müßte mit einer kleinen Frau. Tja – und dann heiratet man sie, diese Frau.

Und nun macht sie einem das Leben zur Hölle! Das Gekeife vom Morgen bis in die Nacht hinein! Nichts, aber auch nicht die Spur von Gefühl und Verständnis! Nichts kann sie als in einem fort nur plappern. Und wie sie mit ihrem ewigen Lied der Musette einem die Ohren zerreißt! Oh, dieses Lied der Musette! Diese Nervensäge! Und dann geht das Gepolter los mit dem Kohlenmann, das Getratsch mit der Hausmeisterin über Eheangelegenheiten, das vertrauliche Gewisper mit dem Dienstmädchen der Nachbarin über unsere Schlafzimmergeheimnisse. Und die Blamage, wenn sie den eigenen Mann bei allen Lieferanten um letztes Ansehn und Kredit bringt! Dazu hat so eine ihr bißchen Hirn gestopft voll von so dummen Geschichten, von so blödsinnigen Ansichten, von so grotesken Einbildungen, von so maßlosen Vorurteilen,daß mich jedesmal schon das Heulen ankommt, wenn sie nur ihren Mund auftut.«

Er brach ab in seinem Redeschwall und schnaufte sehr erregt. Ich sah ihn etwas mitleidig an, diesen armen, dummen Teufel, und wollte ihm gerade einiges erwidern, da legte die ›Mouche‹ an der Landungsbrücke an. Wir waren in Saint-Cloud.

Die reizende Kleine, die es mir angetan hatte, erhob sich, um auszusteigen. Sie kam dicht an mir vorbei und streifte mich wieder mit ihrem Blick, ihrem lächelnden Blick, der einen ganz toll machen konnte. Dann sprang sie auf die Landungsbrücke.

Ich wollte ihr nachstürzen, aber mein Beschützer hielt mich am Ärmel fest. Ich riß mich mit einem Ruck los. Da packte er mich an den Rockschößen, zerrte mich rückwärts und redete in einem fort auf mich ein: »Sie werden doch so einer nicht nachsteigen! Sie werden doch so einer nicht nachsteigen!« – und zwar so laut, daß alle Leute zu uns herschauten.

Rings brach schallendes Gelächter los, und ich stand da – in mir kochte es! Aber ich wagte nicht einen Schritt nach dem Ausgang hin zu tun, um den lächerlichen Auftritt nicht noch zu verlängern.

Und so dampfte die ›Mouche‹ mit uns weiter.

Die reizende Kleine war auf der Landungsbrücke stehengeblieben. Mit enttäuschter Miene blickte sie mir nach, mir und meinem Quälgeist, der sich neben mir die Hände rieb und mir ins Ohr zischelte: »Da habe ich Ihnen aber wirklich einen großen Liebesdienst erwiesen, was?«

Edouard Manet
Im Prado
Radierung

Friedhofsbesuche

Die letzten Leckerbissen waren verzehrt, und die fünf Freunde, Männer der vornehmen Gesellschaft, lebenserfahrene, reiche Männer, drei verheiratet, zwei ledig, saßen noch beieinander. Sie trafen sich jeden Monat einmal, um die Erinnerung an ihre Jugend wachzuhalten, speisten gemeinsam und plauderten dann miteinander bis gegen zwei Uhr in der Nacht. Über ihrer Freundschaft lag kein Schatten; sie waren immer gern beieinander und zählten diese Abende wohl zu den schönsten ihres ganzen Lebens. Man sprach da über alles mögliche, über alles, was die Pariser beschäftigt und worüber sie lachen; man ging, wie übrigens auch in den meisten Salons, noch einmal im Gespräch durch, was in den Morgenblättern gestanden hatte.

Einer der Launigsten war Joseph de Bardon; er war Junggeselle und genoß das Pariser Leben voller Hingabe, aber nicht als müßiger Schlemmer oder Wüstling, sondern als aufmerksamer Beobachter und munterer, lebensfroher Mann von etwa vierzig Jahren. Er war ein Weltmann in des Wortes bester und tiefster Bedeutung. Er hatte Geist; aber er suchte nicht nach dem Stein der Weisen. Er verfügte über ein mannigfaltiges Wissen; aber er prahlte nicht mit Gelehrsamkeit. Sein Verstand packte zu, ohne sich in Einzelheiten zu verlieren. So fand er in allem, was er erlebte und was er sah, was ihm begegnete und was er aufspürte, Stoff zu drolligen und nachdenklichen Geschichten und zu scherzhaften Betrachtungen, und so gelangte er in den Ruf eines scharfsinnigen Kopfes.

Er trug auch das meiste zur Unterhaltung bei, wenn die Freunde gemeinsam speisten. Man konnte mit Sicherheit darauf rechnen, daß er jedesmal eine seiner Geschichten bereit hatte, und er kam ins Erzählen, ohne daß man darum erst große Worte machen mußte.

Wenn er die Ellenbogen auf den Tisch stützte, wenn neben dem Teller noch ein halbgefülltes Glas Kognak stand und eine vom Duft des heißen Kaffees getränkte Wolke feinen Tabakrauches ihn umgab, dann war er in seinem Element, so wie manche Wesen sich nur an bestimmten Orten und zu gewissen Zeiten in ihrem Element fühlen: die fromme Beterin in ihrer Kapelle – der Goldfisch in seinem Glase.

Jetzt blies er zwei kräftige Rauchwolken vor sich hin und ließ dazwischen fallen: »Da habe ich neulich etwas Merkwürdiges erlebt.«

Sofort erklang wie aus einem Munde: »Erzählen!«

Und er fuhr fort: »Gern! – Sie wissen, daß ich mich viel in Paris umsehe, nicht anders, als wenn Antiquitätensammler die Schaufenster absuchen. Aber ich richte mein Augenmerk auf Ereignisse und Menschen, auf alles, was man tut und was sich so tut.

Es war Mitte September. Wir hatten gerade wundervolles Wetter, und so war ich nachmittags einmal unterwegs, ohne noch zu wissen, wohin. Eigentlich hat man da immer den stillen Wunsch, eine schöne Frau zu besuchen. Man geht die Zahl seiner Bekannten durch und zieht Vergleiche. Man wägt ab, zu welcher man sich stärker hingezogen fühlt, welche einen mehr anregt, und je nachdem, wie einen die Laune des Tages treibt, so entscheidet man sich. Wenn aber die Sonne gar zu prächtig scheint und die Luft gar zu köstlich mild ist, dann vergeht einem wohl auch noch die Lust zu solchen Besuchen.

Und ein solcher strahlender, milder Tag war es. Ich zündete mir also meine Zigarre an und schlenderte ohne Plan und ohne Ziel über die äußeren Boulevards. Da kam mir im langsamen Dahinschreiten der Gedanke, bis zum Montmartefriedhof zu gehen und ihm wieder einmal einen Besuch abzustatten.

Ich gehe gern zwischen den Gräberreihen. Das beruhigt mich, es macht ein wenig schwermütig, und beides brauche ich von Zeit zu Zeit. Und dann schlummern dort gute Freunde, die man sonst gar nicht mehr besuchen kann. Darum gehe ich immer wieder dorthin. Mit dem Montmartefriedhof aber verbindet mich außerdem die Erinnerung an ein Erlebnis, das meinem Herzen recht naheging. Dort liegt eine Frau, die ich geliebt habe. Es hatte mich damals ziemlich gepackt; die kleine Frau war auch entzückend. Wenn ich an sie denke, empfinde ich noch heute ehrliches Leid und Bedauern ... Bedauern jeglicher Art ... Und so versinke ich an ihrem Grabe in Träume ... Für sie ist ja alles vorüber.

Und dann bin ich gern auf Friedhöfen, weil sie für mich

gewaltige, ungeheuer bevölkerte Städte sind. Denken Sie nur, wie viele Menschen auf dem kleinen Raum ihre letzte Ruhe gefunden haben, denken Sie an die Generationen von Parisern, die dort wohnen, für immer, endgültig unter der Erde, eingeschlossen in kleine Grabgewölbe, in kleine, mit einem Stein bedeckte oder einem Kreuz bezeichnete Erdlöcher – und wieviel Platz wollen die Lebenden um sich haben, wie laut sind sie, diese armseligen Toren!

Und dann haben wir auf den Friedhöfen Denkmäler, die fast ebenso bedeutsam sind wie die in den Museen. Ich muß sagen, daß mich das Grabmal von Cavaignac, ohne daß ich es ihm an Rang gleichstellen will, doch sehr an das Meisterwerk von Jean Goujon in der Krypta der Kathedrale von Rouen, die Grabfigur des Louis de Brézé, denken läßt; von dort geht für mich alle moderne realistische Kunst aus. Dieses Grabmal des Louis de Brézé verkörpert für mich wahrhaftiger und erschreckender das leblose Fleisch, das noch die Verrenkungen des Todeskampfes zeigt, als alle gekünstelten Bildwerke, die heute über den Gräbern errichtet werden.

Weiter bewundere ich auf dem Montmartrefriedhof das Grabmal von Baudin; es hat wirkliche Größe als Kunstwerk. Es lohnt sich, das Grabmal für Gautier aufzusuchen, oder das für Murger. An diesem sah ich neulich einen einzigen kleinen Kranz gelber Immortellen. Wer mochte ihn hingetan haben? Vielleicht die letzte, steinalt gewordene Grisette, die in der Nachbarschaft noch als Türbeschließerin haust? Das Denkmal ist eine hübsche Statuette von Millet; aber sie ist ungepflegt und verschmutzt. Und du, Murger, hast einmal das unvergängliche Lied der Jugend gesungen!

Ich betrat also den Montmartrefriedhof, und schon überkam mich jene Stimmung der Trauer, einer Trauer freilich, die nicht allzutief schmerzt. Wenn man bei voller Gesundheit ist, geht diese Trauer nur so weit, daß sie einen denken läßt: ›Es ist nicht sehr heiter hier, aber deine Zeit ist noch lange nicht gekommen!‹

Der herbstliche Himmel, die feuchtlaue Luft, gesättigt vom Geruch welken Laubes, eine matt gewordene, müde, kraftlose Sonne milderten das Gefühl der Vereinsamung und des unausweichlichen Endes, das den Ort umwittert, wo alles vom Tode der Menschen spricht. Doch wurde der Eindruck dadurch noch tiefer.

Langsam schritt ich durch die Gräberstraßen. Die hier nebeneinander liegen, können keine gute Nachbarschaft mehr pflegen; sie können sich nicht mehr besuchen; sie lesen keine Zeitung mehr. Ich begann, Grabinschriften zu entziffern. Das ist, nebenbei gesagt, eine recht vergnügliche Angelegenheit. Nie habe ich über Labiche oder über Meilhac so lachen müssen wie über das, was man hier zu lesen bekommt. Marmortafeln und Gedenkkreuze, auf denen die trauernden Hinterbliebenen ihren Schmerz um die Toten, die Wünsche für ihr glückliches Leben im Jenseits und ihre Wiedervereinigung mit den Entschlafenen zum Ausdruck bringen, sind den Büchern eines Paul de Kock bei weitem überlegen – reizende Windbeuteleien!

Besonders gern habe ich auf diesem Friedhof den Teil, der längst nicht mehr benutzt wird, der einsam ist und voller hoher Eiben und Zypressen steht. Es ist der älteste Teil, in dem die vor langer, langer Zeit Verstorbenen ihre ewige Ruhe finden sollten. Bald wird man die grünen, aus dem Mark der Toten genährten Bäume niederschlagen; das alte Viertel wird das neue werden, und man wird dort die zuletzt Heimgegangenen, unter langweiligen Marmortäfelchen hintereinandergereiht, aufsuchen können.

So war ich eine ganze Weile umhergeschlendert und hatte mir neuen Lebensmut geholt; ich fand, jetzt würde es langweilig und nun sei es angebracht, die letzte Ruhestätte meiner kleinen Freundin aufzusuchen und ihr einen Augenblick treuen Gedenkens zu widmen. Als ich mich dem Grabe näherte, wurde mir ein wenig schwer ums Herz. Arme Kleine! Wie reizend war sie gewesen, wie hingebungsvoll! Blütenweiß war sie anzusehen, und wie lebensfroh war sie... Und jetzt... wenn man dort hineinschaute...!

Ich stand über das Eisengitter gebeugt und klagte im stillen über meine Vereinsamung. Nun, sie hatte dafür kein Ohr mehr! Ich wollte schon wieder gehen, da kniete am Nachbargrabe eine Frau nieder. Sie war ganz in Schwarz gekleidet, im Gewande großer Trauer. Der zurückgeschlagene Schleier ließ einen bildschönen Blondkopf erkennen. Wie das erwachende Morgenlicht, so schimmerte hell unter dem Dunkel des Trauerhutes ihr glattgescheiteltes Haar. Und ich blieb.

Sie mußte von tiefem Kummer niedergebeugt sein. Das Gesicht in beide Hände vergraben, verharrte sie unbeweglich wie eine

Statue. Völlig in ihr Leid versunken, mochte sie vor den verdeckten und geschlossenen Augen eine lange Reihe von Bildern schmerzvoller Erinnerung vorüberziehen lassen. Sie schien wie eine Tote, die eines Toten gedachte. Da wurde ich gewahr, daß sie zu weinen begann. Ich bemerkte es an einem sanften Beben der Rückenlinie; es war wie das leichte Schwanken einer Weide bei schwachem Wind. Erst weinte sie ganz still vor sich hin; dann wurde sie leidenschaftlicher. Hals und Schultern wurden von heftigem Zucken geschüttelt. Und plötzlich ließ sie ihre Augen sehen; sie standen voller Tränen und waren bezaubernd. Und so blickte sie um sich, wie wenn sie nicht mehr wüßte, wo sie wäre, und eben aus einem schweren Traum erwachte. Sie sah, daß ich sie beobachtete, schien beschämt zu sein und barg das Gesicht wieder in den Händen. Ihr Schluchzen wurde krampfhaft, der Kopf sank langsam nieder auf den Marmor. Sie legte die Stirn darauf, der Schleier breitete sich aus und hüllte die weißen Ecken des teuren Grabmals wie in ein Trauergewand. Ich hörte einen Seufzer, dann sank sie zusammen, ihre Wange schmiegte sich an die Grabplatte, und reglos, ohne Bewußtsein, lag sie vor mir.

Ich eilte hin, nahm ihre Hände und schüttelte sie leicht; ich hauchte über die geschlossenen Augenlider, und währenddem las ich die schlichte Grabinschrift: ›Hier ruht Louis-Théodore Carrel, Hauptmann der Marine-Infanterie, auf dem Felde der Ehre gefallen in Tonking. Betet für seine Seele!‹

Vor wenigen Monaten erst war es geschehen. Mir stieg es feucht in die Augen, und doppelt sorglich war ich um die Ärmste bemüht. Ich hatte Erfolg; sie kam wieder zu sich. Ich mag teilnahmsvoll ausgesehen haben – schließlich bin ich wohl auch sonst keine so unebene Erscheinung, die Vierzig hatte ich auch noch nicht erreicht – jedenfalls las ich sofort in ihren Augen, daß sie freundlich zu mir und mir dankbar sein wollte. Sie zeigte es dann auch. Das heißt, zunächst erzählte sie mir, unter neuen Strömen von Tränen, die Geschichte ihres Kummers. Bruchstückweise kamen die Worte aus bebender Brust: Es war eine Liebesheirat; sie war Vollwaise und hatte nur eben die unbedingt verlangte Aussteuer aufbringen können.

Ich sprach ihr Trost zu, machte ihr Mut, richtete sie auf, half ihr empor. Dann sagte ich: ›Hier können Sie nicht bleiben. Kommen Sie!‹

Sie entgegnete leise: ›Ich kann nicht einen Schritt gehen.‹

›Ich werde Sie führen.‹

›Danke, Monsieur, das ist freundlich von Ihnen. Waren Sie auch hier, einen Toten zu beweinen?‹

›Ja, Madame.‹

›Eine Tote?‹

›Ja.‹

›Ihre Frau?‹

›Eine Freundin.‹

›Eine Freundin kann man innig lieben wie seine Frau; Liebe kennt kein Gebot.‹

›Das ist wahr, Madame.‹

So gingen wir zusammen weg. Sie stützte sich auf meinen Arm; ich mußte sie fast tragen. Am Ausgang des Friedhofs murmelte sie mit erlöschender Stimme: ›Ich glaube, mir wird schlecht.‹

›Wäre es nicht gut, irgendwo einzukehren und eine Kleinigkeit zu genießen?‹

›Ja, Monsieur.‹

Ich fand ganz in der Nähe eine Gaststätte, eine jener Gaststätten, in denen nach dem Begräbnis die Leidtragenden ihre Trauerfeier zu beschließen pflegen. Wir gingen hinein. Ich ließ ihr eine Tasse heißen Tee vorsetzen; er tat ihr sichtlich gut. Auf ihren Lippen erschien ein schwaches Lächeln. Und dann erzählte sie. Es sei so traurig, so unsagbar traurig, allein in der Welt zu stehn, immer ganz allein zu Haus zu sein, Tag und Nacht keinen Menschen zu haben, dem man seine Freundschaft, sein Vertrauen und seine Liebe schenken könne.

Das klang ehrlich und lieb aus ihrem Munde, und ich war gerührt. Sie war jung, vielleicht zwanzig Jahre. Ich sagte ihr einige Artigkeiten; sie taten ihr offenbar wohl. Wir konnten hier nicht ewig sitzen, und so schlug ich schließlich vor, sie im Wagen nach ihrer Wohnung zu bringen. Sie nahm dankend an. Im Wagen saßen wir dicht nebeneinander, Schulter an Schulter, so daß wir durch die Kleidung die Wärme unsrer Körper fühlten; es gibt wohl nichts Erregenderes als solche Berührung.

Der Wagen hielt vor ihrem Haus. Sie flüsterte: ›Ich bin zu schwach, allein die Treppen hinaufzusteigen; ich wohne im vierten Stock. Sie waren bis jetzt so freundlich. Wollen Sie mir noch Ihren Arm reichen bis zu meiner Wohnung?‹

Da gab es nichts zu überlegen, ich sagte zu. Sie stieg langsam empor. Das Atmen wurde ihr schwer. Vor der Wohnung sagte sie: ›Bitte, treten Sie doch einen Augenblick mit ein; ich möchte Ihnen wenigstens danken!‹

Natürlich ging ich mit.

Sie war bescheiden, sogar etwas ärmlich eingerichtet, schlicht, aber nicht ohne Geschmack.

Wir setzten uns auf ein kleines Sofa nebeneinander, und wieder klagte sie, wie allein sie wäre.

Sie klingelte nach dem Mädchen, um mir eine Erfrischung anzubieten. Aber es kam niemand. Mir war das recht; denn ich entnahm daraus, daß dies Mädchen nur am Vormittag da war, also nur als Aufwartung zu ihr kam.

Sie hatte den Hut abgesetzt. Sie war wirklich hübsch mit ihren hellen Augen, mit denen sie mich jetzt so ruhig und klar ansah, daß ich der Versuchung nicht widerstand und sie in meine Arme zog. Sie schloß die Augen, und ich bedeckte ihre Lider mit Küssen, küßte und küßte sie wieder und immer wieder.

Sie sträubte sich. Sie wehrte ab und sagte ein Mal übers andre: ›Nicht doch ... hören Sie auf ... machen Sie ein Ende!‹ Was wollte sie sagen? In solcher Lage kann es mindestens einen doppelten Sinn haben. Ich brachte sie erst einmal zum Schweigen und verschloß ihr den Mund mit Küssen. Und dann gab ich ihrem Wort: ›Machen Sie ein Ende!‹ den Sinn, der mir der liebste war. Sie widerstrebte nicht lange, und wir vergaßen ganz schmählich den tapferen Hauptmann, der in Tonking sein Leben gelassen hatte. Aber als wir uns wieder in die Augen blickten, da sah sie mich so schmachtend, so zärtlich, so voller Hingebung an, daß ich darüber ganz beruhigt war.

Ich blieb verbindlich, aufmerksam und dankbar. Wir plauderten etwa ein Stündchen, und dann fragte ich: ›Wo essen Sie zu Abend?‹

›In einem kleinen Speisehaus, ganz in der Nähe.‹

›Ganz allein?‹

›Aber ja!‹

›Wollen Sie mit mir essen?‹

›Wo?‹

›In einem guten Speisehaus auf dem Boulevard.‹

Sie zögerte erst ein wenig. Ich drängte, da gab sie nach. ›Es ist ja sonst gar zu langweilig‹, entschuldigte sie sich vor sich selber und sagte dann zu mir: ›Ich will mir nur ein Kleid anziehn, das nicht gar so düster ist.‹

Sie verschwand im Schlafzimmer, und als sie wiederkam, erschien sie in Halbtrauer, in einem ganz schlicht gearbeiteten grauen Kleide, reizend, zierlich und schlank. Offenbar hatte sie ein Kleid für den Friedhof und eins für die Stadt.

Beim Essen waren wir in ausgezeichneter Stimmung. Sie trank Champagner, wurde feurig, leidenschaftlich, und wir landeten wieder in ihrer Wohnung.

Der Bund, der zwischen den Gräberreihen des Friedhofs begonnen hatte, mochte etwa drei Wochen Bestand haben. Alles bekommt man einmal satt, am schnellsten die Frauen. Ich gab eine dringende Reise vor und trennte mich von ihr. Beim Abschiednehmen war ich großzügig, und sie war mir dafür überaus dankbar. Natürlich mußte ich hoch und heilig versprechen, mußte ihr schwören, daß ich nach meiner Rückkehr auch wieder zu ihr kommen würde. Sie schien wirklich eine gewisse Neigung für mich gefaßt zu haben.

Ich aber ging andern zärtlichen Abenteuern nach, und es mochte wohl ein Monat darüber hingegangen sein, ohne daß ich im mindesten an die kleine Geliebte vom Montmartrefriedhof mit dem Wunsch gedacht hätte, sie wieder aufzusuchen. Aber ganz vergessen hatte ich sie nicht. Die Erinnerung an sie lebte in meinem Gedächtnis geheimnisvoll weiter wie ein Rätsel, wie eine nicht geklärte Frage, die dringend nach Antwort verlangt.

Eines Tages, ich kann nicht sagen, wie es kam, hatte ich das Gefühl, daß ich die Verlassene wieder treffen würde, wenn ich den Montmartrefriedhof aufsuchte, und ich ging hin.

Lange bekam ich niemanden zu Gesicht als die immer anzutreffenden Besucher, die zeigen, daß sie ihre Toten noch nicht ganz vergessen haben. Am Grabe des Hauptmanns, der in Tonking den Heldentod erlitten hatte, kniete keine weinende Witwe, auf seinem Marmor lagen keine Blumen, keine Kränze.

Der Zufall lenkte meinen Schritt in eine andre Abteilung der großen Totenstadt. Da sah ich plötzlich vom Ende einer schmalen Allee von Grabkreuzen her ein Paar mir entgegenkommen. Mann und Frau, beide waren in tiefer Trauer. Es gab eine Überraschung für mich. Als sie näher kamen, erkannte ich die Frau. Es war – – sie!

Sie sah mich. Da stieg ihr die Röte in die Wangen, und als wir uns im Vorübergehen fast streiften, gab sie mir mit den Augen einen ganz kleinen Wink, einen Augenaufschlag, der sagen sollte: ›Bitte, grüß mich nicht‹, doch zugleich lockte: ›Du Lieber, komm wieder zu mir!‹

Ihr Begleiter sah vornehm aus, war gut gekleidet, Offizier der Ehrenlegion, ein Mann von etwa fünfzig Jahren.

Er stützte sie nicht anders als ich damals, als ich mit ihr zusammen vom Friedhof ging.

Ich schüttelte den Kopf und dachte im Weitergehen nach über die sonderbare Begegnung. Ich fragte mich: Was ist das für eine Frau, die an den Gräbern Partner ihrer Liebe sucht? War es ein gewöhnliches Mädchen, eine Dirne, die den Einfall gehabt hatte, Männer an sich zu locken, die noch der Verlust einer Frau, einer Gattin oder Geliebten schmerzt und die in der Erinnerung an verlorenes Glück der Liebe Leid tragen? War sie die einzige, oder gab es noch mehr? Wird so etwas betrieben wie ein alltägliches Gewerbe? Gehn sie auf den Friedhöfen auf Fang wie andre auf der Straße? Man denke, an Gräbern! Oder war ihr ganz allein der großartige Einfall gekommen, der unbedingt von tiefer Lebensklugheit zeugt, nämlich den Augenblick wahrzunehmen, in dem an Stätten der Trauer der Schmerz um verlorene Liebe doppelt wieder auflebt?

Eins nur hätte ich gern gewußt: Wessen Witwe mochte sie wohl an jenem Tag gewesen sein?«

Henri de Toulouse-Lautrec
Maximes Dethomas auf dem Opernball
Öl

Pariser Abenteuer

Gibt es ein Verlangen, das brennender wäre als das Gelüst einer Frau nach dem großen Erlebnis? Ach – das kennenzulernen, zu erleben, mit allen Sinnen zu erleben, wovon man träumt! Was täte sie nicht dafür! Eine Frau, deren Neugier wach geworden und nicht mehr zu halten ist, begeht jede Torheit, jede Tollheit, wagt alles, schreckt vor nichts zurück. Ich rede hier von den Frauen, die wirklich Frauen sind, die von Natur aus sozusagen einen Geist mit doppeltem Boden haben. Von außen gesehen, sieht alles daran vernünftig, ordentlich, metallisch kühl aus; – aber drinnen, in den drei Geheimfächern, steckt so allerlei! Zuerst: ewig unsteter Weibersinn; sodann: List, die sich den Anstrich von Treuherzigkeit gibt, scheinheilige List, die um so spitzfindiger und furchtbarer ist; und zu guter Letzt: bezaubernde Niedertracht, ausgesuchteste Betrügerei, köstlichste Falschheit, kurz, alle jene verteufelten Tugenden, die den dummgläubigen Liebhaber zum Selbstmord, alle anderen aber zum Entzücken bringen können.

Die Frau, deren Abenteuer ich erzählen will, war eine – bis dahin – schlichtweg ehrsame kleine Provinzlerin. Ihr Leben floß scheinbar ruhig dahin mit den täglichen kleinen Pflichten, die sie hatte, als Hausfrau an der Seite eines vielbeschäftigten Mannes, als Mutter von zwei Kindern, denen sie eine tadellose Erzieherin war. Aber ihr Herz zitterte von unbefriedigter Neugier, von Gelüsten nach dem großen Erlebnis. Tag und Nacht träumte sie von Paris, und begierig verschlang sie die Zeitungen, die Sensationsnachrichten aus der Weltstadt. Siedendheiß überkam sie das Verlangen beim Lesen der glänzenden Berichte von all den Festlichkeiten, den Toiletten, den Lustbarkeiten; am geheimnisvollsten aber erregten sie die »Kleinen Nachrichten«, aus deren Zeilen sich so allerlei heraushören ließ, mit ihren leicht hingeworfenen Wendungen und Andeutungen, die halbgeöffneten Schleiern gleichen, die etwas ahnen lassen und Fernblicke eröffnen in sündige, wüste, tolle Genüsse.

Von dem heimatlichen Nest, in dem sie lebte, sah sie Paris in märchenhaftem Lichte erstrahlen, in der bengalischen Beleuchtung, in der Glanzwolke eines ungeheuren Tummelplatzes voll Luxus, Pracht und Ausschweifung.

Und in den langen einsamen Nächten daheim träumte sie, während sie sich in ihrem Ehebett in Schlummer wiegen ließ von dem gleichförmigen Schnarchen ihres Lebensgefährten, der – einen seidenen Schal um die Ohren gewickelt – neben ihr dalag und schlief, träumte sie von den berühmten Männern der Weltstadt, deren Namen auf den Titelseiten der Boulevardblätter leuchteten wie große Sterne auf samtdunklem Himmel; – und dann malte sie sich aus, wie berückend doch so ein illustres Leben dahinrauschen mußte, in dem sich Ausschweifung an Ausschweifung, Orgie an Orgie, Sinnengenuß an Sinnengenuß reihte – und so schauerlich schön, so antikisch wollüstig, so raffiniert, so verwirrend großartig mußte das alles dort sein, daß sie es sich nicht einmal richtig vorstellen konnte...

Die Boulevards dünkten sie wahre Abgründe menschlicher Leidenschaften: Jedes Gebäude dort mußte bestimmt ein Lusthaus voll ungeheuerlicher Liebesgeheimnisse sein.

Sie fühlte sich schon alt werden. Die Jahre schwanden dahin, ohne daß sie etwas anderes vom Leben kennengelernt hatte als immer und ewig nur die gleiche Tretmühle der eintönig geistlosen täglichen Pflichten, einzig nur das, was häusliches Glück heißt. – Hübsch war sie noch immer. Das geruhige Dasein hatte sie frisch erhalten wie einen Winterapfel im verschlossenen Schrank. Aber in ihrem Innern bohrten und stachelten immer wieder heftige, heiße Wünsche, die sie aus dem Gleichgewicht brachten; Sehnsucht nach der großen Welt, Lebensgier überkam sie. Sie fragte sich unablässig, ob sie denn wirklich die Welt verlassen solle, ohne wenigstens einmal etwas von der süßen Sünde, diesem herrlichen Leben in Rausch und Wonne genossen und – wenigstens einmal – sich in den Strudel der Lüste von Paris hineingestürzt zu haben!

Aus solchem Sehnen wurde ein fester Entschluß: Mit zäher Ausdauer bereitete sie eine Reise nach Paris vor. Dazu tüftelte sie sich einen triftigen Grund aus: Sie ließ sich von Verwandten einladen. Da ihr Ehegatte natürlich nicht mitfahren konnte, reiste sie allein los.

Unterwegs dachte sie sich alles Weitere aus. Gründe gab es ja genug, mit denen man es sich erlauben konnte, je nach Lust und

Laune einmal zwei Tage und natürlich die dazwischenliegenden Nächte von daheim wegzubleiben. So gab sie denn an, sie habe Jugendfreunde wiedergetroffen, die weit draußen am Stadtrand ihr idyllisches Häuschen hätten.

Und dann machte sie sich sofort nach der Ankunft in der Weltstadt auf den Weg oder, wenn man so will, auf die Suche. Sie durchstreifte die Boulevards, ohne allerdings etwas anderes zu Gesicht zu bekommen als das auf und ab wandelnde behördlich zugelassene Laster. Sie durchforschte die großen Cafés, las von oben bis unten – Spalte um Spalte – alle ›Kleinen Anzeigen‹ im ›Figaro‹. Sie klangen geradezu wie ein allmorgendliches Sturmgeläute, wie ein tönender Weckruf zur Liebe.

Doch nicht die geringste Spur brachte sie weiter auf ihrem Weg zu den großartigen Bacchanalen der Künstler und Schauspielerinnen. Nichts verriet ihr den Zugang zu den sehnlich gesuchten Tempeln der Ausschweifung, die – ihrer Vorstellung nach – irgendein Zauberwort verschlossen hielt, gleich der Sesamhöhle in »Tausendundeiner Nacht« oder den Katakomben in Rom, in denen sich heimlich die Mysterien einer verfolgten Religionsgemeinschaft vollzogen.

Ihre Verwandten waren kleine Leute. Zu deren Bekanntenkreis gehörte keine jener Berühmtheiten, die sie im Auge hatte und deren Namen ihr im Kopf herumschwirrten. In ihrer Verzweiflung dachte sie schon an Heimkehr, da kam ihr der Zufall zu Hilfe.

Als sie gerade die Rue de la Chaussée d'Antin entlangschlenderte, fiel ihr Blick auf einen der Antiquitätenläden, die voll japanischer Kleinkunst von so lebendigem Bunt stecken, daß es eine wahre Augenweide ist. Wie sie, davor stehenbleibend, sich so die närrischen, zierlichen Elfenbeinsächelchen, das Porzellan in seinen flammenden Schmelzfarben, die toll geformten Bronzen beschaute, da hörte sie plötzlich, wie drinnen im Laden der Kunsthändler vor einem kleinen, dicken kahlköpfigen Herrn mit graubärtigem Kinn einen ungeheuren, dickwanstigen Porzellanaffen hinsetzte und ihn seinem Kunden als »Prachtexemplar – einzig in seiner Art« anpries.

Und bei jeder seiner Lobeshymnen und Werbetiraden ließ der Geschäftsmann den Namen des vor ihm stehenden Kunstliebhabers – einen berühmten Namen – wie einen Fanfarenstoß miterschallen. Die übrigen Kunden, junge Damen und feine Herren, warfen rasche, verstohlene Blicke – Blicke der Würdigung, die bezeugten, wen man vor sich hatte – zu dem namhaften Schriftsteller hinüber, dessen Augen voll Leidenschaft an dem Porzellanaffen hingen. Die beiden gaben sich an Häßlichkeit nichts nach; wie häßliche Zwillingsbrüder sahen sie aus, die einem und demselben Schoß entsprossen waren.

Der Kunsthändler sagte entgegenkommend: »Für Sie, wertgeschätzter Monsieur Jean Varin, soll er, na, sagen wir, für runde tausend Franken zu haben sein. Haargenau soviel hat er mich selber gekostet! Jeder andere Käufer, ohne Ausnahme, müßte mir fünfzehnhundert dafür bezahlen. Aber mir liegt sehr an meinen Künstlern als Kunden. Für Leute wie Sie habe ich immer meine Vorzugspreise. Alle kommen sie zu mir, die einen Namen haben, hochverehrter Monsieur Jean Varin! Erst gestern erwarb Monsieur Busnach eine große antike Schale aus meinen Kunstschätzen. Kürzlich habe ich zwei Armleuchter wie die dort – fabelhafte Stücke, was! – Monsieur Alexandre Dumas abgelassen. Und das, was Sie da in Händen halten, mein werter Monsieur Jean Varin, das wäre – sähe Monsieur Emile Zola jetzt das Stück – schon weg und sofort verkauft...!«

Der Schriftsteller war sich unschlüssig: das Stück zog ihn an, die Summe schreckte ihn ab. Die auf ihn gerichteten Blicke beachtete er so wenig, als wenn er sich allein in der Wüste befunden hätte.

Da trat sie ein. Sie zitterte leicht dabei; aber ihr Blick war keck und fest auf ihn gerichtet; und sie fragte sich nicht einmal: Ist er hübsch, schick oder jung? – Er! Jean Varin! Er stand persönlich vor ihr, er, Jean Varin!

Nach langem, schmerzlichem Ringen mit sich selbst stellte er den Porzellanaffen wieder auf die Vitrinenplatte nieder: »Nein, mir doch zu hoch«, äußerte er.

Der Händler verdoppelte seine Beredsamkeit: »Aber! Wertgeschätzter Monsieur Jean Varin! Zu hoch? Nein! Er ist sogar seine zweitausend Franken wert, bis auf den letzten Sou!«

Der Schriftgewaltige gab etwas niedergedrückt zur Antwort, während seine Blicke nicht von dem grinsenden Porzellankerl mit den Schmelzfarbenaugen ließen: »Ich will es nicht bestreiten. Aber für mich, leider, unerschwinglich...«

Da wurde sie von Tollkühnheit gepackt und trat näher: »Und

wenn *ich*«, fragte sie, »es nun haben wollte, dies komische Männchen, – was kostete es dann?«

Der Händler versetzte, etwas überrascht: »Wie gesagt – fünfzehnhundert Franken für Sie, Madame!«

»Gut! Ich nehme ihn!«

Der Schriftsteller, der sie bis dahin noch nicht einmal bemerkt hatte, drehte sich mit einem Ruck um. Er beschaute sie sich mit halbzugekniffenem Beobachterblick vom Kopf bis zu den Füßen. Dann tastete er mit Kenneraugen die Einzelheiten ab.

Sie sah reizend aus. Das Feuer, das so lange in ihr geglüht hatte, war mit einem Male hell entfacht und belebte sie. Und außerdem kann doch wohl eine Frau, die ein Kunstsächelchen so für anderthalb Tausend kauft, nicht gerade die erstbeste sein!

Mit einer Bewegung voll entzückend feinem Takt wandte sie sich ihm nun zu und sagte mit einem leisen Beben in der Stimme: »Verzeihen Sie, ich bin doch wohl etwas vorschnell gewesen! Vielleicht haben Sie sich noch nicht ganz entschieden ...«

Er verneigte sich. »Doch, Madame, ich habe mich entschieden.«

Sie aber sprudelte, ganz erregt, heraus: »O bitte! Sollten Sie – jetzt oder später – dies Stück doch gern besitzen wollen, bitte, dann betrachten Sie es ganz als das Ihre! Ich habe dies drollige Ding da eigentlich nur gekauft, weil es Ihnen gefallen hat.«

Er lächelte, sichtlich geschmeichelt. »Aber woher kennen Sie mich denn?« fragte er.

Da gestand sie ihm ihre große Bewunderung, zählte die Titel seiner Werke auf und kam in Feuer.

Zum Plaudern hatte er sich auf eines der Möbelstücke gestützt und sah sie mit seinen suchenden, scharfen Augen an.

Dazwischen rief vom andern Ende des Ladens – zur Erhöhung dieser wirkungsvollen Werbeszene – der Kunsthändler strahlend herüber, zumal neue Kunden gekommen waren: »Da, schauen Sie nur einmal, wertester Monsieur Jean Varin, prachtvoll so etwas, nicht?« Dann wandten sich jedesmal alle Anwesenden im Laden nach den beiden um, und sie, sie überlief es prickelnd vor Wonne, in so intimem Gespräch mit einer Berühmtheit gesehen zu werden.

Vom Erfolg berauscht, wagte sie das Letzte – mit der Kühnheit eines Strategen, der zum Sturm übergeht. »Mein Herr!« ging sie ihn an. »Mein Herr, machen Sie mir die Freude, die ganz große Freude, – lassen Sie sich dies... dies Menschentier aus Porzellan als Andenken von einer Frau überreichen, die Sie leidenschaftlich bewundert und der Ihr Anblick zehn Minuten lang ein hoher Genuß war!«

Er wollte nicht annehmen. Sie bestand darauf. Er sträubte sich, schon sichtlich ergötzt, und lachte höchst herzgewinnend.

Hartnäckig sagte sie: »Gut also! Dann bringe ich Ihnen eben das... das Ding gleich selber ins Haus! Wo wohnen Sie?«

Er schüttelte den Kopf und nannte seine Adresse nicht. Aber sie wandte sich nun an den Kunsthändler, fragte danach, bekam sie genannt, bezahlte ihren Kauf, war im Nu draußen und lief schnurstracks auf eine Droschke zu. Der Meister der Feder mußte sich in Trab setzen, um seine Bewunderin noch einzuholen; es behagte ihm doch nicht, so ohne weiteres ein Geschenk in die Hand gedrückt zu bekommen, ohne recht zu wissen, von wem es eigentlich kam. Er erreichte seine Partnerin gerade noch, als sie in den Wagen sprang, stürzte ihr nach und fiel fast auf sie, weil das Fahrzeug im gleichen Augenblick ruckartig anfuhr; es blieb ihm nichts übrig, als – etwas verärgert allerdings – neben ihr Platz zu nehmen.

Er mochte bitten und Einspruch erheben, soviel er wollte; sie zeigte sich nicht zum Verhandeln geneigt. Als sie an seiner Haustür angelangt waren, stellte sie ihre Bedingungen: »Gut«, sagte sie, »ich zwinge Ihnen nur dann mein Geschenk nicht weiter auf, wenn Sie mir heut alles erfüllen, was ich will!«

Die ganze Sache kam ihm doch so originell vor, daß er spaßeshalber darauf einging.

Nun drang sie auf ihn ein: »Was tun Sie gewöhnlich so um diese Zeit?«

Er zögerte etwas; dann sagte er: »Na, was schon! Da bin ich gerade auf meinem Spazierweg.«

Da befahl sie kurz und entschieden: »Schön! In den ›Bois‹ also!«

Sie fuhren los.

Unterwegs fragte sie ihn weiter aus: Er mußte ihr alle seine weiblichen Bekanntschaften vorführen, vor allem die nicht ganz makellosen, mit genauesten Einzelheiten über ihr Innen- und Außenleben, ihre starken und schwachen Seiten.

Darüber war es Abend geworden. »Was treiben Sie sonst gewöhnlich um diese Zeit?« wollte sie wissen.

Lachend gab er zur Antwort: »Na, wenn Sie es gern wissen wollen –, da genieße ich in aller Ruhe meinen Absinth.«

Da setzte sie bedeutsam hinzu: »Schön, mein Herr! Also – genießen wir gemeinsam unsern Absinth!«

Sie betraten ein großes Boulevardcafé, in dem er Stammgast war. Eine Reihe seiner Schriftstellerkollegen war schon da. Er stellte ihr alle vor. Sie war wie toll vor Hochgefühl, so im Mittelpunkt des allgemeinen Interesses der geistigen Welt zu stehen. Unaufhörlich wirbelte es ihr im Hirn herum: »Endlich! Endlich!«

Die Stunden flossen hin. Schließlich richtete sie an ihn die Frage: »Nehmen Sie nicht jetzt um diese Zeit Ihr Souper ein?«

Er sagte launig: »Allerdings, Teuerste!«

»Schön! Also auf, mein Herr, zum Souper!«

Als sie danach das Café Bignon verließen, fragte sie: »Nun – und was tun Sie sonst noch abends?«

Er sah ihr fest ins Auge: »Das kommt ganz darauf an...! Manchmal gehe ich ins Theater.«

»Großartig! Also los, mein Herr, ins Theater!«

Sie besuchten die Nachtvorstellung im Vaudeville. Sie hatten Vorzugsplätze, auf Ehrenkarten: weil *er* es war! und *sie* – herrlichstes der Gefühle! –, *sie* wurde vom ganzen Haus gesehen, wie sie neben ihm auf ihrem Balkonsessel thronte!

Zum Schluß küßte er ihr galant die Hand und machte ihr ein großes Kompliment: »Teuerste, mir bleibt nur noch das Vergnügen, Ihnen zu danken für den ganz köstlichen Tag...!«

Da fiel sie ihm ins Wort: »Schön! Schön! Und – was tun Sie sonst nachts um diese Zeit?«

»Ja, aber, Madame... da gehe... da gehe ich natürlich heim!«

»Ausgezeichnet, mein Herr! Dann – gehen wir eben heim!«

Kein Wort fiel mehr zwischen ihnen. Von Zeit zu Zeit nur durchrieselte sie ein Schauer, prickelte es wie mit Nadeln vom Kopf bis zu den Zehen. Bald fühlte sie den Trieb zu fliehen in sich, bald lockte sie das Gelüst zu bleiben... Aber im Grunde ihrer Seele blieb sie fest entschlossen, bis zum Ende durchzuhalten.

Auf der Treppe mußte sie sich mehrmals an das Geländer festklammern, so stark wurde in ihr die Erregung. Er stieg inzwischen, etwas außer Atem, mit einem Wachszündholz in der Hand, ihr voraus.

Sowie sie im Zimmer war, zog sie sich Hals über Kopf aus und schlüpfte, ohne ein Wort zu sprechen, ins Bett; und dann harrte sie, an die Wand geschmiegt, der Dinge, die da kommen sollten...

Sie benahm sich wirklich so schlicht und einfach, wie das nur die rechtliche Ehefrau eines Provinznotars kann; aber ihr bewunderter Meister der Feder war mindestens so anspruchsvoll wie ein Pascha. Sie verstanden sich nicht, ganz und gar nicht...

Darüber schlief er ein. Die Nacht verlief ruhig; nur das Ticktack der Wanduhr störte den Frieden. Sie lag da, ohne sich zu rühren, und dachte an die Nächte in ihrem Ehebett! Und im gelben Schein einer chinesischen Laterne betrachtete sie – bohrenden Schmerz im Herzen – den auf dem Rücken liegenden kleinen dicken Mann neben ihr, dessen Kugelbauch bei jedem seiner Atemzüge gleich einem aufgeblasenen Luftballon die dünne Bettdecke mit emporschwellen ließ. Er schnarchte in allen Tönen wie eine Orgelpfeife: mit langen, schnaubenden Stößen und kurzen, komischen Röchellauten dazwischen. Seine zwanzig, dreißig Haare nutzten die Ruhe seiner Geistesstirn für sich aus und reckten sich widerborstig nach allen Seiten, als wollten sie sich von ihrer täglichen Zwangslage auf dem kahlen Schädel erholen, dessen öde Wüste sie verschleiern sollten. Und aus dem dem einen Winkel seines halboffenen Mundes sickerte in dünnem Faden der Speichel heraus.

Endlich schimmerte das Licht des Morgens durch die geschlossenen Vorhänge. Da erhob sie sich, kleidete sich lautlos an und hatte schon halb die Tür geöffnet. Plötzlich quietschte bei einer Bewegung, die sie machte, das Schloß; er erwachte darüber und rieb sich die Augen.

Ein paar Augenblicke brauchte er, bis sein Geist wieder Herr der Lage war. Er entsann sich des ganzen gestrigen Abenteuers und fragte: »Wie denn, Sie wollen schon aufbrechen...?«

Sie war stehengeblieben und stammelte nervös: »Ja... natürlich... die Nacht ist ja herum...!«

Er richtete sich auf in seinem Bett: »Schaun Sie«, sagte er gewichtig, »jetzt lassen Sie mich auch mal eine Frage an Sie stellen!«

Da sie nichts erwiderte, setzte er hinzu: »Schon seit gestern haben Sie mich ganz höllisch in Erstaunen versetzt! Sagen Sie mal – weshalb eigentlich haben Sie die ganze Sache da angestellt? Mir ist das alles einigermaßen unbegreiflich!«

Sie ging leise auf ihn zu und flüsterte, rot werdend wie ein junges Mädchen: »Ich wollte einmal erleben... wie... wie das ist... das... Laster... na... und... na und – heiter und lustig ist es wahrhaftig nicht...!«

Und damit war sie draußen und stürzte mehr, als daß sie ging, die Treppe hinunter und auf die Straße hinaus.

Das Heer der Pariser Straßenkehrer war gerade am Kehren. Sie kehrten die Fußsteige, die Fahrdämme; sie fegten den Dreck in die Gosse. Mit immer gleichem, regelmäßigem Schwung – mit dem Schwung, wie ihn Schnitter auf reifgewordenen Niederungen haben, stießen sie den endlos sich erstreckenden Großstadtdreck vor sich im Halbkreis her. Von Straße zu Straße begegnete sie ihnen wieder, diesen Unratkehrern, die wie aufgezogene Hampelmänner – so, als würden sie von ein und derselben Triebfeder bewegt – automatisch dahinstelzten...

Und ihr war dabei, als wäre auch aus ihrem Innern etwas hinausgefegt und in Rinnstein und Gosse geschoben worden – alle ihre glühenden Illusionen!

Atemlos und sehr abgekühlt kehrte sie heim. In ihrem Hirn behielt sie nur den einzigen Eindruck für immer: den immer gleichen, regelmäßigen Schwung der tausend und aber tausend Besen, die das erwachende Paris auskehren...

Und als sie wieder in ihren vier Wänden mit sich allein war, da mußte sie doch losschluchzen.

Jean-François Millet
Akt
Schwarze Kreide

Fräulein Fifi

Major Graf Farlsberg, der deutsche Platzkommandant, saß, tief in den großen gestickten Lehnsessel geschmiegt, und las die Post des Tages. Mit den Stiefeln lag er auf dem feinen Marmor des Kamins, in den seine Sporen während der drei Monate, die er jetzt schon im Schloß Uville weilte, zwei täglich tiefere Löcher bohrten.

Eine Tasse Kaffee dampfte auf dem kunstvoll eingelegten Tischchen, von Likör besudelt, von Zigarren verbrannt, vom Taschenmesser des Eroberers zerkratzt; denn er hielt zuweilen beim Bleistiftspitzen inne und schnitt mit dem Messer in den zierlichen Tisch Zahlen und Zeichnungen, ganz wie's ihm gerade in den Sinn kam.

Als er die Briefe gelesen und die deutschen Zeitungen, die ihm sein Bursche gebracht hatte, durchflogen, erhob er sich, warf drei oder vier riesige Scheite grünes Holz ins Feuer – diese Herren schlugen nach und nach den ganzen Park nieder, um es warm zu haben – und trat ans Fenster.

Der Regen goß in Strömen, ein echter normannischer Regen, der, wie von wütender Hand geschleudert, schräg niederklatschte, ein undurchsichtiger Vorhang, eine gestreifte Mauer, ein peitschender, alles durchdringender, alles ertränkender Regen, eben der Regen von Rouen, das ich den Nachttopf von Frankreich nennen möchte.

Der Offizier stand lange und sah über die überschwemmten Rasenplätze hinab zur hochgeschwollenen Andelle, die über ihre Ufer getreten war, und trommelte dabei einen Rheinwalzer auf den Scheiben. Ein Geräusch ließ ihn sich umwenden: Es war sein Ordonnanzoffizier, Hauptmann Baron Kelweingstein.

Der Major war ein Riese, breitschultrig, mit langem, fächerförmigem Bart, der wie ein Wasserfall über die Brust wogte. Die ganze Persönlichkeit erweckte den Gedanken an einen militärischen Pfau, einen Pfau, der das offene Rad am Kinn trug. Er hatte blaue, kühle und doch sanfte Augen. Eine seiner Wangen war im Kriege mit Österreich durch einen Säbelhieb gespalten. Man sagte ihm nach, er wäre als Mensch und als Offizier gleich tapfer.

Der Hauptmann, ein kleiner Herr mit rotem Gesicht und dickem Bauch, trug seinen feuerroten Bart kurz geschoren. Er hatte einmal, er wußte selbst nicht wie, in einer durchbummelten Nacht zwei Zähne verloren, weshalb er die Worte scharfflüssig hervorzischte und nicht immer zu verstehen war. Er war nur um den Wirbel kahl, und diese Mönchstonsur umstand ein Kranz kurzen, rotleuchtenden Kraushaares.

Der Kommandant drückte ihm die Hand, goß in einem Zuge seine Tasse Kaffee hinunter (die sechste seit dem Morgen) und nahm den Rapport über den Dienst entgegen. Darauf traten beide wieder ins Fenster und stellten fest, es sei hier recht langweilig. Der Major, ein ruhiger Mensch, der Frau und Kinder zu Hause hatte, war mit allem zufrieden, aber der Hauptmann und Baron, ein unverwüstlicher Lebemann und Herzenjäger, ein toller Draufgänger, war wütend, daß er nun schon seit drei Monaten in unfreiwilliger Keuschheit in diesem gottverlassenen Neste leben mußte.

Es klopfte, der Kommandant schrie: Herein! und ein Soldat, so einer von ihren Automatenmenschen, erschien in der Tür, was zur Genüge besagte, daß das Frühstück bereit sei.

Im Saal fanden sie drei Offiziere niedrigeren Ranges: den Leutnant Otto von Großling und die beiden Unterleutnants Fritz Scheunaburg und Graf Wilhelm von Eyrik, einen sehr kleinen, blonden, jungen Mann, der hochmütig und brutal mit der Mannschaft umging, hart gegen die Besiegten und gewalttätig wie ein Schießprügel war.

Seit er in Frankreich war, nannten ihn seine Kameraden nur noch Mademoiselle Fifi. Den Spitznamen verdankte er seiner schlanken Taille, die wie geschnürt aussah, seinem weißen Gesicht, das kaum einen Anflug von Schnurrbart hatte, und vor allem seiner Gewohnheit, seine Verachtung gegen Menschen und Dinge bei jedem Anlaß mit dem französischen ›fi, fi donc‹ zu bezeugen, das er mit leichtem Pfeifen aussprach.

Der Speisesaal im Schloß Uville war ein weiter und majestätischer Raum, mit großen Spiegeln aus altem Kristall, die von Kugeln zerschlagen, und mit hohen Gobelins, die von Säbelhieben zerschnitten waren, denn das war Mademoiselle Fifis Beschäftigung in Mußestunden.

An den Wänden hingen drei alte Familienbilder, ein eisengepanzerter Krieger, ein Kardinal und ein Präsident, die jetzt lange Porzellanpfeifen rauchten, während eine hochbusige Edeldame in ihrem durch die Jahre blind gewordenen Goldrahmen mit Kohle einen riesigen Schnurrbart ins Gesicht gemalt bekommen hatte.

Das Frühstück der Offiziere verlief fast schweigend, in diesem verstümmelten und noch dazu durch den Regen verdüsterten Raume, dessen altes Eichenparkett jetzt dem Fußboden einer Kneipe glich.

Nach dem Essen wurde geraucht, getrunken und über die Langeweile geklagt. Die Kognak- und Likörflaschen gingen von Hand zu Hand. Man schlürfte, die langen Pfeifen in einem Mundwinkel, langsam Schluck für Schluck.

Sobald ein Glas leer war, wurde es mit lässiger Müdigkeit wieder gefüllt. Mademoiselle Fifi zerbrach alle Augenblicke sein Glas, und ein Soldat mußte ihm ein andres bringen.

Ein Nebel von beißendem Rauche hüllte sie ein; sie schienen in schläfrige, trübe Trunkenheit zu versinken, in die trostlose Schlemmerei von Menschen, die nichts zu tun haben.

Der Baron reckte sich plötzlich gerade auf, schüttelte sich vor Ekel und schwur: »Bei Gott, so kann's nicht weitergehen, man muß sich irgend etwas ausdenken!«

Leutnant Otto und Unterleutnant Fritz, zwei echt deutsche Gestalten mit schwerfälligen, ernsten Gesichtern, antworteten: »Was, Herr Hauptmann?«

Er überlegte einen Augenblick und sagte dann: »Was? Wir wollen mal ein Fest arrangieren, wenn der Kommandant nichts dagegen hat.«

Der Major hörte zu rauchen auf: »Was für ein Fest, Herr Hauptmann?«

Der Baron trat näher: »Ich übernehme alles, Herr Kommandant. Ich schicke Pflicht nach Rouen wegen Damen; ich weiß, wo welche zu finden sind. Wir bereiten hier das Souper vor; wir haben ja alles reichlich da, um uns einen lustigen Abend zu machen.«

Graf Farlsberg zuckte lächelnd die Achseln: »Sie sind verrückt, Verehrtester.«

Aber die Offiziere hatten sich alle erhoben, sie umringten ihren

Vorgesetzten und bettelten: »Lassen Sie den Herrn Hauptmann doch, Herr Kommandant, hier ist's wirklich zu trübselig.«

Schließlich gab der Major nach: »Meinetwegen«, sagte er. Der Baron ließ sogleich Pflicht rufen. Pflicht war ein alter Unteroffizier, den man nie lachen sah und der die Befehle seiner Vorgesetzten blind ausführte.

Mit unbewegtem Gesichte nahm er die Instruktionen des Barons entgegen und ging. Fünf Minuten später fuhr ein großer Planwagen, mit vier Pferden bespannt, im Galopp durch den dicksten Regen davon.

Durch alle Geister fuhr ein Erwachen, wer sich geräkelt hatte, setzte sich stramm auf, die Gesichter belebten sich, und man fing wieder zu plaudern an.

Obgleich der Regen genauso wütend niederprasselte wie zuvor, meinte der Major, es würde heller, und Leutnant Otto behauptete, es würde sich bald ganz aufklären. Sogar Mademoiselle Fifi blieb nicht ruhig. Er sprang auf und setzte sich wieder. Sein klares, hartes Auge suchte nach etwas, was er zerbrechen könnte. Da fiel sein Blick auf die Dame mit dem Schnurrbart. Schon zog der blonde junge Mann den Revolver. »Du sollst das nicht mit ansehen«, sagte er; und ohne vom Stuhl aufzustehen, zielte er. Zwei Schüsse, jeder durchbohrte ein Auge.

Dann rief er: »Spielen wir Mine!« Die Unterhaltung brach plötzlich ab, denn das neue Interesse bemächtigte sich aller.

Die Mine war seine Erfindung, seine Art zu zerstören, sein Lieblingsspiel.

Als Graf Fernand d'Amoys d'Uville das Schloß, sein rechtmäßiges Eigentum, verlassen mußte, hatte er keine Zeit mehr gehabt, irgend etwas fortzuschaffen oder zu verbergen. Nur das Silber hatte er in einem Mauerloch verstecken können. Da er sehr reich und prachtliebend war, bot der große Saal, dessen Tür ins Speisezimmer führte, vor der überstürzten Flucht seines Herrn den Anblick eines Museums.

An den Wänden hingen Gemälde, wertvolle Zeichnungen und Aquarelle, während sich auf Tischen, Etageren und in eleganten Glasschränken tausend Nippsachen, Porzellane, Statuetten, Meißener Figuren, Götzen aus China, alte Elfenbeinschnitzereien und venezianische Gläser befanden, die das weite Gemach mit ihrer seltsamen Kostbarkeit füllten.

Aber fast nichts war mehr davon übrig. Nicht, daß man geplündert hätte, das hätte Major Graf Farlsberg nie erlaubt; aber Mademoiselle Fifi spielte von Zeit zu Zeit Mine; und alle Offiziere amüsierten sich dann für fünf Minuten mit ihm.

Der kleine Graf holte aus dem Salon, was er brauchte. Er brachte eine ganz entzückende chinesische Teekanne an, schüttete sie voll Pulver, führte vorsichtig ein Stück Zündschnur durch ihren Schnabel, brannte sie an und trug die Höllenmaschine in das nächste Zimmer.

Dann kam er schnell wieder und schloß die Tür. Die Deutschen warteten gespannt mit kindlicher Neugier in den lächelnden Gesichtern; und sobald die Explosion das Schloß erschüttert hatte, stürzten alle zusammen in das betreffende Zimmer.

Mademoiselle Fifi war stets der erste und klatschte vor Entzükken in die Hände. Einer Venus war endlich der Kopf abgesprungen. Jeder sammelte Scherben, wunderte sich über die sonderbaren Zacken der Splitter, prüfte die neue Verwüstung und konstatierte diese oder jene Verheerung. Der Major betrachtete mit väterlichem Blick den großen Saal, der durch solche eines Nero würdige Kartätschenladung um und um gekehrt und mit Trümmern von Kunstwerken übersät war. Er war der erste, der herausging, und dabei erklärte er gutmütig: »Na, diesmal ist's gut geglückt.«

Eine solche Rauchwolke war in den Speisesaal gedrungen und hatte sich mit dem Tabaksqualm vermischt, daß man nicht mehr atmen konnte. Der Kommandant öffnete das Fenster, und die Offiziere, die noch ein letztes Glas Kognak trinken wollten, traten alle zu ihm.

Die feuchte Luft drang ins Zimmer und brachte eine Art Wasserstaub mit, der sich auf die Bärte legte. Es roch modrig. Man betrachtete die hohen verregneten Bäume, das weite, im Nebel geduckte Tal und ganz hinten den Glockenturm der Kirche, der als graue Spitze in den Trommelregen hineinragte.

Seit ihrer Ankunft hatte die Glocke nicht geläutet. Das war übrigens der einzige Widerstand, den die Eindringlinge in dieser Gegend gefunden hatten: der Glockenturm. Der Pfarrer hatte sich nicht geweigert, die preußischen Soldaten aufzunehmen und zu verpflegen; er hatte sich sogar ein paarmal einladen lassen, mit dem feindlichen Kommandanten eine Flasche Bier oder Wein zu trinken und half ihm auch als Dolmetscher; aber das Läuten seiner Glocke durfte man nicht von ihm verlangen. Lieber hätte er sich erschießen lassen. Das war seine Art, gegen die Invasion zu protestieren, ein friedlicher, schweigender Protest, der einzige, sagte er, der einem Priester, einem Manne der Milde und nicht der Gewalt, anstehe. Zehn Meilen in der Runde lobte alle Welt die Festigkeit, den Heroismus des Pfarrers Chantavoine, der es wagte, die allgemeine Trauer durch das hartnäckige Schweigen seiner Kirche zu bezeugen.

Das ganze Dorf war über diesen Widerstand begeistert und bereit, seinem Pfarrer bis zum Äußersten beizustehen und allem zu trotzen, denn es sah in diesem stillschweigenden Protest die Rettung der nationalen Ehre. Die Bauern glaubten, daß sie sich dadurch ums Vaterland ebenso verdient machten wie die Belforter und Straßburger, daß sie ein gleichwertiges Beispiel geben und daß der Name des Dorfes dadurch unsterblich werden würde. Bis auf dies eine schlugen sie den preußischen Siegern nichts ab.

Der Kommandant und seine Offiziere lachten über diesen passiven Mut. Und da das ganze Land sich gefällig und dienstfertig erwies, duldeten sie den stummen Patriotismus.

Nur der kleine Graf Wilhelm hatte große Lust, die Glocke läuten zu lassen. Er ärgerte sich über die diplomatische Nachgiebigkeit seines Vorgesetzten gegen den Priester und bat den Kommandanten jeden Tag flehentlich, doch mal ›Bimbam‹ machen zu lassen, nur einmal, ein einziges kleines Mal, damit sie etwas zum Lachen hätten. Er bat mit der Anmut einer Katze, mit der Schmeichelhaftigkeit einer Frau, den süßen Tönen einer Geliebten, die auf irgend etwas närrisch versessen ist; aber der Kommandant blieb fest, und Mademoiselle Fifi spielte, um sich zu trösten, im Schloß Uville Mine.

Die fünf Männer standen ein paar Augenblicke so beieinander und atmeten die feuchte Luft ein. Schließlich sagte Leutnant Fritz mit schlüpfrigem Lachen: »Die Damen haben kein gutes Wetter für ihre Spazierfahrt.«

Man trennte sich. Jeder ging seinem Dienste nach. Der Hauptmann traf die Vorbereitungen zum Festessen.

Als sie bei einbrechender Nacht wieder zusammenkamen und sich geschniegelt und gebügelt, pomadisiert und parfümiert blitzen sahen wie an den Tagen der großen Paraden, mußten sie lachen. Die Haare des Kommandanten waren weniger grau als am Morgen; der Hauptmann hatte sich rasiert und nur den Schnurrbart stehen lassen, der wie eine rote Flamme unter seiner Nase leuchtete.

Trotz des Regens ließ man die Fenster offen, und immer wieder horchte einer ins Dunkel hinaus. Zehn Minuten nach sechs hörten sie ein fernes Rollen, und bald darauf fuhr der große Wagen mit den vier über und über mit Kot bespritzten, schaumbedeckten, schnaufenden Pferden im Galopp vor.

Fünf weibliche Wesen stiegen auf der Freitreppe ab, fünf schöne Mädchen, die ein Kamerad des Hauptmanns, dem Pflicht eine Karte des Barons übergeben, mit viel Sorgfalt ausgesucht hatte.

Sie hatten sich nicht lange bitten lassen, denn sie waren sicher, gut bezahlt zu werden. Sie hatten die Preußen in den drei Monaten ausprobiert und kennengelernt und nahmen die Männer und die Dinge, wie sie kamen. »Unser Gewerbe verlangt's nun mal so«, sagten sie sich unterwegs und brachten damit ihren Rest von Gewissen zum Schweigen.

Es ging sogleich in den Speisesaal. In voller Beleuchtung sah er noch trostloser aus. Der Tisch, der mit Speisen in elegantesten Schüsseln und dem Silberzeug, das man in dem Mauerloch entdeckt hatte, überladen war, gab dem Raume das Aussehen einer Banditenkneipe, in der nach geglücktem Raubzug gezecht wird. Der Hauptmann bemächtigte sich strahlend der Damen, umarmte sie, sah sie sich ganz genau an und taxierte sie nach ihrem Wert als Freudenmädchen. Als die drei jungen Leute sich jeder seine auswählen wollte, widersetzte er sich, nahm für sich das Recht in Anspruch, die Mädchen zu verteilen, und zwar dem Range nach. Um aber jeden Streit und jeden Verdacht der Parteilichkeit zu vermeiden, stellte er sie der Größe nach auf und fragte sie im Kommandoton: »Name?«

Die erste antwortete mit laut erhobener Stimme: »Pamela.«

Er verkündete: »Nummer eins, mit Namen Pamela, für den Kommandanten.«

Nachdem er dann Blondine, die zweite, zum Zeichen seiner Besitzergreifung geküßt hatte, sprach er die dicke Amanda dem Leutnant Otto zu, Eva, den »Liebesapfel«, dem Unterleutnant Fritz, und die Kleinste von allen, Rachel, eine ganz junge Brünette mit Augen, schwarz wie Tintenkleckse, eine Jüdin, deren Stupsnase die Regel bestätigte, daß die Juden krumme Nasen haben, dem jüngsten Offizier, dem schlanken Grafen Wilhelm von Eyrik.

Die Frauenzimmer waren übrigens alle hübsch und völlig, aber ohne ausgesprochene Physiognomie, und dank der täglichen Liebesarbeit und des gemeinsamen Lebens in dem öffentlichen Hause einander in Haltung und Aussehen zum Verwechseln ähnlich.

Die drei jungen Leute wollten mit ihren Mädchen gleich verschwinden unter dem Vorwand, sie müßten ihnen Kamm und Seife geben; aber der Hauptmann stemmte sich wohlweislich dagegen und erklärte, sie seien sauber genug, um sich zu Tisch zu setzen. So gab es also fürs erste nur Küsse, viele Küsse.

Plötzlich fing Rachel an zu husten, daß ihr die Tränen kamen, und dicker Rauch drang ihr aus der Nase. Der Graf hatte ihr unter dem Vorwande, sie küssen zu wollen, eine Wolke Tabakrauch in den Mund geblasen. Sie wurde nicht böse und sagte kein Wort, sah sich aber ihren Besitzer sehr genau an.

Man setzte sich. Sogar der Kommandant schien entzückt; er saß zwischen Pamela und Bondine und erklärte, während er seine Serviette entfaltete: »Das war wirklich eine famose Idee von Ihnen, lieber Hauptmann.«

Die Leutnants Otto und Fritz benahmen sich so höflich, als säßen Damen der Gesellschaft neben ihnen, und schüchterten ihre Nachbarinnen dadurch etwas ein. Baron Kelweingstein dagegen war ganz in seinem Element. Er sagte Zweideutigkeiten und schien mit seinen roten Haaren ganz Feuer und Flamme. Er machte den Mädchen in rheinischem Französisch den Hof und schleuderte seine Schmeicheleien, die stark nach Kneipe schmeckten, durch seine Zahnlücke, daß sie die Mädchen wie Kartätschen von Speichel trafen.

Verstehen konnten sie ihn nicht. Ihre Intelligenz schien erst zu erwachen, als er seine Unanständigkeiten hervorspuckte, grobe Ausdrücke, die seine Aussprache noch vergröberte. Sie fingen alle wie toll zu lachen an, warfen sich ihren Nachbarn über die Knie und wiederholten die Worte, die der Baron mit Absicht falsch aussprach, damit sie sie richtig wiederholten. Sie taten ihm gern den Gefallen, da ihnen schon die erste Flasche Wein zu Kopf gestiegen war. So wurden sie wieder sie selbst und küßten nach gewohnter Weise die Schnurrbärte rechts und die Schnurrbärte links, kniffen die Herren in die Arme, kreischten auf, tranken aus allen Gläsern und sangen französische Couplets und Brocken von deutschen Liedern, die sie in ihren täglichen Berührungen mit dem Feinde gelernt hatten.

Bald wurden auch die Männer durch das unter ihren Augen und Händen ausgebreitete Weiberfleisch wie toll. Sie grölten und zerbrachen das Geschirr, während hinter ihrem Rücken kaltblütig Soldaten standen und sie bedienten.

Der Kommandant allein bewahrte Zurückhaltung.

Mademoiselle Fifi hatte Rachel auf seinen Schoß genommen. Er ging ganz kaltblütig vor. Wie wahnsinnig küßte er die ebenholzschwarzen Locken in ihrem Nacken und sog dabei durch den schmalen Spalt zwischen Kleid und Haut die süße Wärme und den Duft ihres Körpers ein. Dann kniff er sie heftig durch das Kleid, daß sie aufschrie. Wenn er sie in den Armen hielt und an sich drückte, als wolle er verschmelzen mit ihr, preßte er seine Lippen lange auf den frischen Mund der Jüdin und küßte sie bis zur Atemlosigkeit. Plötzlich biß er so tief hinein, daß ein Blutstreifen über ihr Kinn ins Mieder floß.

Wieder sah sie ihm fest ins Gesicht, wusch die Wunde und murmelte: »Das wirst du mir bezahlen.« Er lachte sein hartes Lachen und gab zur Antwort: »Ja, ja, ich werd' es schon bezahlen.«

Man war beim Dessert, Champagner wurde eingegossen. Der Kommandant erhob sich und sagte in einem Ton, als brächte er die Gesundheit der Kaiserin Augusta aus:

»Ich trinke aufs Wohl unserer Damen!« Eine ganze Kette von Toasten folgten, Toaste von Haudegen und Trunkenbolden, Toaste voll anstößiger Scherze, die durch die Unkenntnis der Sprache noch roher klangen.

Einer nach dem andern erhob sich und versuchte geistvoll und witzig zu sein, und die betrunkenen Mädchen klatschten jedesmal wie unsinnig Beifall.

Der Hauptmann wollte der Orgie jedenfalls ein galantes Aussehen geben, denn er erhob noch einmal sein Glas und sagte: »Auf unsere Siege über die Herzen!«

Da sprang der sehr berauschte Leutnant Otto, ein richtiger Bär aus dem Schwarzwald, begeistert auf, und von alkoholischem Patriotismus fortgerissen, rief er:

»Auf unsere Siege über Frankreich!«

So betrunken die Mädchen auch waren, sie schwiegen doch. Rachel wandte sich zitternd um und sagte: »Du, ich kenne Franzosen, vor denen du nicht so sprechen würdest.«

Aber der kleine Graf, der sie noch immer auf dem Schoße hielt, fing, auch schon ganz voll süßen Weines, zu lachen an: »Ach! ach! ach! ich habe sie nie gesehen, ich nicht. Sobald wir kommen, laufen sie ja davon.«

Das Mädchen schrie ihm, außer sich, ins Gesicht: »Du lügst, Saufbold!«

Einen Augenblick sah er sie mit seinen hellen Augen so an, wie er die Bilder ansah, ehe er sie mit dem Revolver zerschoß, dann fing er wieder an zu lachen: »Ja, glaubst du denn, schönes Kind, wir wären hier, wenn sie tapfer wären?« – und er schrie:

»Wir sind ihre Herren! Uns gehört Frankreich!«

Sie verließ mit einem Ruck seinen Schoß und sank auf ihren Stuhl.

Er erhob sich, schob sein Glas bis zur Mitte des Tisches und wiederholte: »Uns gehört Frankreich, uns gehören die Franzosen, die Wälder, die Felder und die Häuser der Franzosen.«

Die anderen, ganz betrunken, wurden plötzlich von militärischer Begeisterung gepackt, griffen nach ihren Gläsern, riefen: – »Preußen soll leben!« und leerten sie mit einem Zuge.

Die Mädchen schwiegen furchtsam und protestierten nicht. Sogar Rachel saß stumm und wagte nicht, etwas dagegen zu sagen.

Da stellte der kleine Graf seinen frisch gefüllten Sektkelch auf den Kopf der Jüdin und rief: »Uns gehören auch alle Weiber Frankreichs!«

Sie erhob sich so schnell, daß das Glas umfiel und seinen Inhalt, den gelben Wein, wie zur Taufe in die schwarzen Haare ergoß, zu Boden schlug und zersprang. Mit zitternden Lippen sah sie den noch immer lachenden Offizier trotzig an und stammelte mit zornerstickter Stimme: »Nein, nein, das ist nicht wahr, keine französische Frau wird euch angehören.«

Er setzte sich, um bequemer lachen zu können, und bemühte sich, mit Pariser Akzent zu sprechen: »Einzig ist sie, einzig, was willst du denn hier, Kleine, wenn ich fragen darf?«

Zuerst schwieg sie betreten, dann aber, als sie begriffen hatte, was er meinte, schleuderte sie ihm empört entgegen: »Ich! ich! ich bin keine Frau; ich, ich bin eine Hure. Das ist gut genug für die Preußen.«

Sie hatte noch nicht geendigt, als sie schon eine Ohrfeige bekommen hatte; aber da er noch einmal die Hand erhob, ergriff sie, wahnsinnig vor Wut, ein kleines Dessertmesser mit silbernem Griff und stieß es ihm in den Hals, gerade in die Grube, wo die Brust anfängt.

Das Wort, das er sagen wollte, wurde ihm in der Kehle abgeschnitten; und mit einem grauenvollen Blick sank er um.

Alle kreischten und sprangen wild auf; sie aber warf dem Leutnant Otto einen Stuhl zwischen die Beine, lief zum Fenster, öffnete es und verschwand, ehe man sie packen konnte, im immer noch strömenden Regen.

Binnen zwei Minuten war Mademoiselle Fifi tot. Otto und Fritz zogen blank und wollten die Mädchen erstechen, die flehend ihre Knie umschlangen. Der Major verhinderte nicht ohne Mühe diese Schlächterei und schloß die vier zitternden Mädchen, von zwei Mann bewacht, in einem Zimmer ein. Dann ordnete er seine Soldaten wie zum Kampf und schickte sie nach der Flüchtigen aus. Er war ganz sicher, daß man sie fangen würde.

Fünfzig Mann wurden in den Park beordert. Zweihundert andere sollten die Wälder und alle Häuser im Tal durchsuchen.

Der im Augenblick abgedeckte Tisch diente jetzt als Totenbett, und die vier Offiziere standen, steif und wieder nüchtern, mit den harten Gesichtern von Männern, die Krieg führen, am Fenster und sahen in die Nacht hinaus.

Der Regen strömte noch immer. Unaufhörliches Plätschern erfüllte die Finsternis, das Rauschen der fallenden Wasser.

Plötzlich hallte ein Schuß, dann noch einer, in der Ferne. Volle vier Stunden lang hörte man von Zeit zu Zeit in der Nähe oder weiter fort Schüsse oder Orientierungsschreie. Am Morgen kamen alle zurück. Zwei Soldaten waren in der Hitze der Verfolgung und in der Bestürzung der Jagd von eigenen Kameraden getötet und drei verwundet worden.

Rachel war nicht gefunden.

Nun wurden die Einwohner terrorisiert, die Wohnungen durchwühlt, die ganze Gegend bedroht, durchstreift, auf den Kopf gestellt. Die Jüdin war spurlos verschwunden.

Der General, dem alles gemeldet wurde, befahl die Sache

niederzuschlagen, damit der Armee kein schlechtes Beispiel gegeben würde. Der Kommandant wurde disziplinarisch bestraft und zog seinerseits wieder seine Untergebenen zur Rechenschaft. Der General hatte gesagt: »Man zieht nicht in den Krieg, um sich zu amüsieren und mit Dirnen schön zu tun.«

Graf Farlsberg beschloß in seiner Wut, sich an der Gegend zu rächen.

Da er einen Vorwand brauchte, um rücksichtslos hausen zu können, ließ er den Pfarrer kommen und befahl ihm, die Glocke zur Beerdigung des Grafen von Eyrik läuten zu lassen.

Wider Erwarten zeigte sich der Pfarrer fügsam, bescheiden und rücksichtsvoll. Als Mademoiselle Fifis Leiche, von Soldaten getragen und von Soldaten mit geladenen Gewehren eskortiert, Schloß Uville verließ, um auf den Friedhof zu wandern, läutete die Glocke zum erstenmal wieder so fröhlich, als liebkoste sie eine Freundeshand.

Am Abend läutete sie wieder, und ebenso am anderen Morgen und alle Tage; sie läutete, sooft man wollte. Manchmal läutete sie sogar des Nachts ganz von selber; zwei, drei Töne warf sie behutsam ins Dunkel, wie von seltsamer Freude ergriffen. Aber niemand wußte, warum. Die Bauern im Dorfe sagten, sie sei verhext, und kein Mensch, außer dem Pfarrer und dem Küster, wagte sich in ihre Nähe.

Da oben lebte ein armes Mädchen in Angst und Einsamkeit, das von diesen beiden Männern heimlich mit Speise und Trank versorgt wurde.

Sie blieb dort, bis die deutschen Truppen abzogen. Da lieh sich eines Abends der Pfarrer vom Bäcker den Stellwagen und brachte seine Gefangene selber nach Rouen. – Als sie dort angekommen waren, küßte er sie, und sie stieg vom Wagen und ging zu Fuß wieder in das öffentliche Haus, dessen Herrin sie längst für tot gehalten hatte.

Einige Zeit darauf wurde sie von einem vorurteilslosen Patrioten aus dem Hause befreit. Er liebte sie um ihrer Tat, aber auch um ihrer selbst willen, heiratete sie und machte eine Dame aus ihr, die nicht schlechter war als viele andere Damen.

Edouard Manet
Berthe Morisot
Lithographie

Das brennende Scheit

Das Zimmer war klein, aber behaglich. Dicke Stofftapeten bedeckten die Wände; ein feiner Duft erfüllte den Raum. Im breiten Kamin flammte ein helles Feuer. Auf dem Sims stand eine einzige Lampe; ein Schirm aus alter Spitze dämpfte ihr Licht, und mild fiel es auf das Paar, das vor dem Kamin saß.

Die Herrin des Hauses hatte schlohweißes Haar; sie war eine jener verehrungswürdigen alten Damen, deren Haut noch straff und glatt ist wie ein feines Papier und nach den Parfüms und wohlriechenden Wässern duftet, mit denen sie immer gepflegt worden ist. Küßt man der Dame die Hand, so umfängt einen der zarte Duft, der einer Schachtel florentinischen Irispuders beim Öffnen entströmt.

Er war ein guter alter Freund, ein Junggeselle, ein Vertrauter, ein guter Reisegefährte auf dem Weg durchs Leben, mehr aber nicht.

Länger als eine Minute schwiegen sie nun schon und sahen in die Flammen. Jeder hing seinen eigenen Gedanken nach; es war die beglückende Stille um Menschen, die es nicht nötig haben, immerfort zu reden.

Da brach im Kamin ein dicker Klotz zusammen, ein Stumpf mit lauter brennenden Wurzeln; er sprang über die Feuerböcke hinweg ins Zimmer und rollte noch ein Stück auf dem Teppich dahin. Nach allen Seiten sprühten die Funken. Mit einem leisen Schrei sprang die Dame auf, um sich in Sicherheit zu bringen; er aber beförderte den glühenden Klotz mit einem Fußtritt zurück in den Kamin und trat die verstreuten glimmenden Brocken aus.

Als die Gefahr beseitigt war, erfüllte das Zimmer ein starker Brandgeruch. Der Mann nahm der Freundin gegenüber seinen Platz wieder ein und sah sie lächelnd an.

»Genau dasselbe«, sagte er und deutete auf den ins Feuer zurückbeförderten Kloben, »war der Anlaß, daß ich nicht geheiratet habe.«

Sie sah ihn erstaunt an, mit dem fragenden Blick von Frauen, die nicht mehr ganz jung sind, deren Neugier überlegt vorgeht, nicht leicht zu durchschauen, oft schon ein wenig boshaft ist, und fragte: »Wie ist das zu verstehen?«

Er fuhr fort: »Oh, das ist eine ganze Geschichte, eine ziemlich traurige und häßliche Geschichte.

Meine alten Bekannten haben sich oft darüber gewundert, daß sich zwischen meinem besten Freunde – mit Spitznamen nannten wir ihn ›Julien‹ – und mir urplötzlich eine Entfremdung einstellte. Sie begriffen nicht, daß sich zwei vertraute, unzertrennliche Freunde mit einemmal so gleichgültig werden konnten. Nun, es hatte seinen Grund!

Wir beiden hatten einmal eine gemeinsame Wohnung. Wir waren immer zusammen; unsere Freundschaft schien so unwandelbar, wie wenn nichts sie hätte zerreißen können.

Eines Abends kam er nach Hause und sagte, daß er geheiratet habe. Das gab mir einen Stich durchs Herz, wie wenn er mir etwas geraubt oder mich verraten hätte. Wenn von zwei Freunden einer heiratet, hat alle Freundschaft ein Ende. Die eifersüchtige Liebe einer Frau, diese stürmische, unruhige, sinnliche Zuneigung duldet die tiefe, rückhaltlose Freundschaft nicht mehr, jenen Einklang von Geist, Herz und Vertrauen, der zwei Männer miteinander verbindet.

Sehen Sie, Madame, die Liebe, die Mann und Frau aneinanderkettet, kann noch so groß sein; sie bleiben sich fremd an Seele und Geist, sie bleiben miteinander auf Kriegsfuß, sie sind verschiedener Art! Es gibt immer einen Sieger und einen Unterlegenen, einen Herrn und einen Sklaven. Es mag einmal der eine sein, dann wieder der andre; gleich stehen sie nie. Sie drücken sich die Hände, leidenschaftlich erregte Hände; aber es ist nicht der kräftige, ehrliche Handschlag wie zwischen Männern, bei dem sich das Herz auftut und unverhüllt offenbart in aufrichtigem, völligem, männlichem Sichzueinanderfinden. Wer klug ist, sollte nicht heiraten und Kinder zeugen. Er hofft, sie sollen der Trost seines Alters werden, und dann gehen sie doch ihre eigenen Wege. Er sollte sich einen guten, zuverlässigen Freund suchen; mit ihm kann er seine Tage beschließen in der gleichgestimmten Harmonie der Gedanken, die nur unter zwei Männern möglich ist.

Also, mein Freund Julien hatte sich verheiratet. Die Frau war hübsch, bezaubernd, ein zierlicher, wohlgepflegter Blondkopf, lebhaft, rundlich, und sie schien ihn zu vergöttern.

Anfangs pflegte ich sie nur selten einmal aufzusuchen. Ich fürchtete, sie in ihrem jungen Glück zu stören, und fühlte mich überflüssig. Aber dann schien mir, daß sie mich zu sich heranzogen, wieder und wieder zu Besuchen aufforderten und mich gern bei sich hatten.

Allmählich nahm mich der süße Zauber dieses Zusammenlebens völlig gefangen. Ich aß oft bei ihnen mit zu Abend, und wenn ich dann nachts wieder zu Haus allein war, kam mir wohl der Gedanke, es ihm gleichzutun und eine Frau zu nehmen, so öde fand ich es in meiner leeren Wohnung.

Sie schienen sich über alle Maßen zu lieben und ließen nicht einen Augenblick voneinander. Da bekam ich eines Abends von Julien einen Brief mit einer Einladung zum Essen. Natürlich ging ich. ›Lieber Freund‹, sagte Julien, als er mich empfing, ›ich muß gleich nach dem Essen noch einmal zu einer geschäftlichen Sitzung. Vor elf Uhr werde ich kaum wieder zurück sein. Aber Punkt elf bin ich wieder da. Und ich habe gedacht, du könntest Berthe solange Gesellschaft leisten.‹

Die junge Frau lächelte: ›Übrigens war ich es, von der der Vorschlag ausgegangen ist, Sie einzuladen.‹

Ich ergriff ihre Hand und dankte: ›Wie liebenswürdig!‹ Und da fühlten meine Finger den herzlichen, langen Druck ihrer Hand. Ich gab nicht weiter acht darauf. Wir setzten uns zu Tisch, und kurz nach acht Uhr ließ uns Julien allein.

Als er gegangen war, entstand plötzlich zwischen seiner Frau und mir so etwas wie eine seltsame Befangenheit. Wir waren noch nie allein gewesen, und trotz der ständig zunehmenden Vertrautheit war uns dies Beieinander unter vier Augen neu und ungewohnt. Ich wußte nichts zu sagen als allgemeine Redensarten, belanglose Sachen, mit denen man versucht, verlegenes Schweigen zu überbrücken. Sie antwortete nicht und saß mir gegenüber an der anderen Seite des Kamins, mit niedergebeugtem Kopf, verlorenem Blick, einen Fuß im Schein des flammenden Feuers, und sah aus wie in tiefes Nachdenken versunken. Als ich gar nichts mehr zu sagen wußte, schwieg ich auch. Es ist erstaunlich, wie schwierig es sein kann, ein Gespräch aufrechtzuerhalten. Und da überkam mich mit einemmal das Empfinden, daß etwas in der Luft lag, etwas, das man nicht sehen kann, das sich auch nicht in Worte fassen läßt, die rätselhafte Warnung, die uns sagt, was ein andrer mit uns vorhat, im Guten oder Bösen.

Das lastende Schweigen dauerte einige Zeit. Dann sagte Berthe: ›Sie sehen, lieber Freund, unser Feuer brennt nieder. Bitte, legen Sie doch ein Scheit nach!‹ Ich hob den Deckel des Holzkastens, der genauso stand wie der Ihre hier, langte mir ein Scheit, das größte, das ich fand, und stellte es schräg auf die andern Scheite, die schon zu drei Vierteln abgebrannt waren. Und wieder umfing uns das Schweigen.

Nach einigen Minuten loderte das Scheit auf, so lebhaft, daß uns die Wangen brannten. Da richtete die junge Frau ihren Blick auf mich; so hatte ich ihre Augen noch nie gesehen. ›Jetzt wird's zu heiß‹, sagte sie, ›wir wollen uns hinübersetzen aufs Sofa!‹ Und wir begaben uns hinüber zum Sofa.

Plötzlich schaute sie mir voll ins Gesicht: ›Was würden Sie tun, wenn Ihnen eine Frau sagte, sie liebe Sie?‹

Einigermaßen fassungslos antwortete ich: ›Meiner Treu, darauf wäre ich nicht vorbereitet – es käme auf die Frau an!‹

Da lachte sie, ein trockenes, nervöses, schwirrendes Lachen, ein unechtes Lachen, das feine Gläser zum Zerspringen bringen würde, und fuhr fort: ›Es fehlt euch Männern immer an Kühnheit und Mut; ihr könnt nicht zufassen.‹

Sie schwieg einen Augenblick, dann fragte sie: ›Waren Sie eigentlich einmal verliebt, Monsieur Paul?‹

Ich gab es zu; natürlich war ich schon verliebt. ›Erzählen Sie!‹ war die Antwort.

Ich erzählte irgendeine Geschichte. Sie hörte aufmerksam zu; die Anzeichen von Mißbilligung und Unzufriedenheit häuften sich. ›Nein!‹ unterbrach sie mich, ›Sie haben keine Ahnung! Wirkliche Liebe muß, scheint mir, das Herz aufwühlen, die Nerven aufreizen, den Verstand lähmen, muß – wie soll ich sagen – gefährlich, sogar schrecklich sein, fast verbrecherisch, ohne Furcht vor Schande, ja sie darf keinen Verrat scheuen. Ich will damit sagen, daß sie sogar heilige Schranken, Gesetze, Bande der Freundschaft zerbricht. Eine gemessene, sanfte Liebe ohne Gefahren, die gesetzlich gebilligt worden ist – ist das noch Liebe?‹ Ich wußte nichts darauf zu erwidern; die philosophische Weisheit: ›O du Weiberhirn, so sieht's in dir aus!‹ behielt ich für mich.

Während sie sprach, hatte sie eine ganz gleichgültige, unschuldige Miene aufgesteckt. Sie lag auf dem Sofa, stützte sich mit den Händen auf die Kissen und lehnte den Kopf gegen meine Schulter. Ihr Kleid hatte sich ein wenig verschoben. Es ließ einen Strumpf aus roter Seide sehen, der wie in Glut getaucht schimmerte, wenn die Flammen des Kamins ihn beleuchteten.

›Sie haben Angst‹, sagte sie nach einer Minute. Ich widersprach. Da lehnte sie sich schwer gegen meine Brust, ohne aufzusehen. ›Wenn ich jetzt sagte, daß ich Sie liebe, was würden Sie tun?‹ flüsterte sie, und ehe ich antworten konnte, warf sie die Arme um meinen Hals, zog meinen Kopf zu sich herab, und ihre Lippen brannten auf meinem Munde.

Liebe Freundin, ich gestehe Ihnen, mir war nicht wohl zumute. Sollte ich Julien hintergehen? Der Geliebte dieser kleinen, tollen, hemmungslosen, zweifellos erschreckend sinnlichen Frau werden, der jetzt schon ihr Mann nicht mehr genug war? Sollte ich zum Verräter werden, zum Betrüger, Liebe heucheln, nur um eine verbotene Frucht zu genießen, einer Gefahr zu trotzen und den Freund zu verraten? Nein, das lag mir nicht. Aber was sollte ich tun? Den keuschen Joseph spielen, eine lächerliche und obendrein recht schwierige Rolle? Denn dieses Weib war glühend entbrannt in ihrer Gewissenlosigkeit und bebte vor Wollust. Wer nie den Kuß einer Frau auf seinem Munde gefühlt hat, die sich hingeben will, der werfe den ersten Stein auf mich ... Kurzum, noch eine Minute ... Sie verstehen, nicht wahr? Eine einzige Minute länger, und ... ich ... nein, sie ... verzeihen Sie, wirklich sie war es ... oder vielmehr wäre es gewesen, die ..., da jagte uns ein entsetzliches Geräusch in die Höhe.

Das Holzscheit, ja, Madame, eben das Holzscheit war ins Zimmer geflogen, hatte die Kohlenschaufel und das Kamingitter umgerissen und rollte weiter wie eine Feuerwalze. Es setzte den Teppich in Brand und blieb unter einem Sessel liegen, der unfehlbar in Flammen aufgegangen wäre.

Wie ein Besessener stürzte ich darauf zu und beförderte den Kloben – meinen Retter – wieder in den Kamin, da ging ganz plötzlich die Tür auf! Strahlend vor Freude trat Julien ein und rief: ›Da bin ich, die Sache war zwei Stunden früher erledigt als gedacht!‹

Ja, liebste Freundin, ohne dieses Holzscheit wäre ich wohl auf frischer Tat ertappt worden. Und, denken Sie – die Folgen!

Nun, ich hielt darauf, daß ich nie wieder in eine solche Lage geriet, nie, nie! Aber Julien zeigte mir von da an die kühle Schulter. Offenbar untergrub seine Frau unser Vertrauen. Er zog mich immer weniger in seine Gesellschaft; heute sehen wir uns überhaupt nicht mehr. Geheiratet habe ich nicht. Das werden Sie verstehen!«

Edouard Manet
Exotische Blume
Radierung

Marocca

Lieber Freund, Du hast mich gebeten, Dir meine Eindrücke, meine Erlebnisse und vor allem meine Liebesabenteuer auf dem Boden Afrikas zu berichten, der mich ja so lange mit Sehnsucht erfüllt hat. Du lachtest im voraus über meine schwarzen Liebschaften, wie Du sagtest, und sahst mich schon mit einer ebenholzfarbenen Frau mit gelber Seide auf dem Kopf und in grellen Kleidern nach Hause kommen.

Die schwarze Liebe, glaub mir, kommt auch noch an die Reihe, und ich habe ein paar Weiber gesehen, die mir nicht übel Lust machten, es einmal mit dieser Farbe zu versuchen, fürs erste aber bin ich auf etwas Besseres, ganz außerordentlich Originelles verfallen.

Du schriebst mir in Deinem letzten Brief: ›Wenn ich weiß, wie man in einem Lande liebt, kenne ich das Land so genau, daß ich's beschreiben könnte, ohne es je gesehen zu haben.‹ Also laß Dir sagen: Man liebt hier ganz toll. Man fühlt vom ersten Tage eine zitternde Glut, einen inneren Aufruhr, eine plötzliche Anspannung aller Begierden, ein Prickeln in den Fingerspitzen und wird gereizt, seine Liebeskraft und alle seine physischen Fähigkeiten auszukosten, man steigert sich von der lauen Berührung der Hände bis zu dem unnennbaren Brand, der uns so viele Dummheiten machen läßt.

Versteh mich recht. Ich weiß nicht, ob das, was Du Herzensliebe, die Liebe der Seele nennst, weiß nicht, ob der empfindsame Idealismus, eben die platonische Liebe, unter diesem Himmel hier gedeihen kann; ich bezweifle es sogar. Aber die andere Liebe, die Liebe der Sinne, die ihr Gutes, und zwar sehr viel Gutes hat, wirkt wahrhaft furchtbar in diesem Klima. Die Hitze, diese glühende Luft, die uns fiebern macht, der erstickende Atem des Südens, diese Feuerflut, die der nahen Wüste entströmt, der schwere Schirokko, der verheerender und verzehrender ist als Flammen, diese Sonne, die einen ganzen Erdteil unaufhörlich bis in sein steinernes Mark versengt, all das entzündet das Blut, betört und vertiert.

Aber jetzt meine Geschichte. Ich schweige von der ersten Zeit meines Aufenthalts in Algier. Nachdem ich Bone, Constantine, Biskra und Sétif besucht hatte, machte ich den Ausflug durch die Schluchten von Chabet nach Bougie. Dieser Weg ist unvergleichlich schön, er führt durch die Kabylenwälder in zweihundert Meter Höhe am Meer entlang und schlängelt sich wie Schlinggewächse im Hochgebirge bis zu dem herrlichen Golf von Bougie, ebenso schön wie der von Neapel, von Ajaccio oder Douarnenez. Ich nehme bei diesem Vergleich nur die seltsame Bai von Porto an der Ostküste von Korsika aus, die von rotem Granit umgürtet und mit fantastischen Steinriesen bevölkert ist.

Von weitem schon, ganz von weitem, noch ehe man das große Becken erreicht hat, in dem das stille Wasser schläft, sieht man Bougie liegen: Es ist auf den abschüssigen Hängen eines sehr hohen, waldgekrönten Berges erbaut, ein weißer Fleck inmitten des Grüns, daß man es für den Schaum eines ins Meer stürzenden Wasserfalles halten könnte.

Sobald ich den Fuß in diese kleine entzückende Stadt gesetzt hatte, wußte ich, ich würde lange bleiben. Überall wird der Blick durch den Kreis hakiger, gezackter, gehörnter und bizarrer Gipfel so fest begrenzt, daß man das offene Meer oft kaum finden kann und daß der Golf den Eindruck eines Binnensees macht. Das blaßblaue Wasser ist von wunderbarer Klarheit; und das tiefe Blau des Himmels, ein Blau, das aus zwei Farbschichten zu bestehen scheint, breitet seine überraschende Schönheit darüber aus. Eins scheint sich im anderen zu spiegeln.

Bougie ist die Stadt der Ruinen. Gleich bei der Ankunft am Kai begegnet man einem herrlichen Trümmerstück, einem alten efeuumsponnenen Sarazenentor. In den Bergwäldern um die Stadt, überall findet man Ruinen, Reste von römischen Mauern, Bruchstücke sarazenischer Denkmäler, Trümmer arabischer Bauwerke.

Ich mietete mir ein kleines maurisches Haus in der oberen Stadt. Du kennst ja diese oft beschriebenen Wohnungen. Sie haben nach außen keine Fenster, aber ein Lichthof erhellt sie von oben bis unten. Im ersten Stock haben sie einen großen, kühlen Saal, in dem man bei Tage lebt, und ganz hoch oben eine Terrasse, auf der man die Nächte zubringt.

Ich stellte mich sofort auf die Gewohnheiten der heißen Länder ein, das heißt, ich hielt nach dem Frühstück meine Siesta. Es ist die erstickendste Stunde in Afrika, die Stunde, in der man nicht mehr atmen kann, in der die Straßen, die Plätze, die langen, blendenden Alleen verlassen sind, in der alles schläft, oder wenigstens zu schlafen versucht, und sich so leicht wie möglich bekleidet.

Ich hatte in meinen Saal mit den kleinen maurischen Säulen einen großen weichen Diwan mit einem Teppich von Dschebel-Amur stellen lassen. Ich streckte mich fast im Adamskostüm darauf aus, konnte aber keine Ruhe finden, gemartert von den Gedanken an meine unfreiwillige Enthaltsamkeit.

Lieber Freund, mögest du von zwei Qualen dieser Erde immer verschont bleiben: vom Mangel an Wasser und vom Mangel an Weibern. Was ist schrecklicher? Ich weiß es nicht. In der Wüste würde man für ein Glas klaren, kalten Wassers jedes Verbrechen begehen. Und was tut man in gewissen Küstenstädten nicht alles um eines frischen, gesunden Mädchens willen! In Afrika fehlt es nicht etwa an Mädchen; im Gegenteil, sie sind im Überfluß vorhanden; aber sie sind, um bei meinem Vergleich zu bleiben, ebenso ungesund und faulig wie das schmutzige Naß in den Brunnen der Wüste.

Eines Tages – ich war noch matter als gewöhnlich – versuchte ich vergeblich meine Augen zu schließen. Meine Beine zitterten und brannten innerlich; ein seltsames Angstgefühl warf mich auf dem Teppich hin und her. Ich hielt's nicht mehr aus, erhob mich und ging aus dem Hause.

Es war im Juli und ein brennend heißer Nachmittag. Das Pflaster der Straße glühte, daß man Brot darauf hätte backen können. Mein Hemd war im Nu durchnäßt und klebte mir am Leibe. Über dem ganzen Horizont schwebte zarter, weißer Dunst, ein glühender, feuchter Schirokkodampf, der greifbare Hitze zu sein scheint.

Ich stieg zum Meer hinab und ging um den Hafen herum, das Ufer der schönen Bucht entlang bis zu den Bädern. Der steile, mit Buschwerk und hohen, stark duftenden Pflanzen überwucherte Berg zog sich fast im Kreise um diesen Hafenteil, wo die großen braunen Felsen im Wasser stehen.

Niemand war hier draußen; nichts regte sich; kein Tierruf, kein Vogelflug, kein Geräusch, nicht einmal ein Plätschern, so unbeweglich schlief das Meer unter der Sonne. Aber in der kochenden Luft glaubte ich eine Art Singen wie von Flammen zu hören.

Auf einmal vernahm ich hinter einem der Felsen, die halb aus dem stillen Wasser emportauchten, ein leichtes Geräusch. Als ich mich umwandte, sah ich eine hochgewachsene nackte Frau, die in dieser heißen Stunde unbeobachtet ihr Bad zu nehmen glaubte, bis zu den Brüsten im Wasser stehen. Sie hatte das Gesicht aufs Meer hinaus gerichtet und hüpfte im Wasser, ohne meiner gewahr zu werden.

Ein unglaubliches Bild, diese schöne Frau in dem glasklaren Wasser unter dem blendenden Himmel. Denn sie war wunderbar schön, diese große, statuengleiche Frau.

Sie drehte sich um, stieß einen Schrei aus und verschwand, halb schwimmend, halb watend, ganz hinter ihrem Felsen.

Da sie ja doch einmal kommen mußte, setzte ich mich ans Ufer und wartete. Bald streckte sie denn auch ganz vorsichtig den Kopf mit dem schweren, hochgesteckten schwarzen Haar hervor. Ihr Mund war groß, die Lippen wie Kissen aufgeworfen, die Augen groß und kühn, und ihre Haut, die durch das Klima gebräunt war, sah aus wie altes Elfenbein. Die ganze Erscheinung war hart und zart, von der schönen weißen Rasse, die von der Sonne der Neger gefärbt ist.

»Gehen Sie doch«, rief sie mir zu. Ihre volle Stimme, die etwas schwer war wie die ganze Gestalt, klang etwas guttural. Ich rührte mich nicht. Sie fuhr fort: »Es ist unrecht von Ihnen, daß Sie bleiben, mein Herr.« Die Rs rollten in ihrem Munde wie Karren. Ich rührte mich noch immer nicht. Ihr Kopf verschwand. Zehn Minuten vergingen, dann erschienen langsam und vorsichtig zuerst die Haare, dann die Stirn, dann die Augen. Wie ein Kind, das Versteck spielt, lugte sie hervor. Diesmal sah sie wütend aus und rief: »Sie sind schuld, wenn ich mir eine Erkältung hole. Solange Sie da sind, komme ich nicht heraus.« Da stand ich auf und ging, sah mich aber oft um. Als sie meinte, ich wäre weit genug, kam sie halb gebückt aus dem Wasser und kehrte mir ihren Rücken zu; sie verschwand in einem Felsenloch, hinter einem Unterrock, den sie vor den Eingang gehängt hatte.

Am andern Morgen ging ich wieder ans Meer. Sie badete wieder, aber im Kostüm. Lachend zeigte sie mir ihre blendenden Zähne.

Acht Tage später waren wir gute Freunde, und nach wieder acht Tagen waren wir uns mehr.

Sie hieß Marocca – ein Spitzname sicher –, und sie sprach das Wort aus, als hätte es fünfzehn Rs. Sie stammte aus den spanischen Kolonien und war mit einem Franzosen namens Pontabèze verheiratet. Ihr Mann war Staatsbeamter. Ich habe nie genau erfahren, war für ein Amt er eigentlich hatte. Ich konnte nur konstatieren, daß er sehr viel zu tun haben mußte, und fragte nicht weiter.

Nach kurzer Zeit verlegte sie ihre Badestunde und hielt die Siesta nach dem Frühstück bei mir. Welche Siesta! Das war ein Ausruhen!

Sie war eine wirklich wunderbare Frau, ein wenig Bestie, aber ein Wunder! Ihre Augen brannten von unaufhörlicher Leidenschaft; ihr halboffener Mund, ihre spitzen Zähne, ja sogar ihr Lächeln hatten tierisch wilde Sinnlichkeit. Sonderbare Brüste, überlang und aufrecht, spitz wie zwei Birnen von Fleisch und elastisch, als trügen sie Stahlfedern in sich, gaben ihrem Körper etwas Animalisches, machten aus ihr ein untermenschliches, aber doch köstliches Geschöpf, ein zu Liebestollheiten wie geborenes Wesen. Alles an ihr weckte in mir Gedanken an die lüsternfrechen Götter der Antike, die unter freiem Himmel ihr freiestes Liebesspiel trieben.

Niemals hat eine Frau unersättlichere Begierden gehabt. Ihrer brünstigen Glut, dem Stöhnen ihrer Umarmung, dem Knirschen, Zucken, Beißen folgte meist tiefe todesähnliche Erschlaffung. Aber bald erwachte sie in meinen Armen wieder zu neuer Umarmung, zum Bersten schwer von Küssen.

Geistig war sie übrigens ein ganz einfaches Rechenexempel. Ein klangvolles Lachen ersetzte bei ihr das Denken.

In ihrem instinktiven Stolz auf ihre Schönheit verabscheute sie selbst die leichtesten Schleier; mit kecker, harmloser Schamlosigkeit lief und sprang sie durch mein Haus. Wenn sie endlich der Liebe satt war und müde vom Schreien und Laufen, schlief sie neben mir auf dem Diwan, fest und friedlich; die drückende Hitze entlockte ihrer braunen Haut winzige Schweißtröpfchen, und dann stieg von ihr, von den unter dem Kopf ruhenden Armen, aus den geheimsten Fältchen jener unbestimmbare Duft auf, der die Männer so reizt.

Manchmal, wenn ihr Mann, wer weiß wo, Dienst hatte, kam sie abends wieder. Wir lagen dann auf dem Boden, kaum verhüllt von den wallenden, feinen, orientalischen Stoffen.

Wenn der leuchtende Tropenvollmond hoch am Himmel stand und die Stadt und den von Bergen rund umrahmten Golf mit hellem Licht überschüttete, sahen wir rings auf den andern Terrassen gleichsam eine Armee schweigender Gespenster ausgestreckt, die sich zuweilen erhoben, den Platz wechselten und dann unter der matten Wärme des stillen Himmels weiterschliefen.

Trotz der Helle der afrikanischen Abende bestand Marocca darauf, nackt im Mondschein zu wandeln; es kümmerte sie nicht, daß man sie sah, und oft ließ sie trotz meiner Angst und meiner Bitten lange zitternde Schreie durch die Nacht klingen, denen die Hunde in der Ferne heulend antworteten.

Als ich eines Abends unter dem weiten sternenübersäten Himmel schlummerte, kam sie, kniete auf meinen Teppich nieder, näherte ihre breit aufgeworfenen Lippen meinem Munde und sagte:

»Komm zu mir nach Hause schlafen!«

Ich verstand nicht: »Was, zu dir?«

»Ja, wenn mein Mann fort ist, kannst du an seiner Stelle bei mir schlafen.«

Ich mußte lachen.

»Aber warum denn, du kommst ja doch hierher?«

Sie antwortete in meinen Mund hinein und blies mir dabei ihren heißen Atem in die Kehle und feuchtete meinen Schnurrbart mit ihrem Hauch: »Mir eine Erinnerung schaffen!«

Und die Rs in dem Worte Erinnerung zogen sich lang und mit dem Grollen eines über Felsen fließenden Stromes hin.

Ich begriff nicht, was sie meinte. Sie legte die Arme um meinen Hals: »Wenn du nicht mehr da bist, werde ich daran denken. Und wenn ich meinen Mann umarme, wird es mir sein, als umarmte ich dich.«

Und die Rs rollten wie Donner.

Ich antwortete lebhaft belustigt:

»Du bist verrückt. Ich bleibe lieber bei mir!« Rendezvous unter einem ehelichen Dach mag ich nicht; es sind Fallen, in denen man Dumme fängt. Aber sie bat wieder, flehte, weinte sogar und sagte dann: »Du wirst sehen, wie ich dich lieben werde.«

Ihr Wunsch schien mir so sonderbar, daß ich ihn mir nicht erklären konnte; dann dachte ich darüber nach und glaubte irgendeinen tiefen Haß gegen ihren Mann herauszufinden, eine geheime Frauenrache, die den verabscheuten Mann mit Wonne betrügt und ihn sogar in seinem Hause, in seinem Bett, zwischen seinen Laken betrügen will.

Ich fragte: »Ist dein Mann sehr schlecht gegen dich?«

Sie sah ärgerlich aus: »Nein, nein, sehr gut.«

»Aber du liebst ihn doch nicht, was?«

Sie sah mich mit großen, erstaunten Augen an.

»Im Gegenteil, ich liebe ihn sehr, fast so sehr wie dich, mein Herrrz.«

Ich begriff nichts mehr, aber während ich noch überlegte, drückte sie mir einen der Küsse, deren Macht sie kannte, auf den Mund und hauchte: »Wirrrst du kommen, ja?«

Ich widerstand. Da zog sie sich rasch an und ging.

Acht volle Tage zeigte sie sich nicht. Am neunten Tage erschien sie wieder. Sie blieb ernst auf der Schwelle meines Zimmers stehen und fragte: »Kommst du heute abend zu mir? Wenn du nicht kommst, gehe ich wieder.«

Acht Tage sind eine lange Zeit, lieber Freund, und in Afrika sind acht Tage wie ein Monat. Ich schrie: »Ja« und öffnete die Arme.

Sie warf sich hinein.

Nachts erwartete sie mich in einer Nachbarstraße und führte mich.

Sie und ihr Mann wohnten in einem kleinen Hause, ganz nah beim Hafen. Ich mußte zuerst durch eine Küche, die gleichzeitig als Speisezimmer diente, und betrat dann ein sauber geweißtes Zimmer mit Fotografien von Verwandten an den Wänden und Papierblumen unter Glasstürzen. Marocca war ganz närrisch vor Freude; sie sprang herum und rief:

»Du bist bei mir, du bist zu Hause.«

Ich benahm mich wirklich wie bei mir zu Hause.

Etwas geniert fühlte ich mich, offen gestanden, auch ein bißchen unruhig. Aber als ich zögerte, in der fremden Wohnung gewisse Kleidungsstücke abzulegen, ohne die ein Mann, wenn er überrascht wird, linkisch und lächerlich ohnmächtig ist, riß sie sie mir mit Gewalt herunter und trug sie mit meinen anderen Sachen ins Nebenzimmer.

Allmählich gewann ich meine Sicherheit wieder und bewies sie ihr so, daß wir nach zwei Stunden noch nicht an Schlaf dachten.

Da ließen uns heftige Schläge gegen die Tür erzittern. Eine kräftige Männerstimme rief:

»Marocca! Ich bin's!«

Sie fuhr mit einem Ruck in die Höhe: »Mein Mann! Rasch, versteck dich unters Bett.« Ich suchte bestürzt nach meiner Hose; aber sie stieß mich fort und keuchte: »Geh doch schon, geh.«

Ich legte mich platt auf den Boden und kroch ohne Murren unter dasselbe Bett, in dem ich mich so wohl gefühlt hatte.

Darauf ging sie in die Küche. Ich hörte sie einen Schrank öffnen und wieder schließen, dann kam sie mit einem Gegenstand wieder, den ich nicht erkennen konnte und legte ihn rasch irgendwohin. Als ihr Mann ungeduldig wurde, antwortete sie mit fester, ruhiger Stimme: »Ich finde die Zündhölzer nicht«; dann plötzlich: »Ach, da sind sie ja –, ich mach' schon auf.« Sie öffnete die Tür. Der Mann trat ein. Ich sah nur seine Füße, riesige Füße. Wenn das übrige im richtigen Verhältnis dazu stand, mußte er ein Koloß sein.

Ich hörte Küsse, einen Schlag auf nacktes Fleisch, ein Lachen; dann sagte er mit Marseiller Akzent: »Ich hatte meine Börse vergessen. Deshalb mußte ich wiederkommen. Dachte, du schläfst fest.« Er ging zur Kommode und suchte lange; Marocca hatte sich wie ermüdet aufs Bett gestreckt, er trat auf sie zu und wollte wahrscheinlich zärtlich werden, denn sie überschüttete ihn ärgerlich mit einem Schwall von Worten, in denen sehr viele Rs vorkamen, eine ganze Kartätsche wütender Rs.

Seine Füße waren mir so nah, daß eine tolle, dumme, unerklärliche Lust mich ergriff, sie ganz leise zu berühren. Ich überwand mich aber.

Er erreichte bei ihr nicht, was er wollte, und wurde ärgerlich: »Was bist du für ein Ekel heute«, sagte er. Dann faßte er einen Entschluß. »Adieu, Kleine.« Wieder erscholl ein Kuß; dann wendeten sich die großen Füße, ließen mich im Fortgehen ihre Nägel sehen und gingen ins Nebenzimmer. Die Tür zur Straße schloß sich.

Ich war gerettet.

Ich kam langsam, demütig und kläglich aus meinem Versteck heraus, und während Marocca, die ganz nackt war, mich lachend und händeklatschend umtanzte, ließ ich mich schwer auf einen Stuhl fallen. Aber ich sprang gleich wieder auf; ich hatte mich auf etwas Kaltes gesetzt, und da ich ebensowenig anhatte wie meine Mitschuldige, war mir diese Berührung unangenehm. Ich drehte mich um.

Ich hatte mich auf eine kleine Axt gesetzt, die scharf wie ein Messer war. Wie kam die Axt hierher! Bei meinem Kommen hatte ich sie nicht bemerkt.

Marocca schüttelte sich vor Lachen, schrie und prustete und hielt sich den Bauch mit beiden Händen.

Ich fand ihre Freude recht übel angebracht. Wir hatten unser Leben ganz töricht aufs Spiel gesetzt. Mich überlief's noch ganz kalt. Dies tolle Lachen verletzte mich.

»Wenn dein Mann mich nun gesehen hätte?« fragte ich sie.

»Keine Gefahr«, antwortete sie.

»Was? Keine Gefahr! Du bist einzig! Er hätte sich nur zu bücken brauchen.«

Sie lachte nicht mehr; sie lächelte mich nur mit ihren großen Augen an, in denen schon wieder neue Begierden keimten.

»Er hätte sich nicht gebückt.«

Ich widersprach: »Wenn er zum Beispiel seinen Hut fallen gelassen und aufgehoben hätte... hübsch hätte ich ausgesehen in dem Kostüm.«

Sie legte ihre runden starken Arme um meine Schultern, und den Ton dämpfend, wie sie es immer tat, wenn sie ihr »Ich liebe dich!« sagte, flüsterte sie: »Dann hätte er sich nicht wieder aufgerichtet.«

Ich verstand sie nicht.

»Wieso denn?«

Sie zwinkerte schalkhaft und wies mit der Hand auf den Stuhl, auf dem ich gesessen hatte; ihr ausgestreckter Finger, die Falte ihrer Wange, ihre halboffenen Lippen, ihre spitzen, weißen und grausamen Zähne, alles wies auf die kleine Axt, deren scharfe Schneide funkelte. Sie machte eine Bewegung, als wolle sie nach ihr greifen; dann preßte sie, während sie mich mit ihrem linken Arm fest an sich zog, ihre Hüfte an meine und machte mit dem rechten Arm die Bewegung, mit der man einen knienden Mann enthauptet...!

Also, lieber Freund, solche Begriffe hat man hier von ehelichen Pflichten, Liebe und Gastfreundschaft.

Henri de Toulouse-Lautrec
Fräulein Lucie Bellanger
Bleistift auf rahmfarbigem Papier

Eine Witwe

Es war auf Schloß Banneville zur Zeit der Jagden. Aber das Wetter war naß und trübe. Statt geschwätzig unter den Schritten zu rascheln, faulte das rote Herbstlaub in den tief ausgefahrenen Wagengleisen, und immer wieder prasselten schwere Regengüsse darauf nieder. Der Wald stand fast völlig entlaubt. Die Luft war dampfig wie in einer Badstube. Unter den hohen, regengepeitschten Bäumen schlug den Jägern Modergeruch entgegen, ein Dunst aus Regen, durchfeuchtetem Gras und aufgeweichter Erde. Und es goß noch immer wie aus Kannen. Die Männer stapften geduckt durch die Sintflut. Die Hunde klemmten den Schwanz ein; ihr Haar klebte an den Flanken. Den jungen Jägerinnen saßen ihre durchgeregneten Kleider wie angeklebt auf dem Leibe. Müde und verdrossen fand man sich abends wieder im Schlosse ein.

Nach dem Essen versammelte sich die Gesellschaft im großen Saal. An den geschlossenen Fensterläden rüttelte der Sturm. Auf dem Dach kreischten die rostigen Wetterfahnen. Man griff zum Lotto; aber niemand war bei der Sache. Da schlug jemand vor, Geschichten zu erzählen, wie es immer so hübsch in Büchern steht; aber keinem fiel etwas Rechtes ein. Die Männer kamen nicht von ihrem Jägerlatein los und prahlten von gewaltigen Hasenjagden. Und die Frauen zermarterten ihren Kopf umsonst; keine hatte Anlagen zu einer Scheherazade.

Schon wollte man es aufgeben, als der Blick einer der jungen Frauen beim gedankenlosen Spiel mit der Hand ihrer alten unverheirateten Tante auf einen kleinen, mit blondem Haar umlegten Fingerring fiel. Sie hatte ihn schon oft bemerkt, aber nie etwas Besonderes dabei gedacht.

Jetzt drehte sie ihn sacht am Finger und fragte: »Sag, Tante, was ist das für ein Ring? Er sieht aus wie Haar von einem Kinde ...«

Die Tante wurde abwechselnd rot und bleich. Dann sprach sie: »Oh, das ist eine traurige Geschichte, so traurig, daß ich nie davon rede. Mit dem Ring fing das Unglück meines ganzen Lebens an. Ich war damals blutjung; aber die Erinnerung tut mir so weh, daß mich noch heute das Weinen überwältigt, wenn ich daran denke.«

Nun waren alle gespannt, ihre Geschichte zu hören. Lange sträubte sie sich; aber schließlich gab sie dem Drängen nach:

»Ich habe oft von der Familie Santèze erzählt. Die Familie ist erloschen, aber ich habe die drei letzten männlichen Vertreter noch gekannt. Alle drei sind auf die gleiche Art aus dem Leben geschieden. Hier, diese Locke ist vom letzten Santèze. Er war dreizehn Jahre, als er sich das Leben nahm, meinetwegen.

Das ist seltsam, nicht wahr?

Oh! Es waren sonderbare Menschen, Narren, wenn man will, aber liebenswürdige Narren, Narren der Liebe! Alle, vom Vater auf den Sohn, waren leidenschaftlich und draufgängerisch bis zum Exzeß, fanatisch bis zum Verbrechen. Das lag ihnen im Blut, wie anderen bigotte Frömmigkeit. Nun sind Trappisten und Männer von Welt himmelweit verschieden. Und so war in der ganzen Verwandtschaft sprichwörtlich: ›Er ist verliebt wie ein Santèze.‹ Man brauchte sie nur anzusehen und wußte, woran man war. Alle hatten welliges Haar, das tief in die Stirn hing, einen lockigen Bart und große, große Augen. Ihr strahlender Blick durchbohrte jeden und machte ihn unsicher, ohne daß er wußte, warum.

Der Großvater desjenigen, von dem ich diese Locke als einziges Andenken bewahre, wurde nach abenteuerlichem Leben, nach Zweikämpfen und Frauenentführungen kurz vor seinem fünfundsechzigsten Jahre von leidenschaftlicher Neigung zur Tochter seines Gutspächters ergriffen. Ich habe beide gekannt. Sie war blond, vornehm blaß, sprach langsam, mit weicher Stimme, und hatte Augen, so sanft, daß man sie für eine Madonna halten konnte. Der alternde Herr nahm sie zu sich und war bald so vernarrt, daß er nicht eine Minute ohne sie sein konnte. Tochter und Schwiegertochter, die bei ihm im Schlosse wohnten, fanden das durchaus natürlich, so sehr gehörte die Liebe zur Tradition des Hauses. In Dingen der Leidenschaft waren sie an alles gewöhnt, und wenn man von unglücklicher Neigung sprach, von Liebenden und ihrer Trennung, sogar von Rache nach betrogener Liebe, sagten beide mit gleich mitleidigem Ton: ›Oh! Was muß er (oder sie) durchgemacht haben, daß es soweit kommen mußte!‹ Kein

Wort weiter. Bei Herzensdramen kannten sie weiter nichts als Mitleid. Sie brachen nie über jemand den Stab, und wenn sein Verhalten ans Verbrecherische grenzte.

Nun hatte man einmal im Herbst einen jungen Mann, Monsieur de Gradelle, zur Jagd eingeladen, und dieser entführte das Mädchen.

Monsieur de Santèze blieb ruhig, wie wenn nichts geschehen wäre. Aber eines Morgens fand man ihn im Hundezwinger; mitten unter seinen Hunden hatte er sich erhängt.

Sein Sohn fand achtzehnhunderteinundvierzig auf einer Reise in einem Hotel zu Paris den gleichen Tod, weil ihn eine Opernsängerin betrogen hatte.

Er hinterließ einen zwölfjährigen Knaben und eine Witwe, die Schwester meiner Mutter. Sie kam mit dem Kleinen zu meinem Vater auf unsern Besitz Bertillon. Ich war damals siebzehn Jahre alt.

Sie können sich gar nicht vorstellen, was für ein erstaunlich frühreifes Kind der kleine Santèze war. Man möchte sagen, daß sich alle Zärtlichkeit und alle Verstiegenheit seines Geschlechtes in diesem, dem letzten, vereinigte. Immer lief er in Träume versunken für sich allein umher. Stundenlang ging er in einer großen Allee von Ulmen, die vom Schloß zum Walde führte, auf und ab. Ich konnte den schwärmenden Jungen von meinem Fenster aus sehen. Ernsthaft schritt er dahin, hatte die Hände auf dem Rücken und den Kopf vorgeneigt, und manchmal blieb er stehen und hob die Augen zum Himmel, wie wenn er in dem Augenblick Dinge sähe, begriffe und empfände, die weit über sein Alter gingen.

Nach dem Abendessen sagte er an schönen Abenden oft zu mir: ›Komm, Kusine, wir wollen zusammen träumen...‹ Und dann gingen wir in den Park. Vor einer Lichtung, in der weißer Nebel brodelte wie Watte, mit der der Mond solche Waldwiesen schmückt, blieb er stehen, drückte meine Hand und sagte: ›Sieh nur, sieh nur dort! – Aber du verstehst mich nicht, das fühle ich. Wenn du mich verstündest, würden wir glücklich sein. Wer nicht liebt, kann das nicht verstehen!‹ Ich lachte und küßte ihn, diesen Jungen, der so sterblich in mich verliebt war.

Oft setzte er sich nach dem Essen bei meiner Mutter auf den Schoß und sagte: ›Bitte, Tante, erzähle uns Liebesgeschichten.‹ Und ohne sich viel dabei zu denken, erzählte meine Mutter alles, was in der Familie überliefert wurde, alle die Abenteuer heißer Leidenschaft von seinen Vorfahren. Tausende waren im Schwang, wahre und erfundene. Der Ruf, in dem sie einmal standen, hat alle diese Männer ins Unglück gestürzt. Er stieg ihnen zu Kopf, und sie betrachteten es als einen Ruhm, den Ruf ihres Geschlechts nicht Lügen zu strafen.

Der Kleine geriet bei dem Erzählen in höchste Erregung, mochten die Geschichten zärtlich sein oder grausam. Manchmal schlug er die Hände zusammen und rief: ›Ich, ich kann auch lieben, und besser als sie alle zusammen.‹

Schüchtern und rührend aufmerksam machte er mir den Hof. Alle lachten, so ergötzlich war das. Jeden Morgen bekam ich Blumen, die er für mich gepflückt, und jeden Abend küßte er mir die Hand, ehe er in sein Zimmer hinaufging, und flüsterte: ›Ich liebe dich!‹

Ich habe unrecht gehandelt, sehr unrecht, und weine noch heute darüber und büße mein ganzes Leben lang. Ich bin ein altes Mädchen geworden, oder nein, eine bräutliche Witwe, seine Witwe. Die kindliche Verehrung des Jungen machte mir Vergnügen, ich bestärkte sie sogar. Ich kokettierte, ich reizte ihn zärtlich und wohlbedacht, wie einen Erwachsenen. Ich machte das Kind närrisch. Für mich war es ein tändelndes Spiel, und seine Mutter und meine Mutter hatten ihren Spaß daran. Er war zwölf Jahre! Bedenken Sie, wer hätte jemals diese Neigung eines Knaben ernst genommen! Ich küßte ihn, soviel er wollte. Ich schickte ihm sogar Liebesbriefe, die selbstverständlich unsere Mütter gelesen hatten, und er schrieb mir Antwortbriefe. Es waren feurige Briefe; ich habe sie heute noch. Er glaubte, niemand kenne unser Einvernehmen, und fühlte sich ganz als Mann. Wir alle hatten vergessen, daß er ein Santèze war.

Das dauerte etwa ein Jahr. Da warf er sich eines Abends im Park vor mir auf die Knie, küßte voller Leidenschaft den Saum meines Kleides und sagte: ›Ich liebe dich, ich liebe dich und könnte deinetwegen sterben. Wenn du mich jemals enttäuschst, hörst du, wenn du mich wegen eines andern verläßt, mache ich's genau wie mein Vater . . .‹ Und so ernst, daß es mich erschauern ließ, fügte er hinzu: ›Du weißt, was er getan hat!‹ Ich war erschüttert. Da stand er auf, hob sich auf die Zehenspitzen, um bis an mein Ohr zu kommen, denn ich war größer als er, und flüsterte meinen Namen, meinen Vornamen Geneviève so süß, so wohlklingend, so liebevoll, daß es mir bis ins innerste Herz drang.

Ich brachte nichts weiter hervor als: ›Komm, laß uns hineingehen!‹ Er war still und kam mir nach; aber als wir die untersten Stufen der Terrasse hinaufstiegen, hielt er noch einmal an und sagte: ›Also du weißt, wenn du mich verläßt, töte ich mich!‹

Jetzt sah ich, daß ich viel zuweit gegangen war und wurde zurückhaltend. Als er mir eines Tages darüber Vorwürfe machte, gab ich ihm zur Antwort: ›Du bist nun zu alt für solche Scherze und noch zu jung für eine ernsthafte Liebe. Ich warte.‹

So glaubte ich ihn abzulenken.

Im Herbst brachte man ihn in ein Schulpensionat. Als er im Sommer in die Ferien kam, hatte ich mich verlobt. Er merkte es sofort. Acht Tage lang ging er so nachdenklich umher, daß ich äußerst beunruhigt war.

Am neunten sah ich frühmorgens, als ich aufstand, ein kleines Blatt Papier, das unter meiner Tür hindurchgeschoben war. Ich hob es auf, entfaltete es und las: ›Du hast mich verlassen, und du weißt, was ich gesagt habe. Du hast mich in den Tod geschickt. Ich will nicht, daß mich ein anderer findet. Komm in den Park, an die Stelle, wo ich dir vor einem Jahr gesagt habe, daß ich dich liebe, und sieh hinauf nach dem Himmel!‹

Mir war, wie wenn ich den Verstand verlieren sollte. Ich warf mein Kleid über, so schnell ich konnte, und lief, kaum daß meine Füße mich trugen, nach dem angegebenen Ort. Da lag seine kleine Schülermütze im Schmutz. Es hatte die ganze Nacht geregnet. Ich blickte in die Höhe. Zwischen dem Laub schwankte etwas hin und her; denn es war sehr windig.

Was ich weiter getan habe, weiß ich nicht mehr. Ich muß aufgeschrien haben, muß ohnmächtig geworden und umgesunken, aber dann nach dem Schloß gelaufen sein. Als ich wieder zu Verstand kam, lag ich im Bett, am Kopfende saß meine Mutter.

Ich glaubte, schrecklich geträumt zu haben, und stammelte: ›Was ist – was ist mit Gontran . . . ?‹ Ich bekam keine Antwort, also war es Wirklichkeit.

Es war mir unmöglich, ihn noch einmal anzusehen. Aber ich erbat mir eine Locke von seinem blonden Haar. Hier . . . hier . . . ist sie . . .« Und die alte Dame streckte uns zitternd mit müder Geste ihre Hand hin.

Dann fuhr sie ein paarmal mit dem Taschentuch übers Gesicht, trocknete sich die Augen und fuhr fort: »Ich habe meine Verlobung gelöst... ohne zu sagen warum... und ich bin... bin immer die Witwe dieses dreizehnjährigen Kindes geblieben.« Dann sank ihr Haupt auf die Brust, und lange weinte sie still vor sich hin.

Als sich die Gäste zum Schlaf auf ihre Zimmer zurückzogen, raunte ein derber Weidmann, dessen Jägerherz nicht ungerührt geblieben war, seinem Nachbarn ins Ohr: »Ist das nicht ein Jammer, wenn Menschen in dem Punkt sich alles so zu Herzen nehmen?«

Pierre-Auguste Renoir
Badende
Bleistiftzeichnung

Toll?

Bin ich toll? Oder nur eifersüchtig? Ich weiß nicht. Aber eins weiß ich, daß ich entsetzlich gelitten habe. Ich habe in meiner Raserei eine wahnsinnige Tat vollbracht, das steht fest. Aber ist nicht die keuchende Eifersucht, die leidenschaftliche Liebe, die verraten wird, der grauenvolle Schmerz, den man leidet, ist das alles nicht schon genug, uns zum Verbrechen, zur Wahnsinnshandlung zu treiben, ohne daß wir eigentlich dem Gefühl oder dem Willen nach Verbrecher sind?

Ach, ich habe gelitten, gelitten... unausgesetzt bitterste, entsetzlichste Qualen gelitten! Ich habe diese Frau... bis zur Tollheit geliebt... Und doch, ist es möglich? Habe ich sie wirklich geliebt? Nein, nein, nein, unmöglich! Sie hat mich besessen, meinen Leib und meine Seele in Ketten und Banden geschlagen. Ich bin nichts weiter als ihr Spielzeug gewesen. Ich hänge am Lächeln ihres Mundes, an ihrem Blick, an den Linien ihres Körpers, den Zügen ihres Gesichtes; ich keuche unter der Herrschaft ihrer äußeren Erscheinung; aber sie selber, die Frau, die alles das besitzt, ihr inneres Wesen hasse ich, verachte und verabscheue ich, wie ich es im Grunde immer gehaßt, verachtet und verabscheut habe; denn sie ist ein gemeines, tierisches, unreines, schmutziges Wesen; sie ist das Weib der Verdammnis, das sinnliche und falsche Tier ohne Seele, das nie ein frischer und belebender Gedanke durchströmt; sie ist der Tiermensch und weniger als das: ist nur ein weiblicher Schoß, ein wunderbar süßes, gerundetes Hüftenpaar, das die Gemeinheit beherbergt.

Die ersten Zeiten unserer Liebschaft waren seltsam und köstlich zugleich. In ihren stets offenen Armen erschöpfte ich mich in nicht zu befriedigender Liebesraserei. Es war, als ob ihre Augen mir Durst machten; immer erschloß sich vor ihnen mein Mund. Um Mittag waren sie grau, gegen Abend von grünlichem Schimmer, und in der Morgenfrühe waren sie blau. Ich bin nicht toll: Ich schwöre, sie hatten dreierlei Farben.

In den Liebesstunden waren sie blau und die flackernden

Pupillen übermäßig groß. Ihre Lippen, durch die immer ein leises Zittern ging, öffneten sich manchmal, um die feuchte, rosige Zungenspitze schlangenhaft hervorzüngeln zu lassen, ihre schweren Wimpern hoben sich langsam und enthüllten den demütig erglühenden Blick, der mich toll machte.

Wenn ich sie in meine Arme schloß und ihr ins Auge sah, zitterte ich ebensosehr vor Lust, dies Tier zu töten, wie vor dem unabweisbaren Wunsch nach unaufhörlichem Besitz.

Wenn sie durch mein Zimmer ging, erzeugte das Geräusch jedes ihrer Schritte eine tiefe Erregung in meinem Herzen; wenn sie sich auszog, ihr Kleid fallen ließ und in strahlender Gemeinheit ihren duftigen Unterkleidern entschlüpfte, die knisternd und zerknittert an ihr heruntterglitten, fühlte ich in allen Gliedern, in der atemlosen Brust eine unwiderstehliche Schwäche.

Eines Tages merkte ich, daß sie meiner müde war. Ich las es beim Erwachen in ihrem Auge. Von da an wartete ich jeden Morgen, über sie gebeugt, auf diesen ersten Blick. Ich wartete voll Wut, Haß und Verachtung gegen die schlummernde Bestie, deren Sklave ich war. Aber dann ging ihr Blick auf, unter den Lidern quoll das blasse, durchsichtige Blau ihrer Augen hervor, noch schmachtend, müde und matt von den eben getauschten Liebkosungen – und schon loderte in meinem Innern wieder eine Flamme, die mich versengte und neu entfachte. An jenem Tage aber sah ich, als sie die Wimpern hob, wie ihr Blick gleichgültig, trüb und wunschlos geworden war.

Ja, ich sah es, wußte es, fühlte es und begriff. Es war aus, aus für immer. Und den Beweis davon gab sie mir zu jeder Stunde, zu jeder Sekunde.

Wenn ich sie umarmen und küssen wollte, kehrte sie sich gelangweilt um und murmelte: »Laß doch!« oder: »Du bist unausstehlich!« oder: »Kannst du mich denn nie in Ruhe lassen!«

Ich wurde eifersüchtig, eifersüchtig wie ein Hund, listig, argwöhnisch und gleisnerisch. Ich wußte wohl, daß sie bald wieder anfangen würde, aber dann kam ein anderer an die Reihe, um ihre Sinne zu entflammen.

Ich wurde eifersüchtig bis zum Wahnsinn; aber ich bin nicht toll, gewiß nicht.

Ich wartete ab. Ich lag auf der Lauer. Sie wäre nicht imstande gewesen, mich zu betrügen. Aber sie blieb kalt und schläfrig.

Manchmal sagte sie: »Die Männer ekeln mich.« Und es war auch so.

Da wurde ich auf sie selber eifersüchtig, auf ihre Gleichgültigkeit, die Einsamkeit ihrer Nächte, ihre Gebärden, ihre Gedanken, die ich stets für gemein hielt; eifersüchtig auf all das, was ich vermutete. Wenn sie manchmal beim Erwachen den weichen Blick von früher hatte, als sei irgendeine neue Begierde in ihrer Seele gewesen und hätte ihre böse Lust angestachelt, hätte ich vor Zorn und Empörung ersticken, ihr auf die Brust knien, sie würgen mögen, nur um die schändlichen Geheimnisse ihres Herzens zu erpressen.

Bin ich toll? – Nein.

Eines Abends fühlte ich, daß sie wieder glücklich war. Eine neue Leidenschaft lebte in ihr. Darüber gab es keinen Zweifel. Sie hatte wieder das Beben und Zucken wie einst nach meinen Umarmungen, ihr Auge flackerte, ihre Hände waren heiß, sie strömte wieder – all ihre Nerven waren in Schwingung – den üppigen Liebesduft aus, der mich so närrisch verliebt gemacht hatte.

Ich tat, als ob ich die Veränderung nicht gewahr würde. Meine Aufmerksamkeit umfing sie wie ein Netz, ich machte aber keine Entdeckung.

Ich wartete eine Woche, einen Monat, den ganzen Sommer. Sie entfaltete sich und blühte auf unter dem Einfluß einer unbegreiflichen, inneren Wärme: Sie gab sich zufrieden und wiegte sich im Glücksgefühl einer für mich unfaßlichen Liebe.

Plötzlich kam ich dahinter! Ich bin nicht toll. Ich beschwöre es, ich bin nicht toll.

Doch wie soll ich es sagen? Wie soll ich mich verständlich machen? Wie soll ich das Abscheuliche, Unbegreifliche ausdrücken?

Ich will erzählen, wie ich darauf kam. Eines Abends, ich sage Ihnen, eines Abends kam sie von einem langen Spazierritt zurück, mit geröteten Wangen, hochatmender Brust, wankenden Knien und schwarzumränderten Augen und sank vor mir auf einen Schemel nieder. Ich kannte das. Sie liebte. Ich konnte mich nicht mehr täuschen.

Ich verlor den Kopf, und um sie nicht ansehen zu müssen, ging ich ans Fenster und sah, wie der Reitknecht ihr großes, sich bäumendes Pferd am Zügel in den Stall führte.

Auch sie folgte mit ihrem Blick dem feurig steigenden Tier. Als es ihren Augen entschwunden war, verfiel sie plötzlich in tiefen Schlaf.

Die ganze Nacht grübelte ich; und ich glaubte Geheimnisse zu durchdringen, die ich nie vermutet hätte. Wer wird die Entartungen der weiblichen Sinnlichkeit ergründen? Wer je ihre unmöglich scheinenden Launen und ihre seltsame Art, seltsamste Gelüste zu befriedigen, begreifen?

Jeden Morgen ritt sie bei Sonnenaufgang im Galopp durch Flur und Wald, und jedesmal kam sie entkräftet und erschlafft wie von einer tollen Liebesnacht zurück.

Ich begriff und war von nun an auf das nervige, galoppierende Pferd eifersüchtig, eifersüchtig auf den Wind, der ihr die Wange streichelte, wenn sie in tollem Lauf dahinraste, eifersüchtig auf die Blätter, die ihr im Vorübersausen die Ohren streiften, auf die Lichttropfen, die ihr durchs Laubwerk auf die Stirn fielen; eifersüchtig auf den Sattel, der sie trug und den sie mit ihrem Schenkel drückte.

Denn all das war es, was sie glücklich machte, was sie reizte, befriedigte, erschöpfte und sie mir unempfindlich, ja fast ohnmächtig zurückbrachte.

Ich faßte den Entschluß, mich zu rächen. Ich war freundlich und voller Aufmerksamkeit für sie. Ich hielt ihr die Hand, wenn sie nach ihren zügellosen Ritten vom Pferde sprang. Das wilde Tier schlug nach mir; sie aber streichelte ihm den Hals, den es ihr zubog, küßte es auf die zitternden Nüstern, ohne sich danach die Lippen zu wischen; und der Duft ihres Körpers, der wie nach der Erschlaffung im Bett leicht in Schweiß war, mischte sich mit dem scharfen, beizenden Dunst des Pferdes.

Ich wartete meinen Tag und meine Stunde ab. Jeden Morgen ritt sie denselben Weg durch einen kleinen Birkenhain ins Bois de Boulogne.

Ich verließ vor Sonnenaufgang, einen Strick in der Hand und meine Pistolen in der Rocktasche, das Haus, als ob ich zu einem Zweikampf ginge.

Ich eilte dem Weg zu, den sie bevorzugte; spannte den Strick zwischen zwei Bäume und verbarg mich im Gebüsch.

Ich legte mich mit dem Ohr auf den Boden und hörte den fernen Galopp und sah sie weit aus dem unendlichen Gewölbe des grünen Laubwerks in schärfster Gangart herankommen.

Nein, ich hatte mich nicht getäuscht. Das war es! Sie schien außer sich vor Freude, ihre Wangen glühten, und in ihrem Blick lag ausgelassene, tolle, wahnsinnige Lust; der rasende Lauf ihres Pferdes ließ ihre Nerven in einsam genossenem, heißem Sinnenrausch beben.

Das Pferd stieß gegen den Fallstrick, stürzte und brach sich beide Vorderbeine. Sie aber fing ich in meinen Armen auf – ich wäre stark genug gewesen, einen Ochsen zu tragen – und, nachdem ich sie auf den Boden gesetzt hatte, näherte ich mich *ihm*, der uns ansah, und während er versuchte, mich zu beißen, hielt ich ihm die Pistole dicht ans Ohr und... tötete ihn... wie einen Mann.

Dann brach ich selber zusammen; zwei Hiebe mit der Reitgerte zerschlugen mir das Gesicht. Als sie sich von neuem auf mich stürzte, schoß ich ihr meine zweite Kugel in den Leib.

Sagen Sie, bin ich wirklich toll?

Pierre-Auguste Renoir
Ruhende Frau
Bleistiftzeichnung

Eingerostet

Er hatte sein ganzes Leben lang nur eine einzige unstillbare Leidenschaft: die Jagd. Er jagte alle Tage, von früh bis spät, in einer Art wilder Wollust. Er jagte im Winter wie im Sommer, im Frühling wie im Herbst, und wenn das Gesetz die Jagd in Wald und Flur verbot, dann jagte er im Sumpf. Er ging auf die Schußjagd, auf die Parforcejagd, mit dem Hühnerhund oder mit dem Jagdhund, ging auf den Anstand, auf die Bockjagd, oder trieb mit dem Frettchen wilde Kaninchen aus ihrem Bau vor den Schuß oder ins Netz. Er sprach von nichts anderem als von der Jagd, er träumte von der Jagd und meinte immer wieder: »Wie unglücklich müssen die Menschen sein, die keinen Geschmack am Jagen haben.«

Er war volle fünfzig Jahre alt, gesund und frisch, wenn er auch eine Glatze hatte, ein wenig dick, aber kräftig. Unter dem Schnurrbart war er immer glattrasiert, um Lippen und Mund für das Jagdhorn frei zu halten. Die Leute nannten ihn in weitem Umkreis nur mit seinem Vornamen: ›Monsieur Hector.‹ Er hieß Baron Hector Guntram de Coutelier und wohnte mitten im Walde auf einem kleinen Rittergut, das er geerbt hatte. Obwohl er den ganzen Adel seiner Provinz kannte und mit seinen männlichen Vertretern häufig auf den Jagdsammelplätzen zusammentraf, besuchte er doch eigentlich nur *eine* Familie beständig: die der Courville, die sehr liebenswürdige Nachbarn und seit Jahrhunderten mit seinem Geschlechte verbunden waren.

In dieser Familie wurde er gehegt und gepflegt, geliebt und gehätschelt, und er beteuerte zu wiederholten Malen: »Wenn ich kein Jäger wäre, so möchte ich wahrhaftig immer bei euch bleiben.« Courville war von Kindheit an sein Freund und sein Gefährte. Als Landedelmann führte er mit seiner Frau, seiner Tochter und seinem Schwiegersohn, de Darnetot, der sich unter dem Vorwande geschichtlicher Studien einem süßen Nichtstun hingab, ein geruhsames Leben.

Baron de Coutelier ging oft zu seinen Freunden zu Tisch,

besonders, um ihnen seine Jagdabenteuer zu erzählen. Er kannte lange Geschichten von Hunden und Frettchen, von denen er mit einer Gewichtigkeit berichtete, als ob es sich um bedeutende und bekannte Persönlichkeiten handelte, mit denen er sehr intim war. Er enthüllte ihre geheimsten Gedanken und Pläne, zergliederte sie und erklärte sie etwa folgendermaßen: »Als Medor sah, daß ihn die Wachtel so herumtrieb, sagte er sich: ›Warte, mein Bürschchen, wer zuletzt lacht, lacht am besten.‹ Dann gab er mir mit dem Kopf ein Zeichen, ich solle mich an der Ecke des Kleefeldes aufstellen, und begann ihr dann von der Seite her unter lautem Gekläff nachzuspüren, indem er das Schilfgras durchstöberte und die Beute in einen Winkel trieb, aus dem sie nicht mehr entwischen konnte. Alles kam so, wie er es vorausgesehen hatte; die Wachtel flatterte plötzlich dem Waldrand zu. Sie konnte unmöglich weiter, wenn sie nicht alle Deckung verlieren wollte; Medor sagte sich: ›Aha, dich hätten wir, sapperlot!‹ und duckte sich. Dann blieb er stehen und sah mich an; ich gab ihm ein Zeichen, und er begann zu hetzen. – Prrr ... prrr ... die Wachtel fliegt auf – ich lege an – paff! – sie stürzt; und Medor, der sie apportiert, wedelt mit dem Schwanz, wie wenn er sagen wollte: ›Haben wir's wieder einmal fein gemacht, Monsieur Hector?‹«

Courville, Darnetot und die beiden Damen schlugen bisweilen bei solchen malerischen Schilderungen, in die der Baron seine ganze Seele legte, ein tolles Gelächter an, er aber ereiferte sich, fuchtelte mit den Armen und brauchte den ganzen Körper zu seinen lebhaften Gesten; und wenn er dann das Verenden des Wildes erzählte, verfiel er selber in ein gewaltiges Lachen und fragte immer zum Schlusse: »Das war doch wieder einmal famos, was?«

Sobald man von etwas anderem zu sprechen anfing, hörte er nicht mehr zu, sondern versuchte, ganz in sich selbst vertieft, allerlei Marschmelodien vor sich hinzuträllern, und sobald im Gespräche eine Pause entstand, hörte man denn auch plötzlich eine Jagdmelodie: ›Hussa-la-la-trara!‹ die der Baron mit vollen Backen blies, als stieße er ins Jagdhorn.

Er hatte nie für etwas anderes gelebt als für die Jagd und wurde dabei alt, ohne sich dessen zu versehen und es gewahr zu werden. Da, eines schönen Tages hatte er einen Anfall von Rheumatismus und mußte zwei Monate das Bett hüten. Er starb beinahe vor

Verdruß und Langeweile. Da er keine Wärterin hatte – er ließ die Küche durch einen alten Diener besorgen –, erhielt er weder warme Umschläge, noch genoß er die Aufmerksamkeit und zarte Sorgfalt, deren Kranke bedürfen. Sein Treiber war sein Krankenwärter, und dieser Schildknappe, der sich mindestens so langweilte wie sein Herr und Meister, schlief Tag und Nacht in einem Lehnsessel, während der Baron sich unter seinen Wolldecken grimmig ärgerte und fluchte.

Von Zeit zu Zeit besuchten ihn die Damen Courville, und das waren jedesmal für ihn Stunden der Ruhe und Behaglichkeit. Sie gaben ihm seine Arznei ein, schürten das Feuer, bedienten ihn liebevoll beim Frühstück, das sie ihm auf den Bettrand stellten; und wenn sie Abschied nahmen, rief er ihnen nach: »Sapperlot, Sie sollten eigentlich hierher wohnen kommen.« Und die beiden lachten aus vollem Herzen.

Als es ihm besser ging, so daß er die Jagd im Sumpf wiederaufnehmen konnte, kam er eines Abends zu seinen Freunden zu Tisch; aber seine frühere Lebhaftigkeit und Munterkeit war dahin. *Ein* Gedanke namentlich quälte ihn unablässig: die Furcht, daß er vor Eröffnung der Jagd von neuen Schmerzen befallen werden könnte. Als er sich verabschiedete und die Damen ihn in ein Tuch einwickelten und ihm einen Schal um den Hals banden, was er zum erstenmal in seinem Leben an sich geschehen ließ, sagte er trostlos vor sich hin: »Wenn die Geschichte noch einmal kommt, ist es aus mit mir.«

Als er sich entfernt hatte, sagte Madame de Darnetot zu ihrer Mutter: »Man sollte dem Baron eine Frau suchen.« Alle schlugen unwillkürlich die Hände hoch: »Warum hatte man eigentlich vorher nie daran gedacht?« Man hielt den ganzen Abend Umschau unter den Witwen der Bekanntschaft, und die Wahl fiel auf eine Dame von vierzig Jahren, die noch recht hübsch, ziemlich reich, gesund und fröhlicher Natur war und Berta Vilers hieß.

Man lud sie ein, einen Monat auf dem Schlosse zuzubringen. Da sie Langeweile hatte, kam sie gern. Sie war eine sehr bewegliche und muntere Dame; Monsieur de Coutelier gefiel ihr sofort. Sie unterhielt sich mit ihm wie mit einem lebenden Spielzeug und verbrachte ganze Stunden damit, ihn neckend über die Gefühle der Hasen und die Ränke der Füchse auszufragen. Gewichtig hielt er bei den verschiedenen Tieren die verschiedenen Ansichten auseinander und schrieb ihnen Pläne und scharfsinnige Vernunftschlüsse zu, ganz wie sie den Menschen eigen sind.

Die Aufmerksamkeit, die sie ihm schenkte, entzückte ihn, und eines Abends bat er sie, um ihr seine Hochachtung zu bezeigen, mit ihm auf die Jagd zu kommen, was er noch keiner Frau angeboten hätte. Die Einladung kam ihr so drollig vor, daß sie annahm. Und es war ein wahres Fest, als man sie ausrüstete; alle machten sich ein Vergnügen daraus, ihr irgendein Paradestück zu reichen, und schließlich war sie als Amazone herausgeputzt mit Stiefeln, Kniehosen, kurzem Rock, einer Samtjacke, die um den Hals herum etwas zu eng war, und einer Mütze, wie sie die Treiber tragen.

Der Baron schien erregt, wie wenn er seinen ersten Flintenschuß abzugeben hätte. Er erklärte ihr, bis in die kleinsten Einzelheiten, die Windrichtung, die verschiedenen Steharten der Hunde, die verschiedene Art und Weise, wie man das Wild schoß. Dann schob er sie vor sich hin in ein Feld hinein, indem er ihr Schritt für Schritt mit der ängstlichen Sorgsamkeit einer Amme folgte, die ihr Pflegekind zum erstenmal allein laufen läßt. Medor duckte sich und kroch, stand plötzlich und hob die Pfote. Der Baron zitterte hinter seinem Zögling wie Espenlaub und flüsterte ihr zu: »... Achtung ... Achtung, Reb-, Reb-, Rebhühner.«

Er hatte es kaum gesagt, als sich ein großes Geräusch vom Boden erhob – brrr – brr – brr, und ein Flug großer Vögel stieg unter dumpfem Flügelschlag in die Lüfte.

Madame Vilers schloß erschreckt beide Augen, gab zwei Schüsse ab und taumelte unter dem Rückstoß der Flinte einen Schritt zurück. Als sie ihre Kaltblütigkeit wiedergewonnen hatte, sah sie den Baron wie toll herumtanzen und Medor in seiner Schnauze zwei Rebhühner apportieren.

Von diesem Tage an war Monsieur de Coutelier in sie verliebt.

Unter bewunderndem Augenaufschlag sagte er oft: »Was für ein Weib!« Und nun kam er jeden Abend, um mit ihr über die Jagd zu plaudern. Als Courville ihn eines Tages heimbegleitete und Zeuge war, wie er vor Bewunderung seiner neuen Freundin fast außer sich geriet, unterbrach er ihn plötzlich mit der Frage: »Warum heiraten Sie sie nicht?« Der Baron stand überrascht still: »Ich? ich? heiraten? ... ja ... eigentlich ...«, und er schwieg. Dann drückte er seinem Gefährten eilig die Hand, sagte mit gedämpfter Stimme: »Auf Wiedersehen, lieber Freund«, und verschwand mit großen Schritten im Dunkel der Nacht.

Während dreier Tage blieb er fort. Als er wiedererschien, hatten ihn seine ernsten Überlegungen schon etwas blaß gemacht, und er war viel gesetzter als sonst. Bei der ersten Gelegenheit nahm er Courville beiseite und sagte zu ihm: »Sie haben da eine ausgezeichnete Idee gehabt; tun Sie das Ihrige, sie vorzubereiten; vielleicht erhört sie mich. Sapperlot! eine Frau wie *die* ist ja für mich wie geschaffen. Wir könnten das ganze Jahr zusammen auf die Jagd gehen.«

Courville, der sicher war, daß sein Freund keinen Korb erhalten würde, erwiderte: »Bringen Sie doch Ihre Werbung gleich an, mein Lieber; oder wollen Sie, daß ich es für Sie tue?« Der Baron geriet plötzlich in Verwirrung und brachte nur stammelnd und zögernd hervor: »Nein ... nein ... ich muß zuerst notwendig eine kleine Reise machen ... eine kleine Reise ... nach Paris. Sobald ich wieder zurück bin, will ich Ihnen meine endgültige Antwort geben.« Alle Versuche, weitere Aufklärungen von ihm zu erlangen, waren vergebens. Am folgenden Morgen reiste er ab.

Die Reise dauerte lange. Eine Woche, zwei Wochen verstrichen, drei Wochen, Monsieur de Coutelier kam nicht zurück. Die Courvilles waren höchlich erstaunt und beunruhigt und wußten nicht, was sie ihrer Freundin, die sie von dem Vorhaben des Barons unterrichtet hatten, sagen sollten. Alle zwei Tage schickte man um Nachricht von ihm, aber keiner seiner Diener konnte irgendeine Auskunft geben.

Da, eines Abends, als Frau Vilers am Klavier sang und sich selbst begleitete, kam ein Mädchen herein und holte mit geheimnisvollem Getue Courville heraus, um ihm leise mitzuteilen, daß ein Herr ihn unten zu sprechen wünsche. Es war der Baron, ganz verändert und gealtert. Er stand im Reiseanzug vor ihm. Sobald er seinen alten Freund sah, faßte er seine beiden Hände und sagte mit etwas müder Stimme: »Ich bin eben angekommen, mein Lieber, und ohne Aufenthalt zu Ihnen geeilt ...; ich kann nicht mehr.« Dann sagte er zögernd und in sichtlicher Verlegenheit: »Ich wollte Ihnen nur sagen ... und zwar auf der Stelle ... daß unser ... unser Vorhaben ... Sie wissen doch, welches ... fehlgeschlagen ist.«

Courville sah ihn verdutzt an: »Was? fehlgeschlagen? wieso denn?« – »Ach, fragen Sie mich nicht, ich bitte, es ist zu peinlich für mich, es zu sagen, aber seien Sie überzeugt, daß ich als ... als Ehrenmann handle. Ich kann nicht ... Ich habe nicht das Recht, verstehen Sie, nicht das *Recht*, diese Dame zu heiraten. Ich will warten, bis sie abgereist ist, ehe ich wieder zu Ihnen komme; es ist zu schmerzlich für mich, sie wiederzusehen. Leben Sie wohl!«

Und fort war er.

Die ganze Familie besprach und beriet die Angelegenheit nach allen Seiten und erging sich in tausend Vermutungen. Man kam zu dem Schlusse, daß in dem Leben des Barons ein dunkler Punkt liegen müsse, daß er vielleicht natürliche Kinder, eine alte Liaison habe. Kurz, die Sache schien bedenklich; und um schwierigen Verwicklungen vorzubeugen, setzte man auf geschickte Weise Madame Vilers von der Lage der Dinge in Kenntnis, und sie kehrte, wie sie gekommen war, als Witwe nach Hause zurück.

Weitere drei Monate vergingen. Eines Abends nun hatte Monsieur de Coutelier ziemlich üppig bei Courville gegessen und getrunken, so daß er ein wenig ins Schwanken geriet. Als er dann mit seinem Freunde die Pfeife schmauchte, sagte er vertraulich zu ihm: »Wenn Sie wüßten, wie oft ich an Ihre Freundin zurückdenken muß, würden Sie mich bemitleiden.« Courville, den das Benehmen des Barons in dieser Angelegenheit etwas gekränkt hatte, sagte ihm frei seine Meinung: »Alle Wetter, wenn man ein Geheimnis in seiner Vergangenheit hat, so geht man nicht in der Weise vor, wie Sie es getan haben, mein Lieber; Sie mußten doch den Grund Ihres Rückzugs voraussehen.«

Betroffen nahm der Baron die Pfeife aus dem Munde: »Ja und nein. Ich hätte nie geglaubt, daß es so mit mir stünde.«

Courville, der ungeduldig geworden war, erwiderte: »Man muß alles voraussehen.«

Da begann Coutelier mit den Augen das dunkle Zimmer zu durchforschen, um sicher zu sein, daß niemand sie höre, und erwiderte leise:

»Ich begreife, daß ich Sie verletzt habe, und ich will Ihnen alles sagen, damit Sie mir verzeihen können. Seit zwanzig Jahren, lieber Freund, lebe ich nur der Jagd. Ich liebe nichts außer ihr, das wissen Sie ja. Sie ist meine einzige Beschäftigung. Als ich nun im Begriffe war, dieser Dame gegenüber Verpflichtungen einzugehen, stieg mir ein Bedenken auf; ich fühlte Gewissensbisse. Seit der Zeit, da ich gewohnt war zu ... lieben ... kurz, ich war nicht sicher, ob ich noch fähig dazu sei. Sie wissen ... Bedenken Sie, es sind jetzt sechzehn Jahre her seit ... seit ich zum letztenmal mit einer Frau ... Sie verstehen schon. Bei uns auf dem Lande ist es ja nicht so leicht ..., ich brauche Ihnen wohl nichts weiter zu sagen. Und ich hatte ja auch anderes zu tun. Ich liebe es eben mehr, dem Wild nachzugehen und zu schießen. Als ich daran dachte, vor den Bürgermeister und den Priester zu treten, um mich zu verpflichten, Sie wissen ja ... bekam ich es mit der Angst. Ich sagte mir: ›Zum Teufel, wenn ... wenn ... wenn es versagte!‹ Ein Ehrenmann muß unter allen Umständen seinen Verpflichtungen nachkommen können, und ich sollte doch dieser Dame gegenüber eine heilige Verpflichtung eingehen. So nahm ich mir denn, um mit mir ins reine zu kommen, das Versprechen ab, nach Paris zu fahren und dort acht Tage zu verbringen.

Aber in den ganzen acht Tagen ... nichts ... aber auch gar nichts. Und ich ließ es doch nicht an Versuchen fehlen. Ich nahm das Beste, was es überhaupt von der Sorte gab. Ich versichere Sie, daß sie ihrerseits taten, was sie vermochten, ja ... sicher, sie haben nichts unversucht gelassen ... aber was wollen Sie, sie mußten sich immer unverrichteter Dinge zurückziehen, matsch, vollkommen matsch.

Dann habe ich vierzehn Tage, drei Wochen gewartet, immer noch gehofft. Ich habe in den Restaurants eine Unmenge gepfeffertes Zeug gegessen, das mir den Magen verdorben hat, und ... nichts ... immer noch nichts.

Begreifen Sie nun, daß ich angesichts solcher Umstände und solcher Erkenntnisse nicht anders konnte, als ... als ... mich zurückziehen; was ich denn auch tat.«

Courville wand sich, um das Lachen zu unterdrücken. Dann schüttelte er dem Baron teilnahmsvoll die Hand und sagte: »Mein herzlichstes Beileid« und begleitete ihn den halben Weg zu seinem Haus zurück. Als er sich dann mit seiner Frau allein befand, erzählte er ihr alles und erstickte beinahe vor Lachen. Madame de Courville aber lachte durchaus nicht, sondern hörte sehr aufmerksam zu. Als ihr Gatte geendigt hatte, erwiderte sie mit gewichtigem Ernste: »Der Baron ist ein Tropf, mein Lieber; er hatte eben einfach Angst. Ich werde Berta schreiben, daß sie zu uns zurückkommt, und zwar sobald wie möglich.«

Und als Courville ihrer Behauptung die langen und vergeblichen Versuche ihres gemeinschaftlichen Freundes entgegenhielt, erwiderte sie energisch: »Ach was, wenn man seine Frau liebt, verstehst du, dann kommt die Sache ganz von selbst wieder in Ordnung!«

Und Courville, selber etwas betroffen, wußte nichts darauf zu entgegnen.

Edgar Degas
Tänzerin
Bleistiftskizze

Eine List

Sie plauderten miteinander am Kamin, der alte Arzt und die junge Patientin. Sie litt nur ein wenig an der echt weiblichen Krankheit, die so oft hübsche Frauen befällt: etwas Blutarmut, Nervenabspannung und ein Hauch von Müdigkeit – von jener Müdigkeit, die Neuvermählte am Ende des ersten Monats ihrer Ehe manchmal spüren, wenn sie sich wirklich aus Liebe geheiratet haben.

Sie lag auf ihrer Chaiselongue und schwatzte: »Nein, Doktor, ich begreife nicht, wie eine Frau ihren Mann betrügen kann. Ich verstehe, wenn sie ihn nicht lieben kann, daß sie sich aus all ihren Versprechungen und Schwüren nichts macht. Aber wie darf sie sich einem anderen Manne hingeben? Wie will sie es vor den Augen der Welt verbergen? Wie kann sie in Verrat und in Lüge lieben?«

Der Arzt lächelte:

»Was das anbetrifft, so macht sich's leicht. Ich versichere Ihnen, daß man sich um so zarte Gewissenspunkte kaum mehr kümmert, wenn einen die Lust zu sündigen überkommt. Ich bin sogar sicher, daß eine Frau erst dann für die wahre Liebe reif ist, wenn sie die Abgeschmacktheiten der Ehe durchgekostet hat, die nach dem Ausspruch eines berühmten Mannes nichts anderes ist als Austausch übler Launen am Tage und übler Dünste in der Nacht. Nichts ist wahrer als das. Die Frau kann erst leidenschaftlich lieben, wenn sie verheiratet gewesen ist. Wenn ich sie mit einem Haus vergleichen darf, so möchte ich sagen, sie sei erst dann bewohnbar, wenn ein Gatte die Wohnung trockengewohnt hat.

Und Verstellungskunst, die haben Frauen bei solchen Angelegenheiten im Überfluß zur Hand. Die dümmsten benehmen sich bewunderungswürdig und ziehen sich mit Erfindergeist aus den schwierigsten Verlegenheiten.

Aber die junge Frau schien immer noch ungläubig. »Nein, Doktor, man läßt sich immer zu spät einfallen, was man in einer gefährlichen Lage hätte tun sollen; und die Frauen sind sicher noch mehr als Männer dazu geneigt, den Kopf zu verlieren.«

Der Arzt hob den Arm.

»Zu spät, sagen Sie? Uns Männern kommt allerdings die Eingebung immer zu spät. Aber Frauen? ... Warten Sie, ich will Ihnen eine kleine Geschichte erzählen, die einer meiner Patientinnen passiert ist – die ich beinahe, wie der Volksmund sagt, ohne Beichte hätte in den Himmel schicken müssen.

Folgendes hat sich in einer Provinzstadt zugetragen:

Als ich eines Abends im ersten tiefen Schlafe lag, aus dem man nur schwer erwacht, glaubte ich wie in dumpfem Traume die Feuerglocke läuten zu hören.

Ich wachte jäh auf: Es war meine Hausglocke auf der Straßenseite, die wie rasend anschlug. Da mein Diener keine Antwort zu geben schien, zog ich selbst die Klingel neben meinem Bette, und bald schlugen Türen zu, und Schritte hallten durch die Stille des schlafenden Hauses. Johann kam mit einem Brief in der Hand. Ich las: ›Madame Lelièvre bittet Doktor Siméon dringend, sich unverzüglich zu ihr begeben zu wollen!‹

Ich überlegte ein paar Sekunden und dachte mir: Ach was, Nervenanfälle, hysterische Launen; papperlapapp, ich bin zu müde. Und ich schrieb als Antwort: ›Doktor Siméon ist leidend und bittet Madame Lelièvre, doch gütigst seinen Kollegen Bonnet rufen lassen zu wollen.‹ Darauf übergab ich die Karte in einem Umschlag dem Diener und schlief wieder ein.

Es mochte ungefähr eine halbe Stunde später sein, als die Nachtglocke von neuem anschlug und Jean mit der Meldung heraufkam: ›Es ist jemand da, ein Mann oder eine Frau (ich weiß es nicht genau, die Gestalt ist sehr verhüllt), der den gnädigen Herrn sofort zu sprechen wünscht. Er sagt, es handle sich um das Leben zweier Menschen.‹

Ich erhob mich. ›Lassen Sie eintreten!‹ Auf meinem Bette sitzend, erwartete ich den späten Gast.

Eine Art schwarzes Gespenst erschien, enthüllte sich aber, sobald Jean hinausgegangen war.

Es war Madame Berthe Lelièvre, eine ganz junge Frau, die seit drei Jahren mit einem wohlhabenden und wohlbeleibten Kaufmann verheiratet war.

Es hieß von ihm, er habe das schönste Mädchen der ganzen Provinz zur Frau.

Sie war totenblaß, und krampfhafte Zuckungen gingen wie bei

einer Irrsinnigen über ihr Gesicht; ihre Hände zitterten; zweimal machte sie den Versuch zu sprechen, ohne ein einziges Wort hervorbringen zu können. Endlich stammelte sie: ›Schnell, schnell... schnell... Herr Doktor... kommen Sie! Mein... mein Geliebter ist in meinem Schlafzimmer gestorben...‹

Sie hielt inne, als ob sie ersticken müßte; dann fuhr sie fort: ›Mein Mann kann... jeden Augenblick... nach Hause kommen...‹

Ich sprang auf die Füße, ohne daran zu denken, daß ich nichts als mein Hemd anhatte, und kleidete mich in wenigen Sekunden an. Ich fragte: ›Waren Sie selbst vorhin da?‹ Sie stand wie eine Statue vor mir, durch die Angst wie versteinert, und hauchte vor sich hin: ›Nein... es war mein Mädchen... sie weiß alles.‹ Dann nach einer Pause: ›Ich war... bei ihm... geblieben.‹ Und nun kam ein furchtbarer Schmerzensschrei über ihre Lippen, und nach einer Beklemmung, über der sie aufstöhnte, brach sie in Tränen aus und weinte ganz aufgelöst unter Schluchzen und Krämpfen ein bis zwei Minuten lang; dann hielt sie plötzlich mit Weinen inne, ihre Tränen versiegten, wie wenn sie durch ein inneres Feuer aufgezehrt würden, und sie sagte, während eine tragische Ruhe über sie kam: ›Gehen wir... schnell.‹

Ich war bereit, rief ihr aber zu: ›Ach, ich habe ja noch nicht den Wagen anspannen lassen.‹ Sie erwiderte: ›Ich habe einen unten stehen, es war seiner; er wartete auf ihn.‹ Sie mummte sich wieder von Kopf bis zu Fuß ein; dann gingen wir.

Als sie im Dunkel des Wagens an meiner Seite saß, ergriff sie ungestüm meine Hand, preßte sie mit ihren feinen Fingern und stammelte unter gewaltigen Erschütterungen, die aus ihrem zerrissenen Herzen kamen: ›Ach, wenn Sie ahnten... wenn Sie ahnten, wie ich leide. Ich liebte ihn, liebte ihn bis zum Wahnsinn seit einem halben Jahr.‹ Ich fragte: ›Sind Ihre Leute wach?‹ Sie antwortete: ›Nein, niemand außer Rose, und die weiß alles.‹

Der Kutscher hielt vor ihrer Tür. Wirklich, das ganze Haus schlief; wir öffneten mit einem Hauptschlüssel, traten geräuschlos ein und stiegen auf den Fußspitzen die Treppe hinauf. Das Mädchen saß verschreckt oben auf der Treppe, eine brennende Kerze neben sich, da die Furcht sie von dem Toten fortgetrieben hatte.

Ich trat ins Schlafzimmer. Alles lag bunt durcheinander wie auf einem Schlachtfeld. Das Bett war in Unordnung, zerknittert und zerwühlt und schien, ganz aufgeschlagen, für einen Empfang bereit; ein Laken hing bis zum Teppich herab, nasse Handtücher, mit denen man die Schläfen des jungen Mannes gerieben hatte, lagen neben dem Waschbecken und einem Glase am Boden. Ein seltsamer Essiggeruch, vermischt mit Parfümduft, quoll mir schon in der Türe entgegen.

Mitten im Zimmer lag auf dem Rücken der bloße Körper in seiner ganzen Länge. Ich trat hinzu, betrachtete, betastete ihn, öffnete ihm die Augen, befühlte die Hände. Und, indem ich mich zu den beiden Frauen wandte, die schlotterten und mit den Zähnen klapperten, als ob sie halb erfroren wären, sagte ich: ›Helfen Sie mir ihn aufs Bett heben.‹

Wir legten ihn sacht nieder; dann horchte ich nach dem Herzschlag und hielt ihm einen Spiegel vor den Mund. ›Es ist aus; kleiden wir ihn rasch an‹, murmelte ich.

Das war eine schreckliche Arbeit.

Ich nahm ein Glied ums andere, als ob wir eine riesenhafte Puppe vor uns hätten, und zog ihm die Kleider an, die die beiden Frauen bereithielten: Halbstrümpfe, Unterhemd, Hosen, Weste, dann den Rock, bei dem wir große Mühe hatten, die Arme in die Ärmel zu schieben.

Dann galt es, die Stiefel zuzuknöpfen. Die beiden Frauen knieten nieder, während ich mit der Kerze leuchtete; aber da die Füße ein wenig geschwollen waren, war es eine schreckliche Mühe. Da sie den Schuhknöpfer nicht finden konnten, nahmen sie ihre Haarnadeln dazu.

Als die grauenhafte Toilette beendet war, betrachtete ich unser Werk und sagte: ›Man sollte ihm die Haare noch ein wenig in Ordnung bringen.‹ Das Mädchen ging und holte Kamm und Bürste ihrer Herrin. Da sie aber zitterte und bei ihren unwillkürlichen Bewegungen von den langen und wirren Haaren einige ausriß, nahm Madame Lelièvre ihr den Kamm barsch aus der Hand und strich dem Toten das Haar in sanften Zügen zurecht, wie wenn sie ihn hätte liebkosen wollen. Sie stellte den Scheitel wieder her, bürstete dem Toten den Bart, drehte ihm mit Daumen und Zeigefinger den Schnurrbart, wie sie es in ihren Liebesstunden oft getan haben mochte.

Plötzlich ließ sie fallen, was sie in Händen hielt, umfaßte das leblose Haupt ihres Geliebten und betrachtete lange verzweifelt das tote Antlitz, das ihr nicht mehr lächeln sollte. Dann warf sie sich auf ihn, umschlang ihn mit beiden Armen und küßte ihn wie rasend. Ihre Küsse stürzten Schlag auf Schlag auf den geschlossenen Mund, auf die erloschenen Augen, auf Schläfen und Stirn. Dann glitt sie, wie wenn er sie noch hören könnte, mit dem Mund zum Ohr des Toten hinab, um irgendein Wort zu flüstern, das den Umarmungen erst die rechte Glut verleiht, und rief dann mit herzzerreißender Stimme wohl zehnmal nacheinander: ›Leb wohl, Geliebter, leb wohl!‹

Die Wanduhr schlug Mitternacht. Plötzlich fuhr es mir durch den Sinn: ›Donnerwetter, schon Mitternacht! Jetzt wird der Klub geschlossen. Schnell, gnädige Frau, Mut!‹

Sie richtete sich wieder auf. Ich ordnete an: ›Tragen wir ihn in den Salon!‹ Wir faßten alle drei an, trugen ihn hinaus und setzten ihn auf ein Sofa. Darauf zündete ich die Kerzen an.

Die Haustür ging und fiel schwer ins Schloß. Er war es schon. Ich rief Rose zu: ›Bringen Sie mir schnell die Servietten und das Waschbecken und machen Sie das Zimmer fertig. Eilen Sie sich, Herr des Himmels! Herr Lelièvre ist da.‹

Ich hörte Schritte die Treppe herauf und immer näher kommen. Hände tasteten in der Dunkelheit an den Wänden herum. Da rief ich hinaus: ›Hierher, mein Lieber, wir haben einen Unfall gehabt.‹

Wie vom Donner gerührt stand der Gatte auf der Schwelle, die Zigarre im Mund, und fragte: ›Was gibt's denn? Was ist denn los?‹

Ich ging auf ihn zu: ›Mein Lieber, wir sind in arger Bestürzung; ich habe mit Ihrer Frau und unserem Freunde, der mich in seinem Wagen mitgenommen hatte, geplaudert, und darüber ist es spät geworden. Plötzlich wurde er ohnmächtig, und seit zwei Stunden ist er trotz all unseren Bemühungen nicht wieder zu Bewußtsein gekommen. Ich habe natürlich keine fremden Leute zu Hilfe rufen wollen. Helfen Sie mir, ihn hinuntertragen; ich kann ihn bei sich zu Hause besser pflegen.‹

Der Mann war erstaunt und überrascht, hatte aber nicht das leiseste Mißtrauen. Er nahm seinen Hut ab und faßte seinen unschädlich gewordenen Nebenbuhler unter den Armen, während ich mich, wie ein Pferd in der Gabeldeichsel, zwischen den Beinen einspannte. Die Frau leuchtete, und wir stiegen mit unserer Last die Treppe hinunter. Vor der Haustür richtete ich den

Leichnam auf und sprach ihm Mut zu, um den Kutscher zu täuschen: ›Vorwärts, lieber Freund, es ist nichts; Sie fühlen sich doch schon besser, was? Mut, nur ein bißchen Mut, raffen Sie sich ein wenig auf, dann ist's wieder gut.‹

Da ich merkte, daß er einknickte und meinen Händen entgleiten wollte, versetzte ich ihm mit der Schulter einen gehörigen Stoß, der ihn in schaukelnder Bewegung vorwärts trieb, so daß er in den Wagen zu liegen kam. Ich stieg nach ihm ein.

Lelièvre, dem inzwischen doch Besorgnisse gekommen waren, fragte mich: ›Glauben Sie, daß es schlimm mit ihm steht?‹ Ich antwortete lächelnd: ›Nein‹ und warf dabei einen Blick auf seine Frau. Sie hatte ihren Arm in den ihres rechtmäßigen Gatten geschoben und starrte unverwandt in die dunkle Tiefe des Wagens.

Ich drückte den beiden zum Abschied die Hand, und er ließ den Kutscher losfahren.

Während der ganzen Fahrt glitt mir der Tote immer wieder aufs rechte Ohr herüber.

Als wir zu Hause angekommen waren, erklärte ich, er habe unterwegs das Bewußtsein verloren. Ich half ihn in sein Zimmer hinauftragen, wo ich den Tod feststellte, und hatte nun vor seiner bestürzten Familie wieder eine neue Komödie zu spielen. Endlich fand ich mich wieder heim und ins Bett und schlief ein, nicht ohne Verwünschungen gegen Verliebte.«

Der Doktor schwieg; aber um seinen Mund lag ein Lächeln.

Die junge Frau fragte ziemlich erregt: »Warum haben Sie mir diese entsetzliche Geschichte erzählt?«

Er verneigte sich galant:

»Um Ihnen bei Gelegenheit meine Dienste anbieten zu können.«

Camille Pissarro
Marktszene
Lithographie

Der Morin – das Schwein

»Hör mal, lieber Freund«, sagte ich zu Labarbe, »eben hast du wieder so bedeutsam die vier Worte ausgesprochen: ›der Morin – das Schwein!‹ Ja, zum Deibel noch mal, warum höre ich nie etwas anderes über den Mann als nur immer und immer wieder diese Redensart: der Morin – das Schwein, der Morin – das Schwein?«

Labarbe – heute ist er längst unter die würdevollen Volksvertreter und Parlamentarier gegangen – starrte mich groß an aus seinen Nachtkauzaugen: »Was? Aus La Rochelle willst du sein und kennst die Geschichte vom Morin noch nicht?!«

Ich mußte zugeben, daß ich die Geschichte wirklich noch nicht kannte. Da hob er händereibend an: »Aber die Firma Morin, die ist dir doch wohl noch ein Begriff, was? Du erinnerst dich doch – der große Galanteriewarenladen Morin am Kai?«

»Ja, natürlich?«

»Na also, dann laß dir erzählen: – Anno zwoundsechzig, es kann auch dreiundsechzig gewesen sein, da machte unser Morin mal 'nen kleinen Rutsch nach der Hauptstadt, so für vierzehn Tage – Geschäftsreise, wie er sagte, um sich mit Novitäten einzudecken und so. Na, du kannst dir ja denken, was so ein Provinzkaufmann vierzehn Tage lang in der Weltstadt alles zu ›tun‹ hat...! Schon der Gedanke an Paris kann einem ja das Blut in Wallung bringen. Alle Abende etwas los: Theater, Amüsements, ständig in Fühlung mit der Damenwelt – mit einem Wort: Aus dem Nervenkitzel kommt man da nicht heraus. Geradezu verrückt, Mann, kann einen das machen! Tänzerinnen im hauchdünnen Trikot, Bühnendivas mit dem prachtvollsten Busen, die strammsten Beinchen, die rundesten, marmornsten Schultern – alles zum Greifen und dann doch nicht zu erreichen. Kaum, daß man mal hie und da naschen kann; und wenn schon mal, dann auch nicht immer so Sachen erster Güte. Tja, und dann heißt es schon wieder adieu sagen – das Herz noch voller Schwung und die Seele voller Rausch und auf den Lippen noch das prickelnde Verlangen nach Küssen...

In dem Zustand fühlte sich unser Morin, als er wieder auf dem Orléans-Bahnhof stand und seine Fahrkarte für die Heimreise löste. In gereizter Abschiedsstimmung, nachkostender Erregung voll, wandelte er in der großen Halle auf und ab. Es war noch etwas Zeit bis zur Abfahrt mit dem Abendschnellzug zwanzig Uhr vierzig nach La Rochelle. Plötzlich blieb er wie angewurzelt stehen: Vor ihm, gerade vor ihm schloß eine junge Dame ihre ältere Begleiterin in die Arme und küßte sie. Sie hatte ihren Schleier hochgestreift. Morin entfuhr der leise Ruf der Bewunderung: ›Donnerwetter – ist die hübsch!‹

Als die beiden mit ihren Umarmungen fertig waren, rauschte die junge Dame dem Wartesaal zu. Unser Morin hinterher. Nach einem Weilchen trat sie auf den Bahnsteig hinaus. Unser Morin ihr nach. Schließlich stieg sie ein, in einen leeren Wagen. Unser Morin immer hinter ihr drein.

Die wenigen Mitreisenden verteilten sich in die Abteile des Zugs.

Die Lokomotive pfiff. Der Zug setzte sich in Bewegung. Sie waren allein...

Er fraß sie förmlich auf mit den Augen. Sie war schätzungsweise neunzehn oder zwanzig, blond, groß, hatte etwas Selbstbewußtes in Blick und Haltung. Sie wickelte sich ihre Reisedecke um Hüften und Beine und streckte sich auf die Polster zur Ruhe aus.

Er fragte sich: Was für eine mag die da sein? Und tausend Vermutungen, tausend Pläne kreuzten sich in seinem Hirn. Er dachte: Es wird immer soviel erzählt von Reiseabenteuern. Vielleicht wartet hier schon mein ganz großes auf mich? Wer weiß – manchmal kommt das Glück über Nacht. Man müßte nur richtig zufassen. Hat nicht schon Danton gesagt: Mut, Mut und nochmals Mut? Hm, und wenn's nicht Danton gesagt hat, dann bestimmt Mirabeau! Ist ja auch schließlich egal. Aber ich trau mich doch nicht recht, da liegt der Hase im Pfeffer! Ach, wenn man wüßte – wenn man in das Innere einer Weiberseele hineinschauen könnte! Ich möchte wetten, die fabelhaftesten Gelegenheiten läßt man tagtäglich an sich vorüberrauschen, glatt vorüberrauschen, ohne was zu ahnen. Wenn sie bloß die kleinste Andeutung machte, daß sie nicht abgeneigt wäre!

So überlegte er hin und her: Wie könnte man die Sache bloß am erfolgreichsten anpacken? Also - wie wird so was denn immer gedeichselt? Zunächst ritterlichen Annäherungsversuch unternehmen. Mit irgend so ein paar netten Aufmerksamkeiten kommen. Daraus müßte sich dann von selber eine lebhaftere, immer galantere Unterhaltung entwickeln. Schlußeffekt: offene Erklärung! Die würde dann ganz von selbst dazu führen, daß ... Na, alles weitere kannst du dir ja selber ausmalen!

So verfloß die Nacht. Die Schöne schlummerte ruhig weiter auf ihren Polstern, und Morin überlegte hin und her, hin und her, wie ihr am besten beizukommen wäre.

Es dämmerte, es wurde heller und heller. Schon fuhr der erste Sonnenstrahl, ein langer, blitzender, kecker Strahl neckisch über das hübsche Gesicht der Schläferin.

Da erwachte sie, setzte sich auf, warf einen Blick hinaus in die Landschaft, sah dann Morin an und lächelte. Es war das Lächeln einer glücklichen Frau, bezaubernd und heiter. Morin durchrieselte es: Kein Zweifel, es war an ihn gerichtet! Dieses Lächeln galt ihm! Es war eine wortlose Aufforderung, das Zeichen, auf das er die ganze Zeit gewartet hatte! Dies vielsagende Mona-Lisa-Lächeln bedeutete: Sie sind aber schwer von Begriff! Sind Sie ein keuscher Joseph! Ein Einfaltspinsel! Steif wie ein Besenstiel dazulehnen! Stundenlang! Seit gestern abend! Augen auf! Hergeschaut! Bin ich nicht bezaubernd? – Und du, du kannst mit solch einer entzückenden Frau eine ganze Nacht lang allein im Coupé sitzen und wagst nichts, du – Riesendummkopf?!

Sie lächelte und sah ihn fortwährend dabei an. Jetzt begann sie auch noch, laut herauszulachen. Da verließ ihn sein letztes bißchen Verstand: Er suchte nach irgendeinem passenden Wort, irgendeinem netten Kompliment, ganz gleich was, das er ihr sagen könnte. Aber er fand nichts, absolut nichts wollte ihm einfallen! Da überkam ihn die Tollkühnheit. Er dachte: Ach was, jetzt geh ich aufs Ganze! und stürzte ohne weiteres mit weit ausgereckten Armen, mit gierig gespitzten Lippen auf sie los, packte sie und küßte sie ...

Mit einem Sprung fuhr sie hoch und schrie: ›Hi-i-ilfe!‹ Sie kreischte vor Entsetzen. Mit einem Ruck riß sie die Wagentür auf, fuchtelte mit den Armen in die Luft hinaus, halb wahnsinnig vor Schreck, und machte Miene hinauszuspringen. Morin sah schon alles verloren, hielt sie krampfhaft fest an ihrem Rock, vor Angst, sie könne sich wirklich hinausstürzen, zerrte sie zurück und stotterte in einem fort: ›Aber Madame... aber Madame... oh...!‹

Der Zug bremste und hielt. Zwei Beamte liefen auf die verzweifelt aus der Wagentür winkende junge Dame zu. Sie sank ihnen in die Arme und konnte nur noch hauchen: ›Dieser Mensch wollte... wollte mich... mich...‹ Damit fiel sie in Ohnmacht.

Das ereignete sich auf dem Bahnhof in Mauzé. Zufällig war der Ortsgendarm auf der Station, er nahm Morin sofort fest.

Als das Opfer seines Gewaltaktes wieder zu sich kam, schritt man zur Zeugenvernehmung. Die Behörde nahm die Aussagen zu Protokoll. Der Herr Galanteriewarenhändler konnte erst abends die unterbrochene Heimreise wieder antreten. Ganz verdattert sah er aus. Jedenfalls hing eine Anklage drohend in der Luft: wegen Erregung öffentlichen Ärgernisses.

Ich war damals Chefredakteur am ›Charenter Fanal‹ und traf unsern Morin Abend für Abend im Café du Commerce.

Gleich am Abend nach seinem schiefgegangenen Abenteuer kam er ratlos zu mir. Was sollte er bloß machen?! Ich hielt nicht hinter dem Berge: ›Ein Schwein bist du! So benimmt man sich nicht!‹

Da kriegte er das heulende Elend. Seine Alte machte ihm die Hölle heiß! Er sehe schon alles kommen! Sein schönes Geschäft in die Binsen, sein ehrlicher Name durch die Zeitung geschmiert! Seine besten Freunde grüßten ihn nicht mehr! – Da tat er mir schließlich doch ein bißchen leid, und ich zog meinen Mitarbeiter Rivet zu Rate, ein pfiffiges Bürschchen, das immer irgendwie einen Ausweg wußte.

Er riet, sich an den befreundeten Staatsanwalt X zu wenden. Ich schickte unsern Morin denn nach Hause und suchte den Rechtskundigen auf.

Dort erfuhr ich, daß die so schwer beleidigte junge Dame Mademoiselle Henriette Bonnel heiße; sie habe gerade glücklich in Paris ihr Lehrerinnen-Examen bestanden und sei zur Erholung, da sie keine Eltern mehr habe, zu Onkel und Tante gereist. Die Verwandten seien ehrsame Rentnersleute und besäßen ein Landhäuschen in Mauzé.

Was nun aber die ganze Geschichte so besonders erschwere, sei der Umstand, daß der Onkel inzwischen schon Klage gegen Morin eingereicht habe. Die Staatsanwaltschaft könne die Sache von sich aus noch fallenlassen, wenn der Kläger zur Zurücknahme seiner Klage zu bewegen sei.

Das mußte also erreicht werden, unter allen Umständen!

Ich suchte unsern Missetäter in seiner Wohnung auf. Er steckte im Bett; ganz krank war er vor Angst und Aufregung. Seine bärbeißige Alte, ein mächtig stachliger Drachen, schien ihm gewaltig zuzusetzen. Sie ließ mich ein und schnauzte gleich mordsmäßig los: ›Den Morin, das Schwein, wollen Sie sehen? Da, da ist er, der Saukerl!‹

Und mit eingestemmten Fäusten pflanzte sie sich auf vor seinem Bett. Ich machte ihm die Situation klar. Er flehte mich an, zu den Leuten hinzufahren, die Sache für ihn zu bereinigen! Es war eine etwas heikle Mission, aber ich übernahm sie schließlich. Der arme Teufel beteuerte mir in einem fort: ›Ich versichre dir, nicht mal richtig fest in den Armen hab' ich sie gehabt! Nicht mal richtig fest in den Armen hab' ich sie gehabt! Ehrenwort!‹

Ich sagte nur: ›Ganz egal! Ein Schwein bist du doch!‹ und steckte entschlossen die tausend Franken ein, die ich nach Gutdünken verwenden sollte.

Da ich es aber doch nicht für ganz angebracht hielt, in so einer Mission mich ohne Zeugen in das Haus der ehrsamen Leute zu begeben, schlug ich Rivet vor, mich hinzubegleiten. Er sagte zu, allerdings unter der Bedingung, daß wir sofort losführen, da er bis zum andern Nachmittag wegen wichtiger Sachen wieder in La Rochelle sein müsse.

So klingelten wir denn schon zwei Stunden später an der Tür eines netten Landhäuschens in Mauzé. Eine hübsche junge Dame empfing uns, sicherlich ›sie‹. Ich flüsterte Rivet zu: ›Donnerwetter, Mensch, jetzt kann ich Morin verstehen!‹

Monsieur Tonnelet, der Onkel, war ausgerechnet Stammabonnent unseres ›Fanals‹, also überzeugter Gesinnungsgenosse. Er nahm uns mit offenen Armen auf, hieß uns willkommen, schüttelte uns die Hände und war überglücklich, gleich zwei Redakteure seines Leib- und Magenblattes bei sich zu begrüßen. Rivet tuschelte mir ins Ohr: ›Paß auf, die Sache mit dem Schwein Morin kriegen wir schon hin!‹

Die Nichte hatte uns allein gelassen. Ich brachte gleich die heikle Angelegenheit aufs Tapet und malte sie dem Herrn Onkel in den schwärzesten Farben. Mit allem Nachdruck wies ich darauf hin, welch unangenehme Folgen doch für die junge Dame all das Gerede, das sich immer um solch eine Geschichte erhöbe, haben könne! Kein Mensch würde doch glauben, es sei bei einem harmlosen Kuß geblieben!

Der gute Mann war sich unschlüssig: Eigentlich könne er dazu nichts Endgültiges sagen, ohne seine Frau mit zu Rate gezogen zu haben. Und sie komme erst spät am Abend heim. Plötzlich stieß er einen kleinen Triumphschrei aus: ›Halt, ich habe eine famose Idee! So schnell kommen Sie überhaupt nicht los bei mir. Sie bleiben erst mal da, essen mit uns und übernachten hier. Und wenn meine Teure eingetrudelt ist, dann werden wir miteinander schon klarkommen!‹

Rivet sagte erst nein, es ginge nicht. Aber als ich ihm durch Zeichen klarmachte, daß wir doch auf jeden Fall unsern Morin, das Schwein, aus der Patsche ziehen wollten, da gab er schließlich nach. Und so blieben wir denn.

Der Onkel strahlte, erhob sich, rief seine Nichte, schlug uns einen Rundgang durch sein Besitztum vor und bekundete: ›Die ernstlichen Sachen wollen wir mal bis heut abend zurückstellen.‹

Damit wandte er sich Rivet zu und erging sich mit ihm in politischen Gesprächen.

Ich wandelte an der Seite der jungen Nichte hinterher, ein paar Schritt hinter den beiden. Das Mädchen war wirklich bezaubernd!

Vorsichtig lenkte ich unsere Unterhaltung auf ihr Abenteuer, um mich zu vergewissern, wie sie darüber dächte, und sie womöglich günstig zu stimmen.

Es sah nicht aus, als wäre sie sehr verlegen; im Gegenteil, sie hörte mir zu, als amüsiere sie die Geschichte höchlichst.

Ich redete und redete: ›Bedenken Sie, Mademoiselle, was Ihnen sonst noch daraus für Unannehmlichkeiten erwachsen können! Sie müssen vor Gericht erscheinen, Sie müssen sich anstieren lassen von einer Masse schadenfroher Zuschauer und Zuhörer, in aller Öffentlichkeit. Ihre Aussage wiederholen, coram publico haarklein den ganzen wenig schönen Auftritt berichten! Unter uns gesagt, sehen Sie mal, wäre es nicht doch noch klüger gewesen, Sie hätten den Fall auf sich beruhen lassen, Sie hätten den unverschämten Kerl energisch, aber ruhig in seine Schranken verwiesen, ohne erst das gesamte Bahnpersonal und die Gendarmerie zusammenzutrommeln? Wenn Sie ganz einfach das Abteil gewechselt hätten, dann ...‹

Sie fing an zu lachen: ›Sie haben vollkommen recht! Aber was wollen Sie? Ich hatte eben Angst, und wenn man Angst hat, dann überlegt man doch nicht weiter! Hinterher, als mir klar wurde, was eigentlich los war, da dachte ich natürlich auch. Besser, du hättest nicht gleich laut geschrien und gerufen! Aber da war es eben zu spät. Stellen Sie sich doch mal vor: Mit einem Blick ist er auf mich losgestürzt, mit einem Blick, der alberne Mensch, wie ein Verrückter, ohne einen Ton zu sagen! So stur, als wollte er geradezu durch die Wand! Ich wußte ja gar nicht, was er überhaupt wollte!‹

Sie blickte mir, während sie das sagte, ohne die mindeste Verlegenheit ins Gesicht, und ich dachte: ›Deibel, muß das aber eine schlaue Katze sein! Nun ist mir klar, wieso der Morin, das Schwein, bei der an die falsche Adresse kam!‹

Nun ging ich zum Flirten über: ›Betrachten Sie, Mademoiselle, die Sache doch einmal von der andern Seite! Dann werden Sie mir einräumen, daß so ein Vergehen immerhin entschuldbar ist. Bei einer Schönheit wie der, die hier vor mir steht, muß man doch den sehr verständlichen Wunsch empfinden zu küssen ...!‹

Wieder lachte sie so hell, daß alle Zähne blitzten: ›Zwischen Wunsch und Tat, Monsieur, ist aber doch noch Raum für den Anstand!‹

Die Bemerkung war spritzig, wenn auch nicht ganz klar. Ich fragte rasch: ›Schön, und wenn zum Beispiel – wenn ich Sie jetzt, auf der Stelle, küßte? Was täten Sie dann?‹

Sie blieb stehen, sah mich von oben bis unten an und und sagte ganz ruhig: ›Oh, Sie – das ist etwas anderes ...!‹

Na, und ob – das wußte ich natürlich, daß es mit mir etwas anderes ist! Ich hieß doch nicht umsonst in der ganzen Gegend ›der schöne Labarbe‹! Damals war ich dreißig. Ich fragte aber trotzdem: ›Wieso?‹

Sie zuckte die Achseln und sagte leichthin: ›Na ja, das liegt doch auf der Hand! Weil Sie nicht so ein langweiliger Peter sind wie der!‹ – dann, mit einem Blick von unten herauf: ›Und auch nicht so ein widerlicher Kerl ...!‹

Da, ehe sie es sich versah, hatte ich ihr auch schon einen heftigen Kuß auf die entzückende Wange gedrückt. Als sie sich blitzartig zur Seite bog, war es schon geschehen. Sie sagte: ›Na, Sie legen auch nicht gerade Zurückhaltung an den Tag! Bitte lassen Sie jetzt das Geschäker!‹

Ich machte ein ganz ergebenes Gesicht und beteuerte innig: ›Oh, Mademoiselle! Wenn mein Herz einen Wunsch hegt, dann nur den einen – wegen derselben Anklage vor Gericht zu kommen wie Morin!‹

Nun war sie am Fragen: ›Wieso?‹

Ich sah ihr tief in die Augen. ›Weil Sie eins der schönsten Geschöpfe der Natur sind! Weil es für mich ein Ruhm und eine Ehre wäre, Ihnen zu nahegetreten zu sein! Weil jeder, der Sie sähe, Sie erblickte, sagen würde: Da habt ihr's mal wieder! Der Labarbe, der ...! Nicht gerade einfacher Mundraub, was er begangen hat, aber Chancen, Chancen hat er ...!‹

Da lachte sie wieder aus vollem Halse. ›Sind Sie immer so ein Spaßvo ...?‹ Sie hatte das Wort ›Spaßvogel‹ noch nicht ganz ausgesprochen, da hielt ich sie schon in meinen Armen und drückte ihr stürmisch Kuß um Kuß auf, überallhin, wo ich konnte: auf Haar, Stirn, Augen, sogar auf den Mund, auf die Wangen – wo sie nur eine Stelle preisgab, um eine andere zu schützen.

Endlich machte sie sich los, entrüstet, dunkelrot im Gesicht.

›Das ist taktlos, Monsieur! Ich bedaure, Ihnen überhaupt Gehör geschenkt zu haben.‹

Ich zog ihre Hand an mich und stammelte etwas kleinlaut und gepreßt: ›Verzeihen Sie, verzeihen Sie mir, liebste Mademoiselle! Ich habe Sie belästigt! Ich war verwegen! Es kam über mich! Bitte seien Sie mir nicht böse! Wenn Sie wüßten ...!‹ Ich suchte nach einer Entschuldigung.

Sie wollte mir das Wort abschneiden: ›Ich will nichts wissen, Monsieur!‹

Doch ich hatte einen Einfall: ›Aber, liebste Mademoiselle! Ich liebe Sie – schon ein ganzes Jahr ...‹

Sie stutzte und blickte auf.

Ich war nun in Fahrt und redete rasch weiter: ›Mademoiselle, liebste, teuerste Mademoiselle! Hören Sie mich an! Ich kenne diesen Morin nicht, und es kümmert mich nicht, was aus ihm wird. Mir völlig Nebensache, ob er vor Gericht zitiert und eingesperrt wird. Aber Sie, liebste Mademoiselle, Sie kann ich nicht vergessen, seit ich Sie zum erstenmal sah – vor einem Jahr. Dort, am Torgitter, standen Sie. Wie ein Blitz durchzuckte es mein Herz...! Seither habe ich immer Ihr Bild vor Augen. Sie mögen es glauben oder nicht – was ändert das an der Tatsache! Ich bete Sie an! Ich sehnte mich nach Ihnen – ich mußte Sie wiedersehen! Und darum habe ich diese Geschichte mit dem blöden Morin als Vorwand benutzt – und nun stehe ich hier und kann nicht anders. Gelegenheit macht – Diebe und Liebe! Verzeihen Sie mir, ich bitte Sie auf den Knien meines Herzens, verzeihen Sie mir...!‹

Sie sah mich scharf von der Seite an, als suche sie in meinen Blicken zu lesen, und war nahe daran, wieder zu lächeln; dann warf sie leicht hin: ›Sie erzählen Märchen!‹

Ich hob die Hand und sagte im Brustton der Überzeugung – ich glaube, in dem Augenblick war ich wirklich ganz ehrlich –: ›Ich schwöre Ihnen, ich sage die reine Wahrheit!‹

Sie sagte einfach: ›Weiter!‹

Wir waren allein, ganz allein. Rivet war mit dem Onkel auf einem der vielgewundenen Heckenpfade verschwunden. Und da machte ich ihr eine richtige, lange, süße Liebeserklärung, nahm ihre Hände und drückte Küsse um Küsse auf ihre Fingerspitzen.

Sie hörte mich an, als vernehme sie, was ich ihr da offenbarte, nicht ungern, wie eine reizvolle Neuigkeit, ohne aber recht zu wissen, was sie davon halten sollte.

Ich geriet immer mehr in Feuer und glaubte zuletzt selber, was ich sagte. Ich fühlte, wie ich die Farbe wechselte; Schauer rieselten mir prickelnd über den Rücken; meine Stimme verschleierte sich; sacht legte ich ihr meinen Arm um die Taille.

Flüsternd sprach ich auf sie ein, den Mund dicht am krausen Gelock, das ihr kleines Ohr umwehte. Sie war wie leblos, so träumerisch stand sie da.

Dann trafen sich unsere Hände; ich preßte sie fester an mich mit einem Zittern, das stärker und stärker wurde. Sie rührte sich nicht. Mein Mund streifte ihre Wange, und plötzlich fanden sich unsere Lippen, ohne zu suchen, in einem langen, langen Kuß. Er hätte noch länger gedauert, wenn nicht auf einmal Schritte hinter uns und ein deutliches ›Hm! Hm!‹ zu hören gewesen wären.

Sie huschte durchs Gebüsch davon. Ich drehte mich um und sah Rivet auf mich zukommen.

Mitten auf dem Wege pflanzte er sich vor mich hin und sagte

mißgelaunt: ›Aha, sieh mal an, so also willst du die Sache von unserm Schwein Morin ins reine bringen!‹

Ich entgegnete mit einigem Stolz: ›Man tut, was man kann, mein Lieber! – Und der Onkel? Was hast du erreicht?‹

›Hm, jedenfalls nicht ganz soviel wie du bei der holden Nichte!‹ brummte der weniger glückliche Rivet, während ich meinen Arm unter seinen schob.

Seite an Seite spazierte ich mit ihm wieder dem Hause zu. Beim Diner verdrehte mir meine hübsche Nachbarin vollends den Kopf. Immer wieder berührten sich unsere Hände und Füße, immer wieder tauchten unsere Blicke tief ineinander.

Nach Tisch unternahmen wir noch einen Mondscheinbummel. Wieder hatte ich Gelegenheit, ihr alle erdenklichen Zärtlichkeiten zuzuflüstern, die mir in den Sinn kamen. Eng hielt ich sie umfangen und pflückte Kuß um Kuß von ihren Lippen, wie es immer so poetisch heißt. Vor uns diskutierten der Onkel und mein Mitarbeiter Rivet lebhaft weiter über alle möglichen Fragen der Tagespolitik, und hinter den Debattierenden gestikulierten ebenso gewichtig ihre beiden Schatten auf dem Sand des Weges. Dann gingen wir ins Haus zurück. Kaum waren wir wieder drin, da klingelte der Depeschenbote und brachte ein Telegramm. Es kam von der Tante und lautete: ›Eintreffe erst morgen früh mit Siebenuhrzug.‹

Die Nachricht veranlaßte den Onkel zu der einstweiligen Entscheidung: ›Na schön, Henriette, dann zeige den Herren ihre Zimmer!‹ Wir schüttelten unserem biederen Gastgeber die Hand, wünschten ›Gute Nacht‹ und folgten Henriette die Treppe nach oben. Erst brachte sie uns an das Zimmer, in dem Rivet schlafen sollte. Vor dem Eintreten zischelte er mir ins Ohr: ›Sonnenklar, erst mußte ich doch hier abgesetzt werden, eh du sanft gebettet wirst – von ihr!‹ Dann geleitete sie mich in mein Schlafgemach. Kaum waren wir allein, da hatte ich wieder meine Arme um sie und suchte ihr den Verstand wegzuküssen und sie an mich zu ziehen. Aber als sie fühlte, daß sie schwach werden könnte, entwand sie sich mir doch und entschlüpfte.

Erregt und mißmutig schob ich mich unter die Decke; von Schlaf konnte natürlich nun nicht mehr die Rede sein. Immer wieder sann ich nach, womit ich danebengetappt haben könnte. Da hörte ich plötzlich ein leises Klopfen an der Tür.

Unterdrückt rief ich: ›Wer ist da?‹

Von draußen kam es leise: ›Ich!‹

Im Nu war ich wieder in meinen Sachen und machte auf. Sie schwebte herein: ›Ich vergaß ja ganz zu fragen, was Sie morgens am liebsten trinken: Schokolade, Tee oder Kaffee?‹

Stürmisch hatte ich sie schon an mich gerissen, überschüttete sie von neuem mit Küssen und stammelte nur: ›Ich will ... ich will ... ich ...!‹ Aber sie entwand sich mir, pustete rasch das Licht aus und war im Nu wieder davon.

Wütend stand ich wieder allein im Dunkeln, tastete herum nach Zündhölzern und fand sie nicht gleich. Als ich sie endlich hatte und Licht machen konnte, tappte ich auch schon – wie ich hinausgekommen war, wußte ich nicht – mit dem Leuchter in der Hand, halb verrückt vor Verlangen, den Gang entlang.

Was hatte ich überhaupt vor? Überlegen gab es nicht mehr: Finden mußte ich sie, zu ihr mußte ich! Ohne zu denken, strebte ich geradewegs los. Nach ein paar Schritten schoß es mir jäh durch den Kopf: ›Wenn ich nun aber – zum Onkel gerate? Was soll ich da sagen?‹ Mit einem Ruck blieb ich stehen; mein Hirn versagte, nur mein Herz hämmerte wild ... Nach ein paar Sekunden kam mir doch noch ein brauchbarer Gedanke: Ganz einfach! Da sage ich, ich hätte noch etwas Dringendes mit Rivet besprechen wollen und mich nur in der Zimmertür geirrt!

Nun sah ich mir alle Türen auf dem Flur genauer an, welche wohl zu ihr führen könnte. Aber ich fand keinen rechten Anhaltspunkt. Da faßte ich auf gut Glück einen Türgriff, das Schloß schnappte auf, und ich stand drinnen. – Vor mir fuhr Henriette auf aus ihrem Bett und starrte mich verdutzt an.

Ich schob leise den Riegel vor, ging auf Zehenspitzen näher und flüsterte: ›Liebste Mademoiselle, auch ich vergaß ja ganz, um etwas zu bitten, etwas Nettes, in dem ich blättern könnte – bis zum Einschlafen ...!‹ Sie zog ein Mäulchen, aber ich griff gleich zu und hatte im Nu in Händen, was ich suchte, etwas ganz Köstliches, – den Titel möchte ich für mich behalten! Es war wirklich zugleich der wundervollste Roman und das göttlichste Gedicht!

Nachdem ich es einmal aufgeschlagen hatte, ließ sie es mich auch zu Ende genießen. Und die herrliche Geschichte hatte so viele Kapitel, daß ich darin blätterte und schwelgte, bis unsere Kerzen heruntergebrannt waren und verglommen ...

Dann dankte ich ihr und schlich so lautlos wie möglich wieder meinem Nachtgemach zu. Da umkrallte mich plötzlich eine rauhe Hand, hielt mich fest, und eine Stimme – Rivets Stimme – fauchte mich an: ›Du bist wohl immer noch nicht fertig mit der Geschichte von Morin dem Schwein, wie?‹

Früh um sieben erschien Henriette und kredenzte mir eigenhändig die gewünschte Tasse Schokolade... So eine wie die habe ich nie wieder genossen! Ein Göttertrank, bei dem man alles andere vergessen konnte, so samtweich, so duftend, so berauschend war diese Labe. Ich brachte meine Lippen nicht mehr fort von der köstlichen Schale...

Kaum war meine schöne Mundschenkin wieder entschwunden, da stellte sich Rivet ein. Er was höchst zapplig und gereizt wie einer, der nicht gut geschlafen hat, und raunzte mißvergnügt: ›Wenn du so weitermachst, Mensch, dann versaust du unserm Schwein, dem Morin, noch die ganze Geschichte!‹

Um acht kam die Tante angerauscht. Die Unterredung nahm nicht viel Zeit in Anspruch. Die guten Leutchen zogen ihre Klage zurück, und ich stellte dafür fünfhundert Franken als Stiftung für die Armen der Gemeinde in Aussicht.

Man bot alle Überredungskunst auf, um uns wenigstens noch bis zum Abend dazubehalten. Wir sollten mindestens noch die berühmten Ruinen besichtigen! Henriette machte mir hinter dem Rücken von Onkel und Tante fortwährend Zeichen und nickte ermutigend: Ja! Und ich sagte ja, aber mein Mitarbeiter Rivet schüttelte ablehnend den Kopf und wollte unbedingt aufbrechen.

Ich nahm ihn beiseite, bat, flehte: ›Sieh doch mal, lieber Freund, bleib! Tu es mir zuliebe!‹ Er guckte mich bloß an, als wenn er mir ins Gesicht springen wollte, und fauchte: ›Das kann ich dir sagen! Ich hab' die Schnauze voll von dieser ganzen Geschichte mit dem Schwein Morin!‹

So blieb mir nichts anderes übrig, als mich ihm anzuschließen und auch adieu zu sagen. Es war einer der schwersten Augenblicke meines Lebens... Mein Leben lang hätte ich diese Geschichte von dem Schwein Morin ins reine bringen mögen!

Als das kräftige Händeschütteln, das stumme, weiche Fingerdrücken vorüber war und wir wieder in unserem Zuge saßen, sagte ich zu Rivet: ›Du bist wirklich ein ganz gemeines Biest!‹

und er gab zurück: ›Ha, mein Junge, du hast mich aber auch verdeibelt wild gemacht!‹

Wie wir so vor unserem ›Charenter Fanal‹ wieder anlangten, da erblickte ich durch die Redaktionstür schon eine Menge Menschen. Es sah aus, als hätten sie nur auf uns gewartet. Bei unserm Eintritt schrien sie uns entgegen: ›Na, habt ihr sie glücklich bereinigt, die Affäre mit Morin, dem Schwein?‹

Ganz La Rochelle war darüber aus dem Häuschen. Rivet, dessen miese Stimmung wie weggeblasen war, konnte sich kaum das Lachen verbeißen, als er bekanntgab: ›Klar, ist erledigt, dank unserm tüchtigen Labarbe!‹

Dann machten wir uns auf zu Morin.

Der lag im Lehnstuhl, Senfpflaster auf den Beinen, einen kalten Umschlag um den Schädel, halbtot vor Angst. Er hüstelte ununterbrochen vor sich hin mit kurzen Krächzern wie ein Friedhofsrabe; weiß Gott, wie er sich dies Geräusper und Geröchel auf den Hals gezogen hatte. Seine Lebensgefährtin lauerte sprungbereit neben ihm und glühte ihn an mit den weit aufgerissenen Augen einer Tigerin, die sich jeden Augenblick auf ihr Opfer stürzen will.

Sowie er uns eintreten sah, überlief ihn ein Zittern, daß ihm Arme und Beine nur so schlotterten. Ich rief ihm entgegen: ›Alles in Ordnung, alter Schweinehund! Aber laß ein für allemal deine Pfoten von so etwas!‹

Nach Luft schnappend, rappelte er sich hoch aus seinem Sorgensessel, packte meine Hände, küßte sie wie ein reuiger Büßer die Finger des Heiligen Vaters; es sah aus, als wolle er den Verstand verlieren. Stürmisch umarmte er dann Rivet und fiel sogar seiner Madame Morin um den Hals, die ihn aber sofort mit einem gewaltigen Stoß in seinen Stuhl zurückbeförderte.

Ganz hat er sich aber nie wieder erholt von seinem Erlebnis; die Aufregung war zu gewaltig gewesen.

In der ganzen Gegend nannte man ihn nur noch ›den Morin – das Schwein‹, und es fuhr ihm jedesmal wie ein Stich durch die Seele, wenn er das Wort hörte.

Brüllte irgendein Gassenjunge auf der Straße das Wort ›Schwein!‹, dann fuhr unser Morin mit dem Kopfe herum, als sei er gemeint. Seine Stammtischbrüder stichelten ihn bei jeder Gelegenheit damit und grunzten, wenn sie beim gemeinsamen

Schinkenessen saßen: ›Nanu, du, nanu, du, hast du den dir so von hintenrum ...?!‹

Zwei Jahre später hatte er sich gänzlich totgegrämt.

Ich durfte noch folgendes von der ganzen Geschichte miterleben: Als ich Anno fünfundsiebzig bei den Deputiertenwahlen kandidierte, machte ich auch dem neuen Notar von Tousserre, Monsieur Belloncle, meinen ›Staatsbesuch‹. Seine Gattin, eine schöne, üppige Erscheinung, hieß mich willkommen.

›Sie erkennen mich wohl nicht mehr?‹ fragte sie bei der Begrüßung.

Ich zögerte: ›Aber... nein... nicht daß ich wüßte, Madame...!‹

›Henriette Bonnel!‹

›Ah!‹ Ich fühlte, wie mir das Blut aus dem Gesicht wich.

Sie schien ganz und gar nicht verlegen und sah mich nur lächelnd an.

Als sie mich mit ihrem Gatten allein gelassen hatte, da ergriff der Herr Rechtsanwalt meine beiden Hände und drückte sie, als wolle er mir sämtliche Finger zerquetschen: ›Wie lange schon, mein lieber Monsieur Labarbe, wie lange schon wollte ich Sie einmal näher kennenlernen und unter vier Augen sprechen! Meine Frau hat mir soviel von Ihnen erzählt. Ich weiß ... ja, ich weiß, in welch peinlicher Situation Sie ihr beigestanden haben! Ich weiß auch, wie großartig, wie taktvoll, wie zartfühlend, wie aufopfernd Sie sich der Sache angenommen haben...‹, er machte eine Pause, dann dämpfte er die Stimme, als wolle er ein wirklich nicht herpassendes Wort nicht zu laut aussprechen – ›... der Sache mit Morin – dem Schwein!‹«

Pierre-Auguste Renoir
Junge Frau bei der Toilette
Bleistiftzeichnung

Christnacht

»Weihnachtsrummel! Weihnachtsrummel! Nein, zum Teufel, ich mach' ihn nicht mit!«

Der dicke Henri Templier sagte es mit wütender Stimme, als hätte man ihm irgendeine Gemeinheit vorgeschlagen.

Die anderen riefen lachend: »Warum bist du denn so zornig?«

Er antwortete: »So ein Weihnachtsrummel hat mir den übelsten Streich meines Lebens gespielt, deshalb habe ich einen unüberwindlichen Widerwillen gegen diese dumme Nacht mit ihrer albernen Ausgelassenheit.«

»Wieso denn?«

»Wieso? Wollt ihr es denn wissen? Dann hört zu:

Erinnert ihr euch noch, wie kalt es vor zwei Jahren um diese Zeit war; ein Frost, daß die Armen auf der Straße umfielen. Die Seine war zugefroren; beim Gehen schnitt die Kälte durch die Sohlen in die Füße; die Welt schien vor Kälte bersten zu wollen.

Ich hatte gerade eine große Arbeit vor und schlug daher jede Einladung zum Weihnachtsrummel aus; ich wollte die Nacht an meinem Schreibtisch verbringen. Ich aß darum allein zu Abend, und dann ging ich an die Arbeit. Aber gegen zehn Uhr begann der Gedanke an die Ausgelassenheit, die nun in Paris tobte, der Lärm, der von der Straße zu mir heraufdrang, die Vorbereitungen meiner Nachbarn zum Souper, die ich durch die Wände hörte, mich zu beunruhigen. Ich wußte nicht mehr, was ich tat; ich schrieb lauter dummes Zeug und sah bald, daß ich die Hoffnung aufgeben mußte, in dieser Nacht etwas Ordentliches zustande zu bringen.

Ich schritt in meinem Zimmer auf und ab, setzte mich, stand wieder auf. Der geheimnisvolle Einfluß der Freude draußen drang zu mir, und ich ergab mich.

Ich schellte nach der Magd und sagte zu ihr: ›Angèle, gehn Sie und besorgen Sie mir Abendessen für zwei Personen: Austern, kaltes Rebhuhn, Krebse, Schinken, Kuchen. Bringen Sie auch zwei Flaschen Sekt mit; decken Sie dann den Tisch und gehen Sie ruhig schlafen.‹

Sie gehorchte etwas überrascht. Als alles fertig war, zog ich meinen Überzieher an und ging aus.

Eine schwierige Frage blieb noch zu erledigen: Mit wem sollte ich Weihnachten feiern? Meine Freundinnen waren alle eingeladen. Hätte ich eine bei mir haben wollen, dann hätte ich sie beizeiten bitten müssen. Da kam ich auf die Idee, mit meinem Amüsement zugleich eine gute Tat zu verbinden. Ich sagte mir: Paris ist voll von armen und hübschen Mädchen, die heute kein Abendessen haben und deshalb auf freigebige Junggesellen Jagd machen. Ich will die Weihnachtsvorsehung für eine dieser Enterbten spielen.

Ich will herumbummeln, die Vergnügungslokale aufsuchen, fragen, suchen, nach meinem Geschmack wählen.

Und ich fing an, durch die Stadt zu laufen.

Natürlich fand ich viele arme Mädchen, die auf Abenteuer aus waren, aber sie waren so häßlich, daß mir übel wurde, oder so mager, daß sie gleich zu Eis gefroren wären, sobald sie einen Moment stehengeblieben wären.

Ihr wißt ja, ich habe nun mal eine Schwäche für üppige Frauen. Je mehr Fleisch sie haben, um so lieber sind sie mir. Ein Koloß kann mich um alle Vernunft bringen.

Plötzlich sah ich vor dem Varieté-Theater ein Profil nach meinem Geschmack. Ein Kopf, darunter zwei Wölbungen: ein Busen, sehr schön, und dann ein Leib, einfach großartig, der Bauch einer Stopfgans. Ich erschauerte und murmelte: Sapristi, ist das Mädel schön! Ein Punkt nur blieb dunkel: das Gesicht.

Das Gesicht ist das Dessert; das übrige ist... ist der Braten.

Ich beschleunigte meine Schritte, überholte das Mädchen und drehte mich unter einer Gaslaterne plötzlich um.

Sie war entzückend, ganz jung, brünett und hatte große schwarze Augen.

Ich machte ihr mein Gebot, das sie ohne Zögern annahm. Eine Viertelstunde darauf saßen wir in meinem Zimmer bei Tisch.

Sie sagte beim Eintreten: ›Ach, wie behaglich es hier ist.‹ Und mit sichtbarer Befriedigung blickte sie um sich und freute sich über den gedeckten Tisch und über das warme Bett für diese eisige Nacht. Sie sah wundervoll aus, ganz erstaunlich hübsch war sie und üppig genug, mein Herz für immer zu bezaubern. Sie nahm Mantel und Hut ab, setzte sich und begann zu essen; aber sie schien nicht bei Stimmung zu sein; und manchmal zitterte es in ihrem etwas bleichen Gesicht, als hätte sie einen geheimen Kummer.

Ich fragte sie: ›Hast du Verdruß?‹

Sie antwortete: ›Ach, ich will jetzt alles vergessen.‹

Und sie fing zu trinken an. Mit einem Zug leerte sie das Sektglas, füllte es wieder und trank es von neuem aus, und so fort.

Bald trat eine leichte Röte in ihre Wangen; sie begann zu lachen.

Ich war schon ganz verliebt, küßte sie mitten auf den Mund und merkte, daß sie weder dumm noch gemein, noch frech war, wie Straßenmädchen sonst sind. Ich wollte Einzelheiten aus ihrem Leben wissen. Sie antwortete: ›Mein Junge, das geht dich doch wirklich nichts an!‹

Aber ach! Eine Stunde später ...

Endlich kam der Augenblick des Zubettgehens, und während ich den Tisch beiseite rückte, den ich vor den Kamin gestellt hatte, kleidete sie sich rasch aus und schlüpfte unter die Decke.

Meine Nachbarn machten einen furchtbaren Lärm, sie lachten und sangen wie Verrückte; und ich sagte im stillen zu mir: ›Wie recht ich gehabt habe, mir dies hübsche Mädel zu holen; ich hätte doch nicht arbeiten können.‹

Ein tiefes Stöhnen! Ich drehte mich um und fragte: ›Was hast du, Schatz?‹ Sie antwortete nicht, hörte aber nicht auf, tiefe Seufzer auszustoßen, als hätte sie schreckliche Schmerzen.

Ich fragte wieder: ›Bist du krank?‹

Da auf einmal stieß sie einen herzzerreißenden Schrei aus. Eine Kerze in der Hand, stürzte ich auf sie zu.

Ihr Gesicht war schmerzverzerrt, sie rang die Hände, atmete schwer und stöhnte, daß es wie ein Röcheln klang und das Herz stillstehen ließ.

Ich fragte sie sehr erschrocken: ›Was hast du denn, sag doch, was ist dir?‹

Sie antwortete nicht und fing zu schreien an.

Meine Nachbarn wurden plötzlich still, sie horchten, was bei mir los sei.

Ich wiederholte: ›Was fehlt dir? Sag mir doch, was dir fehlt?‹

Sie stammelte: ›Mein Leib, mein Leib!‹

Mit einem einzigen Griff hob ich die Bettdecke hoch und sah ... Sie entband.

Da verlor ich den Kopf; ich schlug mit der Faust an die Wand und schrie aus Leibeskräften: ›Hilfe! Hilfe!‹

Meine Tür wurde geöffnet; eine Masse Menschen stürzte herein, Männer im Frack, dekolletierte Frauen, Pierrots, Türken, Musketiere. Diese Invasion machte mich so verwirrt, daß ich nicht ein Wort der Erklärung sagen konnte.

Sie hatten an einen Unglücksfall, vielleicht auch an ein Verbrechen gedacht und begriffen nicht.

Ich sagte endlich: ›Diese... diese... diese Frau... bekommt ein Kind...‹

Da stürzten alle auf sie zu und gaben gute Ratschläge. Ein Kapuziner vor allem behauptete, sich darauf zu verstehen, und wollte ihr Beistand leisten.

Sie waren alle betrunken. Ich war überzeugt, sie würden sie töten; und barhäuptig stürzte ich die Treppe hinunter, um einen alten Arzt zu holen, der in der Nachbarschaft wohnte.

Als ich mit dem Doktor zurückkam, war das ganze Haus auf den Beinen; das Gas im Treppenhaus brannte; die Leute aus allen Etagen waren in meiner Wohnung; vier Holzfäller saßen am Tisch, tranken den Rest Sekt und aßen die Krebse.

Bei meinem Erscheinen brach ein furchtbarer Lärm los. Ein Milchmädchen zeigte mir, in eine Serviette gewickelt, ein schreckliches kleines runzeliges Wesen, das wie eine Katze miaute, und sagte: ›Es ist ein Mädchen.‹

Der Arzt untersuchte die Wöchnerin, fand ihren Zustand nicht ganz gefahrlos, weil die Niederkunft gleich nach einem Souper eingetreten war, und versprach beim Fortgehen, eine Krankenwärterin und eine Amme zu schicken.

Die Frauen kamen nach einer Stunde und brachten einen Pack Medikamente mit.

Ich verbrachte die Nacht im Sessel, so vor den Kopf geschlagen, daß ich über das, was nun kommen würde, überhaupt nicht nachdenken konnte.

Sobald der Tag graute, kam der Arzt wieder. Er fand das Befinden der Kranken ziemlich schlecht.

Er sagte: ›Ihre Frau, Herr...‹

Ich unterbrach ihn: ›Es ist gar nicht meine Frau.‹

›Also Ihre Geliebte, gleichviel.‹ Und er gab mir eine ganze Reihe Verhaltungsmaßregeln.

Was tun? Die Arme ins Krankenhaus bringen? Im ganzen Hause, im ganzen Stadtteil wäre ich als ein Rohling verschrien worden.

Ich behielt sie also bei mir. Sechs Wochen hat sie in meinem Bett gelegen.

Was aus dem Kinde wurde? Ich hab' es zu Bauersleuten nach Passy gebracht. Es kostet mich noch heute fünfzig Franken im Monat. Weil ich anfangs gezahlt habe, bin ich verpflichtet, bis zu meinem Tode weiterzuzahlen.

Und später wird es mich natürlich für seinen Vater halten.

Der Gipfel alles Pechs aber war es, daß das Mädchen, als es wieder gesund war ... sich sofort in mich verliebte ... liebte mich wie toll.«

»Nun, und?«

»Und? Sie war buchstäblich so mager wie eine Gassenkatze geworden. Ich gehe jetzt um dies Gerippe herum, das mir auf der Straße auflauert, sich versteckt, um mich nur vorübergehend zu sehen, mich anhält, wenn ich abends ausgehe, um mir die Hand zu küssen, und das mich noch um den Verstand bringen wird.

Das ist der Grund, warum ich den Weihnachtsrummel nicht mehr mitmache.«

Pierre-Auguste Renoir
Porträt der Jeanne Baudot
Lithographie

Der Stellvertreter

»Frau Bonderoi?«

»Ganz recht, Frau Bonderoi.«

»Nicht möglich?!«

»Wahrhaftig – ich sage es Ihnen!«

»Frau Bonderoi, die alte Dame mit dem Spitzenhäubchen, die fromme, ergebene, ehrwürdige Frau Bonderoi, der ihr lächerliches und falsches, dünnes Haar am Scheitel festzukleben scheint?«

»Sie selbst.«

»Ach, gehen Sie, Sie sind ja verrückt!«

»Wenn ich es Ihnen doch schwöre!«

»Dann müssen Sie mir aber auch alles genau erzählen.«

»Gern. Zu einer Zeit, da Herr Bonderoi, der alte Notar, noch lebte, hielt sich Frau Bonderoi – so erzählt man – die Geistlichen zu ihrer persönlichen Verfügung. Sie ist eine der vielen ehrbaren Bürgerfrauen, mit geheimen Lastern und unumstößlichen Prinzipien. Ist es nicht natürlich? – sie liebte die hübschen Jungen... Lieben wir nicht die hübschen Mädchen?

Als Vater Bonderoi gestorben war, zog sich die Witwe als friedliche und unbescholtene Rentnerin zurück. Sie besuchte eifrig die Kirche, sprach verächtlich von ihren Nachbarn und gab selbst nicht den geringsten Anlaß zu einem Gerede. Sie alterte allmählich und wurde jene kleine, freundliche Frau, die Sie kennen, selbstsicher, ein wenig geziert, ein wenig bösartig.

Und nun die unwahrscheinliche Geschichte, die sich letzten Donnerstag zugetragen:

Mein Freund Jean d'Anglemare ist, wie Sie ja wissen, Rittmeister bei den Dragonern, die in der Vorstadt Rivette liegen.

Als er am Morgen in die Kaserne kam, erfuhr er, daß sich zwei Mann seiner Schwadron erbärmlich geprügelt haben. Soldatenehre steht unter strengem Gesetz, ein Zweikampf mußte stattfinden. Nachher versöhnten sich die Soldaten und erzählten ihrem Offizier, als er sie fragte, die Ursache ihres Streites. Sie hatten sich wegen der Frau Bonderoi geschlagen.«

»Ach!«

»Jawohl, mein Lieber, wegen der Frau Bonderoi!

Aber ich lasse das Wort dem Dragoner Siballe:

›Dies die Geschichte, Herr Rittmeister. Es sind etwa achtzehn Monate her; ich ging am Korso spazieren, so etwa zwischen sechs und sieben Uhr abends, da näherte sich mir ein Dämchen.

Sie sprach mich an, als ob sie mich nach dem Weg fragen wollte: ›Herr Soldat, wollen Sie auf anständige Weise zehn Franken in der Woche verdienen?‹

Ich erwiderte freudig: ›Zu Ihren Diensten, gnädige Frau.‹

Darauf sie: ›Suchen Sie mich morgen mittag auf. Ich heiße Frau Bonderoi und wohne Rue de la Tranchée 6.‹

›Ich werde nicht verfehlen, gnädige Frau, Sie können gewiß sein.‹

Dann verließ sie mich mit zufriedenem Blick und sagte noch: ›Ich danke Ihnen sehr, Herr Soldat.‹

›Ich bin es, der zu danken hat, gnädige Frau.‹

Die Geschichte ließ mir keine Ruhe, bis ich am nächsten Tag zu mittag bei ihr läutete.

Sie öffnete selbst. Sie hatte ein Häubchen aus kleinen Bändern auf dem Kopf.

›Wir müssen uns beeilen‹, sagte sie, ›denn mein Mädchen könnte zurückkommen.‹

Ich erwiderte: ›Ich will mich gern beeilen. Was habe ich also zu tun?‹

Da begann sie zu lachen und erwiderte: ›Verstehst du denn nicht, du großer Schlaukopf?‹

Ich verstand nicht, auf Ehrenwort, Herr Rittmeister.

Sie setzte sich dicht neben mich und sagte: ›Wenn du nur ein Wort von alledem verlautbaren läßt, werde ich dich einsperren lassen. Schwöre, daß du schweigen wirst.‹

Ich schwor ihr, was sie wollte. Aber ich verstand noch immer nichts von alledem. Schweiß trat mir auf die Stirne. Und da rückte ich meinen Helm zurück, in dem sich mein Taschentuch befand. Sie nahm das Taschentuch und trocknete mir die Haare an den Schläfen. Plötzlich aber, siehe da, umarmt sie mich und flüstert mir ins Ohr:

›Also, willst du auch?‹

Ich antwortete: ›Gewiß, ich will, was Sie wollen, gnädige Frau, denn ich bin ja darum gekommen.‹

Und da hat sie sich durch Zeichen deutlicher verständlich gemacht. Als ich sah, worum es sich handelt, legte ich meinen Helm auf einen Sessel; und ich habe ihr bewiesen, daß ein Dragoner niemals zurückweicht, Herr Rittmeister.

Ich habe mir nicht viel daraus gemacht, denn das Dämchen stand nicht in seiner Jugend. Man darf aber nicht zu wählerisch sein in diesem Falle, denn die sind selten. Und dann: – man hat Familie, die man unterstützen muß. Ich sagte mir: Das wird hundert Sous für den Vater abwerfen...

Als ich diesen Frondienst getan, Herr Rittmeister, richtete ich mich stramm auf und wollte mich zurückziehen. Sie hätte es gerne haben wollen, daß ich nicht so bald mich verabschiedete. Aber ich sagte ihr: ›Jedes Ding hat seine Schuldigkeit, gnädige Frau. Ein Gläschen kostet zwei Sous, und zwei Gläschen kosten vier Sous...‹

Sie begriff sehr wohl meine Überlegung und drückte mir ein Zehnfrankenstück in die Hand. Ich machte mir nichts daraus aus diesem Geldstück, denn das gleitet nur so in die Tasche, und wenn die Hosen nicht fest sitzen, findet man es in seinen Stiefeln wieder, oder man findet es gar nicht wieder.

Und als ich also überlegte und die kleine gelbe Oblate in meiner Hand betrachtete, sah sie mich aufmerksam an; dann wurde sie rot, schaute verlegen in mein Gesicht und fragte mich:

›Findest du, daß es nicht genug ist?‹

Ich darauf:

›Es ist nicht gerade das, gnädige Frau, aber – wenn es Ihnen nichts ausmacht – ziehe ich zwei Stück zu hundert Sous schon vor.‹

Sie gab sie mir, und ich zog ab.

Nun also, achtzehn Monate dauert die Geschichte, Herr Rittmeister. Ich gehe jeden Dienstag hin, abends, wenn ich mit Ihrer Zustimmung Ausgang habe. Ihr ist es sogar lieber, denn da schläft schon ihr Mädchen.

Da aber, vergangene Woche, fühlte ich mich krank und mußte ins Lazarett, um mich untersuchen zu lassen. Der Dienstag kommt, keine Aussicht fortzugehen. Ich glaubte, mich laust der Affe, bei der Vorstellung der zehn Franken, an die ich mich gewöhnt hatte.

Ich sagte mir: Wenn niemand hingeht, bin ich barbiert; sie

nimmt dann sicher einen Artilleristen. Dieser Gedanke brachte mich auf.

So fragte ich denn Paumelle, denn wir sind Landsleute. Ich erzählte ihm die Sache: ›Hundert Sous wirst du behalten, und hundert Sous sind für mich, abgemacht.‹

Er sagte ja und machte sich auf den Weg. Ich habe ihm alles genau beschrieben. Er schellt – sie öffnet; sie läßt ihn eintreten; und sieht ihm gar nicht ins Gesicht und überzeugt sich gar nicht, daß es nicht derselbe ist.

Sie verstehen, Herr Rittmeister, ein Dragoner ist ein Dragoner; wenn sie den Helm aufhaben, sieht einer dem andern gleich.

Plötzlich aber entdeckt sie die Veränderung und fragt ganz wütend:

›Wer sind Sie? Was wollen Sie? Ich kenne Sie nicht!‹

Da setzt es Paumelle ihr auseinander. Er erklärt ihr, ich wäre krank und habe ihn als Stellvertreter geschickt.

Sie sieht ihn sich an, läßt ihn gleichfalls Stillschweigen schwören, und dann ist sie einverstanden, denn Sie können sich ja denken – sie sah, daß auch Paumelle ganz gut beieinander ist.

Aber als dieser Gauner da zurückkommt, Herr Rittmeister, will er mir nicht die hundert Sous geben. Wenn es für mich gewesen wäre, hätte ich nichts gesagt, aber die waren für den Vater bestimmt. Und da, wahrhaftig, da habe ich ihm gesagt:

›Das ist kein ehrenhaftes Betragen für einen Dragoner, du schändest den Soldatenrock.‹

Er hob die Hand, Herr Rittmeister, und sagte, daß dieser Frondienst mehr noch kosten müßte als das Doppelte.

Nun, jeder beurteilt es in seiner Weise, nicht wahr? Er hätte ja nicht annehmen brauchen. Da habe ich ihm meine Faust zu dicht an die Nase gehalten. Das übrige kennen Sie.‹

Rittmeister d'Anglemare lachte Tränen, als er mir die Geschichte erzählte. Aber er ließ mich gleichfalls das Geheimnis beschwören, das zu wahren er den beiden Soldaten versprochen hatte. ›Verraten Sie mich also nicht, behalten Sie es für sich, versprechen Sie es?‹«

»Oh, fürchten Sie nichts. Wie aber hat sich dies alles schließlich geregelt?«

»Wie? Ich wette tausend gegen eins, – Sie raten es doch nicht!

...Mutter Bonderoi hat nun ihre beiden Dragoner und hält einem jeden seinen Tag frei. Auf diese Weise ist jeder zufrieden.«

»Wahrhaftig, alle Achtung, alle Achtung!«

»Und beide alte Eltern haben ihr Brot im Haus. Die Moral ist gerechtfertigt.«

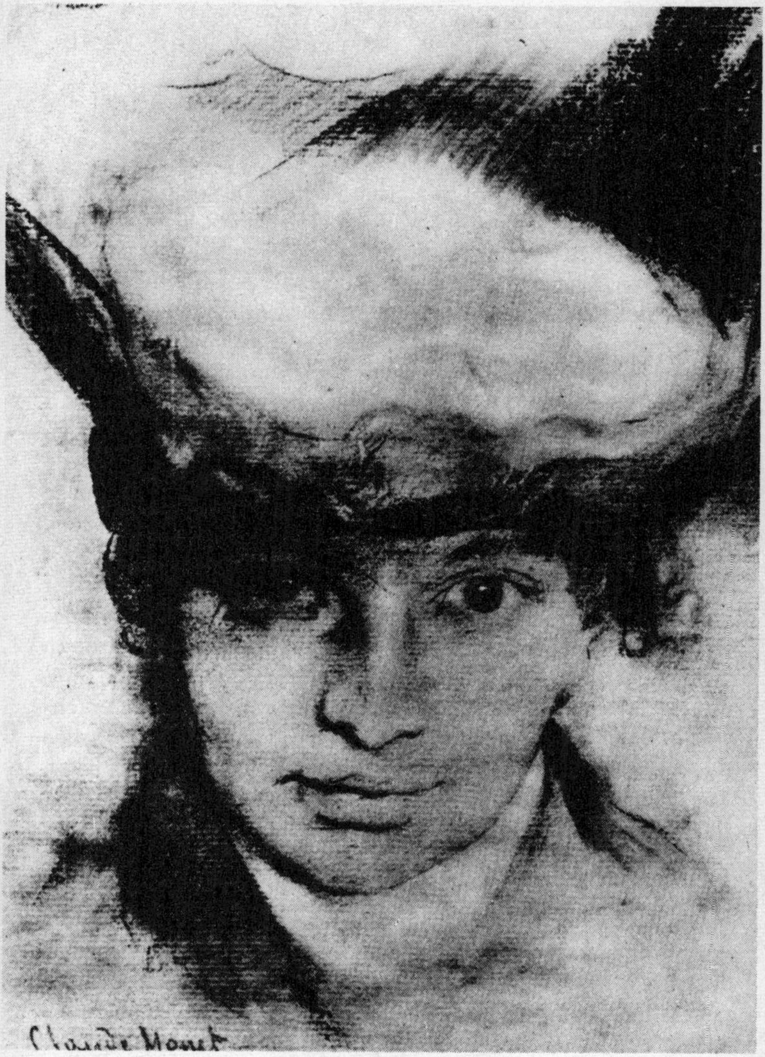

Claude Monet
Bildnis Camille Monet
Rötelzeichnung

Erwacht

Seit den drei Jahren ihrer Ehe war sie aus dem Tal von Ciré, in dem die beiden Spinnereien ihres Mannes lagen, nicht herausgekommen. Kinder hatte sie nicht. Still und glücklich lebte sie dahin in ihrem unter Bäumen versteckten Hause; die Arbeiter nannten es »das Schloß«. Monsieur Vasseur war beträchtlich älter als sie; er war ein gutmütiger Mann und Gatte. Sie liebte ihn. Nie wäre ihr ein abwegiger Gedanke in den Sinn gekommen. Jeden Sommer erschien ihre Mutter bei ihr zu Besuch, aber sobald die Blätter zu fallen begannen, kehrte sie zurück nach Paris, den Winter dort zu verbringen.

Im Herbst begann Jeanne immer ein wenig zu hüsteln. Das enge Tal, in dem der Fluß sich hinschlängelte, füllte sich mit Nebel. Zuerst legten sich leichte Schleier auf die Wiesen, und die ganze Niederung sah aus wie ein Weiher, aus dem die Dächer der Häuser emportauchten. Dann stieg der weiße Nebel, nicht anders als das Meer zur Zeit der Flut, und alles versank darin. Das Tal wurde zu einem Schattenreich. Wie Schemen glitten die Menschen ihres Weges; auf zehn Schritt vermochte keiner den andern zu erkennen. In den hochragenden Bäumen hing der Dunst, und sie sahen aus, wie wenn sie die Feuchtigkeit mit Schimmel überzogen hätte. Wer auf den Hügeln entlangging, die das Tal begleiteten, und über die mit weißem Brodem gefüllte Senke hinblickte, sah über die bis zum Kamm der Hügel angehäuften Schwaden die beiden riesigen Schornsteine der Fabriken von Monsieur Vasseur aufsteigen, von denen Tag und Nacht zwei lange schwarze Rauchfahnen quer über den Himmel krochen.

Das war aber auch das einzige Anzeichen, daß in diesem tief eingeschnittenen, wie mit Watte verpackten Tale Leben zu finden war.

Als nun im letzten Jahr der Oktober wieder kam, riet der Arzt der jungen Frau, den Winter bei ihrer Mutter in Paris zu verbringen, weil die Luft im Tal ihrer Lunge gefährlich werden könnte.

Sie reiste ab.

Die ersten drei Monate weilten ihre Gedanken unausgesetzt in dem Haus, das sie verlassen hatte, mit dem sie durch alle Gewohnheiten des täglichen Lebens verwurzelt war, dessen Einrichtung und vornehme Ruhe ihr lieb und vertraut waren. Dann aber gewöhnte sie sich an das neue Leben. Allmählich fand sie Geschmack an Feiern, an Festessen, an Abendgesellschaften und am Tanzen. Sie hatte sich noch ganz ihr mädchenhaftes Wesen bewahrt und legte eine gewisse Unentschlossenheit und Unaufgewecktheit an den Tag. Ihr Gang war langsam und zögernd, ihr Lächeln matt. Nun wurde sie plötzlich lebhaft, heiter und war für jede Belustigung zu haben. Alle Männer lagen ihr zu Füßen. Vergnügt hörte sie sich ihr Geschwätz an und spielte mit ihren Huldigungen. Sie fühlte sich sicher, und von der Liebe hatte sie genug an dem, was sie in der Ehe kennengelernt hatte.

Der Gedanke, sich den plumpen Zärtlichkeiten dieser bärtigen Geschöpfe preiszugeben, ließ sie vor Mitleid lächeln, ja ein wenig schaudern vor Widerwillen. Betroffen fragte sie sich, wie Frauen so entwürdigenden Dingen mit Fremden zustimmen können, wenn sie sich auch ihrem Ehemanne nicht weigern sollen. Sie hätte ihren Mann zärtlicher geliebt, wenn sie wie zwei Freunde miteinander gelebt und sich mit keuschen Küssen begnügt hätten, den Liebkosungen reiner Seelen.

Und doch hatte sie Vergnügen an den Komplimenten, an dem Begehren, das sie in den Augen las, aber nicht im mindesten teilte, an den unverhüllten Anträgen, den Liebeserklärungen, die ihre Ohren zu hören bekamen, wenn man nach einem üppigen Diner in den Salon zurückkehrte, an so leise hingehauchten Worten, daß man sie fast erraten mußte. Nur ließ es sie völlig kalt. Ihr Herz blieb unbeteiligt, obwohl das Treiben ihrem unbewußten Wunsch, zu gefallen, schmeichelte und in ihrem Innern eine Flamme der Genugtuung entfachte, so daß ihre Zunge nicht stillstand, ihre Augen glänzten und sie sich sonnte in den Huldigungen, die ihr dargebracht wurden.

Sie saß gern mit jemandem zusammen in der Dämmerstunde am brennenden Kamin, wenn die Dunkelheit schon im Zimmer lag und der Mann anfing zu drängen, zu stammeln begann, zitterte und auf die Knie sank. Es bereitete ihr eine ganz ausgesuchte und neuartige Freude, solche Leidenschaft wahrzunehmen und doch davon unberührt zu bleiben, im inneren Herzen und mit den

Lippen nein zu sagen, aufzustehen, kalten Blutes nach der Glocke zu greifen und nach den Lampen zu läuten und, wenn die Schritte des Dieners zu hören waren, den sich verdutzt und voller Wut vom Boden erheben zu sehen, der schmachtend zu ihren Füßen lag.

Sie konnte so verächtlich lachen, daß die leidenschaftlichsten Worte noch im Munde erstarben; sie konnte Worte fallenlassen, die wie ein eisiger Wasserstrahl die feurigsten Beteuerungen niederschlugen; sie konnte in einem Tone reden, der jeden Anbeter zur Verzweiflung bringen mußte.

Zwei junge Leute warben vor allen andern hartnäckig um ihre Gunst. Sie hatten kaum etwas miteinander gemein. Der eine, Monsieur Péronel, war ein Weltmann, groß, schlank, elegant, ein Frauenkenner, der verstand, den richtigen Augenblick abzupassen. Der andere, Monsieur d'Avancelle, wurde unsicher, sobald er in ihre Nähe kam, wagte auch kaum, auf ihre Zuneigung zu hoffen. Aber er folgte ihr wie ein Schatten und verriet sein zweifelndes Verlangen durch glühende Blicke und durch die Beharrlichkeit, mit der er ihre Nähe suchte.

Den ersten nannte sie »Kapitän Fracasse«, den zweiten den »getreuen Seladon« und machte aus diesem so etwas wie einen ergebenen Sklaven, der ihr auf Schritt und Tritt folgte und den sie anstellte wie einen Dienstboten.

Sie hätte laut herausgelacht, wenn man behauptet hätte, daß sie ihn liebe. Und doch hatte sie ihn gern, nur in merkwürdiger Weise. Da er ständig um sie war, hatte sie sich so an seine Stimme, an seine Bewegungen, an seine ganze Haltung gewöhnt, wie einem die Gewohnheiten von Menschen vertraut werden, mit denen man ständig zusammen lebt.

Oft erschien ihr in ihren Träumen sein Gesicht; sie sah es genau so, wie es lebte, sanft, fein, ergeben, leidenschaftlich. Sie erwachte, noch voll von der Erinnerung an diese Träume; sie glaubte, ihn noch zu hören, seine Nähe zu fühlen. So sah sie sich einmal in der Nacht – vielleicht hatte sie Fieber – mit ihm allein in einem stillen Wäldchen; sie saßen nebeneinander im Grase.

Er drückte ihr die Hände und bedeckte sie mit Küssen; er plauderte charmant. Sie spürte die Wärme seiner Haut und den Hauch seines Atems, und wie ganz selbstverständlich strich sie ihm liebkosend über das Haar.

Im Traum ist man ein anderer Mensch als im Wachen. Sie war ganz von zärtlicher Zuneigung zu ihm erfüllt, einer ruhigen, tiefen Zuneigung, und sie war glücklich, ihm über die Stirn streichen und ihn an sich ziehen zu können.

Langsam schlang er seine Arme um sie, küßte sie auf die Wangen und auf die Augen, ohne daß sie im geringsten versuchte, ihm zu wehren. Ihre Lippen fanden sich. Sie gab sich ganz ihm hin.

Es war – die Wirklichkeit ist nie so schön –, es war eine Sekunde übermäßigen und übermenschlichen Glückes, des Geistes und der Sinne, berückend und unvergeßlich.

Sie erwachte; sie bebte; sie war bestürzt und konnte den Schlaf nicht wiederfinden, so fühlte sie sich preisgegeben, für immer verfallen.

Als sie ihn wiedersah, hatte er keine Ahnung, welche Verwirrung er angerichtet hatte; sie aber fühlte, daß sie errötete, und während er schüchterne Worte der Liebe fand, dachte sie unausgesetzt, ohne es verhindern zu können, an die beglückende Umarmung, die sie im Traum erlebt hatte.

Sie liebte ihn, liebte ihn mit seltsamer Zärtlichkeit, rein und doch sinnlich, immer neu bestärkt durch jenen Traum, obwohl sie sich vor der Erfüllung des Verlangens fürchtete, das in ihrer Seele erwacht war.

Er wurde es schließlich gewahr. Und sie gestand ihm alles, selbst die Furcht, welche ihr seine Küsse einflößten. Sie ließ ihn schwören, sie zu schonen. Er hielt seinen Schwur. Sie verbrachten miteinander lange Stunden überschwenglicher Liebe, in der sie nur ihre Seelen austauschten. Nervös, geschwächt, fieberhaft erregt gingen sie dann voneinander.

Mitunter berührten sich ihre Lippen, und sie genossen mit geschlossenen Augen die lange, aber keusche Liebkosung. Sie fühlte, daß sie nicht mehr lange würde widerstehen können; aber sie wollte sich nicht verlieren, und so schrieb sie an ihren Mann, daß sie zu ihm zurückkehren und das stille, einsame Leben dort wiederaufnehmen möchte.

Seine Antwort war ein Brief, wie er von einem ausgezeichneten Ehemanne nicht anders erwartet werden konnte. Er redete ihr aus, mitten im Winter wieder nach Hause zu kommen, sich einem so schroffen Luftwechsel, den eisigkalten Nebeln ihres Tales auszusetzen.

Erst war sie völlig vernichtet; aber dann fühlte sie sich ärgerlich gekränkt durch das einfältige Vertrauen des Mannes, der sie nicht verstanden hatte und nicht ahnte, wogegen sie zu kämpfen hatte.

Der Februar kam und brachte schöne und milde Tage, und wenn sie auch sonst vermied, längere Zeit mit ihrem ›getreuen Seladon‹ allein zu sein, so schlug sie doch nun gelegentlich seine Einladung zu einer Wagenfahrt um den See zur Dämmerstunde nicht aus.

An einem solchen Abend war es. Überall erwachte neues Grün, und mild trug der Wind den Duft des Frühlings übers Land. Die kleine Kutsche fuhr im Schritt. Es wurde dunkel; eng aneinandergeschmiegt saßen sie und hatten die Hände ineinandergelegt. ›Ich kann nicht mehr‹, sagte sie sich, ›ich kann nicht mehr, das geht über meine Kraft!‹ Sie fühlte das Verlangen wach werden, das stürmische Begehren nach der innigsten Umarmung, die sie im Traume so voll genossen hatte. Immer wieder suchten sich ihre Lippen, vereinigten sich, rissen sich voneinander los und lagen im nächsten Augenblick wieder aufeinander.

Er wagte nicht, sie in ihr Zimmer zu begleiten. An der Tür verabschiedete er sich. Sie wußte kaum noch, was sie tat, und war dem Umsinken nahe.

In dem kleinen dunklen Salon wartete Monsieur Péronel auf sie.

Als er ihre Hand berührte, spürte er, daß sie vor Erregung glühte. Da sprach er mit gedämpfter Stimme auf sie ein, zärtlich und ritterlich, und wiegte die zerrissene Seele zur Ruh mit freundlichen Worten der Liebe. Sie hörte zu, ohne ein Wort zu sagen. Ihre Gedanken weilten bei dem andern. Sie glaubte den andern zu hören. Es war wie ein Blendwerk! Ihn glaubte sie an ihere Seite zu fühlen. Nur ihn sah sie vor sich. Sie hatte vergessen, daß es auf der Welt auch noch andere Männer gab. Als sie erschauernd die drei kleinen Worte vernahm: »Ich liebe dich!«, da war es für sie jener andere, der sie aussprach, der sie auf die Fingerspitzen küßte, der ihre Brust umfing wie eben noch im Wagen. Er war es, dessen unwiderstehlichen Küssen sie sich hingab; er war es, den sie in ihre Arme schloß, den sie an sich preßte, nach dem sie verlangte mit aller Kraft ihres Herzens und der ganzen leidenschaftlichen Glut ihres Körpers.

Als sie wieder zu sich kam, stieß sie einen lauten Schrei aus.

Vor ihr kniete Kapitän Fracasse. Er bedeckte ihr aufgelöstes

Haar mit Küssen und stammelte leidenschaftliche Worte des Dankes. Sie aber rief: »Gehen Sie! Gehen Sie! Gehen Sie!«

Er verstand sie nicht und wollte sie wieder umfassen. Da entwand sie sich seinen Händen und stammelte verzweifelt: »Sie sind ein erbärmlicher Mensch! Ich verabscheue Sie! Gehen Sie!«

Er war ganz verdutzt, stand auf, nahm seinen Hut und ging.

Am Tage darauf kehrte sie heim in ihr Tal von Ciré. Ihr Mann war überrascht. Er machte ihr Vorwürfe, daß sie einer Laune so blindlings gefolgt sei. Sie sagte: »Ich hielt es nicht mehr aus, so weit von dir getrennt zu leben.«

Er fand sie verändert. Sie war ernster und stiller als ehedem. »Was hast du nur?« fragte er, »du scheinst nicht zufrieden zu sein. Fehlt dir etwas?« Da antwortete sie: »Nichts. Aber das einzig Schöne, das das Leben bietet, sind doch Träume.«

Im folgenden Sommer kam der ›getreue Seladon‹ und besuchte sie.

Es ging ihr nicht im mindesten nahe; nicht das geringste Bedauern empfand sie. Sie fühlte, daß auch die Liebe zu ihm nur ein Traum war, aus dem Péronel sie jäh aufgeweckt hatte.

Als der junge Mann, der sie noch immer anbetete, sich wieder verabschiedete, dachte er: ›Frauen sind doch wirklich höchst wunderliche, undurchschaubare, rätselhafte Wesen.‹

Edouard Manet
Frauenakt
Pinselzeichnung

Flitterkram

Auf einer Abendgesellschaft seines Chefs war Ministerialsekretär Lantin der jungen Demoiselle vorgestellt worden, und ihr Liebreiz hatte ihn gleich völlig bestrickt.

Ihr Herr Papa war in irgendeinem Departementsstädtchen Finanzamtmann gewesen. Nach seinem Ableben waren Mutter und Tochter nach der Hauptstadt übergesiedelt. Die Damen pflegten Umgang mit einer Reihe gutbürgerlicher Familien ihres Stadtviertels, aus gesellschaftlichem Bedürfnis, wozu sich wohl noch als mehr persönlicher Beweggrund für die verwitwete Madame Provinzial-Steuereinnehmer die stille Hoffnung gesellte, ihre Tochter bei irgendeiner günstigen Gelegenheit unter die Haube zu bringen. Sie waren nicht gerade begütert, aber sonst doch recht ehrenwerte, nette und angenehme Leute. Das junge Mädchen hatte alles, was zu einer wohlerzogenen, anständigen Frau gehört; sie war geradezu ein Idealtyp liebevoller Weiblichkeit, wie ihn sich jeder gescheite junge Mann als Lebensgefährtin erträumt. Von ihrer schlichten Schönheit ging ein madonnenhafter Zauber aus, und das kaum merkliche Lächeln, das immer ihre Lippen umspielte, wirkte wie der Abglanz eines keuschen, reinen Herzens.

Alle, die sie kannten, waren des Lobes voll: »Glücklich der Mann, der sie zur Frau bekommt! Mit der zieht er das Große Los!«

Nun also – Monsieur Lantin, Erster Kanzlist im Ministerium des Innern mit einem Jahreseinkommen von dreieinhalbtausend Franken, hielt eines schönen Tages um ihre Hand an und führte sie als Gattin heim.

Er wurde auch unglaublich glücklich mit ihr. Sie leitete ihr Hauswesen mit so viel hausfraulicher Umsicht, mit so viel feinem Geschick, daß man nur sagen konnte: Das Leben hatte für ihn gar nicht glänzender sein können. Keine Aufmerksamkeit hätte man sich erdenken können, keine Zärtlichkeit, keine liebevolle Überraschung, die sie nicht ihrem Gatten entgegenbrachte. Und überhaupt, der geradezu berückende Charme ihres ganzen Wesens war dermaßen groß, daß er – sechs Jahre nach dem ersten Blick – in sie fast noch glühender verliebt war als zu Beginn.

Zweierlei hatte er eigentlich nur auszusetzen: einmal das ewige Schwärmen fürs Theater und zum andern die Vorliebe für Flitterkram und unechten Schmuck.

Ihre Freundinnen – sie war mit ein paar Kollegenfrauen bekannt geworden – verschafften ihr durch gute Beziehungen des öfteren Ehrenkarten für die beliebtesten Saisonstücke, ja sogar für alle möglichen Erstaufführungen. Und er mußte jedesmal mit zu diesen Veranstaltungen. Ihn kam darin immer fürchterlich das Gähnen an: kein Wunder, bei dem langen Tagesdienst, den er hinter sich hatte! So legte er denn mehr als einmal seinem Frauchen schonend nahe, sie möge doch an seiner Stelle lieber irgendeine ihrer befreundeten Damen mit ins Theater nehmen, die würde ihr bestimmt den Gefallen tun und sie auch wieder nach Hause begleiten. Die junge Frau brauchte einige Zeit, ehe sie sich dazu verstand und nachgab: Eigentlich sei doch das Heimbringen Sache eines männlichen Begleiters! Erst mit der Zeit erklärte sie, wenn es ihm so lieber sei, dann müsse es auch so gehen. Er war ihr unendlich dankbar dafür.

Nur, diese Leidenschaft fürs Theater brachte es mit sich, daß ihr Bedürfnis, ihre Sucht sozusagen, sich mit Flitterkram zu behängen, zusehends größer und größer wurde. In ihrer Kleidung zwar zeigte sie sich wie immer schlicht, geschmackvoll natürlich, aber doch einfach und bescheiden. Und gerade durch diese Schlichtheit im Äußeren gewann ganz offensichtlich ihre sanfte, unwiderstehlich lächelnde Anmut an Reiz. Aber leider gewöhnte sie sich seit einiger Zeit mehr und mehr an, immer größere Rheinkiesel an ihre Ohrläppchen zu hängen, Rheinkiesel, die Brillanten vortäuschen sollten. Und dazu legte sie sich noch ein Kollier aus Wachsperlen um den Hals, trug Armbänder aus Simili und steckte sich Schmuckkämme ins Haar, die mit Glassplitterchen bespickt waren. Das sprühte und glitzerte in allen Regenbogenfarben und tat, als wäre es Gold und Edelstein.

Ihr Gemahl, dem ihr Vernarrtsein in dies Glitzerzeug reichlich wider den Sinn ging, konnte es sich nicht verbeißen, ihr ab und zu vorzuhalten: »Meine Teure, wenn man nicht die Mittel hat, sich richtige Juwelen zu leisten, dann zeigt man sich so, wie man ist, im Schmuck seiner eigenen Schönheit und natürlichen Grazie! Und das sind – sieh dich nur mal im Spiegel an! – gar nicht so alltägliche Frauenschönheiten!«

Sie aber lächelte ihn dann an, sanft wie immer, und gab ihm zur Antwort: »Was willst du? Ich bin nun mal darein verliebt! Es ist meine kleine Leidenschaft geworden! Ich weiß, du hast recht, aber – man kann sich nun mal nicht mehr anders machen. Ich – ach, ich könnte für echte Juwelen alles hingeben ...!«

Und währenddem ließ sie die Perlen sanft durch ihre Finger gleiten und nahm die geschliffenen Steine in die Hand, daß die Kristallflächen nur so auffunkelten, und sagte versonnen immer wieder: »Schau doch nur, wie schön all das ist! Man könnte fast schwören, es seien echte ...!«

Er lächelte nur nachsichtig dazu und sagte kopfschüttelnd: »Liebhabereien hast du, wirklich, wie eine Zigeunerin!«

Abends manchmal, wenn sie am Kaminfeuer saßen, holte sie ihre Schatulle aus Maroquinleder mit den Kinkerlitzchen und stellte sie vor sich hin auf den Teetisch. Da konnte sie den Tand mit so leidenschaftlichen Blicken anschauen, mit Blicken, die förmlich daran hingen, als genieße sie eine tiefe, heimliche Lust. Und dann wandte sie sich ihrem Gemahl zu und ließ nicht locker, bis sie ihm eines ihrer Kolliers um den Hals gehängt hatte; und dabei schüttete sie sich immer aus vor Lachen und kicherte hellauf: »Wie komisch, nein, wie urkomisch du aussiehst!« Und dann warf sie sich ihm in die Arme und küßte ihn immer wieder ab.

In einer Winternacht kam sie von einem ihrer Opernbesuche gänzlich durchfroren heim. Am andern Morgen hustete sie. Acht Tage danach starb sie an einer Lungenentzündung.

Es fehlte nicht viel – und Lantin wäre ihr nachgefolgt ins Grab. So unsäglich war seine Verzweiflung, daß er binnen vier Wochen graue Haare bekam. Die Augen wurden ihm nicht mehr trocken. Unglaublich litt er. Die Erinnerung an die Dahingegangene, an ihr Lächeln, an ihre Stimme, an all ihren Liebreiz suchte ihn Tag und Nacht heim und zerriß ihm fast das Herz.

Die Zeit, die sonst manchen Schmerz heilt, schien sein Weh nicht zu lindern. Sogar in den Dienststunden, wenn die Kollegen in der Büropause zu einem Schwätzchen über die neuesten Tagesgeschehnisse kamen, konnte es sich plötzlich ereignen, daß sein Gesicht sich verzog, seine Backen sich blähten, seine Nüstern sich kräuselten und ihm das Wasser in die Augen stieg. Mitleiderregend sah es aus, wenn er so seine Grimassen schnitt und losschluchzte.

Daheim ließ er peinlich genau das Zimmer der Dahingegangenen so, wie es bis in ihre letzten Lebensstunden ausgesehen hatte. Abend für Abend schloß er sich darin ein, um ungestört in Gedanken mit ihr vereint zu sein. All ihre Möbelstücke, ja sogar ihre Kleider ließ er an dem Platze, wo ihre Hand sie zuletzt hingetan hatte.

Das Leben wurde schwer für ihn – in jeder Hinsicht. Sein Einkommen, das unter den Händen seiner Frau doch immer für all die mannigfachen Bedürfnisse des Haushalts ausgereicht hatte, langte nun nicht einmal mehr für ihn allein. Verwundert fragte er sich, wie sie es nur gemacht hatte, daß immer die ausgezeichnetsten Weine und die leckersten Sachen auf seinem Tische standen, Sachen, die er sich selber von seinen Mitteln doch gar nicht leisten konnte.

Er kam ins Schuldenmachen und mußte sich umsehen, wo er Geld herbekam, um wieder flottzukommen. Eines Morgens, als er, eine volle Woche vor dem Ersten, ohne einen Sou dasaß, überlegte er, was er verkaufen könnte. Da kam ihm der Gedanke, daß er ja eigentlich mal versuchen könnte, den Flitterkram seiner Teuren loszuwerden; denn in der Tiefe des Herzens hegte er noch immer den alten Groll gegen all diese Similidinge, die ihn schon seit jeher geärgert hatten. Nun verdarb ihm der tägliche Anblick auch noch die reine Erinnerung an seine geliebte Dahingegangene.

Lange stöberte er in dem Glitzerzeug, das sie ihm hinterlassen hatte. Bis in ihre allerletzten Tage war sie, zuletzt fast Abend für Abend, mit irgend so einem neuen Talmiding heimgekommen. Nach einigem Suchen entschied er sich schließlich für das große Kollier, das sie immer mit besonderer Vorliebe getragen hatte; es konnte, seiner Schätzung nach, als für eine Imitation immerhin ganz ordentlich gearbeitetes Stück, sechs bis acht Franken wert sein.

Er steckte das Ding in die Tasche und machte sich auf den Weg nach seinem Ministerium. Auf den Boulevards hielt er Ausschau nach einem vertrauenerweckenden Juwelierladen.

Schließlich entdeckte er einen. Er ging hinein, aber ein leicht unbehagliches Gefühl hatte er doch, als er so offen seine mißliche Lage zur Schau stellen sollte. Wenn er wenigstens etwas Besseres anzubieten hätte, als was er hier so an den Mann zu bringen versuchte, – diesen billigen Schund!

»Ich möchte gern mal vom Fachmann, Herr Juwelier, wissen«, wandte er sich dem Geschäftsinhaber zu, »was das Schmuckstück da schätzungsweise wert ist!«

Der Händler nahm das Kollier zwischen die Fingerspitzen, betrachtete es prüfend, wendete es hin und her, wog es auf der Handfläche, griff nach einer Lupe, rief den Gehilfen an den Ladentisch, tauschte mit ihm ein paar leise Bemerkungen, legte dann das Stück vor sich auf die Vitrinenplatte und trat einige Schritte zurück, um die Wirkung besser beurteilen zu können.

Lantin wurde es noch unbehaglicher, als er sah, was für Umstände man mit dem Zeug da machte. Er öffnete schon den Mund und wollte gerade erklären: ›Oh, ich weiß natürlich, daß es nicht viel wert ist!‹ da kam ihm der Juwelier zuvor und äußerte gewichtig: »Dies Kollier da, Monsieur, ist – nun sagen wir zwölf- bis fünfzehntausend Franken wert! Zu einem Ankauf, falls Sie es verkaufen wollen, könnte ich mich allerdings nur entschließen, wenn Sie mir ein paar genauere Angaben über seine Herkunft machen wollten!«

Der Witwer riß die Augen auf und stand noch immer sprachlos da. Er begriff nicht ein Wort von dem, was der Juwelier da sagte. Nach einem Weilchen erst stotterte er heraus: »Sie meinen... wirklich?« Der Geschäftsmann faßte das Erstaunen des Kunden falsch auf und erwiderte kühl: »Sie können ja versuchen, ob Sie woanders mehr dafür bekommen. Für mich ist dies Stück höchstens fünfzehntausend wert. Finden Sie niemanden, der mehr bietet, bitte, dann steht es Ihnen völlig frei, wieder zu mir zu kommen.«

Lantin stand der Verstand still. Er nahm sein Kollier, steckte es wieder ein und ging; ihn trieb das dumpfe Verlangen, erst einmal wieder draußen zu sein, mit sich allein, und ruhig nachzudenken.

Auf der Straße überkam ihn eine unbändige Lachlust. »So ein Dussel!« sagte er vor sich hin. »Ha, so ein Dussel! Wenn ich ihn gleich beim Wort genommen hätte...! Wirklich, ein tüchtiger Fachmann, der nicht mal Schmuck von ›Schmuck‹ unterscheiden kann!«

Vorn an der Rue de la Paix war noch so ein Fachgeschäft. Er trat ein. Kaum hatte der Juwelier den Schmuck gesehen, da schmunzelte er: »Na, und ob ich ein Kollier, wie dies da, nicht sofort erkenne! Solch ein Stück kann nur aus meinem Haus stammen!«

Höchst verdutzt fragte Lantin: »Was ... was ist es wohl wert?«

»Tja, Monsieur ... funkelnagelneu ... fünfundzwanzigtausend! Und getragen, wie dies hier, na, immer noch ... achtzehntausend! Ich bin jederzeit gern bereit, es für diesen Preis zurückzunehmen. Sie würden sich lediglich noch – der Formalität halber – als rechtmäßiger Eigentümer des Schmuckes auszuweisen haben!«

Diesmal mußte Lantin sich erst einmal hinsetzen vor Erstaunen. Es verschlug ihm fast die Sprache. »Aber ... aber schauen Sie sich doch erst mal das ... das Stück da ganz genau an ... als ... als Fachmann, der Sie ja sind ...! Ich ... ich bin immer der Ansicht gewesen, das da ... sei eine Imitation!«

Der Juwelier wurde etwas förmlich: »Darf ich wohl um Ihren Namen bitten, Monsieur?«

»Aber gewiß ... natürlich! Mein Name ist Lantin, Ministerialsekretär im Ministerium des Inneren. Privatanschrift: Rue des Martyrs 16.«

Der Händler schlug sein Geschäftsbuch auf, blätterte, suchte in den Registern und bestätigte: »Allerdings – dies Kollier wurde geliefert an die Adresse von Madame Lantin, Rue des Martyrs 16, und zwar am 20. Juli 1876.«

Die beiden Männer sahen sich einen Augenblick fragend an: der eine fassungslos und ganz verblüfft, der andere argwöhnisch, als wittere er einen Diebstahl.

Dann setzte der Händler hinzu: »Wollen Sie mir das Stück lediglich noch für vierundzwanzig Stunden überlassen? Ich stelle Ihnen natürlich eine Empfangsbescheinigung darüber aus.«

Monsieur Lantin stammelte: »Aber gewiß, gewiß ...!« Er faltete die Quittung zusammen und stopfte sie in seine Tasche, während er schon durch die Tür hinausstrebte.

Draußen überquerte er die Straße, ging auf der andern Seite weiter, merkte nach einer Weile, daß er die verkehrte Richtung eingeschlagen hatte, lief zurück bis zu den Tuilerien, hatte schon die Seinebrücke überschritten, wurde plötzlich gewahr, daß er wieder fehlging, kehrte abermals um und langte zum zweiten Male an den Champs-Elysées an, ohne auch nur einen klaren Gedanken fassen zu können. Er gab sich Mühe, eine vernünftige Erklärung für die Sache mit dem Kollier zu finden: Kaufen, sich je ein solches Wertstück vom eigenen Geld kaufen, nein – ausgeschlossen! Das hätte seine Frau nie, bestimmt nie gekonnt! – Ja aber... dann käme der Schmuck doch nur als... als Geschenk in Frage...! Als Geschenk... als Geschenk – von wem? Und... und wofür...?

Er blieb stehen – mitten auf der Avenue. Ein entsetzlicher Verdacht überkam ihn: Sie...? Aber dann... dann waren all die andern Schmucksachen ja... doch auch... auch Geschenke...! Ihm war mit einem Male, als fange der Boden unter ihm an zu wanken, als stürze der Baum da vor ihm nieder auf ihn – er streckte die Arme aus und sank bewußtlos zusammen.

Als er wieder zu sich kam, lag er im Offizinalraum einer Apotheke. Von der Straße war er wohl dort hineingeschafft worden. Er ließ sich in seine Wohnung bringen und schloß hinter sich zu.

Bis in die Nacht hinein schluchzte er haltlos in einem fort vor sich hin. Er biß ins Taschentuch, um nicht laut aufzubrüllen. Dann warf er sich hin aufs Bett und fiel, von Erschöpfung gebrochen, in einen bleiernen Schlaf.

Ein Sonnenstrahl weckte ihn. Langsam erhob er sich. Es war höchste Zeit, sich ins Ministerium zu begeben. Aber Dienst tun – nach solchen Erschütterungen, wie er sie gestern erlebt hatte – das war ihm unmöglich, einfach unmöglich! Er überlegte: Unter solchen Umständen habe er doch wohl das Recht, sich im Amt zu entschuldigen. Er setzte sich hin und schrieb ein paar entsprechende Zeilen an seinen Chef. Dann ging es ihm durch den Sinn, daß er ja doch auch zu dem Juwelier nochmals hinmüsse. Er wurde blutrot bei diesem Gedanken. Lange saß er und sann hin und her: Er konnte natürlich nicht dem Mann das Kollier so mir nichts, dir nichts überlassen! So kleidete er sich zum Ausgehen an und machte sich dann auf den Weg.

Das Wetter war schön. Der blaue Himmel spannte sich weit über die Riesenstadt, auf der das Licht wie ein leuchtendes Lächeln lag. Spaziergänger, die Hände in den Taschen, schlenderten vorüber.

Als Lantin sie so sorglos dahinbummeln sah, dachte er: ›Wie glücklich dran ist doch einer, der Geld in der Tasche hat! Mit Geld kann man sich alles vom Halse schaffen, was einen verdrießt! Man kann gehen, wohin man Lust hat, man kann Reisen machen, man kann sich sonstwie amüsieren! Oh, wenn ich Geld in der Tasche hätte!‹

Er merkte, daß er hungrig war. Sechsunddreißig Stunden waren es her, daß er etwas zu sich genommen hatte. Aber – seine Taschen waren leer, gänzlich leer! Da fiel ihm wieder das Kollier ein. Achtzehntausend Franken! Achtzehntausend Franken! Wahrhaftig, gar kein so übles Sümmchen...

Er war an der Rue de la Paix angelangt. Langsam schlenderte er auf dem Bürgersteig auf und ab. Gegenüber hatte der Juwelier seinen Laden. Achtzehntausend Franken! Wohl zwanzigmal war er schon nahe daran, hineinzugehen; doch immer wieder stockte er und scheute aus Scham im letzten Augenblick davor zurück.

Aber dann spürte er wieder, daß er Hunger hatte, mächtigen Hunger sogar, und nicht einen einzigen Sou in der Tasche! Da gab er sich einen jähen Ruck, strebte im Eilschritt über die Straße, um sich ja keine Zeit mehr zum Überlegen zu lassen, und stürzte geradezu hinein in den Laden.

Sowie der Juwelier ihn erkannte, schritt er sofort auf ihn zu und bot ihm mit verbindlichem Lächeln einen Sessel an. Auch die Ladenangestellten traten näher und warfen lächelnde Seitenblicke auf den Kunden.

Der Geschäftsführer eröffnete ihm: »Ich bin jetzt vollkommen im Bilde, Monsieur Lantin! Falls Sie nach wie vor geneigt sein sollten, das Schmuckstück zu veräußern, dann bin ich sehr gern bereit, Ihnen die vorgeschlagene Rückkaufsumme zu zahlen!«

Ministerialsekretär Lantin erwiderte mit aller Beamtenwürde, die er aufbringen konnte, aber etwas gepreßt: »Ja natürlich... ja gewiß doch...«

Darauf entnahm der Händler seinem Geldschrank achtzehn große Scheine, zählte sie vor und überreichte sie seinem Kunden. Monsieur Lantin nahm sie mit der einen Hand, kritzelte mit der andern seinen Namen auf einen Quittungszettel, der ihm vorgelegt wurde, und steckte den Stoß Banknoten in die Tasche. Die Hände zitterten ihm etwas dabei.

Während er schon der Tür zuschritt, drehte er sich noch einmal um, dem Juwelier zu, der ihm noch immer nachlächelte. Lantin senkte die Augen und sagte: »Ich habe... habe da noch andere Schmucksachen... die auch von... die mir auch von einer mir nahestehenden Person hinterlassen worden sind. Hätten Sie dafür auch Interesse?«

Der Händler verneigte sich: »Aber gern, natürlich gern, Monsieur Lantin!«

Losprustend verschwand einer der Angestellten nach hinten, ein zweiter posaunte ins Taschentuch hinein.

Monsieur Lantin nahm keine Notiz davon. Nur einen leichten Anflug von Röte hatte er, während er gemessen sagte: »Ich werde sie Ihnen vorlegen!«

Draußen stieg er in die nächststehende Droschke, um seine Juwelen zu holen.

Als er eine Stunde später wieder bei dem Juwelier erschien, hatte er sich noch immer nicht die Zeit nehmen können, einen Happen zu frühstücken. Stück für Stück ging er mit dem Händler die Schmucksachen durch und ließ sich jedes Objekt einzeln taxieren. Diesmal nahm Monsieur Lantin schon nicht mehr so ohne weiteres die Summe hin, die der Händler nannte, sondern gestattete sich, auch etwas dazu zu sagen, wünschte dringlich, Einblick in die Geschäftsbücher zu nehmen, und wurde immer bestimmter, je höher die Summen anstiegen.

Die schweren Brillantohrringe waren für zwanzigtausend Franken geliefert worden, die Armbänder für fünfunddreißigtausend; die Broschen, Ringe und Medaillons hatten einen Gesamtwert von sechzehntausend; eine Garnitur Smaragde und Saphire hatten vierzehntausend gekostet; ein Solitär – als Halsgeschmeide gearbeitet, an goldener Kette – war für vierzigtausend Franken gekauft worden. Summa summarum: Einhundertsechsundneunzigtausend Franken!

Der Händler präsentierte den Aufrechnungszettel seinem Kunden mit der freundlich-witzigen Bemerkung: »Zweifellos das teure Vermächtnis einer Persönlichkeit, die ihre gesamten Ersparnisse in Wertsachen anzulegen liebte.«

Ministerialsekretär Lantin gab würdevoll zur Antwort: »Einer legt sein Geld so, der andere so an.« Als er mit dem Mann hinter dem Ladentisch eine dem Wert angemessene Rückkaufstaxierung, und zwar für den nächsten Tag, vereinbart hatte, verabschiedete er sich.

Als er wieder draußen auf der Straße stand und den Blick hob, packte ihn urplötzlich eine unbändige Lust, hinüberzurennen zur

Vendôme-Säule und hinaufzuklettern, einfach hochzuhangeln an ihr wie an einer Kletterstange auf dem Kinderfest, an der die märchenhaftesten, leckersten Dinge lockend hängen. So unbeschwert fühlte er sich, so spielend leicht hätte er jetzt, in diesem Augenblick, mit gewaltigem Bocksprung über die Statue des Kaisers, der da oben ehern auf seinem Säulenknauf in den Himmel ragte, in hohem Bogen hinwegsausen können ...

Er besann sich, lenkte seine Schritte dem Hôtel Voisin zu und nahm dort das Frühstück ein. Er ließ sich einen Wein dazu kommen, zu zwanzig Franken die Flasche. Dann gab er jemandem vom Servierpersonal den Auftrag, eine Droschke vorfahren zu lassen. Auf seiner Rundfahrt durch Bois lehnte er lässig im Wagen und sah etwas von oben herab auf die an ihm vorüberfahrenden Equipagen. Es stachelte ihn geradezu die Lust, allen Leuten ins Gesicht zu brüllen: ›Mir, mir könnt ihr nichts mehr vormachen! Ich, ich habe auch meine zweihunderttausend ...!‹

Während er sich im Genuß solcher Gedanken wiegte, fiel ihm sein Ministerium ein. Er ließ sich hinfahren, stolzierte frank und frei ins Amtszimmer seines Chefs und verkündete ihm: »Monsieur! Ich bin da, um – zu kündigen. Ich habe eben dreihunderttausend Franken geerbt!«

Im Hinausschreiten schüttelte er in der Kanzlei seinen bisherigen Kollegen die Hand und ließ einiges über Zukunftspläne durchblicken. Darauf begab er sich ins Café Anglais zum Diner.

Er hatte neben einem Herrn Platz genommen, der einen vornehmen und vertrauenswürdigen Eindruck machte. Der Reiz, sein Glück dem Tischnachbarn mitzuteilen, war zu groß; er konnte einfach nicht länger an sich halten. Und so kam er denn mit dem andern ins Plaudern und erzählte so ganz nebenbei, daß er eben eine Erbschaft gemacht habe – vierhunderttausend Franken ...

An dem Abend empfand er – zum erstenmal in seinem Leben – im Theater nicht die geringste Langeweile und amüsierte sich hinterher noch großartig in Nachtlokalen mit Damenbetrieb.

Sechs Monate später vermählte er sich noch einmal. Die Lebensgefährtin, die er diesmal heimführte, war ein Muster an Tugend – in jeder Beziehung. Es war nur etwas schwieriger, mit ihr auszukommen; er hatte bei ihr nicht gerade den Himmel auf Erden.

Quellenverzeichnis

Der Abdruck der Übersetzungen von Helmut Bartuschek: Fettklößchen, Eine Landpartie, Im Frühling, Pariser Abenteuer, Der Morin – das Schwein, Flitterkram und Karl Friese: Friedhofsbesucher, Das brennende Scheit, Eine Witwe, Erwacht, erfolgt mit freundlicher Genehmigung des Aufbau-Verlags, Berlin/Weimar.

Die Übertragungen von Paul Amann: Fräulein Fifi, Marocca, Toll, Eingerostet, Eine List, Die Verzeihung, Christnacht, Der Stellvertreter und anderen, namentlich nicht genannten Übersetzern sind der Ausgabe: Guy de Maupassant, Romane und Novellen, München 1924, entnommen.

HEYNE
BÜCHER

Guy de Maupassant

EROTISCHE NOVELLEN

Band II

Mit Illustrationen zeitgenössischer Künstler

Ausgewählt und herausgegeben
von
ERNST M. FRANK

WILHELM HEYNE VERLAG
MÜNCHEN

HEYNE-BUCH Nr. 01/6550
im Wilhelm Heyne Verlag, München

Umschlaggestaltung: Atelier Ingrid Schütz, München
Gesamtherstellung: Ebner Ulm

ISBN 3-453-02029-4

Inhalt

Das Brot der Sünde

I

Der alte Taille hatte drei Töchter: Anna, die älteste, von der in der Familie nicht gern gesprochen wurde, Rose, die zweite, die gerade achtzehn Jahre alt war, und Claire, das Nesthäkchen, noch ein richtiger Backfisch von kaum vierzehn Lenzen.

Vater Taille, inzwischen Witwer geworden, war Mechanikermeister in der Knopffabrik von Monsieur Lebrument: ein tüchtiger Mann, wohlgeachtet, rechtschaffen, sehr solide, kurz, ein Vorarbeiter, wie er im Buche steht. Er wohnte in der Rue d'Angoulême in Le Havre.

Als Anna seinerzeit, wie man so sagte, durchgebrannt war, hatte den Alten die fürchterlichste Wut gepackt; er hatte getobt und geschworen, er werde diesen Lumpenkerl von Verführer; diesen grünen Jungen – er war Rayonchef in einem großen Modehaus der Stadt – glatt umbringen. Mit der Zeit war ihm von den verschiedensten Seiten zu Ohren gekommen, der Kleinen gehe es eigentlich gar nicht so übel, sie habe sich ganz gut eingelebt in die neuen Verhältnisse, habe sogar einiges in Staatspapieren angelegt; sie gebe sich durchaus nicht mit jedem ersten besten ab, sondern sei jetzt fest liiert mit einem seriösen älteren Herrn, einem gewissen Dubois, Gerichtsrat bei der Handelskammer. Darüber hatte sich der Alte denn einigermaßen beruhigt.

Er nahm nun wieder besorgten Anteil an allem, was sie tat; er erkundigte sich wiederholt bei ihren ehemaligen Freundinnen, die sie aufgesucht hatten, wie sie denn wohne; und als sie ihm dann erzählten, sie besäße eine eigene Wohnungseinrichtung mit einer Menge prachtvoller, bunter Vasen auf sämtlichen Kaminsimsen, Wandgemälde, vergoldete Standuhren und überall Teppiche, da spielte sogar ein leises zufriedenes Lächeln um seine Lippen. Dreißig Jahre lang hatte er nun geschuftet, um ganze lumpige fünf-, höchstens sechstausend Franken zusammenzukriegen! Das Mädel war eigentlich gar nicht so dumm gewesen ...

Und – sieh mal einer an – nun erschien auch noch eines schönen Morgens der junge Touchard, der Sohn des Böttchermeisters vorn an der Ecke, und hielt bei ihm um die Hand seiner zweiten Tochter, der Rose, an. Dem Alten schlug das Herz höher. Die Touchards hatten Geld und lebten in guten Verhältnissen – er hatte entschieden Glück mit seinen Mädchen!

Die Heirat wurde perfekt gemacht. Mit allem Drum und Dran sollte die Hochzeit gefeiert werden, und zwar in Saint-Adresse, im Restaurant der Mutter Jusa. Das würde natürlich eine ganz schöne Stange Geld kosten, aber – na wennschon, so was kam ja nicht gleich alle Tage wieder vor.

Eines schönen Morgens, als der Alte – er war wie immer zum Frühstück heimgekommen – sich gerade mit seinen beiden Jüngsten zu Tisch setzen wollte, tat sich ganz unerwartet die Tür auf, und Anna stand auf der Schwelle. Sie trug ein hochelegantes Straßenkostüm, blitzende Ringe und ein Federhütchen. Sie sah entzückend aus – wie aus dem Modejournal. Sie flog ihrem Papa an den Hals, so stürmisch, daß er nicht mal ›uff‹ sagen konnte, umarmte, Tränen in den Augen, ihre beiden Schwestern, sank schließlich auf einen Stuhl nieder und bat, sich die Augen wischend, um einen Teller, um mit der Familie die Suppe zu essen. Nun war es an Meister Taille, gerührt zu sein; und während ihm die Augen feucht wurden, brummelte er nur immer wieder: »Ist schon gut, Kleine, ist schon gut.«

Da rückte sie auch schon heraus mit ihrem Anliegen: Sie lasse auf keinen Fall zu, daß Roses Hochzeit in dem Lokal in Saint-Adresse gefeiert werde, das käme nicht in Betracht, auf keinen Fall! Diese Hochzeit werde bei ihr gefeiert, jawohl, bei ihr! Und Papa werde keinen Sou dafür aus seiner Tasche ausgeben. Sie habe schon disponiert, alles bestellt und arrangiert; sie übernehme sämtliche Kosten, und damit basta.

Der Alte sagte dazu bloß immer wieder: »Na, ist ja gut, Kleine, ist ja schon gut...« Aber dann kamen ihm doch gewisse Bedenken. Ob das auch den Touchards recht sein würde?

Rose, die Braut, meinte erstaunt dazu: »Wieso soll das denen nicht recht sein?! Laß nur, das übernehme ich schon, ich werde mal gleich mit meinem Philippe drüber reden.«

Sie sprach auch wirklich noch am gleichen Abend mit ihrem Zukünftigen, und Philippe meinte dazu, das passe ihm ganz großartig ins Programm. Ebenso entzückt waren auch Schwiegermama und Schwiegerpapa Touchard von dem Gedanken, ein Hochzeitsdiner mitzumachen, das sie überhaupt nichts kosten sollte. Sie sagten: »Na, das wird sicher sehr nobel werden, Monsieur Dubois soll ja im Gelde schwimmen.«

Dann äußerten sie nur noch den Wunsch, eine Freundin ihres Hauses einladen zu dürfen, Mademoiselle Florence, die Köchin der Herrschaften aus der ersten Etage. Anna hatte durchaus nichts dagegen.

Die Hochzeit wurde auf den letzten Dienstag im Monat anberaumt.

2

Nach den Formalitäten auf dem Standesamt und der kirchlichen Zeremonie zog die ganze Hochzeitsgesellschaft dem Haus zu, in dem Anna ihre Wohnung hatte. Auch die Tailles hatten ihrerseits Gäste mitgebracht: einen älteren Vetter, Monsieur Sauvetanin, einen etwas gravitätischen Herrn von gemessenem Wesen und mit philosophischen Neigungen, den man zu beerben hoffte, sowie eine bejahrte Tante, Madame Lamondois.

Monsieur Sauvetanin war dazu ausersehen worden, Anna den Arm zu bieten. Die beiden hatte man zusammengespannt, weil sie nach allgemeiner Ansicht die bedeutendsten und vornehmsten Persönlichkeiten der Festgesellschaft darstellten.

Als man vor Annas Haustür angelangt war, machte sich die Gastgeberin vom Arm ihres Kavaliers los und lief voraus mit den Worten: »Ich muß euch doch den Weg zeigen!«

Leichtfüßig eilte sie die Treppe empor, während die übrigen Teilnehmer des Festzuges langsamer hinterherstiegen.

Als die junge Hausherrin ihre Wohnungstür aufgetan hatte, stellte sie sich an die Seite, um die ganze Gesellschaft an sich vorbeidefilieren zu lassen. Mit groß aufgerissenen Augen zogen sie ein und drehten die Köpfe nach allen Seiten, um diesen märchenhaften Luxus anzustaunen.

Die Festtafel war im Salon gedeckt, da sich das Speisezimmer als zu klein erwiesen hatte. Ein bekannter Restaurateur aus der Nachbarschaft hatte die Gedecke geliefert; und die weingefüllten

Karaffen blitzten und funkelten in dem Streifen Sonnenlicht, das durch eines der Fenster hereinfiel.

Die Damen wurden erst einmal in das Schlafgemach geführt, um sich ihrer Schals und ihrer Hüte zu entledigen; und Schwiegerpapa Touchard riskierte dabei auch gleich einen Blick von der Tür aus hinein; er zwinkerte vielsagend nach der bequemen, breiten Liegestatt hinüber und machte verstohlen den Herren einladende, scherzhaft sein sollende Zeichen. Vater Taille beschaute sich sehr würdevoll und mit innerer Genugtuung die hochherrschaftliche Einrichtung seiner Ältesten; er schritt – den Hut noch immer in der Hand – von Zimmer zu Zimmer, als schätze er die Gegenstände mit seinen musternden Blicken auf ihren Wert; wie ein Mesner in der Kirche wandelte er umher.

Anna kam und ging, lief hin und her, traf ihre Anordnungen und brachte Schwung in die Essensvorbereitungen.

Endlich erschien sie wieder auf der Schwelle des ausgeräumten Speisezimmers und rief: »Bitte alle mal eine Minute herüberkommen!«

Ihre Gäste eilten hinüber und erblickten ein Serviertischchen, auf dem, im Kreis angeordnet, zwölf Gläser mit Madeira standen.

Rose und ihr junger Gatte hielten sich eng umschlungen und waren bereits dabei, sich in einer dunklen Ecke zu küssen. Monsieur Sauvetanin ließ Anna nicht eine Sekunde aus den Augen; auch in ihm glühte sichtlich das Feuer, das leichte Fieber der Erwartung, die sich in allen Männern, selbst in nicht mehr ganz jugendfrischen, älteren Semestern regt, sobald sie sich galanten Schönheiten gegenübersehen, gerade als wären solche Damen schon von Standes und Berufs wegen verpflichtet, sich jedem männlichen Wesen mit einem Teil ihrer selbst hinzuschenken.

Dann ging man zu Tisch, und das Festmahl begann. Die alten Herrschaften hatten ihre Plätze an dem einen Ende der Tafel; die jungen Leute gruppierten sich um die Neuvermählten am anderen. Madame Touchard präsidierte als Schwiegermama an der rechten Schmalseite, die junge Frau ihr gegenüber links. Anna widmete sich allen zusammen und jedem im besonderen; sie ließ ihre Blicke rundum schweifen, ob auch alle Gläser ständig gefüllt seien und ob auf jedem Teller etwas liege. Aber eine gewisse Scheu und eine Art respektvolle Zurückhaltung angesichts des prunkvollen Milieus und der Feierlichkeit, mit der man bedient wurde, ließ bei den

Gästen nicht die rechte Zwanglosigkeit aufkommen. Alle aßen mit gesundem Appetit, reichlich und gut; aber es wollte sich nicht die rechte lustige Stimmung entfalten, wie sie auf einem Hochzeitsfest sonst herrscht. Es war eine zu vornehme Atmosphäre, man fühlte sich beinahe beklommen. Madame Touchard die Ältere, die gern lachte, suchte Leben in die Gesellschaft zu bringen; und so ließ sie sich denn, als man beim Dessert angelangt war, laut und deutlich vernehmen: »Hör mal, Philippe, du könntest uns eigentlich etwas Schönes vorsingen.«

In ihrer Straße sagten nämlich alle Leute, ihr Philippe habe wirklich eine der schönsten Stimmen in ganz Le Havre.

Der junge Ehemann kam auch gleich der mütterlichen Aufforderung nach, erhob sich, lächelte höflich und galant seiner Schwägerin zu und suchte in seinem Repertoire, was am besten der Situation entspräche: nach etwas Ernstem, Gediegenem, was so recht stimmungsvoll zu dieser festlichen Stunde passe.

Anna lehnte sich erwartungsvoll in ihren Sessel zurück. Alle Mienen wurden gespannter und lächelten leicht.

Der junge Sänger kündigte an: »Das Brot der Sünde.« Dazu machte er eine so schwungvolle Bewegung mit dem rechten Arm, daß sein Frackkragen um den Nacken ganz verrutschte, und fing an:

»Ein ehrbar Brot ist's, das der kargen Erde
Des Menschen starker Arm in Müh' abringt,
Der Arbeit Brot, das abends spät zum Herde
Er froh und redlich seinen Lieben bringt.
Doch gibt's noch eins! Zu anderen Genüssen
Verlockt's! Die Saat der Hölle bringt den Tod:
Hütet euch vor solch süßen Satansbissen,
Hüte dich, Kind, vor solch sündigem Brot!«

Die ganze Tischgesellschaft klatschte rasend Beifall. Schwiegerpapa Touchard stellte fest: »Das ist Klasse, was?« Die miteingeladene Küchenmamsell drehte zwischen ihren Fingern ein Brotkrüstchen hin und her und betrachtete es gerührt und versonnen. Monsieur Souvetanin murmelte: »Ausgezeichnet, ausgezeichnet!« Und Tante Lamondois wischte sich bereits mit ihrem Mundtuch die Augen.

Der Jungvermählte kündigte an: »Zweite Strophe«, und schmetterte mit wachsender Stimmstärke los:

»Den Bettler ehret, der sein Sorgenbündel
Uns altersmüd und flehnd entgegenstreckt,
Doch pfui dem arbeitsscheuen Diebsgesindel,
Das jung und faul und frech die Hand herreckt!
Es stiehlt dem Volk, dem schaffenden, voll Hohne
Den Lohn der Müh – der Schnorrer sonder Not.
Pfui über jede faule Menschendrohne!
Hüte dich, Kind, vor solch sündigem Brot!«

Alle – einschließlich der beiden Lohndiener, die an der Wand lehnten – grölten im Chor den Kehrreim mit. Die schrillen, nicht immer den richtigen Ton treffenden weiblichen Stimmen brachten dabei die volltönenden Männerorgane ganz aus dem Konzept.

Die junge Frau und das Tantchen schwammen schon in Tränen. Vater Taille schneuzte sich mit Posaunenton, und Schwiegerpapa Touchard schwenkte wie toll vor Begeisterung ein ganzes Brot über der Tafel. Die befreundete Köchin ließ ein paar stumme Zähren auf ihre Brotkruste niederperlen, die sie immerzu zwischen den Fingern drehte.

Monsieur Sauvetanin tat mitten in die allgemeine Bewegtheit hinein den bedeutsamen Ausspruch: »Endlich einmal wieder was Gesundes! Das ist doch ganz was andres als die gewöhnlichen Witzchen.«

Anna war auch bewegt; sie warf ihrer Schwester Kußhände zu und deutete mit liebevoller Handbewegung auf den jungen Künstler, wie um ihr zu solch einem Gatten zu gratulieren.

Berauscht von dem Erfolg, setzte er mit der dritten Strophe ein:

»Aus deinem Stübchen, Kind vom Arbeitsadel,
Weis den, der dich verführen will, zurück.
Schwing, braves Kind, schwing fleißig deine Nadel,
Du bist ja deiner Eltern einzig Glück.
Wär's dir Genuß, der schnöden Pracht zu frönen?
Weh, wenn des Vaters Fluch im Tod noch droht!
Aufs Brot der Sünde rinnen Sündentränen –
Hüte dich, Kind, vor solch sündigem Brot!«

Diesmal stimmten nur noch die beiden Lohndiener und Schwiegerpapa Touchard in den Kehrreim ein. Anna war totenblaß geworden und hielt die Augen gesenkt.

Verdutzt blickte der junge Künstler um sich, ohne zu begreifen, wieso sich mit einemmal die Stimmung wieder so abgekühlt hatte.

Im selben Augenblick ließ die Küchendame ihr Brotkrüstchen fallen, als wäre es plötzlich giftig geworden.

Um die Situation zu retten, äußerte Monsieur Sauvetanin würdevoll und entschieden: »Die letzte Strophe war wirklich reichlich überflüssig.«

Vater Taille, rot wie ein Puter, schoß grimmige Blicke nach allen Seiten.

Da rief Anna, die Augen voller Tränen, mit gepreßter, verschleierter Stimme, mit der Stimme einer Frau, die nach innen weint: »Den Champagner bitte ...«

Und auf einmal zuckte es wieder wie Freude über alle Gesichter. Die Mienen hellten sich auf. Und als Schwiegerpapa Touchard, der nichts gesehen, nichts gehört, nichts gemerkt hatte, sein Brot immer noch herumschwenkte und er der ganzen Corona vor die Nase hielt und ganz allein weitersang:

»Hüte dich, Kind, vor solch sündigem Brot!«

da fiel die ganze Tischgesellschaft – wie elektrisiert vom Anblick der silberbekapselten Flaschen – in donnerndem Chorus ein:

»Hüte dich, Kind, vor solch sündigem Brot!«

Henri de Toulouse-Lautrec
Ruhendes Modell
Öl

Das Treibhaus

Monsieur und Madame Lerebour waren im gleichen Alter. Aber Monsieur wirkte jünger, obschon er der schwächere Teil von beiden war. Sie lebten bei Nantes auf ihrem hübschen Landgut, das sie sich von dem kleinen Vermögen, welches ihnen der Handel mit den Rouener bunten Baumwollartikeln einbrachte, hatten leisten können.

Ihr Heim war von einem schönen Garten umgeben, der außer einen Geflügelhof, chinesische Lustpavillons und – ganz am Ende des Grundstücks – ein kleines Treibhaus umschloß. Monsieur Lerebour war ein untersetzter Herr, rundlich und jovial, von der Jovialität eines seine Ruhe genießenden kleinen Geschäftsmannes. Seine Lebensgefährtin, spillerig, sehr eigensinnig und ewig mißvergnügt, hatte ihren Eheherrn nie um seine gute Laune bringen können. Sie färbte sich die Haare und gab sich dann und wann der Lektüre gewisser Romane hin, die ihre Seele träumerisch bewegten, obzwar sie eine Miene aufsetzte, als verachte sie solches Geschreibsel. Man erzählte von ihr, sie sei eine leidenschaftliche Natur, ohne daß sie etwas tat, was diese Behauptung hätte rechtfertigen können. Immerhin äußerte ihr Gatte manchmal: »Meine Madame ist doch ein tolles Stückchen ...!« und machte dazu ein so vielsagendes Gesicht, daß alle möglichen Vermutungen erweckt wurden.

Seit ein paar Jahren schon legte sie gegenüber ihrem Gatten eine Ausfälligkeit an den Tag, zeigte sie sich derart gereizt und bissig, als wurme sie insgeheim etwas heftig, wofür es keine Worte gab. Das führte zu einem gespannten Verhältnis zwischen den beiden. Sie wechselten kaum noch ein vernünftiges Wort miteinander, und Madame – Palmyre war ihr Name – überhäufte bei jeder Gelegenheit Monsieur – Gustave hieß er – mit recht wenig schmeichelhaften Komplimenten, verletzenden Anspielungen, stichelnden Bemerkungen, ohne daß ein Grund zu sehen war.

Er hielt den Buckel hin, etwas gelangweilt, doch immer lächelnd; er verfügte über eine solche Portion Gemütsruhe, daß er diese ehelichen Szenen auf seine Weise hinnahm. Er fragte sich allerdings, was für unbekannte Gründe seine Ehehälfte dazu bringen konnten, ihn so von Tag zu Tag mehr anzugiften; denn er merkte immerhin, daß ihre Gereiztheit eine tiefere Ursache hatte, die aber so schwer zu ergründen war, daß es verlorene Liebesmühe für ihn gewesen wäre, ihr nachzuspüren.

Des öfteren bat er sie: »Na, laß doch mal sehen, meine Gute, sag schon, was du gegen mich hast? Ich merke, du verheimlichst mir was...!«

Sie gab in immer gleichem Ton zurück: »Aber ich habe doch nichts, absolut gar nichts – und übrigens: *wenn* ich irgendwelchen Anlaß hätte, mißvergnügt zu sein, so wäre es deine verdammte Pflicht und Schuldigkeit, darauf zu kommen! Mir imponieren Männer nicht, die nichts verstehen, die so schlapp und begriffsstutzig sind, daß man sie erst mit der Nase darauf stoßen muß, ehe sie kapieren, was los ist!«

Entmutigt murmelte er: »Ich seh schon, du willst nicht mit der Sprache heraus.«

Und er zog ab, beschäftigt damit, dem Rätsel auf die Spur zu kommen.

Die Nächte vor allem wurden sehr peinlich für ihn; denn sie teilten, nach guter, einfacher Ehegepflogenheit, immer noch das Doppelbett miteinander. Keine Boshaftigkeit war da auszudenken, mit der sie ihn nicht schikanierte. Sie suchte sich den Moment aus, da sie Seite an Seite lagen, um ihn mit den spöttischsten Bemerkungen zu überhäufen. Vor allem warf sie ihm vor, er werde immer fetter: »Du nimmst mir ja den ganzen Platz weg, so dick wirst du. Und du schwitzt mir den ganzen Rücken voll, wie ein triefendes Faß Schmalz. Wenn du glaubst, das wäre mir angenehm –!«

Unter den lächerlichsten Vorwänden trieb sie ihn aus den Federn, jagte ihn nach unten, um ihr die Zeitung, die sie vergessen hatte, zu holen, oder das Flakon mit dem Orangenduftwasser, das er nicht finden konnte, weil sie es verkramt hatte. Und wütend rief sie ihm schrill entgegen: »Du müßtest doch wirklich wissen, wo so was zu finden ist, du Trottel, du...!« Und war er dann eine geschlagene Stunde in dem schlafenden Haus umhergetappt und kam mit leeren Händen wieder nach oben, da bekam er statt eines anerkennenden Wortes von ihr zu hören: »So, nun schnarche weiter! Für dich ist's die beste Entfettungskur, wenn ich dich mal so 'n bißchen in Bewegung bringe, du bist ja schwabbelig wie ein Schwamm!«

Alle Augenblicke weckte sie ihn wieder, behauptete, sie habe Magenkrämpfe, verlangte, er solle ihr den Bauch mit einem mit Eau de Cologne durchtränkten Flanellappen massieren. Im Schweiße seines Angesichts mühte er sich, ihrem Übel abzuhelfen, war ganz trostlos, sie so leiden zu sehen, erbot sich, Céleste – das Stubenmädchen – wecken zu gehen. Da fuhr sie hoch wie eine Furie und fauchte ihn erst recht an: »Hach, kann es so was Blödes geben wie diesen Einfaltspinsel da! Hände weg, Schluß, mir ist das ganze Kranksein dabei vergangen, schlaf weiter, du Trottel!«

Er erkundigte sich besorgt: »Du bist ganz sicher, daß du keine Schmerzen mehr hast...?«

Mitleidlos schleuderte sie ihm ins Gesicht: »Ja, Schluß jetzt, laß mich schlafen! Mach mich nicht noch wilder! Ein Schlappschwanz bist du: auf der ganzen Linie, du kannst nicht mal eine Frau massieren!«

Er schnaufte ganz verzweifelt: »Aber... meine Liebe...«

Sie sprang ihm fast ins Gesicht. »Kein Aber... Mir reicht es, verstanden! Laß mich bloß in Frieden...«

Damit drehte sie sich zur Wand zu.

Eines Nachts bald darauf rüttelte sie ihn so plötzlich wach, daß er vor Schreck in die Höhe fuhr und so rasch auf seine Sitzfläche kam, wie ihm das sonst nie passierte.

»Wa...?« lallte er. »Was ist los?«

Sie packte ihn beim Arm und kniff ihn dermaßen, daß er fast aufgeschrien hätte. Sie zischelte ihm ins Ohr: »Ich habe – ein Geräusch gehört, im Haus!«

An das Alarmschlagen seiner Frau zur Genüge gewöhnt, ließ er sich nicht gleich aus der Ruhe bringen und fragte gelassen: »Was für ein Geräusch, meine Beste?«

Sie zitterte wie Espenlaub und stammelte: »Ein Geräusch... na eben solch ein Geräusch... ein Geräusch von Schritten... Es ist jemand da!«

Er traute ihr noch nicht recht: »Jemand da? Du glaubst...? Aber nein, du mußt dich täuschen. Wer denn, was willst du...?«

Sie bebte an allen Gliedern: »Wer...? Wer...? Einbrecher, du Schwachkopf!«

Er schob sich gemächlich wieder unter seine Decke: »Aber woher denn, meine Liebe, kein Mensch ist da, du hast geträumt, bestimmt...!«

Da schleuderte sie die Bettdecke von sich, sprang aus dem Bett und schrie außer sich: »Du bist also ebenso feige wie unfähig! Aber ich denke nicht daran, mich massakrieren zu lassen, nur weil du ein solcher Schlappschwanz bist!«

Damit ergriff sie die Feuerzange und pflanzte sich in Kampfpositur vor der zugeriegelten Tür auf.

Von so beispielhafter Tapferkeit mitgerissen oder vielleicht auch an seiner Mannesehre gepackt, stieg er etwas knurrig aus den Federn, ergriff, ohne seine baumwollene Schlafmütze abzustreifen, die Kohlenschippe und bezog Stellung neben seiner besseren Hälfte.

An die zwanzig Minuten lauerten sie so, in tiefstem Schweigen. Kein neues Geräusch störte die Ruhe des Hauses. Dann suchte Madame wütend wieder ihr Nachtlager auf und erklärte: »Aber trotzdem – ich nehme Gift drauf, daß irgend jemand da war...!«

Um einen neuen Streit zu vermeiden, unterließ er am nächsten Tag jede Anspielung auf jene nächtliche Panik.

Aber in der darauffolgenden Nacht rüttelte Madame Lerebour ihren Mann noch heftiger als das vorhergehende Mal und stammelte atemlos: »Gustave, Gustave, eben hat jemand die Gartentür aufgemacht!«

Erstaunt über solche Besessenheit, meinte er, seine Bettgefährtin habe somnambule Anwandlungen, und gerade wollte er sie diesem unheimlichen Trancezustand entreißen, als ihm schien, er vernehme in der Tat ein leises Geräusch unterhalb der Hausmauer.

Er fuhr aus dem Bett, lief ans Fenster und sah – sah wahrhaftig einen weißen Schatten, der eilig über den von Bäumen eingefaßten Weg lief.

Er murmelte, wankend: »Da ist jemand!« Dann nahm er alle seine Sinne zusammen, faßte sich wieder, und plötzlich, von der Wut des Hausherrn gepackt, in dessen Gehege man eingebrochen ist, legte er los: »Na, wartet, wartet – ihr sollt was erleben!«

Er stürzte zum Schreibpult, riß es auf, bewaffnete sich mit seinem Revolver und raste die Stiege hinunter.

Seine Frau hastete ganz aufgelöst hinter ihm her und zeterte: »Gustave, Gustave, lauf doch nicht weg von mir, laß mich nicht allein, Gustave, Gustave!«

Aber er hatte kein Ohr mehr für sie; schon war er an der Gartentür. Da kletterte sie schnell wieder nach oben und verbarrikadierte sich in ihrem ehelichen Schlafgemach.

Sie lauschte fünf Minuten, zehn Minuten, eine Viertelstunde. Eine wahnsinnige Angst überkam sie. Zweifellos hatten sie ihn zur Strecke gebracht, gepackt, geknebelt, erwürgt. Lieber hätte sie das Ballern seiner sechs Revolverschüsse gehört, die Gewißheit gehabt, daß er im Kampf stand, sich verteidigte. Aber das große Schweigen, dieses entsetzliche Schweigen, das draußen herrschte, war zuviel für sie.

Sie klingelte nach Céleste. Céleste ließ sich nicht blicken, meldete sich nicht. Sie klingelte von neuem, mit letzter Kraft; ihr wollten die Sinne schwinden. Das ganze Haus blieb grabesstumm.

Sie drückte die schweißnasse Stirn gegen die Scheibe, versuchte die Finsternis draußen mit ihren Blicken zu durchdringen. Sie unterschied nichts als die schwärzeren Schatten der Hecken neben den grauen Spuren der Wege.

Es schlug halb zwölf. Drei Viertelstunden bereits war ihr Mann weg. Den sah sie nicht wieder: Nein, todsicher, sie würde ihn nie wiedersehen –! Aufschluchzend fiel sie auf die Knie.

Zweimaliges leichtes Klopfen gegen die Schlafzimmertür brachte sie mit einem Satz wieder auf die Füße. Monsieur Lerebours Stimme erscholl: »Mach doch schon auf, Palmyre, ich bin's!« Sie stürzte zur Tür, schloß sie auf und stand vor ihm, die Fäuste in die Seiten gestemmt, die Augen noch verquollen von Tränen: »Wo kommst du endlich her, du Untier? Hach, und mich läßt du inzwischen hier fast vergehen vor Angst, so allein, hach, und du bleibst seelenruhig weg, kümmerst dich gar nicht um mich, als ob ich überhaupt nicht da wäre...«

Er hatte die Tür hinter sich zugezogen und lachte, lachte wie ein Verrückter, den Mund aufgerissen bis über beide Backen, die Hände überm Bauch, Tränen in den Augen.

Madame blieb vor Verblüffung die Sprache weg.

Er gluckste: »Das war... das war, ha... Céleste, die ihr... ihr... ihr Stelldichein hatte, im Treibhaus... Wenn du wüßtest, was ich... was ich... was ich gesehen habe...«

Sie hatte alle Farbe verloren und erstickte fast vor Entrüstung: »Was erzählst du da...? Céleste... in mei... in mei... meinem Haus... in mei-nem Treibhaus?! Und du hast ihn nicht auf der Stelle niedergeknallt, ihren Kerl da, diesen Lumpen? Du hattest deinen Revolver dabei und hast den Burschen nicht niedergeknallt... hach... und das... das bei mir...«

Sie sank auf ihre Sitzfläche; sie konnte nicht mehr.

Er machte einen Luftsprung, schnipste mit den Fingern, daß es wie Kastagnetten klang, schnalzte mit der Zunge und wieherte in einem fort: »Wenn du wüßtest... wenn du wüßtest...« Und wupps! drückte er sie auch schon ab.

Sie entwand sich seiner Umarmung. Und ihre Stimme schnappte fast über vor Wut: »Ich sag dir – das Mensch bleibt mir keinen Tag länger hier, verstanden? Keinen Tag... keine Stunde! Wenn sie wiederkommt, fliegt sie in hohem Bogen hinaus...!«

Monsieur Lerebour hatte seine Ehehälfte um die Taille gefaßt und drückte ihr Küsse reihenweise auf den Hals, schmatzende Küsse wie einst. Ihr blieb die Luft weg – wie angenagelt saß sie da vor Staunen! Aber er, er ließ nicht locker mit seinen Armen und zog sie sacht zum Bett...

Am Morgen – es ging schon auf halb zehn – klopfte Céleste, ganz verwundert, daß ihre Herrschaft, die doch sonst beizeiten aus den Federn war, sich noch nicht blicken ließ, leise an die Schlafzimmertür.

Sie lagen im Bett und plauderten heiter, Seite an Seite, miteinander. Ganz starr blieb sie stehen und fragte: »Madame – und der Kaffee mit Sahne?«

Madame Lerebour erwiderte ihr mildgestimmt: »Bring ihn her, liebes Kind, wir sind noch ein wenig mitgenommen, wir haben sehr schlecht geschlafen heute nacht...!«

Kaum war der dienstbare Geist des Hauses hinaus, da konnte sich Monsieur Lerebour nicht mehr halten vor Lachen, kitzelte seine Holde und prustete immer wieder: »Wenn du wüßtest, oh, wenn du wüßtest!«

Sie aber hielt ihm die Hände fest. »Na, wir werden ja sehen, bleib jetzt mal schön still, mein Lieber, es tut dir nicht gut, wenn du dich so verausgabst mit Lachen...!«

Und nachsichtig drückte sie ihm einen Kuß auf die Augen.

Madame Lerebour hat keinen Grund mehr, schlecht gelaunt zu

sein. In den hellen Nächten lustwandeln die beiden Ehegatten manchmal beschwingten Schrittes an ihren Hecken und Beeten entlang – bis zu dem kleinen Treibhaus am Ende des Gartens. Und dort bleiben sie stehen, nebeneinander gegen die Glasfenster gedrückt, als schauten sie da drinnen einem seltsamen, doch äußerst amüsanten Vorgang zu.

Der Célleste haben sie den Lohn erhöht.

Monsieur Lerebour hat ganz schön abgenommen.

Pierre-Auguste Renoir
Zwei Badende
Radierung

Das Fenster

Ich lernte Madame de Jadelles im vergangenen Winter in Paris kennen. Sie gefiel mir sofort über alle Maßen. Sie kennen sie ja ebensogut wie ich... nein... Verzeihung... fast ebensogut! Sie wissen, wie fantastisch und romantisch sie ist. Sie ist ungezwungen in ihrem Benehmen, warmherzig, eigensinnig und selbständig in allem, was sie will, keck, unternehmend, sogar waghalsig, über Vorurteile erhaben, und doch wieder zart von Empfinden, feinsinnig, leicht verletzbar, zart und keusch von Gemüt.

Sie war verwitwet. Witwen weiß ich zu schätzen, schon aus Bequemlichkeit! Nun trug ich mich mit der Absicht zu heiraten und machte ihr eifrig den Hof. Je näher ich sie kennenlernte, um so mehr gefiel sie mir. Schließlich hielt ich es an der Zeit, die entscheidende Frage zu wagen. Ich liebte sie wirklich, vielleicht zu sehr. Aber wer heiraten will, darf in seine Frau nicht blind verschossen sein, sonst verliert er zu leicht den Verstand, wird unsicher, lächerlich und doch zugleich brutal. Man muß sich in der Gewalt haben. Wer nicht am ersten Abend Herr der Situation bleibt, der wird in einem Jahr überhaupt nichts mehr zu sagen haben.

Also warf ich mich eines Tages in Gala und machte ihr meinen Besuch. »Madame«, sagte ich, »ich liebe Sie, und wenn ich mich so glücklich schätzen darf, daß ich Ihnen nicht mißfalle und Sie bereit wären, meinen Namen anzunehmen, dann würde mir nichts mehr am Herzen liegen, als alle Ihre Wünsche zu erfüllen.«

Fast unbeteiligt klang ihre Antwort: »Monsieur, Sie gehen stürmisch vor! Ich bin mir aber noch nicht klar, ob ich ein für allemal mit Ihnen zufrieden sein kann. Die Probe aufs Exempel möchte ich gern machen. Ich finde Sie im ganzen nicht unrecht. Es bleibt abzuwarten, ob Sie Herz haben und Charakter und ob Sie schlechte Angewohnheiten haben. Die meisten Ehen scheitern daran, daß man sich nicht völlig kennt. Dann genügt eine Kleinigkeit, eine häßliche Gewohnheit, eine hartnäckig verfochtene Ansicht über Moral, Religion oder was weiß ich, eine Geste, die mißfällt, ein Tick, ein belangloser Fehler, eine einzige unangenehm empfundene Eigenschaft, und aus dem zärtlichsten und innigsten Brautpaar werden erbitterte, unversöhnliche Feinde, die für das ganze Leben aneinandergekettet sind.

Ich werde niemals heiraten, Monsieur, ehe ich nicht den Mann, mit dem ich zusammen leben soll, bis in die letzten Winkel und Falten seines Herzens kenne. Dazu muß ich ihn aus unmittelbarer Nähe und monatelang in aller Muße beobachten können.

Darum schlage ich Ihnen vor, Sie kommen diesen Sommer zu mir als Gast auf meinen Landsitz nach Lauville. Dort werden wir in aller Ruhe sehen, ob wir dafür geschaffen sind, unser Leben gemeinsam zu verbringen.

Ich sehe, Sie lächeln! Sie haben Hintergedanken! Oh, Monsieur, wenn ich mich nicht ganz sicher fühlte, würde ich Ihnen diesen Vorschlag nicht machen. Ich habe für das, was Sie, was Männer im allgemeinen Liebe nennen, so viel Geringschätzung und Abneigung, daß ein Straucheln für mich nicht in Betracht kommt. – Nehmen Sie an?«

Ich küßte ihr die Hand: »Wann brechen wir auf, Madame?«

»Am zehnten Mai. Einverstanden?«

»Einverstanden.«

Einen Monat später richtete ich mich häuslich bei ihr ein. Sie war tatsächlich eine eigenartige Frau. Sie beobachtete mich von morgens bis abends. Da sie leidenschaftlich gern zu Pferde saß, ritten wir täglich stundenlang durch die Wälder, und dabei wurde von allem möglichen gesprochen. Dabei wollte sie meine innersten Gedanken erforschen, genauso, wie sie darauf versessen war, jede meiner Bewegungen zu beobachten.

Ich meinerseits war verliebt bis zum Tollwerden und machte mir keine Kopfschmerzen darüber, ob unsere Charaktere zueinander paßten. Sehr bald merkte ich aber, daß sie mich sogar dann noch überwachte, wenn ich schlief. In einem kleinen Zimmer unmittelbar neben dem meinen hatte jemand sein Nachtlager und suchte es immer erst sehr spät und mit größter Vorsicht auf. Mir wurde die ununterbrochene Überwachung schließlich zuviel. So wollte ich eine Klärung herbeiführen und ging eines Abends aufs Ganze. Sie nahm es auf in einer Weise, daß ich von allen weiteren Versuchen Abstand nahm, daß mich aber die Lust anwandelte, ihr die Kontrolle, unter die sie mich gestellt hatte, heimzuzahlen. Mir kam auch ein Gedanke, wie. Sie kennen ihre Kammerzofe Césarine, ein hübsches, junges Mädchen aus Granville. Dort sind ja alle Frauen schön. Sie war so blond wie ihre Herrin dunkel.

Eines schönen Nachmittags nun lockte ich dies Kammerkätzchen zu mir ins Zimmer, drückte ihr einen Hundertfrankenschein in die Hand und sagte: »Liebes Kind, ich will nichts Unziemliches. Aber ich möchte deiner Herrin einmal Gleiches mit Gleichem vergelten.«

Die Kleine sah mich verschmitzt an.

Ich fuhr fort: »Ich werde hier Tag und Nacht überwacht, das weiß ich. Es wird beobachtet, wie ich esse, wie ich trinke, wie ich mich ankleide, rasiere, in die Schuhe steige – ich weiß es!«

Das Mädchen lächelte durchtrieben: »Ei, Monsieur...«, dann schwieg sie, und ich sagte weiter: »Du schläfst im Zimmer nebenan und horchst, ob ich schnarche oder im Traum rede, gib's nur zu!«

Sie lachte und sagte: »Ei, ei, Monsieur...«, und verstummte wieder.

Ich wurde dringender: »Also, mein Kindchen, das verstehst du doch, es ist nicht richtig, wenn man über mich alles ausspioniert bis aufs Letzte, und ich von der, die einmal meine Frau werden soll, überhaupt nichts weiß. Ich liebe sie! Gesicht, Herz, Gemüt sind genauso, wie ich es mir gewünscht habe, und soweit bin ich der glücklichste Mensch. Aber nun gibt es doch noch so gewisse Dinge, über die ich gern auch etwas Bescheid hätte...«

Césarine versenkte meinen Geldschein in ihre Tasche. Es war klar, der Handel war abgeschlossen.

»Also, hör zu, meine Kleine! Männer legen bekanntlich Wert auf, auf... gewisse... auf gewisse... körperliche Dinge, die dem Charme einer Frau nicht zu schaden brauchen, aber sie uns mit anderen Augen ansehen lassen. Du sollst mir nichts Nachteiliges von deiner Herrin erzählen, nicht einmal ihre heimlichsten Fehler verraten, wenn sie welche hat. Du sollst mir nur auf vier oder fünf Fragen offen antworten, die ich an dich richten möchte. Du kennst Madame de Jadelles genauso wie dich selber; du hilfst ihr alle Tage beim An- und Auskleiden. Da kannst du mir sagen, ist sie so gut gewachsen, wie sie in ihren Kleidern wirkt?«

Das Kammerkätzchen blieb stumm.

Ich fragte weiter: »Sieh mal, meine Kleine, du weißt doch, es gibt Frauen, die sich auswattieren, du weißt, hier und da und dort... etwa da, wo die kleinen Kinder angelegt werden... und auch da, worauf man sich setzt. Sag mal, polstert sie sich etwa dort aus?«

Césarine sah zu Boden. Etwas zaghaft brachte sie vor: »Fragen Sie weiter, Monsieur, ich kann Ihnen dann alles auf einmal sagen.«

»Ja, meine Kleine, da gibt's zum Beispiel Frauen, bei denen gehen die Knie so zusammen, daß sie sich bei jedem Schritt aneinander reiben. Bei anderen gehen sie auseinander. Da kann man hindurchsehen und die Landschaft bewundern wie durch einen Brückenbogen. Auf ihre Art sind beide schön. Was für Beine hat deine Herrin?«

Auch darauf sagte die Kleine nichts.

Ich fuhr fort: »Es gibt welche, die haben einen so schönen Busen, daß eine richtige Falte darunter liegt. Andre haben starke Arme und eine spindeldürre Taille. Dann gibt's welche, die sind vorn sehr üppig und hinten haben sie nichts; andre wieder sind hinten schön rund und vorn ganz glatt. Das hat alles seine Reize, ist alles sehr hübsch. Aber nun möchte ich gern wissen, wie ist deine Herrin gebaut? Sag mir's frei heraus! Ich werde es an Belohnung nicht fehlen lassen.«

Césarine sah mir tief in die Augen und erwiderte lachend: »Monsieur, abgesehn davon, daß Madame schwarz ist, ist sie genauso gebaut wie ich.« Damit sprang sie davon. Sie hatte mich angeführt.

Sie hatte mich zum Narren gehalten, und ich nahm mir nun vor, mich wenigstens an der frechen kleinen Krabbe zu rächen.

Nach einer Stunde schlich ich mich in das Nebenzimmer, in dem sie mich belauschte, wenn ich schlief, und schraubte die Riegel von der Verbindungstür. Gegen Mitternacht bezog Césarine ihren Beobachtungsposten, und sofort war ich auch zur Stelle. Als sie mich sah, wollte sie schreien. Aber ich hielt ihr den Mund zu und überzeugte mich dann, ohne allzuviel Widerstand zu finden, daß Madame de Jadelles sehr gut gewachsen sein müsse, wenn Césarine die Wahrheit gesagt hatte.

Es machte mir großes Vergnügen, das festzustellen. Ich ging darin ziemlich weit, aber es schien Césarine nicht zu mißfallen.

Sie war, auf Ehre, ein Prachtstück der normannischen Rasse, kräftig, doch zierlich gebaut. Vielleicht fehlten ihr einige Feinheiten der Körperpflege, auf die übrigens Heinrich IV. keinen besonderen Wert gelegt hätte. Aber ich weihte sie sehr leicht ein, und da ich ein gutes Parfüm über alles schätze, brachte ich ihr noch am selben Abend ein Fläschchen Ambra-Lavendel.

Wir wurden bald vertrauter miteinander, als ich je hätte ahnen können. Sie gab eine ausgezeichnete Geliebte ab, war natürlich, witzig und wohlerfahren in allerlei Vergnüglichkeiten. In Paris wäre sie eine Kurtisane großen Stils gewesen.

Das Vergnügen, das sie mir verschaffte, erlaubte mir, das Ende der Probezeit, die Madame de Jadelles mir auferlegte, in aller Ruhe abzuwarten, und nun wurde ich für sie ein Mann unvergleichlichen Charakters, sanft, nachgiebig und unterhaltsam.

Jetzt war die künftige Verlobte ohne Zweifel zufrieden mit mir. An gewissen Anzeichen wurde ich gewahr, daß meine Werbung bald gut aufgenommen werden könnte. Ich war wohl der glücklichste Mensch auf der Welt. In den Armen eines jungen, schönen Mädchens, das mir sehr gefiel, konnte ich in aller Geduld auf den Verlobungskuß der Frau warten, die ich liebte.

Jetzt, Madame, müssen Sie ein wenig wegschaun, jetzt komme ich zu dem Punkt, an dem meine Geschichte delikat wird.

Als wir eines Abends vom Ausritt zurückkamen, beschwerte sich Madame de Jadelles empört, daß die Pferdeburschen den Gaul, den sie ritt, nicht so gepflegt hätten, wie sie angeordnet habe. Sie wiederholte ein paarmal: »Aber sie sollen sich nur in acht nehmen! Sie sollen sich vorsehn! Ich weiß schon, wie ich sie fasse!«

In dieser Nacht schlief ich wundervoll. Ich blieb brav in meinem Bett. Früh schon wurde ich wach, war munter und frisch. Vergnügt zog ich mich an.

Ich hatte mir angewöhnt, jeden Morgen auf einem Türmchen des Schlosses eine Zigarette zu rauchen. Eine Wendeltreppe führte dort hinauf. Im ersten Stock gab ihr ein breites Fenster Licht.

Meine Schritte waren in den weichen, wattierten Saffianmorgenschuhen nicht zu hören. Als ich die ersten Stufen der Treppe emporstieg, gewahrte ich Césarine. Sie sah angespannt zum Fenster hinaus. Das heißt, ich sah nicht die ganze Césarine, sondern nur eine Seite, die Kehrseite, die ich allerdings sehr gern hatte. Bei Madame de Jadelles wäre mir vielleicht die Vorderseite lieber gewesen. Aber der Anblick der zierlichen, mit einem kurzen weißen Röckchen bedeckten Rundung, der sich mir hier bot, war auch ganz reizend.

Ich schlich so leise näher, daß das junge Mädchen nichts merkte. Ich kniete, faßte mit äußerster Vorsicht den Saum des hauchdünnen Röckchen und hob es blitzschnell empor. Da war das runde, rosige, mollige, zarte andere Gesicht meiner lieben Kleinen, und als Geliebter, dem alles erlaubt ist, drückte ich ihr – verzeihen Sie, Madame – einen zärtlichen Kuß darauf.

Ein leichter Duft nach Verbenen überraschte mich. Aber ich kam gar nicht dazu, darüber nachzudenken, schon hatte ich einen Schlag mitten im Gesicht, daß ich glaubte, das Nasenbein müsse gebrochen sein. Und einen Aufschrei hörte ich, der mir die Haare zu Berge stehen ließ. Vor mir sah ich – Madame de Jadelles!

Sie griff mit den Händen in die Luft, als wolle ihr das Bewußtsein schwinden. Ein paar Augenblicke keuchte sie atemlos. Darauf holte sie aus, wie wenn sie mit einer Peitsche zuschlagen wollte, und dann floh sie davon.

Zehn Minuten später brachte Césarine ganz verstört einen Brief. Ich las: »Madame de Jadelles gibt der Erwartung Ausdruck, daß Monsieur de Brives sie unverzüglich von seiner Gegenwart befreie.«

Ich reiste ab.

Ich bin noch nicht darüber hinweggekommen. Mit allen Mitteln und beredten Worten habe ich versucht, für den Irrtum Verzeihung zu erlangen, umsonst!

Aber sehen Sie, Madame, den Verbenengeruch kann ich seit jenem kurzen Augenblick nicht vergessen, und noch immer habe ich nach diesem erregenden Duft ein maßloses Verlangen.

Pierre-Auguste Renoir
Badende, bis zu den Waden im Wasser stehend
Radierung

Der Fall Luneau

Der dicke Friedensrichter hört mit einem geschlossenen und einem halboffenen Auge die Parteien an. Er sieht gelangweilt und mißvergnügt aus. Ab und zu läßt er ein Knurren hören, das sein Urteil vorausahnen läßt. Von Zeit zu Zeit unterbricht er die Aussagen, um Fragen zu stellen mit einer Stimme, die schrill und wie die eines Kindes klingt.

Eben hat er den Fall Joly contra Petitpas erledigt. Es drehte sich um einen Flurstein zwischen den Feldern der beiden, den der Ackerknecht von Petitpas beim Pflügen aus Versehen verschoben haben wollte.

Nun ruft er die Sache Hippolyte Lacour, Küster und Eisenwarenhändler, gegen Madame Céleste-Césarine verwitwete Anthime Isidore Luneau auf.

Hippolyte Lacour ist fünfundvierzig Jahre alt, groß, hager, langhaarig, glattrasiert wie ein Geistlicher; er spricht langsam, in schleppendem, singendem Tone.

Madame Luneau, in den Vierzigern, athletisch gebaut, eine Kampfnatur, quillt überall aus ihrem prall anliegenden Kleid heraus; über ihren gewaltig sich rundenden Hüften wölbt sich nach vorn ein überquellender Busen, nach hinten ein Paar Schulterblätter, die nicht weniger fettgepolstert sind als die Brust. Auf dem breiten Halse sitzt ein massiger Kopf mit derben Gesichtszügen. Ihr machtvolles, wenn auch nicht gerade sonores Organ stößt Töne aus, die Fensterscheiben und Trommelfelle zum Erzittern bringen. Sie ist schwanger; ihr kolossaler Leibesumfang ragt wie ein Vorgebirge in den Saal.

Die Entlastungszeugen warten rund um sie.

Der Herr Friedensrichter geht zur Fragestellung über: »Kläger Hippolyte Lacour, was haben Sie vorzubringen?«

Der Kläger nimmt das Wort: »Also – die Sache war so, Herr Friedensrichter. Vor neun Monaten, am Sankt-Michaels-Fest – ich war gerade fertig mit dem Angelusläuten –, kommt die Madame Luneau zu mir und barmt mir vor, in welcher schwierigen Situation sie sich befinde, von wegen ihrer Unfruchtbarkeit und so...«

Der Friedensrichter: »Äußern Sie sich bitte etwas deutlicher und eingehender!«

Hippolyte: »Ich werde gleich noch näher drauf kommen, Herr Richter. Also – sie wollte ein Kind haben, und sie fragte mich, ob ich bereit sein würde, mein Teil dazu beizutragen. Ich sagte, mal sehen, das ließe sich schon machen, und sie versprach mir, ich bekäme einhundert Franken für meine Bemühungen. Die Sache wurde sofort perfekt gemacht und in Ordnung gebracht, aber jetzt will sie auf einmal nicht zahlen. Deshalb verlange ich mein Honorar jetzt hier vor Ihnen, Herr Friedensrichter.«

Der Friedensrichter: »Ich verstehe Sie absolut nicht. Sie sagten, daß die Beklagte ein Kind haben wollte. Wie meinen Sie das? Was für ein Kind? Wollte sie ein Kind adoptieren?«

Hippolyte: »I wo, Herr Richter, ein neues wollte sie!«

Der Friedensrichter: »Was soll denn das wieder heißen: – ein neues?«

Hippolyte: »Ich meine 'n Kleines, das erst gemacht werden soll, das wir mitsammen in die Welt setzen sollten, als wenn wir Mann und Frau wären.«

Der Friedensrichter: »Sie überraschen mich aber wirklich im höchsten Maße. Aus welchem Grunde hat sie Ihnen denn diesen ungewöhnlichen Vorschlag gemacht?«

Hippolyte: »Herr Richter – hinter den Grund bin ich auch nicht gleich gekommen, und zunächst war ich auch etwas perplex drüber. Aber da ich grundsätzlich nie an etwas rangehe, ehe ich mir über alles Drum und Dran klar bin, wollte ich erst wissen, worauf sie eigentlich hinauswollte. Da rückte sie denn mit ihren Gründen heraus. Also – ihr seliger Ehemann, der Anthime Isidore, den Sie ja ebensogut gekannt haben wie sich selbst und wie mich, der war gerade die Woche vorher gestorben, und sein ganzes Vermögen sollten seine Leute erben. Und weil es sie nun mächtig wurmte, daß die andern das viele schöne Geld erben sollten, da war sie zu einem Rechtsberater gegangen und hatte sich erkundigt und der hatte sie hingewiesen auf die Sache mit der Niederkunft binnen zehn Monaten. Ich meine: Wenn sie innerhalb von zehn Monaten nach dem Ableben ihres Ehemannes ein Kind kriegt, dann gilt das Kind als rechtmäßig und kann erben. –

Sie wollte sofort alle Hebel in Bewegung setzen, kam gleich zu mir und paßte mich ab, am Kirchenausgang, wie ich schon die Ehre hatte zu berichten. Ich bin nämlich bereits achtfacher, legitimer Vater, und alle meine achte leben noch, mein Ältester zum Beispiel hat einen Feinkostladen in Caen, Departement Calvados, und hat sich anständig verheiratet mit Victoire-Elisabeth Rabou...«

Der Friedensrichter: »Sparen Sie sich weitere Einzelheiten. Kommen Sie zur Sache.«

Hippolyte: »Ich bin ja schon dabei, Herr Richter! Also – sie sagte zu mir: ›Wenn du es zustande bringst, sollst du von mir hundert Franken kriegen, sobald der Doktor festgestellt hat, daß ich guter Hoffnung bin.‹ Ich legte mich also ins Zeug und tat mein möglichstes, sie zu befriedigen. Nach sechs, acht Wochen hörte ich auch tatsächlich zu meiner größten Genugtuung, daß es geklappt hatte. Aber als ich dann kam und die hundert Franken haben wollte, da hat sie sie mir rundweg vorenthalten. Ich bin sie noch ein paarmal angegangen, aber herausgerückt hat sie mir nicht so viel, nicht einen Pfifferling! Dagegen hat sie mich einen Erpresser und einen Schlappschwanz genannt, der überhaupt nichts fertigbringt. Und man braucht sie doch nur anzusehen, dann hat man den Gegenbeweis!«

Der Friedensrichter: »Was haben Sie darauf zu erwidern, Witwe Luneau?«

Madame Luneau: »Ich sage Ihnen, Herr Friedensrichter, der Kerl ist ein Erpresser!«

Der Friedensrichter: »Welchen Beweis haben Sie für diese Behauptung?«

Madame Luneau (rot anlaufend, nach Atem ringend, stoßweise herausfauchend): »Beweis? Beweis? Ich hab' den Beweis, daß das Kind nicht von ihm ist! Nee, von dem da nicht, Herr Richter, von dem da nicht! Das kann ich beim Haupte meines seligen Mannes beschwören! Von dem da nicht!«

Der Friedensrichter: »Von wem ist es denn sonst?«

Madame Luneau (vor Wut stotternd): »Weiß ich's denn? Weiß ich's denn? Von all den Kerlen da, herrje noch mal! Da, da haben Sie sie, meine Zeugen, Herr Richter, da haben Sie sie! Sechse sind's! Fragen Sie sie doch, fragen Sie sie doch! Sie werden schon aussagen...!«

Der Friedensrichter: »Beruhigen Sie sich, Madame Luneau,

beruhigen Sie sich und antworten Sie sachlich. Welche Gründe haben Sie, zu bezweifeln, daß der Mann da der Vater des Kindes ist, das Sie erwarten?«

Madame Luneau: »Welche Gründe? Hundert habe ich, hundert, zweihundert, fünfhundert, zehntausend, eine Million Gründe und noch mehr! Als ich ihm meinen Vorschlag gemacht hatte, den mit den hundert Franken, wie Sie wissen, da erfuhr ich nämlich, daß er ein – Hahnrei ist, mit Verlaub, Herr Richter, und daß keins seiner Kinder von ihm ist. Kein einziges!«

Hippolyte (sehr ruhig): »Das sind Lügen.«

Madame Luneau (nach Luft schnappend): »Lügen?! Lügen?! Das kann jeder sagen. Beweise sind genug da, daß seine Frau sich mit jedem einläßt, wie ich Ihnen sage, mit jedem. Da, da haben Sie meine Zeugen, Herr Friedensrichter. Fragen Sie sie doch!«

Hippolyte (kalt): »Lügen sind das!«

Madame Luneau: »Das kann jeder sagen. Und die Rothaarigen? Sind die etwa auch von dir fabriziert, die Rotköppe?«

Der Friedensrichter: »Keine persönlichen Ausfälle, bitte, andernfalls muß ich gesetzlich einschreiten!«

Madame Luneau: »Also – da mir denn doch Zweifel an seiner Leistungsfähigkeit kamen, sagte ich mir: ›Doppelt hält besser!‹ – wie man so sagt –, und ich erzählte meine Angelegenheit auch noch Césaire Lepaire, meinem Zeugen hier, und er sagte gleich: ›Ich steh ganz zu Ihrer Verfügung, Madame Luneau!‹ – und er hat mir auch sofort seinen Beistand geliehn für den Fall, daß Hippolyte nichts fertigbrächte. Und als dann noch andre hörten, daß ich ganz sicher gehen wollte, da hätte ich mehr als hundert haben können, wenn ich gewollt hätte, Herr Richter. – Der Lange, den Sie da sehen, der Lucas Chandelier, hat mir auf Ehrenwort versichert, ich würde direkt ein Unrecht begehen, wenn ich dem Hippolyte Lacour die hundert Franken gäbe, er hätte doch nicht mehr geleistet als die andern, die doch überhaupt nichts dafür verlangten.«

Hippolyte: »Dann hätte sie sie mir überhaupt nicht erst versprechen dürfen! Ich habe mit dem Gelde gerechnet, Herr Richter. Bei mir gibt's keinen Irrtum. Was man verspricht, muß man auch halten.«

Madame Luneau (außer sich): »Hundert Franken! Hundert Franken! Hundert Franken für so was, so ein Erpresser! Hundert

Franken! Die hier haben gar nichts dafür verlangt, gar nichts! Die da, so wie sie dasitzen, alle sechse! Fragen Sie sie doch, Herr Friedensrichter! Sie werden schon Bescheid geben, sie werden schon noch Bescheid geben! (Zu Hippolyte): Guck sie dir an, du Erpresser, ob sie vielleicht nicht noch mehr fertigbringen als du! Sechse sind es, ich hätte hundert solche haben können, zweihundert, fünfhundert, soviel ich hätte haben wollen! Und für gar nichts, du Erpresser, du!«

Hippolyte: »Vielleicht wohl noch hunderttausend?!«

Madame Luneau: »Jawohl, hunderttausend, wenn ich gewollt hätte.«

Hippolyte: »Deswegen habe ich immer noch meine Sache nicht minder gut gemacht... und das ändert auch nicht 'n Birnenstiel an unserer Abmachung!«

Madame Luneau (mit beiden Händen auf ihren Leib patschend): »Na schön, dann beweise doch erst mal, daß das da von dir ist, beweise es doch mal, du Erpresser! Ich wette, daß du es nicht kannst.«

Hippolyte (mit Ruhe): »Kann sein, daß ich nicht mehr dran beteiligt bin als einer von den andern. Das ändert aber nichts an der Tatsache, daß Sie mir fürs Mitmachen einhundert Franken versprochen haben. Sie hätten sich ja nicht gleich noch an die ganze Männerwelt zu wenden brauchen. Ich hätte es sehr gut alleine fertiggebracht.«

Madame Luneau: »Das ist nicht wahr! Du Erpresser, du! Fragen Sie meine Zeugen, Herr Richter. Sie werden schon mit der Wahrheit herauskommen!«

(Der Friedensrichter ruft die Entlastungszeugen auf. Alle sechs haben sie rote Köpfe und lassen eingeschüchtert die Arme hängen.)

Der Friedensrichter: »Lucas Chandelier, haben Sie Grund zu der Annahme, daß Sie der Vater des Kindes sind, das Madame Luneau erwartet?«

Lucas Chandelier: »Jawohl, Monsieur!«

Der Friedensrichter: »Célestin-Pierre Sidoine, haben Sie Grund zu der Annahme, daß Sie der Vater des Kindes sind, das Madame Luneau erwartet?«

Célestin-Pierre Sidoine: »Jawohl, Monsieur!«

(Die vier andern Zeugen machten dieselbe Aussage.)

Der Friedensrichter verkündet nach kurzer Überlegung seinen Urteilsspruch wie folgt:

»In Anbetracht dessen, daß, wenn der Kläger Hippolyte Lacour Grund zu der Annahme hat, sich als Vater des Kindes zu betrachten, auf das Madame, verwitwete Luneau, sich beruft, auch die nachgenannten und vernommenen Zeugen Lucas Chandelier... und so weiter, und so weiter... gleiche, wenn nicht noch gewichtigere Gründe haben, die Vaterschaft für sich in Anspruch zu nehmen –

in Anbetracht dessen, daß Madame, verwitwete Luneau, ursprünglich den Kläger Hippolyte Lacour um seine Mitwirkung dabei ersucht hatte, indem sie diesem eine vorher festgesetzte und beiderseits als Vergütung vereinbarte Entschädigung in Höhe von einhundert Franken für seine Bemühungen versprochen hatte –

in Anbetracht allerdings auch dessen, daß, wenn vorgenanntem Kläger Monsieur Lacour der gute Glaube in das Versprechen der Madame Luneau auch zugebilligt wird, dennoch sein Recht, sich in solcher Art und Weise festzulegen und zu Gefälligkeiten zu verpflichten, zu bestreiten und anzufechten ist, da ja Kläger verheiratet und durch das Gesetz gehalten ist, seiner gesetzmäßigen Ehefrau treu zu bleiben –, in Anbetracht weiterhin, daß..., wird hiermit Madame, verwitwete Luneau, rechtskräftig die Zahlung auferlegt von fünfundzwanzig Franken Schadenersatz an Monsieur Hippolyte Lacour – wegen gehabten Zeitverlustes und wegen ungebührlicher Verleitung des Klägers.«

Toulouse-Lautrec
Zeichnung zum Lithographie-Plakat von May Millon
Blaue und schwarze Kreide auf hellbraunem Papier

Miß Harriet

Wir waren sieben im Break, vier Frauen und drei Männer, einer saß neben dem Kutscher. Auf gewundener Straße zogen die Pferde im Schritt den Wagen hinauf auf die Höhe.

Beim ersten Morgengrauen waren wir in Étretat aufgebrochen; wir wollten die Ruinen von Tancarville besuchen. Alle waren schläfrig und fröstelten in der morgendlichen Kühle. Vor allem den Frauen, die nicht ans Frühaufstehen gewöhnt waren wie wir Jäger, wurden die Lider schwer. Der Kopf sank ihnen vornüber, und immer wieder gähnten sie. Für das Erwachen des Tages hatten sie keine Augen.

Es war Herbst. Zu beiden Seiten des Weges breiteten sich abgeerntete Felder. Gelb standen die Stoppeln von Hafer, Weizen und Roggen wie Borsten in einem schlecht rasierten Gesicht. Im Talgrund brodelte noch wie Rauch der Nebel. Lerchen trillerten in der Luft, andere Vögel ließen leise in den Büschen ihre Stimmen hören.

Endlich stieg blutrot vor uns die Sonne über den Horizont, und je höher sie sich erhob, je heller ihr Licht wurde, um so mehr schien die Erde zu erwachen. Sie lächelte, sie regte sich und warf das weiße Nebelhemd ab wie ein Mädchen, das in der Frühe sein Bett verläßt.

Da rief Graf d'Étraille, der neben dem Kutscher saß: »Dort, ein Hase!« Er streckte den linken Arm aus und zeigte nach einem Kleefeld. Das Häschen sprang davon. Es war kaum zu sehen im Felde; nur seine langen Ohren waren zu erkennen. Nun sauste es quer über einen frisch gepflügten Acker, hielt an, lief weiter in rasender Geschwindigkeit, schlug einen Haken, hielt wieder an; aus seiner Ruhe aufgescheucht, witterte es Gefahr und war nicht schlüssig, wohin es sich wenden sollte. Endlich gab es mit weiten Sprüngen Fersengeld und verschwand in einem großen Rübenfelde. Alle Männer hatten den Lauf des Tieres gespannt verfolgt und waren darüber munter geworden. Da meinte René Lemanoir: »Wir sind schlechte Gesellschafter heute morgen!« Er sah seine

Nachbarin an, die zierliche Baronin de Sérennes, die sichtlich noch mit dem Schlaf kämpfte. Leise sagte er: »Sie denken an Ihren Mann, Baronin. Seien Sie beruhigt, vor Sonnabend kommt er nicht. Sie haben noch vier Tage!«

Halb im Schlaf lächelnd, sagte sie: »Ach, sind Sie langweilig!« Aber dann schüttelte sie ihre Müdigkeit ab und fuhr fort: »Los, erzählen Sie ein paar Späße! Monsieur Chenal, Sie sollen mehr Glück bei Frauen gehabt haben als der Herzog von Richelieu. Erzählen Sie etwas von Ihren Liebesabenteuern, ganz gleich was!«

Léon Chenal, ein alter Maler, war in seiner Jugend ein sehr schöner Mann gewesen, kraftstrotzend, stolz auf seinen gesunden Körper, und war viel geliebt worden. Er strich mit der Hand über seinen langen, weißen Bart und lächelte; er überlegte. Nach ein paar Augenblicken wurde er ernst: »Eine lustige Geschichte ist's nicht, meine Damen! Was ich Ihnen erzählen will, ist die Geschichte der schmerzlichsten Liebe, die ich in meinem Leben kennengelernt habe. Keinem meiner Freunde möchte ich wünschen, daß er einmal eine ähnliche Neigung in einem Herzen wachrufe.«

I

»Ich war fünfundzwanzig Jahre alt und strolchte als Farbenkleckser an der normannischen Küste entlang.

Ich meine damit, durchs Land zu streifen, das Ränzel auf dem Rücken, von einem Gasthaus zum andern, unter dem Vorwand, Freilichtstudien zu sammeln und Landschaften zu malen. Man ist ganz unabhängig und ungebunden, hat keine Sorgen, keinen Kummer und denkt kaum an den andern Tag. Man zieht die Straßen, die einem gefallen, folgt keinem Wegweiser als der eigenen Laune und keinem Ratgeber als den eigenen Augen. Man verweilt, weil ein klarer Bach dazu verlockt; man kehrt in einem Wirtshaus ein, weil es vor der Tür so gut nach Röstkartoffeln riecht. Ein andermal verführt der Duft der Waldrebe zum Bleiben oder der unschuldige Blick aus den Augen einer Wirtstochter. Lächeln Sie nicht geringschätzig über eine ländliche Liebelei! Sie haben Seele und Empfinden, diese kleinen Mädchen, feste Wangen und frische Lippen; ihr leidenschaftlicher Kuß schmeckt kräftig und saftig wie die wilde Frucht des Waldes. Liebe ist immer köstlich, ganz gleich, wer sie uns entgegenbringt. Ein Herz, das höher schlägt, wenn Sie kommen, ein Auge, das voller Tränen steht, wenn Sie wieder gehn, das sind so seltene, zarte, kostbare Dinge, daß man sie nie achtlos übersehen darf.

Ich habe den Reiz zärtlicher Abenteuer kennengelernt in einer Mulde voll blühender Himmelsschlüssel, hinter dem Stall, in dem die Kühe schliefen, in der Scheune auf dem Stroh, wenn es noch warm ist von der Glut des verflossenen Tages. Ich erinnere mich gern der groben, grauen Leinwand um pralle, derbe Glieder und der treuherzigen, rückhaltlosen Liebkosungen, die in aufrichtiger Sinnenfreude mehr Zartgefühl bewiesen als ein raffiniertes Liebesspiel, das reizende, vornehme Damen mit uns treiben.

Aber das schönste dieser Wanderungen ins Blaue hinein ist die Landschaft, sind grüne Wälder, ein strahlender Sonnenaufgang, das weiche Dämmerlicht eines Abends und die wunderbaren Nächte voller Mondschein. Auf solchen Reisen verwächst ein Maler mit der Erde. Er ist allein mit ihr, schweigend, innig verbunden in ungestörtem Beisammensein. Er streckt sich auf eine Wiese, mitten in Margeriten und roten Mohn, mit offenen Augen. Weit hinten in der Ferne sieht er in der blendenden Flut des Sonnenlichts das kleine Dorf mit dem spitzen Kirchturm und lauscht dem herüberklingenden Mittagsläuten.

Oder er setzt sich an den Rand eines Quells, der inmitten zierlicher, hoher, saftstrotzender Gräser am Fuße einer Eiche entspringt, kniet nieder, beugt sich hinab und trinkt das kühle, klare Wasser, das ihm Schnurrbart und Nase feuchtet, schlürft es mit Behagen, wie wenn er Lippe auf Lippe den Quell küßte. Findet er im kleinen schmalen Bach eine tiefere, breite Stelle, dann badet er, nackt, und auf seiner Haut fühlt er im leicht und schnell fließenden Wasser vom Kopf bis zu den Füßen ein leises Erschauern wie eine kühlende, erquickende Liebkosung.

Auf dem Gipfel eines Hügels wird sein Gemüt heiter, am Ufer eines Teiches schwermütig; wenn die Sonne in einem Meer blutroter Wolken ertrinkt und auf einem Strome widerglüht, gerät er in Begeisterung. Und wenn in der Nacht der Mond am Himmel seinen stillen Bogen zieht, kommen ihm tausend sonderbare Gedanken, die in der Helle des Tages niemals auftauchen würden.

So also zog ich hier durch die Gegend, und mein Weg führte

mich eines Abends nach dem Dörfchen Bénouville auf der Steilküste zwischen Yport und Étretat. Ich kam von Fécamp und ging an der Küste entlang, auf dem hohen, senkrecht wie eine Mauer aufsteigenden Felsufer mit den vorspringenden Kreideklippen, die jäh ins Meer hinabstürzen. Seit dem frühen Morgen streifte mein Fuß den kurzen, feinen, weichen Rasen, der im salzigen Meereswind sproßt und den Rand des Abgrunds wie ein Teppich bedeckt. Ich sang, daß es weithin schallte, und schritt munter meines Weges. Bald folgte mein Blick den gemessenen Wendungen einer davonfliegenden Möwe und gewahrte den weißen Bogen ihrer Flügel, der sich vor dem blauen Himmel abzeichnete, bald sah ich hinaus nach dem braunen Segel eines Fischerbootes draußen auf dem grünen Meere, und so verbrachte ich in froher Ungebundenheit und Sorglosigkeit einen glücklichen Tag.

Ein kleiner Bauernhof wurde mir gezeigt, auf dem Reisende Unterkunft fänden. Auf diesem normannischen Gehöft betrieb die Bäuerin eine Art Gasthaus. Es war rings umstanden von zwei Reihen Buchen.

Ich verließ also das hohe Ufer, gelangte zu den Häusern, die sich unter den hohen mächtigen Bäumen versteckten, und kehrte bei Mutter Lecacheur ein.

Ich fand eine runzlige, alte Frau. Sie nahm, so machte es den Eindruck, neue Gäste nur ungern und mit Mißtrauen auf.

Es war mitten im Mai. Über den ganzen Hof breiteten Apfelbäume ein stark duftendes Blütendach, aus dem ein ununterbrochener Regen rosafarbener Blättchen herabwirbelte und sich auf Menschen und Gras niedersenkte.

Ich fragte: ›Nun, Madame Lecacheur, wie steht's mit einem Zimmer für mich?‹

Sie war verwundert, daß ich sie mit Namen nannte, und antwortete: ›Kommt drauf an; 's ist alles besetzt, aber man könnte ja mal sehn!‹

In fünf Minuten waren wir handelseinig, und ich konnte meinen Reisesack auf dem Fußboden eines ländlich eingerichteten Zimmers niedersetzen. Ein Bett, zwei Stühle, ein Tisch und eine Waschschüssel standen darin. Es lag unmittelbar neben der großen, verräucherten Küche, in der die Gäste mit den Knechten und Mägden der Wirtschaft und der Bäuerin, einer Witwe, gemeinsam ihre Mahlzeiten einnahmen.

Ich wusch mir im Zimmer die Hände, dann trat ich wieder hinaus in die Küche. Im großen Kamin hing am rußgeschwärzten Kesselhaken ein Topf, und darin schmorte ein Huhn zum Diner.

›Sie haben schon Gäste im Haus?‹ fragte ich Mutter Lecacheur. Sie sah mißlaunig drein wie immer und gab zur Antwort: ›'ne Dame hab' ich noch, 'ne alte Engländerin. Sie wohnt im andern Zimmer.‹ Ich legte noch fünf Sous für den Tag zu und erhielt das Recht eingeräumt, bei schönem Wetter allein im Freien zu essen.

Also wurde für mich draußen vor der Tür gedeckt, und ich machte mich über das magere normannische Hühnchen her, trank dazu schönen, klaren Apfelwein und kaute das dicke, weiße, vier Tage alte, aber ausgezeichnete Brot.

Plötzlich ging im Holzgatter die Tür auf, die nach der Straße führte, und eine Frau kam auf das Haus zu, eine äußerst befremdliche Erscheinung. Sie war ganz hager, sehr groß und in einen rotkarierten schottischen Schal so fest eingewickelt, daß man meinen konnte, sie habe keine Arme, wenn nicht in Höhe der Hüften eine lange Hand hervorgesehen hätte, an der ein weißer Touristenschirm baumelte. Ihr mumienhaftes Antlitz war von grauen, geringelten Haarzotteln umgeben, die bei jedem Schritt hin und her wackelten. Ich kann nicht sagen warum, aber sie kam mir vor wie ein von Lockenwickeln umtanzter Bückling.

Sie sah starr geradeaus, ging schnell an mir vorbei und verschwand im Innern des Hauses.

Ich hatte mein Vergnügen an der sonderbaren Erscheinung. Ohne Zweifel war das meine Nachbarin, die alte Engländerin, von der die Wirtin gesprochen hatte.

An diesem Tage bekam ich sie nicht wieder zu Gesicht. Am andern Morgen hatte ich mich im Grunde des reizenden Tales, das nach Étretat hinunterführt und das Sie alle kennen, hingebaut und malte, da sah ich, als ich einmal die Augen erhob, auf dem Kamm der Hügelreihe etwas höchst Merkwürdiges aufragen, beinahe so etwas wie einen Mast mit einer wehenden Fahne. Das war sie! Als sie mich erblickte, verschwand sie.

Zum Mittagessen ging ich nach Hause. Diesmal setzte ich mich an den gemeinsamen Tisch, um das alte Original kennenzulernen. Aber ich konnte noch so höflich und liebenswürdig sein, es machte keinen Eindruck auf sie. Ich füllte wiederholt ihr Wasserglas, ich reichte ihr aufmerksam die Speiseschüsseln zu – ein leichtes, kaum wahrnehmbares Nicken mit dem Kopf, ein so leise hingemurmeltes, englisches Wort, daß ich es nicht verstand, das war ihr ganzer Dank.

Ich gab es schließlich auf, mich um sie zu kümmern, obwohl ich oft an sie denken mußte. Nach drei Tagen wußte ich über sie genausoviel Bescheid wie Madame Lecacheur selbst.

Sie hieß Miß Harriet. Auf der Suche nach einem recht entlegenen Dorf für ihren Sommeraufenthalt war sie vor sechs Wochen nach Bénouville gekommen, und sie schien keine Miene zu machen, wieder wegzugehen. Sie sprach nie bei Tisch, aß schnell und las dabei ununterbrochen in protestantischen Traktätchen. Sie beschenkte alle Welt mit solchen Heften. Sogar zum Pfarrer hatte ein Junge vier hingeschafft und dafür von ihr zwei Sous bekommen. Es geschah ein paarmal, daß sie ganz unvermittelt unserer Wirtin feierlich erklärte: ›Ich lieben den Herrn über alles; ich anbete ihn in seine ganze Schöpfung; ich immer ihn trage in mein Herz!‹ Und dann überreichte sie der erstaunten Bäuerin eins jener Heftchen, die alle Menschen zum Guten bekehren wollen.

Im Dorfe war sie nicht beliebt. Der Lehrer hatte geäußert: ›Sie ist eine Atheistin‹, und das haftete an ihr als Makel. Madame Lecacheur hatte den Pfarrer gefragt, aber der hatte gemeint: ›Es ist eine Ketzerin; aber Gott will nicht, daß die Sünder verderben, und ich halte sie für eine moralisch einwandfreie Person.‹

Die Worte ›Atheistin‹ und ›Ketzerin‹, unter denen man sich nichts Rechtes vorstellen konnte, beunruhigten alle Gemüter. Im übrigen behauptete man, die Engländerin müsse Geld haben, und sie sei zeit ihres Lebens in allen Ländern der Erde umhergereist, weil ihre Familie sie verstoßen habe. Und warum hatte die Familie sie verstoßen? Natürlich wegen ihrer Gottlosigkeit!

In Wirklichkeit war es ein maßlos überspanntes und verbohrt puritanisches Frauenzimmer, wie es in England viele gibt, eins der harmlosen, aber unerträglichen alten Mädchen, die in den Hotels von ganz Europa umhergeistern, einem Italien verleiden, die Schweiz verekeln, den Aufenthalt in den schönsten Städten am Mittelmeer unmöglich machen und überallhin ihre albernen Schrullen, ihre Moral der steinernen Jungfrauen, ihre unbeschreiblichen Kleider tragen und dazu einen Kautschukduft, daß man meinen könnte, jeden Abend würden sie in ein Futteral geschoben.

Sah ich in einem Hotel eine nur von weitem, rettete ich mich wie ein Vogel vor der Vogelscheuche im Felde.

Diese hier nun erschien mir so sonderbar, daß sie mir gar nicht so widerwärtig war. Madame Lecacheur war von vornherein mißtrauisch gegen alles, was nicht zu den Bauern gehörte. Ihr einfältiges Gemüt empfand etwas wie Haß gegenüber dem auffälligen Verhalten des alten Mädchens. Sie hatte einen Ausdruck geprägt, eine Bezeichnung, die ohne Zweifel verächtlich sein sollte und die ihr irgendwie durch einen rätselhaften Gedankensprung auf die Lippen gekommen sein mußte. Sie sagte: ›Es ist ein Satansweib.‹ Ich fand die Verbindung des Wortes mit dem nüchtern strengen und gefühlvoll frommen Wesen unendlich komisch, sprach nur noch vom ›Satansweib‹ und machte mir einen Spaß daraus, es recht laut zu sagen, wenn ich sie bemerkte.

Ich fragte Mutter Lecaceur: ›Nun, was macht heute unser Satansweib?‹

Und entrüstet antwortete die Bäuerin: ›Halten Sie's für möglich, Monsieur? Hat sie doch eine Kröte aufgehoben, der ein Bein zerschmissen war, hat das Vieh in ihr Zimmer gebracht, hat's in ihr Waschbecken getan und hat's verbunden wie 'nen Menschen! Wenn das nicht eine Lästerung Gottes ist!‹

Ein andermal war sie am Fuß des Steilufers entlanggegangen. Da hatte man einen großen Fisch gefangen. Sie kaufte ihn, bloß um ihn wieder ins Meer zu werfen. Sie hatte den Matrosen gut bezahlt, aber er schimpfte unbändig, schlimmer, als wenn sie ihm sein Geld aus der Tasche gestohlen hätte. Noch nach einem Monat konnte er nicht darauf zu sprechen kommen, ohne wütend zu werden und wüst zu wettern. O ja, es war schon ein Satansweib, diese Miß Harriet, es war ein genialer Einfall, als Mutter Lecacheur sie so taufte.

Der Pferdeknecht, den man ›Schanzer‹ nannte, weil er in seinen jungen Jahren in Afrika Soldat gewesen war, hatte freilich seine besondere Meinung. Er sagte mit pfiffigem Gesicht: ›Ach, das is 'ne alte Betschwester, die ihre Jugend hinter sich hat!‹

Wenn das arme Mädchen das gewußt hätte!

Céleste, die kleine Aufwärterin, tat nicht gern etwas für sie, ohne daß sie hätte sagen können, warum. Vielleicht nur, weil sie

Ausländerin war, weil sie einem anderen Volk angehörte, eine andere Sprache sprach und einen anderen Glauben hatte. Nun, auf alle Fälle war sie ein Satansweib!

Sie brachte ihre Zeit damit zu, in den Feldern umherzulaufen, Gott in der Natur zu suchen und anzubeten. Ich sah sie eines Abends, wie sie in einem Wäldchen auf den Knien lag. Ich sah durchs Laub etwas Rotes schimmern, bog die Zweige auseinander, und da richtete Miß Harriet sich auf. Sie schämte sich, daß sie überrascht worden war, und starrte mich mit erschreckten Augen an wie ein Nachtkauz, der am hellen Tage aufgestört worden ist.

Mitunter sah ich sie, wenn ich in den Felsgründen malte, plötzlich auf der Höhe eines Hanges, wo sie wie ein Signalmast stand. Und ganz vertieft blickte sie hinaus auf das weite, im Sonnenlicht golden leuchtende Meer und den unendlichen, feuerrot glühenden Himmel. Zuweilen entdeckte ich sie auch in einem Talgrund, wie sie mit den schwingenden Schritten der Engländerin einherkam, und ich ging ihr entgegen. Ich wüßte nichts zu sagen, was mich anzog, als ihr verklärtes Gesicht, das dürre Gesicht, aus dem unsagbar zufrieden eine tiefe innere Freude leuchtete.

Oft begegnete ich ihr an der Ecke eines Bauernhofes. Da saß sie im Grase unter einem Apfelbaum. Auf den Knien hatte sie aufgeschlagen ihr Gebetbüchlein liegen, und ihre Augen schauten verloren in die Ferne.

Auch ich raffte mich nicht zur Abreise auf. Mit tausend Banden inniger Liebe war mir diese Gegend, diese weite, liebliche Landschaft ans Herz gewachsen. Ich fühlte mich wohl auf dem Bauernhofe, den kein Mensch auf der Welt kannte, weit entfernt von allem Getriebe, aber nah der Erde, der guten, gesunden, schönen, grünen Erde, die eines Tages auch unsern Leib aufnehmen wird. Aber vielleicht, wenn ich ehrlich bin, hielt mich auch ein klein wenig Neugierde bei Mutter Lecacheur fest. Ich wollte zu gern die sonderbare Miß Harriet näher kennenlernen und erfahren, was in den Gemütern solch alter, umherirrender Engländerinnen vorgeht.

2

Wir lernten uns auf sonderbare Weise näher kennen. Ich hatte eine Studie gemalt, die mir ganz ausgezeichnet gelungen schien, und sie war es auch! Fünfzehn Jahre später ist sie für zehntausend Franken verkauft worden. Sie war übrigens so einfach wie nur etwas und ganz gegen alle akademischen Regeln gemalt. Die rechte Seite des Bildes nahm ein Fels ein, ein riesiger, buckliger Fels, den braune, gelbe und rote Tange bedeckten, und darüber floß wie Öl das Licht der Sonne. Ohne daß man sie selbst sah, weil sie im Rücken stand, fielen ihre Strahlen auf den Felsen und vergoldeten ihn mit feuriger Glut. Das war alles! Eine erste, leicht wie in Besessenheit hingeworfene, prachtvoll geratene Skizze.

Auf der linken Seite war das Meer, aber nicht das blaue oder schiefergraue, sondern ein jadefarbenes Meer, grünlich, milchig trüb und hart unter einem dunklen Himmel.

Ich war mit meiner Arbeit so zufrieden, daß ich wahre Luftsprünge machte, als ich sie nach Hause trug. Ich weiß noch, daß ich sie einer Kuh am Wege zeigte und rief: ›Hier, alte Kuh, schau dir das an, so etwas kommt dir nicht so bald noch einmal vor die Nase!‹

Vor dem Hause rief ich Mutter Lecacheur; aus vollem Halse grölte ich: »He! Mutter Lecacheur! Kommen Sie! Das müssen Sie gesehen haben!‹

Die Bäuerin kam und sah stumpfsinnig auf das Bild. Sie erkannte gar nichts; sie hatte wohl kaum gesehn, ob eine Kuh drauf war oder ein Haus.

Da kam Miß Harriet in die Küche, und sie ging gerade in dem Augenblick hinter mir vorbei, als ich meine Leinwand mit ausgestreckten Armen von mir hielt und der Wirtin zeigte. Das Satansweib mußte sie sehen, unbedingt, denn ich hielt sie mit Bedacht, so, daß ihr Blick darauffallen mußte. Sie blieb unvermittelt stehn, ergriffen, verblüfft. Es war wahrscheinlich der Fels, auf den sie hinaufzuklettern pflegte, um sich nach Herzenslust ihren Gedanken hinzugeben.

›Aoh!‹ sagte sie leise, ein so betont englisches und so anerkennendes Aoh, daß ich mich lächelnd umwandte und sagte: ›Meine letzte Studie, Mademoiselle!‹

Entzückt und rührend komisch murmelte sie: ›Oh, Monsieur, Sie auffassen die Natur ganz als Bewegtheit!‹

Ich wurde rot, tatsächlich! Dies Lob schmeichelte mir mehr, als wenn es von einer Königin gekommen wäre. Ich war erobert, gewonnen, im Sturm genommen. Ich hätte sie in die Arme nehmen können, wahrhaftig!

Bei Tisch setzte ich mich neben sie, wie immer. Aber zum ersten Male sprach sie ein Wort. Sie spann ihren Gedanken von vorhin weiter und sagte: ›Oh, ich lieben sehr die Natur!‹

Ich reichte ihr Brot, Wasser, Wein. Jetzt nahm sie es und dankte mit einem leichten, mumienhaften Lächeln. Und ich begann zu plaudern und unterhielt mich mit ihr über Landschaft und Freilicht.

Nach dem Essen standen wir zusammen auf. Wir schritten durch den Hof, wohl angelockt von der gewaltigen, feurigen Glut, mit der die untergehende Sonne das Meer aufglühen ließ. Ich öffnete die Gartentür, die hinausführte nach der Talschlucht, und wir schritten Seite an Seite als Menschen, die sich verstanden haben und aufeinander eingehen.

Es war ein lauer, linder Abend, ein Abend, an dem man sich wohl fühlt an Leib und Seele. Man freut sich über alles, und alles ist schön. Die milde, würzige Luft duftet nach Gras und Tang. Ihr herber Geruch schmeichelt der Nase, der salzige Geschmack dem Gaumen, ihre unwiderstehliche Süßigkeit beruhigt das Gemüt. Wir gingen am Rande des Steilufers entlang, hundert Meter über dem weiten Meer, das mit leichten Wellen gegen die Küste spülte. Mit begierigem Munde und geweiteter Brust atmeten wir die Brise ein, die über den Ozean herüberwehte und die uns, vom langen Kuß der Wogen salzig, lind über die Haut strich.

Die Engländerin war in ihren schottischen Schal gewickelt. Hingerissen, die Lippen leicht geöffnet, sah sie die Sonne riesengroß zum Meer hinabsinken. Weit, weit weg, so daß man ihn eben noch sehen konnte, erschien schwarz vor dem flammenden Himmel die Silhouette eines Dreimasters unter vollen Segeln. Davor zog still ein Dampfer seine Bahn. Seine endlos lange Rauchfahne dehnte sich quer über den ganzen Horizont.

Tiefer sank der rote Ball, langsam, ganz langsam. Und bald berührte sein Rand das Wasser, genau hinter dem Fahrzeug, das unbeweglich an seiner Stelle zu bleiben schien. Inmitten des strahlenden Gestirns stand es in einem Rahmen aus Feuer. Allmählich sank die Sonne unter; das Meer verschluckte sie. Man sah sie eintauchen, kleiner werden, verschwinden. Dann war alles vorüber, nur das scharfe Bild des Seglers stand noch klein vor dem goldenen Grunde des fernen Himmels.

Miß Harriet war überwältigt vom feurigen Abschied des Tages. Am liebsten hätte sie den Himmel umarmt, das Meer, die ganze Welt.

›Aoh‹ flüsterte sie, ›wie ich das lieben, wie ich das lieben, wie ich das lieben ...‹ Ihre Augen wurden feucht. ›Ich wollen sein ein kleiner Vogel und fliegen in den Himmel!‹

So stand sie wie angewurzelt auf dem Rand der Klippe, leuchtend rot in ihrem purpurnen Schal, genauso, wie ich sie oft gesehen hatte. Ich hätte Lust gehabt, sie mit ein paar Strichen in meinem Skizzenbuch festzuhalten. Es wäre eine treffliche Karikatur der Verzückung geworden.

Ich sah weg, um nicht zu lachen. Dann fing ich an zu reden, wie ich den Eindruck mit einem gut befreundeten Maler besprochen hätte. Ich sprach in den handwerklich geläufigen Wendungen über die Farbtöne, ihre Wirkung und ihre Leuchtkraft. Sie hörte aufmerksam und verständnisvoll zu, suchte hinter den geheimnisvollen Sinn der Worte zu kommen und meinen Gedanken zu folgen. Von Zeit zu Zeit sagte sie: ›Oh, ich verstehe, ich verstehe. Es war ganz Bewegtheit!‹

Wir gingen nach Hause.

Am andern Morgen kam sie sofort auf mich zu und gab mir die Hand. Und von nun an waren wir Freunde. Sie war ein guter Mensch. Aber ihr Gemüt war immer in Hochspannung. Wenn sie ins Schwärmen kam, kannte sie keine Grenzen. Ihr fehlte das Gleichmaß der Seele, wie allen Mädchen in den Fünfzigern. Sie schien eine säuerliche, alte Jungfer; aber sie hatte sich ein gut Stück Jugend bewahrt, sie konnte sich noch begeistern. Sie schwärmte für die Natur, und besonders Tiere liebte sie mit einer verzückten Innigkeit. Aber der Trieb war überjährig wie zu lange gelagerter Wein, war die Liebe, die sie keinem Manne hatte schenken dürfen.

Wenn sie eine säugende Hündin sah oder eine Stute, die über die Wiese sprang und deren Füllen um ihre Beine herumtanzte, ein Nest voll junger Vögel mit nackten Körperchen, großen Köpfen und aufgesperrten piepsenden Schnäbeln, zuckte ihr ganzer Körper in äußerster Erregung.

O arme, einsame Wesen, die von einer Table d'hôte zur andern irren, die belächelt werden und bedauert werden sollten! Seit ich diese eine kennengelernt habe, habe ich euch ins Herz geschlossen.

Ich merkte bald, daß sie mir etwas sagen wollte, aber nicht den Mut dazu fand, und hatte mein Vergnügen daran. Wenn ich des Morgens mit meinem Malkasten auf dem Rücken aufbrach, begleitete sie mich bis zum Ende des Dorfes. Sie tat den Mund nicht auf. Man sah, daß sie verlegen war und nach Worten suchte, aber keinen Anfang fand. Und dann ließ sie mich plötzlich allein und ging schnell davon mit weiten, hüpfenden Schritten.

Endlich faßte sie einmal Mut: ›Ich würde lieben zu sehen, wie Sie machen die Malerei? Wollen Sie? Ich sein sehr neugierig.‹ Und sie wurde rot, wie wenn sie ein Verlangen von höchster Kühnheit geäußert hätte.

Ich nahm sie mit nach dem Grunde von Petit-Val, wo ich eine große Studie angefangen hatte.

Sie stellte sich hinter mich und folgte mit angespannter Aufmerksamkeit jeder meiner Bewegungen.

Aber plötzlich, vielleicht aus Furcht, mir zur Last zu fallen, sagte sie ›danke‹ und ging fort.

Doch nach kurzer Zeit wurde sie vertrauter und gewöhnte sich daran, mich zu begleiten, und man sah, daß es ihr Freude machte. Unterm Arm hatte sie ihren kleinen Faltstuhl. Sie ließ nicht zu, daß ich ihn ihr abnahm. Auf diesem Stuhl nahm sie dann Platz. So saß sie stundenlang, ohne sich zu regen oder ein Wort zu sagen, und verfolgte mit den Augen jede Bewegung der Spitze meines Pinsels. Wenn ich mit dem Spachtel einen großen Farbklecks auftrug und unerwartet die richtige Wirkung erzielte, stieß sie unwillkürlich ein leises Aoh des Staunens, der Freude und der Bewunderung aus. Meinen Malereien bewies sie eine unerhört hohe Achtung. Sie hatte dafür, daß ein Mensch etwas von der göttlichen Schöpfung wiedergeben kann, eine beinah religiöse Verehrung und betrachtete meine Studien als Dokumente der Frömmigkeit. Sie fing wohl auch gelegentlich von Gott an zu reden und versuchte mich für den Glauben zu gewinnen.

Ihren lieben Gott dachte sie sich als einen sonderbaren, gutherzigen Mann, eine Art Dorfphilosophen ohne großen Einfluß und große Gewalt, denn sie stellte ihn sich immer vor als untröstlich über das viele Unrecht, das unter seinen Augen begangen wurde, ohne daß er es hindern konnte. Sie selbst stand mit ihm natürlich auf bestem Fuße. Sie kannte als gut mit ihm Vertraute seine Geheimnisse und seine Verdrießlichkeiten. Sie sagte: ›Gott will es‹ oder ›Gott will es nicht‹, wie ein Unteroffizier dem Rekruten sagt: ›Der Hauptmann hat befohlen.‹

Im tiefsten Herzen war sie betrübt über meine Unwissenheit in den Dingen der göttlichen Vorsehung und gab sich Mühe, sie mir zu offenbaren. Tagtäglich fand ich in meinen Taschen, in meinem Hut, wenn ich ihn auf der Erde hatte liegen lassen, in meinem Farbkasten oder in meinen Schuhen, die über Nacht zum Reinigen vor der Tür gestanden hatten, solch kleine, fromme Schriften, die ihr wahrscheinlich geradewegs vom himmlischen Paradiese zugeschickt wurden.

Ich behandelte sie wie eine gute alte Freundin und begegnete ihr in jeder Weise mit rückhaltloser Herzlichkeit. Doch bald merkte ich, daß ihr Verhalten zu mir sich änderte, achtete nur im Anfang nicht weiter darauf.

Wenn ich im Grunde meines Tales oder in irgendeinem Hohlweg bei der Arbeit war, erschien sie plötzlich mit ihren flinken, festen Schritten. Ganz unvermittelt setzte sie sich zu mir. Ihr Atem ging, wie wenn sie sehr schnell gelaufen wäre oder eine tiefe Erregung sie gepackt hätte. Ihr Gesicht war gerötet, so rot, wie nur Engländer werden können. Dann erblaßte sie, ohne sichtbare Ursache, wurde kreidebleich und schien einer Ohnmacht nahe zu sein. Und dann bekam sie allmählich wieder ihr gewöhnliches Aussehen und fing an zu plaudern.

Doch mitten in einem Satz brach sie ab, sprang auf und lief so überraschend und schnell davon, daß ich überlegte, ob ich irgend etwas getan hätte, was ihr mißfallen oder sie verletzt haben konnte.

Schließlich kam ich zu der Überzeugung, dies sei ihre eigentliche Art, sich zu geben, und die habe sie nur zu Beginn unserer Bekanntschaft meinetwegen gemildert.

Wenn sie stundenlang an der sturmgepeitschten Küste umhergelaufen war und wieder zurückkam zum Gehöft, dann waren ihre Ringellocken oft zerzaust und hingen ums Gesicht wie zerbrochene Spiralfedern. Früher kümmerte sie sich darum nicht im mindesten und setzte sich zu Tisch, so wie ihr Gespiele Wind sie zerzaust hatte.

Jetzt stieg sie erst in ihr Zimmer und brachte ihre ›Zylinderputzer‹ wieder in Ordnung, wie ich sie nannte. Und wenn ich ihr mit vertraulicher Schmeichelei, über die sie sich früher stets gekränkt hatte, sagte: ›Miß Harriet, heute sind Sie schön wie ein Stern‹, dann schoß ihr das Blut in die Wangen; sie errötete wie ein junges Ding von fünfzehn Jahren. Dann wieder einmal packte sie's, und sie wurde ungenießbar. Da kam sie nicht und sah mir nicht zu beim Malen. Ich tröstete mich: ›Ein Anfall, das geht vorüber!‹ Wenn ich das Wort an sie richtete, antwortete sie gemacht gleichgültig oder tief gereizt. Sie war verletzend rücksichtslos, ungeduldig, empfindlich. Ich sah sie nur bei den Mahlzeiten, und wir sprachen kaum ein Wort miteinander. Ich dachte allen Ernstes, ich müßte sie schwer gekränkt haben, und eines Abends fragte ich: ›Miß Harriet, warum sind Sie nicht mehr zu mir wie früher? Was habe ich Ihnen Böses getan? Warum sprechen Sie kaum ein Wort mit mir?‹

Sie antwortete zornig, und doch klang es mehr komisch: ›Ich bin geblieben immer gleich. Es ist nicht, es ist nicht wahr!‹ Und dann lief sie davon und schloß sich in ihr Zimmer ein. Manchmal sah sie mich merkwürdig an. Ich dachte oft, so müßten zum Tode Verurteilte aussehen, wenn man über sie den Stab bricht. Eine Art Raserei war in ihrem Blick, eine unheimliche Raserei und ein Fieber, ein verzweifeltes, ungeduldiges und ohnmächtiges Verlangen nach Unerfülltem und Unerfüllbarem. Mir schien, daß sie innerlich schwer zu ringen hatte, daß ihr Herz sich wehrte gegen eine ihr fremde Gewalt und daß sie diese bezwingen wollte, und vielleicht auch noch anderes ... Was weiß ich, was weiß ich?

3

Die Lösung des Rätsels kam überraschend.

Schon einige Zeit arbeitete ich jeden Morgen in aller Frühe an einem Bilde. Es stellte folgendes dar:

Eine tiefe, enge Schlucht mit Böschungen voller Brombeerbüsche und Bäume verlor sich im milchigen Duft, dem seltsamen, wattedichten Nebel, der manchmal bei Tagesanbruch über den Tälern dort liegt. Und ganz hinten sah man im dicken Dunst ein junges Menschenpaar, fast nur zu erraten, einen jungen Burschen und ein junges Mädchen, die engumschlungen sich küßten. Sie hob das Gesicht zu ihm empor, er neigte sich zu ihr hinab, und so standen sie Mund an Mund.

Ein erster Sonnenstrahl stahl sich durch die Zweige der Bäume. Er durchbrach den Frühnebel, lichtete ihn hinter dem ländlichen Liebespaar rötlich schimmernd auf und umgab die schattenhaften Gestalten mit silberner Helle. Es war ein gelungener Wurf, wahrhaftig, sehr gut!

Ich malte in der Mulde, die zum Tal von Étretat hinabführt, und hatte durch glücklichen Zufall genau den wabernden Dunst, den ich suchte.

Da tauchte plötzlich vor mir wie ein Gespenst Miß Harriet auf. Als sie mich sah, wollte sie davonlaufen. Aber ich rief sie an: ›Mademoiselle, kommen Sie, kommen Sie her, ich habe ein kleines Bild, das ich Ihnen zeigen möchte!‹

Sie kam näher, widerstrebend fast. Ich hielt ihr die Skizze entgegen. Sie sagte nichts. Lange sah sie das Bild an, ohne sich zu rühren, und plötzlich stürzten ihr Tränen aus den Augen. Sie weinte krampfhaft erschüttert, wie alle, die lange gegen die Tränen ankämpfen und mit ihrem Widerstand am Ende sind, immer noch sich wehren und doch den Tränen ihren Lauf lassen müssen. Ich sprang auf. Ich war selbst tief ergriffen; ihr Kummer rührte mich, obwohl ich ihn nicht verstand. In plötzlich überwallendem Gefühl, als rechter Franzose, der schneller handelt als denkt, ergriff ich ihre Hände.

Sie ließ sie ein paar Sekunden in den meinen ruhen. Ich fühlte sie zittern, als wären ihre Nerven aufs äußerste erregt. Plötzlich zog sie die Hände blitzschnell zurück, sie riß sie aus den meinen. Dies Zittern kannte ich nur zu gut und war betroffen. Ich täuschte mich nicht. Es war der Liebesschauer einer Frau, mochte sie fünfzehn zählen oder fünfzig, mochte sie ein Kind aus dem Volke sein oder eine Dame aus der vornehmen Welt. Es dringt mir ins Herz, und ich verstehe es sofort.

Das ganze arme Wesen war ins Zittern geraten, in haltloses Beben, war einer Ohnmacht nahe. Jetzt wußte ich, wie es um sie stand. Sie ging davon, ehe ich etwas sagen konnte, und ich blieb zurück, überrascht wie von einem Wunder und niedergedrückt, als ob ich etwas Böses begangen hätte.

Zu Mittag ging ich nicht nach Hause. Ich lief eine weite Strecke am Steilufer entlang. Ich wußte nicht, sollte ich weinen oder lachen. Was ich erlebt hatte, schien mir genauso komisch wie bedauernswert. Ich fand mich selber lächerlich und sagte mir, sie müsse so unglücklich sein, daß sie darüber den Verstand verloren habe.

Ich fragte mich, was ich tun sollte.

Mir blieb nichts anderes übrig, als abzureisen, und ich war auch sofort dazu entschlossen.

Bis zum Abendessen streifte ich umher; ein wenig traurig, ein wenig schwärmend, und so kam ich schließlich noch zum Diner zurecht.

Man setzte sich zu Tisch wie gewöhnlich. Miß Harriet war an ihrem Platz. Mit ernster Miene war sie in ihr Essen vertieft. Sie sprach nicht und sah nicht von ihrem Teller auf. Aber Gesicht und Verhalten waren nicht anders als sonst.

Ich wartete bis zum Schluß der Mahlzeit, dann wandte ich mich der Bäuerin zu und sagte: ›Ja, Madame Lecacheur, jetzt wird's Zeit, daß ich wieder weiterwandre!‹

Die gute Frau war überrascht und betrübt. In ihrem breiten Tonfall meinte sie: ›Was sagen Sie, mein Lieber? Jetzt wollen Sie fort? Jetzt hatte ich mich so an Sie gewöhnt!‹

Ich sah nach Miß Harriet. Ihr Gesicht verriet keine Bewegung. Aber Céleste, die Kleinmagd, hatte die Augen auf mich gerichtet. Céleste war ein stattliches, strammes Mädchen von achtzehn Jahren, mit rotem, frischem Gesicht und Knochen wie ein Gaul. Appetitlich war sie, ein ganz schätzenswerter Leckerbissen! Wenn ich ihr in einem Winkel begegnete, drückte ich sie manchmal ab, so wie Vaganten das eben tun. Mehr steckte nicht dahinter.

Das Essen ging zu Ende.

Ich rauchte unter den Apfelbäumen meine Pfeife Tabak, ging hin und her und durchmaß den Obstgarten von einem Ende bis zum anderen. Der ganze Tag, die sonderbare Entdeckung vom Vormittag, diese groteske, leidenschaftliche Liebe, die sich mir anhängte, Erinnerungen, die dadurch geweckt wurden, liebenswürdige und auch erregende Erinnerungen, vielleicht auch der Blick der Magd, mit dem sie mich ansah, als ich sagte, ich wolle fort, alles das stimmte mich übermütig. Meine Lippen juckten nach Küssen. In meinen Adern brannte ein Hunger nach Leben, der nicht vor den ärgsten Torheiten haltmacht.

Die Nacht kam. Es wurde dunkel unter den Bäumen. Da bemerkte ich Céleste. Sie ging nach dem Hühnerstall an der anderen Seite des Zaunes, um die Tür zu schließen. Ich sprang hinüber, so lautlos, daß sie nichts hörte, und als sie die Klappe vor dem Loch, durch das die Hühner aus und ein schlüpfen, niedergelassen hatte und sich aufrichtete, nahm ich sie in die Arme und überschüttete ihr breites, rundes Gesicht mit einem Hagel von Küssen. Sie wehrte ab, lachte aber; sie war so etwas gewöhnt.

Warum ließ ich plötzlich von ihr ab? Warum drehte ich mich mit einem Ruck um? Wie konnte ich fühlen, daß hinter meinem Rücken jemand war? – Miß Harriet! Sie war durch die Zauntür gekommen, hatte uns gesehen und stand erstarrt, wie wenn sie eine Erscheinung gehabt hätte; dann verschwand sie wieder im Dunkeln.

Ich war beschämt, beunruhigt. Daß sie mich hier ertappt hatte, war mir unangenehmer, als wenn ich mir irgendein Vergehen hätte zuschulden kommen lassen.

Ich schlief schlecht. Meine Nerven waren bis zum Zerreißen gespannt. Trübe Gedanken peinigten mich. Es schien mir, als hörte ich Weinen. Aber es mochte Täuschung sein. Ein paarmal glaubte ich Schritte und das Geräusch der Haustür zu hören.

Gegen Morgen überwältigte mich die Müdigkeit; endlich schlief ich ein. Ich wachte spät auf und zeigte mich erst zum Mittagessen. Ich war noch ganz benommen und wußte nicht, was für eine Miene ich aufsetzen sollte.

Miß Harriet war nicht gesehen worden. Man wartete auf sie; sie kam nicht. Mutter Lecacheur ging in ihr Zimmer. Die Engländerin war fort. Sie mußte in der ersten Morgenfrühe aufgebrochen sein wie so oft, wenn sie den Sonnenaufgang beobachten wollte. Man fand es nicht weiter sonderbar, und stillschweigend wurde gegessen.

Es war heiß, sehr heiß, ein glühender, ein schwüler Tag. Kein Blatt regte sich an den Bäumen. Der Tisch war draußen gedeckt, unter einem Apfelbaum. Immer wieder mußte der ›Schanzer‹ in den Keller und den Krug mit Apfelwein füllen, so sprach man ihm zu. Céleste brachte aus der Küche das Essen, Hammelragout mit Kartoffeln, Kaninchenbraten und Salat. Dann setzte sie uns eine Schüssel Kirschen vor, die ersten des Jahres.

Ich wollte die Kirschen gern abwaschen und kühlen und bat die

Magd, einen Eimer recht frisches Wasser aus dem Brunnen zu holen.

Nach fünf Minuten kam sie wieder und sagte, der Brunnen habe kein Wasser. Sie hatte das Seil hinuntergelassen, der Eimer war auf Grund gestoßen und leer wieder heraufgekommen. Mutter Lecacheur wollte sich selbst überzeugen. Sie ging hin und sah in den Schacht hinab. Als sie wiederkam, sagte sie, in ihrem Brunnen sei etwas zu sehen, irgend etwas, das nicht dahingehöre. Bestimmt habe ein Nachbar ein paar Bund Stroh hineingeworfen, um ihr einen Schabernack zu spielen. Ich wollte mir die Sache auch ansehen. Ich nahm an, daß ich vielleicht Genaueres feststellen könnte, und beugte mich über den Rand. Ich sah undeutlich etwas Weißes. Aber was? Da kam mir der Gedanke, an einer Schnur eine Laterne hinabzulassen. Langsam sank sie in die Tiefe, ihr gelber Schein zuckte über das Mauerwerk. Céleste und der ›Schanzer‹ waren auch herangekommen, und nun hingen wir zu viert über dem Brunnenrand. Jetzt schwebte die Laterne über einer undeutlichen, sonderbaren, weiß und schwarz scheinenden Masse. Unbegreiflich! Da rief der ›Schanzer‹: ›Das is 'n Pferd! Ich seh' 'nen Huf. Das is in der Nacht von der Weide ausgerückt und hier reingefallen!‹

Plötzlich fuhr mir ein Schreck durch die Glieder; ich hatte einen Fuß erkannt, dann ein Bein, das in die Höhe stand.

Der Körper und das andere Bein waren unter Wasser.

Ich zitterte, daß die Laterne über dem Schuh ins Wanken geriet, und stammelte leise: ›Das ist eine Frau... die... die... dort unten liegt... Es ist Miß Harriet!‹

Der ›Schanzer‹ war der einzige, der seine Ruhe und kalt Blut bewahrte. Er hatte in Afrika noch ganz andere Dinge gesehen.

Mutter Lecacheur aber und Céleste schrien gellend auf und liefen davon. Nun mußten wir die Tote bergen. Ich schlang dem Knecht den festen Brunnenstrick um den Leib und ließ ihn an der Winde hinab in das Dunkel. Er nahm die Laterne mit und eine Leine. Bald hörte ich ihn rufen, und seine Stimme drang aus der Tiefe wie aus dem Mittelpunkt der Erde: ›Halt!‹ Ich sah, daß er im Wasser nach etwas fischte, es war das andere Bein. Dann schnürte er beide Beine zusammen und rief: ›Auf!‹

Ich wand ihn wieder empor. Aber mir waren die Glieder wie zerschlagen, die Muskeln schlaff. Ich hatte Angst, daß ich loslassen könnte. Als sein Kopf über dem Brunnenrand auftauchte, fragte ich: ›Nun?‹, als ob ich mich nach dem Ergehen der Frau dort unten erkundigen wollte.

Wir stiegen beide auf den Brunnenrand. Wir standen uns gegenüber, beugten uns hinunter und zogen den Körper in die Höhe.

Mutter Lecacheur und Céleste hatten sich hinter einer Ecke des Hauses versteckt und spähten von weitem, was wir trieben. Als sie die schwarzen Schuhe und die weißen Strümpfe aus dem Brunnen heraufkommen sahen, verschwanden sie. Der ›Schanzer‹ umfaßte die Fußknöchel, und so zogen wir das ihr Leben lang unberührt gebliebene alte Mädchen in einer höchst unschicklichen Haltung aus der Tiefe. Das lange, graue Haar war aufgelöst, die Locken waren ausgegangen für immer; naß und schlammig hing es herab. Verächtlich meinte der ›Schanzer‹: ›Pfui Deibel, so 'n dürres Gestell!‹

Wir trugen sie in ihr Zimmer, und da sich die beiden Frauen nicht wieder sehen ließen, bahrte ich gemeinsam mit dem Pferdeknecht die Tote auf. Ich wusch das arme, entstellte Gesicht. Als mein Finger darüberfuhr, öffnete sich ein Auge ein wenig. Starr und kalt blickte es mich an, ein grauenvolles Totenauge, das aus dem Jenseits herüberschaute. Ich brachte, so gut ich konnte, das wirre Haar in Ordnung und legte es über der Stirn zu einer neuen und sonderbaren Frisur zusammen. Dann zog ich die nassen Kleider glatt. Dabei entblößte ich ein wenig Schultern und Brust. Ich schämte mich, als wenn ich eine Schändung begangen hätte. Zuletzt legte ich die langen stockdünnen Arme zurecht.

Und danach holte ich Blumen, holte Klatschmohn, Kornblumen, Maßlieb und Kräuter, frische, duftende Kräuter. Damit schmückte ich ihr Totenlager.

Weil ich der einzige war, der sich um sie kümmerte, hatte ich schließlich auch zu erledigen, was es sonst zu beachten gab. In ihrer Tasche steckte ein Brief. Sie mußte ihn noch in ihren letzten Minuten geschrieben haben. Sie bat darin, man solle sie in dem Dorfe beisetzen, in dem sie ihre letzten Tage verlebt habe. Ein quälender Gedanke bedrückte mich. War es meinetwegen, daß sie hier ihre letzte Ruhe finden wollte? Am Abend kamen Frauen aus der Nachbarschaft und wollten die Tote sehen. Ich ließ niemanden zu ihr. Ich wollte mit ihr allein bleiben und wachte die ganze Nacht.

Beim Licht der Kerzen betrachtete ich die unglückliche Frau, von der niemand Näheres wußte und die hier in der Fremde einen so kläglichen Tod gefunden hatte. Ließ sie irgendwo Bekannte zurück, vielleicht Verwandte? Was für eine Kindheit hatte sie gehabt? Wie war ihr Leben gewesen? Woher stammte sie, die Einsame, Heimatlose, Verlassene, verlassen wie ein Hund, den man vor die Tür gejagt hat? Wieviel heimliches Leid, wieviel Verzweiflung mochte dieser jeder Anmut bare Leib getragen haben, dieser Körper, den sie mit sich schleppen mußte wie einen beschämenden Makel, so lange sie lebte, eine lächerliche Hülle, die jede freundliche Zuneigung, jede Regung der Liebe in einem anderen Menschen im Keim erstickte.

Was gibt es doch für unglückselige Wesen! An diesem bedauernswerten Menschenkinde sah ich die ewige Ungerechtigkeit der grausamen Natur. Diese Frau hatte ihr Leben geendet und hatte vielleicht nicht ein einziges Mal empfunden, was die Ärmsten der Armen tröstet, die Hoffnung, einmal doch geliebt zu werden! Warum verbarg sie sich vor aller Welt, warum floh sie die Menschen, warum verschwendete sie eine leidenschaftliche Zärtlichkeit an alle Dinge und alle Lebewesen außer den Menschen? Jetzt verstand ich, daß sie an Gott glauben mußte, daß ihr nichts übrigblieb, als auf Trost und Erlösung in einer andern Welt zu hoffen. Ihr Leib vergeht nun und wird zur Pflanze. Die Pflanze streckt der Sonne ihre Blüten entgegen. Kühe weiden sie ab; Vögel tragen ihre Samenkörner durch die Lüfte. Das Fleisch der Tiere wird wieder zu Fleisch von Menschen. Aber was man die Seele nennt, das ist auf dem Grunde des finsteren Brunnens erloschen. Ihr Leid ist vorüber. Sie gab ihr Leben hin für viele, die aus ihrem Tode Dasein gewinnen.

Die Stunden flossen dahin in schmerzlich stummer Zweisamkeit, ein bleicher Schimmer von Licht kündigte den nahenden Morgen an. Dann glitt ein roter Sonnenstrahl durchs Zimmer bis zum Bett. Er legte einen Feuerstreifen über die Decke und die gefalteten Hände. Es war die Tagesstunde, die sie liebte. Weit öffnete ich das Fenster und zog die Vorhänge zurück, damit der Himmel voll zu uns hereinsehen konnte. Ich beugte mich über den erkalteten Körper und nahm das entstellte Gesicht zwischen meine Hände. Es verlor alles Abstoßende und Häßliche, und ich drückte einen langen Kuß auf die Lippen, die nie geküßt worden waren...«

Léon Chenal schwieg. Die Frauen kämpften mit den Tränen. Den Grafen d'Étraille auf dem Bock hörte man wieder und wieder sich schneuzen. Nur der Kutscher döste weiter. Die Gäule spürten die Peitsche nicht mehr; sie wurden immer langsamer und trotteten träge dahin. Der Break kam kaum noch vorwärts; er war schwer geworden unter der Last einer tiefen Trauer.

Pierre-Auguste Renoir
Die Hutnadel
Kaltnadelradierung

Mein Freund Patience

»Weißt du, was aus Leremy geworden ist?«

»Rittmeister bei den sechsten Dragonern.«

»Und Pinson?«

»Unterpräfekt.«

»Und Racollet?«

»Tot.«

Weitere Namen kamen uns in Erinnerung, zu denen junge Gesichter gehörten, junge Gesichter unter dem Käppi mit den goldenen Tressen. Manch einen unserer Kameraden hatten wir später wieder getroffen. Da trugen sie lange Bärte oder hatten eine Glatze; sie waren verheiratet, sie hatten ein paar Kinder. Die Begegnung mit den so anders gewordenen Freunden hatte uns immer aufs äußerste enttäuscht. Wir mußten sehen, wie schnell das Leben dahinfliegt, alles vergeht, alles sich ändert.

Mein Freund fragte: »Und Patience, weißt du, der dicke Patience?«

Da hätte ich beinah losgewiehert: »Der? – Paß auf!

Vor vier, fünf Jahren war ich auf einer Inspektionsreise in Limoges und wartete, daß die Zeit zum Dinieren herankommen sollte. Ich saß vorm großen Café auf dem Theaterplatz und langweilte mich entsetzlich. Allerlei Spießer fanden sich ein, zu zweit, zu dritt, auch zu viert. Sie tranken ihren Absinth oder ihren Wermut, unterhielten sich laut über ihre Geschäfte oder über die Geschäfte ihrer Bekannten. Bald lachten sie laut und schallend, bald dämpften sie die Stimmen, wohl, wenn sie über wichtige oder delikate Dinge verhandelten. Mein einziger Gedanke war: Was fange ich bloß nach dem Diner an? Mir graute vor dem langen Abend in der Provinzstadt, vor dem langsamen, trübseligen Spaziergang in den fremden Straßen, vor der niederdrückenden Stimmung, die einen ortsfremden Einzelgänger befällt, wenn Menschen vorbeigehen, die ihm ganz und gar fremd sind, durch den provinziellen Zuschnitt des Rockes, die Form des Hutes, die Falten der Hose, durch ihr Gehabe und den Ortsakzent ihrer

Sprache. Und auch die Häuser, die Läden, die altmodischen Fahrzeuge, die ungewohnten Kleinstadtgeräusche verbreiten Trübsinn, so niederdrückenden Trübsinn, daß man unbewußt seine Schritte beschleunigt. Man fühlt sich verloren wie in einem gefährlichen, unheimlichen Lande und wünscht sich in sein Hotel zurück, das fürchterliche Hotel, in dem die Zimmer widerlich nach allem möglichen riechen, in dem man sich kaum ins Bett zu legen wagt und in dessen nicht sehr sauberem Waschbecken noch ein fremdes Haar klebt.

Daran dachte ich, als die Straßenlaternen aufflammten. Beim Dunkelwerden empfand ich das Trostlose meiner Einsamkeit doppelt. Was sollte nach dem Diner werden? Ich war allein, vereinsamt, völlig verlassen.

Da nahm am Nebentisch ein auffallend wohlbeleibter Mann Platz und kommandierte mit schallender Stimme: ›Herr Ober, meinen Bittern!‹

Das ›Mein‹ klang wie Kanonendonner. Da wußte ich gleich, daß er über alles verfügte, wie es lag und stand, er allein, und kein anderer. Er stellte etwas dar, verdammt noch mal! Das war ›sein‹ Geschmack, das waren ›seine‹ Beinkleider, das war ›sein‹ Stil, unbestritten, das gab's nicht noch mal! Selbstzufrieden blickte er um sich. Man brachte ihm seinen Bittern, und er verlangte: ›Meine Zeitung!‹

Ich fragte mich: Welches mag wohl ›seine‹ Zeitung sein? Ihr Kopf würde mir sicher seine Meinungen, Ansichten, Grundsätze, Liebhabereien enthüllen und vielleicht – sein Spießbürgertum.

Der Kellner brachte die ›Temps‹. Das überraschte mich. Warum ›Le Temps‹, diese gewichtigtuende, einförmige Zeitung von festgelegter Meinung und vorsichtig abwägender Haltung? Ich kam zu dem Schluß: sicher ein kluger Mann, ein gefestigter Charakter, in geordneten Verhältnissen, alles in allem ein ›guter Bürger‹.

Er klemmte einen goldenen Zwicker auf die Nase, rekelte sich zurück, und ehe er sich in die Zeitung vertiefte, blickte er sich noch einmal nach allen Seiten um. Da gewahrte er mich, und schon musterte er mich neugierig und geradezu ungezogen. Ich wollte eben fragen, was mir die zudringliche Aufmerksamkeit verschaffe, als er herüberrief: ›Heiliges Pfeifenrohr, das ist doch Gontran Lardois?‹

Ich erwiderte: ›Ganz recht, Monsieur, Sie irren sich nicht.‹

Da sprang er auf und kam mit vorgestreckten Händen zu mir herüber: ›Na, alter Knabe, wie geht dir's?‹

Ich war recht peinlich berührt, weil ich gar nicht wußte, mit wem ich's zu tun hatte, und brachte nichts heraus als: ›Ja... sehr gut... und... Ihnen?‹

Er lachte: ›Wetten, du kennst mich nicht?‹

›Nein, nicht so ganz... ich meine... aber...‹

Er schlug mir auf die Schultern: ›Ach was, keine langen Geschichten! Ich bin Patience, Robert Patience, dein Schulkamerad, wir haben einmal dieselbe Schulbank gedrückt.‹

Jetzt erkannte ich ihn. Ja, es war Robert Patience, mein Studienfreund! Das war er! Ich gab ihm die Hand: ›Und was machst du, geht dir's gut?‹

›Mir? Ganz ausgezeichnet!‹

Er lachte schallend. Dann fragte er: ›Und was hast du hier zu tun?‹

Ich erklärte ihm, daß ich mich als Inspekteur der Finanzen auf einer Dienstreise befände.

Er wies auf meine Auszeichnung und fragte weiter: ›Du hast Karriere gemacht?‹

Ich antwortete: ›Ja, ziemlich, und du?‹

›Oh, ich, ausgezeichnet!‹

»Und was bist du?‹

›Geschäftsmann.‹

»Geht dein Geschäft?‹

›Sehr gut! Ich bin sehr reich geworden. Aber komm doch morgen zum Dejeuner, um zwölf, nach der Rue du Coq-qui-Chante 17; da wirst du ja sehn, wie ich mich eingerichtet habe.‹

Er zögerte ein wenig, dann fuhr er fort: ›Bist du immer noch der Schwerenöter von damals?‹

›Ja... ich denke schon!‹

›Nicht verheiratet, was?‹

›Nee!‹

›Um so besser! Und machst noch immer gerne 'n saftigen Spaß und ißt gerne Selleriesalat, was?‹

Ich fand ihn beklagenswert gewöhnlich; aber ich gab ihm Antwort: ›Ja, natürlich.‹

›Und hübsche Mädchen?‹

›Was das anbetrifft, ja.‹

Er lachte ein höchst zufriedenes Lachen: ›Um so besser, um so besser! Weißt du noch – unser erster Jux in Bordeaux, als wir zum Souper in *Roupie* waren? War das eine Nacht!‹

Ich erinnerte mich der Nacht natürlich recht gut und mit Vergnügen. Mir fielen andere Streiche ein, immer mehr und immer mehr, und es ging in einem fort: ›Weißt du noch, wie wir den Pion eingesperrt haben, im Keller vom alten Latoque?‹

Er platzte los, schlug mit der Faust auf den Tisch und sagte: ›Ja... ja... ja... und weißt du noch – die Schnauze von dem Marin, dem Geographiepauker, als er die Grundlagen des Vulkanismus erklärte und wir genau hinter der Weltkarte einen Frosch losknallten?‹

Aber da unterbrach ich ihn: ›Bist eigentlich du verheiratet?‹

Er rief: ›Zehn Jahre, mein Lieber! Ich habe vier Kinder, tolle Gören! Du wirst sie ja kennenlernen, und die Mutter auch!‹

Wir sprachen ziemlich laut; die Nachbarn wandten sich erstaunt nach uns um.

Plötzlich sah mein Freund auf seine Uhr, ein Chronometer, wie ein Kürbis so groß, und rief: ›Donnerwetter, ist das dumm – aber ich muß gehn! Abends bin ich immer in Anspruch genommen.‹

Er stand auf, faßte meine Hände, schüttelte sie, wie wenn er mir die Arme ausreißen wollte, und sagte: ›Also abgemacht, morgen mittag!‹

›Abgemacht!‹

Am Vormittag darauf wickelte ich zunächst beim Vorsteher der Departementskasse meine Geschäfte ab. Dann wollte er mich zum Dejeuner dabehalten, aber ich eröffnete ihm, daß ich mich schon mit einem Freunde verabredet habe. Er geleitete mich vor die Tür, und da fragte ich: ›Können Sie mir sagen, wo die Rue du Coq-qui-Chante ist?‹

Er antwortete: ›Gewiß, das ist fünf Minuten von hier. Ich bin für heute mit der Arbeit fertig, ich bringe Sie gern hin.‹

Wir machten uns auf den Weg.

Nach kurzer Zeit waren wir angelangt. Ich fand eine breite, recht ansprechende Straße am Rande der Stadt. Ich ließ meinen Blick über die Häuser gleiten und fand auch die Siebzehn. Das war eine Art Hotel mit einem dahinterliegenden Garten. Die Fassade war mit Fresken in italienischem Stil geschmückt. Ich fand sie ziemlich geschmacklos. Da waren Göttinnen, die ein Füllhorn ausschütteten, andere, die ihre intimsten Reize leicht mit einem Wölkchen verschleierten, und zwei steinerne Amoretten hielten das Nummernschild des Hauses.

Ich sagte zum Kassenvorstand: ›Hier bin ich angelangt‹, und streckte ihm die Hand hin, um mich zu verabschieden. Er machte eine überraschte, etwas sonderbare Geste, sagte aber nichts und gab mir die Hand.

Ich zog die Glocke. Ein Mädchen erschien. Ich sagte: ›Monsieur Patience, bitte?‹

Sie antwortete: ›Ganz recht, Monsieur... Wollen Sie ihn selbst sprechen?‹

›Ja, bitte.‹

Das Vestibül fand ich mit Pinseleien eines Provinzkünstlers im Stil der Fassade geschmückt. Paradiesische Jünglinge und Jungfrauen küßten sich unter Palmen. Der Himmel dahinter schwamm in rosenrotem Licht. An der Decke hing eine unmögliche, orientalische Laterne. Die Türen waren mit grellfarbigen Portieren drapiert.

Aber am meisten befremdete mich ein ganz aufdringlicher Geruch. Er erinnerte mich an Poudre de Riz und an verschimmelte, dumpfe Kellergewölbe. Ich könnte nicht sagen, was es war – eine beklemmende Schwüle. Sie legte sich auf die Lunge wie die Luft in einem Schwitzkasten. Ich stieg hinter dem Mädchen eine Marmortreppe hoch, die mit einem orientalisch gemusterten Teppich belegt war, und wurde in einen üppigen Salon geführt.

Als ich allein war, sah ich mich um.

Das Zimmer war reich ausgestattet, aber im Geschmack eines genießerischen Parvenüs. Einige übrigens ganz gute Stiche aus dem achtzehnten Jahrhundert zeigten Frauen mit hoher, gepuderter Haarfrisur, die, halb nackt, in verfänglicher Stellung von galanten Kavalieren überrascht worden waren, ein anderer eine Dame in einem breiten, zerwühlten Bett. Mit dem Fuß neckte sie ein Hündchen, das in den Kissen lag. Auf einem anderen wehrte eine Dame lässig ihrem Liebhaber, der mit der Hand an ihrem Rocksaum spielte, und auf einer Zeichnung sah man vier Füße, deren Fortsetzung hinter einem Vorhang nur zu ahnen war. Der große Raum mit seinen üppigen Diwans war von demselben faden, schwülen Duft erfüllt, den ich schon im Vestibül geatmet hatte. Die Wände, die Stoffe, der überladene Luxus wurden mir verdächtig.

Ich trat ans Fenster und sah in den Garten, dessen hochragende Bäume ich schon vorher wahrgenommen hatte. Er war groß, schattig, prächtig.

Ein breiter Weg führte um ein rundes Rasenstück. In der Mitte zerstäubte ein Springbrunnen seine Strahlen. Dann führte der Weg in dichtes Gebüsch und kam dahinter wieder zum Vorschein. Plötzlich tauchten ganz hinten, zwischen zwei Strauchgruppen, drei Frauen auf. Sie gingen langsam, hatten sich untergehakt und waren in lange, weiße, mit Spitzenwolken verzierte Morgenröcke gehüllt, zwei blond, die dritte braun. Ich war von der Erscheinung entzückt, ich wurde ins Land der Poesie versetzt. Einen Augenblick nur waren sie zwischen dem grünen Laub sichtbar gewesen, dort hinten im verschwiegenen, wundersamen Park. Schöne Frauen des vergangenen Jahrhunderts waren mir wie ein Traumbild erschienen, unter Buchen lustwandelnd, schöne Frauen, deren Liebeskunst aus den galanten Stichen an den Wänden sprach. Und ich dachte an das glückliche, blühende, geistsprühende und zärtliche Jahrhundert, in dem die Sitten noch sanft waren und die Lippen sich willig darboten...

Eine laute Stimme schreckte mich auf. Patience war eingetreten; er streckte mir strahlend die Hände entgegen.

Verschmitzt, wie man pikante Liebesabenteuer erzählt, so sah er mich an, wies mit weitausholender Gebärde, einer wahren Napoleonsgeste, auf den prachtüberladenen Salon, den stillen Park, die drei Frauen, die ganz im Hintergrund eben wieder erschienen, und warf sich stolz in die Brust: ›Und wenn du nun bedenkst – ich habe mit nichts angefangen... mit nichts als meiner Frau und meiner Schwägerin!‹«

Pierre-Auguste Renoir
Frau im Weinberg
Lithographie

Die Auszeichnung

Es gibt Menschen, die werden mit einem gewissen Instinkt, einer inneren Stimme geboren oder einfach beherrscht von einem Verlangen, das wach wird, sobald sie anfangen zu denken und zu sprechen.

Monsieur Sacrement hatte seit Kindheit nur einen Gedanken im Kopfe: Er wollte eine Auszeichnung erwerben. Als er noch ganz klein war, trug er das Kreuz der Ehrenlegion aus Zink, wie andere Kinder das Käppi tragen, und stolz reichte er seiner Mutter auf der Straße die Hand, während er seine kleine mit dem roten Bändchen und dem metallenen Stern geschmückte Brust herausstreckte.

Nach kümmerlichen Studien fiel er im Bakkalaureatsexamen durch, und da er nicht wußte, was er weiter anfangen sollte, heiratete er ein hübsches Mädchen. Er besaß ja Vermögen.

Das Paar lebte in Paris, wie reiche Bürger leben, verkehrte mit seinesgleichen, vermied, sich unter die Menge zu mischen, war stolz auf die Bekanntschaft mit einem Abgeordneten, der einmal Minister werden konnte, und war auch befreundet mit zwei Divisionären.

Aber der Gedanke, der sich in frühester Kindheit im Kopf von Monsieur Sacrement eingenistet hatte, saß fest. Er litt große Pein, daß er auf seinem schwarzen Überrock nicht das schmale, farbige Bändchen zeigen durfte.

Wenn er auf dem Boulevard ordengeschmückten Männern begegnete, gab ihm das jedesmal einen Stich durchs Herz. Verstohlen betrachtete er sie von der Seite mit neiderfüllten Blicken. An den langen Nachmittagen vertrieb er sich die Zeit damit, sie unterwegs zu zählen. Er stellte sich die Aufgabe: ›Wieviel mögen es wohl sein von der Madeleine bis zur Rue Drouot?‹

Langsam schritt er dahin und beobachtete genau die Kleidung der Vorübergehenden. Sein Auge lernte, schon von weitem den kleinen, roten Knopf zu erspähen. Hatte er seine Strecke durchmessen, dann staunte er über die Höhe der Zahlen: ›Acht Offiziere, siebzehn Ritter. So viele! Wie unsinnig, so verschwenderisch mit den Kreuzen umzugehen! Ob ich wohl zurück ebenso viele entdecke?‹

Langsam ging er seinen Weg zurück, untröstlich, wenn die drängende Menge der Vorübergehenden seine Nachforschungen behinderte oder wohl gar dazu führte, daß er jemanden übersehen konnte.

Er wußte, in welchen Stadtvierteln die meisten zu finden waren. Im Überfluß tauchten sie beim Palais Royal auf. Die Avenue de l'Opéra kam der Rue de la Paix nicht gleich; die rechte Boulevardseite pflegte besser besucht zu sein als die linke.

Sie schienen auch gewisse Kaffeehäuser, bestimmte Theater zu bevorzugen. Jedesmal, wenn Monsieur Sacrement eine Gruppe alter, weißhaariger Herren mitten auf dem Bürgersteig stehen und den Verkehr behindern sah, dachte er: ›Das sind sicher Offiziere der Ehrenlegion!‹ Und dann wandelte ihn die Lust an, den Hut zu ziehen.

Die Offiziere – das hatte er oft bemerkt – haben wieder eine andere Art, sich zu benehmen, als die gewöhnlichen Ritter. Sie tragen den Kopf anders. Man merkt ihnen sofort an, daß sie im Staat und in der Öffentlichkeit ein anderes Ansehen genießen und daß sie eine gewichtige Stellung einnehmen.

Bisweilen packte aber Monsieur Sacrement auch eine rasende Wut gegen alle Ordensträger. Dann haßte er sie mit einem geradezu umstürzlerischen Ingrimm.

Wenn er an solchen Tagen nach Hause kam, war er von der Begegnung mit so vielen Kreuzen erbittert wie ein armer, ausgehungerter Mensch, der immer an großen Lebensmittelgeschäften vorbeigehen muß, ohne etwas kaufen zu können, und erklärte mit schallender Stimme: »Wann werden wir endlich von dieser schmutzigen Regierung befreit werden?« Seine überraschte Frau pflegte dann zu fragen: »Was hast du nur heute?«

Und er antwortete: »Ich habe nichts weiter, als daß ich entrüstet bin über die große Ungerechtigkeit, die ich allerorten sehe. Oh, die Männer der Kommune hatten schon recht!«

Aber nach dem Essen ging er wieder aus, und diesmal sah er sich die Fenster der Ordensgeschäfte an. Genau betrachtete er die Auszeichnungen aller möglichen Formen und Farben. Am liebsten hätte er alle besessen und wäre damit zu einer öffentlichen Feier in einen riesigen Saal einmarschiert.

Er stellte sich vor, wie er feierlich an der Spitze eines Zuges schritt, den Klapphut unterm Arm, und auf der Brust funkelten die

Streifen nebeneinander- und übereinandergereihter Nadeln und Spangen. An den Seiten drängte sich eine ehrfürchtige Menge, die respektvoll und staunend raunte.

Aber leider hatte er kein Recht, irgendeine Auszeichnung zu tragen.

Nun überlegte er: ›Die Ehrenlegion ist viel zu schwierig zu erlangen für einen Mann, der nicht im öffentlichen Leben steht. Ich müßte versuchen, mich zum Offizier der Akademie ernennen zu lassen!‹

Aber er wußte nicht, wie er das anfangen sollte. Er sprach mit seiner Frau darüber. Sie war aufs höchste erstaunt.

»Offizier der Akademie! Was hast du denn dafür getan?«

Er fuhr auf: »Aber begreif doch, was ich sagen will! Ich suche ja gerade danach, was man zu tun hat. Bisweilen bist du wirklich begriffsstutzig.«

Sie lächelte: »Tatsächlich, du hast recht. Aber ich kenne mich da nicht aus!«

Da kam ihm ein Gedanke: »Wenn du nun einmal mit dem Abgeordneten Rosselin die Rede darauf brächtest. Der könnte mir sicher einen wertvollen Rat geben. Du wirst verstehen, daß ich diese Frage nicht selber bei ihm anschneiden möchte. Dazu ist die Angelegenheit zu heikel und schwierig. Geht die Sache von dir aus, dann ergibt sich alles ganz natürlich.«

Madame Sacrement tat, was er verlangte, und Monsieur Rosselin versprach, es beim Ministerium vorzubringen. Nun gab Sacrement überhaupt keine Ruhe mehr. Der Abgeordnete ließ ihm schließlich sagen, er solle ein Gesuch machen und darin seine Titel aufzählen.

Seine Titel? Er war ja nicht einmal Bakkalaureus!

Aber er machte sich ans Werk und fing eine Broschüre an: ›Über das Recht des Volkes auf Bildung.‹

Er kam damit nicht zu Rande, weil ihm nichts einfiel.

Er suchte nach leichteren Themen und nahm verschiedene in Angriff. Zunächst versuchte er es mit der ›Bildung des Kindes durch das Auge‹. Er verlangte, daß man in den ärmeren Vierteln eine Art unentgeltlichen Theaters für die Kleinen errichte. Die Eltern sollten ihre Kinder von frühester Jugend an dorthin führen, und hier würde ihnen mit Hilfe einer Laterna magica ein erster Begriff allen menschlichen Wissens übermittelt. Es würde sich um richtige Kurse handeln. Das Wissen wird dem Hirn durch die

Augen vermittelt. Angeschaute Bilder bleiben im Gedächtnis haften. Sie machen sozusagen die Wissenschaft sichtbar.

Was könnte es Einfacheres geben, als Geschichte, Erdkunde, die Naturwissenschaften, Botanik, Zoologie, Anatomie und so weiter auf diese Weise zu lehren?

Er ließ die Denkschrift drucken und übersandte jedem Abgeordneten ein Exemplar, zehn Exemplare an jedes Ministerium, fünfzig an den Präsidenten der Republik, zehn an jede Pariser Zeitung, fünf an alle Provinzblätter.

Darauf behandelte er die Frage der Straßenbüchereien. Er forderte, daß der Staat, ähnlich den Wagen der Südfruchthändler, kleine Wagen mit Büchern durch die Straßen fahren lasse. Jeder Einwohner solle bei Zahlung eines Abonnementspreises von einem Sou das Recht haben, monatlich zehn Bände zu entleihen.

»Das Volk«, sagte Monsieur Sacrement, »bemüht sich nur, wenn es um sein Vergnügen geht. Um seiner Bildung willen rührt es keinen Fuß. Darum muß die Bildung zu ihm kommen usw.«

Niemand nahm Notiz von diesen Aufsätzen. Er selbst richtete eine Anfrage an die verantwortliche Stelle. Man gab ihm zur Antwort, daß man sich der Angelegenheit annehmen werde. Er glaubte sich des Erfolges sicher und wartete. Nichts geschah.

Da entschloß er sich, persönlich Schritte zu unternehmen. Er suchte um eine Audienz beim Volksbildungsministerium nach und wurde von einem noch ganz jungen, aber schon sehr würdigen, ja gewichtigen Kabinettsattaché empfangen, der eine Reihe kleiner weißer Knöpfe wie die Tasten eines Klaviers bediente, um die Pförtner, die im Vorzimmer Beschäftigten sowie die nachgeordneten Angestellten herbeizurufen. Er versicherte dem Bittsteller, daß seine Angelegenheit vorwärtsgehe, und gab ihm den Rat, seine bemerkenswerten Studien fortzusetzen.

Monsieur Sacrement stürzte sich erneut in die Arbeit.

Monsieur Rosselin, der Abgeordnete, schien jetzt sehr an seinem Erfolg interessiert zu sein und machte ihm ausgezeichnete praktische Vorschläge. Er selbst übrigens trug das Ordensbändchen der Legion im Knopfloch, ohne daß man eigentlich wußte, welche Verdienste ihm diese hohe Auszeichnung eingebracht hatten.

Er wies Sacrement auf neue Studiengebiete hin, er führte ihn in die gelehrten Gesellschaften ein, die sich mit der Lösung besonders schwieriger wissenschaftlicher Fragen befaßten, in der Absicht, zu ehrenvoller Anerkennung zu gelangen; ja, er versuchte sogar, ihm durch seine Fürsprache im Ministerium behilflich zu sein.

Eines Tages, als er zu seinem Freunde zum Essen kam – seit einigen Monaten speiste er oft im Hause –, flüsterte er ihm ganz leise zu und drückte ihm dabei die Hand: »Eben ist es mir gelungen, für Sie eine große Gunst zu erlangen. Der Ausschuß für geschichtliche Arbeiten überträgt Ihnen eine ehrenvolle Aufgabe. Es handelt sich um Nachforschungen, die in verschiedenen Bibliotheken Frankreichs durchzuführen sind.«

Sacrement war einer Ohnmacht nahe. Es schmeckte ihm weder Essen noch Trinken. Und acht Tage darauf ging er auf die Reise.

Er fuhr von Stadt zu Stadt, studierte die Kataloge der Bibliotheken, durchwühlte die Dachböden, die voller staubiger Schmöker steckten, und wurde der Schrecken der Bibliothekare.

Eines Abends – er befand sich gerade in Rouen – wandelte ihn der Wunsch an, rasch einmal seine Frau, die er seit einer Woche nicht gesehen hatte, in die Arme zu schließen. Mit dem Neunuhrzug war er um Mitternacht daheim.

Den Schlüssel hatte er bei sich. Geräuschlos trat er ein, zitternd vor Freude und ganz glücklich, die Frau überraschen zu können.

Sie hatte sich eingeschlossen – ärgerlich! Er rief durch die Tür: »Jeanne, ich bin es!«

Sie mußte große Angst haben; denn er hörte sie aus dem Bett springen und allein für sich sprechen wie im Traum. Dann lief sie nach dem Ankleidezimmer, öffnete es und schloß es wieder, durchquerte eiligen Schrittes, barfuß mehrmals ihr Zimmer, daß die Möbel zitterten und das Geschirr darin klirrten. Dann endlich fragte sie: »Bist du es wirklich, Alexandre?«

Er antwortete: »Aber ja, ich bin es, so öffne doch!«

Die Tür gab nach, seine Frau warf sich ihm an die Brust und stotterte: »Oh! Welcher Schrecken, welche Überraschung, welche Freude!«

Dann begann er sich auszukleiden, ganz methodisch, wie alles, was er tat. Von einem Stuhl nahm er seinen Überzieher, den er gewöhnt war im Vorzimmer aufzuhängen. Aber plötzlich hielt er überrascht inne. Im Knopfloch war ein rotes Bändchen!

Er stammelte: »Dieser ... dieser ... dieser Paletot trägt ein Ordensband!«

Mit einem Sprung stürzte seine Frau auf ihn zu und entriß seinen

Händen das Kleidungsstück: »Nein ... du täuscht dich ... gib ihn her!«

Aber er hielt ihn an einem Ärmel fest, ließ ihn nicht los und wiederholte immer wieder in tiefster Verwirrung: »Wie? ... Warum? ... Erkläre mir! ... Wem gehört der Paletot? ... Das ist nicht der meinige, da er das Band der Ehrenlegion trägt.«

Sie strengte alle Kräfte an, ihm den Paletot zu entreißen, und stotterte verlegen: »Höre ... hör doch ... gib ihn mir ... ich kann es dir nicht sagen ... es ist ein Geheimnis ... aber hör doch!«

Er erbleichte und wurde böse: »Ich will wissen, wie dieser Paletot hierherkommt. Das ist nicht mein Paletot!«

Da schrie sie ihm ins Gesicht: »Doch, schweig still, schwör mir ... höre ...: Du bist ausgezeichnet worden!«

Das wühlte ihn so bis ins tiefste Innere auf, daß er den Paletot fahren ließ und in einen Sessel sank.

»Ich bin ... sagst du ... ich bin ... ausgezeichnet worden?«

»Ja ... es ist noch ein Geheimnis, ein großes Geheimnis ...«

Sie hatte das glorreiche Kleidungsstück in einen Schrank eingeschlossen und kehrte zu ihm zurück. Sie zitterte noch. Auch sie war blaß. Und dann sagte sie: »Ja, es ist ein neuer Überzieher, den ich dir habe machen lassen. Aber ich hatte geschworen, dir nichts davon zu sagen. In spätestens einem Monat oder vielleicht in sechs Wochen wird es amtlich sein. Erst muß noch dein Forschungsauftrag erfüllt sein. Bei deiner Rückkehr solltest du es erfahren. Monsieur Rosselin hat es durchgesetzt ...«

Sacrement, dem fast die Kräfte schwanden, stammelte: »Rosselin ... ausgezeichnet ... er hat mir eine Auszeichnung verschafft ... mir ... er ... oh! ...«

Er mußte ein Glas Wasser trinken.

Ein kleines, weißes Papier glitt zu Boden, das aus der Tasche des Paletots gefallen war. Sacrement raffte es auf, es war eine Visitenkarte. Er las: »Rosselin – Abgeordneter.«

»Hier siehst du es!« sagte seine Frau.

Und da kamen ihm die Tränen der Freude.

Acht Tage später gab das Amtsblatt kund, daß Monsieur Sacrement zum Ritter der Ehrenlegion ernannt worden sei, und zwar in Anbetracht ganz besonderer Verdienste.

Maurice Denis
Frauenakt
Bleistiftzeichnung

Die Martine

An einem Sonntag war's – da hatte er's erlebt:

Er kam gerade aus der Messe und ging den Hohlweg heimwärts, da sah er die beiden Martins vor sich, Vater und Tochter, die auch auf dem Nachhauseweg waren.

Würdevoll stapfte der Alte neben dem Mädchen einher, so ganz wie ein wohlhabender Gutsbesitzer. Statt der blauen Bauernbluse, die ihm offenbar zu gewöhnlich war, trug er einen Gehrock aus grauem Tuch und hatte einen breitrandigen, runden Steifhut auf.

In ihr Korsett geschnürt, das sie nur sonntags antat, schritt sie, die Martine, kerzengerade dahin, schmal in der Taille, breit in den Schultern. Mit ihren starken, gewölbten Hüften wiegte sie sich leicht beim Gehen.

Ein mit Blumen garniertes Hütchen – das Kunstwerk einer Modistin aus Yvetot – schmückte ihren Kopf; man sah ihren festen, runden, biegsamen Nacken; tiefgebräunt war er von Luft und Sonne, und lockige Härchen umspielten ihn.

Nur von hinten sah sie der Benoist, und doch wußte er genau, wie ihr Gesicht aussah; oft schon hatte er ihr ins Gesicht geschaut, ohne je etwas Besonderes an ihr zu finden.

Aber nun kam es mit einem Male so über ihn, daß er fast laut sagen mußte: »Himmelherrgott, ist das doch ein bildschönes Mädchen, die Martinsche...«

Immer wieder mußte er hinschauen und sie bewundern, wie sie ging; es zog ihn geradezu hin. Gar nicht erst ins Gesicht brauchte er ihr zu sehen, immer wieder nur betrachtete er ihre Gestalt und sagte in einem fort, als rede er zu sich selber: »Herrgott noch mal, ist das ein bildschönes Mädchen!«

Die beiden vor ihm bogen rechts ab zum Martinshof hinüber, dem Pachtgut von Jean Martin; plötzlich drehte sie sich um und blickte zurück. Da sah sie ihn, den Benoist; er kam ihr heut so sonderbar komisch vor. Munter rief sie: »Guten Morgen, Benoist!«

Er antwortete: »Guten Morgen, Martine! – Tag, Meister Martin!« und machte, daß er weiterkam.

Als er daheim anlangte, stand schon das Essen auf dem Tisch. Er setzte sich seiner Mutter gegenüber, neben den Knecht und den Viehjungen, während die Magd den Apfelwein einschenkte.

Er schluckte ein paar Löffel Suppe hinunter und schob dann den Teller fort. Die Mutter fragte: »Fehlt dir was?«

Er antwortete: »Nein – mir ist bloß so, als hätt' ich 'nen Klumpen im Leibe, ich hab' gar keinen Appetit mehr!«

Er sah, wie die andern aßen. Von Zeit zu Zeit brach er sich einen Bissen Brot ab, schob ihn zwischen die Zähne und kaute lange daran.

Er dachte an die Martine: ›Mag sein, wie es will, weiß Gott, aber ein bildschönes Mädchen ist sie doch ...‹ Daß er das bis jetzt gar nicht gemerkt hatte! Und daß er es heute auf einmal gewahr wurde, und gleich so, daß er nicht mehr essen mochte!

Von dem Ragout kostete er nicht ein Häppchen, und seine Mutter redete ihm etwas energischer zu: »Nu los, Benoist, reiß dich ein bißchen zusammen! Sieh mal: die schöne Hammellende! Die wird dir bestimmt schmecken! Und wenn man keinen Appetit hat, da muß man sich eben zwingen.«

Er würgte ein paar Stückchen hinunter, dann stieß er den Teller wieder weg: Nein, er brachte es einfach nicht runter!

Als die andern vom Tisch aufstanden, ging er hinaus; er wollte seinen üblichen Rundgang über die Felder machen. Dem Hütejungen gab er den Nachmittag frei und sagte, er werde selber im Vorbeigehen nach dem Vieh sehen.

Menschenleer lagen die Fluren da, es war ja Sonntag. Da und dort im Kleefeld ruhten schwer und breitbäuchig die Kühe und waren am Wiederkäuen in der warmen Sonne. An einem Ackerrain lehnten ein paar ausgespannte Pflugscharen aneinander, dunkel wellten sich die weiten, braunen Gevierte frisch umgebrochener Erde hin, die bereit lag, den neuen Samen zu empfangen, mitten zwischen den abgemähten, gelben Erntefeldern, auf denen nur noch die kurzen Stoppeln des Weizens und Hafers vergilbten.

Ein etwas herber, trockener Herbstwind wehte über die Ebene und kündigte einen kühlen Abend nach Sonnenuntergang an. Benoist setzte sich an eine Grabenböschung, nahm den Hut ab und legte ihn auf die Knie, als müsse er seinen Kopf dem frischen

Luftzug aussetzen. Dabei redete er laut in die weite Stille hinein: »Was das doch für ein bildschönes Mädchen ist, so ein bildschönes Mädchen!«

Noch abends im Bett mußte er an sie denken und morgens, als er aufwachte, auch wieder.

Er fühlte sich nicht krank, auch nicht unzufrieden; er konnte selber nicht sagen, wie ihm war. Als ließe es ihn nicht mehr los, als hänge sich's fest an ihn, so war es; ein seltsam unruhiges Gefühl überkam ihn, als ob etwas kribbelte und krabbelte in seinem Herzen. Wie eine große dicke Brummfliege, die in einem festverschlossenen Raum umherschwirrt und nicht hinaus kann – so war das! Man hört sie summen und brummen, daß man ganz aus dem Häuschen geraten kann. Plötzlich setzt sie sich irgendwohin, und man denkt nicht mehr an sie. Aber mit einemmal ist sie wieder da, daß man aufhorchen und hingucken muß. Zu fassen kriegt man sie nicht; verjagen oder für immer still machen läßt sie sich noch viel weniger; und zwingen, sich ganz ruhig zu verhalten, gleich gar nicht. Kaum hat sie sich irgendwo niedergelassen, da fängt sie auch schon wieder an herumzusumsen.

So schwirrten Benoist die Gedanken an die Martine dauernd im Kopf herum – wie eine eingesperrte Fliege.

Und dann zog ihn immer stärker und mächtiger ein Verlangen, sie wiederzusehen; er ging ein paarmal am Martinshof entlang. Und da bekam er sie wieder zu Gesicht, wie sie gerade im Vorgarten Wäsche auf die Leine hängte, die zwischen zwei Apfelbäumen gespannt war.

Es war heiß. Sie hatte nur einen kurzen Rock und das Hemd auf dem bloßen Leibe an, und jedesmal, wenn sie ihre Arme hob, um die Wäschestücke mit den Klammern hochzustecken, zeichneten sich ganz verführerisch ihre vollen, runden Formen ab.

Länger als eine Stunde hockte er so da an der Grabenböschung und blieb noch sitzen, als sie längst wieder gegangen war. Noch unruhiger und verstörter, als er gekommen war, schlich er wieder fort.

Vier Wochen schon ging sie ihm nicht mehr aus dem Sinn; ihn überkam ein Zittern, wenn in seiner Gegenwart von ihr gesprochen wurde. Er aß kaum mehr, und jede Nacht lag er so in Schweiß gebadet, daß er nicht schlafen konnte.

Sonntags, während der Messe, ließ er sie nicht mehr aus den

Augen. Sie merkte es und lächelte ihm zu; es schmeichelte ihr, daß sie so verehrt und bewundert wurde.

Da begegnete er ihr unvermutet eines Abends ganz allein auf einem Feldweg. Als sie ihn kommen sah, blieb sie stehen; da ging er geradewegs auf sie zu. Ihm schnürten Beklemmung und Erregung etwas die Kehle zusammen, doch er war jetzt fest entschlossen, mit ihr zu reden. Stockend fing er an: »Du, sieh mal, Martine, so... so kann's doch nicht weitergehen...!«

Sie fragte, als ob sie sich über ihn lustig machte: »Was kann denn nicht so weitergehen, Benoist?«

Er druckste: »Na, daß ich... daß ich immerfort an dich denken muß, Tag und Nacht, jede Stunde...!«

Sie stemmte ihre Fäuste auf die Hüften. »Na – da kann *ich* doch nichts dafür.«

Er kam ins Stammeln: »Doch, du, bloß du! Keinen Schlaf und keine Ruh find ich mehr! Nichts schmeckt mir mehr! Nichts ist mehr mit mir...«

Da fragte sie ganz leise: »Na, du, gibt's denn gar nichts, was dich heilen könnte?«

Hingerissen, mit hängenden Armen, Augen und Mund weit offen, starrte er sie an.

Da gab sie ihm lachend einen Stups gegen die Brust und rannte davon.

Von dem Tag an trafen sie sich öfter an den Gräben, in den Hohlwegen oder auch, wenn es dunkel wurde, an einem Feldrain, wenn er mit seinen Pferden heimkehrte und sie ihre Kühe von der Weide nach dem Hof trieb.

Er fühlte sich zu ihr hingezogen mit allen Fasern seines Herzens, mit Leib und Seele, so mächtig, daß er sie hätte vor Liebe erdrücken, erwürgen, auffressen, sie ganz in sich hineinschlingen mögen. Er zitterte bald vor mutloser Unruhe, bald vor wütender Ungeduld, daß sie ihm noch nicht ganz gehörte, als ob sie nur noch ein Wesen seien.

In der ganzen Gegend tuschelte man schon über sie. Es hieß, sie seien schon miteinander einig. Er hatte sie übrigens auch schon längst gefragt, ob sie seine Frau werden wolle, und sie hatte ja gesagt.

Sie wollten nur noch eine Gelegenheit abpassen, mit den Eltern zu reden.

Da kam sie plötzlich nicht mehr zum Stelldichein. Er sah sie nicht mal mehr, wenn er um ihren Hof herumstrich. Nur noch sonntags während der Messe konnte er sie in der Menge der Kirchgänger mit einem Blick erhaschen. Und gerade an einem Sonntag hörte er den Pfarrer nach der Predigt von der Kanzel herab verkündigen, daß Victoire-Adelaide Martin gewillt sei, mit Joséphin-Isidore Vallin in den Stand der heiligen Ehe zu treten.

Dem Benoist war's, als werde ihm alles Blut aus den Händen gezogen. In seinen Ohren rauschte und brauste es, er hörte nichts mehr... Erst nach einer Weile wurde er gewahr, daß ihm große Tränen auf sein Gebetbuch niedertröpfelten.

Vier Wochen ging er nicht mehr aus dem Haus. Dann erst machte er sich wieder an seine gewohnte Arbeit.

Aber ein schmerzliches Gefühl wurde er nicht los, immer wieder mußte er an sie denken. Er mied die Wege, die an ihrem Hause vorbeiführten, denn er wollte nicht einmal von ferne die Bäume auf ihrem Hof sehen, und so mußte er denn morgens und abends immer einen großen Umweg machen.

Sie war nun die Frau vom Vallin geworden, dem reichsten Bauern in der Gegend. Benoist und er sprachen nicht mehr miteinander, obwohl sie seit ihren Jugendjahren befreundet waren.

Da erfuhr Benoist eines Abends, als er am Gemeindeamt vorüberkam, daß sie guter Hoffnung sei. Statt wieder den alten großen Schmerz zu empfinden, fühlte er sich im Gegenteil wie erleichtert darüber: Denn nun war's aus, endgültig, für immer! Das trennte sie jetzt mehr voneinander als ihre Heirat mit dem andern. Wahrhaftig – so war es ihm doch lieber!

Monat um Monat ging ins Land. Er sah sie manchmal, wenn sie schwerfällig dem Dorf zuschritt. Sie wurde rot, wenn sie ihn sah, blickte zu Boden und beschleunigte ihre Schritte. Und auch er bog vom Weg ab, um ihr nicht begegnen und in die Augen sehen zu müssen.

Aber voll Unruhe dachte er daran, daß sie einander doch eines Morgens wieder in den Weg laufen könnten und daß er dann wohl oder übel ein paar Worte zu ihr sagen müsse. Und was sollte er ihr wohl sagen nach alledem, was er ihr früher gesagt hatte, als er sie noch bei der Hand gehalten und auf die Härchen an ihren Schläfen Kuß um Kuß gedrückt hatte? Oft noch dachte er an die Stunden, als sie sich an den Gräben getroffen hatten. Ganz schändlich war's, was sie ihm angetan hatte – nach all den Treueversprechungen! Aber allmählich wich doch der Groll aus seinem Herzen, und nur noch stille Traurigkeit blieb in ihm zurück. Und eines Tages schritt er zum ersten Mal wieder den alten Weg entlang, der am Hof vorbeiführte, wo sie wohnte. Schon von weitem konnte er das Dach des Hauses sehen: Dort drinnen lebte sie nun mit dem andern! Die Apfelbäume standen in voller Blüte, die Hähne krähten auf dem Misthaufen. Ganz menschenleer schien es da drüben in Hof und Haus zu sein; alles war sicher draußen auf dem Acker an der Frühjahrsarbeit. Er blieb vorm Gattertor stehen und schaute in den Hof. Vor seiner Hütte schlief der Hund; gemächlich trotteten drei Kälber, eins hinter dem andern, zum Tümpel hin. Ein aufgeplusterter Truthahn schlug vor der Haustür sein Rad und stolzierte vor seinen Hennen auf und ab wie ein dicker Opernsänger auf der Bühne.

Benoist lehnte sich an den Torbalken, ihm war wieder einmal zumute, als müsse er losflennen. Da – mit einemmal hörte er einen Schrei, einen gellenden Hilferuf, der aus dem Hause herüberscholl. Ganz erschrocken fuhr er zusammen; seine Hände umklammerten das Holzgatter; er horchte. Ein zweiter, noch längerer, herzzerreißender Schrei gellte ihm in die Ohren, drang ihm durch Mark und Bein: Sie – sie schrie so!

Er stürzte los, rannte quer über die Vorwiese, stieß die Haustür auf und – sah sie daliegen, auf dem Fußboden, verkrampft, blutleer im Gesicht, mit wilden Blicken; sie wand sich in Geburtswehen.

Er stand vor ihr, blasser, zitternder noch als sie, und würgte hervor: »Da bin ich, Martine, ich!«

Keuchend preßte sie hervor: »Oh... verlaß mich nicht, Benoist, verlaß mich nicht!«

Er sah sie an; er wußte nicht, was er sagen und tun sollte. Wieder fing sie an zu stöhnen und aufzuschreien: »Oh, oh! Mich reißt's in Stücke! Oh, Benoist!«

Und sie wand sich in furchtbaren Qualen.

Da packte den Benoist ein rasender Eifer, ihr zu helfen, sie zu beruhigen, ihr die Schmerzen zu lindern. Er bückte sich nieder, nahm sie in die Arme, hob sie empor und schleppte sie hin zum Bett. Und während sie immer noch stöhnte, zog er ihr behutsam vom Leibe, was sie anhatte: Brusttuch, Rock, Unterrock. Sie biß sich in die Fäuste, um nicht laut aufzuschreien. Dann tat er, was er gewohnt war, bei seinen Tieren, den Kühen, Schafen und Stuten, zu tun: Er stand ihr bei und hielt bald ein kräftiges, schreiendes Kind in seinen Händen.

Er wischte es sauber, wickelte es in einen warmen, trockenen Lappen, der am Kaminfeuer hing, und bettete es auf einen Haufen Wäsche, die zum Bügeln auf dem Tisch lag. Dann wandte er sich wieder der Mutter zu.

Er bettete sie um, legte sie sacht auf den Estrich nieder, wechselte das Laken und hob sie wieder hinein in ihr Bett.

Sie ächzte: »Ich danke dir, Benoist! Du ... gutes Herz!«

Und leise weinte sie vor sich hin, als bereue sie manches.

Er aber, er liebte sie nicht mehr, ganz und gar nicht. Warum? Wieso? Er hätte es selber nicht erklären können. Was da geschehen war, das hatte ihn freier gemacht als zehn Jahre Meiden.

Matt und zitternd fragte sie: »Was – ist es denn?«

Ruhig antwortete er: »Ein hübsches kleines Mädchen.«

Sie verstummte wieder. Nach einer Weile bat die junge Mutter mit schwacher Stimme: »Zeig es mir doch mal, Benoist!«

Er holte das Kleine und hielt es ihr hin, als reiche er ihr ein Stück geweihtes Brot. – Da ging die Tür auf, und auf der Schwelle stand Isidore Vallin.

Im ersten Augenblick begriff er nicht, was da vor sich ging, dann wurde ihm plötzlich alles klar.

Benoist brummte verlegen: »Ich ging ... ich ging gerade so vorbei, und da hörte ich sie schreien, und da bin ich reingelaufen, und da ... da ist dein Mädel, Vallin!«

Da glitzerte es dem jungen Vater feucht in den Augen; er trat einen Schritt auf den andern zu, nahm das sabbernde kleine zerbrechliche Menschenwesen, das ihm da entgegengestreckt wurde, in die Arme, küßte es, blieb wortlos etliche Sekunden stehen, legte dann das Kind auf das Bett nieder und streckte seine beiden Arme dem Benoist hin: »Da, meine Hand, Benoist! Schlag ein! Siehst du, nun ist doch alles zwischen uns wieder, wie's sein soll! Wenn du magst, wollen wir wieder Freunde sein, aber ganz unzertrennliche, was, alter Junge?«

Und Benoist gab ihm Bescheid: »Von mir aus gerne, da kannst du sicher sein ... Von mir aus gerne!«

Pierre Puvis de Chavannes
Frauen bei der Toilette
Bleistiftskizze

Ein Geständnis

Sengend heiß liegt auf den Äckern, die sich in sanften Wellen zwischen den Bauernhöfen hinziehn, der Schein der Sommersonne. Gelber Roggen und reifender Weizen, hellgrüner Hafer und dunkelgrüner Klee legen einen gestreiften, buntfarbigen, schmiegsamen Mantel über den nackten Leib der Erde.

Weit hinten auf der Höhe einer Bodenwelle weidet und ruht wiederkäuend in einem großen Kleefeld eine lange Reihe von Kühen. Wie Soldaten auf der Rast halten sie sich zusammen; einzelne liegen, andere stehen. Ihre großen Augen blinzeln in dem blendenden Licht.

Zwei Frauen, Mutter und Tochter, gingen auf einem schmalen, geschlängelten Pfad zwischen den Äckern mit wiegenden Schritten hintereinander her, hinauf zu den Kühen. Sie hatten an einem breiten Schulterholz zwei Zinkeimer hängen. Bei jedem Schritt funkelte das Metall in der Sonne.

Die Frauen waren auf dem Wege zum Melken und stapften schweigend vorwärts. Bei den Kühen stellten sie die Eimer ab. Mit ihren Holzschuhen versetzten sie der ersten einen leichten Stoß in die Flanke. Die Kuh richtete sich langsam auf: Zuerst ruckte sie hoch auf die Vorderbeine, dann kam schwerfällig der breite Rücken in die Höhe. Als schwere Last hing am Bauch das rötliche Fleisch des Euters.

Die beiden Malivoires, Mutter und Tochter, knieten unter ihrer Kuh und strichen mit kräftigem Zug die prallen Euter und die Zitzen. Bei jedem Zug spritzte ein feiner weißer Strahl in den Milcheimer. Bis zum Rand stieg ein lockerer, gelblicher Schaum. Von einer Kuh zur andern gingen die Frauen, bis die lange Reihe zu Ende war. Wenn sie eine Kuh gemolken hatten, wurde sie zu einem noch nicht abgeweideten Platz gebracht, um sich dort satt zu fressen.

Endlich gingen die Frauen wieder heimwärts, langsamer jetzt mit der drückenden Last der Milch, die Mutter voraus, die Tochter hinterdrein.

Plötzlich blieb die Tochter stehen. Sie stellte ihre Bürde hin, setzte sich nieder und fing an zu schluchzen.

Mutter Malivoire hörte keine Schritte mehr hinter sich, drehte sich um und traute ihren Augen nicht.

Sie fragte: »Was hast du denn?«

Céleste, ein großes, rotblondes Mädchen mit sonnengebleichtem Haar, rotgebrannten Backen voller Sommersprossen, wie wenn ihr, als sie in der glühenden Sonne tagwerkte, Feuertropfen ins Gesicht gespritzt wären, wimmerte leise wie ein Kind, das geschlagen wird, und stammelte: »Die Milch wird mir zu schwer!«

Da sah ihre Mutter sie argwöhnisch an und fragte noch einmal: »Was hast du?«

Céleste lag zwischen ihren beiden Eimern zusammengekrümmt am Boden, schlug die Schürze vors Gesicht und sagte mit zitternder Stimme: »Es drückt zu sehr, ich kann nicht mehr weiter!«

Und nun fragte die Mutter zum drittenmal: »Also, was is nu eigentlich los mit dir?«

Céleste jammerte: »Ich glaube – ich kriege 'n Kind.«

Und sie schluchzte auf.

Jetzt setzte auch die Alte ihre Eimer nieder. Sie war starr. Die Kehle war ihr wie zugeschnürt, bis sie endlich herausbrachte: »Du... du... du kriegst 'n... Kind, bist du denn ganz und gar von Gott verlassen... is denn so was die Möglichkeit!«

Die Malivoires waren reiche Pächter, gutgestellte, angesehene, schlaue und einflußreiche Leute.

Céleste stammelte: »Ich glaub aber doch, daß es stimmt.«

Die Mutter sah zunächst fassungslos nieder auf die Tochter, die da vor ihr lag und wimmerte. Aber nach ein paar Sekunden schrie sie los: »Du hast dir also eins aufhängen lassen! 'n Balg aufhängen lassen! Wie bist du bloß dazu gekommen, du Schlampe?«

Céleste war nun völlig durcheinander und stotterte: »Ich glaube im Postwagen, beim Polyte!« Nun kam es der Alten erst einmal darauf an, zu überlegen und zu erfahren, wer ihre Tochter dahin gebracht hatte. Wenn es ein wohlhabender und angesehener Bursche war, würde man schon sehen, wie man zu einer Einigung käme, da war das Unglück halb so schlimm. Céleste war nicht die erste, der so was zustieß! Ärgerlich war es nur in Anbetracht des Geredes der Leute.

Sie fing wieder an: »Und wer is es denn gewesen, du dummes Weibsstück?«

Céleste war so weit, daß sie alles sagen wollte, und stammelte hervor: »Ich denke bestimmt, das war Polyte.«

Da aber geriet die Mutter außer sich vor Wut. Sie stürzte sich auf die Tochter und prügelte so rasend auf sie ein, daß ihr die Haube vom Kopf rutschte.

Sie bearbeitete mit Fäusten Célestes Kopf, Rücken, den ganzen Körper. Das Mädchen lag der Länge nach zwischen den Eimern, die ein wenig Schutz gaben, und hielt nur die Hände vors Gesicht.

Die Kühe hatten verdutzt aufgehört zu weiden. Sie drehten sich um und glotzen nach den Frauen. Die zunächst stand, reckte das Maul vor und brüllte herüber.

Mutter Malivoire schlug zu, bis sie außer Atem war und völlig erschöpft aufhören mußte. Als sie wieder ein wenig zu sich gekommen war, wollte sie ganz genau wissen, wie die Dinge nun eigentlich standen: »Polyte! Heiliger Gott, is denn so was möglich! Wie hast du so was fertiggebracht – mit 'nem Postkutscher! Du mußt doch den Verstand verloren haben! Der muß dich also hernehmen, ausgerechnet der Luftikus!«

Céleste lag noch immer auf der Erde. Sie sah in den Staub nieder und sagte zögernd: »Aber dafür hab' ich doch kein Fahrgeld zu bezahlen brauchen!«

Nun ging dem alten Normannenweib ein Licht auf.

Jeden Mittwoch und Sonnabend brachte Céleste, was verkauft werden sollte, in die Stadt: Geflügel, Butter, Eier.

Um sieben brach sie auf, mit zwei großen Körben an den Armen. In einem war die Butter, im andern das Geflügel. Dann wartete sie an der großen Straße auf den Postwagen nach Yvetot. Sie setzte ihre Körbe nieder und machte es sich am Straßenrand bequem. Ihre Hühner streckten zwischen den Weidenruten den Kopf mit den kurzen, spitzen Schnäbeln heraus, die Enten zeigten ihren Kopf mit dem flachen, breiten Schnabel. Mit runden, dummen, erstaunten Augen sahen sie sich um.

Es dauerte meist nicht allzu lange, dann kam der Postwagen an, ein gelber Kasten mit schwarzem Lederverdeck. Schwerfällig wackelte er hin und her beim Zuckeltrab des alten Schimmels. Polyte, der Kutscher, war ein großer, lustiger Bursche, jung noch, aber er hatte schon ein stattliches Bäuchlein. Gesicht und Hals waren von der Sonne verbrannt, vom Regen verwittert und vom Schnaps gerötet, daß sie aussahen wie aus Ziegelstein. Schon von weitem klatschte er mit der Peitsche und rief: »Morgen Mam'zelle Céleste! Alles in Butter!«

Sie reichte ihm ihre beiden Körbe, die er auf dem Verdeck unterbrachte. Dann setzte Céleste den Fuß aufs hohe Trittbrett, wobei sich jedesmal ihre wohlgebaute, kräftige Wade im blauen Strumpf zeigte.

Und jedesmal machte Polyte denselben Spaß: »Donnerwetter, da is was dran!«

Das gefiel ihr, und sie lachte dazu.

Dann schmetterte Polyte sein »Hü, Cocotte!«, und der dürre Gaul setzte sich wieder in Bewegung. Céleste angelte aus dem Grund ihrer Tasche ihr Portemonnaie, nahm bedächtig zehn Sous heraus, sechs für sich und vier für die Körbe, und reichte sie Polyte über die Schulter hinweg. Er nahm sie und sagte: »Da wär's also nichts mit 'nem kleinen Spaß?«

Er drehte sich um und lachte schallend.

Es kostete Céleste jedesmal Überwindung, für den halben Kilometer einen halben Franken herauszurücken. Und wenn sie kein kleines Geld hatte, gab es ihrem Herzen einen Stich, weil es ihr noch schwerer fiel, eine Silbermünze zu wechseln. Und eines Tages sagte sie, als es ans Bezahlen ging: »Für 'ne gute Kundin wie mich könnten Sie's eigentlich für sechs Sous machen.«

Er lachte. »Sechs Sous, meine Schöne? Na ja – Sie wären mir mehr wert!«

Sie angelte weiter. »Für Sie wären das im Monat nur ganze zwei Franken weniger.«

Er versetzte dem Pferd einen Schlag und rief: »Wissen Sie, ich lasse mit mir reden! Mal 'nen hübschen Spaß, und ich nehme gar kein Geld!«

Sie fragte dumm: »Was soll das heißen: 'nen hübschen Spaß?«

Das war ein Witz! Er lachte, daß ihm der Bauch wackelte und daß er sich fast verschluckt hätte.

»'n Spaß, das is eben 'n Spaß, Himmelkreuz noch mal, 'n

Späßchen, Mädchen und Junge, zwei zusammen und ohne Musik!«

Jetzt verstand sie. Sie wurde puterrot und erklärte: »Nee, für so 'nen Spaß bin ich nicht zu haben, Monsieur Polyte!«

Aber er ließ sich's nicht anfechten. Es machte ihm immer mehr Vergnügen, und er meinte: »Oh, meine Schöne, Sie kommen auch schon noch drauf, auf so 'nen hübschen Spaß miteinander!«

Und nun fragte er jedesmal, wenn sie ihr Geld hervorholte: »Da wär's also noch nichts mit 'nem kleinen Spaß?«

Sie ging bald auf den Unsinn ein und gab zur Antwort: »Heut nich, Monsieur Polyte, aber Sonnabend, dann ganz gewiß!«

Und er rief jedesmal lachend: »Gut, abgemacht, meine Schöne!«

Zwei Jahre dauerte das schon. Da überschlug sie sich im stillen, daß sie während der Zeit mit Polyte gut achtundvierzig Franken bezahlt hatte, und auf dem Lande sind achtundvierzig Franken nicht so einfach auf der Straße zu finden. Sie rechnete weiter, daß sie in nochmals zwei Jahren annähernd hundert Franken bezahlt haben würde.

Und so kam es, daß sie eines Tages, eines Frühlingstages, als sie allein waren und er wie immer fragte: »Also, wie wär's heute mit 'nem hübschen Spaß?«, antwortete: »Wenn Sie meinen, Monsieur Polyte?«

Er war gar nicht weiter erstaunt. Er kletterte rückwärts über den Sitz und knurrte zufrieden. »Na also, ich hab's doch gesagt!«

Und langsam trottete der alte Schimmel weiter, so schön langsam, daß er beinah auf der Stelle tanzte. Seine Ohren waren taub für die Stimme, die ein paarmal aus dem Wagen kam: »Hü doch, Cocotte, hü, Cocotte!«

Drei Monate später bemerkte Céleste, daß sie gesegneten Leibes war.

Das war es, was sie der Mutter erzählte, stockend, mit weinerlicher Stimme. Die Alte war kreidebleich vor Wut. Aber dann fragte sie: »Wieviel macht's denn im ganzen?«

Céleste antwortete: »Vier Monate, das sind schon acht Franken.«

Die Wut der Alten machte sich noch einmal Luft. Noch einmal fiel die Bäuerin über die Junge her und prügelte sie, bis ihr der Atem ausging.

Dann richtete sie sich auf und fragte: »Hast du ihm gesagt, daß du 'n Kind kriegst?«

»Nein, natürlich nich!«

»Warum denn nich?«

»Na, da hätt ich womöglich noch nachbezahlen müssen!«

Die Alte dachte nach, dann nahm sie ihre Eimer wieder auf. »Los, steh auf und mach, daß du mitkommst!«

Und nach einer Weile sagte sie: »Dem sagst du nichts, daß er's nicht etwa merkt; da mach ich dann wenigstens sechs, acht Monate gut!«

Céleste war aufgestanden. Sie flennte noch immer. Ihr Haar war zerzaust, das Gesicht geschwollen.

Schweren Schrittes folgte sie der Alten. Im Gehen brummelte sie vor sich hin: »Ich bin doch nicht dumm ... ich sag nichts ...!«

Edouard Manet
Frau bei der Toilette
Rote Kreide

Reue

Léon Dierr gewidmet

Herr Saval, den man in Nantes ›Vater Saval‹ nennt, ist eben aufgestanden. Es regnet. Es ist ein trauriger Herbsttag; die Blätter fallen. Sie fallen langsam in den Regen hinein, wie ein zweiter, dichterer und langsamerer Regen. Herr Saval ist nicht heiter gestimmt. Er geht vom Kamin zum Fenster und vom Fenster zum Kamin. Das Leben hat seine trüben Tage. Für ihn wird es von jetzt ab nur mehr trübe Tage haben; denn er ist zweiundsechzig Jahre alt! Allein ist er, ein alter Junggeselle, und hat niemand an seiner Seite. Wie traurig es ist, so zu sterben, ganz allein, ohne eine Seele, die einen gern hat und einem ergeben ist.

Er denkt an seine öde, leere Existenz. Er ruft sich, aus seiner fernen Vergangenheit, aus seiner lang verflossenen Kindheit das Elternhaus ins Gedächtnis, dann das Institut, die Ausgangstage, die Zeit, wie er in Paris Jus studierte. Dann die Krankheit, den Tod des Vaters.

Er kam nach Haus zurück, um mit seiner Mutter zusammenzuwohnen. Sie haben so beide dahingelebt, der junge Mann und die alte Frau, friedlich und wunschlos. Wie das Leben doch traurig ist!

Er ist allein zurückgeblieben. Und jetzt wird bald an ihn die Reihe kommen, zu sterben. Er wird verschwinden, er, und es wird aus mit ihm sein. Es wir keinen Herrn Paul Saval mehr auf der Welt geben. Wie schrecklich! Andere Leute werden leben, einander lieben und lachen. Ja, man wird sich unterhalten, und er wird nicht mehr sein! Ist das nicht seltsam, daß man mit dieser ewigen Gewißheit des Sterbens lachen, sich amüsieren, fröhlich sein kann! Wenn der Tod nur wahrscheinlich wäre, könnte man noch hoffen, aber nein, er ist unvermeidlich, so unvermeidlich, wie die Nacht nach dem Tag.

Wenn sein Leben wenigstens inhaltvoll gewesen wäre! Wenn er etwas getan hätte; wenn er Abenteuer, große Freuden, Erfolge, allerlei Befriedigung gehabt hätte. Aber nein, nichts. Er hatte nie etwas getan, nie etwas als aufstehen und essen, immer zu denselben Stunden und schlafengehen. Und auf diese Art war er bis zum Alter von zweiundsechzig Jahren gelangt. Nicht einmal geheiratet hatte er, wie andere Männer. Ja, warum hatte er denn nicht geheiratet? Er hätte es ja können; denn er hatte einiges Vermögen. Hatte ihm die Gelegenheit gefehlt? Vielleicht! Aber man führt sie herbei, diese Gelegenheiten! Er war träge, bequem, das war die Geschichte. Sein großes Übel, sein Fehler, sein Laster war seine Bequemlichkeit. Wie viele Leute verfehlen ihr Leben aus Bequemlichkeit! Es ist so schwierig, für gewisse Naturen aufzustehen, sich geschäftig zu bewegen, allerlei Schritte zu unternehmen, zu reden, strittige Fragen zu studieren.

Er war nicht einmal geliebt worden. Keine Frau hatte, völlig in Liebe hingegeben, auf seiner Brust geschlafen. Er kannte nicht die entzückende Angst des Wartens, des göttlichen Schauers beim Händedruck, die Ekstase der siegreichen Leidenschaft.

Welch übermenschliches Glück mußte einem das Herz durchströmen, wenn die Lippen sich zum erstenmal begegnen, wenn die Verstrickung von vier Armen aus zwei voneinander berückten Wesen ein einziges, voll und schrankenlos glückliches schafft.

Herr Saval, der im Schlafrock war, hatte sich niedergesetzt, mit den Füßen vor dem Kaminfeuer.

Ja gewiß, sein Leben war verfehlt, ganz und gar verfehlt. Und doch hatte auch er geliebt. Er hatte im verborgenen geliebt, schmerzlich und gleichzeitig lässig, wie er alles tat. Ja, er hatte seine alte Freundin, Madame Sandres, geliebt, die Frau seines alten Kollegen Sandres. Ja, wenn er sie als junges Mädchen gekannt hätte! Aber er war ihr zu spät begegnet, sie war schon verheiratet gewesen. Sonst hätte er ganz gewiß um sie angehalten. Aber geliebt hatte er sie dennoch ununterbrochen, vom ersten Tage an.

Er erinnerte sich an seine Aufregung, jedesmal, wenn er sie wiedersah, an seine Traurigkeit, wenn er sie verließ, und an die Nächte, wo er nicht einschlafen konnte, weil er an sie dachte.

Des Morgens, wenn er aufwachte, war er immer weniger verliebt wie abends. Warum?

Wie sie damals hübsch war, zierlich blond, lockig und heiter! Sandres war nicht der Mann, der zu ihr gepaßt hätte. – Jetzt war sie achtundfünfzig Jahre alt; sie schien glücklich. Ja, wenn die ihn damals geliebt hätte! Und warum hätte sie ihn, Saval, nicht lieben sollen, da er ja doch gerade sie, Madame Sandres, liebte?

Wenn sie nur etwas erraten hätte... Hatte sie wirklich nie etwas erraten, gesehen, verstanden? Was hätte sie sich dann wohl gedacht? Wenn er gesprochen hätte, was hätte sie geantwortet?

Saval fragte sich noch tausend andere Sachen. Er durchlebte wieder sein Leben und suchte einer Menge von Einzelheiten wieder habhaft zu werden.

Er erinnerte sich an all die langen Abende, an denen man bei Sandres Ecarté spielte, damals, als dessen Frau jung und gar so reizvoll war.

Er erinnerte sich der Dinge, die sie ihm gesagt hatte, des Tonfalls ihrer Stimme von damals und ihres leichten, stummen Lächelns, das so vielerlei Gedanken ausdrückte.

Er erinnerte sich an ihre Spaziergänge zu dreien, längs der Seine, an die Mahlzeiten auf dem Gras, bei den Ausflügen, die man am Sonntag machte, weil Sandres damals Beamter an der Unterpräfektur war. Und plötzlich kam ihm die deutliche Erinnerung an einen Nachmittag wieder, den er mit ihr in einem kleinen Wäldchen beim Flusse verbracht hatte.

Sie waren in der Frühe aufgebrochen und hatten Pakete mit Proviant mitgenommen. Es war ein leuchtender Frühlingstag, einer jener Tage, die berauschen, an denen alles duftet, alles glücklich scheint, an denen die Vögel lustiger singen und lebhafter fliegen. Man hatte auf dem Gras gesessen, unter Weiden, ganz nah am Wasser, das die Sonne eingeschläfert hatte. Die Luft war lau und würzig; man atmete sie mit Wonne ein. Wie war doch alles gut an jenem Tag!

Nach dem Gabelfrühstück hatte sich Sandres auf den Rücken gelegt und war eingeschlafen; »der beste Schlaf meines Lebens«, sagte er beim Aufwachen.

Madame Sandres hatte Savals Arm genommen, und sie hatten sich zusammen auf den Weg gemacht, längs des Flusses.

Sie stützte sich auf ihn. Lachend sagte sie: »Ich bin betrunken, lieber Freund, ganz betrunken.« Er schaute sie an und erbebte bis ins Herz hinein und fühlte, wie er erblaßte, voller Angst, daß seine Augen zu verwegen wären und daß ein Zittern seiner Hand sein Geheimnis verraten könne.

Sie hatte sich aus langen Gräsern und Wasserlilien einen Kranz gewunden und ihn gefragt: »Gefalle ich Ihnen so?«

Da er nichts antwortete, denn es war ihm nichts eingefallen, was er hätte antworten können, eher noch wäre er ihr zu Füßen gefallen – hatte sie zu lachen angefangen, ein unzufriedenes Lachen und ihm ins Gesicht geworfen: »Sie dummer Dicker! Man sagt doch wenigstens etwas!«

Wenig fehlte, so hätte er geweint, aber doch war ihm noch immer kein einziges Wort in den Mund gekommen.

All das stieg ihm jetzt wieder auf, mit derselben Präzision, wie am ersten Tag. Warum sie ihm nur gesagt hatte: »Sie dummer Dicker, man spricht doch wenigstens etwas!?«

Und er erinnerte sich auch, wie sie sich zärtlich an ihn gelehnt hatte. Wie sie unter dem hängenden Ast eines Baumes durchgingen, hatte er ihr Ohr gegen seine Wange gefühlt und war jäh zurückgewichen, voll Angst, daß sie glauben könne, er habe diese Berührung gesucht.

Als er gesagt hatte: »Sollte es nicht Zeit sein, umzukehren«, hatte sie ihm einen sonderbaren Blick zugeworfen. Ja, ganz gewiß, sie hatte ihn auf eine merkwürdige Art angeschaut. Damals war es ihm nicht aufgefallen, und jetzt auf einmal erinnerte er sich dran.

»Wie Sie wollen, lieber Freund. Wenn Sie müde sind, kehren wir um.«

Er hatte geantwortet: »Müde bin ich nicht, aber Sandres ist vielleicht jetzt schon wach.«

Sie hatte mit den Achseln gezuckt und gesagt: »Wenn Sie fürchten, daß mein Mann wach ist, so ist das etwas anderes; kehren wir um.«

Auf dem Rückweg war sie schweigsam und lehnte sich nicht mehr auf seinen Arm. Warum?

Dieses Warum hatte er sich noch nie vorgelegt. Jetzt schien er einer Sache gewahr zu werden, die er nie zuvor verstanden hatte.

Ob etwa...?

M. Saval fühlte, wie er errötete, und stand auf, so durcheinandergewühlt, wie wenn er dreißig Jahre jünger gewesen wäre und gehört hätte, wie Madame Sandres zu ihm sagte: ›Ich liebe Sie!‹

War es möglich? Dieser Verdacht, der eben in seine Seele eingedrungen war, peinigte ihn! War es möglich, das er nichts gesehen, nichts erraten hätte?

Ach, wenn das Wahrheit war, wenn er sein Glück gestreift hätte, ohne es zu packen?

Er sagte sich: »Ich will Gewißheit. Ich kann nicht in diesem Zweifel verharren. Ich will Gewißheit!«

Er kleidete sich rasch an. Er dachte sich: »Ich bin zweiundsechzig Jahre, sie ist achtundfünfzig; ich kann sie wahrhaftig darum fragen.«

Und er ging aus.

Das Haus der Sandres war auf der anderen Seite der Straße, fast gegenüber vom seinigen. Er ging hin, pochte mit dem Türklopfer, und das kleine Dienstmädchen machte ihm auf.

Sie war erstaunt, ihn zu so früher Stunde zu sehen und fragte: »So zeitig da, Herr Saval, ist irgendein Unfall passiert?«

Saval antwortete:

»Nein, mein Kind, aber geh deiner Herrschaft sagen, daß ich sie gleich sprechen möchte.«

»Jawohl, aber... es ist nur, daß die Gnädige eben den Vorrat von Birneneingemachtem für den Winter bereitet und beim Herd und nicht angezogen ist.«

»Schon gut, aber sag ihr, daß sich's um eine wichtige Sache handelt.«

Das kleine Dienstmädchen verschwand, und Saval begann im Wohnzimmer mit großen nervösen Schritten auf und ab zu gehen. Übrigens fühlte er sich gar nicht verlegen. Er würde sie darum fragen, wie um ein Kochrezept. Er war ja zweiundsechzig Jahre alt.

Die Tür ging auf; sie erschien. Sie war jetzt eine starke Frau, breit und rund, mit vollen Backen und sonorem Lachen. Beim Gehen hielt sie die Hände weit vom Körper, ihre Ärmel waren über die nackten, von zuckrigem Saft klebrigen Arme zurückgestreift. Beunruhigt fragte sie.

»Was haben Sie, lieber Freund? Sie sind doch nicht krank?«

Er erwiderte:

»Nein, meine liebe Freundin, aber ich will Sie um eine Sache fragen, die für mich sehr wichtig ist und die mich peinigt. Versprechen Sie mir, offen zu sein?«

Sie lächelte.

»Ich bin immer offen. Sprechen Sie.«

»Also: Ich habe Sie vom ersten Tage an, wo ich Sie sah, geliebt. Ahnten Sie es?«

Sie antwortete lachend, mit etwas von ihrem Tonfall von einst:

»Sie dummer Dicker! Ich hab' es wohl vom ersten Tage an gesehen!«

Saval begann zu zittern; er stammelte:

»Sie wußten es ... also ...«

Und er schwieg.

Sie fragte:

»Also ... was?«

Er erwiderte:

»Also ... was dachten Sie sich dabei ... was ... was würden Sie geantwortet haben.«

Sie lachte stärker. Siruptropfen rannen ihr von den Fingerspitzen herunter und fielen aufs Parkett.

»Ich ... Sie haben mich ja nichts gefragt. An mir war es ja nicht, Ihnen eine Erklärung zu machen!«

Er machte einen Schritt auf sie zu.

»Sagen Sie mir, sagen Sie mir ... Erinnern Sie sich an den Tag, wo Sandres nach dem Gabelfrühstück auf dem Gras einschlief und wo wir dann zusammen, bis zu der gewissen Wegbiegung unten, gegangen sind ...«

Er wartete. Sie hatte aufgehört zu lachen und schaute ihm in die Augen:

»Gewiß erinnere ich mich ...«

Er erbebte und fuhr fort:

»Also ... wenn ich ... wenn ich an jenem ... Tage ... unternehmend ... gewesen wäre, was hätten Sie getan?«

Sie begann wieder zu lächeln, das Lächeln der glücklichen Frau, die nichts bedauert, und antwortete offen, mit heller, von Ironie angehauchter Stime:

»Ich würde Sie haben gewähren lassen, lieber Freund.«

Dann machte sie kehrt und flüchtete zu ihrem Eingesottenen.

Saval ging wieder hinaus auf die Straße, niedergeschmettert, wie nach einem schweren Unglücksfall. Er ging rasch, mit langen Schritten, gerade vor sich hin, im Regen, hinunter zum Fluß, ohne zu überlegen, wohin er gelangte. Als er am Ufer war, drehte er nach rechts und ging dem Strom entlang. Lange schritt er so dahin, wie von einem Instinkt getrieben. Seine Kleider tropften vor Regen, und von seinem aus der Form geratenen Hut, der weich war wie ein Fetzen, quoll es herunter wie von einem Dach. Er ging immer weiter, weiter vor sich hin. Endlich befand er sich auf dem Platz, wo sie an jenem längst verflossenen Tag, dessen Erinnerung sein Herz quälte, gegessen hatten.

Da setzte er sich unter die entlaubten Bäume und weinte.

Edouard Manet
Die Toilette
Radierung

Rose

Die beiden jungen Frauen sitzen förmlich vergraben unter Blumen allein in dem großen Landauer, der über und über mit Sträußen beladen ist, wie ein Riesenkorb. Auf dem Vordersitz zwei weiße Atlasschalen mit Nizzaveilchen, auf dem Bärenfell über den Knien eine Flut von Rosen, Nelken, Margueriten, Tuberosen, Orangenblüten, umwunden mit schmalen Seidenbändern. Beinahe zu schwer dies duftende leuchtende Bett für die beiden zarten Körper. Nur Arme und Schultern und ein wenig von der Taille, die eine in Blau, die andere in Lila, schauen daraus hervor. –

Die Peitsche des Kutschers steckt zwischen Anemonen, das Lederzeug der Pferde ist mit Violen geschmückt, die Radspeichen mit Reseden, und an der Stelle der Laternen prangen zwei mächtige, runde Buketts, die sich seltsam ausnehmen, fast wie die Augen dieses rollenden blühenden Ungetüms. –

Der Landauer fährt in raschem Trabe die Rue d'Antibes dahin, vor und hinter und neben ihm andre geschmückte Wagen, alle von Frauen besetzt, die in der Flut von Veilchen untertauchen. Denn Cannes feiert heute sein Blumenfest.

Man langt auf dem Boulevard de la Foncière an, wo die Schlacht geschlagen werden soll. Gleich einem nicht endenwollenden Band gleiten die ganze Bahn der riesigen Avenue entlang zwei Reihen bekränzter Equipagen aneinander vorbei. Von hüben und drüben wirft man sich Blumen zu. Wie Kugeln sausen sie durch die Luft, an den rosigen Gesichtern vorüber, und flattern in den Staub, wo sie ein Troß von Gassenjungen einheimst.

Eine dichte, lärmende und doch stille Menschenmenge auf beiden Trottoirs schaut zu, im Zaum gehalten von berittenen Gendarmen, rücksichtslos zurückgedrängt, wenn sie sich allzu neugierig in die Nähe wagt, damit nur ja kein unreines Element sich unter die Vornehmen, Reichen mische.

Von den Wagen ruft man sich an, tauscht Grüße, bombardiert sich mit Rosen. Ein Wagen voll von lauter hübschen Frauen, alle in Höllenrot, zieht besonders die Blicke auf sich. Ein Herr im

Henri-Quatre-Kostüm schleudert mit unermüdlichem Eifer ein Riesenbukett, das an einem Gummiband befestigt ist. Die Damen bergen ihr Gesicht, die Männer ducken sich, um dem Anprall auszuweichen, aber das duftige Geschoß beschreibt gewandt einen Bogen und kehrt zu seinem Besitzer zurück, der es sofort wieder in andere Richtung entsendet.

Die beiden jungen Frauen spenden mit vollen Händen aus ihrem Blumenarsenal und werden dafür mit einem Hagel von Blumen bedeckt. Nach etwa einer Stunde sind sie endlich müde und geben Befehl, sie an den Golf Juan, am Meere entlang, zu fahren.

Die Sonne verschwindet hinter dem Esterel; wie eine schwarze Silhouette auf Goldgrund hebt sich der vielzackige Kamm des langgestreckten Berges ab. Blau und blank dehnt sich das Meer bis zum fernen Horizont, wo es sich mit dem Himmel eint. Das Geschwader, das im Golf vor Anker liegt, erscheint wie eine Herde unförmiger, regungslos auf dem Wasser ruhender Tiere, wie die Riesenleiber apokalyptischer Wesen, bepanzert und behöckert, mit federleichten Masten gekrönt und mit Augen, die zu leuchten beginnen, sobald es dunkel wird.

Die jungen Frauen schauen unter ihrer schweren Pelzdecke träumend hinüber. Endlich sagt die eine:

»Wie wundervoll ist es doch. An solchen Abenden scheint alles gut und schön zu sein. Nicht, Margot?«

»Ja, gewiß«, versetzte sie, »aber etwas fehlt immer.«

»Was denn? – Ich fühle mich vollkommen glücklich, ich habe keinen Wunsch.«

»Doch. – Du denkst nur nicht daran. Mag auch das Wohlbehagen, das uns physisch durchströmt, noch so groß sein, immer begehren wir noch etwas – etwas fürs Herz.«

Die andere lächelte:

»Ein bißchen Liebe?«

»Ja.«

Sie schwiegen und sahen wieder vor sich hin. Dann murmelte die, die sich Marguerite nannte: »Mir kommt das Leben unerträglich vor ohne sie. Ich brauche Liebe, und wenn's nur die eines Hundes ist. Übrigens geht es uns allen so, du magst sagen, was du willst, Simonne.«

»Nein, Margot, gewiß nicht. – Viel eher will ich von niemand geliebt sein als von irgendeinem beliebigen Geschöpf. – Meinst du, es wäre mir zum Beispiel angenehm, geliebt zu werden von – von –«

Sie blickte hinaus in die Landschaft und besann sich, von wem sie wohl geliebt werden könnte. Nachdem sie die Runde rings um den Horizont gemacht, blieben ihre Augen auf den beiden Metallknöpfen, die auf dem Rücken des Kutschers glänzten, haften, und lachend fügte sie hinzu: »Von meinem Kutscher.«

Madame Margot lächelte kaum merklich und sagte leise: »Ich versichere dir, es ist sehr amüsant, von einem Dienstboten geliebt zu werden. Ich habe es zwei-, dreimal erlebt. Sie machen so drollige Augen, man könnte sich totlachen dabei. Natürlich stellt man sich um so strenger, je verliebter sie sind, und eines schönen Tages setzt man sie unter dem ersten, besten Vorwand vor die Tür. Man würde sich ja lächerlich machen, wenn es jemand merkte.«

Madame Simonne hatte nachdenklich zugehört, dann erklärte sie:

»Nein, entschieden nicht. Mir würde die Liebe eines Lakaien nicht genügen. Wie bist du denn dahintergekommen, daß sie dich liebten?«

»Genau wie bei den anderen Männern, sie wurden dumm.«

»Mir kommen die andern nicht so dumm vor, wenn sie mich lieben.«

»Blödsinnig einfach, meine Liebe, unfähig, ein vernünftiges Wort zu reden, zu erwidern, überhaupt irgend etwas zu kapieren.«

»Und du? – Wie war es denn dir zumute dabei? – Warst du gerührt – oder geschmeichelt?«

»Gerührt? – nein, – geschmeichelt? – ja, etwas. – Das fühlt man immer, wenn sich einer in uns verliebt – sei es, wer es sei.«

»Margot, ich bitte dich!«

»Allerdings. Hör zu, ich will dir eine seltsame Geschichte erzählen, die mir passiert ist. Du kannst daraus ersehen, wie eigentümlich und undefinierbar das ist, was in solchen Fällen in uns vorgeht. – Es sind im Herbst etwa vier Jahre. Ich hatte eine Kammerjungfer. Fünf oder sechs hatte ich nacheinander probiert, aber alle taugten nichts, und ich verzweifelte beinahe daran, noch eine zu finden. Da lese ich eine Annonce, daß ein junges Mädchen, das nähen, sticken, frisieren und nebenbei auch Englisch könne, eine Stelle suche. Gute Zeugnisse ständen zur Verfügung.

Ich schrieb an die betreffende Adresse, und am folgenden Tag stellte sie sich vor.

Sie war ziemlich groß, mager, etwas blaß und schien sehr schüchtern. Sie hatte schöne schwarze Augen, wundervollen Teint und gefiel mir sofort. Ich verlangte ihre Zeugnisse zu sehen, und sie gab mir eines, ein englisches, denn sie kam, wie sie sagte, eben aus dem Hause von Lady Rymwell, bei der sie zehn Jahre gewesen war.

In dem Zeugnis war ausdrücklich bemerkt, daß das Mädchen aus freiem Entschluß ihre Stellung verließe, um wieder nach Frankreich zurückzukehren, und daß man ihr während ihrer ganzen, langen Dienstzeit nur eines habe vorwerfen können: ein wenig französische Koketterie.

Das Verschämte dieser Umschreibung in dem englischen Satze entlockte mir nur ein Lächeln, und ich engagierte das Mädchen sofort.

Noch am gleichen Tage trat sie bei mir an. Rose nannte sie sich.

Nach vier Wochen schwärmte ich förmlich für sie. Sie war eine Perle, eine Akquisition erster Klasse. – Im Frisieren besaß sie einen Geschmack ohnegleichen, und einen Hut aufzustecken verstand sie besser als die beste Modistin, selbst Kleider konnte sie schneidern. Ich war starr über ihre Geschicklichkeit. So gut war ich noch nie bedient worden.

Beim Ankleiden zeigte sie eine fabelhaft leichte Hand, ihre Finger spürte man überhaupt nicht. Mir ist nämlich nichts widerwärtiger, als körperliche Berührung mit solchen Leuten.

Ich nahm bald geradezu faule Gewohnheiten an, so behaglich war es mir, von dieser langen, schüchternen Person, die alle Augenblicke rot wurde und nie eine Silbe redete, von Kopf bis zu Fuß, vom Hemd bis zum Handschuh angezogen zu werden. Nach dem Baden frottierte und massierte sie mich, während ich auf dem Diwan lag und etwas der Ruhe pflegte. Ich betrachtete sie wahrhaftig weit eher wie eine Art Freundin als wie ein einfaches Dienstmädchen.

Nun, eines Morgens läßt mich der Portier auf höchst geheimnisvolle Weise ersuchen, mir etwas sagen zu dürfen. Erstaunt lasse ich ihn eintreten. Es war ein sehr zuverlässiger Mensch, früherer Soldat, ein ehemaliger Bursche meines Mannes.

Er schien nicht recht zu wissen, wie er sein Anliegen vorbringen sollte. Endlich brachte er stotternd heraus: ›Gnädige Frau, ein Polizeikommissar steht unten.‹

›Was will er?‹ – fuhr ich auf.

›Er möchte Haussuchung halten.‹

Nun ist die Polizei zwar eine sehr segensreiche Einrichtung, aber ich kann sie nicht ausstehen. Ich finde den Beruf nicht sehr ehrenwert. Und so gab ich denn ebenso verletzt wie verstimmt zur Antwort: ›Wozu Haussuchung? Zu welchem Zweck? Er darf nicht herein.‹

›Er behauptet, es sei ein Verbrecher hier verborgen‹, erwiderte der Portier.

Jetzt wurde ich ängstlich und befahl, der Polizeikommissar möchte zu mir kommen, ich wünschte Aufklärung. – Der Mann hatte ganz gute Manieren und trug das Kreuz der Ehrenlegion. Er bat erst um Entschuldigung, und dann behauptete er, unter meinen Dienstboten müsse sich ein Sträfling befinden.

Ich war empört, erklärte, daß ich für mein ganzes Dienstpersonal garantieren könne und zählte alle der Reihe nach auf:

›Der Portier Pierre Courtin, ehemaliger Soldat.‹

›Der ist es nicht.‹

›Der Kutscher François Pingau, Bauer aus der Champagne, Sohn von einem Pächter meines Vaters.‹

›Der ist's auch nicht.‹

›Ein Stallknecht, ebenfalls aus der Champagne und gleichfalls der Sohn einer mir bekannten Bauernfamilie, und dann der Diener, den Sie eben gesehen haben.‹

›Der ist's auch nicht.‹

›Nun also, dann haben Sie sich eben geirrt.‹

›Verzeihen Sie, gnädige Frau, ich bin überzeugt, daß ich mich nicht täusche. Da es sich um einen gefährlichen Verbrecher handelt, darf ich Sie wohl ersuchen, Ihre gesamte Dienerschaft hier vor Ihren und meinen Augen antreten zu lassen.‹

Erst weigerte ich mich, dann gab ich nach und ließ meine Leute, Männlein und Weiblein, heraufkommen.

Der Kommissar musterte sie mit einem einzigen Blick und erklärte:

›Das sind nicht alle.‹

›Bitte, es ist nur noch meine Kammerjungfer da, ein junges

Mädchen, das schwerlich mit einem Sträfling verwechselt werden kann.‹

›Darf ich sie ebenfalls sehen?‹

›Gewiß.‹

Ich klingelte, und alsbald erschien Rose. Kaum hatte sie das Zimmer betreten, als der Kommissar ein Zeichen gab. Zwei Männer, die ich bisher nicht gesehen hatte, da sie sich hinter der Tür versteckt gehalten hatten, stürmten auf sie zu und banden ihr mit Stricken die Hände zusammen.

Ich schrie auf vor Entrüstung und wollte auf sie zu, um Rose zu schützen. Der Kommissar aber hielt mich davon ab.

›Gnädige Frau, dies Mädchen ist ein Mann namens Jean Nicolas Lecapet, achtzehnhundertneunundsiebzig wegen Mordes nach begangener Notzucht zum Tode verurteilt. Seine Strafe wurde in lebenslängliches Zuchthaus umgewandelt. Vor vier Monaten ist er entsprungen, und seither fahnden wir auf ihn.‹

Ich war entsetzt, außer mir. Ich konnte es nicht glauben.

Der Kommissar entgegnete lächelnd:

›Ich kann Ihnen nur einen Beweis liefern – sein rechter Arm ist tätowiert.‹ Er schlug den Ärmel zurück – es stimmte.

Was die weiteren Ausweise anbelange – setzte der Kommissar nicht gerade geschmackvoll hinzu –, dürfe ich mich auf ihn verlassen. –

Und sie nahmen meine Kammerjungfer mit. –

Und nun – kannst du das glauben? – Das Gefühl, das in mir vorherrschte, war nicht Ärger, so an der Nase herumgeführt, so betrogen und lächerlich gemacht worden zu sein, nicht die Schande, daß mich dieser Mensch aus- und angezogen, mich unter den Händen gehabt – nein –, sondern eine tiefe Demütigung – eine Demütigung als Frau. Weißt du, was ich meine?«

»Nein, nicht ganz.«

»Na – denk ein wenig nach. – Er war verurteilt – dieser Kerl – wegen Notzucht – nun ja! Und ich – ich dachte an die – der er Gewalt angetan – und das – demütigte mich. So – verstehst du nun?«

Und Madame Margot antwortete nicht. Sie sah nur vor sich hin, mit starrem, eigentümlichem Blick und einem Sphinxlächeln, wie es Frauen manchmal eigen ist, auf die beiden glitzernden Livreeknöpfe.

Pierre-Auguste Renoir
Sitzender Akt
Schwarze Kreide auf getöntem Papier

Die Erbschaft

I

Noch war es nicht zehn Uhr; aber einer nach dem andern verschwanden die Beamten in dem hohen Portal des Marineministeriums. Aus allen Teilen der Stadt Paris strömten sie herzu. Es war die Zeit, in der man besonderen Diensteifer zeigte. Neujahr stand vor der Tür, und die Beförderungen waren zu erwarten. Das große Haus war voll vom Geräusch hastender Schritte. Der Bau war winklig wie ein Labyrinth mit einem Gewirr von Korridoren. Zahllose Türen führten zu den einzelnen Diensträumen.

Jeder Beamte schritt gewichtig in sein Zimmer. Er drückte dem Kollegen, der vor ihm da war, die Hand, legte den Rock ab, schlüpfte in seinen Arbeitskittel und setzte sich an seinen Tisch. Dort wartete auf ihn schon ein Stapel von Papieren. Aber erst machte man noch schnell einen Besuch in den Nachbarzimmern. Man mußte hören, was es Neues gab. Man erkundigte sich, ob der Chef schon da sei, ob er gute Laune habe und ob recht umfangreiche Tageseingänge vorlägen.

Der Leiter der Eingangsstelle war Monsieur César Cachelin, ein alter Unteroffizier der Marine-Infanterie. In langen Dienstjahren hatte er es zum Oberregistrator gebracht. Er trug alle Eingänge, die der Kanzleidiener brachte, in eine große Registrande ein. Ihm gegenüber saß der alte Savon, ein ausgemergelter Tapergreis; seinen ehelichen Kummer kannte das ganze Ministerium. Peinlich genau fertigte er von einem Brief des hohen Chefs die Reinschrift an. Mit verdrehtem Oberkörper und schief geneigtem Kopfe hockte er da in der Haltung einer ängstlichen Schreiberseele und gab sich die größte Mühe.

Monsieur Cachelin war ein untersetzter Mann; schneeweißes, kurzgehaltenes Haar sträubte sich auf seinem Schädel, ganz wie auf einer Kleiderbürste. Er erledigte seine Tagesarbeit und sprach dabei laut vor sich hin: »Zweiunddreißig Briefe aus Toulon! Der Hafen da unten macht uns ebensoviel Arbeit wie die vier andern zusammen!« Dann richtete er an den alten Savon die Frage, mit der er ihn jeden Morgen bedachte: »Nun, Vater Savon, wie geht's Ihrer Frau?«

Der Alte erwiderte, ohne seine Arbeit zu unterbrechen: »Monsieur Cachelin, Sie wissen, diese Angelegenheit ist äußerst unerquicklich für mich!«

Und der Herr Oberregistrator lachte wie jeden Morgen, wenn er die Antwort zu hören bekam.

Die Tür ging auf, und Monsieur Maze trat herein. Monsieur Maze war ein ansehnlicher junger Mann mit braunem Scheitel, mit höchster Eleganz gekleidet. Die Stelle, die er hier im Ministerium einnahm, hielt er eigentlich für unter seiner Würde; er schätzte sich nach Aussehen und Auftreten weit höher ein als für die Arbeit, die es hier zu erledigen gab. An seinen Fingern funkelten breite Ringe, eine dicke goldene Uhrkette hing über seiner Weste. Weil er es für vornehm hielt, trug er ein Monokel; bei der Arbeit setzte er es ab. Gern ließ er seine Hände spielen, damit man seine Manschetten mit den großen, prunkvollen Knöpfen zu sehen bekam. Noch in der Tür fragte er: »Viel zu tun heute?«

Cachelin antwortete: »Immer wieder Toulon, das uns zu schaffen macht! Man merkt, daß Neujahr heranrückt; da entwikkeln sie dort unten einen Feuereifer!«

Es erschien ein weiterer Kollege, Monsieur Pitolet, ein Spaßvogel und witziger Kopf, und meinte lachend: »Und wir hier, wir sind wohl nicht versessen auf unsern Dienst?« Er zog die Uhr. »Sieben Minuten vor zehn, und alle sind schon auf dem Posten! Heiliger Bimbam! Wie nennen Sie das? Und ich wette. Seine Hochwohlgeboren, Monsieur Lesable, sind schon um neun Uhr eingetroffen, zu gleicher Minute mit unserem erlauchten Chef!«

Der Oberregistrator hörte auf zu schreiben, steckte den Federhalter hinters Ohr, stützte die Ellenbogen auf sein Pult und sagte: »Ja der, wenn der's einmal nicht weiterbringt, dann liegt's gewiß nicht an mangelndem Pflichteifer!«

Monsieur Pitolet setzte sich auf eine Tischecke und ließ die Beine baumeln. Er erwiderte: »Und er wird's bestimmt zu etwas bringen, Papa Cachelin, verlassen Sie sich drauf! Ich wette zwanzig Franken gegen einen Sou – es dauert keine zehn Jahre, dann ist er Chef!«

Monsieur Maze wärmte sich die Rückfront am Kaminfeuer,

drehte sich eine Zigarette und warf ein: »Ach was! Da bliebe ich doch lieber mein ganzes Leben lang bei meinen zweitausendvierhundert, als mich so abzurackern!«

Pitolet fuhr auf dem Absatz herum und spöttelte: »Was nicht hindert, mein Lieber, daß Sie heute, am zwanzigsten Dezember, auch vor zehn Uhr zur Stelle sind.«

Der andere setzte eine gleichgültige Miene auf und zuckte die Achseln. »Du liebe Zeit! Die ganze Gesellschaft kann mir den Buckel runterrutschen. Aber wenn Sie alle antanzen und hier den Sonnenaufgang bewundern wollen, kann ich nicht gut zurückbleiben, sosehr ich Ihre Dienstbeflissenheit bedaure. Und wennschon: ›Verehrter Chef‹ vorn und ›Verehrter Chef‹ hinten, womit Lesable um unsern Direktor herumschwänzelt, und nach Dienstschluß bis halb sieben hier hocken bleiben und dann auch noch Arbeit mit nach Hause nehmen, das ist wohl doch noch etwas anderes! Jedenfalls – ich habe meine gesellschaftlichen Pflichten, und da wende ich meine Zeit besser an.«

Cachelin hatte mit seinen Eintragungen aufgehört; er dachte nach und starrte vor sich hin. Endlich fragte er: »Denken Sie, daß er dies Jahr schon befördert wird?«

Pitolet rief: »Darauf können Sie sich verlassen, er schafft's! Zehn gegen eins! Umsonst schwarwenzelt er nicht so!«

Und nun war man glücklich bei den Beförderungen und Sonderzulagen angelangt. Das Thema war unerschöpflich; seit einem Monat hielt es den großen Troß der Angestellten vom Erdgeschoß bis unters Dach in Spannung.

Man überschlug, wer Aussichten hatte, stellte Vermutungen über die Gehaltszulagen an, erwog, welche Beförderungen zu erwarten seien, und entrüstete sich schon jetzt über die vorauszusehenden Ungerechtigkeiten. Immer wieder wurde das Gespräch aufgegriffen, unverändert wie am Tag zuvor, und am Tag darauf ging man es wieder durch von Anfang bis Ende mit den gleichen Begründungen, den gleichen Beweisen und denselben Worten.

Wieder trat ein Beamter ins Zimmer; er sah blaß und kränklich aus. Es war Monsieur Boissel. Monsieur Boissel lebte wie die Helden in einem Roman von Alexandre Dumas dem Älteren. Alles wurde ihm zu einem außergewöhnlichen Abenteuer. Jeden Morgen bekam Pitolet, der mit ihm am Pult saß, zu hören, was er am Abend und in der Nacht Sonderbares erlebt hatte. Im Hause mutmaßte er Familientragödien; von der Straße hörte er Hilferufe, die ihn nachts um drei Uhr das Fenster aufreißen ließen. Jeden Tag hatte er blutigen Streit geschlichtet, durchgehende Pferde aufgehalten, Frauen aus drohender Lebensgefahr gerettet, und obwohl er körperlich bedauernswert schwächlich war, erzählte er immer wieder von Heldentaten, die er mit seinen starken Armen verrichtet habe.

Kaum hatte er erfaßt, daß von Lesable die Rede war, da rief er: »Der Tag kommt schon noch, an dem ich diesem grünen Jungen die Wahrheit geige! Wenn er versucht, mich beiseite zu schieben, dann werde ich ihn aus den Lumpen schütteln, daß ihm die Lust vergeht, es bei mir noch einmal zu versuchen!«

Maze rauchte ungerührt weiter und frotzelte: »Nun, dann fangen Sie nur gleich heute damit an; ich weiß aus sicherer Quelle, daß Sie diesmal beiseite geschoben werden und daß an Ihrer Stelle Lesable aufrückt.«

Boissel hob die Hand: »Ich schwöre euch, wenn...«

Da öffnete sich nochmals die Tür, und ein junger Mann von zierlichem Wuchs, mit Backenbart, wie ihn seinerzeit Marineoffiziere und Rechtsanwälte zu tragen pflegten, und mit betont hohem Stehkragen trat eilig herein. Seine Miene hatte den Ausdruck höchster Geschäftigkeit. Er sprach sehr schnell, wie wenn er kaum Zeit fände, alles vorzubringen, was er sagen wollte. Seine Händedrücke teilte er aus wie jemand, der keine Minute zu verlieren hat. Er trat heran zum Oberregistrator und sagte: »Lieber Cachelin, bitte die Akte Chapelou, Tauwerk, Toulon, A. T. V. 1875!«

Der Beamte stand auf, langte nach einem Kasten über seinem Platz, griff ein Bündel Akten in einem blauen Deckel heraus und gab es ihm mit den Worten: »Hier, Monsieur Lesable, wissen Sie, daß der Chef gestern daraus drei Schriftstücke entnommen hat?«

»Ja. Ich habe sie, danke!«

Mit eiligen Schritten ging der junge Mann wieder hinaus.

Kaum hatte sich die Tür geschlossen, da stellte Maze fest: »Der hat Schneid, was! Der tritt auf, als ob er schon der Chef wäre!«

Pitolet erwiderte: »Abwarten! Abwarten! Aber eher als wir wird er's auf jeden Fall.«

Cachelin hatte seine Arbeit noch nicht wieder aufgenommen.

Man sah, daß ihn etwas beschäftigte, was er nicht abschütteln konnte. Es klang wie eine Frage: »Aussichten hat er, der junge Mann.«

Nur Maze murmelte verächtlich in seinen Bart: »Wer nichts Besseres kennt als das Ministerium – na ja! Für einen anderen will das nichts besagen...«

Pitolet unterbrach ihn: »Sie wollen wahrscheinlich Gesandter werden?«

»Es handelt sich nicht um mich«, meinte der andere ungeduldig, »ich pfeife darauf. Aber das hat ja damit nichts zu tun, daß die Stellung eines Bürochefs für die Welt noch nicht viel zu besagen hat.«

Der alte Savon, der Schreiber, hatte seine Tätigkeit nicht unterbrochen. Aber jetzt tauchte er einmal über das andere seine Feder ein; dann wischte er sie wieder gründlich ab an dem feuchten Schwamm, der sein Tintenfaß umgab. Er brachte nicht einen Buchstaben zustande. Die schwarze Flüssigkeit rann an der Metallfeder herab und tropfte in schönen runden Klecksen auf das Papier. Der gute Mann war fassungslos und untröstlich. Er betrachtete seine Abschrift. Nun mußte er wieder von vorn anfangen, wie jetzt so oft. Leise und traurig sagte er: »Das ist wieder dieser Schund von Tinte...!«

Da brachen alle in ein lautes Gelächter aus. Cachelins Bauch brachte das Pult zum Wackeln; Maze krümmte sich vor Lachen, wie wenn er rücklings im Kamin verschwinden wollte; Pitolet stampfte mit den Füßen, hustete und schwenkte seine Rechte, als ob er sich naß gemacht hätte, und sogar Boissel, der doch sonst die Dinge lieber tragisch nahm als komisch, wollte sich halb totlachen.

Nun wischte der alte Savon seine Feder am Rockschoß ab und brummte: »Da gibt's doch nichts zu lachen! Ich muß meine ganze Arbeit immer mehrmals machen.«

Er nahm einen neuen Bogen Papier aus der Schreibmappe, legte das Linienblatt darin zurecht und fing noch einmal mit der Anrede an: ›Sehr geehrter Herr Minister, lieber Kollege...‹ Jetzt hielt die Feder die Tinte und schrieb sauber. Der Alte verfiel in seine gewohnte Haltung und setzte seine Abschrift fort. Die andern lachten noch immer. Sie waren rein aus dem Häuschen. Seit einem halben Jahr spielten sie dem guten Alten immer wieder denselben

Streich, und jedesmal fiel er darauf herein. Sie gossen ihm auf den feuchten Schwamm, an dem er seine Feder abwischte, ein paar Tropfen Öl. Wenn dann der Stahl über die fettige Flüssigkeit gestrichen worden war, nahm er die Tinte nicht an. Stundenlang staunte der Schreiber über das Wunder und wußte sich nicht zu helfen. Er verbrauchte ganze Schachteln Stahlfedern und ganze Flaschen Tinte. Schließlich kam er zu dem Ergebnis: Was heute an Schreibmaterial geliefert wird, das ist alles Plunder!

Sie trieben Schabernack mit dem Alten bis zur Grausamkeit. Unter seinen Tabak mischten sie Schießpulver. Ins Wasser der Flasche, aus der er ab und zu ein Glas trank, gossen sie bittere Essenz und redeten ihm ein, daß seit den Tagen der Kommune die Sozialisten alle Dinge des täglichen Bedarfs so verderben, weil sie die Regierung in Verruf bringen und eine Revolution anzetteln wollen. Seitdem hatte er einen tödlichen Haß auf Anarchisten. Überall vermutete er sie im Hinterhalt, überall, meinte er, seien sie versteckt, und er hatte eine unerklärliche Angst vor dem geheimnisvollen, schrecklichen Unbekannten.

Das ungestüme Läuten einer Glocke erscholl auf dem Korridor. Sie kannten das; es war der ungeduldige Ruf Monsieur Torchebeufs, ihres Chefs. Alle stürzten zur Tür und eilten in ihre Zimmer.

Cachelin fuhr fort, die Eingänge zu verzeichnen. Dann aber legte er die Feder nieder und stützte den Kopf auf; er dachte wieder nach.

Er wollte über eine Angelegenheit mit sich ins reine kommen, die ihn seit einiger Zeit beschäftigte. Cachelin hatte als Unteroffizier in der Marine gedient. Dreimal war er verwundet worden, einmal in Senegal und zweimal in Cochinchina. Dann hatte er seinen Abschied genommen und war zum Zeichen außergewöhnlichen Wohlwollens im Ministerium angestellt worden. In langen Jahren untergeordneter Stellung hatte er reichlich Not, Härte und Verdruß ausgestanden. Nun war ihm die persönliche Geltung, das amtliche Ansehen eines Mannes das Höchste, was er kannte. Ein Dienststellenleiter war für ihn ein besonderer Mensch, ein Mensch höherer Ordnung. Wenn man von einem Beamten sagte: ›Der ist mit allen Wassern gewaschen, der wird's mal schnell zu etwas bringen‹, dann bestaunte er ihn als einen Menschen anderer Art, ganz anderen Wesens, als er selbst war.

So hatte er für seinen Kollegen Lesable die allergrößte Hochachtung; sie grenzte an Verehrung. Und so nährte er in seinem Busen ganz heimlich eine Hoffnung. Er war der Wunsch, daß dieser Mann sein Schwiegersohn werden möchte.

Ihm würde einmal ein großes Vermögen zufallen, ein sehr großes Vermögen. Das wußte jeder im Ministerium. Seine Schwester, Mademoiselle Cachelin, war Millionärin; eine hübsche runde Million hatte sie gut angelegt und jederzeit verfügbar. Wie es hieß, haftete an der Million die Erinnerung an galante Abenteuer; aber ein frommer Lebenswandel hatte schon längst alle Flecke getilgt.

Solange das Mädchen jung war, hatte es fleißig der Liebe gehuldigt. Als es anfing zu altern und seine fünfhunderttausend Franken zusammenhatte, zog es sich aus dem Treiben der Welt zurück, und dank einer Sparsamkeit, die an Geiz grenzte, und einer mehr als bescheidenen Lebensführung hatte sie in achtzehn Jahren die Summe mehr als verdoppelt. Schon seit langem wohnte Mademoiselle Cachelin bei ihrem Bruder, er war Witwer und hatte nur noch seine einzige Tochter Coralie bei sich. Die Schwester gehörte mit zum Haushalt, trug aber ganz unzulänglich dazu bei. Sie hortete und mehrte ihren Schatz und tröstete Cachelin immer wieder: »Mach dir keine Gedanken, deine Tochter bekommt einmal alles. Aber bring sie bald unter die Haube. Ich will meine Großneffen noch erleben. Sie muß mir die Freude machen, daß ich ein Kind von unserm Fleisch und Blut auf den Armen wiegen kann!«

Das war im Amt bekannt, und es fehlte auch nicht an Bewerbern. Es hieß, daß sogar Maze, der schöne Maze, die stattlichste Erscheinung des ganzen Amtes, mit unverkennbarer Absicht dem Papa Cachelin um den Bart gehe. Aber der alte Unteroffizier war mit allen Hunden gehetzt und hatte unter allen Himmelsstrichen gekreuzt. Er war auf einen Mann aus, der etwas für die Zukunft versprach. Er wollte ihn einmal als Chef sehen, und er, César, der alte Unteroffizier, wollte teilhaben an der respektvollen Hochachtung, die er genoß. Lesable war für ihn der gegebene Mann, und so überlegte er, wie er diesen näher an sich heranziehen könnte.

Mit einem Male hob er den Kopf und rieb sich die Hände. Er hatte es gefunden.

Er kannte die kleinen Schwächen seiner Leute. Lesable mußte bei seiner Eitelkeit gepackt werden, bei seinem Beamtendünkel.

Er wollte sich an ihn wenden und ihn um seine Fürsprache bitten, wie man einen Senator, einen Abgeordneten der Deputiertenkammer, überhaupt eine einflußreiche Persönlichkeit darum bittet.

Seit fünf Jahren war Cachelin nicht befördert worden, und so glaubte er sicher zu sein, daß er an der Reihe wäre. Aber er wollte tun, wie wenn er die Beförderung Lesable verdanke, und ihn dann aus Erkenntlichkeit zum Essen einladen.

Kaum hatte er den Plan gefaßt, da ging er auch daran, ihn auszuführen. Er langte aus dem Schrank seinen guten Straßenrock und hängte den alten Rock weg, nahm alle Eingänge, die Lesables Arbeitsbereich betrafen, und begab sich nach dem Zimmer, das Lesable wegen seines großen Diensteifers und der ihm deshalb anvertrauten gewichtigen Befugnisse bevorzugterweise ganz allein innehatte.

Der junge Beamte saß schreibend an seinem großen Tisch, inmitten aufgeschlagener Aktenstücke und zahlreicher Papiere, die alle mit blauer oder roter Tinte beziffert waren.

Als er den Oberregistrator eintreten sah, sagte er vertraulichen Tones, aber so, daß man auch die Hochachtung heraushörte: »Nun, lieber Cachelin, bringen Sie mir recht viel Arbeit?«

»Ja, nicht zuwenig. Aber außerdem möchte ich gern noch ein persönliches Wort mit Ihnen sprechen.«

»Nehmen Sie Platz, mein Lieber, und schießen Sie los!«

Cachelin setzte sich, räusperte sich, setzte eine verlegene Miene auf und begann unsicher: »Mich führt folgendes her, Monsieur Lesable. Ich will keine Schleichpfade gehn und spreche als alter Soldat frisch von der Leber weg. Ich möchte Sie um einen Gefallen bitten!«

»Was kann ich für Sie tun?«

»Kurz gesagt, ich möchte sicher sein, daß ich dies Jahr mit befördert werde. Und nun habe ich niemanden, der für mich ein gutes Wort einlegen könnte, da habe ich an Sie gedacht.«

Eine leichte Blutwelle schoß Lesable ins Gesicht. Er war überrascht; aber es tat ihm wohl und schmeichelte seinem Stolz. Doch gab er zur Antwort: »Aber lieber Freund, ich habe hier gar nichts zu sagen. Ich bin viel weniger als Sie; denn ohne Zweifel werden Sie jetzt Hauptregistrator. Ich kann wirklich gar nichts tun. Glauben Sie mir, wenn ich ...«

Cachelin fiel ihm höflich, aber ganz entschieden ins Wort:

»Lassen Sie gut sein, lassen Sie gut sein – Sie haben das geneigte Ohr des Chefs! Wenn sie ein einziges Wort zu meinen Gunsten fallenlassen, bin ich dabei! Denken Sie, in achtzehn Monaten kann ich mich zur Ruhe setzen, es wäre für mich ein Verlust von fünfhundert Franken jährlich, wenn ich zum ersten Januar nicht befördert werde. Ich weiß, man sagt: ›Cachelin hat's nicht nötig; seine Schwester hat eine Million.‹ Stimmt, meine Schwester hat eine Million; doch die läßt die Million weiterhecken und rückt nichts heraus. Das bekommt mal meine Tochter – stimmt auch! Aber meine Tochter, das bin nicht ich! Was habe ich mal davon, wenn Tochter und Schwiegersohn in der Kutsche fahren, und ich habe nichts zu brechen und zu beißen? Können Sie sich in meine Lage hineinversetzen?«

Lesable stimmte zu: »Vollkommen richtig, was Sie sagen. Ihr Schwiegersohn kann nicht bloß für Sie sorgen. Und außerdem ist es immer besser, wenn man unabhängig ist. Nun, ich werde sehn, was sich tun läßt, Ich werde mit dem Chef sprechen und werde ihm den Fall klarlegen. Wenn's nötig sein sollte, werde ich auch wieder dran erinnern. Also – Sie können sich drauf verlassen!«

Cachelin erhob sich, ergriff beide Hände seines Kollegen, drückte und schüttelte sie kräftig, wie es unter Soldaten üblich ist, und sprudelte heraus: »Ich danke Ihnen, oh, ich danke Ihnen, und wenn sich je eine Gelegenheit finden sollte, dann können Sie sich auf mich verlassen... Wenn ich je...« Er sprach nicht weiter, weil er nicht wußte, wie er den Satz zu Ende bringen sollte, und ging. Der Korridor hallte wider vom straffen Schritt des alten Kommißstiefels.

Als aber in einiger Entfernung eine Glocke anfing, heftig zu läuten, setzte er sich in Trab. Er kannte diesen Klang. Der Chef, Monsieur Torchebeuf, verlangte nach seinem Oberregistrator.

Acht Tage später fand Cachelin auf seinem Pult einen versiegelten Brief. Darin stand:

»Lieber Kollege!

Es ist mir eine Freude, Ihnen mitteilen zu können, daß gestern der Minister auf Vorschlag unseres Direktors und Chefs Ihre Beförderung zum Hauptregistrator unterzeichnet hat. Morgen wird es Ihnen amtlich eröffnet werden. Bis dahin wissen Sie nichts davon, nicht wahr?

Lesable.«

César eilte sofort hinüber ins Zimmer zu seinem jungen Kollegen, dankte ihm, entschuldigte sich, versicherte ihn seiner Ergebenheit und floß über vor Worten der Erkenntlichkeit.

Am darauffolgenden Tage kam tatsächlich der Erlaß heraus, daß die Messieurs Lesable und Cachelin befördert worden seien. Die andern mußten warten; aber sie konnten dafür eine Sonderzahlung einstreichen, die zwischen hundertfünfzig und dreihundert Franken schwankte.

Monsieur Boissel versicherte, er werde demnächst Lesable einmal um Mitternacht an der Straßenecke bei seinem Haus abpassen und ihn so gründlich durchwalken, daß er auf dem Platz liegenbleibe. Die anderen sagten kein Wort.

Am folgenden Montag begab sich Cachelin gleich in der Frühe zum Zimmer seines Freundes und Förderers. Mit betonter Würde trat er ein und begann feierlich: »Darf ich Sie bitten, mir aus Anlaß des Tages der Heiligen Drei Könige die Ehre zu erweisen, unser Gast zu sein? An welchem Tage, bestimmen Sie bitte selbst.«

Der junge Mann war überrascht. Er hob den Kopf und sah dem Kollegen fest in die Augen. Dann gab er zur Antwort, ohne den Blick wegzuwenden, weil er des andern Gedanken erraten wollte: »Ja, mein Lieber... auf unabsehbare Zeit habe ich alle meine Abende schon besetzt.«

Cachelin ließ sich nicht abweisen. Aufgeräumten Tones meinte er: »Aber... Sie werden uns doch nicht die Enttäuschung bereiten und ablehnen, nachdem Sie mir eben erst einen so großen Gefallen erwiesen haben! Ich bitte Sie noch einmal herzlich, im Namen meiner Familie, und auch von mir aus ganz persönlich.«

Lesable wußte nicht gleich, was er tun sollte; er zögerte zunächst. Er hatte den Sinn der Einladung sehr wohl verstanden. Aber er war sich noch nicht klar, welche Antwort er geben sollte. Es fehlte ihm die Zeit zum Nachdenken, zum Abwägen des Für und Wider.

Schließlich sagte er sich: ›Es verpflichtet ja zu weiter nichts, wenn ich einmal dort esse.‹ Mit verbindlicher Miene nahm er an. Er versprach, sich am Sonnabend einzufinden, und fügte lächelnd hinzu: »Damit ich am andern Morgen ausschlafen kann!«

2

Cachelin wohnte im oberen Teil der Rue Rouchechouart. Das kleine Heim lag im fünften Stock; von seiner Terrasse aus konnte man ganz Paris überblicken. Ein Schlafzimmer hatte die Schwester, eins die Tochter, und er hatte eins; das Eßzimmer war zugleich Besuchszimmer.

Die ganze Woche hindurch hatte Cachelin mit den Vorbereitungen zu seinem Diner zu tun. Des langen und breiten wurde die Speisenfolge erörtert; es sollte ein Essen werden, das durchaus noch den bürgerlichen Rahmen einhielt und doch erlesenen Geschmack bewies. Man einigte sich auf folgendes: Kraftbrühe mit Ei, Vorspeisen, Krabben und Würstchen, ein Hummer, ein schönes Hähnchen, eingekochte junge Erbsen, eine Gänseleberpastete, Salat, Eis und Nachtisch.

Die Gänseleberpastete holte man beim nächsten Fleischer, ließ sich aber ausdrücklich eine Pastete allererster Güte geben; das Schüsselchen kostete drei Franken fünfzig. Den Wein besorgte Cachelin beim Weinhändler gleich an der Ecke, der ihm literweise das rote Getränk lieferte, mit dem er gewöhnlich seinen Durst zu löschen pflegte. In ein großes Geschäft mochte er nicht gehen, aus folgender Erwägung heraus: Die kleinen Krämer setzten ihre teuren Weine nicht so schnell ab. Da bleiben sie lange im Keller liegen und reifen gut aus.

Am Sonnabend kam er so schnell wie möglich nach Hause, um sich zu vergewissern, daß alles fertig sei. Das Mädchen, das ihm die Tür öffnete, glühte wie eine Tomate; denn der Herd, in dem seit Mittag gefeuert wurde aus Besorgnis, nicht mit allem rechtzeitig fertig zu werden, hatte ihr den ganzen Tag das Gesicht gerötet, und die Aufregung trug nun auch noch ihr Teil dazu bei.

Er ging sofort ins Eßzimmer, um noch einmal alles zu überprüfen. In der Mitte des Zimmers unter dem hellen Licht der Lampe mit dem grünen Schirm war wie ein großer weißer Fleck der runde Tisch zu erblicken.

Auf den vier Tellern prangten, von Mademoiselle Cachelin, der Tante, zu Bischofsmützen gefaltet, die Servietten. Daneben standen zwei Gläser, ein großes und ein kleines. Cachelin fand das Bild, das sich dem Auge bot, noch nicht befriedigend und rief: »Charlotte!«

Die Tür zur Linken tat sich auf, und ein kleines, altes Dämchen erschien. Sie war zehn Jahre älter als ihr Bruder. Ihr langes, schmales Gesicht wurde von weißen Wickellocken eingerahmt, ihre dünne Stimme schien sogar für diese kleine, gebeugte Gestalt noch zu schwach. Mit etwas schleppenden Schritten und müden Bewegungen trat sie herein.

Als sie jung war, hieß es von ihr: ›Oh, diese zierliche Erscheinung!‹

Nun war sie eine hagere Alte, makellos sauber, wie sie's von früher gewohnt, eigensinnig, dickköpfig, engstirnig, zaghaft und sehr empfindlich. Seitdem sie sehr fromm geworden war, schienen die Abenteuer ihrer Jugend für sie völlig versunken und vergessen.

Sie fragte: »Was hast du denn?«

Er antwortete: »Ich finde, zwei Gläser sehn nach nichts aus. Ob wir nicht noch Champagner geben sollten? Der kostet mich auf keinen Fall mehr als drei, höchstens vier Franken, aber man könnte sofort die Kelche mit auf den Tisch bringen. Das ganze Zimmer sähe dadurch anders aus!«

Mademoiselle Charlotte nörgelte: »Ich sehe nicht ein, wozu. Aber schließlich bezahlst du die ganze Sache, und ich habe nichts dazu zu sagen!«

Er zögerte; er wollte sich selbst erst noch in seiner Meinung bestärken. »Glaub mir, es sieht besser aus! Und, weißt du, ich denke an den Königskuchen – das gibt Stimmung!«

Dieser Grund gab den Ausschlag. Er setzte den Hut auf und eilte die Treppen hinunter. Nach fünf Minuten war er zurück mit einer Flasche, die ein weißes, mit einem großen Wappen verziertes Etikett trug: »Grand vin mousseux de Champagne du Comte de Chatel-Rénovau.«

Cachelin sagte dazu: »Kostet mich nicht mehr als drei Franken; aber er macht viel von sich her!«

Mit eigner Hand entnahm Cachelin dem Schrank die Sektkelche und stellte sie auf die Plätze. Die Tür zur Rechten tat sich auf; seine Tochter trat ins Zimmer. Sie war hoch gewachsen, rund und rosig, ein schönes, kräftiges Mädchen mit kastanienbraunem Haar und blauen Augen. Ein schlichtes Kleid betonte die weiche Linie ihrer rundlichen, schmiegsamen Taille. Ihre kräftige, fast männliche Stimme hatte jenen erregenden Unterton, der die Nerven erzittern läßt. Sie klatschte in die Hände wie ein Kind und jauchzte: »Allmächt'ge Götter! Sekt! Ist das herrlich!«

»Vor allem«, sagte der Vater, »sei liebenswürdig zu unserm Gast; er hat mir einen großen Dienst erwiesen!«

Sie lachte. Es war ein wohlklingendes Lachen, das zu verstehen gab: ›Oh, ich weiß.‹

Die Vorsaalglocke schlug an; Türen wurden geöffnet und geschlossen. Lesable trat ein. Er erschien im schwarzen Frack, mit weißer Krawatte und weißen Handschuhen. Er machte entsprechenden Eindruck. Cachelin eilte ihm entgegen; ein wenig verlegen, aber zugleich höchst angenehm berührt, sagte er: »Aber, mein Lieber, wir sind doch ganz zwanglos unter uns, sehen Sie, ich bin im Jackett.«

Der junge Mann erwiderte: »Ich weiß, Sie haben es gesagt; aber abends pflege ich nicht anders auszugehn.« Im Knopfloch trug er eine Blume. Er klemmte den Zylinder unter den Arm und grüßte. César stellte ihm die Damen vor: »Meine Schwester, Mademoiselle Charlotte – meine Tochter Coralie; in der Familie heißt sie Cora.«

Man verbeugte sich gegenseitig. Cachelin fuhr fort: »Wir haben kein Empfangszimmer. Wir sind etwas beengt; aber wir werden schon zurechtkommen!« Lesable erwiderte: »Ich finde es reizend hier.«

Man nahm ihm den Zylinder ab, von dem er sich gar nicht trennen wollte, und nun begann er auch, die Handschuhe auszuziehen. Inzwischen hatte man sich gesetzt und sah sich über den Tisch hinweg an. Zunächst sagte keiner ein Wort. Endlich fragte Cachelin: »Ist der Chef heute recht lange im Amt geblieben? Ich bin zeitig gegangen, weil ich den Damen noch helfen wollte.«

»Nein«, warf Lesable leicht hin, »wir sind zusammen aufgebrochen, weil wir noch über die Erledigung der Segeltuchangelegenheit dort in Brest miteinander zu sprechen hatten. Das ist eine ziemlich schwierige Sache und wird uns noch manche Nuß zu knacken geben!«

Cachelin hielt es für nötig, seine Schwester ins Bild zu setzen, und wandte sich zu ihr: »Monsieur Lesable bekommt alle schwierigen Fälle im Amt zur Bearbeitung. Man könnte sagen, er ist der zweite Chef.«

»Oh«, neigte sie sich verbindlich dem jungen Manne zu, »ich weiß, Monsieur gilt als sehr befähigt.«

Das Mädchen kam. Es stieß mit dem Knie die Tür auf und trug in den Händen eine große Suppenschüssel vor sich her. Da rief der Herr des Hauses: »Zu Tisch, bitte! Monsieur Lesable zwischen meine Schwester und meine Tochter. Ich denke, Sie werden sich vor den Damen nicht fürchten?«

Und das Mahl nahm seinen Anfang.

Lesable spielte den Liebenswürdigen, etwas selbstgefällig und ein klein wenig von oben herab. Er sah das junge Mädchen von der Seite an; die frische, gesunde und appetitliche Erscheinung machte mehr Eindruck auf ihn, als er gedacht hatte. Mademoiselle Charlotte kannte die Absichten ihres Bruders; sie gab sich alle Mühe und hielt mit Gemeinplätzen eine nichtssagende Unterhaltung aufrecht. Cachelin strahlte. Seine Stimme dröhnte; er machte Späße. Den Wein, den er eben vor einer Stunde im Laden an der Ecke geholt hatte, goß er feierlich ein und sagte: »Ein Gläschen Burgunder, Monsieur Lesable! Ich kann nicht mit Bestimmtheit behaupten, daß es eine berühmte Lage ist; aber gut abgelagert ist er, und absolut rein, dafür lege ich die Hand ins Feuer! Wir bekommen ihn von guten Bekannten dort aus der Gegend.«

Die Tochter sagte nichts. Leichte Röte lag auf ihrem Gesicht. Etwas unsicher, ein wenig befangen saß sie neben dem Manne, dessen Gedanken sie ahnte.

Als der Hummer aufgetragen wurde, rief César: »Da, das ist ein Kerl! – Die Gesellschaft weiß ich zu schätzen!« Lesable lächelte und erzählte, daß ein bekannter Schriftsteller den Hummer den ›Kardinal des Meeres‹ genannt habe. Offenbar hatte der Mann keine Ahnung davon, daß das Tier vor dem Kochen schwarz aussieht. Cachelin lachte aus vollem Halse und wiederholte ein paarmal: »Hahaha, das ist großartig, das ist ein Witz!«

Aber Mademoiselle Charlotte wurde ernst. Sehr betont meinte sie: »Ich verstehe nicht, was man damit sagen wollte. Der Monsieur, der die Bemerkung machte, ist entgleist. Ich gehe auf jeden Scherz ein; ich verstehe wirklich einen Spaß! Aber daß man in meinem Beisein die Geistlichkeit lächerlich macht, das dulde ich nicht!«

Dem jungen Manne war daran gelegen, bei dem alten Mädchen einen möglichst guten Eindruck zu machen. Darum nahm er jetzt die Gelegenheit wahr, seine gut katholische Rechtgläubigkeit zu betonen. Menschen, die über ewige Wahrheiten leichtfertig zu reden wagen, bezeichnete er als einfach geschmacklos und schloß: »Was mich angeht, so achte und ehre ich den Glauben meiner Väter. In diesem Glauben bin ich erzogen, in ihm will ich sterben!«

Cachelin lachte nicht mehr. Er drehte Brotkügelchen und murmelte vor sich hin: »So ist's recht, so ist's recht!« Das Gespräch langweilte ihn, und er fing von etwas anderem an. Es ging ihm wie jedem, der Tag für Tag immer bei derselben Arbeit sitzt; er kam nicht davon los und fragte: »Der schöne Maze hat wohl getobt, als er nicht befördert worden war, wie?«

Lesable lächelte: »Was wollen Sie? Jeder nach Verdienst!« Und nun nahm man die Verhältnisse im Ministerium unter die Lupe. Da gerieten alle in Feuer. Die beiden Frauen kannten die Beamten fast ebenso gut wie Cachelin selber; denn jeden Abend wurde über sie gesprochen. Mademoiselle Charlotte nahm vor allem Anteil am Geschick Boissels, weil er so tolle Geschichten erzählen konnte und überhaupt ein romantischer Geist war, Mademoiselle Cora dachte ganz verschwiegen an den schönen Maze. Sie hatten übrigens beide diese Männer niemals gesehen.

Lesable sprach überlegen, wie ein Minister über sein Personal. Folgendes war seine Ansicht: »Maze ist nicht ohne Fähigkeiten; aber wer vorwärtskommen will, muß mehr arbeiten als er. Er überläßt sich zu sehr dem Treiben der Gesellschaft und den Vergnügungen. Das bringt ihn durcheinander. Wenn er's nicht weit bringt, ist er selber daran schuld. Dank seiner guten Beziehungen mag er wohl einmal stellvertretender Amtsleiter werden, mehr aber nicht. Pitolet weiß alles geschickt anzufassen, das muß man anerkennen; er hat einen gefälligen Stil, das läßt sich nicht bestreiten. Aber es ist nichts dahinter; er bleibt an der Oberfläche. Das ist kein Mann, dem man die Leitung einer wichtigen Dienststelle in die Hand gibt; aber er ist eine brauchbare Kraft unter einem tüchtigen Chef, der ihm die Arbeit einzeln anweist.«

Mademoiselle Charlotte fragte: »Und Monsieur Boissel?«

Lesable zuckte die Achseln: »Ein Tropf, ein ganz einfältiger Tropf; er sieht ja nichts so, wie es wirklich ist! Für uns eine völlige Null!«

Cachelin lachte und sagte: »Aber der tüchtigste von uns allen, das ist ohne Zweifel Papa Savon!« Und alle stimmten in sein Gelächter mit ein.

Dann sprach man über das Theater. Man äußerte seine Meinung über die Neuinszenierung der Spielzeit. Lesables Urteil über die Dramatik war genauso unfehlbar wie über seine Mitarbeiter. Er ordnete alle Autoren in Gruppen ein und fand für Lob und Tadel mit bewundernswerter Sicherheit die richtigen Worte.

Der Braten war verzehrt. César öffnete das Schüsselchen der Gänseleberpastete. Seine andächtige Sorgfalt ließ die Köstlichkeit des Inhalts ahnen. »Ich weiß natürlich nicht«, sagte er dabei, »ob diese hier wieder gut geraten ist. Aber meistens sind sie unübertrefflich. Ein Vetter in Straßburg schickt sie uns.«

Langsam und mit Bedacht genossen sie die feine Kost aus dem gelben, irdenen Schüsselchen.

Als das Eis gereicht werden sollte, gab es ein Unglück. In der Glasschale schwamm ein Saft, eine Soße; es war völlig zerschmolzen. Ein Konditorlehrling hatte um sieben Uhr das Eis gebracht. Das unerfahrene Mädchen wußte nicht damit umzugehen und hatte ihn gebeten, es ihr gleich aus der Form zu stürzen.

Cachelin war zunächst außer sich und wollte es dem Lieferanten zurückschicken. Aber dann nahm der Königskuchen seine Aufmerksamkeit in Anspruch. Feierlich, wie wenn ein äußerst gewichtiges Geheimnis darin verborgen sei, teilte er ihn in vier Stücke. Aller Augen ruhten auf dem Kuchen, der ein Orakel umschloß. Man reichte ihn herum, aber jeder mußte die Augen schließen, wenn er nach seinem Stück langte.

Bei wem würde sich die Bohne finden? Ein ungewisses Lächeln irrte über die Gesichter. Da entfuhr Monsieur Lesable ein leises »Ah!« des Erstaunens, und zwischen Daumen und Zeigefinger hielt er eine dicke, weiße Bohne in die Höhe, an der noch der Kuchenteig haftete. Cachelin klatschte in die Hände, dann rief er: »Und nun müssen Sie sich Ihre Königin wählen, nun müssen Sie sich Ihre Königin wählen!«

Der König zögerte einen Augenblick. Wäre es nicht diplomatisch, Mademoiselle Charlotte zu wählen? Es würde ihr schmeicheln; er würde sie für sich gewinnen, würde sie auf seiner Seite haben. Aber dann bedachte er, daß man ihn wegen Mademoiselle Cora eingeladen habe und daß es töricht erscheinen müsse, wenn er nun die Tante wählte. So wandte er sich der jungen Nachbarin zu, bot ihr die Bohne, dies Zeichen königlichen Spiels, dar und sagte: »Mademoiselle, darf ich mir erlauben, sie Ihnen zu überreichen?« Die beiden jungen Menschen sahen sich zum ersten Male ins Gesicht. »Vielen Dank!« sagte sie und empfing das Unterpfand der Würde als Königin des Festes. Er aber dachte: ›Sie ist wirklich hübsch, wundervolle Augen hat sie! Ein stattliches Frauenzimmer, und zimperlich ist sie nicht!‹

Da gab es einen Knall, daß die beiden Frauen hoch emporschraken. Cachelin hatte den Champagnerpfropfen gegen die Decke springen lassen. Lebhaft sprudelte der Sekt aus der Flasche und floß aufs Tischtuch. Der Hausherr füllte die Gläser mit dem schäumenden Wein und stellte fest: »Er ist gut, das sieht man!« Und als Lesable seinen Kelch zum Trinken ansetzte, weil er überzulaufen drohte, rief César begeistert: »Der König trinkt! Der König trinkt! Der König trinkt!« Mademoiselle Charlotte kam auch in Stimmung und kreischte mit gellender Stimme: »Der König trinkt! Der König trinkt! Der König trinkt!«

Lesable leerte sein Glas auf einen Zug und stellte es auf den Tisch: »Sie sehen, ich stehe meinen Mann!« Dann wandte er sich an Mademoiselle Cora: »Jetzt ist die Reihe an Ihnen!«

Sie wollte trinken; aber als alle schrien: »Jetzt trinkt die Königin! Jetzt trinkt die Königin!«, da lief sie rot an, lachte und setzte den Kelch wieder ab.

Das Ende des Essens verlief in äußerst fröhlicher Stimmung. Der König war um die Gunst seiner Königin bemüht und zeigte sich von der aufmerksamsten Seite. Als man noch ein Gläschen Likör genossen hatte, schlug Cachelin vor: »Jetzt wird abgedeckt, damit wir wieder Platz bekommen. Wenn es nicht regnet, gehn wir einen Augenblick hinaus auf den Balkon!« Es lag ihm daran, die schöne Aussicht zu zeigen, wenn es auch mitten in der Nacht war.

So wurde denn die Glastür geöffnet. Ein Hauch der nächtlich feuchten Luft drang herein. Und lau war es draußen, wie im April. Alle traten sie über die Schwelle des Eßzimmers auf den großen Balkon hinaus. Man sah nichts als einen hellen Schimmer, der über der großen Stadt schwebte wie der Lichtschein über dem Haupt der Heiligen. Hier und da schien die Helligkeit stärker zu sein.

Cachelin erklärte: »Sehen Sie, dort hinten, was da so glänzt, das ist Eden. Dort sehn Sie die Linie der Boulevards; schön, wie deutlich sie sich heraushebt! Am Tage ist der Blick von hier oben einfach herrlich! Da kann einer noch so weit in der Welt umherreisen – etwas Schöneres wird er nirgends finden!«

Lesable stütze sich auf das Eisengitter. An seiner Seite sah Cora hinaus ins Dunkel, stumm und gedankenverloren. Sie war plötzlich von einer Wehmut ergriffen, wie sie manchmal unerwartet eine Seele überkommt. Mademoiselle Charlotte ging ins Zimmer zurück; sie konnte die feuchte Nachtluft nicht so lange vertragen. Cachelin erklärte weiter. Mit ausgestrecktem Arm zeigte er dorthin, wo der Invalidendom, der Trocadero und der Triumphbogen vom Place de l'Etoile lagen.

Mit leiser Stimme fragte Lesable: »Und Sie, Mademoiselle Cora, sehen Sie auch so gern von hier oben hinab auf Paris?«

Sie schrak ein wenig zusammen, wie wenn sie aus einem Traum erwachte, und erwiderte: »Ich!... Ja, vor allem abends! Dann stelle ich mir vor, was da unter mir alles vor sich geht. Wieviel glückliche Menschen und wieviel unglückliche Menschen leben da in den vielen, vielen Häusern! Was bekäme man wohl zu erfahren, wenn man das alles einmal sehen könnte!«

Er war näher an sie herangekommen, bis Ellenbogen und Schultern sich berührten: »Im Mondlicht muß es hier feenhaft sein!«

Sie flüsterte: »Das ist wahr. Man meint, einen Holzschnitt von Gustave Doré vor sich zu haben. Es müßte schön sein, einmal recht lange über die Dächer hinzuspazieren!«

Dann fragte er, woran sie Gefallen habe, was sie sich wünsche, was ihr Vergnügen bereite. Sie gab ihm unbefangen Bescheid und zeigte sich als denkendes, vernünftiges junges Mädchen, das sich Träumereien nicht mehr überläßt, als gesund ist. Er fand sie sogar recht verständig und sagte sich, es müßte wirklich angenehm sein, den Arm um diese runde, straffe Taille zu legen und so, wie man den besten Kognak in ganz kleinen Schlücken zu sich nimmt, mit vielen kleinen Küssen diese blühende Wange zu berühren, dicht am Ohr, das eben jetzt ein Lichtschein von der Lampe traf. Er fühlte, wie es ihn immer tiefer in Bann schlug, diese Frau so dicht neben sich zu haben, das Verlangen eines reifen jungfräulichen Körpers, das zarte Sehnen eines unberührten Mädchens zu fühlen. Es schien ihm, er hätte stundenlang, nächtelang, ganze Wochen hier verweilen können, neben ihr, auf das Geländer gestützt, sie dicht an der Seite wissen und im Banne des Reizes sein mögen, der von ihrer Berührung ausging. Ein Empfinden erfüllte ihn, wie Dichter es vielleicht haben, und ließ sein Herz höher schlagen angesichts der breit vor ihm hingelagerten Stadt Paris im Licht, dieser Stadt, die dort ihr nächtliches Leben lebte, ein Leben nie endender Lustbarkeit und maßlosen Genusses. Ihm schien, er wäre Herr dieser Riesenstadt, er schwebe über ihr. Er hatte das Gefühl, es müsse wunderbar sein, sich jeden Abend hier an der Seite einer Frau aufstützen zu können, einander zu lieben, zu küssen, sich zu umarmen, hier, hoch über der großen Stadt, über all den Liebedürstenden dort unten, über ihren leeren Freuden, ihrem niedrigen Begehren – dicht unter den Sternen!

Es gibt Nächte, in denen selbst die nüchternsten Seelen beschwingt werden, wie wenn ihnen Flügel wüchsen. Er war wohl ein wenig beschwipst.

Cachelin war hineingegangen, seine Pfeife zu holen. Jetzt trat er wieder heraus und zündete sie an. Er sagte: »Ich weiß, daß Sie nicht rauchen; deshalb biete ich Ihnen keine Zigaretten an. Aber einen schöneren Genuß gibt's kaum, als jetzt hier oben sein Pfeifchen zu schmauchen. Wenn ich dort unten wohnen sollte – ich käme um! Wir könnten es haben; denn das Haus gehört meiner Schwester, dies und die beiden Nachbarhäuser, das rechts und links davon. Sie hat davon ihr gutes Auskommen. Und dabei sind sie seinerzeit gar nicht teuer gewesen!« Er drehte sich der Zimmertür zu und rief: »Wieviel hast du für die Grundstücke hier bezahlt, Charlotte?«

Da kam die Alte mit ihrer spitzen Stimme ins Reden. Lesable verstand nur Bruchstücke: »... achtzehnhundertdreiundsechzig... fünfunddreißig Franken... später gebaut... die drei Häuser... ein Bankier... wieder verkauft, mindestens fünfhunderttausend Franken...«

Sie erzählte von ihrem Vermögen wie ein alter Soldat von seinen Feldzügen. Sie zählte auf, was sie gekauft hatte, die Angebote, die man ihr seitdem gemacht hatte, den Wertzuwachs und so weiter.

Lesable war sofort ganz Ohr; er wandte sich um und lehnte sich mit dem Rücken gegen das Geländer der Terrasse. Aber da er immer noch nichts weiter als einzelne Brocken aus den Aufzählungen auffangen konnte, ließ er seine junge Nachbarin stehen und trat ins Zimmer, um recht genau zu hören. Er setzte sich neben Mademoiselle Charlotte und erörterte eingehend mit ihr, ob man die Mieten erhöhen könnte und welchen Gewinn Geld einbringt, wenn man es richtig anlegt, sei es in Wertpapieren, sei es in Grundstücken.

Kurz vor Mitternacht verabschiedete er sich und versprach wiederzukommen.

Einen Monat darauf war von nichts anderm die Rede als von der Vermählung des Monsieur Jacques-Leopold Lesable mit Mademoiselle Céleste-Coralie Cachelin.

3

Das junge Paar bezog auf demselben Flur mit Cachelin und Mademoiselle Charlotte eine ganz gleiche Wohnung. Der bisherige Inhaber wurde hinausgesetzt.

Soweit war alles gut; nur eins beunruhigte Lesable. Die Tante wollte Cora die Erbschaft nicht durch ein rechtskräftiges Dokument übereignen. Sie hatte sich nur bereit gefunden, vor Gott zu schwören, daß ihr Letzter Wille niedergeschrieben sei und sich beim Rechtsanwalt und Notar Belhomme in Verwahrung befinde. Sie versicherte dabei, daß ihr ganzes Vermögen einzig und allein ihrer Nichte zufallen werde, allerdings unter einer Bedingung. Als man sie bestürmte, die Bedingung zu verraten, weigerte sie sich, Näheres darüber zu sagen. Aber sie lächelte gönnerhaft und verschmitzt und verschwor sich, die Bedingung sei ganz gewiß sehr leicht zu erfüllen.

Mit diesen Andeutungen der alten Betschwester glaubte Lesable sich bei ihrem Dickschädel zufriedengeben zu sollen. Das junge Mädchen gefiel ihm sehr, sein Verlangen siegte über alle Bedenken, und schließlich war er der eifrigen Geschäftigkeit Cachelins erlegen.

Und er war glücklich, wenn ihn auch eine gewisse Unsicherheit nicht recht zur Ruhe kommen ließ. Seine Frau liebte er. Sie hatte ihn in keiner Weise enttäuscht. Ruhig und gleichmäßig flossen seine Tage dahin. In wenigen Wochen hatte er sich in der Rolle des Ehemanns zurechtgefunden und war weiterhin der musterhafte Beamte.

Die Zeit verging. Wieder schrieb man den ersten Januar. Da wurde er zu seiner großen Überraschung nicht befördert und hatte doch bestimmt damit gerechnet. Nur Maze und Pitolet rückten auf.

Boissel verriet Cachelin im Vertrauen, daß er dafür diesen beiden vor aller Öffentlichkeit Prügel verabreichen werde, und zwar gleich am Portal, wenn sie nach Hause gehen wollten. Es wurde aber nachher nichts daraus.

Lesable fand acht Tage keinen Schlaf, so niedergeschlagen war er. Aller Beflissenheit zum Trotz hatte man ihn übergangen. Er war unverdrossen in der Arbeit. Fast ständig vertrat er Monsieur Rabot, den Zweiten Chef des Amts, der mindestens neun von den zwölf Monaten des Jahres im Krankenhaus von Val-de-Grace zubrachte. Jeden Morgen war er früh halb neun Uhr im Ministerium und ging erst wieder halb sieben Uhr abends. Was wollte man mehr von ihm? Wenn man ihm Eifer und Mühe nicht dankte, dann würde er es halten wie die andern, das war klar! Jedem nach Verdienst! Wie hatte nur Monsieur Torchebeuf seine Zustimmung geben können, wenn er ihn liebte wie einen Sohn? Er mußte wissen, woran er war. Er wollte den Chef aufsuchen und mit ihm sprechen.

So klopfte er eines Montags früh, ehe die andern da waren, an die Tür des Gewaltigen.

Eine schwache Stimme rief »Herein!« Er trat ins Zimmer.

Vor einem großen, mit Papieren bedeckten Tisch saß Monsieur Torchebeuf und schrieb. Es war ein ganz kleiner Mann; sein großer Kopf schien fast auf der Schreibunterlage aufzusitzen. Als er den besonders geschätzten Beamten sah, meinte er: »Guten Morgen, Lesable, wie geht's?« Der junge Mann erwiderte: »Guten Morgen, verehrter Chef, sehr gut, und darf ich fragen, wie es Ihnen geht?«

Der Abteilungsleiter legte die Feder aus der Hand und drehte seinen Sessel nach dem Besucher. Sein winziger, gebrechlicher, magerer Körper war in den feierlichen Gehrock gezwängt und verschwand beinahe in dem riesigen Sessel mit der hohen ledernen Rückenlehne. Die Rosette eines Ritters der Ehrenlegion leuchtete blutrot und auffällig, viel zu groß für einen Knopflochschmuck; sie leuchtete auf der schmalen Brust wie eine glühende Kohle. Auf dieser Brust saß ein gewaltiger Schädel wie der große Hut auf einem Pilz.

Das Kinn war spitz, die Wangen waren hager, die Augen

standen vor; die übermäßig hohe Stirn trug straff zurückgekämmtes, weißes Haar.

Monsieur Torchebeuf sagte: »Nehmen Sie Platz, mein Lieber; was führt Sie zu mir her?«

Zu allen andern Beamten war er soldatisch barsch; denn er betrachtete sich als Kapitän eines Schiffes. Das Ministerium war für ihn ein großes Fahrzeug, das Flaggschiff aller französischer Flotteneinheiten.

Lesable war bleich und etwas aufgeregt; er brachte hervor: »Hochverehrter Chef, ich bitte mir die Frage zu gestatten, ob ich einmal irgend etwas versehen habe?«

»Aber nein, mein Bester, warum fragen Sie das?«

»Ich war ein wenig überrascht, daß ich dieses Jahr nicht befördert worden bin wie die Jahre zuvor. Ich bitte um Verzeihung, daß ich so kühn bin, aber, bitte, erlauben Sie mir, mich rückhaltlos auszusprechen. Ich weiß, daß Sie mir eine ganz außergewöhnliche Gunst und nie erhoffte Bevorzugung erwiesen haben. Ich weiß, daß man im allgemeinen nur alle zwei bis drei Jahre befördert wird. Aber gestatten Sie mir auch zu bemerken, daß ich im Dienst vielleicht viermal soviel erledige wie sonst ein Beamter und mindestens doppelt so lange arbeite. Wenn man gegen meine Leistung meine Besoldung abwägt, so wird man gewiß zugeben, daß diese jener nicht entspricht!«

Er hatte sich gut überlegt, was er sagen wollte, bis er meinte, das Richtige gefunden zu haben.

Monsieur Torchebeuf war überrascht und fand nicht gleich eine Erwiderung. Aber dann sagte er ein wenig kühl: »Es ist eigentlich nicht angängig, daß zwischen Vorgesetzten und Untergebenen darüber gesprochen wird. Aber in Anbetracht Ihrer wirklich hervorragenden Dienste will ich Ihnen ausnahmsweise auf Ihre Frage antworten.

Ich habe Sie vorgeschlagen, wie in früheren Jahren. Aber der Ministerialdirektor hat Ihren Namen gestrichen. Er begründete es damit, daß Ihnen Ihre Heirat eine gute Zukunft sichert, mehr als Wohlstand, ein Vermögen, das Ihre Kollegen in bescheideneren Verhältnissen nie erlangen werden. Ist es nun nicht gerecht, bei jedem Beamten seine sonstigen Verhältnisse mit in Betracht zu ziehen? Sie werden einmal reich, sehr reich. Für Sie bedeuten dreihundert Franken mehr im Jahre nichts; für den Geldbeutel der andern macht diese kleine Zulage viel, sehr viel aus. Das, mein lieber Freund, ist der Grund, weshalb Sie diesmal nicht berücksichtigt worden sind.«

Überrascht und betroffen zog sich Lesable zurück.

Während des Abendessens war er zu seiner Frau unliebenswürdig. Sie blieb immer gleich heiter und gut gelaunt; aber sie wußte, was sie wollte, und gab nie nach, wenn sie etwas fest im Sinne hatte. Sie besaß für ihn nicht mehr den sinnlich erregenden Reiz der ersten Wochen, und obwohl es ihn immer noch zu ihr hinzog, da sie blühend und frisch war, zeigte er doch manchmal schon jene Gleichgültigkeit, die nicht mehr weit von dem Jammer ist, der sich beim ständigen Zusammenleben zweier Menschen bald einzustellen pflegt. Die tausend kleinen oder grotesken Dinge ihres Daseins, nachlässiger Anzug am Morgen, der alte, abgetragene, grobwollene Schlafrock des Hausherrn, der verblichene Morgenrock der Gattin – denn man mußte sich ja sehr einschränken – und alle die kleinen Notwendigkeiten, die sich in einem armseligen Haushalt immer unmittelbar unter den Augen des andern vollziehen, ernüchterten in der Ehe, brachten die zauberhafte Blume zum Welken, die von weitem die Verlobten verführerisch gelockt hatte.

Tante Charlotte zahlte ihm seine Verdrossenheit heim; sie war nur noch schlechter Laune. In alles mischte sie sich hinein, überall wollte sie regieren, an allem hatte sie herumzumäkeln. Und da man ängstlich darauf bedacht war, sie ja nicht zu verletzen, ertrug man es, ohne aufzumucken, mit stiller, wachsender Verzweiflung.

Mit dem schleppenden Schritt einer alten Frau schlich sie durchs Zimmer, und unaufhörlich war die dünne Greisenstimme zu hören: »Ihr solltet dies tun, ihr solltet das tun!«

Als das Ehepaar einmal allein war, rief Lesable verzweifelt aus: »Deine Tante wird unerträglich, ich mache nicht mehr mit, verstehst du, ich mache nicht mehr mit!« Cora antwortete gelassen: »Meinst du, ich kann daran etwas ändern?« Da brauste er auf: »Es ist einfach fürchterlich, in solch eine Familie hineinzukommen.« Sie blieb ganz ruhig und erwiderte: »Ja, die Familie ist fürchterlich, aber die Erbschaft ist gut, nicht wahr? Sei doch kein Narr! Dir ist ebensoviel wie mir daran gelegen, Tante Charlotte bei guter Laune zu halten!«

Er war still; er wußte nicht, was er darauf sagen sollte. Die Tante peinigte sie unaufhörlich mit ihrem Wunsch nach einem Sprößling. Sie trieb Lesable in die Enge und redete auf ihn ein: »Lieber Neffe, meine Meinung ist, daß Sie Vater werden sollten, ehe ich sterbe. Ich will meinen Erben noch sehn. Sie werden mir nicht sagen wollen, daß Cora nicht dazu geschaffen wäre, Kinder zu bekommen. Es genügt, sie anzusehn. Wenn man heiratet, lieber Neffe, dann geschieht es zu dem Zwecke, eine Familie zu gründen, Stammvater einer Familie zu werden. Unsre heilige Mutter, die Kirche, verurteilt unfruchtbare Ehen. Ich weiß natürlich, daß Sie nicht reich sind und daß ein Kind etwas kostet. Aber nach meinem Tode werden Sie an nichts Mangel leiden. Ich will einen kleinen Lesable sehen; ich verlange es, verstehn Sie?«

Nach fünfzehn Monaten sah sie ihren Wunsch noch immer nicht erfüllt. Das wurde ihr bedenklich, und sie fing an zu drängen. Heimlich gab sie Cora Ratschläge, die praktischen Ratschläge einer Frau, die das Leben kennengelernt hat und sich dessen noch wohl erinnert, wenn es nötig erscheint.

Eines Morgens fühlte sie sich unpäßlich und konnte nicht aufstehen. Da sie nie in ihrem Leben krank gewesen war, klopfte Cachelin ganz aufgeregt an die Tür seines Schwiegersohnes: »Schnell, lieber Lesable, laufen Sie zum Doktor Barbette, und sagen Sie dem Chef, daß ich in Anbetracht der Umstände heute nicht ins Amt komme!«

Lesable verbrachte den Tag voller Bangen. Er war nicht fähig zu arbeiten, sich in seine Aufgaben zu vertiefen und sie zu erledigen. Monsieur Torchebeuf war erstaunt. Er fragte: »Sie sind heute nicht bei der Sache, Monsieur Lesable?«

Müde gab Lesable zur Antwort: »Ich bin heute sehr abgespannt, teurer Chef; der Zustand unsrer Tante ist sehr ernst, und ich habe die ganze Nacht an ihrem Bett zugebracht.«

Ziemlich kühl erwiderte der Chef: »Monsieur Cachelin ist ja bei ihr; das wird genügen, ich kann nicht meine ganze Dienststelle wegen persönlicher Angelegenheiten der Beamten durcheinanderbringen lassen.«

Lesable hatte während des Dienstes seine Uhr vor sich auf den Tisch gelegt und wartete mit fieberhafter Ungeduld darauf, daß es fünf Uhr werden sollte, und kaum erschollen vom großen Hof her die Glockenschläge der Uhr, da brach er sofort auf. Es war das erste Mal, daß er pünktlich zum Dienstschluß das Amt verließ.

Er nahm eine Droschke und fuhr nach Hause, so trieb ihn die Ungeduld. Hastig sprang er die Treppen empor.

Das Mädchen öffnete. Er flüsterte: »Wie geht es?«

»Der Arzt sagt, es steht sehr schlecht.«

Einen Augenblick stockte sein Herz; es ging ihm nahe, und er bedauerte: »Oh, wirklich?«

Würde sie nun vielleicht doch sterben? Er wagte jetzt nicht ins Zimmer der Kranken zu gehen, und ließ Cachelin rufen, der drinnen bei der Kranken weilte.

Der Schwiegervater öffnete leise die Tür; er war in Schlafrock und Fez, wie wenn er gemütlich beim warmen Feuer gesessen hätte, und murmelte mit dunkler Stimme: »Es geht schlecht, sehr schlecht. Seit vier Stunden liegt sie ohne Besinnung. Heute nachmittag ist sie mit den heiligen Sakramenten versehen worden.«

Lesable wurde schwach in den Beinen, er setzte sich. Dann fragte er: »Wo ist meine Frau?«

»Sie ist bei ihr.«

»Wie ist der genaue Befund des Arztes?«

»Es ist die Krisis. Sie wird diese Nacht zur Genesung führen oder zum Tode.«

»Brauchen Sie mich? Wenn Sie mich nicht brauchen, möchte ich gar nicht erst hineinkommen. Es wäre mir schmerzlich, sie in diesem Zustand zu sehen.«

»Nein. Gehn Sie nur in Ihr Zimmer. Wenn es etwas Neues gibt, werde ich Sie sofort rufen lassen.«

Lesable ging hinüber in seine Wohnung. Sie schien ihm verändert, größer, freundlicher. Es hielt ihn nicht in den Zimmern, er trat hinaus auf den Balkon.

Es war in den letzten Tagen des Juli. Hinter den beiden Türmen des Trocadero versank groß die Scheibe der Sonne und goß einen Regen aus Feuer und Flammen über das unübersehbare Gewimmel der Dächer.

Die dunkelrote Glut am Grunde ging weiter oben am Himmel in Farben von mattem Gold, dann in gelbe, noch höher in grünliche Töne über, in ein helles, durchsichtiges Grün, zuletzt, nach dem Scheitelpunkt zu, nahm die Kuppel des Himmels eine blaue Farbe an, ein reines, kühles Blau.

Wie Pfeile schossen Schwalben vorüber; kaum wahrnehmbar

zeichneten sich ihre hakenförmigen, eilig hinhuschenden Schatten vor der Purpurglut des Himmels ab. Über dem Häusermeer und über der fernen Landschaft schwebte eine Schicht von hellem Rot, ein feuriger Dunst, in den die schmal aufragenden Türme und alle die schlanken Spitzen der Bauwerke hineinwuchsen wie in eine Verklärung. Vor der Feuerglut des Horizontes ruhte schwarz und gewaltig der Triumphbogen, und die Kuppel des Invalidendomes glänzte wie eine vom Himmel auf das Gebäude herabgesunkene zweite Sonne.

Lesable stützte sich mit beiden Händen auf das Eisengitter und trank die Abendluft, wie man Wein trinkt. Er hätte in die Luft springen, hätte jauchzen, herumtoben mögen, eine so tiefe Freude, ein solches Frohlocken erfüllte ihn. In hellem Licht lag jetzt das Leben vor ihm, eine Zukunft voller Glückseligkeit. Was hatte er nun zuerst zu tun? Angenehme Träume umgaukelten ihn.

Da schreckte er auf von einem Geräusch in seinem Rücken. Es war seine Frau. Ihre Augen waren gerötet, ihre Wangen leicht geschwollen; sie sah übermüdet aus. Sie bot ihm die Stirn zum Kuß und sagte: »Wir essen in Papas Zimmer, um in der Nähe zu sein. Das Mädchen bleibt solange bei ihr.«

Er folgte ihr in die Nachbarwohnung.

Cachelin wartete am Tisch auf Tochter und Schwiegersohn. Auf der Anrichte standen ein kaltes Huhn, Kartoffelsalat und eine Schale Erdbeeren bereit, und in den Tellern dampfte die Suppe.

Man nahm Platz. Cachelin seufzte: »Es gibt Tage, die ich nicht noch einmal erleben möchte. So etwas ist kein Vergnügen!« Es klang freilich unbeteiligt, und sein Gesicht sah eigentlich recht zufrieden aus. Das Essen schmeckte ihm ausgezeichnet; er fand das Huhn vorzüglich und den Salat angenehm frisch.

Lesable dagegen war es, wie wenn sein Magen sich sträubte. Unruhig saß er auf seinem Stuhle, brachte kaum einen Bissen hinunter und lauschte nach dem Nachbarzimmer. Dort war es still, wie wenn sich kein Lebender mehr darin aufhielte. Cora hatte ebensowenig Appetit. Sie war niedergedrückt; ihre Augen schwammen in Tränen, und immer wieder wischte sie mit dem Zipfel ihrer Serviette darüber hin.

Cachelin fragte: »Was hat der Chef gesagt?«

Nun erzählte Lesable haargenau bis in alle Einzelheiten, was sein Schwiegervater hören wollte. Und er mußte es immer noch einmal wiederholen, weil Cachelin darauf versessen war, die kleinsten Dinge zu erfahren, wie wenn er ein ganzes Jahr nicht im Ministerium gewesen wäre.

»Das hat natürlich Aufsehen erregt, als man hörte, daß sie krank ist.« Er malte sich schon aus, welcher Glanz ihn erst vor den Augen der Kollegen umstrahlen würde, wenn sie tot wäre. Aber um sein Gewissen zu beruhigen, äußerte er: »Nicht, daß ich dem lieben Altchen etwas Böses wünschte! Gott weiß, daß ich sie recht lange behalten möchte. Aber – – was wird das für Eindruck machen! Papa Savon vergißt darüber bestimmt die ganze Kommune!«

Man hatte eben die ersten Erdbeeren gekostet, als sich die Tür vom Krankenzimmer etwas öffnete. Die Speisenden schraken so empor, daß sie alle drei mit einem Schlage aufstanden und sich ansahen. Das kleine Hausmädchen erschien; sie zeigte unverändert ihre ruhige und gleichgültige Miene. Sie sagte: »Jetzt atmet sie nicht mehr.«

Cachelin warf seine Serviette auf die Schüsseln und stürzte wie wild hinüber ins Zimmer. Cora folgte mit klopfendem Herzen; Lesable blieb vor der Tür stehen und spähte hinein nach dem bleichen Fleck, den das Bett im letzten Schimmer des erlöschenden Tages bot. Er sah den Rücken seines Schwiegervaters, der über das Bett gebeugt stand, sich nicht rührte und auf ein Lebenszeichen lauschte. Plötzlich hörte er Cachelins Stimme. Sie kam ganz weit her, wie vom Ende der Welt, eine Stimme, wie sie uns oft im Traum verfolgt und überraschende Dinge verkündet. »Sie ist erlöst«, hörte er die Stimme sagen, »man hört nichts mehr.« Da sah Lesable seine Frau in die Knie gleiten, sie beugte den Kopf auf das Linnen und schluchzte. Jetzt entschloß er sich, auch ins Zimmer hineinzugehen, und als sich Cachelin erhob, sah er auf dem Kopfkissen das weiße Gesicht von Tante Charlotte, mit geschlossenen Lidern, hager, starr und bleich; es sah aus wie eine Wachsmaske.

Vorsichtig fragte er: »Ist es vorbei?«

Cachelin hatte seine Schwester ebenfalls still betrachtet. Jetzt drehte er sich um, und die Männer sahen sich an. »Ja«, sagte er und gab sich Mühe, sein Gesicht in kummervolle Falten zu legen; aber die Männer hatten einander durchschaut. Ohne sich Rechenschaft geben zu können, weshalb, reichten sie sich die Hand, wie um sich gegenseitig für das zu bedanken, was der andere für ihn getan hatte.

Ohne Zeit zu verlieren, setzten sie ins Werk, was ein Todesfall erfordert.

Lesable übernahm, den Arzt zu rufen und so schnell wie möglich alle weiteren dringenden Wege zu erledigen.

Er setzte den Hut auf und stürmte die Treppen hinunter. Er konnte gar nicht schnell genug auf die Straße kommen, mit sich allein sein, aufatmen, nachdenken, ganz für sich sein Glück genießen.

Als er seine Besorgungen erledigt hatte, ging er nicht geradewegs nach Haus. Er begab sich nach dem Boulevard. Es trieb ihn das Verlangen, andere Menschen zu sehen, sich in das Gedränge, in den glücklichen Taumel des Nachtlebens zu stürzen. Jedem Vorübergehenden hätte er am liebsten ins Ohr geschrien: »Ich habe im Jahr fünfzigtausend Franken Zinsen zu verzehren!« Die Hände in die Taschen vergraben, so schlenderte er über die Straße, und wenn er vor einem Schaufenster stehenblieb, die kostbaren Stoffe betrachtete, Juwelen, üppige Wohnungseinrichtungen, dann dachte er frohlockend: ›Das kann ich mir jetzt alles leisten.‹

Plötzlich kam er an einem Trauermagazin vorbei. Da schoß ihm ein schrecklicher Gedanke durch den Kopf: ›Wenn die Alte nun doch nicht tot ist? Wenn sie sich getäuscht hätten!‹

Eilenden Schrittes kehrte er nach Hause zurück; der Zweifel machte ihm zu schaffen.

Er trat in die Wohnung und fragte: »Ist der Doktor dagewesen?«

Cachelin antwortete: »Ja. Er hat das Ableben bestätigt und hat auch übernommen, die Behörden zu benachrichtigen.«

Sie begaben sich in das Sterbezimmer. Cora saß in einem Sessel und weinte noch immer. Sie weinte still vor sich hin, ruhig jetzt, wie wenn allmählich der Schmerz nachließe, Frauentränen!

Als sie alle drei im Zimmer beieinander waren, äußerte Cachelin halblaut: »Das Mädchen schläft jetzt, wir wollen sehen, ob in den Möbeln etwas versteckt ist.«

Die beiden Männer machten sich ans Werk. Sie leerten die Schubladen, wühlten in allen Taschen, entfalteten jedes Blatt Papier. Es wurde Mitternacht; aber sie fanden nichts von Bedeutung. Cora war eingeschlummert, sie schnarchte leicht mit ganz regelmäßigen Atemzügen.

César fragte: »Wollen wir eigentlich bis morgen früh hierbleiben?« Lesable war zunächst überrascht, dann hielt er es doch für angebracht.

Da stimmte der Schwiegervater bei: »Dann«, sagte er, »holen wir uns Sessel!« Sie trugen aus der Wohnung des jungen Ehepaares noch zwei Polsterstühle herüber.

Eine Stunde darauf schliefen die drei Verwandten. Sie schnarchten, jeder in seiner eigenen Weise, vor dem zu ewiger Reglosigkeit erstarrten Körper der Toten.

Sie wachten auf, als am Morgen das Mädchen ins Zimmer trat.

Cachelin rieb sich die Augen und gab zu: »Ich bin auch ein wenig eingeschlafen, vor einer halben Stunde mag es gewesen sein.«

Aber Lesable, der ebenfalls wieder zu sich gekommen war, behauptete: »Ich habe es bemerkt. Ich habe immer gewußt, wo ich war; ich habe nur die Augen geschlossen, um sie zu schonen!«

Cora ging in ihr Zimmer.

Da fragte Lesable mit zur Schau getragener Gleichgültigkeit: »Wann, denken Sie, könnten wir zum Notar gehn, um Einblick ins Testament zu nehmen?«

»Aber ... nun ... heute morgen noch, wenn Sie wünschen.«

»Muß Cora dabeisein?«

»Das dürfte sich empfehlen, da sie ja schließlich die Erbin ist.«

»Dann werde ich ihr Bescheid sagen, damit sie sich einrichten kann.«

Mit seinem gewohnten schnellen Schritt ging Lesable aus dem Zimmer.

Die Kanzlei von Monsieur Belhomme war eben geöffnet worden, da fanden sich Cachelin, Lesable und seine Frau schon ein, in feierlichem Schwarz, mit kummergetrübter Miene.

Der Notar empfing sie sofort und ließ sie Platz nehmen. Cachelin ergriff das Wort: »Monsieur Belhomme, ich bin Ihnen bekannt. Ich bin der Bruder von Mademoiselle Charlotte Cachelin. Dies sind meine Tochter und mein Schwiegersohn. Gestern ist meine arme Schwester verschieden; morgen setzen wir sie bei. Da sie ihr Testament bei Ihnen hinterlegt hat, kommen wir, um uns zu erkundigen, ob sie irgend etwas zu ihrer Beerdigung bestimmt hat, oder ob wir von Ihnen sonst irgendwelche Eröffnungen entgegenzunehmen haben.«

Der Notar zog ein Schubfach auf, langte einen Briefumschlag heraus, öffnete ihn, zog ein Schriftstück hervor und sprach mit scharf betonter Stimme: »Hier, Monsieur, haben Sie eine Zweitausfertigung des Testaments, das ich Ihnen gleich zur Kenntnis bringen werde. Die andere Ausfertigung, völlig gleichlautend, muß bei mir verbleiben.«

Und er las: »Ich, Unterfertigte, Victorine-Charlotte Cachelin, lege hiermit meinen Letzten Willen nieder:

Ich hinterlasse mein gesamtes Vermögen von etwa einer Million und hundertzwanzigtausend Franken den Kindern, die aus der Ehe meiner Nichte Céleste-Coralie Cachelin geboren werden, mit der Bestimmung, daß die Eltern die Nutznießung haben, bis das älteste der Kinder großjährig ist.

Die besonderen Bestimmungen, die folgen, regeln die Höhe des Anteils jedes Kindes und des Teils, der den Eltern verbleibt, solange sie leben.

Wenn ich sterbe, ehe meine Nichte einen Erben hat, verbleibt mein ganzes Vermögen drei Jahre in der Verwaltung meines Notars, damit meiner oben angegebenen Bestimmung nachgekommen werden kann, wenn in der Zeit ein Kind geboren wird.

Wenn aber nach dem Beschluß des Himmels Coralie innerhalb von drei Jahren nach meinem Tode keine Nachkommen zur Welt bringen sollte, dann soll mein Vermögen durch meinen Notar an Arme und an wohltätige Anstalten fallen nach folgender Liste: . . .«

Und nun folgte eine endlose Reihe von Körperschaften, von Ziffern, Anordnungen und Bestimmungen.

Dann überreichte der Notar Cachelin, der vor Bestürzung ganz fassungslos war, höflich die Urkunde.

Er hielt sich für verpflichtet, einige Erläuterungen hinzuzufügen: »Als Mademoiselle Cachelin«, sagte er, »mir die Ehre erwies, zum ersten Male ihre Absicht zu äußern, daß sie ihr Testament in jenem Sinne abgefaßt wissen wollte, brachte sie zum Ausdruck, daß ihr sehnlichster Wunsch sei, einen blutsmäßigen Erben zu sehen. Auf Einwände von mir gab sie ihrem Willen eine immer genauer bestimmte Form. Sie stützte sich dabei auf ihre religiöse Überzeugung. Sie glaubte, auf einer unfruchtbaren Ehe lastet der

Fluch des Himmels. Ich habe ihren Willen nicht im geringsten beeinflussen können. Glauben Sie mir, ich bedaure es recht sehr.« Dann lächelte er Coralie zu und meinte: »Ich habe nicht den geringsten Zweifel, daß das Desideratum der Verstorbenen bald erfüllt werden wird.«

Die drei Verwandten gingen wieder. Sie waren so benommen, daß sie keinen Gedanken zu fassen mochten.

Sie gingen nach Hause, ohne ein Wort zu reden, beschämt und zugleich wütend, wie wenn sie sich gegenseitig bestohlen hätten. Selbst Coras Trauer war plötzlich ganz verflogen. Eine so offenbare Kaltherzigkeit der Tante entband sie von der Pflicht, weitere Tränen zu vergießen. Lesable preßte seine bleichen Lippen trotzig zusammen und sagte zum Schwiegervater: »Gib mir doch einmal das Schriftstück her, daß ich de visu von dem Inhalt Kenntnis nehme!« Cachelin reichte ihm die Urkunde, und der junge Mann begann zu lesen. Er war auf dem Bürgersteig stehengeblieben. Die Vorübergehenden auf der Straße rempelten ihn an. Er stand wie angewurzelt. Mit scharfem und aktengewohntem Blick prüfte er jedes Wort. Die beiden andern waren ein paar Schritte weitergegangen und erwarteten ihn, immer noch, ohne die Zähne auseinanderzubringen. Er gab das Testament zurück und erklärte: »Es ist nichts zu machen. Da hat sie uns mit Glanz begaunert!«

Cachelin, den das Scheitern seiner Hoffnungen etwas aus dem Häuschen brachte, sagte daraufhin: »Das ist doch schließlich eure Sache, euch Kinder anzuschaffen, weiß der Kuckuck noch mal! Ihr habt doch gewußt, daß dies schon immer ihr einziger Wunsch war.«

Lesable zuckte die Achseln und sagte kein Wort.

Als sie in die Wohnung kamen, wurden sie schon von einer Anzahl Leute erwartet, deren Gewerbe mit dem Sterben der Menschen zusammenhängt. Lesable wollte von nichts mehr wissen und ging in seine Wohnung; César fuhr die Leute an und wetterte gereizt, man solle ihn in Ruhe lassen, man solle endlich fertig werden, es daure viel zu lange, bis man ihn endlich von der Leiche im Haus befreie.

Cora hatte sich in ihr Zimmer eingeschlossen und ließ überhaupt nichts von sich hören. Cachelin aber klopfte endlich nach einer Stunde bei seinem Schwiegersohn an die Tür. »Ich komme, lieber Leopold«, sagte er, »um mit dir einiges zu erwägen; denn schließlich muß man doch einmal miteinander übereinkommen. Meine Meinung ist, daß wir trotz allem zunächst ein einigermaßen anständiges Begräbnis ausrichten, damit es nicht im Ministerium erst Aufsehen erregt. Übrigens ist doch noch nichts verpaßt. Ihr seid noch nicht lange verheiratet, und es müßte ein ganz besonderes Unglück sein, wenn ihr keine Kinder bekämt. Ihr müßt euch nur ein bißchen Mühe geben, das ist alles. Und ihr müßt euch dazuhalten. Wirst du bald ins Ministerium gehen? Ich werde die Anschriften für die Todesanzeigen fertigstellen.«

Lesable mußte widerwillig zugeben, daß sein Schwiegervater recht hatte; und so setzten sie sich an den Enden eines langen Tisches einander gegenüber und schrieben die Adresse der vielen schwarzumränderten Karten.

Dann frühstückten sie. Dazu erschien auch Cora, unbeteiligt, wie wenn das alles sie nichts anginge. Sie aß reichlich; hatte sie doch seit dem Vortag nichts zu sich genommen.

Gleich nach dem Essen zog sie sich wieder in ihr Zimmer zurück. Lesable ging ins Marineministerium, und Cachelin machte es sich auf seinem Balkon gemütlich, saß rittlings auf einem Stuhl und rauchte sein Pfeifchen. Heiß brannte die glühende Sonne des Sommertages auf das Meer der Dächer. Einige hatten Oberlichtscheiben; sie glänzten wie Feuer. Sie sprühten blendende Strahlen, die das Auge nicht ertragen konnte.

Cachelin saß in Hemdsärmeln. Seine Augen blinzelten im Flimmern des Lichts, und er sah hinaus nach den grünen Hügeln dort hinten, weit, weit jenseits der großen Stadt, hinter dem Dunst, der darüber lag. Er dachte an die Seine, die dort am Fuß jener Hügel mit ihren bewaldeten Hängen breit, ruhig und kühl dahinfloß. Tausendmal besser wäre es, unter den Bäumen auf dem Bauch zu liegen, ganz dicht am Ufer des Flusses, und ins Wasser zu spucken, als hier auf dem glühenden Bleidach seines Balkons zu hocken. Ihm war unbehaglich. Der Gedanke, die Erinnerung an das Mißgeschick, das sie so wider alles Erwarten ereilt hatte, quälte ihn. Er empfand es um so bitterer und grausamer, je länger und zuversichtlicher man gehofft hatte. Und wie man es wohl in der Erregung tut, wenn man quälende Vorstellungen nicht loswerden kann, fluchte er laut vor sich hin: »Elende Drecksau!«

Hinter sich, im Zimmer, hörte er die Leute, die mit den Vorbereitungen zum Leichenbegängnis beschäftigt waren, die

Hammerschläge, mit denen der Sarg verschlossen wurde. Keinen Blick hatte Cachelin mehr für seine Schwester seit dem Besuch beim Notar.

Aber ganz langsam wirkten die laue Luft, die heitere Stimmung, der berückende Zauber des wunderschönen Sommertages wieder beruhigend auf Leib und Seele, und Cachelin fand, daß eigentlich kein Grund zum Verzweifeln sei. Warum sollte seine Tochter kein Kind bekommen? Jetzt war sie noch keine zwei Jahre verheiratet. Der Schwiegersohn schien kräftig, war gut gebaut und gesund, wenn auch klein. Sie mußten ein Kind bekommen, Himmelkreuzsapperment! Es ging einfach gar nicht anders!

Lesable war ganz unbeachtet ins Ministerium gekommen und in sein Zimmer geschlüpft. Auf seinem Tisch fand er einen Zettel mit der Zeile: »Der Chef will Sie sprechen.« Zuerst hatte er Lust, aufzubegehren und sich gegen den Despotismus zu empören, der schon wieder anfing, ihn niederzudrücken; aber dann spornte ihn das heftige Verlangen an, vorwärtszukommen. Er wollte eines Tages Chef werden, und zwar sehr bald, und er würde noch höher aufsteigen!

Ohne den Rock zu wechseln, begab er sich zu Monsieur Torchebeuf. Er trat ein mit dem schmerzlichen, betrübten Gesicht, das Trauernde nun einmal annehmen; ja, er zeigte sogar mehr, nämlich einen Zug echten und tiefen Kummers, den ihm gar nicht bewußten Ausdruck von Niedergeschlagenheit nach einem schweren Ärger.

Der Chef hob den großen Kopf von den Akten und fragte barsch: »Ich habe Sie heute vormittag gebraucht. Warum waren Sie nicht im Amt?« Lesable antwortete: »Verehrter Chef, wir haben den Schmerz gehabt, meine Tante, Mademoiselle Cachelin, zu verlieren; darf ich mir die Bitte erlauben, Sie zu der Trauerfeier einzuladen, die morgen stattfinden soll?«

Monsieur Torchebeuf heiterte sich auf, und mit einem Anflug von Hochachtung erwiderte er: »Ja dann, lieber Freund, ist das freilich etwas anderes! Ich danke Ihnen zunächst und gebe Ihnen dienstfrei; denn Sie werden allerhand zu besorgen haben.«

Aber Lesable legte Wert darauf, eifrig zu erscheinen, und sagte: »Vielen Dank, verehrter Chef, es ist alles geregelt, ich habe mich darauf eingerichtet, bis zum allgemeinen Dienstschluß zu bleiben.«

Und er ging wieder in sein Zimmer.

Die Nachricht hatte sich herumgesprochen. Aus allen Zimmern kam man herbei, eigentlich mehr, um Glückwünsche darzubringen, als um Beileid zu bekunden; aber vor allen Dingen wollte man sehen, wie er sich jetzt geben würde. Er ertrug Redensarten und Blicke mit gutgespielter, schicksalsergebener Miene und so vollendeter Höflichkeit, daß man allgemein staunte. »Er hält sich sehr gut«, sagten die einen, und die andern fügten hinzu: »Das bleibt sich ja gleich; im Grunde genommen kann er höchst zufrieden sein.«

Maze war kühner als die andern. Er fragte mit der lässigen Miene des Weltmannes: »Wissen Sie schon, wie groß das Vermögen ist?«

Lesable antwortete in völlig gleichgültigem Tone: »Nein, nicht genau. Das Testament spricht von etwa zwölfhunderttausend Franken. Ich kann das schon sagen, weil uns der Notar einige Bestimmungen bekanntzugeben hatte, die das Begräbnis betrafen.«

Allgemein nahm man an, daß Lesable seine Stellung im Ministerium aufgeben würde. Mit sechzigtausend Franken Zinsen bleibt man kein Federfuchser. Da ist man schon etwas; da stehen einem alle Türen offen! Einige vermuteten, er werde darauf aus sein, als Staatsrat ins Justizministerium zu kommen, andere glaubten, er denke daran, sich in die Abgeordnetenkammer wählen zu lassen. Der Chef rechnete mit seinem Entlassungsgesuch und wollte es sofort dem Direktor weiterreichen.

Das ganze Ministerium wohnte dem Begräbnis bei. Man fand es bescheiden. Aber gerüchtweise verlautet: »Das hat Mademoiselle so bestimmt. Im Testament hat es gestanden.«

Am andern Morgen kam Cachelin wieder zum Dienst. Lesable war eine Woche unpäßlich, dann erschien auch er, ein wenig blaß, aber beflissen und eifrig wie vordem. Man hätte sagen können, daß sich nichts bei den beiden geändert habe. Sie rauchten nur auffällig dicke Zigarren und sprachen von Zinsen, von Eisenbahnunternehmen und hohen Wertpapieren wie Männer, die etwas in der Tasche haben. Nach einiger Zeit sprach sich auch herum, daß sie in der Umgebung von Paris ein Grundstück gemietet hatten, wo sie für den Rest des Sommers Wohnung nehmen wollten.

Man dachte schließlich: ›Sie sind alle genauso geizig wie die

Alte; das muß in der Familie liegen. Gleich und gleich gesellt sich gern! Nun, es hat nichts zu sagen; aber mit solchem Vermögen noch weiter im Ministerium den Sessel zu drücken – das ist keine Art!‹

Nach einiger Zeit dachte man gar nicht mehr an die Sache. Man war sich klar, was man von den Leuten zu halten hatte, das Urteil stand fest.

4

Lesable sah zu, wie Tante Charlotte der Erde übergeben wurde. Seine Gedanken waren bei der Million. Er fraß seinen Groll in sich hinein; das bohrte in seinem Innern. Mit aller Welt war er wegen seines beklagenswerten Mißgeschicks zerfallen.

Aber er fragte sich auch: ›Warum habe ich in den zwei Jahren der Ehe noch kein Kind?‹ Und das Herz schlug ihm schneller; er fürchtete, daß seine Ehe kinderlos bleiben könnte.

Wie ein Junge auf dem Volksfest zum Preis hinaufschaut, der hoch oben am Kranz der Kletterstange schaukelt, und schwört, wenn er sich recht zusammennähme und ordentlich anstrenge, dann habe er auch Kraft und Ausdauer genug, um zum Ziel zu kommen, so beschloß Lesable mit dem Mut der Verzweiflung, er müsse Vater werden. So viele sind es, warum sollte es ausgerechnet ihm versagt bleiben? Vielleicht war er zu lasch, zu oberflächlich, zu unerfahren, weil er bis jetzt den Dingen so gleichgültig gegenübergestanden hatte. Er hatte noch nie ernsthaft nach einem Erben verlangt und sich darum nie Mühe gegeben. Aber nun wollte er sich anstrengen, aufs äußerste, und er mußte zum Ziele kommen, einfach, weil er es wollte.

Aber als er nach Hause kam, fühlte er sich unwohl und mußte sich zu Bett legen. Seine Enttäuschung war zu grausam; das war der Rückschlag!

Der Arzt hielt seinen Zustand für so ernst, daß er strenge Bettruhe verordnete und danach noch lange Schonung für nötig hielt. Man fürchtete ein Nervenfieber.

In acht Tagen war er indessen wieder auf den Beinen und nahm auch den Dienst im Ministerium wieder auf.

Aber er hielt sich immer noch für leidend und wagte kaum, sich seiner Gattin zu nähern. Er kam ins Zaudern und zitterte wie ein General vor der Schlacht, vor einer Schlacht, die über seine ganze Zukunft entscheiden sollte. Und Abend für Abend hoffte er bis in die Morgenfrühe auf eine Stunde frischeren Wohlbefindens, strotzender Kraft, auf eine Stunde, in der man sich zu allem fähig fühlt. Immer wieder griff er sich an den Puls und fand ihn zu schwach oder beschleunigt, nahm Stärkungsmittel ein, aß rohes geschabtes Fleisch und lief jeden Tag auf dem Nachhauseweg ausgiebig in der frischen Luft umher, um sich zu kräftigen.

Da er sich nicht so erholte, wie er wünschte, verfiel er darauf, das Ende des Sommers auf dem Lande zu verbringen. Und bald war er überzeugt, daß die freie Luft der weiten Ebenen seine Stimmung außerordentlich beleben müßte. In seinem Fall mußte ein Luftwechsel ganz wunderbare, entscheidende Erfolge zeitigen. Er versprach sich schnellen Erfolg und sagte dem Schwiegervater immer wieder mit einem Unterton in der Stimme: »Auf dem Lande werde ich gesund, und alles wird gutgehn.«

Das Wort ›auf dem Lande‹ gewann für ihn die Bedeutung eines Zauberwortes. Sie mieteten im Dorfe Bezons ein kleines Haus und übersiedelten nach dort. Die Männer gingen morgens zu Fuß zum Bahnhof von Colombes und kamen am Abend zu Fuß zurück.

Cora war entzückt über den Aufenthalt am Ufer des ruhig dahinströmenden Flusses. Sie setzte sich ins Gras, pflückte Sträuße und brachte ganze Büschel würzig duftender, gelber, zartstieliger Blumen nach Hause.

Jeden Abend gingen sie am Ufer des Flusses entlang bis zum Wehr LaMorue und tranken im Lindenhof eine Flasche Bier. Das lange Pfahlwerk staute den Fluß an. Er quoll hier und da durch die Fugen; aber die Masse des Wasser stürzte darüber hinweg und brodelte und schäumte in einer Breite von hundert Metern. Der Boden bebte vom Tosen des Sturzes. Eine zarte Wolke von Wasserdampf schwebte in der Luft, stieg als leichter Dunst in die Höhe und verbreitete den Geruch zerstäubten Wassers und aufgewühlten Schlammes.

Die Nacht brach herein. Weit, weit weg deutete ein großer, heller Schein die Stadt Paris an, und jeden Abend wiederholte Cachelin dieselben Worte: »Na, was ist das für eine Stadt!« Von Zeit zu Zeit fuhr polternd ein Zug über die Brücke der Eisenbahnlinie, die über den Zipfel der Insel führt, und entschwand schnell wieder den Blicken, nach links oder nach rechts, nach Paris oder dem Meer zu.

Langsam gingen sie nach Hause. Sie sahen in den aufgehenden Mond und setzten sich auf einen Grabenrand, um den Anblick recht lange zu genießen, wie sich das sanfte, gelbliche Licht über den Strom lagerte, wie es mit dem Wasser fortzufließen schien und die Wellen es zu feurigem Brokat kräuselten. Man hörte den metallisch klingenden, kurzen Ruf der Unken. Die Luft trug den Schrei von Nachtvögeln herüber. Zuweilen glitt ein großer Schatten still und lautlos über das Wasser und verdunkelte die lässig fließende, leuchtende Bahn. Es war ein Boot mit Fischdieben. Plötzlich warfen sie das Netz aus und zogen dann in dem großen, dunklen Geflecht ihren Fang an schimmernden, zappelnden Gründlingen ins Boot wie einen Schatz, den sie vom Grunde des Wassers geborgen hatten, einen lebenden Schatz silberner Fische.

Cora war tief bewegt. Sie stützte sich zärtlich auf den Arm ihres Mannes. Sie erriet, was er wollte, obwohl zwischen ihnen beiden darüber nie ein Wort gefallen war. Sie waren wie eben Verlobte, denen die Brautnacht noch bevorsteht. Er küßte sie zart und flüchtig hinters Ohr, auf den Ansatz des Nackens, auf die reizende, empfindliche Stelle, wo die ersten Haarlocken sich kräuseln. Sie erwiderte mit einem Druck der Hand. Beide verlangten zueinander und zögerten voreinander; sie wurden zurückgehalten und zugleich getrieben durch dieselbe starke Gewalt: das lockende Bild einer Million.

Cachelin verspürte etwas von der zuversichtlichen Stimmung und fühlte sich beruhigt. Er war hier glücklich. Zufrieden ließ er sich den Wein durch die Kehle rinnen; er aß reichlich. In der Abenddämmerung bekam er sogar poetische Anwandlungen; es war die unbeholfene Rührung, die bei gewissen Eindrücken auch die Schwerfälligsten ergreift: wenn eine Flut von Licht zwischen grünen Zweigen durchbricht oder wenn die Sonne hinter weit entfernten Hügeln untergeht und purpurner Widerschein auf dem Strome liegt. Dann erklärte er: »Wenn ich das sehe, dann glaube ich an Gott. Das bohrt hier«, er deutete auf sein Herz, »und ich fühlte mich wie umgewandelt. Ich werde pudelnärrisch. Ich komme mir vor wie nach einem Bade, das mir die Tränen in die Augen treibt.«

Lesable fühlte sich wohl. Er empfand einen Lebensmut, den er kaum noch kannte. Er hätte springen mögen wie ein Füllen, sich im Grase rollen, laut aufjauchzen vor Lust.

Nun hielt er seine Zeit für gekommen, und sie feierten eine wahre Hochzeitsnacht.

Dann hielten sie noch einmal Flitterwochen, voller Zärtlichkeit – und voller Erwartung.

Und dann wurden sie gewahr, daß die Folgen ausblieben; ihre Hoffnung wurde enttäuscht.

Sie waren verzweifelt und todunglücklich. Lesable ließ den Mut nicht sinken. Es ging schier über seine Kräfte. Seine Frau hatte das gleiche Verlangen und bangte vor derselben Befürchtung. Sie war vollblütiger als er, überließ sich hingebungsvoll seinen Liebkosungen, verlangte nach seinen Umarmungen und fachte immer wieder die Glut an, wenn sie erlöschen wollte.

In den ersten Tagen des Oktober kehrten sie zurück nach Paris. Jetzt wurde das Zusammenleben schwierig. Wenig liebenswürdige Worte kamen ihnen über die Lippen. Cachelin witterte, wie die Sache stand, und setzte ihnen arg zu in der bissigen und derben Redeweise alter Frontsoldaten.

Alle drei wurden den Gedanken nicht mehr los, der keinen andern aufkommen ließ und ihre Gehässigkeit so zuspitzte, den Gedanken an die in hoffnungslose Ferne rückende Erbschaft. Jetzt führte Cora das große Wort. Sie fuhr ihren Mann an; sie behandelte ihn wie einen unreifen Burschen, wie einen kleinen Buben, wie einen Menschen ohne Wert. Und Cachelin ließ kein Essen vorbeigehen, ohne zu sagen: »Ich – ja wenn ich das Geld dazu gehabt hätte, da hätte ich eine ganze Stube voll Kinder ... Nur wenn man ein armes Luder ist, dann muß man vernünftig sein.« Und dann wandte er sich seiner Tochter zu und fuhr fort: »Du, du bist genauso wie ich, selbstverständlich! Aber so ...« Dann zuckte er verächtlich die Achseln und warf dem Schwiegersohn einen vielsagenden Blick zu.

Lesable äußerte keinen Ton. Er fühlte sich als Mann vornehmer Kreise, der in eine Familie von Bauernlümmeln geraten ist. Im Ministerium fand man, er habe viel schlechte Laune. Sogar der Chef fragte eines Tages: »Sind Sie krank? Sie scheinen mir so verändert.«

Da erwiderte er: »O nein, teurer Chef, vielleicht ein wenig übermüdet. Ich habe in der letzten Zeit ein bißchen viel Arbeit gehabt, wie Ihnen nicht entgangen sein wird.«

Zum neuen Jahr rechnete er bestimmt mit seiner Beförderung.

Im Hinblick darauf hatte er ja das arbeitswütige Leben eines Musterbeamten wiederaufgenommen.

Aber es war nichts! Er bekam eine ganz geringe Sondervergütung, die kleinste von allen. Sein Schwiegervater Cachelin erhielt gar nichts.

Lesable war bestürzt. Er suchte den Chef auf. Zum ersten Mal in seinem Leben redete er ihn nur mit ›Monsieur‹ an: »Was habe ich denn davon, Monsieur, daß ich so verbissen arbeite, wenn es mir gar nichts einbringt?«

Der dicke Kopf von Monsieur Torchebeuf schien in eisiger Kälte zu erstarren: »Ich habe Ihnen schon einmal gesagt, Monsieur Lesable, daß ich derartige Erörterungen nicht zulasse. Ich wiederhole, bei dem Vermögen, das Sie jetzt besitzen, empfinde ich Ihre Frage als sehr unpassend, wenn ich an das knappe Auskommen Ihrer Kollegen denke...«

Da brach es aus Lesable heraus: »Aber, Monsieur, ich habe nichts! Die Tante hat ihr Vermögen unserm ersten Kinde vermacht. Ich selber und mein Schwiegervater, wir haben nichts als unser Gehalt.«

Der Chef war zunächst überrascht, dann erwiderte er: »Nun ja, aber wenn Sie es jetzt noch nicht haben, dann werden Sie doch auf alle Fälle an einem absehbaren Tage sehr reich sein. Das läuft auf eins hinaus!«

Lesable zog sich zurück. Die entgangene Beförderung hatte ihn noch härter getroffen als die vorenthaltene Erbschaft.

Ein paar Tage darauf war Cachelin kaum in seinem Dienstzimmer, da trat mit einem Lächeln auf den Lippen der schöne Maze herein. Dann erschien mit listig zwinkernden Augen Pitolet. Hierauf stieß Boissel die Tür auf und stürmte ins Zimmer, er grinste und warf den andern verständnisvolle Blicke zu. Papa Savon saß auf seinem hohen Schemel, hatte wie ein Schulbub beide Füße auf dessen Querlatte gestemmt und schrieb ins reine. Im Mundwinkel hing ihm die Tonpfeife.

Keiner sagte einen Ton. Man schien auf etwas zu warten. Cachelin trug seine Eingänge ein und sprach vor sich hin, wie seine Gewohnheit war: »Toulon. Bedarf an Eßnäpfen für die ›Richelieu‹. – Lorient. Schwimmwesten für die ›Desaix‹. – Brest. Versuche betreffend Segeltuche englischer Herkunft.«

Nun erschien Lesable. Er kam jetzt jeden Morgen und holte sich die Eingänge, die er zu bearbeiten hatte. Der Schwiegervater nahm sich nicht mehr die Mühe, sie ihm durch den Kanzleidiener hinbringen zu lassen.

Während er in den Papieren blätterte, die auf dem Tisch des Registrators lagen, sah ihn Maze von der Seite an und rieb sich die Hände. Pitolet drehte sich eine Zigarette. Um seine Mundwinkel zuckten vergnügliche Fältchen, unverkennbare Zeichen ausgelassenen Übermuts, der kaum noch zu bändigen war. Er wandte sich an den Schreiber: »Sagen Sie mal, Papa Savon, Sie haben doch in Ihrem Leben schon viel gesehen, nicht?«

Der Alte merkte, daß man ihn zum Narren halten und wieder von seiner Frau anfangen wollte. Er gab keine Antwort.

Pitolet redete weiter: »Auf alle Fälle sind Sie dahintergekommen, wie man Kinder macht; Sie haben doch selber ein paar?«

Der brave Mann hob den Kopf: »Sie wissen, Monsieur Pitolet, daß ich diese Scherze nicht liebe! Ich habe das Unglück gehabt, eine Unwürdige zum Altar zu führen. Als ich den Beweis ihrer Untreue in der Hand hatte, habe ich mich von ihr getrennt.«

Gelassen, ohne eine Miene zu verziehen, fragte Maze: »Aber den Beweis haben Sie ein paarmal gehabt, nicht?«

Papa Savon antwortete mit gemessener Würde: »Jawohl, Monsieur.«

Nun fing Pitolet wieder an: »Nun ja, auf alle Fälle sind Sie aber nun glücklicher Vater von mehreren Kindern, dreien oder vieren, wenn ich recht gehört habe?«

Der gute Mann wurde rot und stammelte: »Sie legen es darauf an, mich zu kränken, Monsieur Pitolet; aber es soll Ihnen nicht gelingen! Meine Frau hat tatsächlich drei Kinder gehabt. Ich habe allen Grund anzunehmen, daß das erste von mir stammt, die beiden andern verleugne ich.«

Pitolet fuhr fort: »Ja, das sagt man allgemein, daß das erste von Ihnen stammt. Und das genügt ja. Es gibt kein schöneres und größeres Glück, als ein Kind zu haben! Sehn Sie, ich gehe jede Wette ein, Lesable wäre entzückt, wenn er es schon zu einem gebracht hätte, so wie Sie.«

Cachelin hatte seine Arbeit unterbrochen. Heute lachte er nicht, obwohl der alte Savon genauso dunkelrot anlief wie immer. Und sonst hatte er nie versäumt, seine volle Schale anzüglicher Bemerkungen über ihn auszuschütten.

Lesable hatte seine Briefe beisammen; aber da er fühlte, daß sich die Bemerkungen gegen ihn richteten, blieb er. Der Stolz hielt ihn zurück. Er wußte nicht recht, was er denken sollte; er stutzte und überlegte, wer sein Geheimnis preisgegeben haben könnte. Da fiel ihm ein, was der Chef gesagt hatte, und nun wußte er, daß es galt, sicher aufzutreten, wenn er nicht für das ganze Ministerium eine Zielscheibe ewigen Spottes werden wollte.

Boissel lief im Zimmer auf und ab und grinste. Dann brüllte er mit rostiger Stimme wie die Straßenhändler: »Geheimrezept, wie man Kinder kriegt – zehn Centimes – nur zwei Sous! Kaufen Sie das Rezept, wie man zu Kindern kommt – erfunden und erprobt durch Monsieur Savon – mit vielen ganz neuen und unerhörten Enthüllungen!«

Alles lachte, außer Lesable und seinem Schwiegervater. Da wandte sich Pitolet zum Hauptregistrator und fragte: »Aber Cachelin, was haben Sie denn? Sie sind doch sonst immer so guter Laune! Ist das nicht entzückend, daß Papa Savon von seiner Frau ein Kind hat? Ich finde, das ist ein Witz – ein ausgezeichneter Witz sogar! Den bringt nicht jeder fertig!«

Lesable blätterte wieder in seinen Briefen. Er wollte den Anschein erwecken, als lese er darin und höre kein Wort; aber er war kreidebleich.

Boissel rief noch immer wie ein Ausschreier: »Vom Nutzen eines Erben zur Erlangung der Erbschaft – zehn Centimes – zwei Sous – kauft!«

Maze fand keinen Geschmack an diesen Scherzen. Aber er hatte einen ganz persönlichen Groll auf Lesable; denn dieser hatte ihm eine gute Partie vor der Nase weggeschnappt, auf die er sich schon Hoffnungen gemacht hatte. Nun fragte er geradezu: »Was haben Sie denn, Lesable, Sie sehn ja ganz blaß aus?«

Lesable hob den Kopf und sah dem Kollegen ins Gesicht. Er suchte nach einer beißenden, aber geistreichen Antwort. Es fiel ihm nichts ein, so wie er es gern gehabt hätte. So begnügte er sich zu sagen: »Ich habe nichts. Ich staune nur, welch hochkultivierten Geist Sie entfalten!«

Maze stand mit dem Rücken zum Kamin. Er faßte seine Rockschöße und hob sie in die Höhe. Lächelnd meinte er: »Man tut, was man kann, mein Verehrter! Es geht uns aber wie Ihnen. Es gelingt nicht immer ...«

Schallendes Gelächter unterbrach ihn. Papa Savon staunte. Er ahnte, daß man ihn nicht mehr auf dem Korn hatte, daß er nicht mehr die Zielscheibe des Spottes war. Er saß da mit offenem Munde und mit gezücktem Federhalter. Cachelin wartete nur darauf, über den erstbesten herzufallen, der ihm Anlaß dazu geben würde.

Lesable brachte stockend heraus: »Ich verstehe Sie nicht. Was ist mir nicht gelungen?«

Der schöne Maze ließ einen seiner Rockschöße fallen und zwirbelte seinen Schnurrbart. Dabei sagte er sehr freundlich: »Ich weiß, Ihnen gelingt im allgemeinen alles, was Sie anfassen. Es war nicht zutreffend, von Ihnen zu reden. Es handelte sich ja auch um die Kinder von Papa Savon, und nicht um Ihre, denn Sie haben keine. Aber da Ihnen alles gelingt, was Sie anfangen, ist es doch klar: Wenn Sie keine Kinder haben, dann wollen Sie keine.«

Lesable fragte grob: »Was geht denn Sie das an?«

Der Ton war so verletzend, daß auch Maze den Mund voll nahm: »Sagen Sie mal, was ist denn plötzlich in Sie gefahren? Befleißigen Sie sich eines höflichen Tones, oder Sie werden es mit mir zu tun bekommen!«

Lesable bebte vor Zorn und verlor die Beherrschung: »Monsieur Maze, ich bin nicht solch ein Geck wie Sie; ich bin auch nicht von solcher Wohlgestalt. Ich ersuche Sie, verschonen Sie mich künftig mit Ihrem Geschwätz. Ich mache mir nichts aus Ihnen und aus Ihresgleichen!« Ein Blick tiefer Verachtung streifte Pitolet und Boissel.

Wohl war Maze klar, daß sich wirkliche Überlegenheit nur in Ruhe und Ironie zeigt; aber er war in seiner Eitelkeit getroffen. Nun wollte er seinen Gegner ins Herz treffen. Seine Augen funkelten vor Wut; aber im freundlichen, gönnerhaften Ton eines guten Ratgebers fuhr er fort: »Lieber Lesable, Sie gehn zu weit! Natürlich verstehe ich Ihren Verdruß. Es ist ärgerlich, ein Vermögen zu verlieren, eines großen Vermögens wegen solcher Kleinigkeit verlustig zu gehn – wegen einer so leichten und einfachen Sache... Wissen Sie, wenn Sie wollen, leiste ich Ihnen gern den kleinen Dienst – aus reiner Kameradschaft. Das ist eine Sache von fünf Minuten...«

Er sprach noch, da flog ihm Papa Savons Tintenfaß mitten auf die Brust. Lesable hatte es geschleudert. Ein Schwall Tinte spritzte

Maze über das Gesicht und verwandelte ihn in ganz erstaunlicher Geschwindigkeit in einen Neger. Der schöne Maze rollte die Augen; er hob die Hand zum Zuschlagen und stürzte vorwärts. Aber Cachelin deckte den Schwiegersohn. Er fing den langen Maze im Untergriff auf, würgte ihn, schüttelte ihn, versetzte ihm ein paar ordentliche Knüffe und quetschte ihn gegen die Wand. Mit gewaltiger Anstrengung machte sich Maze frei, riß die Tür auf, schrie den beiden Männern zu: »Sie werden von mir hören!«, und verschwand.

Pitolet und Boissel folgten ihm. Boissel erklärte, er habe nur so an sich gehalten, weil er Angst gehabt habe, einen Menschen totzuschlagen, wenn er sich dazwischengemengt hätte.

Maze gab sich in seinem Zimmer alle Mühe, sich zu säubern; es gelang nicht. Die dunkelviolette Tinte, die er im Gesicht hatte, galt als unverwischbar und unzerstörbar. Wutentbrannt und verzweifelt starrte er in seinen Spiegel und schrubbte wild mit dem zusammengeballten Taschentuch in seinem Gesicht herum. Er erreichte ein noch kräftigeres Schwarz, dem das Rot des in die Haut strömenden Blutes einen besonderen Schimmer verlieh.

Boissel und Pitolet waren bei ihm geblieben und gaben ihm gute Ratschläge. Der eine meinte, er müsse die Haut mit reinem Olivenöl behandeln, der andere meinte, Ammoniakwasser werde helfen. Der Kanzleidiener wurde in die Apotheke geschickt, um dort nach einem Mittel zu fragen. Er brachte eine gelbe Flüssigkeit und einen Bimsstein mit. Es half alles nichts!

Maze gab es auf, setzte sich und erklärte: »So, und nun ist noch die Beleidigung zu sühnen. Darf ich Sie bitten, als meine Beauftragten Monsieur Lesable aufzusuchen und von ihm entweder zureichende Entschuldigung oder Genugtuung mit der Waffe zu verlangen?«

Beide nahmen an, und man beriet, wie zu verfahren sei. Sie hatten keine Ahnung, aber keiner wollte es zugeben. Ihre Hauptsorge war, sich den üblichen Gepflogenheiten entsprechend zu benehmen. Unsichere und recht weit auseinandergehende Ansichten kamen zutage. Da beschloß man, sich an einen Fregattenkapitän zu wenden, der zum Ministerium abgestellt war, um den Kohlennachschub zu leiten. Er wußte auch nicht mehr Bescheid als sie. Aber er überlegte. Dann riet er, zu Lesable hinzugehen und ihn zu ersuchen, ebenfalls zwei Sekundanten zu benennen.

Auf dem Wege zum Zimmer des Kollegen blieb Boissel plötzlich stehen und sagte: »Wäre es nicht angebracht, Handschuhe anzulegen?«

Pitolet dachte einen Augenblick nach, dann antwortete er: »Ja, vielleicht!« Aber wenn man sich Handschuhe besorgen wollte, hätte man das Gebäude verlassen müssen, und darin verstand der Chef keinen Spaß. Also schickte man den Laufburschen zum Kaufmann, eine Auswahl heranzuschaffen. Lange berieten sie über die Farbe. Boissel wollte schwarz; Pitolet fand diese Farbe hier unangebracht. Man entschied sich für Violett.

Als die beiden Männer mit Handschuhen an den Händen und mit feierlich ernsten Gesichtern zu Lesable ins Zimmer kamen, hob er den Kopf und fragte barsch: »Was wollen Sie?«

Pitolet antwortete: »Monsieur, wir kommen im Auftrag unsres Freundes Monsieur Maze, um wegen der tätlichen Beleidigungen, die Sie ihm zugefügt haben, entweder Entschuldigung zu fordern oder Genugtuung mit der Waffe.«

Lesable war noch immer ganz außer sich und schrie sie an: »Was! Der Mann beleidigt mich, und nun hat er die Stirn, mich herauszufordern? Sagen Sie ihm, ich verachte ihn; ich versage meine Achtung allem, was er sagt und tut!«

Boissel trat einen Schritt vor und sagte pathetisch: »Dann zwingen Sie uns, Monsieur, über die Angelegenheit in den Tageszeitungen einen Bericht erscheinen zu lassen, der Ihnen recht unangenehm sein würde.«

Und Pitolet setzte boshaft hinzu: »...und der Ihrer Ehre und Ihrer Laufbahn recht nachteilig werden könnte.«

Lesable war wie aus allen Wolken gefallen und sah die beiden an. Was sollte er tun? Auf alle Fälle mußte er Zeit gewinnen, und so sagte er: »Messieurs, in zehn Minuten werden Sie meinen Bescheid haben. Würden Sie die Güte haben, inzwischen in Monsieur Pitolets Zimmer zu warten?«

Als er allein war, sah er zunächst einmal hilflos um sich. Wo fand er Rat? Wo fand er Schutz?

Ein Duell! Man hatte ihm die Forderung überbracht. Er bebte am ganzen Körper; er geriet außer sich. Als friedfertiger Mensch hatte er nie an eine solche Möglichkeit gedacht. Er war nicht im mindesten darauf vorbereitet, sein Leben zu wagen, überhaupt solche Aufregung zu erleben. Für so ungeheuerliche Dinge war sein Mut nicht gestählt. Er wollte aufstehen; aber er fiel auf den Stuhl zurück. Sein Herz schlug aufgeregt, seine Beine versagten den Dienst. Sein Zorn war verraucht, seine Haltung gebrochen. Da dachte er aber daran, wie man die Sache im Ministerium ansehen und was es für ein Geschwätz in allen Dienststellen geben würde, und das peitschte seinen Stolz empor. Da er gar nicht wußte, wie er sich verhalten sollte, ging er zum Chef, um sich Rat zu holen.

Monsieur Torchebeuf staunte, und zunächst war auch er um eine Auskunft verlegen. Ihm leuchtete nicht ein, daß die Forderung mit der Waffe ausgetragen werden sollte; er fürchtete, daß noch seine ganze Dienststelle in Aufregung versetzt würde, und überlegte: »Ich kann dazu nichts sagen. Das ist ein Ehrenhandel, der mich nichts angeht. Soll ich Ihnen ein paar Zeilen an Monsieur Bouc mitgeben, unsern Kommandanten? Er weiß in den Dingen Bescheid und wird Sie richtig beraten!«

Lesable nahm den Rat an und begab sich spornstreichs zum Kommandanten. Dieser war sogar sofort bereit, ihm als Sekundant zur Seite zu stehen. Zum zweiten Sekundanten wählte er einen der Abteilungsleiter.

Boissel und Pitolet erwarteten die Zeugen der Gegenpartei, immer noch in Handschuhen. Aber sie hatten inzwischen aus einem Nachbarzimmer zwei Stühle geholt, damit man vier Sitzplätze zur Verfügung hatte.

Feierlich grüßten sich die Beauftragten, dann nahm man Platz. Pitolet ergriff das Wort und legte den Fall dar. Der Kommandant hörte sich die Sache an, dann sagte er: »Das ist allerdings eine schwere Kontrahage! Aber doch scheint es mir nicht unmöglich, die Sache gütlich beizulegen. Es hängt von der Absicht der Kontrahenten ab.« Als alter, gewitzter Seemann deckte er nicht vorzeitig seine Karten auf, und die Angelegenheit machte ihm Spaß.

Und nun begannen lange Verhandlungen. Viermal entwarf man Schreiben, mit denen sich die Kontrahenten gegenseitig ihre Entschuldigungen aussprechen sollten. Wenn Monsieur Maze eine Erklärung abgeben würde, daß er nicht die Absicht gehabt habe, Monsieur Lesable zu beleidigen, dann würde dieser zugeben, daß er das Tintenfaß zu Unrecht geworfen habe, und sich wegen seiner unbeherrschten Heftigkeit entschuldigen.

Mit diesen Vorschlägen gingen die vier Unterhändler zu ihren Auftraggebern.

Maze saß vor seinem Tisch. Die Aussicht auf einen Zweikampf versetzte ihn in einige Erregung. Wohl rechnete er damit, daß sein Gegner ausweichen würde; aber er besah sich doch noch einmal recht sorgsam in dem kleinen Taschenspiegel, den er wie alle Beamten in der Schublade bereitliegen hatte, um abends vor dem Nachhausegehen Bart, Haar und Krawatte in Ordnung zu bringen, seine beiden Wangen, eine nach der andern.

Man legte ihm die Briefe vor. Er las sie und erklärte mit sichtlicher Erleichterung: »Der Vorschlag erscheint mir durchaus ehrenhaft. Ich bin bereit zu unterzeichnen.«

Lesable stimmte ohne ein Wort der Widerrede dem Briefentwurf seiner Zeugen zu und erklärte: »Wenn das Ihre Meinung ist, muß es mir genügen.«

Die vier Beauftragten setzten sich noch einmal zusammen und tauschten die Briefe aus. Dann grüßte man sich wieder sehr feierlich und verabschiedete sich. Der Ehrenhandel war beigelegt.

Im ganzen Verwaltungsbereich herrschte inzwischen eine ungeheure Spannung. Jeder wollte wissen, wie die Dinge stünden; man lief von einem Zimmer ins andere und fragte jeden, dem man auf dem Korridor begegnete.

Als man hörte, die Forderung sei beigelegt, gab es eine allgemeine Enttäuschung. Ein Witzbold sagte: »Das macht dem Lesable noch lange kein Kind!« Der Ausspruch wurde zum geflügelten Wort; einer der Kollegen reimte sogar ein Lied darauf.

Übrigens hatte sich in dem Augenblick, als alles schon aufs beste geordnet schien, noch eine Schwierigkeit ergeben. Boissel griff den Punkt auf: Wie sollten sich die Kontrahenten verhalten, wenn sie sich künftig begegneten? Sollten sie sich grüßen? Sollten sie wie Fremde aneinander vorübergehen? Man kam überein, daß sie sich zunächst einmal wie zufällig im Dienstzimmer des Chefs treffen und in Gegenwart von Monsieur Torchebeuf ein paar höfliche Worte wechseln sollten.

Auch diese feierliche Handlung wurde sofort abgewickelt; dann ließ Maze eine Droschke kommen und fuhr nach Hause, um den Versuch zu unternehmen, sich endgültig zu säubern.

Lesable und Cachelin stiegen miteinander zu Hause die Treppen empor. Jeder hatte Zorn auf den andern, wie wenn die

Aufregung, die sie eben durchgemacht hatten, in ihrem Verlauf dem andern anheimgestellt gewesen wäre. Als Lesable in sein Zimmer kam, knallte er den Zylinder auf die Kommode und schrie seine Frau an: »Nun langt mir's. Jetzt habe ich deinetwegen noch ein Duell am Halse!«

Sie sah ihn an. Sie war überrascht; das war angetan, sie zu erregen: »Ein Duell – warum?«

»Weil Maze mich beleidigt hat, deinetwegen!«

Sie trat an ihn heran: »Meinetwegen? Womit denn?«

Er warf sich wütend in einen Sessel und sagte: »Er hat mich beleidigt... Ich habe keine Lust, dir das hier noch einmal mit allem Drum und Dran auseinanderzusetzen!«

Sie ließ nicht locker: »Ich erwarte, daß du mir wiederholst, was er über mich gesagt hat.«

Lesable wurde rot und stammelte: »Er hat gesagt... er sagte... es ging darum, daß du keine Kinder kriegst.«

Sie zuckte zusammen; dann packte sie die Wut. Jetzt brach aus der Frau die grobe Art des Vaters heraus, und sie schrie ihn an: »Ich!... Ich soll keine Kinder kriegen... ich? Was versteht denn so ein Trottel davon? Ja, von dir bekomme ich keine Kinder, weil du kein Mann bist! Wenn ich einen Mann geheiratet hätte, verstehst du, einen Mann, ganz gleich wen, dann hätte ich Kinder! Oh, ich rate dir, rücke nur immer offen mit der Sprache heraus! Mir kommt's teuer genug zu stehn, daß ich an einen solchen Waschlappen geraten bin! – Hast du dem Halunken wenigstens die richtige Antwort gegeben?«

Lesable erschrak vor dem Orkan, der da losbrach, und stotterte: »Ich... habe ihn... geohrfeigt.«

Erstaunt sah sie ihn an: »Und wie hat er darauf reagiert?«

»Er hat mir seine Sekundanten geschickt. Nun weißt du es!«

Jetzt bekam die Geschichte für sie ein anderes Gesicht. Die Gefahren des Abenteuers, das da bevorstand, machten Eindruck auf sie, wie auf alle Frauen. Mit einem Schlage war sie besänftigt. Sie empfand plötzlich Hochachtung vor dem Manne, der sein Leben riskieren wollte, und fragte: »Wann werdet ihr euch schlagen?«

Er antwortete gelassen: »Wir schlagen uns nicht; die Sache ist durch die Sekundanten beigelegt worden. Maze hat sich entschuldigt.«

Da starrte sie ihn an; sie war erfüllt von tiefster Verachtung: »Oh! Ich bin in deiner Gegenwart aufs schlimmste beleidigt worden...! Das hast du geschehen lassen...! Und nun holst du dir keine Genugtuung! Das hat nur noch gefehlt: Ein Feigling bist du auch!«

Er fuhr auf: »Jetzt sage ich dir aber: Halt den Mund! Ich weiß besser als du, was mir meine Ehre vorschreibt. Hier ist der Brief von Maze. Da, lies, und sieh selber!«

Sie nahm das Blatt, überflog es, erriet den Zusammenhang und spottete: »Du hast auch einen Brief geschrieben? Da hat jeder Angst gehabt vor dem andern. Oh, was seid ihr Männer für Memmen! Wenn wir an eurer Stelle wären! Schließlich hat man mich beleidigt, deine Frau – und du gibst dich damit zufrieden! Nun wundert mich nicht, wenn du nicht mal ein Kind fertigbekommst. Das paßt zueinander! Du bist genauso ein Schlappschwanz vor Männern wie vor Frauen. Ei, was für ein Kerlchen habe ich mir da bloß aufgehalst!«

Sie stützte die Hände in die Hüften. Groß, stark, kräftig, mit voller Brust und blühender Gesichtsfarbe, so stand sie vor ihm. Ihre Stimme klang voll; sie zitterte vor Erregung. Das Blut stieg ihr ins Gesicht und färbte die jugendlich mädchenhaften Wangen. So blickte sie auf ihn herab, auf den kleinen, blassen Mann, der da vor ihr saß. Schon schimmerte die Glatze durch sein Haar. Aber sorgfältig rasiert war er, bis auf den kurzen, zweiteiligen Backenbart. Sie hätte ihn erwürgen mögen, zermalmen!

Sie fing wieder an: »Zu nichts bist du fähig, zu rein gar nichts! Sogar als Beamter mußt du zusehn, wie andre über dich weggehn!«

Die Tür ging auf. Cachelin erschien. Der laute Wortwechsel hatte ihn angelockt; er fragte: »Was ist denn hier los?«

Sie drehte sich um und meinte: »Ich sage dem Hampelmann hier nur die Wahrheit.«

Als Lesable jetzt die Augen hob, bemerkte er, wie ähnlich sich die beiden waren. Wie ein Schleier fiel es ihm von den Augen. Jetzt zeigten sich beide erst in ihrer wahren Gestalt, Vater und Tochter, ein Blut, dieselbe grobschlächtige Art! Er kam sich verloren vor; er war dazu verdammt, für immer mit ihnen unter einem Dach zu leben.

Jetzt hörte er Cachelin sagen: »Wenn du dich wenigstens

scheiden lassen könntest! Es ist doch kein Vergnügen, einen Kapaun zum Mann zu haben.«

Lesable sprang auf, er kochte längst; aber bei diesem Wort platzte er vor Wut. Er ging auf den Schwiegervater los und stieß heraus: »Verlassen Sie mein Zimmer... Hinaus!... Hier ist meine Wohnung, verstehn Sie... Ich weise Sie hinaus...!«

Er packte von der Kommode eine Flasche, in der er ein Beruhigungsmittel für seine Nerven hatte, und schwang sie wie eine Keule.

Cachelin drückte sich rückwärts gehend zur Tür hinaus und murmelte vor sich hin: »Was ist denn mit einemmal in ihn gefahren?«

Lesables Zorn war damit nicht beschwichtigt. Es war zuviel gewesen! Er wandte sich zu seiner Frau um, die ihn noch ganz erstaunt über sein Aufbrausen ansah. Jetzt stellte er die Flasche zurück auf die Kommode und schrie Cora an: »Und du... und du...« Aber er fand keine Worte, da er nichts Rechtes vorzubringen hatte. Er stand vor ihr, seine Miene war verzerrt, die Stimme überschlug sich.

Da fing sie an zu lachen.

Die krampfhafte Heiterkeit gab ihm den Rest. Er geriet in Raserei. Er stürzte auf sie zu. Er packte sie mit der Linken bei der Kehle und versetzte ihr mit der Rechten eine Ohrfeige nach der andern. Sie wich zurück, ganz entsetzt und halb erstickt. Sie fand zum Bett und warf sich rücklings darauf. Er ließ sie nicht los und schlug noch immer auf sie ein. Plötzlich richtete er sich auf, ganz außer Atem und völlig erschöpft. Er schämte sich seiner Roheit und stammelte: »So... so... so etwas muß ich erleben!«

Sie rührte sich nicht; sie lag wie tot, mit dem Rücken auf dem Bettrand. Beide Hände vor dem Gesicht. Er trat heran, ratlos und fragte sich, was weiter werden solle. Er hoffte, sie werde die Hände vom Gesicht nehmen und er könnte sehen, was in ihr vorging. Er wurde besorgt. Er wartete lange Minuten, dann sagte er: »Cora, hörst du? Cora!« Sie gab keine Antwort und rührte und regte sich nicht. Was hatte sie? Was war mit ihr? Hatte sie etwas vor?

Sein Zorn war vergangen; er war ebenso schnell vorüber, wie er aufgeflammt war. Lesable kam sich verächtlich vor, beinah wie ein Verbrecher. Er hatte eine Frau geschlagen, seine eigene Frau, er, ein kluger, und beherrschter Mensch, ein wohlerzogener und sonst besonnener Mann. Sein Zorn schlug um in zärtliches Verlangen. Er sehnte sich nach Verzeihung. Es drängte ihn, auf die Knie zu fallen und die mißhandelte, gerötete Wange mit Küssen zu bedecken. Sanft berührte er mit der Fingerspitze eine der Hände, die das Gesicht bedeckten. Cora schien nichts zu spüren. Er streichelte sie, wie einer den treuen Hund streichelt, den er noch eben gescholten hat. Sie blieb unbeweglich. Wieder sprach er: »Cora, höre doch, Cora, ich bin im Unrecht, höre doch!« Sie lag wie tot. Er versuchte, eine ihrer Hände emporzuheben. Sie ließ es leicht geschehen. Und da blickte ihn ein Auge an, weit geöffnet, starr, beunruhigend, beängstigend.

Er sprach weiter: »Höre, Cora, ich habe mich hinreißen lassen; dein Vater hat es zum Äußersten getrieben. So darf man einen Mann nicht beleidigen!«

Sie gab keine Antwort, wie wenn ihre Ohren taub wären. Er wußte nicht mehr, was er sagen, was er tun sollte. Er küßte sie hinters Ohr, und als er sich wieder aufrichtete, sah er in ihrem Augenwinkel eine dicke Träne; sie quoll heraus und rollte schnell über die Wange herab.

Von Reue gepackt, von Rührung übermannt, breitete er die Arme aus und warf sich über seine Frau. Mit den Lippen schob er die andere Hand beiseite. Er bedeckte das Gesicht über und über mit Küssen und bettelte: »Meine arme Cora, sei nicht mehr böse; höre, sei mir wieder gut!«

Sie weinte noch immer, still, ohne Schluchzen, so wie der allertiefste Schmerz weint.

Er preßte sie an sich, streichelte sie, flüsterte ihr ins Ohr, was er nur an zärtlichen Worten finden konnte. Sie schien noch immer nichts zu fühlen. Aber sie hörte auf zu weinen. Lange blieben sie so liegen, eng umschlungen.

Die Nacht brach herein und warf ihre Schatten in das kleine Gemach, schließlich lag das Zimmer ganz im Dunkel. Da wuchs ihm der Mut. Er wurde kühn und unternehmend, und am Ende erlangte er ihre Verzeihung in einer Weise, die alle Hoffnungen zu beleben geeignet war.

Als sie sich erhoben, hatte er seine alte Stimme und sein altes Aussehen wiedergewonnen, wie wenn nichts geschehen wäre. Sie aber schien lieblicher, sprach sanfter als sonst. Sie sah ihren Mann hingebungsvoll, fast zärtlich an. Es war, wie wenn die unerwarteten Schläge ihre Nerven beruhigt und ihr Herz erweicht hätten. Er sagte: »Dein Vater wird sich langweilen, so allein! Du könntest einmal hinübergehn. Es wird übrigens auch Zeit zum Essen sein!« Sie ging.

Es war tatsächlich sieben Uhr, das Mädchen kam und fragte, ob es die Suppe auftun dürfe. Und da erschien auch Cachelin, ruhig und lächelnd, zugleich mit der Tochter. Man ging zu Tisch und plauderte so herzlich miteinander wie lange, lange nicht, wie nach einem schönen Ereignis, das allen Glück versprach.

5

Sie wollten die Hoffnung nicht aufgeben und nährten sie immer wieder von neuem; aber sie ging nicht in Erfüllung. Aller Beharrlichkeit von Lesable und allem guten Willen seiner Gattin zum Trotz wurden ihre Erwartungen immer wieder enttäuscht. Von Monat zu Monat wuchs ihre Angst; sie wurde fieberhaft. Eins schob dem andern die Schuld zu, daß das Kind ausblieb. Besonders hatte der verzweifelte, ausgemergelte, erschöpfte Ehemann unter den anzüglichen Grobheiten Cachelins zu leiden. Der Schwiegervater nannte ihn in dem kriegerisch offenherzigen Ton, der zwischen ihnen herrschte, und in Erinnerung an den Tag, an dem ihm wegen des »Kapauns« beinah eine Flasche an den Kopf geflogen wäre, Monsieur Gockel.

Die Tochter fühlte rein instinktmäßig genau wie er. Ihre Gedanken waren immer bei dem Riesenvermögen, das in der Ferne winkte und an das sie nicht herankamen. Sie konnte sich kaum genugtun, den kinderlosen Ehemann zu demütigen und zu plagen.

Wenn Cora sich zu Tisch setzte, war ihre tägliche Rede: »Viel gibt's heute nicht. Wenn wir reich wären, sähe es anders aus. Meine Schuld ist's nicht!«

Wenn Lesable zum Dienst ging, dann rief sie ihm durchs ganze Zimmer nach: »Vergiß den Regenschirm nicht! Sonst schleppst du mir Schmutz in die Wohnung wie ein Omnibusrad! Meine Schuld ist es ja nicht, daß du dir immer noch dein Brot zusammenkratzen mußt als ein elender Federfuchser!«

Ehe sie selber ausging, unterließ sie nie, durch die Wohnung zu rufen: »Und nun muß man sich immer sagen, daß man in der Kutsche fahren könnte, wenn man einen andern Mann geheiratet hätte!«

Tag und Nacht verfolgte sie dieser Gedanke. Bei jeder Gelegenheit bedachte sie den armen Ehemann mit Vorwürfen und warf ihm kränkende Beleidigungen an den Kopf. Sie machte ihn dafür verantwortlich, daß ihnen das Vermögen vorenthalten blieb, das ihr sonst längst zukäme.

Eines Abends aber war er am Ende mit seiner Geduld und er rief: »Zum Donnerwetter noch mal, hörst du nun endlich damit auf? Es bleibt doch deine Schuld, hörst du, deine Schuld ganz allein, daß wir kein Kind haben; denn ich, ich habe eins!«

Es war eine Lüge; aber jetzt war er soweit, lieber zu schwindeln, als immer wieder diese Vorwürfe einzustecken und als unfähiger Ehemann geschmäht zu werden.

Sie sah ihn an. Zunächst war sie erstaunt und wollte in seinen Augen lesen, ob er die Wahrheit sage. Dann durchschaute sie ihn und sagte verächtlich: »Du... du hast ein Kind?«

Unverfroren gab er zur Antwort: »Jawohl, ein uneheliches Kind! In Asnières lasse ich es erziehen.«

Da sagte sie: »Morgen gehn wir hin. Ich will wissen, was wahr daran ist!«

Er wurde bis hinter die Ohren rot und stotterte: »Ganz wie du willst.«

Am andern Morgen stand sie um sieben Uhr auf. Als er darüber staunte, meinte sie: »Ja, gehst du denn nicht mit, dein Kind zu besuchen? Gestern hast du's versprochen. Oder solltest du etwa zufällig heute kein Kind mehr haben?«

Er sprang aus dem Bett: »Wir werden nicht zu meinem Kind gehen, aber zu einem Arzt; er wird dir sagen, was mit dir los ist.«

Mit der Ruhe einer Frau, die ihrer Sache sicher ist, erwiderte sie: »Nichts kann mir lieber sein!«

Cachelin übernahm es, dem Ministerium mitzuteilen, daß sein Schwiegersohn erkrankt sei, und das Ehepaar Lesable läutete auf den Rat eines bekannten Apothekers pünktlich um ein Uhr an der Tür von Doktor Lefilleul, der sich mit einigen Büchern über die Ehe einen Namen gemacht hatte.

Sie kamen in ein helles Wartezimmer mit goldgelben Tüllvorhängen an den Fenstern. Obwohl viele Stühle darin standen, war es dürftig eingerichtet und machte einen unwohnlichen Eindruck. Lesable war unruhig und gedrückt; er kam sich etwas beschämt vor. Als die Reihe an sie kam, traten sie in das Sprechzimmer ein. Förmlich und kühl empfing sie ein kleiner, vierschrötiger Mann.

Er wartete, daß sie ihm ihr Anliegen vorbrächten. Lesable war nicht darauf vorbereitet und wurde nur über und über rot. Da ergriff Cora das Wort. Ruhig, als Frau, die entschlossen war, zu ihrem Ziele zu kommen, sagte sie: »Monsieur, wir kommen zu Ihnen, weil wir keine Kinder haben. Davon hängt aber für uns ein Vermögen ab.«

Die Untersuchung dauerte lange; sie war sehr genau und gründlich. Cora schien es nichts auszumachen. Sie überließ sich dem forschenden Blick des Arztes, weil sie ein höheres Ziel verfolgte.

Der alte Praktiker untersuchte etwa eine Stunde lang mit eingehender Sorgfalt beide Gatten; aber er kam zu keinem Ergebnis.

»Ich finde nichts«, sagte er, »nichts Naturwidriges, keine organischen Fehler. Aber so etwas gibt es ziemlich oft. Mit den Körpern ist es wie mit den Charakteren. Es gibt viele zerrüttete Ehen, weil die Gemüter nicht zueinander passen; und so gibt es kinderlose Ehen wegen körperlicher Disharmonie. Madame scheint mir in besonders guter körperlicher Verfassung und so beschaffen, daß sie sehr wohl Kindern das Leben schenken kann. Monsieur scheint mir, obwohl kein Anzeichen von regelwidriger Konstitution vorhanden ist, etwas entkräftet, vielleicht gerade infolge des dringenden Wunsches, Vater zu werden. Wollen Sie mir gestatten, Ihre Lunge abzuhorchen?«

Lesable machte beunruhigt den Oberkörper frei. Der Arzt preßte lange sein Ohr gegen den Brustkasten und gegen den Rücken des Bürokraten und klopfte ihn dann ganz eingehend ab, vom Unterleib bis zum Hals und vom Kreuz bis zum Nacken.

Er stellte fest, daß die Herztöne beim ersten Schlag nicht rein wären und daß sogar die Lunge gefährdet sei.

»Sie müssen sich schonen, Monsieur, sehr schonen! Sie sind blutarm und überanstrengt, das ist alles! Vorläufig haben diese Erscheinungen noch nicht viel zu bedeuten; aber sie könnten in kurzer Zeit zu unheilbaren Schäden werden!«

Lesable erblaßte und bat um Verhaltungsmaßregeln. Er bekam sehr genaue Vorschriften. Eisen, rohes Fleisch, kräftige Fleischbrühe tagsüber, Bewegung in frischer Luft, Ruhe und im Sommer einen Landaufenthalt. Und dann fügte der Arzt noch Ratschläge hinzu, nach denen beide sich richten sollten, wenn er erst wieder zu Kräften gekommen sei. Er gab Weisung, die in solchen Fällen wie dem ihren oft zu Erfolg geführt hätten.

Der Besuch kostete vierzig Franken.

Als sie auf der Straße waren, sagte Cora voll ohnmächtigen Zornes in Voraussicht der kommenden Zeit: »Da habe ich also die Bescherung!«

Er erwiderte keinen Ton. Er ging nachdenklich vor sich hin; die Angst fraß an seinem Herzen. Er erinnerte sich genau jedes Wortes, das der Arzt gebraucht hatte. Hatte er ihn etwa getäuscht und hielt ihn in Wirklichkeit schon für hoffnungslos? Lesable dachte gar nicht mehr an die Million und an das Kind; jetzt ging es um sein eigenes Leben!

Er vermeinte ein Geräusch in der Lunge wahrzunehmen, er fühlte sein Herz beschleunigt schlagen. Als sie die Gartenanlage der Tuilerien durchschritten, wurde ihm schwach, und er wünschte sich zu setzen. Seine Frau geriet außer sich und blieb vor ihm stehen. Sie wollte ihm ihre Geringschätzung zeigen und musterte ihn verächtlich von oben bis unten. Er atmete schwer. Das Keuchen, das von seiner Aufregung herrührte, übertrieb er noch. Mit den Fingern der Linken fühlte er den Puls der Rechten und zählte die Schläge.

Cora stampfte ungeduldig mit dem Fuß auf und fragte: »Bist du bald fertig mit deinem Getue? Wann bist du endlich soweit?« Er stand auf wie ein verurteilter Sträfling, preßte die Lippen aufeinander und folgte ihr.

Als Cachelin das Ergebnis der Untersuchung erfuhr, konnte er sich nicht mehr zügeln. »Da sind wir also richtig angeschmiert!« brüllte er los. »Wahrhaftig, da sind wir gründlich angeschmiert worden!«

Er sah den Schwiegersohn an, wie wenn er ihn am liebsten verschlungen hätte.

Der arme Lesable hörte nicht drauf; er verschloß die Ohren; er dachte nur an seine Gesundheit und an sein bedrohtes Leben. Mochten sie schreien, soviel sie wollten, Vater und Tochter! Sie steckten nicht in seiner Haut! Er aber hatte keine Lust, sie hier zu Markte zu tragen.

Nun standen auf seinem Tisch ganze Reihen von Arzneiflaschen, und zu jeder Mahlzeit schluckte er unter dem Lächeln seiner Frau und dem lauten Lachen des Schwiegervaters seine sorgfältig abgezählten Tropfen. Bei jeder Gelegenheit betrachtete er sich im Spiegel. Er legte die Hand aufs Herz und beobachtete dessen Schläge. Er ließ sich sein Bett in dem Raume aufstellen, der sonst als Kleiderablage diente; denn jede Berührung mit Cora wollte er vermeiden.

Er hatte Furcht vor ihr und haßte sie. Alle Frauen waren für ihn jetzt Ungeheuer, wilde Tiere, die nichts weiter im Sinn hatten, als die Männer umzubringen. An Tante Charlottes Testament dachte er nicht mehr anders als an einen Zwischenfall, der ihn bald das Leben gekostet hätte.

Wieder vergingen Monate. Bis zu dem verhängnisvollen Termin blieb nur noch ein Jahr.

Cachelin hängte im Eßzimmer einen riesigen Abreißkalender auf. Jeden Morgen riß er ein Blatt herunter. Mit jeder Woche entglitt die Million weiter der Reichweite seiner Hände. War das nicht zum Verzweifeln? Es empörte ihn, daß er sich noch weiter auf dem Pultschemel abrackern sollte. Sollte er mit einer Rente von zweitausend Franken im Jahre sein Leben fristen bis zum Ende? Rücksichtslos machte er seinem Herzen Luft; die geringste Kleinigkeit hätte genügt, ihn zu Gewalttätigkeiten hinzureißen.

Er konnte Lesable nicht ansehen, ohne daß es ihm in allen Gliedern zuckte. Er hätte ihn prügeln können, ihn zermalmen, mit den Füßen zu Brei stampfen. Sein Haß überstieg alles Maß. Wenn sich die Tür öffnete und Lesable hereinkam, dann war ihm das, wie wenn sich ein Dieb einschliche, der ihm sein Heiligstes raubte, sein Familienerbe. Er haßte ihn mehr als einen Todfeind und verachtete ihn wegen seiner Schwäche. Und seit nun Lesable aus Angst um seine Gesundheit auch noch darauf verzichtete, sein Teil zum Erreichen ihres Zieles beizusteuern, verabscheute er ihn wegen seiner Willenlosigkeit.

Lesable lebte tatsächlich völlig getrennt von seiner Frau, wie wenn sie nie etwas miteinander zu tun gehabt hätten. Er sprach nicht mit ihr, er rührte sie nicht an; er vermied sogar, sie anzusehen, aus Scham ebensosehr wie aus Furcht.

Cachelin fragte seine Tochter jeden Morgen: »Nun, ist dein Mann vernünftig geworden?«

Und sie antwortete: »Nein, Papa.«

Jeden Abend bei Tisch gab es häßliche Szenen. Cachelin sagte: »Wenn ein Mann kein Mann ist, dann täte er besser, er verschwände von der Bildfläche und machte einem andern Platz!«

Und Cora setzte hinzu: »Es gibt Menschen, die sind ganz und gar unnütz und stehn einem bloß im Wege. Ich möchte wissen, was sie eigentlich noch auf der Welt tun, als den Mitmenschen zur Last zu fallen!«

Lesable schluckte seine Medizin und schwieg. Da sagte ihm einmal sein Schwiegervater geradezu ins Gesicht: »Hören Sie, das sage ich Ihnen, wenn Sie jetzt Ihr Verhalten nicht ändern, wo es Ihnen besser geht, dann weiß ich, was meine Tochter zu tun hat...« Der Schwiegersohn hob die Augen; er ahnte einen ganz neuen Schimpf voraus. Fragend sah er den Schwiegervater an. Cachelin fuhr fort: »Sie wird sich einen andern nehmen, zum Donnerwetter noch mal! Sie können von Glück reden, daß sie es nicht längst getan hat! Wer solchen Trottel zum Manne hat, dem ist alles erlaubt!«

Lesable verlor die letzte Farbe aus dem Gesicht und sagte: »Ich hindre sie nicht, Ihre guten Ratschläge zu befolgen.«

Cora sah in ihren Schoß. Cachelin war etwas verlegen; er hatte das unsichere Gefühl, zu weit gegangen zu sein.

6

Im Ministerium zeigten die beiden Männer das beste Einvernehmen. Es war eine Art stillen Übereinkommens, vor den Kollegen die Gegensätze in der Familie zu verbergen. Sie nannten sich »Lieber Cachelin«, »Lieber Lesable« und gaben sich den Anschein, miteinander zu scherzen, glücklich und zufrieden zu sein und sich ihres Zusammenlebens zu freuen.

Lesable und Maze aber begegneten sich mit der ausgesuchten Höflichkeit von Kontrahenten, die beinahe einmal die Klinge gekreuzt hätten. Sie hatten wenigstens in der beigelegten Forderung das bängliche Vorgefühl genossen. Das prägte ihrem Verkehr eine gesteigerte Höflichkeit, eine ganz betonte gegenseitige Hochachtung auf. Es ließ sogar aus der ungewissen Befürchtung neuer Mißverständnisse den stillen Wunsch aufkommen, sich einander zu nähern. Ihre Haltung wurde wohl beachtet und als Haltung von Weltmännern gewürdigt, die einen Ehrenhandel untereinander ausgemacht haben.

Sie grüßten sich feierlich schon von weitem; tief und mit gemessener Würde zogen sie den Hut.

Noch redeten sie nicht miteinander; bis jetzt hatte keiner das erste Wort gefunden oder gewagt.

Aber eines Tages, als der Chef dringend nach ihm verlangt hatte und Lesable im Laufschritt eilte, um seinen Diensteifer zu zeigen, lief er an einer Ecke des Korridors mit aller Wucht gegen einen Beamten, der ihm entgegenkam; es war Maze. Beide traten zurück, und Lesable fragte in verlegener, höflicher Geschäftigkeit: »Habe ich Ihnen Schaden getan, Monsieur?«

»Aber bitte, nicht im geringsten, Monsieur!« antwortete der andere.

Von dem Augenblick an hielten sie es für angebracht, ein paar Worte auszutauschen, sooft sie sich begegneten. Bald wetteiferten sie miteinander an Höflichkeit und Zuvorkommen. Daraus entwickelte sich ein gutes Einvernehmen, und daraus wurde eine zunächst noch zurückhaltende Vertraulichkeit. Es war die Vertraulichkeit von Männern, die sich bisher verkannt hatten und die zunächst noch vorsichtig abwarteten. Aber schließlich entstand aus den Höflichkeitsbeweisen und den wechselseitigen Besuchen in ihren Diensträumen eine wirkliche, echte Kameradschaft.

Nun plauderten sie oft miteinander. Sie kamen zum Hauptregistrator ins Zimmer, um zu hören, was es Neues gäbe. Lesable kehrte nicht mehr den Beamten heraus, dessen Karriere sicherstand; Maze spielte sich nicht mehr als der vollendete Weltmann auf. Cachelin beteiligte sich an der Unterhaltung und schien die Freundschaft der beiden gern zu sehen. Ein paarmal sprach er vor sich hin, als der stattliche Mann straff zur Tür hinausging und mit dem Scheitel fast den Türbalken streifte: »Das ist schon ein Mann, dagegen kann keiner was sagen!« und sah dabei seinen Schwiegersohn an.

Eines Morgens, als alle vier so schön beieinander waren, denn Papa Savon ging nie von seiner Arbeit, hatte zweifellos ein Spaßvogel am Sessel des Sekretärs die Beine angesägt. Sie brachen unter seinem Gewicht zusammen, und mit einem erschreckten Ruf fiel der gute Mann auf den Fußboden.

Die andern drei eilten ihm zu Hilfe. Der Hauptregistrator machte die Kommunarden für den heimtückischen Anschlag verantwortlich. Maze wollte unbedingt die Verletzung sehen. Mit Cachelin zusammen versuchte er, den Alten auszuziehen. Sie behaupteten, sie müßten ihm einen Verband anlegen. Er aber schrie, ihm fehle gar nichts, und wehrte sich verzweifelt.

Als der Ulk zu Ende war, rief Cachelin unvermittelt: »Wissen Sie was, Monsieur Maze, jetzt, wo wir uns so gut verstehn, sollten Sie nächsten Sonntag bei uns essen. Es wäre uns ein Vergnügen, mir, meinem Schwiegersohn und auch meiner Tochter. Cora kennt Sie längst dem Namen nach; denn wir sprechen zu Hause oft über das Amt und was hier vorgeht. Einverstanden, wie?«

Lesable schloß sich der Einladung des Schwiegervaters an, wenn auch etwas zurückhaltender, und sagte: »Kommen Sie bitte, es würde uns wirklich ein Vergnügen sein!«

Maze zögerte zunächst. Er war etwas überrascht; denn innerlich lächelnd dachte er an den Ruf, in dem er stand. Cachelin drängte: »Also, abgemacht?«

»Schön! Ich nehme mit herzlichem Dank an!«

Als ihr Vater nach Hause kam und sagte: »Darauf wärest du nie verfallen, daß am Sonntag Monsieur Maze zu uns zum Essen kommt!« war Cora für den ersten Augenblick erstaunt und meinte: »Monsieur Maze? – Sieh an!«

Und dann wurde sie rot bis über die Ohren und wußte nicht, warum. Sie hatte so viel von ihm erzählen hören, von seiner Lebensart, von seinen Erfolgen bei Frauen, daß sie längst den Wunsch hatte, ihn einmal kennenzulernen; denn im Ministerium galt er als Draufgänger und als unwiderstehlich.

Cachelin rieb sich die Hände und fuhr fort: »Sollst mal sehn – ein toller Bursche und ein schöner Mann, lang wie ein Gardekürassier – ein anderer Kerl als dein Ehegatte!«

Sie sagte nichts; sie hatte Bedenken, man könnte ihr anmerken, daß er schon ihre Träume beschäftigt hatte.

Das Essen wurde nicht minder sorgfältig vorbereitet als seinerzeit für Lesable. Cachelin besprach alles im einzelnen, was es geben sollte, und er verlangte alles vom Besten. Wie wenn er uneingestanden und dunkel eine neue Zuversicht gewonnen hätte, so hatte ihn eine verborgen gehütete, aber wohlbegründete Vermutung aufgeheitert und beruhigt.

Am Sonntag überwachte er den ganzen Tag über einigermaßen aufgeregt die Vorbereitungen zum Diner, während Lesable über einer dringenden Arbeit saß, die er am Tag zuvor aus dem Ministerium mitgebracht hatte. Man war in der ersten Novemberwoche, und der Jahreswechsel rückte heran.

Um sieben Uhr kam Maze. Er brachte die allerbeste Laune mit. Er trat in die Wohnung ein wie ein alter Freund der Familie. Mit einer liebenswürdigen Schmeichelei überreichte er Cora einen großen Strauß Rosen. Man hörte ihm an, daß er gewöhnt war, sich in der großen Gesellschaft zu bewegen, als er hinzufügte: »Ich möchte sagen, Madame, ich kenne Sie schon; ich habe Sie schon als ganz kleines Mädchen gekannt. Seit Jahren hat mir Ihr Vater immer von Ihnen erzählt.«

Cachelin sah die Blumen und rief: »Das ist vornehm!« Und seine Tochter wurde daran erinnert, daß ihr Lesable bei seinem ersten Besuch keine Blumen mitgebracht hatte. Der schöne Mann war entzückt; er lachte wie ein Kind, das zum erstenmal wieder zu guten, alten Freunden kommt; er tat ihr schön und sagte ihr artige Schmeicheleien, daß ihr das Blut purpurrot in die Wangen stieg.

Er fand sie sehr begehrenswert, und sie fand ihn verführerisch. Als er sich verabschiedet hatte, meinte Cachelin: »Ei, was für ein Schmiß und was für ein Tausendsasa! Der bezaubert ja alle Frauen!«

Cora urteilte zurückhaltender; aber sie gab zu, daß er liebenswürdig sei und weniger geckenhaft, als sie geglaubt habe.

Lesable schien weniger abgespannt und weniger gedrückt als sonst und gestand, daß er ihn früher verkannt habe.

Maze wiederholte seine Besuche, anfangs nicht zu oft, dann mit der Zeit regelmäßiger. Er gefiel allen. Man zog ihn in die Familie, man verwöhnte ihn. Cora setzte ihm immer die Gerichte vor, die er besonders gern aß. Und die drei Männer wurden bald so vertraut miteinander, daß man sie immer zusammen sah.

Der neue Freund führte die Familie ins Theater. Man saß in den Logen, die er von den Zeitungen zur Verfügung gestellt bekam.

Man ging in der Nacht zu Fuß nach Hause, durch die monderhellten Straßen bis zur Wohnung der Familie Lesable. Maze und Cora gingen voran, im gleichen Schritt, eng aneinandergeschmiegt, getragen vom Einklang einer einzigen Bewegung, eines einzigen Rhythmus, wie zwei Menschen, die dazu bestimmt sind, Seite an Seite durchs Leben zu gehen. Sie sprachen leise miteinander, sie verstanden sich ausgezeichnet; leise lachten sie auf, zuweilen drehte sich die junge Frau um und warf einen flüchtigen Blick auf ihren Vater und ihren Gatten zurück.

Cachelin umfaßte die beiden mit wohlgefälligen Blicken, und oft äußerte er, ohne daran zu denken, daß er es zu seinem Schwiegersohn sagte: »Sie sehen wirklich gut aus; es macht Vergnügen, das Paar zu betrachten.« Lesable erwiderte ruhig: »Sie sind fast gleich groß.« Er war glücklich darüber, daß sein Herz weniger heftig schlug, daß seine Lunge weniger schwer atmete, wenn er schnell ging, und daß er, alles in allem, froher gelaunt war. Allmählich schwand auch sein Groll gegen den Schwiegervater, dessen boshafte Bemerkungen übrigens seit einiger Zeit aufgehört hatten.

Am Neujahrstage wurde Lesable zum Hauptregistrator befördert. Er empfand eine so unbändige Freude, daß er seine Frau küßte, als er nach Hause kam – zum erstenmal seit einem halben Jahre. Sie schien betroffen, peinlich berührt, wie wenn sich das nicht geschickt hätte. Ihr Auge suchte Maze, der gekommen war, seine Wertschätzung und seine Glückwünsche zum neuen Jahre darzubringen. Maze war verlegen und blickte zum Fenster hinaus; er wollte nichts sehen.

Es dauerte nicht allzulange, da wurde Cachelin wieder reizbar und übel gelaunt. Er bedachte den Schwiegersohn wieder mit beißendem Spott. Und zuweilen knurrte er sogar Maze an, gerade wie wenn er auch auf ihn ergrimmt wäre wegen des Unheils, das sie bedrohte. Der Tag der Entscheidung rückte mit jeder Minute unabweisbar näher.

Nur Cora blieb völlig ruhig; sie war glücklich und strahlte. Den drohenden, nahe herankommenden Termin schien sie vergessen zu haben.

Man war schon im März; alle Hoffnung schien zunichte zu werden. Am zwanzigsten Juli liefen die drei Jahre nach Tante Charlottes Tod ab.

Ein früher Lenz weckte das Leben der Erde. Maze schlug den

Freunden vor, einen Sonntagsspaziergang an der Seine zu unternehmen und Veilchen zu pflücken.

Sie fuhren mit dem Frühzuge und stiegen in Maisons-Laffitte aus. Noch strich ein kühler Wind durch die nackten Zweige; aber im leuchtend hellen, frischen Grün des Grases erblickte man schon die Tupfen weißer und blauer Blumen, und die Obstbäume auf den Hängen der Hügel sahen mit den sperrigen, über und über von eben aufgebrochenen Blüten bedeckten Zweigen aus, als wären sie mit Rosengewinden geschmückt.

Schwer, von den letzten Regenfällen noch trübe und schmutzig, wälzte sich die Seine zwischen den von den Hochwassern des Winters angenagten Ufern dahin. Das Land war frisch, wie eben aus dem Wasser gezogen. Ein Duft nach Feuchtigkeit erfüllte die linde Luft der ersten sonnigen Tage. Im Park kam man vom rechten Weg ab. Cachelin hatte üble Laune. Mit dem Spazierstock zerschlug er die Erdklumpen am Wege. Mehr als sonst machte er sich Sorgen. Mit heilloser Verbitterung dachte er gerade an diesem Tage daran, daß das Unheil bald unabwendbar seinen Lauf nehmen werde. Auch Lesable war mißvergnügt. Er befürchtete, daß er sich im Gras nasse Füße holen könnte, als seine Frau und Maze nun tatsächlich anfingen, Blumen zu pflücken. Cora sah seit einiger Zeit leidend, müde und blaß aus.

Sie hatte bald genug und äußerte den Wunsch, einzukehren und etwas zu sich zu nehmen. Bei einer alten, baufälligen Mühle fand man eine kleine Gastwirtschaft, und es dauerte nicht lange, da wurde ihnen in der Laube, dicht über dem Strom, auf der mit zwei Servietten gedeckten Holzplatte des Tisches das Mahl aufgetragen, das für jeden Pariser auf einem Ausflug an der Seine selbstverständlich ist.

Nun hatten sie die gebackenen Gründlinge aufgegessen; sie hatten den Rinderbraten mit Kartoffeln verzehrt und die Schüssel mit dem grünen Salat ging herum. Da stand Cora plötzlich auf, preßte mit beiden Händen ihr Mundtuch vors Gesicht und lief zum Ufer.

Lesable fragte beunruhigt: »Was hat sie denn?« Maze war etwas verstört, wurde rot und stammelte: »Aber … ich weiß nicht … eben war sie noch ganz frisch!« Cachelin war wie vom Blitz getroffen; seine Hand blieb mit der Gabel und dem aufgespießten Salatblatt auf halbem Wege zum Mund stehen.

Er stand auf und wollte nach seiner Tochter sehen. Als er sich vorbeugte, gewahrte er sie, wie sie den Kopf gegen einen Baum lehnte – krank. Da kam ihm jäh eine Vermutung; er ließ sich auf seinen Stuhl fallen und sah erstaunt die beiden jungen Männer an. Einer schien so verlegen zu sein wie der andere. Er musterte sie mit bangen Blicken. Er wagte nicht zu fragen. Rein närrisch war er vor Angst und vor Hoffen.

Eine Viertelstunde verging in völligem Schweigen. Cora kam zurück. Sie war blaß und ging mit schleppenden Schritten. Keiner richtete eine bestimmte Frage an sie. Jeder schien eine Wendung zu vermuten, von der man nicht gern reden mochte. Jeder verlangte nach Gewißheit und hatte Scheu davor, sie zu hören. Nur Chachelin fragte Cora: »Geht es wieder besser?« Und sie antwortete: »Ja, danke, es war nichts weiter. Aber laß uns bald nach Haus gehn, ich habe Kopfschmerzen!«

Auf dem Nachhauseweg nahm sie den Arm ihres Mannes, wie um etwas anzudeuten, das sie sich noch auszusprechen scheute.

Auf dem Bahnhof Saint-Lazare trennte man sich. Maze gab vor, sich einer dringenden Angelegenheit zu erinnern. Er gab allen die Hand, grüßte und ging.

Sobald Cachelin mit der Tochter und dem Schwiegersohn allein war, fragte er: »Was war denn beim Essen mit dir los?«

Cora antwortete nicht gleich. Nach einigem Zögern sagte sie: »Oh, es war nichts! Ein kleiner Herzanfall.«

Sie ging mit schlaffen Schritten; aber ihre Lippen lächelten. Lesable war es unbehaglich. Er war aufgestört. Wirre, widersprechende Gedanken bedrängten ihn. Vorstellungen von einem glänzenden Leben lagen im Widerstreit mit dumpfem Zorn, unsagbarer Beschämung und eifersüchtiger Ohnmacht. So hielt er es wie die Schläfer, die am Morgen die Augen schließen, weil sie den Lichtstrahl nicht sehen wollen, der zwischen den Vorhängen hindurchgleitet und auf ihr Bett trifft wie ein blitzender Pfeil.

Als sie zu Hause waren, sagte er, er habe noch eine wichtige Arbeit zu erledigen, und ging in sein Zimmer.

Cachelin legte seiner Tochter die Hände um die Schultern und sagte: »Du bist in andern Umständen, wie?«

Sie antwortete leise: »Ja, ich glaube, seit zwei Monaten.«

Noch hatte sie nicht geendet, da war er schon außer sich vor Freude. Er tanzte um sie herum, einen wilden Cancan, eine

Erinnerung aus seiner Kommißzeit. Er warf die Beine und sprang, seinem Schmerbauch zum Trotz, daß die Wände wackelten. Die Möbel kamen ins Schwanken, die Gläser im Schrank klirrten, der Kronleuchter baumelte und schaukelte wie eine Schiffslampe.

Dann umschlang er die geliebte Tochter mit beiden Armen und überschüttete sie mit Küssen, und dann gab er ihr einen kleinen, zärtlichen Klaps auf den Leib und sagte: »Oh, endlich ist's soweit! Hast du's deinem Mann schon gesagt?«

»Nein ... noch nicht ... ich habe noch gewartet«, flüsterte sie, plötzlich ein wenig zaghaft.

Aber Cachelin rief: »Gut, sehr gut! Es ist dir peinlich. Laß, ich werde es ihm sagen!«

Mit raschen Schritten eilte er ins Zimmer des Schwiegersohnes.

Als Lesable ihn eintreten sah, richtete er sich auf. Völlig untätig hatte er dagesessen. Cachelin ließ ihn gar nicht erst zur Besinnung kommen und rief ihm zu: »Wissen Sie schon, daß Ihre Frau guter Hoffnung ist?«

Der Gatte erstarrte; er verlor die Fassung, seine Wangen bekamen rote Flecke.

»Was? Wie? Cora? Was sagen Sie?«

»Ich sage, sie ist guter Hoffnung, begreifen Sie denn das nicht? Dieses Glück!«

Und in seiner Freude faßte er die Hände des Schwiegersohns, drückte sie, schüttelte sie, wie um ihm Glück zu wünschen und ihm zu danken. »Oh, endlich«, fing er wieder an, »endlich ist es soweit! Wundervoll! Einfach wundervoll! Denken Sie doch, nun ist uns das Vermögen sicher!« Er konnte sich nicht zurückhalten und drückte den Schwiegersohn an sein Herz.

»Über eine Million«, rief er, »über eine Million, denken Sie doch!« Er fing wieder an zu springen, aber dann sagte er plötzlich: »Nun kommen Sie schnell, Cora wartete auf sie; einen Kuß müssen Sie ihr doch wenigstens geben!« Er nahm ihn, schob ihn vor sich her und stieß ihn wie einen Spielball in das Zimmer, in dem Cora noch unruhig wartend stand und lauschte.

Als der Gatte auf sie zukam, benahm eine heftige Erregung ihr fast den Atem; sie wich zurück. Er blieb vor ihr stehen, blaß, gequält. Er sah aus wie der Richter, sie wie die Angeklagte. Schließlich sagte er: »Es scheint, daß du ein Kind erwartest.«

Sie flüsterte unsicher: »Es scheint so.«

Aber da packte Cachelin sie beide um den Hals und drückte sie gegeneinander, Gesicht auf Gesicht, und rief: »Nun gebt euch endlich einen Kuß, zum Donnerwetter noch mal! Das lohnt doch wohl der Mühe!«

Als er sie wieder freigelassen hatte, erklärte er, völlig aufgelöst vor närrischer Freude: »Endlich ist das Spiel gewonnen! Hören Sie, Leopold, jetzt kaufen wir uns ein Grundstück auf dem Lande, und da werden Sie wieder ganz gesund!«

Als Lesable daran erinnert wurde, zuckte er schmerzhaft zusammen.

Der Schwiegervater fuhr fort: »Und da laden wir uns Monsieur Torchebeuf ein mit seiner Gnädigen, und da der stellvertretende Chef seine Zeit abgedient hat, können Sie an seine Stelle treten. Dann sind wir doch endlich einen Schritt weiter!«

Lesable sah bildlich vor Augen, was ihm Cachelin schilderte. Er sah sich, wie er den Chef begrüßte, vor einem eigenen hübschen, weißen Hause, unmittelbar am Fluß. Er trug einen Sommeranzug nach der neuesten Mode und hatte einen Panama auf dem Kopf.

Bei dieser Aussicht wurde ihm sonderbar wohl ums Herz. Ihm war, wie wenn glückliche Entspannung und Wohlbehagen von ihm Besitz ergriffen, ihm alle Last abnähmen und ihn gesunden ließen.

Er lächelte, sagte aber noch kein Wort.

Cachelin war trunken vor Zuversicht, berauscht von Zukunftsträumen, und schwärmte: »Wer weiß, wir werden zu Ansehn kommen. Vielleicht werden Sie zum Abgeordneten gewählt. Auf alle Fälle haben wir die vornehme Welt der Nachbarschaft bei uns zu Gaste. Wir werden ein herrliches Leben führen! Selbstverständlich schaffen Sie sich ein leichtes Pferd an und einen Korbwagen dazu, und dann fahren Sie jeden Tag zum Bahnhof.«

Bilder von Luxus, Glanz und Wohlstand stiegen vor Lesables Augen auf. Mit eigener Hand einen Wagen zu fahren wie die reichen Leute, die er oft genug beneidet hatte, war für ihn der Inbegriff des höchsten Glückes. Er konnte sich nicht enthalten zu sagen: »Ach ja! Das wäre wunderbar, ganz gewiß!«

Cora sah, daß er gewonnen war. Nun lächelte auch sie, übermannt von Rührung und von Dankbarkeit. Cachelin sah alle Schwierigkeiten überwunden und sagte: »Auf! Jetzt gehen wir essen! Alle Wetter noch mal! Jetzt feiern wir eine Hochzeit!«

Als sie nach Hause gingen, waren alle drei leicht angesäuselt. Lesable sah alles doppelt; in seinem Kopfe drehte es sich, und er konnte sein dunkles Kämmerchen nicht finden. Sei es aus Versehen, sei es aus Vergeßlichkeit – er legte sich in das noch leere Ehebett, in das dann auch seine Frau kam. Und die ganze Nacht schien sein Lager zu schwanken wie ein Schiff auf hoher See, zu stampfen, zu schlingern bis nahe ans Kentern. Er war sogar ein wenig seekrank.

Beim Erwachen staunte er nicht wenig, als er Cora in seinen Armen fand.

Sie öffnete die Augen, lächelte und küßte ihn ungestüm, dankbar und verliebt. Und dann sagte sie mit der Zärtlichkeit, die Frauen eigen ist, wenn sie schmeicheln wollen: »Wenn du sehr lieb bist, dann gehst du heute nicht ins Ministerium. Du hast es nicht mehr nötig, dich so abzurackern, weil wir jetzt sehr reich sein werden. Wir fahren auch noch einmal hinaus ins Freie, aber – wir beide ganz allein!«

Er fühlte sich frisch und wohl in dem Behagen, das der Übermüdung nach einem Feste zu folgen pflegt, und wohlgeborgen in seinem warmen Bett. Er wünschte nichts sehnlicher, als recht lange liegenzubleiben, wünschte nichts zu tun, als ungestört dies wollüstige Behagen zu genießen. Sein Denken verdämmerte in einem Verlangen nach Müßiggang, das er bis dahin noch gar nicht gekannt hatte und das doch übermächtig war. Es flutete ihm durch den ganzen Körper. Ein einziger Gedanke bewegte sein Gemüt, noch nicht fest greifbar, aber er bewegte es unentwegt und glückverheißend: Er würde reich sein und unabhängig!

Plötzlich überfiel ihn noch einmal ein ängstliches Bedenken, und ganz leise, wie wenn er befürchtete, die Wände könnten Ohren haben, fragte er: »Bist du auch ganz sicher, daß du ein Kind bekommst?«

Sie versicherte ohne Zögern. »Aber freilich, was denkst du? Ich irre mich auf keinen Fall.«

Immer noch ein wenig bedenklich, tastete er sie ganz vorsichtig ab. Seine Hand fuhr über den Leib, der sich schon wölbte. Dann bestätigte er: »Ja, wahrhaftig – aber das Kind wird nicht mehr vor dem Termin zur Welt kommen. Da könnte man uns unser Recht streitig machen.«

Als er diese Befürchtung äußerte, wurde Cora von Zorn

gepackt. – Oh! Nein, auf keinen Fall, nach soviel Sorgen, Kummer und Müh sollte ihr keiner mehr mit Spitzfindigkeiten kommen, nein, auf keinen Fall!

Sie hatte sich aufgesetzt und war ganz außer sich vor Entrüstung.

»Wir gehn sofort zum Notar«, sagte sie.

Er aber war der Meinung, sich zuerst ein Zeugnis vom Arzt zu besorgen. So suchten sie also nochmals den Doktor Lefilleul auf.

Er erkannte sie sofort wieder und fragte: »Nun, haben Sie Erfolg gehabt?«

Sie wurden beide rot, und Cora kam ein wenig aus der Fassung, als sie stammelte: »Ich glaube wohl, Monsieur.«

Der Arzt rieb sich die Hände: »Das habe ich erwartet. Das Mittel, das ich Ihnen empfohlen habe, versagt nie, es sei denn bei völligem Unvermögen eines Partners.«

Nachdem er die junge Frau untersucht hatte, erklärte er: »Es ist geschafft, bravo!«

Und er schrieb ihnen eine Bestätigung:

»Ich, Unterzeichner, Doktor der Medizin an der Universität Paris, bestätige hierdurch, daß Madame Leopold Lesable, geborene Cachelin, alle Anzeichen einer Schwangerschaft von drei Monaten aufweist.«

Dann wandte er sich Lesable zu: »Und Sie? Die Brust, das Herz?« Er untersuchte ihn und fand ihn völlig geheilt.

Sie gingen wieder, glücklich und frohgelaunt, Arm in Arm, mit leichtbeschwingten Schritten. Unterwegs fiel Leopold etwas ein: »Vielleicht tätest du gut, ehe wir zum Notar gehn, ein oder zwei Handtücher um den Leib zu wickeln. Das zieht den Blick auf sich und wirkt überzeugender. Dann meint er nicht, daß wir nur Zeit gutmachen wollen.«

Sie gingen nach Hause; zog seine Frau aus und polsterte ihr mit vieler Kunst den Leib auf. Zehnmal wenigstens änderte er den Sitz der Handtücher und trat ein paar Schritte zurück, um das Ergebnis zu prüfen; denn es sollte ganz unanfechtbar aussehen.

Als er zufriedengestellt war, machten sie sich wieder auf den Weg. Er fühlte sich stolz, mit dieser schwangeren Frau über die Straße zu gehen. Sie war ein Beweis seiner Manneswürde.

Der Notar empfing sie freundlich. Dann hörte er sie an, überflog die Bescheinigung, und als Lesable ihn aufforderte: »Im übrigen, Monsieur, genügt es ja, sie nur anzusehen«, warf er einen Blick auf den stark vorgewölbten Leib der jungen Frau.

Die beiden warteten, etwas besorgt; aber der Vertreter des Gesetzes erklärte: »Alles in Ordnung! Ob das Kind erst geboren wird oder schon geboren ist – die Hauptsache, es ist da, und es lebt. Also werden wir die Vollstreckung des Testaments aufschieben bis zur Niederkunft von Madame.«

Als sie das Sprechzimmer verlassen hatten und auf der Treppe waren, fielen sie sich in die Arme und küßten sich, so glücklich waren sie.

7

Seit sie die glückverheißende Gewißheit erlangt hatten, lebten die drei in herzlicher Eintracht. Sie waren immer gleich heiter, froh und freundlich. Cachelin zeigte sich frohgelaunt wie vordem. Cora überhäufte ihren Gatten mit Aufmerksamkeiten, und Lesable fühlte sich wie neugeboren. Er war zufrieden und so kindlich froh wie noch nie in seinem Leben.

Maze ließ sich weniger häufig sehen; er schien sich in der Familie nicht mehr recht wohl zu fühlen. Er wurde immer freundlich aufgenommen, wenn auch mit einiger Zurückhaltung. Glück macht eben egoistisch und schließt Fremde immer aus.

Sogar Cachelin schien jetzt eine Abneigung gegen den schönen Maze zu haben und hatte doch vor einigen Monaten noch so großen Wert auf seinen näheren Verkehr in der Familie gelegt. Er war es auch, der dem Freunde eröffnete, daß Coralie ein Kind erwarte. Er sagte es ihm kurz angebunden: »Sie wissen doch, daß meine Tochter guter Hoffnung ist.«

Maze tat überrascht und erwiderte: »Ah! Da werden Sie ja recht froh sein!«

Cachelin sagte darauf: »Donnerwetter, ja, das will ich meinen!«, und es entging ihm nicht, daß der Kollege weniger entzückt schien. Männer lieben es nun einmal nicht, daß sich Frauen, deren Liebhaber sie gewesen sind, in solchen Umständen befinden, sei es durch sie oder durch andere. Doch kam er noch jeden Sonntag zum Essen. Aber wenn man dann am Abend noch zusammensaß, wurde die Stimmung gereizt, obwohl es nie zu einem ernsten

Zerwürfnis kam. Von einem Mal zum andern wuchs die Entfremdung, und eines Abends entfuhren Cachelin, nachdem Maze gegangen war, die Worte: »Der Mensch fängt an, mir auf die Nerven zu fallen!«

Lesable antwortete: »Tatsächlich, er gewinnt nicht, wenn man ihn näher kennenlernt.« Cora hielt die Augen gesenkt. Sie äußerte nicht, was sie dachte. Aber es schien ihr unbehaglich zu sein, wenn sie sich dem stattlichen Maze gegenübersah, und dieser schien verlegen zu werden, wenn er mit ihr zusammen war. Er sah sie nicht mehr strahlend an wie früher, er lud die Familie nicht mehr zum Theater ein und trug die längst nicht mehr herzliche Freundschaft nur noch wie eine unvermeidliche Last.

Eines Donnerstags, als ihr Gatte aus dem Ministerium nach Hause kam, küßte ihm Cora zärtlicher als sonst die Wange und flüsterte ihm ins Ohr: »Wirst du mir böse sein?«

»Warum?«

»Weil... weil... Monsieur Maze hat mich so häufig besucht. Und ich möchte nicht, daß die Leute etwas über mich zu klatschen haben. Da habe ich ihn gebeten, nie wiederzukommen, wenn du nicht zu Hause bist. Er schien sich verletzt zu fühlen.«

Lesable war erstaunt und fragte: »Nun, und was hat er gesagt?«

»Oh, er hat nicht viel gesagt; aber trotzdem hat es mir gar nicht gefallen, und da habe ich ihn ersucht, überhaupt nicht wiederzukommen. Nun weißt du noch, Papa und du, ihr habt ihn bei uns eingeführt, und eigentlich war es da nicht meine Sache. Darum fürchte ich, es wird dir nicht recht sein, daß ich ihm das Haus verboten habe.«

Im Grunde seines Herzens war ihr der Gatte sehr dankbar, und er stimmte ihr zu: »Das hast du recht getan, sehr recht! Ich bin dir sogar dankbar!«

Es lag ihr daran, unter den Männern klare Verhältnisse zu schaffen, so wie sie das schon angefangen hatte. Sie riet: »Im Dienst tust du, wie wenn du von nichts weißt. Du sprichst mit ihm genauso weiter wie früher. Nur seine Besuche soll er einstellen!«

Da nahm Lesable seine Frau zärtlich in die Arme, bedeckte Augen und Wangen mit zärtlichen Küssen und sagte immer wieder: »O du Engel... du Engel du!« Und an seinem Körper verspürte er den Frauenleib, in dem sich das Kind schon kräftig regte.

8

Bis nur Niederkunft ereignete sich nichts Besonderes mehr. In den letzten Tagen des September wurde Cora von einer Tochter entbunden. Sie wurde Désirée genannt; aber weil man die Taufe mit einer großen Feier begehen wollte, entschloß man sich, daß sie im Sommer stattfinden sollte, im eigenen Landsitz, den man bis dahin zu erwerben gedachte.

Sie entschieden sich für ein Grundstück in Asnières, auf dem Höhenzug, der die Seineniederung beherrscht.

Im Laufe des Winters waren große Dinge vor sich gegangen. Sobald sie das Erbe angetreten hatten, hatte Cachelin seinen Abschied eingereicht; er war ihm sofort gewährt worden, und so war er aus dem Ministerium ausgeschieden. Nun füllte er seine Zeit damit aus, daß er Laubsägearbeiten aus Zigarrenkistenbrettchen anfertigte. Er bastelte Uhrgehäuse, Kästchen, Blumentischchen, alles mögliche seltsame Hausgerät. Mit wahrer Leidenschaft vertiefte er sich in diese Beschäftigung. Lust dazu hatte er bekommen, als er auf der Avenue de l'Opéra einen Straßenhändler solche Brettchen hatte derart bearbeiten sehen. Nun hatten alle täglich seine neuen, ausgeklügelten und doch knabenhaft simplen Meisterwerke zu bestaunen.

Er wunderte sich selber über seine Leistungen und sagte oft: »Man glaubt gar nicht, was man so alles fertigbringt.«

Schließlich segnete der stellvertretende Chef, Monsieur Rabot, das Zeitliche, und Lesable wurde mit seinem Amt betraut, wenn ihm auch noch nicht der Titel verliehen wurde, weil die Zeit seit seiner letzten Beförderung noch zu kurz war.

Cora war sofort eine ganz andere Frau geworden. Sie war zurückhaltender, eleganter; sie hatte die neue Art, die ein großes Vermögen von seinen Besitzern verlangt, blitzartig erfaßt, sozusagen gewittert.

Zum Jahreswechsel machte sie ihren Staatsbesuch bei der Frau Gemahlin des Chefs, einer derben Frau, die nach fünfunddreißig Jahren, die sie schon in Paris lebte, immer noch die Provinzstadt nicht verleugnen konnte. Cora brachte ihre Bitte, die Patenschaft für ihr Kind zu übernehmen, mit so viel bestrickender Liebenswürdigkeit vor, daß Madame Torchebeuf zusagte. Großvater Cachelin wurde der zweite Pate.

Die Feier fand an einem strahlenden Junisonntag statt. Man hatte die ganze Dienststelle eingeladen, nur den schönen Maze nicht; er gehörte nicht mehr zu den Gästen des Hauses.

Um neun Uhr wartete Lesable vor dem Bahnhof auf den Zug nach Paris. Ein junger Kutscher in Livree mit dicken Goldknöpfen zügelte das wohlgenährte Pony vor dem funkelnagelneuen Korbwagen. Die Lokomotive pfiff von weitem, dann sah man sie kommen, und sie schleppte eine lange Schlange von Wagen heran, aus denen eine Flut von Fahrgästen strömte.

Einem Wagen erster Klasse entstieg Monsieur Torchebeuf mit seiner Gemahlin im Staatskleide. Aus einem Wagen zweiter Klasse kletterten Pitolet und Boissel. Papa Savon hatte man nicht gewagt einzuladen; aber man hatte verabredet, daß man ihm am Nachmittag wie zufällig begegnen und ihn dann mit Zustimmung des Chefs zum Essen mitnehmen wollte.

Lesable eilte zu seinem Vorgesetzten, der feierlich angeschritten kam. Torchebeuf war klein. Auf seinem Gehrock leuchtete wie eine rote Rose der Orden der Ehrenlegion. Sein Riesenschädel mit dem breitkrempigen Hut lastete schwer auf der dürftigen Gestalt und ließ sie wie ein Gespenst erscheinen. Wenn sich seine Frau nur ein wenig auf die Fußspitzen erhob, konnte sie bequem über seinen Kopf hinwegblicken.

Leopold strahlte, verbeugte sich und brachte seinen Dank zum Ausdruck. Er bat die beiden, im Wagen Platz zu nehmen. Dann ging er zu den Kollegen, die bescheiden hinter dem Chef her kamen, schüttelte ihnen die Hand und entschuldigte sich, daß er sie nicht im Wagen mitnehmen könne, weil das Fahrzeug dazu nicht ausreiche. »Aber«, sagte er, »gehn Sie nur immer am Ufer entlang, dann stoßen Sie gerade auf den Eingang: Villa Désirée; es ist das vierte Grundstück nach der Biegung. Halten Sie sich unterwegs nicht auf!«

Dann stieg er auf den Wagen, ergriff die Zügel und fuhr an, während sich der Kutscher gewandt auf den kleinen Sitz schwang, der hinten an der Rückseite des Fahrzeugs war.

Die feierliche Taufhandlung verlief aufs beste. Danach setzte man sich zu einem Gabelfrühstück. Unter seinem Mundtuch fand jeder ein Gastgeschenk, wie es der Bedeutung des Gastes angemessen war. Die Patin fand einen Armreif aus massivem Golde, ihr Gatte eine Krawattennadel mit einem Rubin, Boissel eine Brieftasche aus russichem Juchten und Pitolet eine schöne Meerschaumpfeife. Désirée bringe ihren neuen Freunden diese Geschenke dar, so sagte man.

Madame Torchebeuf war ganz rot vor Verwirrung und Freude; sie schob den Reif gleich an ihren dicken Arm. Der Chef trug eine so winzige Krawatte, daß keine Nadel darin Platz hatte. Da steckte er das Kleinod ins Revers des Rocks, unter seinen Orden, wie eine zweite, nicht ganz so hohe Auszeichnung.

Durchs Fenster sah man auf das breite Band der Seine, stromaufwärts nach Suresnes zu, zwischen den baumbestandenen Steilufern. Wie feuriger Regen fiel das Licht der Sonne auf das Wasser und verwandelte es in einen Strom funkelnder Glut.

Zu Beginn des Essens war man ernst; die Gegenwart von Monsieur und Madame Torchebeuf dämpfte die Stimmung. Aber schließlich siegte die Heiterkeit. Cachelin ließ ziemlich deftige Witze vom Stapel. Er fand, er könne sich das erlauben, weil er Geld habe. Und man lachte. Von Pitolet oder Boissel hätte man sie ohne Zweifel unpassend gefunden.

Während des Nachtischs wurde das Kind gebracht. Jeder der Gäste küßte es. Es sah aus einer schneeigen Wolke von weißen Spitzen mit blauen, verstörten, leeren Augen die fremden Menschen an und wandte ein wenig das Köpfchen, wodurch sich schon eine Spur von Aufmerksamkeit anzudeuten schien.

Während die Stimmen der Gäste durcheinanderschwirrten, raunte Pitolet dem neben ihm stehenden Boissel zu: »Eigentlich sieht sie aus wie eine kleine Mazette.«

Am andern Tage war die Äußerung im Ministerium schon wieder zum geflügelten Wort geworden.

Inzwischen war es zwei Uhr. Man hatte sein Gläschen Likör getrunken, und nun schlug Cachelin vor, den Besitz in Augenschein zu nehmen und dann ein wenig an der Seine entlangzuspazieren.

Die kleine Prozession der Gäste zog von einem Raum zum andern, dann wandelte sie durch den Garten, von einem Baum zum andern, und hierauf teilte sie sich für den Spaziergang in zwei Gruppen.

Cachelin fühlte sich in Gesellschaft der Damen beengt. Er schleppte Boissel und Pitolet in die Kaffeehäuser am Fluß, während die Damen Torchebeuf und Lesable mit ihren Männern wieder zum hohen Ufer hinaufstiegen. Als ehrbare Frauen konnten sie sich nicht unter das ausgelassene Sonntagspublikum dort unten mischen.

Gemächlichen Schrittes gingen sie auf dem gepflasterten Treidelweg entlang; ihre Männer folgten hinterdrein und besprachen dienstliche Angelegenheiten.

Auf dem Fluß glitten Boote dahin. Weit ausholende Riemenschläge nacktarmiger, fröhlicher Burschen trieben sie vorwärts. An den gebräunten Armen sah man das kräftige Spiel der Muskeln. Auf schwarzen oder weißen Fellen hatten Mädchen es sich bequem gemacht und führten das Steuerruder. Ganz schlaff von der Hitze, schützten sie den Kopf mit Sonnenschirmen aus roter, gelber oder blauer Seide, die auf dem Wasser dahinglitten wie riesige bunte Blumen. Von einem Fahrzeug zum andern hinüber gellten Schreie, lautes Rufen und Spotten, und aus der Ferne hörte man das wirre Geräusch menschlicher Stimmen. Von weit her machte sich die wimmelnde Masse bemerkbar, die ihren Feiertag genoß.

Den ganzen Strom entlang hingen Schnüre von Anglern unbeweglich hinab ins Wasser. Fast nackt standen Schwimmer in schweren Fischerkähnen, stürzten sich mit einem Kopfsprung in die Flut, kletterten zurück in ihr Fahrzeug und sprangen von neuem in den Strom.

Madame Torchebeuf sah es mit Staunen. »So ist das jeden Sonntag«, sagte Cora, »es verleidet mir beinah dies schöne Stück Erde.«

Langsam näherte sich ein Boot. Zwei Frauen ruderten und quälten sich mit dem schwerbelasteten Fahrzeug, auf dessen Boden lang ausgestreckt zwei Burschen lagen und faulenzten. Da rief eine zum Ufer hinauf: »Ahoi! Ihr besseren Damen da oben, ahoi! Ich habe ein Mannsbild abzugeben, billig, wollt ihr's haben?«

Cora wandte sich verächtlich ab, schob ihren Arm unter den des Besuchs und sagte: »Hier können wir unmöglich bleiben, lassen Sie uns gehn! Diese Frauenzimmer sind doch zu gewöhnlich!« Und sie gingen.

Monsieur Torchebeuf bestätigte inzwischen Lesable: »Die Sache steht fest für den ersten Januar; der Direktor hat mir's ganz bestimmt zugesagt.«

Und Lesable erwiderte: »Ich weiß nicht, wie ich mich Ihnen dafür dankbar erweisen soll, mein verehrter Chef!«

Auf dem Weg zum Hause trafen sie Cachelin, Pitolet und Boissel wieder. Die drei lachten Tränen. Sie schleppten Papa Savon bei den Armen herbei, trugen ihn fast, und behaupteten launig, sie hätten ihn unten am Ufer den Armen einer Buhlerin entrissen.

Der Alte war empört und sagte immer wieder: »Das ist nicht wahr, wirklich, es ist nicht wahr! Es ist ungezogen von Ihnen, so etwas zu behaupten; wirklich, es ist nicht recht!«

Cachelin wollte bersten vor Lachen und schrie: »Ei, du alter Windhund! ›Liebes kleines Gänseflittchen‹, hast du gesagt. Jetzt haben wir den alten Wüstling erwischt!«

Sogar die Damen mußten lachen, so unglücklich sah der alte Mann aus.

Cachelin war im Zuge: »Wenn Monsieur Torchebeuf erlaubt, werden wir ihn zur Strafe in Haft nehmen, und er muß dableiben zum Essen!«

Wohlwollend gab der Chef seine Zustimmung, und lange noch wurden Späße gemacht über die Dame, die der Alte nun schmählich im Stich gelassen habe, sosehr er sich auch, ärgerlich über den schlechten Scherz, dagegen wehrte.

Bis zum Abend fand man immer wieder Anlaß, Witze darüber anzubringen, zum Teil sogar ziemlich gepfefferte.

Cora und Madame Torchebeuf saßen auf der Terrasse unter dem Vordach und sahen in den farbenprächtigen Abendhimmel. Die Sonne ließ purpurne Lichtstäubchen zwischen den Blättern tanzen. Kein Lufthauch bewegte die Zweige. Heiterer, unendlicher Friede senkte sich vom glutübergossenen, schweigenden Himmel herab auf die Erde.

Vereinzelt waren noch Boote auf dem Wasser. Jetzt fuhren sie langsamer; sie waren auf dem Weg zu ihren Schuppen.

»Der arme Savon hat wohl ein recht liederliches Frauenzimmer geheiratet?« fragte Cora.

Madame Torchebeuf war auf dem laufenden über alles, was die Dienststelle betraf, und antwortete: »Ja, eine ganz junge Waise, und die hat ihn mit einem sehr üblen Kerl betrogen und ist mit ihm auf und davon. Und«, setzte die behäbige Dame hinzu, »ich bleibe dabei, es war ein schlechter Mensch, mehr kann ich dazu nicht sagen! Man behauptet, die beiden hätten sich leidenschaftlich geliebt – und – na ja, sehr sinnberückend ist ja nun auch der alte Savon wirklich nicht.«

Madame Lesable äußerte mit großem Nachdruck ihre Meinung dazu. Sie sagte: »Das ist alles keine Entschuldigung! Der arme Mann ist zu bedauern. Einem unsrer Nachbarn, Monsieur Barbou, geht es ebenso. Seine Frau hat sich in einen dahergelaufenen Maler vergafft, der im Sommer immer herkam, und ist mit ihm durchgegangen. Wie sich eine Frau so weit vergessen kann, begreife ich einfach nicht! Meiner Meinung nach sollten so entartete Frauenzimmer, die eine ganze Familie in Schande bringen, ganz schwer bestraft werden!«

Die Amme erschien in der Allee mit der ganz in Spitzenwäsche eingehüllten Désirée auf den Armen. Sie brachte den Damen das Kind; rosig schimmerte seine Haut vor dem rotgoldenen Dunst des versinkenden Tages. Es blickte in den feurigen Himmel mit denselben erstaunten und nichtssagenden Augen, die schon auf die Gesichter der Gäste gerichtet gewesen waren.

Die Männer, die in einiger Entfernung standen und plauderten, traten herzu. Cachelin nahm seine Enkelin und hob sie mit beiden Armen in die Höhe, wie wenn er sie am liebsten in den Himmel getragen hätte. Haarscharf hob sich das Kind im langen, weißen, bis zur Erde herabhängenden Taufkleide von dem leuchtenden Firmament ab.

Und der Großvater rief: »Das ist doch das Beste auf der ganzen, weiten Welt, nicht, Papa Savon?«

Der Alte gab keine Antwort, vielleicht, weil er nichts zu sagen wußte, vielleicht, weil er an zu vieles dabei dachte.

Da öffnete ein Diener die Tür der Veranda und meldete: »Madame, es ist angerichtet!«

Camille Pissarro
Die Jäterin
Radierung

Das Glück

Es war zur Teestunde, ehe die Lampen gebracht werden. Von der Villa aus hatte man einen weiten Blick auf das Meer. Die Sonne war hinuntergetaucht und ließ den Himmel in einem rosig strahlenden Schimmer zurück, wie von Goldstaub überhaucht. Faltenlos, ohne das leiseste Gekräusel, spiegelglatt lag das Mittelmeer vor uns und leuchtete auf im Abglanz des scheidenden Tages gleich einer funkelnden, ungeheuren Metallplatte.

Drüben zur Rechten zeichneten die Berge ihr gezacktes, dunkles Profil auf das verblassende Purpurrot des Abendhimmels.

Wir sprachen von der Liebe. Man tauschte seine Ansichten und Meinungen aus über das uralte Thema; man wiederholte schon tausendmal gesagte Dinge. Die sanfte Melancholie der Dämmerstunde ließ die Worte langsamer fließen, die Seelen weicher und gelöster werden. Und dies kleine Wort ›Liebe‹, das immer wieder auftönte, bald von einer starken Männerstimme, bald von einer leichten Frauenstimme ausgesprochen, schien den ganzen kleinen Salon zu erfüllen, umherzuhuschen wie ein Vogel, ihn zu durchschweben wie ein Geisterwesen.

Gibt es wirklich so etwas wie dauernde Liebe?

»Ja!« behaupteten die einen – »Nein!« versicherten die anderen.

Die verschiedensten Fälle wurden angeführt; man suchte Abgrenzungen, brachte Beispiel um Beispiel. Wir alle, Männer wie Frauen, fühlten bedrängende, verwirrende Erinnerungen in uns aufsteigen, von denen wir nicht reden konnten und die sich uns doch auf die Lippen drängten. Wir waren davon lebhaft aufgerührt und sprachen mit tiefer Erregung und glühender Anteilnahme von dieser so alltäglichen und doch alles beherrschenden Macht, diesem geheimnisvollen Gleichklang zweier Seelen.

Da rief plötzlich einer von uns, den Blick in die Weite gerichtet: »Sehen Sie doch! Da drüben! Was ist das?«

Weit draußen am Horizont tauchte aus dem Meer ein massiges Etwas auf, grau, riesenhaft, verschwommen.

Die Damen waren von ihren Stühlen aufgesprungen und staunten, ohne zu begreifen, diese überraschende Erscheinung an, die sie noch nie gesehen hatten.

Jemand sagte: »Das ist Korsika! Zwei- oder dreimal im Jahr kann man die Insel – unter gewissen außergewöhnlichen atmosphärischen Bedingungen – erblicken, nämlich wenn die Luft vollkommen glasklar ist und die Insel von keinerlei Dunst umschleiert wird, der gewöhnlich die Ferne verhüllt.«

Undeutlich gewahrte man drüben Umrisse von Bergen, glaubte Schnee auf Gipfeln zu erkennen. Alle standen wir überrascht, tief beeindruckt, ja fast erschreckt durch das jähe Auftauchen dieses dem Meer entstiegenen fernen geisterhaften Eilands. Solch seltsame Erscheinungen wie diese mögen wohl nur jene alten Entdecker, die wie einst Kolumbus über unerforschte Weltmeere kreuzten, zu Gesicht bekommen haben.

Da ließ sich ein alter Herr vernehmen, der sich bis dahin noch nicht am Gespräch beteiligt hatte: »Sehen Sie, auf jener Insel, die da vor uns aufsteigt, gerade als wollte sie selber Antwort geben auf all das, wovon wir eben redeten, auf jener Insel ist mir ein wunderbares Beispiel lebenslanger Liebe begegnet, einer wirklich unwahrscheinlich glücklichen Liebe.

Lassen Sie mich erzählen:

Fünf Jahre ist es her, daß ich meine Reise durch Korsika machte. Diese wilde Insel ist uns unbekannter und ferner als Amerika, obschon sie manchmal, so wie heute, von der französischen Küste aus wahrzunehmen ist.

Stellen Sie sich eine Welt vor, die noch ganz chaotisch zerklüftet ist, ein wild aufgetürmtes Durcheinander von Gebirgen, die tief von engen Schluchten durchfurcht sind, durch die Sturzbäche donnern und brausen. Nicht eine ebene Stelle, nur ungeheure, erstarrte Wogen aus Granit, die mit dichtem Gestrüpp und Unterholz bewachsen oder von hohen Kastanien- und Pinienwäldern überwuchert sind. Es ist ein jungfräulicher Boden, unberührt, menschenleer, obschon ab und zu eine menschliche Ansiedlung sichtbar wird, die selber wie ein Haufen Steine auf dem Gipfel eines solchen Felsmassivs liegt. Kein Ackerbau, kein Handwerk, kein Gewerbe, nicht das mindeste Zeichen menschlicher Kunstbetätigung. Nirgendwo dort stößt man auf ein bearbeitetes Stück Holz, geschweige einen gemeißelten Stein, nie trifft man auch nur Spuren eines von den Altvordern überkommenen naiven und doch verfeinerten Sinnes für wohlgefällige und schöngeformte Dinge. Eben das ist es, was einem in diesem herrlichen und doch so herben Lande am meisten in die Augen fällt; die althergebrachte, von Geschlecht zu Geschlecht vererbte Gleichgültigkeit gegenüber jedwedem Suchen nach den verführerischen Formen, gegenüber all dem, was wir Kunst nennen.

Was ist doch Italien dagegen, wo jeder Palazzo voller Meisterwerke und selber ein vollendetes Meisterwerk ist, wo Marmor, Bronze, Eisen, wo jedes Erz und jeder Stein vom Genius des Menschen zeugen, wo noch die kleinsten Gegenstände aus längst vergangenen Zeiten, die in den alten Häusern umherstehen, uns diese göttliche Lust am schönen Gebilde offenbaren – Italien ist uns allen das heilige Land, das man liebt, weil es uns auf Schritt und Tritt den schöpferischen Menschengeist bezeugt: in seinem hochgespannten Streben, in seiner Größe, seiner Kraftfülle, in seinem Triumph!

Und ihm gegenüber liegt dieses Korsika – noch genauso wild wie in seinen Urtagen. Dort lebt in seiner primitiven Behausung ein Menschenschlag, der gleichgültig ist gegen alles, was nicht das eigene dürftige Dasein oder die Zwiste seiner Sippe berührt. Er hat in sich noch alle Fehler und Tugenden des Urmenschen: den Jähzorn, Haß, Rachedurst, aber auch die Gastlichkeit, Großmut, Treuherzigkeit, mit der er jedem, der des Weges kommt und bei ihm anklopft, seine Tür auftut und ihm auf das geringste Anzeichen von Teilnahme hin sein Wohlwollen und seine Freundschaft entgegenbringt.

Einen Monat lang war ich so kreuz und quer durch diese urwüchsige Insel gewandert und hatte dabei stets das Gefühl, im äußersten Winkel der Welt zu sein. Keine Spur von Herbergen oder Gasthäusern oder auch nur richtigen Straßen! Über Maultierpfade gelangt man zu diesen Bergnestern, die an den Felshängen kleben, hoch über gähnenden Abgründen, aus denen, wenn der Tag sinkt, immerfort das Gurgeln und Rauschen des Sturzbaches aus der Tiefe heraufbraust. Man pocht an die erstbeste Haustür, bittet um ein Unterkommen und um irgend etwas zu essen bis zum anderen Tag. Und man setzt sich mit an den niederen Tisch und streckt sich dann zur Ruhe aus unter dem niederen Dache; und am andern Morgen drückt man zum Abschied die Hand des Gastgebers, der es sich nicht nehmen läßt, seinem Gast das Geleit bis zum Ausgang des Ortes zu geben.

Eines Abends gelangte ich nach zehnstündigem Fußmarsch zu einem kleinen, ganz einsamen Hause mitten in einem engen Tal, das sich noch etwa eine Meile weiter bis zum Meer hinunterzog. Die beiden jäh abfallenden, mit dem Gestrüpp der Macchia, Felstrümmern und hohen Bäumen bedeckten Berghänge schlossen wie zwei düstere Riesenmauern diese trostlose dunkle Schlucht ein.

Um die Hütte herum etliche Rebstöcke, ein kleiner Garten und mehrere große Kastanienbäume, kurz, ein kleines Anwesen, das zur Not seine Leute ernährte – in diesem armseligen Lande ein reicher Besitz! Die Frau, die mir auftat, sah alt, würdig, schlicht und ungewöhnlich sauber aus. Ihr Mann, der drinnen auf einem Strohstuhl saß, erhob sich bei meinem Eintritt zum Gruß und setzte sich dann wortlos wieder. Seine Lebensgefährtin erkläre mir: ›Nehmen Sie's ihm nicht übel, er ist schon ganz und gar taub. Zweiundachtzig ist er nun geworden.‹

Sie sprach unser heimisches Französisch. Überrascht fragte ich: ›Sie sind nicht aus Korsika?‹

Sie erwiderte: ›Nein, wir sind von drüben. Aber nun sind's schon fünfzig Jahre, daß wir hier leben!‹

Ein Gefühl der Beengung, der Beklemmung legte sich über mich, während ich mir diese fünfzig langen Jahre Dasein in diesem düsteren Talwinkel vorstellte, so weltentfernt vom Leben und Treiben der Menschen in unseren Städten.

Inzwischen war noch ein alter Hirt gekommen, und nun setzten wir uns zu viert an das einzige Gericht, das es gab: eine dicke Suppe, in der Kartoffeln, Speck und Kraut in eins gekocht waren.

Als das kurze Mahl beendet war, trat ich hinaus und setzte mich vor die Tür. Und beim Anblick der melancholisch düsteren Landschaft überkam mich wieder dies Gefühl der Beklemmung, eine trübsinnige Stimmung, wie sie uns Weltenbummler manchmal an tristen Abenden, in trostlos einsamen Gegenden befällt – als ob man am Ende aller Tage wäre, am Ende des eigenen Daseins, der ganzen Welt. In solchen Momenten wird einem die große Einsamkeit bewußt, in der wir, jeder von uns, das Dasein zubringen, die Verlorenheit unseres Herzens, das sich sein Leben lang in leere, nichtige Träume flüchtete und sich von ihnen umgaukeln und belügen läßt, bis es aufhört zu schlagen.

Inzwischen hatte sich die alte Frau zu mir vor die Tür gesetzt; und sichtlich getrieben von jener menschlichen Neugier, die sich auch in denen zutiefst noch regt, die sich fern von der Welt mit allem abgefunden haben, fragte sie: ›Da kommen Sie also aus unserem Frankreich?‹

›Ja, ich bin auf meiner Reise gerade mal hier gelandet – nur so zum Vergnügen.‹

›Wohl gar aus Paris?‹

›Nein, aus Nancy.‹

Da hatte ich den Eindruck, als überwältige sie eine ungewöhnliche innere Erregung. Wie ich ihr das ansah oder vielmehr deutlich spürte – ich weiß es nicht.

Langsam nahm sie meine Worte auf: ›Aus Nancy sind Sie.‹

Ihr Mann erschien in der Tür; unbeteiligt, mit der Miene des Tauben sah er drein.

Sie redete weiter: ›Lassen Sie sich nicht stören im Erzählen. Er hört ja doch nichts.‹

Dann nach einigen Augenblicken: ›Nun, und – da haben Sie wohl viele Bekannte in Nancy?‹

›Natürlich, ich kenne so ziemlich alle Welt da.‹

›Die Familie de Sainte-Allaize auch?‹

›O ja, sehr gut sogar. Mein Vater war mit ihnen befreundet.‹

›Wie heißen Sie denn?‹

Ich nannte meinen Namen. Sie sah mich eine Weile an, dann sagte sie gedämpft, mit einer Stimme, in der es wie Erinnern aufklang: ›Ja, ja, ich entsinne mich. Und die Brisemares, was ist aus denen geworden?‹

›Da ist keiner mehr am Leben.‹

›Und die Sirmonts? – Kennen Sie die auch noch?‹

›Freilich. Der letzte dieses Geschlechts ist General.‹

Da kam es aus ihr, und ihre Stimme zitterte dabei vor Erregung, wie aus einem übermächtigen, heiligernsten Gefühl heraus, einem dunklen Drang, alles zu sagen, offen zu sprechen von dem, was sie bislang im tiefsten Innern verschlossen hatte, von den Menschen, deren Namen in ihrer Seele umgingen und die Erinnerung aufrührten: ›Ja – Henri de Sirmont, ich weiß, ich weiß. Das ist – mein Bruder.

Ich blickte sie an, ganz verblüfft, so überrascht war ich. Und mit einem Male kam mir selber die Erinnerung an ihre ganze Geschichte.

Vor langen Jahren hatte es einmal in der lothringischen Adelswelt einen großen Skandal gegeben. Ein schönes, reiches junges Mädchen, Suzanne de Sirmont, hatte sich von einem Unterwachtmeister des Husarenregiments, das ihr Vater befehligte, entführen lassen.

Ein stattlicher Bursche, ein Bauernsohn, dem der blaue Husarendolman gut stand, war der Mann, der sich die Tochter seines Obersten erobert hatte. Beim Vorbeidefilieren der Schwadronen mußte die junge Dame ihn zu Gesicht bekommen haben, mußte er ihr aufgefallen sein – Liebe auf den ersten Blick, ganz zweifellos. Aber – wie hatten sich die beiden sprechen, wie sich unter vier Augen sehen und einig werden können? Wie hatte sie es zuwege gebracht, ihm zu zeigen, daß sie ihn liebte? Das erfuhr man nie.

Nicht einmal die leiseste Ahnung hatte man. Als des jungen Mannes Dienstzeit zu Ende war, verschwand er aus der Garnison – mit der jungen Dame. Man stellte Nachforschungen an; die beiden blieben unauffindbar. Nie ließen sie etwas von sich hören, und so wurde die Verschollene schließlich für tot erklärt.

Und nun fand ich sie so wieder – in dieser weltentlegenen, düsteren Taleinöde!

Da war es an mir zu sagen: ›Ah ja, wenn ich mich recht erinnere – Mademoiselle Suzanne!‹

Sie nickte, Tränen perlten ihr aus den Augen. Mit einem raschen Blick deutete sie dann zu dem alten Manne hin, der reglos am Türrahmen seiner Behausung lehnte, und sagte: ›Das ist er.‹

Da verstand ich, daß sie ihn noch immer liebte, ihn noch immer mit den bezauberten Augen der Liebe ansah.

Ich wagte die Frage: ›Aber Sie sind doch wohl glücklich geworden?‹

Und in einem Ton, der ihr aus dem Herzen drang, antwortete sie: ›Ja, o ja; sehr glücklich. Er hat mich sehr glücklich gemacht. Es hat mich nie gereut ...‹

Ich sah sie an, voll Mitgefühl, in das sich Bewunderung mischte über solche Kraft und Stärke der Liebe. Sie, die Tochter aus begütertem Hause, hatte mit Herkommen und Reichtum gebrochen, war diesem schlichten Manne, dem Bauern da, gefolgt. Sie war selbst Bäuerin geworden. Sie hatte sich an seiner Seite hineingefunden in ein Leben ohne äußere Reize, ohne Pracht, Luxus und Bequemlichkeiten, sie hatte sich ganz in seine einfachen Lebensgewohnheiten gefügt. Und sie liebte ihn noch wie am ersten Tage! In Haube und Leinenrock, eine derbe Bauersfrau, saß sie auf ihrem Strohstuhl, am Holztisch; da nahm sie ihre Mahlzeit ein, das alltägliche Gericht in der irdenen Schüssel: Krautsuppe mit Speckkartoffeln. Da drin in der Hütte schlief sie auf dem Strohsack an seiner Seite.

Nie hatte sie ihre Gedanken mehr auf etwas anderes gerichtet als auf ihn. Weder nach Schmuck noch nach kostbaren Gewändern hatte sie sich zurückgesehnt, nicht nach Eleganz, weichen Sesseln und dem Duft schöntapezierter Gemächer, nicht nach Daunenkissen, die sich schmeichelnd um die Glieder schmiegen. Wenn er nur bei ihr war, dann blieb ihr kein Wunsch mehr.

Ganz jung hatte sie das glanzvolle Leben der großen Welt hinter sich gelassen und war fortgegangen von den Menschen, die sie umhegt, die ihr nahegestanden hatten. Ganz allein mit ihm war sie in diese düstere Bergeinöde gegangen. Und er hatte ihr all das gegeben, was ein Mensch sich vom Leben erträumt, worauf man trotz allem immer wieder wartet und hofft. Er hatte ihr das Dasein mit Glück erfüllt – von Anfang bis zu Ende. Sie hätte gar nicht glücklicher werden können.

So hing ich die ganze Nacht hindurch meinen Gedanken nach, während ich die rauhen Atemzüge des alten Soldaten hörte, der an ihrer Seite auf seinem ärmlichen Lager ruhte, zu dem sie ihm von so weit her gefolgt war. Und immer wieder mußte ich nachdenken über dieses seltsame, schlichte Erlebnis, über solch vollkommenes Glück, das so wenig bedurfte, um sich ganz zu erfüllen.

Als die Sonne aufging, drückte ich zum Abschied dem greisen Paar die Hände und wanderte weiter meines Weges ...«

Der Erzähler war zu Ende mit seiner Geschichte.

Die Stimme einer Dame ließ sich hören: »Na, und wenn schon. Sie muß wohl sehr leicht geschwärmt haben und nicht eben wählerisch gewesen sein. Große Ansprüche scheint sie nicht gestellt zu haben. Es kann sich doch nur um eine recht simple Frauensseele gehandelt haben.«

Versonnen, mit einem gewissen Nachdruck entgegnete eine andere Stimme: »Was will das sagen! Sie war glücklich.«

Weit draußen am Horizont tauchte Korsika wieder in die Nacht und entschwand langsam im Meer. Immer fahler verdämmerte der gewaltige Schatten – als wäre er nur erschienen, um die Geschichte der beiden anspruchslosen Liebenden zu erzählen, die an jenen Gestaden das Glück im verborgenen gefunden hatten.

Pierre-Auguste Renoir
Brustbild einer jungen Frau
Lithographie

Erinnerung

Wie kommen sie einem wieder, die Erinnerungen an die Zeiten, da man noch jung war, wenn einen die junge Frühlingssonne mit ihren warmen Strahlen so zärtlich streichelt! Was waren das für Zeiten, als einem alles so schön, so heiter, so bezaubernd, so berauschend erschien! Wie köstlich sind sie doch immer wieder, diese Erinnerungen an die Frühlingstage von einst!

Entsinnt ihr euch noch, alte Freunde und Jugendgenossen, jener Jahre, als unser Leben ein einziges Hochgefühl, ein einziges Lachen war? Erinnert ihr euch noch all der Tage, an denen wir frei und ledig umherstreunten, rund um Paris, wir jungen Habenichtse mit unserer strahlenden Sonntagslaune? Erinnert ihr euch noch unserer Spaziergänge durch die grünenden Wälder, unsrer Einkehr in die lauschigen Wirtsgärten an den Ufern der Seine, wo wir uns an der blauen Luft berauschten? Und entsinnt ihr euch auch der so alltäglichen und doch so köstlichen Liebesgeschichten, die wir damals erlebten?

Eins meiner Abenteuer will ich euch erzählen. – Vor zwölf Jahren habe ich es erlebt, aber mir ist, als müßte es schon viel, viel länger her sein, als wäre es ganz am Anfang meines Lebens gewesen – noch vor der Wegwende, der scheußlichen Wegwende, die mir so urplötzlich den Ausblick auf das Ende der ganzen Reise eröffnete.

Damals zählte ich kaum fünfundzwanzig Lenze und war eben erst in Paris gelandet. Sechs Tage der Woche saß ich in meinem Ministerium, und die Sonntage erschienen mir immer wie seltene Feste voll herrlicher Freuden, obwohl sich doch eigentlich nie etwas Besonderes ereignete.

Jetzt ist alle Tage Sonntag für mich ... Aber manchmal sehne ich mich doch nach den Zeiten zurück, in denen es nur einen einzigen Feiertag in der Woche für mich gab. Damals, als ich nur meine sechs blanken Franken zum Verjubeln in der Tasche hatte!

An jenem Sonntagmorgen also erwachte ich schon früh, mit dem herrlichen Gefühl, das alle Angestellten so gut kennen, mit dem

Gefühl wahren Befreitseins, richtigen Behagens, der Muße und Unabhängigkeit.

Ich machte weit mein Fenster auf. Draußen war wundervolles Wetter. Wolkenlos wölbte sich der Himmel über dem Meer der Dächer; die Luft war voller Sonnenschein und voller Schwalben.

Rasch fuhr ich in die Kleider, und los ging es, hinaus ins Freie. Im Wald wollte ich den schönen Tag verbringen, wieder einmal Blätterduft atmen, ich Landmensch, der ich ja sozusagen im Gras und unter Bäumen aufgewachsen bin.

Paris erwachte frohgelaunt in Wärme und Licht. Die Fensterreihen der Häusermauern blitzten hell auf; aus allen Portiersstübchen tirilierten und jubilierten die Kanarienvögel in ihren Käfigen; ein heiteres Leben wogte durch die Straßen. Auf allen Gesichtern lag ein Leuchten, von überallher schallte fröhliches Lachen. Es war, als strahlten alle Wesen und Dinge ein geheimnisvolles Glück aus, das sie alle erfüllte.

Ich strebte der Seine zu. Eine kleine Dampferfahrt mit der ›Schwalbe‹ wollte ich unternehmen und mich draußen in Saint-Cloud an Land setzen lassen.

Was für Freude und Spaß machte mir dies Warten auf der Anlegebrücke! Mir war, als stünde ich vor einer großen Reise bis ans andere Ende der Welt, in unbekannte, wunderbare Länder. Und dann sah ich sie langsam herangleiten, die kleine ›Schwalbe‹, von weit drüben her, wie sie unter dem Bogen der zweiten Seinebrücke erschien, erst ganz winzig, mitten in einer Wolke Rauch, und wie sie dann größer und größer wurde, bis sie mir vorkam wie ein richtiger Ozeanriese.

Dann legte er an, der kleine Vergnügungsdampfer, und ich stieg ein.

Sein Deck wimmelte schon von sonntäglich geputzten Menschen in ihrem schreiend bunten Feiertagsstaat, mit ihren farbigen Haarschleifen, mit ihren dicken, roten Gesichtern. Ich suchte mir einen Platz ganz vorn am Bug, stellte mich an die Reling und genoß das Schauspiel, wie all die Kaimauern, die Bäume, die Häuser, die Brücken weiter und weiter zurückwichen. Und plötzlich ragte hoch vor mir der Eisenbahnviadukt am Point-du-Jour in den Himmel hinauf, der Riesenviadukt, der so aussieht, als wolle er dem Strom den Lauf versperren. Hier war Paris zu Ende, hier begann das freie Land. Als dann die gewaltige Doppelreihe der sich von Ufer zu

Ufer hinschwingenden Brückenbogen hinter uns lag, strömte mit einem Male die Seine breit dahin, als wäre ihr Raum und Freiheit wiedergegeben. Nun wurde sie wieder der mächtige, schöne und friedvolle Fluß, der majestätisch durch die Ebenen, an waldigen Hügeln, an weiten Feldern und Wäldersäumen vorüber seine ruhige Bahn zieht.

Als unsere kleine ›Schwalbe‹ zwischen zwei Strominseln hindurchgeglitten war, dampfte sie um einen Hügel herum, dessen grüne Hänge voll weißer Häuschen standen. Eine dröhnende Stimme verkündete: ›Bas-Meudon!‹ Dann ging es weiter. Nach einer Weile hörte man: ›Sèvres!‹ und schließlich ›Saint-Cloud!‹

Ich stieg aus. Raschen Schritts durchquerte ich das kleine Städtchen und folgte dann der Landstraße, die in den Wald hineinführt. Vorsichtshalber hatte ich mir eine Karte der Umgebung von Paris eingesteckt, um mich nicht zu verlaufen in diesem Gewirr von Wegen und Pfaden, die kreuz und quer durch all diese kleinen Wälder führen, die die Ausflugsziele der Pariser sind.

Sobald ich im Schatten unter den ersten Bäumen war, zog ich meinen Wanderplan aus der Tasche und studierte ihn. Alles schien mir von größter Einfachheit zu sein: Erst sollte ich mich rechts halten, dann links, schließlich noch einmal links – dann würde ich unfehlbar zum Abendessen in Versailles sein.

Und so wanderte ich denn unter den grünen Wipfeln los. Mit Behagen sog ich die würzige Luft ein, die nach jungen Knospen und quellenden Säften duftete. Und mit jedem Schritt ließ ich bei dem wohligen Dahinschlendern mein Pariser Ministerium – samt Büro, Chef, Kollegen, Aktenstaub und Papierbergen – weiter und weiter hinter mir ins Nichts versinken und dachte nur noch an das Schöne, dem ich entgegenging und das mir auf meinem Wege wohl noch begegnen würde. Tausend Erinnerungen an die Zeit, als ich noch ein kleiner Junge war, stiegen auf, berauscht und bezaubert vom Duft, vom pulsierenden Leben der Wälder, die von der heißen Junisonne durchflutet waren.

An dieser und jener Stelle setzte ich mich an eine Grabenböschung und gab mich dem Beschauen all der kleinen Blumen rings um mich hin, die ich von früher her noch mit Namen zu nennen wußte. Ich erkannte sie alle wieder, als wären es noch genau dieselben Sternchen und Glöckchen, die ich daheim auf den Heimatwiesen gesehen hatte. Gelb und rot und veilchenblau blühten sie vor mir und um mich herum, all diese feinen und zierlichen Blumen, die sich da auf schwankem Stengelchen wiegten, dort ins dichte Gras hinschmiegten. Bunte Insekten, komisch gestaltete Knirpse, kurzbäuchige, schlanke, fantastische, winzige Ungetüme kletterten friedlich an langen Grashalmen empor, die sich unter ihrer Leibeslast fast bis zur Erde niederbogen.

Dann legte ich mich hinter einer Böschung nieder und hielt mein Schläfchen. Gestärkt und erfrischt vom Schlummer machte ich mich wieder auf den Weg.

Vor mir öffnete sich eine entzückende Allee. Durch ihr lichtes Laubdach rieselte das Sonnenlicht und sprühte in leuchtenden Kringeln über die weißen Gänseblümchen nieder. Ganz einsam und endlos dehnte sich die Allee vor mir hin. Eine einzige Hummel flog mir summend voraus. Manchmal hielt der dicke Brummer inne in seinem Flug und hängte sich an die Blütenlippen einer Blume, die unter dem Genießer fast zu Boden sank. Nachdem er an ihr genippt hatte, surrte er brummend wieder fort, um sich ein Stückchen weiter niederzulassen. Der plumpe Bursche mit seinen winzigen, hauchdünnen Flügelchen sah aus, als wenn er aus schwarzem, gelbgestreiftem Samt wäre.

Mit einemmal bemerkte ich, daß vom Ende der Allee her zwei Menschen auf mich zukamen, ein Mann und eine Frau. Ärgerlich darüber, daß ich auf meinem stillen Wanderwege gestört wurde, wollte ich mich gerade seitwärts in die Büsche schlagen. Da hörte ich rufen. Und wirklich, die Frau winkte lebhaft mit ihrem Sonnenschirm, und der Mann neben ihr, der in Hemdsärmeln war und über dem einen Arm sein Jackett baumeln hatte, fuchtelte verzweifelt mit dem anderen Arm in der Luft herum.

Ich ging auf sie zu. Sie kamen eilig näher, sie mit kurzen Trippelschrittchen, er mit langausholendenden Riesenschritten. Beide waren sehr erhitzt. Man sah ihnen an, daß sie verstimmt und müde waren.

Die Frau stürzte mit der Frage auf mich zu: »Können Sie, Monsieur, mir sagen, wo wir hier eigentlich sind? Mein Mann, dieser Trottel, hat mich bis hierher gelotst. Er behauptet noch immer, er kenne sich ganz genau aus in der Gegend.«

Mit dem Brustton der Überzeugung gab ich Auskunft: »Madame, Sie sind auf dem besten Wege nach Saint-Cloud! Hinter Ihnen liegt Versailles!«

Sie warf ihrem Gemahl einen Blick voll mitleidiger Verachtung zu und versetzte gereizt: »Was? Wie? Hinter uns liegt Versailles? Dahin, genau dahin wollen wir doch zum Abendessen!«

»Dahin, Madame, will ich auch!«

Sie zuckte nur immer wieder mit den Achseln und äußerte dazu laut: »Mein Gott, mein Gott, mein Gott!«

Sie stieß diese beiden Worte in einem Ton hervor, in dem die höchste Verachtung mitschwang, in einem Ton, wie ihn Frauen anschlagen, wenn sie ihrer äußersten Entrüstung Nachdruck verleihen müssen.

Sie war noch recht jung, eine hübsche Brünette, mit leichtem, dunklem Flaum über den Lippen.

Ihr Ehegefährte stand schwitzend da und wischte sich die Stirn. Etwas Pariserisches und doch Kleinbürgerliches hatte dies Paar an sich. Ganz niedergeschmettert und erschöpft sah er aus und murmelte kleinlaut: »Aber, meine Gute, du hast doch selber...«

Sie ließ ihn nicht ausreden: »Ich! Ah, natürlich, jetzt bin ich's gewesen! Habe *ich, ich* etwa so aufs Geratewohl loslaufen wollen? Habe *ich* vielleicht behauptet, ich kennte mich in dieser Gegend aus wie in meiner Westentasche? Habe *ich* unbedingt da oben rechts am Uferhang entlangkraxeln wollen und angegeben, den Weg, den kennte ich ganz genau? Habe *ich* etwa Cachou mitgeschleppt?«

Sie hatte noch nicht ganz ausgesprochen, da stieß ihr Begleiter, als wäre er plötzlich übergeschnappt, einen gellenden, halb gepfiffenen Indianerschrei aus, der nicht mit Worten wiederzugeben ist. Er klang ungefähr wie ein schrilles ›Tiii-iiit...!‹

Die junge Frau schien dieser Zwischenruf weder zu wundern noch aufzuregen, denn sie redete in einem Atemzuge weiter: »Nein, wahrhaftig, zu große Trottel gibt es doch – und alles wollen sie besser wissen! Bin *ich* vergangenes Jahr vielleicht in den Zug nach Dieppe hineingeklettert statt in den nach Le Havre? Heraus mit der Sprache! War *ich* es vielleicht? Bin *ich* unbedingt jede Wette eingegangen, daß Monsieur Letourneur in der Rue des Martyrs gewohnt hat? Habe *ich* einfach nicht glauben wollen, daß Céleste eine diebische Person ist...?«

Und so fuhr sie wütend mit der erstaunlichsten Zungenfertigkeit fort, den Unglücksmenschen neben sich mit allen möglichen überraschenden, vernichtenden Beschuldigungen zu überhäufen. Die intimsten Angelegenheiten ihres Ehelebens zerrte sie an den

Tag und warf ihrem Manne alles vor, was er je gedacht und getan hatte, wie er sich benahm, wie er sich bei dieser und bei jener Sache anstellte – kurz, sein ganzes Dasein von der ersten Stunde ihres ehelichen Lebens bis zu diesem Tage.

Er versuchte, ihrem Redeschwall Einhalt zu tun, sie zu beschwichtigen, und stotterte dazwischen: »Aber ... meine Liebe ... das hat doch keinen Zweck ... vor dem Herrn hier ... Wir machen uns doch lächerlich ... Das interessiert doch den Herrn gar nicht ...«

Und dabei warf er fortwährend klägliche Blicke nach dem Unterholz hinüber, als wolle er in dem geheimnisvollen, friedlichen Dickicht irgendeinen Durchschlupf ergründen, in den er sich hineinstürzen, durch den er davonflüchten, hinter dem er sich allen Blicken entziehen könne. Und immer wieder stieß er seinen schrillen Schrei aus, sein langgezogenes, gellendes ›Tiii-tiiit!‹ Ich hielt sein Gebaren für ein nervöses Übel.

Plötzlich drehte sich die junge Frau mir wieder zu und sagte mit überraschend verändertem Tonfall: »Wenn es Monsieur recht ist, schließen wir uns an, damit wir uns nicht noch mal verlaufen. Ich möchte mich nicht auch noch der Unannehmlichkeit aussetzen, zu guter Letzt hier im Freien nächtigen zu müssen.«

Ich verbeugte mich zustimmend. Sie nahm meinen Arm und plauderte bald an meiner Seite lustig drauflos. Dabei kam sie aus dem Hundertsten ins Tausendste. Sie erzählte von sich, von ihrem Leben, von ihrer ganzen Verwandtschaft und Bekanntschaft, von ihren Lebensverhältnissen und ihrem Geschäft. Sie hätte einen Handschuhladen in der Rue Saint-Lazare ...

Der Mann ging an ihrer Seite. Seine unruhigen Augen irrten immerzu dahin und dorthin ins Walddunkel ab. Jeden Augenblick stieß er dazu sein schrilles ›Tiii-tiiit!‹ aus.

Schließlich fragte ich ihn: »Was haben Sie denn?«

Ganz verstört und außer sich vor Verzweiflung stieß er hervor: »Verloren ... verloren habe ich ihn ... meinen armen Hund!«

»Was haben Sie verloren? Ihren Hund?«

»Ja ... Kaum ein Jahr war er alt und noch nie aus dem Laden herausgekommen. Und heute wollte ich ihn das erste Mal richtig ausführen – ins Grüne hinaus. Gras und Bäume hat er noch nie in seinem Leben gesehn, und da, da wurde er rein wie verrückt! Losgepirscht ist er, gebellt und geheult hat er, und – mit einemmal war er weg zwischen den Bäumen! Die Eisenbahn – das muß ich noch erwähnen – hat ihm mächtige Furcht eingejagt. Das muß ihn wohl ganz kopfscheu gemacht haben. Ich habe gerufen, ich habe gepfiffen, er ist nicht wieder zum Vorschein gekommen. Und hier in diesem Riesenwalde wird er nun wohl elend verhungern ...!«

Die junge Frau bemerkte nur spitz dazu, ohne sich nach ihrem Gatten umzudrehen: »Hättst du ihn an der Leine gehalten, dann wäre so was nicht passiert! Wenn man selber schon so dußlig ist, dann soll man sich nicht auch noch einen Hund zulegen!«

Er stammelte kleinlaut: »Aber, meine Liebe, du hast doch selber ...«

Sie blieb mit einem Ruck stehen, sah ihn an, als wollte sie ihm die Augen auskratzen, und schleuderte ihm von neuem eine Flut von Vorwürfen ins Gesicht.

Es wurde schon dämmrig. Über die Weiten breitete sich langsam der Nebelschleier, der um diese späte Stunde aus Gras und Moos aufwallt. Und eine zauberhafte Stimmung, die der köstlich frische, aus dem Laub wehende Hauch erregt, ehe es dunkel wird, durchwob den ganzen Wald.

Plötzlich blieb der Mann stehen und tastete fieberhaft an sich herum: »Oh ... ich glaube ... ich habe ...«

Sie sah ihn von oben bis unten an. »Was wird das wieder Schönes sein?«

»Ich habe ganz vergessen, daß ich mein Jackett überm Arm hatte.«

»Na und ...?«

»Und da habe ich sie draus verloren, meine Brieftasche mit ... mit dem ganzen Geld!«

Sie zitterte vor Wut und erstickte fast vor Empörung: »Das, das hat gerade noch gefehlt! Was – ach, was für ein Riesendussel bist und bleibst du doch! Wie konnte ich bloß so einen Idioten heiraten! Dalli, los, geh und such sie, und mach ja, daß du sie wiederfindest! Ich, ich lasse mich inzwischen von dem Herrn nach Versailles begleiten! Ich habe wirklich keine Lust, hier im Walde zu übernachten!«

Er stammelte sanftmütig: »Jawohl, Liebling. Und wo ... wo treffen wir uns wieder?«

Mir fiel der Name eines Restaurants ein, das mir empfohlen worden war. Ich schlug es als Treffpunkt vor.

Er machte kehrt. Gebückt suchte er mit seinen angstvoll vorauseilenden Augen den ganzen Weg ab. Zwischendurch stieß er immer wieder sein schrilles, langgezogenes ›Tiii-tiiit!‹ aus. So entfernte er sich langsam.

Es dauerte eine Weile, bis er in der immer dichter und dunkler werdenden Allee verschwunden war. Nach kurzer Zeit war der hin und her schwankende Schatten seiner Gestalt kaum mehr zu erkennen. Aber lange noch konnte man sein jammervolles ›Tiii-tiiit! – Tiii-tiiit!‹ hören, das immer greller aufschrillte, je mehr sich die Nacht über den Wald breitete.

Und ich schritt unterdessen beschwingt und glücklich neben der unbekannten kleinen Frau, die an meinem Arm hing, in die köstliche Abenddämmerung hinein.

Ich suchte nach zärtlichen Worten und konnte doch nicht die rechten finden. So führte ich stumm, verwirrt und entzückt zugleich meine kleine Dame die dunkle Allee weiter hinunter.

Plötzlich mündete unser Waldweg auf eine Landstraße. Rechts vor uns, in einer weiten Talmulde, lag eine Stadt.

Wo waren wir denn nur?

Ein Mann kam vorüber. Ich fragte ihn, welcher Ort das da drüben sei. Er antwortete: »Na – Bougival!«

Ganz verblüfft blieb ich stehen: »Was? Wie? Bougival? Wissen Sie das bestimmt?«

»Na und ob –! Bin ja von dort!«

Die kleine Frau lachte los wie toll.

Ich schlug ihr vor, eine Droschke zu nehmen und nach Versailles weiterzufahren. Launig gab sie mir zur Antwort: »Ich denke nicht dran! Jetzt wird's doch gerade erst amüsant, und außerdem habe ich mächtigen Appetit! Um meinen Mann habe ich keinerlei Sorge. Der wird bestimmt wieder eintrudeln. Ah – es ist doch eine wahre Wohltat, ihn mal für ein paar Stunden los zu sein!«

So kehrten wir denn an Ort und Stelle in einem kleinen Lokal am Fluß ein. Und ich war so verwegen und ließ für uns zwei im Chambre séparée das Nachtmahl servieren.

Sie trank sich einen Schwips an, sage ich euch! Sie schlürfte den Champagner nur so hinunter, trällerte, sang und machte alle möglichen Dummheiten ... und zuletzt die allergrößte ...

Ja, das war mein erstes Abenteuer mit einer verheirateten Frau.

Pierre-Auguste Renoir
Nackte Frau, schlafend
Radierung

Papa Boniface und die Mordtat

Als an dem Morgen der Landbriefträger Boniface aus seinem Postamt trat, stellte er fest, daß sein Bestellgang diesmal bestimmt kürzer sein werde als sonst, und deshalb strahlte er über das ganze Gesicht.

Sein ländlicher Zustellbezirk erstreckte sich nämlich über die ganze Umgebung von Vireville hin, und wenn er abends von einem seiner täglichen Dienstrundgänge heimkam, reichlich müde marschiert, dann spürte er in seinen Knochen die mehr als vierzig Kilometer, die er hinter sich hatte.

Diesmal aber würde es schneller gehen mit dem Austragen der Post. Und unterwegs würde er sogar noch etwas bummeln können und doch schon gegen drei Uhr nachmittags zurück sein. So eine nette Aussicht! Munter marschierte er also los aus dem Städtchen und trat in Richtung Sennemare seinen Bestellweg an. Im Juni war man wieder mal, mitten in diesem Monat des Grünens und Blühens, der richtigen Zeit zum Wandern durch die weithin sich dehnenden Fluren.

In seiner luftigen blauen Briefträgerbluse und unter seinem schwarzen Käppi mit der roten Litze schritt Papa Boniface wacker seines Weges, auf schmalen Pfaden durch die Felder, mitten durch den Raps, den Hafer und das Korn. Bis an die Schultern hüllte ihn das wogende Getreide ein; nur sein Kopf ragte über das Meer von Ähren empor und bewegte sich vorwärts, als schwämme er für sich allein auf den Wellen der grünen Halme, die nur ganz sacht eine leichte Brise bewegte.

Von Gehöft zu Gehöft führte ihn sein Weg. Vor dem ersten angelangt, trat er ein durch das hölzerne Gattertürchen zwischen den Hecken, legte seinen Zeigefinger ans Käppi, begrüßte den Hofherrn mit einem: ›Morgen, Meister Chicot!‹ und händigte ihm sein Leib- und Magenblatt ›LE PETIT NORMAND‹ aus. Der Bauer wischte sich die Hand am Hosenbund ab, nahm dann sein Blättchen in Empfang und steckte es in die Tasche, um es nach dem Mittagessen in Muße durchzustudieren. Mit wütendem

Kläffen war der Hofköter aus seiner Hütte – eigentlich war's nur eine umgestürzte Tonne, die unter einem tief niederhängenden Apfelbaum lag – hervorgefahren und zerrte schnappend und zähnefletschend an seiner Kette; doch Papa Boniface schritt schon, ohne sich umzudrehen, in seiner militärischen Haltung wieder zum Gattertürchen hinaus und weiter seines Weges, den linken Arm lässig auf seiner Ledertasche gelegt, in der rechten Faust den Stock, der im gleichen Takt wie sein Herr und Meister vorwärtsstakte.

Boniface teilte seine Drucksachen und Briefe in der Ortschaft Sennemare aus und machte sich dann weiter querfeldein, um auch dem Steuereinnehmer seine Post zu bringen. Der wohnte in einem kleinen, netten Landhäuschen, das etwa einen Kilometer weiter ab von der Ortschaft im Grünen lag.

Der jung verheiratete Einnehmer, Monsieur Chapatis, war erst vor kurzem hierher versetzt worden und vor kaum einer Woche hier eingezogen.

Er bekam ein Pariser Boulevardblatt zugestellt; und dann und wann erlaubte sich Papa Boniface, wenn er auf seinem Bestellgang etwas mehr Zeit hatte, selbst einen Blick in die jeweilige Tagesausgabe zu werfen, bevor er das Blatt dem Abonnenten überreichte.

Also klappte er auch heute wieder seine Ledertasche auf, holte das Tageblatt heraus, ließ es aus der Papierhülle gleiten, faltete es auseinander und fing an, es im gemächlichen Dahinschlendern durchzugehen. Die Hauptseite interessierte ihn nicht sonderlich, für die Politik konnte er sich kaum recht erwärmen, auch den Handelsteil und die Börsennotierungen überschlug er immer; aber die ›Vermischten Nachrichten‹ und die Lokalberichte zogen ihn immer in Bann.

Heute quollen die Spalten wieder mal über von Aufregendem. Der Bericht von einer grusligen Mordtat in der Hütte eines Waldhegers hielt Boniface so sehr gefesselt, daß er mitten in einem Kleeschlag stehenblieb, um langsam noch einmal alles von vorn zu lesen. Die Details waren einfach grauenerregend:

Ein Holzfäller hatte – so stand zu lesen – in aller Morgenfrühe an der Schwelle der Waldhegerhütte Blutspuren bemerkt, als hätte jemandem die Nase geblutet. ›Der Heger‹, war sein erster Gedanke, ›wird heute nacht vor der Tür ein Kaninchen abgestochen haben.‹ Aber beim Näherkommen hatte der Mann wahrnehmen müssen, daß die Hüttentür halb offenstand und das Schloß gewaltsam aufgebrochen war. Von Furcht getrieben, war er ins nächste Dorf gelaufen und hatte den Bürgermeister verständigt; der hatte sich zur Verstärkung noch den Flurhüter und den Schulmeister herbeigeholt, und dann hatten sie sich zu viert zum Tatort begeben. In der Waldhütte drinnen hatten sie den Heger, vor dem Kamin am Boden liegend, erwürgt aufgefunden, unter dem Bett, erdrosselt, seine Ehefrau und – zwischen zwei Matratzen erstickt – das kleine sechsjährige Töchterchen...

Als Papa Boniface sich vorstellte, wie diese Mordtat vor sich gegangen sein müsse, deren schauerliche Einzelheiten ihm da so Schlag auf Schlag vor Augen geführt wurden, überkam ihn solches Entsetzen, daß er ein Zittern bis in die Kniekehlen spürte; immer wieder rief er ganz laut vor sich hin: »Ja, Himmelherrgottsakra...! Findet da einer noch Worte für so was...! Was für vertierte Bestien von Menschen es doch gibt!«

Dann schob er das Tageblättchen wieder in die Papierhülle und stapfte, den Kopf voll von den wüstesten Bildern dieser abscheulichen Untat, seines Weges weiter. Bald war er vor dem Häuschen des Monsieur Chapatis angelangt. Er öffnete das Gartentürchen, durchquerte das Gärtchen und ging auf das Haus zu. Es war ein einstöckiges, kleines Haus mit Mansardendach; mindestens fünfhundert Meter lag es ab von der nächsten menschlichen Behausung.

Der Briefträger stieg die beiden Stufen hinauf, legte die Hand auf den Drücker, wollte die Tür öffnen und mußte feststellen, daß sie noch fest verschlossen war. Im selben Augenblick fiel ihm auf, daß auch die beiden Fensterläden noch nicht aufgeklappt waren und daß an diesem Morgen noch niemand außer ihm über den Kies des Gartenweges geschritten war.

Das machte ihn stutzig. Monsieur Chapatis war doch sonst immer schon auf! Boniface nestelte seine Uhr hervor: Es war, hm, erst sieben Uhr zehn Minuten! Er war also fast eine Stunde früher hier als sonst. Immerhin – der Steuereinnehmer hätte doch schon aus den Federn sein müssen...!

Nun marschierte Boniface um das ganze Haus herum – vorsichtig, denn es konnte ja irgendwo Gefahr lauern. Irgend etwas Verdächtiges war nicht zu bemerken außer ein paar Fußstapfen im Erdbeerbeet drüben...

Aber mit einem Ruck blieb er, wie von Entsetzen gelähmt, vor einem der Fenster stehen: Da drinnen stöhnte ja jemand!

Er trat noch einen Schritt vor, stand nun mit gespreizten Beinen in der Thymianrabatte dicht an der Hausmauer und drückte sein Ohr an den Fensterladen, um genauer horchen zu können. Wahrhaftig, da drinnen stöhnte ein menschliches Wesen! Ganz deutlich hörte er es: lange, schmerzlich gedehnte Seufzer, darauf Röcheln, Ächzen, als ringe jemand mit einem andern; jetzt wurde das Stöhnen immer heftiger, durchdringender und schwoll an zu Schreien...!

Da gab es für Papa Boniface keinen Zweifel mehr, daß in diesem Augenblick da drin bei Steuereinnehmers eine Mordtat vor sich gehe. Er rannte, was er konnte, zurück durch den kleinen Vorgarten, quer über die Felder, mitten durchs Korn, immer geradeaus den kürzesten Weg; er sauste, daß er fast die Puste verlor und ihm seine Ledertasche gegen die Hüfte klatschte.

So kam er, nach Luft schnappend und keuchend, vor der Tür der Gendarmerie an.

Der Wachtmeister Malautour war gerade dabei, einen kaputten Schemel mittels Nägeln und Hammer wieder instand zu setzen. Der Gendarm Rautier hatte den invaliden Einrichtungsgegenstand zwischen seine Beine geklemmt und hielt auf die Bruchstelle einen mehrzölligen Stiftnagel, während sein Vorgesetzter, schnurrbartkauend, mit aufgerissenen, vor Anstrengung tränennassen Augen treffsicher seinem Untergebenen auf die haltenden Finger schlug.

Da brüllte Boniface, als er die beiden erspähte, auch schon los: »He! Kommt! Schnell! Bei Steuereinnehmers wird jemand ermordet! Schnell!«

Die Hüter der Ordnung hielten in ihrer Arbeit inne. Die Köpfe fuhren hoch, mit jener halb verwunderten, halb unwilligen Bewegung, die man macht, wenn man jäh in seiner Tätigkeit gestört wird.

Papa Boniface, der sehen mußte, daß seine Alarmnachricht die beiden mehr verduzte als in Schwung brachte, brüllte nochmals: »He doch! Schnell! Schnell! Die Raubmörder sind da drüben im Haus! Ich hab' deutlich Schreien gehört! Keine Zeit zu verlieren!«

Der Wachtmeister stemmte sich auf seinen Hammerstiel und fragte dienstlich: »Woher wissen Sie, daß es ein Raubmord ist?«

Boniface warf sich in die Brust. »Na, ich hab' doch eben das

Tagblatt und zwei Briefe drüben bei Steuereinnehmers abgeben wollen. Da merke ich plötzlich, daß die Haustür noch zu ist und sich niemand rührt. Ich geh sofort ums Haus rum, um nachzusehen, was los ist, da hör ich ganz deutlich von drinnen ein Stöhnen und Ächzen, als wenn einem geradezu die Kehle durchgeschnitten würde. Und da bin ich auf schnellstem Wege hierher, euch zu alarmieren. Höchste Zeit, sag ich euch!«

Der Gendarmerievorsteher richtete sich zu seiner vollen Größe auf und dröhnte los: »So! Und da haben Sie nicht sofort persönlich eingegriffen und Hilfe geleistet?«

Papa Boniface zuckte etwas erschrocken zusammen und stotterte: »Ich hatte ... ich hatte das Gefühl, den Kerlen gegenüber in der Minderzahl zu sein!«

Das schien den Gendarmeriegewaltigen zu überzeugen; er sagte kurz: »Moment! Ich lege nur meinen Dienstrock an. Dann gehn wir los.«

Damit verschwand er in sein Wachtlokal und ihm nach sein Untergebener mit dem Schemel.

Sie erschienen sofort wieder, und nun machte man sich zu dritt im Laufschritt auf den Weg, dem Tatort zu.

Beim Näherkommen verlangsamten sie vorsichtshalber ihr Tempo, und der Wachtmeister entsicherte seine Pistole. Dann schlichen sie auf Stiefelspitzen durch das Vorgärtchen auf das Haus zu. Nirgends waren Spuren davon zu entdecken, daß die Übeltäter inzwischen schon wieder das Weite gesucht hätten. Haustür und Fensterläden waren noch immer fest verschlossen.

»Wir werden sie gleich haben!« brummte gedämpft der Wachtmeister.

Papa Boniface, zitternd vor Aufregung, ließ ihn an sich vorbei zur anderen Hausseite und deutete auf einen der Fensterläden.

»Dahinter war's«, wisperte er.

Der Wachtmeister pirschte sich ganz allein vor und preßte seine Ohrmuschel an die Ladenbretter. Die beiden anderen warteten, auf alles gefaßt, und hielten gespannt die Blicke auf ihn gerichtet.

Er regte sich nicht und lauschte lange. Um seinen Kopf besser an die Laden drücken zu können, hatte er seinen Dreispitz abgenommen und drückte ihn mit der Rechten an sich.

Was mochte er wahrnehmen?

Seine Miene blieb unbeweglich, kein Muskel in seinem Gesicht zuckte. Mit einemmal aber sträubte sich sein Schnurrbart, und seine Backen verzogen sich in tausend Fältchen wie zu einem stummen Lachen. Er sprang über die Buchsbaumeinfassung zurück und ging auf die beiden Männer zu, die ihn verblüfft anstarrten.

Er winkte, sie sollten ihm auf den Fußspitzen folgen. Und als sie alle drei vor der Wohnungstür standen, da puffte er den Papa Boniface in die Seite und bedeutete ihm, er solle ganz still und leise sein Tageblättchen und seine Briefschaften unter den Türschlitz schieben.

Der Briefträger blickte ihn sprachlos an, aber er kam der Aufforderung mechanisch nach.

»Und nun kehrt marsch!« kommandierte der Wachtmeister.

Aber sowie sie aus dem Grundstück heraus waren, drehte sich der Polizeigewaltige zu seinem Nachrichtenübermittler um und schmunzelte mit hochgezogenen Brauen und funkelnden Augen: »Na, Sie sind mir einer, Sie Schwerenöter!«

Der Alte blickte verdutzt. »Wieso denn? Ich hab's doch gehört, Ehrenwort, ganz deutlich hab' ich's gehört!«

Da konnte der Hüter der Ordnung nicht mehr an sich halten und prustete los, daß es ihn nur so schüttelte. Er lachte dröhnend, krümmte sich und hielt sich die Hände vor den Bauch. Die Tränen rollten ihm aus den Augen, um seine Nase zuckte es, und die fürchterlichsten Grimassen schnitt er dazu. Die beiden andern starrten ihn immer noch verständnislos an.

Da er vor Gelächter einfach kein Wort herausbringen konnte, machte er bloß mit den Händen eine Bewegung, die ebenso derb wie unmißverständlich war.

Und als die beiden anderen immer noch nicht begriffen, wiederholte er noch ein paarmal seine Handbewegung und deutete dabei mit dem Kopf auf das immer noch verriegelte Haus.

Jetzt ging seinem Untergebenen ein Licht auf, und auch er schlug nun ganz unvermittelt ein schallendes Gelächter an.

Nur der alte Postbote schaute noch immer ganz verdutzt die beiden Gesetzeshüter an, die sich links und rechts von ihm wanden vor Lachen.

Schließlich beruhigte sich der Wachtmeister wieder einigermaßen, gab dem Alten einen leichten Stoß vor den Bauch und grölte vergnügt: »Hahaha, so ein Spaßvogel! Na, an die Mordtat von Papa Boniface werd' ich noch mein Lebtag denken!«

Der biedere Landpostbote riß die Augen groß auf und beteuerte: »Aber ich hab's doch ganz deutlich, ganz deutlich gehört! Ehrenwort!«

Dröhnend prustete da der Polizeigewaltige von neuem los, und sein Gendarm mußte sich glatt ins Gras setzen, denn er konnte einfach nicht mehr stehen vor Lachen.

»Hahaha, ganz deutlich gehört hast du's! Na, und deine Alte, die legst du wohl nicht so um, alter Freund, was?«

»Meine...?«

Eine Weile sann er nach und meinte dann ganz bedächtig: »Meine...? Ach so, ja, die brüllt natürlich los, wenn ich die mir mal so ordentlich vornehme. Aber die brüllt, wie man da eben dabei brüllt. Sollte da vielleicht vorhin der Monsieur Chapatis seine Gnädige mal gehörig vertobakt haben?«

Da überkam den Hüter der Ordnung von neuem ein dröhnender Lachanfall; er packte den Briefträger, schüttelte ihn, wirbelte ihn wie einen Hampelmann herum und grunzte ihm dabei etwas ins Ohr, worüber Papa Boniface vor Verwunderung fast erstarrte.

Dann murmelte der gute Mann nachdenklich: »Nee, so... so ist das bei uns aber nicht, nee, so wirklich nicht! Meine, die gibt bei so was nicht einen Mucks von sich. Nee, darauf wär ich wirklich nie gekommen. Ist das möglich! Meine Hand hätt ich ins Feuer gelegt: da drin würde gerade jemand ganz bestialisch niedergemacht...«

Vollkommen verdattert und sichtlich verlegen trollte sich Papa Boniface auf dem Feldweg davon und machte sich wieder auf seine Dienstrunde, während der Wachtmeister und sein Gendarm ihm saftige Kasernenhofwitze hinterherbrüllten und, immer noch lachend, dem schwarzen Käppi nachschauten, das wackelnd auf dem weiten Meer der wogenden Ähren entschwand.

Auguste Rodin
Weiblicher Akt
Bleistift und graue Aquarell-Gouache auf grauem Papier

Mondschein

Der Pfarrer Marengo trug seinen kriegerischen Namen mit Recht. Er war ein hochgewachsener, hagerer, fanatischer Priester, etwas überspannt, aber ehrlichen Herzens. All seine Glaubenssätze standen fest, ohne je zu wanken. Er hatte den aufrichtigen Glauben, daß er seinen Gott kenne, daß er seine Absichten, seinen Willen, seine Pläne verstehe.

Wenn er mit großen Schritten durch die Allee seines Pfarrgartens ging, tauchte zuweilen die Frage in seinem Kopfe auf: »Warum hat Gott das und das getan?« Und er suchte hartnäckig nach einer Antwort, dachte sich an Gottes Stelle und fand fast immer denselben Grund. Er hätte nie in frommer Demut gesagt: »Herr, deine Ratschlüsse sind unerforschlich!« Er sagte sich: »Ich bin der Diener Gottes, ich muß seine Gründe wissen, warum er so und nicht anders handelt; und erkenne ich sie nicht, dann muß ich sie erraten.«

Alles in der Natur schien ihm mit einer vollkommenen, bewunderungswürdigen Logik eingerichtet. Das ›Warum‹ und das ›Weil‹ hielten sich immer die Waage. Die Morgenröte war geschaffen, damit die Menschen ein heiteres Erwachen hätten; die Tage, um die Ernte auf dem Felde zu reifen, der Regen, um das Korn zu begießen, die Abende, um die Welt auf den Schlaf vorzubereiten, und die dunkeln Nächte zum Schlafen.

Die vier Jahreszeiten kamen den Bedürfnissen der Landwirtschaft wunderbar entgegen; niemals kam dem Priester der Gedanke, daß die Natur am Ende gar nichts beabsichtigen könnte, und daß alles Lebendige sich im Gegenteil dem harten Muß der Gezeiten, des Klimas und der Materie habe beugen müssen.

Aber er haßte das Weib, er haßte es unbewußt und verachtete es instinktiv. Er wiederholte oft das Wort Christi: »Weib, was habe ich mit dir zu schaffen?« und er fügte hinzu: »Man könnte fast behaupten, Gott selbst sei mit diesem Teil seiner Schöpfung nicht zufrieden.« Das Weib war für ihn das zwölffach unreine Kind, von dem der Dichter spricht. Es war der Versucher, der den ersten

Mann zu Fall brachte, und sein unseliges Gebaren noch immer fortsetzte, dies schwache, gefährliche, geheimnisvoll bestrickende Wesen. Und mehr noch als des Weibes verdammten Leib haßte er seine liebende Seele.

Oft hatte er die Empfindung, daß ihm weibliche Liebe entgegengetragen wurde, und obgleich er wußte, daß er unangreifbar war, ärgerte er sich über das Bedürfnis zu lieben, das immer in den Frauen zitterte.

Gott hatte nach seiner Meinung die Frau geschaffen, damit der Mann von ihr versucht werde und sich stark erweise. Nur mit äußerster Vorsicht dürfe man sich ihr nähern, da sie mit Netzen und Fallstricken arbeite. Und wenn sie ihre Arme dem Mann entgegenreckte und ihm ihre Lippen anbot, hatte sie da nicht wirklich etwas von einer Falle?

Nur die Nonnen, die ihr Gelübde unschädlich machte, ließ er gelten; aber auch gegen sie war er hart, weil er auf dem Grunde ihrer demütigen, unfreien Herzen sich dasselbe ewige Liebesbedürfnis ihm entgegenheben sah, obgleich er ein Priester war.

Er fühlte es in ihren Blicken, in denen eine weichere Frömmigkeit schwamm als in den Augen der Mönche, in ihren andächtigen Verzückungen, in denen ihr Geschlecht mitsprach, in ihren Liebesausbrüchen gegenüber dem Heiland, die ihn empörten, weil dies eine weibliche, fleischliche Liebe war; er empfand dieses verfluchte Liebesbedürfnis sogar in ihrem Gehorsam, in der Süße ihrer Stimmen, wenn sie mit ihm sprachen, in ihren gesenkten Blicken und in ihren ergebenen Tränen, wenn er sie hart anließ.

Und er schüttelte seinen Priesterrock aus, wenn er aus der Tür des Klosters trat, und ging mit so großen, schnellen Schritten fort, als entfliehe er einer Gefahr.

Er hatte eine Nichte, die mit ihrer Mutter in einem kleinen Hause in der Nähe der Pfarrei wohnte, und war darauf versessen, eine barmherzige Schwester aus ihr zu machen.

Sie war hübsch, gescheit und spottlustig. Wenn der Pfarrer ihr eine Predigt hielt, lachte sie; und wenn er böse wurde, umarmte sie ihn ungestüm und drückte ihn an ihr Herz, während er sich unwillkürlich aus dieser Umarmung loszumachen suchte, die ihm trotz allem süß schmeckte, weil sie das Vatergefühl in ihm weckte, daß jedem Manne angeboren ist.

Wenn er an ihrer Seite durch die Felder streifte, sprach er oft zu ihr von Gott, von seinem Gotte. Sie hörte nicht zu und betrachtete den Himmel, die Gräser und Blumen mit einem Gefühl von Lebensglück, das deutlich aus ihren Augen sprach. Ab und zu sprang sie fort, um irgendeinen Schmetterling zu haschen, und wenn sie ihm den Gefangenen zeigte, rief sie: »Sieh nur, Onkel, wie hübsch er ist; ich möchte ihn am liebsten küssen.« Und diese Lust, Insekten oder Knospen zu küssen, ärgerte, beunruhigte, ja empörte den Priester, der auch hier das unausrottbare Liebesbedürfnis wiederfand, das im Herzen aller Frauen wurzelt.

Eines schönen Tages teilte die Frau des Kirchendieners, die seinen Haushalt führte, dem Pfarrer vorsichtig mit, daß seine Nichte einen Schatz habe.

Eine furchtbare Aufregung bemächtigte sich seiner. Das Gesicht noch voll Seife – denn er war gerade beim Rasieren – starrte er entgeistert vor sich hin.

Als er wieder sprechen konnte, rief er: »Das ist nicht wahr, Sie lügen, Melanie!«

Aber die Bäuerin legt die Hand aufs Herz: »Der liebe Gott soll mich auf der Stelle umbringen, wenn ich lüge, Hochwürden. Jeden Abend trifft sie sich mit ihm, sobald Ihre Schwester schlafen gegangen ist. Sie treffen sich am Flusse. Sie brauchen nur zwischen zehn und zwölf hinzugehen.«

Er hörte mit dem Rasieren auf und begann hastig auf und ab zu gehen, was er immer tat, wenn er ernstlich über etwas nachdenken wollte. Als er sich nachher fertig rasierte, schnitt er sich dreimal von der Nase bis zum Ohr.

Den ganzen Tag blieb er schweigsam; er war voll Zorn und Empörung. Zum Zorn des Priesters gegen die unausrottbare Liebe gesellte sich die Wut des sittenstrengen Vaters, des Vormundes und Seelsorgers, den ein Kind betrogen, bestohlen, genarrt hatte; der egoistische Schmerz, wie ihn Eltern empfinden, denen ihre Tochter mitteilt, daß sie sich einen Gatten ohne ihren Rat und gegen ihren Wunsch erwählt hat.

Nach dem Essen versuchte er zu lesen, brachte es aber nicht zuwege; er wurde immer aufgeregter. Als es zehn Uhr schlug, nahm er seinen Spazierstock, einen fürchterlichen Knüttel aus Eichenholz, den er immer auf seinen nächtlichen Gängen mitnahm, wenn er Kranke besuchen mußte. Und lächelnd betrachtete er den riesigen Prügel, den er in seiner starken bäuerlichen Hand drohend Rad schlagen ließ. Dann hob er ihn plötzlich und ließ ihn zähneknirschend auf einen Stuhl niedersausen, daß er die Lehne zu Boden schmetterte.

Er machte die Haustür auf, blieb aber vor Überraschung auf der Schwelle stehen, denn blendend heller Mondschein, so hell, wie er ihn fast noch nie gesehen hatte, flutete ihm entgegen.

Und da er ein leicht ekstatischer Geist war, wie wohl die Kirchenväter, diese Träumer und Dichter, es gewesen sein müssen, fühlte er sich plötzlich zerstreut, gleichsam gerührt durch die große, reine Schönheit der bleichen Nacht.

In seinem kleinen Garten, der ganz in Mondschein gebadet dalag, warfen die gerade knospenden und in geraden Zeilen gepflanzten Obstbäume dunkle Schatten auf die Erde, während der große Geißblattstrauch, der an der Wand seines Hauses emporklomm, köstlich süße Düfte hauchte, die wie beseelt durch den warmen, klaren Abend schwammen.

Er atmete tief, trank die Luft wie ein Trinker den Wein, und schritt langsam, entzückt, berauscht in die Nacht hinaus, ohne mehr an seine Nichte zu denken.

Als er ganz im Freien war, blieb er stehen, um das weitgedehnte flache Land zu betrachten, das in dem zärtlichen Lichte schlief, und ganz in den zarten, träumerischen Reiz der heiteren Nacht gehüllt war. Die Kröten schickten alle Augenblicke ihre kurzen, metallischen Schreie in die Luft, und ferne Nachtigallen liehen dem Zauber des Mondscheins ihre leise zitternde Melodie, die zu gedankenlosem Träumen und Küssen lockt.

Der Pfarrer setzte seinen Weg fort. Sein Herz wurde weich, ohne daß er wußte warum; er war müde und erschöpft; er hatte Lust sich hinzusetzen, nicht weiterzugehen und zu schauen und Gott in seinem Werk zu bewundern.

Ganz hinten lief eine hohe Pappelreihe in Schlangenlinien den Windungen des kleinen Flusses entlang. Ein feuchter Dampf, ein weißlicher Nebel, den die Strahlen des Mondes tränkten, versilberten, durchleuchteten, schwebte über den Ufern und legte sich wie lichter, durchsichtiger Flaum auf die Wasser.

Der Priester blieb wieder stehen, und eine wachsende, unwiderstehliche Zärtlichkeit wühlte die Tiefen seiner Seele auf.

Ein Zweifel, eine dunkle Unruhe ergriff ihn; er fühlte eine der Fragen in sich erstehen, die er sich zuweilen zu stellen pflegte.

Warum hatte Gott das so gemacht? Wenn die Nacht für den Schlaf geschaffen ist, für die Bewußtlosigkeit, die Ruhe, das Vergessen, dann hatte es doch keinen Sinn, sie schöner als den Tag, süßer als die Morgen- und Abendröte zu machen? Und warum verwandelt dies langsam gleitende verführerische Gestirn, das mehr Poesie als die Sonne hat und wie geschaffen scheint, Dinge zu beleuchten, die für das große harte Licht zu zart und geheimnisvoll sind – warum verwandelt es die Finsternis in so durchsichtige Helle?

Warum schlafen die Vögel, die am schönsten singen, nie in der Nacht? Warum singen sie in dem verwirrenden Dunkel?

Warum ist solch halber Schleier über die Welt geworfen? Wozu dies Schauern des Herzens, diese Erregung der Seele? Dies Schwinden aller Kraft des Fleisches?

Wozu solche Entfaltung von Verlockungen, die die Menschen nicht sehen, weil sie in ihren Betten schlafen? Für wen dies erhabene Schauspiel, der vom Himmel auf die Erde ausgeschüttete Überfluß an Poesie?

Der Pfarrer konnte es nicht verstehen.

Aber fern am Wiesenrande, unter der Wölbung der im leuchtenden Nebel stehenden Bäume, tauchten zwei Schatten auf, die nebeneinander dahinschritten.

Der Mann war größer; er hatte den Arm um den Nacken der Freundin gelegt und küßte sie von Zeit zu Zeit auf die Stirn. Sie machten plötzlich die regungslose Landschaft lebendig, die sie umschloß wie ein Rahmen, den Gott eigens für sie geschaffen hatte. Sie schienen beide nur ein einziges Wesen zu sein, das Wesen, um dessentwillen die friedliche, schweigende Nacht geschaffen war; und wie eine lebendige Antwort kamen sie dem Priester entgegen, wie die Antwort, die sein Gott ihm gab.

Mit pochendem Herzen stand er und glaubte ein Bild aus der Bibel zu sehen: die Liebe der Ruth und des Boas etwa. Die Erfüllung eines Gotteswillens, groß und heilig, wie sie in der Heiligen Schrift zu lesen steht. In seinem Kopf begannen Verse aus dem Hohen Liede zu summen, die Liebesschreie, die heiße Poesie dieses glühenden Liebesgedichtes.

Und er sagte zu sich: »Vielleicht hat Gott diese Nächte geschaffen, um der Liebe der Menschen einen idealen Schleier zu leihen.«

Er fuhr vor dem Paare zurück, das sich so eng umschlungen

hielt. Es war seine Nichte. Er aber fragte sich jetzt, ob es nicht so Gottes Wille sei. Erlaubt Gott nicht am Ende die Liebe, da er sie augenscheinlich mit so viel Glanz umgibt?

Und bewegt, fast reuig floh er, als hätte er einen Tempel betreten, den zu betreten er kein Recht hatte.

Paul Cézanne
Studien
Bleistift

Eine wahre Geschichte

Draußen stürmte ein fauchender, ungebärdiger Herbststurm, der die letzten Blätter zusammenfegte und hoch in die Wolken wirbelte.

Die Jäger saßen noch gestiefelt mit roten, erhitzten und angeregten Gesichtern bei Tisch. Es waren lauter Gutsbesitzer aus der Normandie, halb Krautjunker, halb Bauern, reich und kernig und so robust, daß sie auf dem Markt jeden Stier hätten bei den Hörnern nehmen können.

Sie hatten den ganzen Tag im Revier Meister Blondels, des Maires von Eparville, gejagt. Nun saßen sie in seinem Hause, so eine Art Bauernschloß, um den großen Tisch herum und tafelten.

Ihr Sprechen war schon mehr ein Brüllen, ihr Lachen ein Bellen von Rehböcken, und sie tranken wie die Ziehbrunnen. Die Beine weit von sich gestreckt, die Ellenbogen auf den Tisch gestemmt, unterhielten sie sich von der Jagd und von Hunden. Ein mächtiger Kamin, der blutrote Lichter an die Decke warf, strömte behagliche Wärme aus.

Man war bereits auf dem Punkt angelangt, wo der Wein sich bemerkbar macht und Männer auf andere Gedanken kommen. Ihre Blicke folgten der drallen Magd, die mit ihren roten, breiten Händen die gehäuften Schüsseln auftrug.

»Alle Wetter!« rief plötzlich M. Séjour, ein Riese, der erst auf dem Priesterseminar studiert, dann Tierarzt geworden war und alles Viehzeug in der Umgegend kurierte. »Sie haben ja da ein Frauenzimmer, das nicht von Pappe ist, Meister Blondel!«

Ein schallendes Gelächter brach los. Dann ließ sich M. de Barnetot, ein herabgekommener, dem Trunke ergebener Adliger, hören:

»Da ist mir mal eine gelungene Geschichte passiert mit einer Person, ganz wie die da. Die muß ich euch erzählen. Jedesmal, wenn ich daran denke, fällt mir meine Hündin Mirza ein, die ich an den Grafen d'Haussonel verkauft habe, und die Tag für Tag wieder zu mir zurücklief, sobald man sie losließ. Schließlich wurde ich ärgerlich und bat den Grafen, sie an die Kette legen zu lassen. Wißt ihr, was da geschah? Das Tier ist draufgegangen vor lauter Kummer. Doch um auf die Person zurückzukommen:

Ich war damals fünfundzwanzig Jahre alt, Junggeselle, und lebte auf meinem Schlosse Villebon. Na, und wie's so geht, wenn man jung ist, genug zum Leben hat und sich abends nach Tisch halb zu Tode gähnt vor Langeweile, man hat seine Augen überall.

Ich stöberte denn auch bald ein blutjunges Ding auf, das bei den Deboultots in Cauville diente. Sie müssen übrigens doch Deboultot noch gekannt haben, Blondel. Kurz und gut, der Racker verdrehte mir den Kopf so, daß ich eines schönen Tages zu ihrem Herrn ging und ihm einen Handel vorschlug. Er sollte mir das Mädchen abtreten und ich wollte ihm dafür meine Rappstute, die Cocote, verkaufen, auf die er seit drei Jahren ein Auge geworfen hatte. ›Abgemacht, Varnetot, topp‹, sagte er und hielt mir die Hand hin. Das war also erledigt. Die Kleine kam zu mir aufs Schloß und meine Stute nach Cauville; ich brachte sie ihm selbst, für dreihundert Taler hatte ich sie ihm gelassen.

Im Anfang ging alles wie am Schnürchen. Kein Mensch merkte etwas. Aber Rose liebte mich etwas zu ernst, für meinen Geschmack wenigstens. Von schlechten Eltern war sie übrigens nicht. Sie hatte Rasse. Wahrscheinlich hatte es ihre Mutter auch mit dem Herrn gehalten.

Kurz, sie betete mich förmlich an. Das war ein Gekose, ein Flattieren, mein Schatz hier, mein Schatz da, und das gab mir zu denken.

So kann's nicht weitergehen, sagte ich mir, sonst lasse ich mich fangen. Aber so leicht bringt das keine bei mir fertig. Zwischen zwei Küssen lasse ich mich nicht in die Tasche stecken. Ich war also auf der Hut. Da kommt sie eines Tages und vertraut mir an, sie sei in Umständen.

Herrgott, mir war's doch gerade, als hätten mich zwei Kugeln auf einmal getroffen! Und sie, sie umhalste, küßte mich, lachte, jubelte, war rein des Teufels! Ich verhielt mich zuerst still, in der Nacht aber fing ich an, mir die Sache zu überlegen. Soweit also wären wir, dachte ich, nun heißt's den Schlag parieren und ein Ende machen, es ist die höchste Zeit. Ihr müßt bedenken, in Barneville hatte ich meine Eltern, in Rollebec, zwei Stunden von

Villebon entfernt, meine Schwester, die mit dem Marquis d'Yspare verheiratet war; da durfte also nicht lange gefackelt werden.

Aber wie mich aus der Affäre ziehen? Schickte ich das Mädel fort, dann fiel es auf und konnte Anlaß zu Gerede geben. Behielt ich sie, dann wurde die Bescherung bald genug offenbar; andererseits aber durfte ich sie auch nicht einfach laufen lassen.

Ich besprach mich mit meinem Onkel, dem Baron de Creteuil, ein alter Schlaufuchs und mit Weibern erfahren, und fragte ihn, was er dazu meine. In aller Gemütsruhe gab er mir zur Antwort:

›Du mußt sie verheiraten, mein Junge.‹

›Verheiraten‹, fuhr ich auf, ›mit wem denn?‹

Er zuckte lässig die Achseln:

›Mit wem du willst, das ist deine Sache, nicht meine. Wenn man es geschickt andreht, findet sich immer was.‹

Ich überlegte mir den Vorschlag gründlich und mußte mir am Ende selbst sagen: Ja, er hat recht.

Dann fing ich an, mir den Kopf zu zerbrechen, um den Jemand ausfindig zu machen, bis eines Abends der Friedensrichter, mit dem ich gegessen hatte, die Bemerkung fallen ließ: Der Sohn von der alten Paumelle hat schon wieder was angestellt; mit dem Kerl geht's noch schief. Es ist wirklich was dran: Art läßt nicht von Art.

Die alte Paumelle war ein geriebenes Weibsstück, deren Jugend viel zu wünschen übrig gelassen hatte. Für ein paar Francs verkaufte sie sich dem Teufel samt ihrem Taugenichts von Sohn dazu.

Zu der ging ich hin und brachte ihr die Sache nach und nach bei.

Als ich mich bei meiner Rede etwas verwickelte, fiel sie plötzlich ein:

›Und was kriegt das Mädel mit?‹

Ja, sie war schlau, die Alte, aber ich war auch nicht auf den Kopf gefallen. Den Punkt hatte ich mir längst überlegt. Ich besaß zufällig in der Nähe von Sasseville einige abgelegene Grundstücke, die zu meinen drei Pachthöfen le Villebon gehörten. Die Pächter hatten sich sowieso immer beschwert, daß sie so weit ablägen. Ich hatte also die drei Morgen – soviel war's im ganzen – wieder an mich genommen, und, da meine Bauern aufsässig wurden, ihnen dafür bis zum Ende der Pacht ihre Abgabe an Federvieh erlassen. Damit ging die Sache ganz glatt. Nachdem ich mir dann noch ein angrenzendes Stück Land von meinem Nachbar, Mr. d'Aumonté, dazu gekauft hatte, ließ ich eine Baracke drauf bauen, das Ganze für ungefähr tausendfünfhundert Francs. Das war für wenig Geld ein kleines Besitztum, und das sollte das Mädchen als Mitgift haben.

Das sei nicht genug, meinte die Alte, aber ich ließ nicht locker, und wir trennten uns, ohne etwas Bestimmtes abgemacht zu haben.

Schon am andern Morgen, in aller Herrgottsfrühe, war der Bursche bei mir. Ich kannte eigentlich sein Gesicht nicht mehr. Als er aber vor mir stand, war ich beruhigt; für einen Bauern sah er nicht übel aus, aber ein Galgenvogel schien er mir zu sein.

Er faßte die Sache ganz kaltblütig auf, wie wenn er käme, um eine Kuh zu kaufen. Als wir handelseinig waren, wollte er noch das Anwesen ansehen, und ich ging also mit ihm querfeldein. Drei Stunden lang hielt mich der Spitzbube auf, schritt und maß die Felder nach allen Richtungen ab, nahm hin und wieder eine Scholle auf und zerrieb sie zwischen den Händen, als fürchtete er, ich könnte ihn übers Ohr hauen. Der Bau hatte noch kein Dach. Er wollte Schiefer statt Stroh, das hielte besser.

Dann sagte er:

›Und die Einrichtung? Die geben doch auch Sie?‹

Ich protestierte, es sei doch wirklich genug, wenn ich das Anwesen hergäbe.

›Jawohl‹, höhnte er, ›ein Anwesen und ein Kind.‹

Ich wurde wider Willen rot.

›Geben Sie Tisch, Bett, Schrank, drei Stühle und Küchengeschirr dazu, sonst wird nichts draus.‹

Ich gab nach.

Und dann ging's endlich wieder nach Hause. Von dem Mädchen hatte er keine Silbe gesprochen. Doch plötzlich fragte er, halb lauernd, halb verlegen:

›Aber wenn sie nun stirbt? Wem gehört nachher das alles?‹

›Ihnen selbstverständlich‹, versetzte ich.

Er war befriedigt, er hatte den ganzen Morgen weiter nichts wissen wollen. Beruhigt streckte er mir die Hand hin. Es war abgemacht.

Und Rose? Donnerwetter, hat das eine Mühe gekostet, bis

ich mit der im reinen war! Zu Füßen hat sie sich mir geworfen und geschluchzt und in einem fort gerufen:

›Sie schlagen mir das vor? – Sie? – Sie?‹

Über eine Woche hielt sie mir stand trotz allen Zuredens und aller Bitten! Es ist was zu Dummes mit diesen Weibern; wenn denen mal die Liebe im Kopf steckt, kapieren sie nichts mehr, da nützt alles nichts; die Liebe vor allem, alles für die Liebe!

Erst als ich wütend wurde und drohte, sie aus dem Hause zu werfen, gab sie nach unter der Bedingung, daß sie mich hin und wieder besuchen dürfte.

Ich habe sie selber bis zum Altar führen müssen, und zahlte die Traugebühren und gab die Hochzeitsgesellschaft. Kurz, ich habe mich nicht lumpen lassen; dann aber empfahl ich mich den Herrschaften und reiste auf ein halbes Jahr zu meinem Bruder in die Touraine.

Bei meiner Rückkehr wurde mir erzählt, sie sei jede Woche ins Schloß gekommen, um sich nach mir zu erkundigen. Und ich war auch noch kaum eine Stunde da, da stand sie schon im Zimmer, ein Kleines im Arm. Sie können mir's glauben oder nicht, aber so ganz kalt hat es mich doch nicht gelassen, das kleine Wurm zu sehen; ich glaube, ich habe es sogar geküßt.

Was die Mutter anbelangte, na, die war der Schatten ihrer selbst, ein Gerippe, die reinste Ruine, mager, alt geworden. Herrgott noch mal! War der das Heiraten schlecht bekommen!

Ganz mechanisch fragte ich:

›Bist du glücklich?‹

Da fing sie an zu weinen und zu schluchzen, es schüttelte sie förmlich, und sie schrie:

›Ich kann nicht – ich kann nicht mehr ohne Sie leben! Lieber will ich sterben, ich kann nicht!‹

Sie machte einen Heidenlärm. Ich tröstete sie, so gut ich konnte, und begleitete sie ein Stück Weges.

Da hörte ich denn auch, daß ihr Mann sie schlage und daß ihre Schwiegermutter, die alte Hexe, ihr das Leben sauer mache.

Zwei Tage später war sie wieder da. Sie umarmte mich und krümmte sich vor Verzweiflung auf dem Boden.

›Töten Sie mich! Aber ich gehe nicht mehr von hier fort!‹ Ganz dasselbe, was Mirza gesagt haben würde, wenn sie hätte reden können.

Mir wurde die Geschichte nachgerade zu dumm, und ich machte mich nochmals für sechs Monate davon.

Als ich wiederkam, da – da erfuhr ich, daß sie gestorben sei, vor drei Wochen, nachdem sie jeden Sonntag zu mir gekommen wäre. Ganz wie Mirza! Acht Tage nachher habe man auch das Kind begraben.

Und der Ehemann, der Halunke, der hat alles geerbt.

Er soll sich später ganz gut rausgemacht haben und jetzt ist er sogar Gemeinderat.«

»Na, meinetwegen«, fügte Barnetot nach einer Pause lachend hinzu, »der Kerl hat sein Glück durch mich gemacht.«

Und M. Séjour, der Tierarzt, meinte nachdenklich und hob dabei ein Glas Schnaps zum Munde: »Sagt was ihr wollt, aber solche Weiber sollte es überhaupt nicht geben!«

Jean-Louis Forain
Pariser Restaurant
Lithographie

Die Unbekannte

Man sprach von Launen des Glücks, und jeder wußte Erstaunliches zu erzählen von überraschenden, köstlichen Begegnungen auf der Eisenbahn, im Gasthaus, in fremden Ländern, an der See. Roger des Annettes meinte, die besten Gelegenheiten für Abenteuer der Liebe fänden sich immer in den eleganten Bädern an der See.

Gontran schwieg. Man fragte ihn.

»Paris ist und bleibt auch dafür der beste Boden. Es ist mit Frauen wie mit vielen kleinen Dingen, die uns ans Herz wachsen. Wir schätzen sie am meisten da, wo wir nicht erwartet hatten, ihnen zu begegnen. Aber wirklich köstliche findet man nur in Paris.«

Er schwieg ein paar Sekunden; dann fuhr er fort:

»Der Tausend – ist das herrlich! Geht nur an einem schönen Frühlingsmorgen durch unsre Straßen! Wenn die kleinen Frauen vor den Häuserfluchten hintänzeln! Ist das nicht reizend? Ist das nicht, wie wenn die Blumen aufblühen? Und die Veilchen duften dazu, die Veilchen, die ein Straßenhändler dicht an den Bordsteinen langsam vorüberfährt!

Überall in der Luft zittert Freude, und man staunt nichts als die Frauen an. Heilige Jungfrau, wie verlockend sehn sie aus in den hellen Kleidern! Sommerkleider sind es, und die Haut scheint durch. Man schlendert beschwingten Herzens umher und steckt die Nase in den Wind; man geht und wittert und spannt. Diese Morgenstunden sind doch unvergleichlich schön!

Von weitem kommt eine Frau; dann erkennt man sie genauer, und schon auf hundert Schritt Entfernung fühlt man, ob sie einem auch ganz in der Nähe gefallen wird. Man spürt es, am Blumenschmuck des Hutes, an den Bewegungen des Kopfes, am Gang. Schon ist sie nahe. ›Achtung!‹ sagt man sich, ›das ist die Frau, nach der du suchst!‹ Man tritt vor sie hin und sieht sie an mit brennenden Augen.

Ist es ein kleines Laufmädchen aus einem Warenhaus, ist es eine junge Frau, die aus der Kirche kommt oder die zu ihrem Geliebten geht? Was macht das! Unter der leichten Bluse hebt sich schwellend die Brust. Ob man die Hand darauf legen dürfte? Die Hand oder die

Lippen? Sieht sie schüchtern drein oder keck, ist sie braun oder blond? Was macht das! Die Frau geht leichten Schrittes ihren Weg weiter, aber die flüchtige Begegnung läßt uns erschauern. Bis zum Abend verlangt man nach ihr, nach dieser Frau, an der man so vorübergegangen ist. Ich habe ganz gewiß mehr als zwanzig in Erinnerung, denen ich einmal oder zehnmal so begegnete und in die ich mich rasend verliebt hätte, wäre ich näher mit ihnen bekannt geworden.

Aber es ist merkwürdig; die Frauen, denen man sein Herz ganz hingeben möchte, lernt man nicht kennen. Ist euch das auch so gegangen? Es ist sonderbar. Wir gewahren zuweilen Frauen, deren bloßer Anblick uns in Flammen versetzt; aber wir kommen nicht an sie heran. Wenn ich an alle die entzückenden Frauen denke, denen ich in den Straßen von Paris nur eben einmal in die Augen sehen konnte, könnte ich rasend werden; ich könnte zum Strick greifen! Wo sind sie hin? Wer waren sie? Wo könnte man sie wiederfinden, noch einmal sehen? Ein Sprichwort sagt, man gehe oft an seinem Glück vorbei. Ich glaube, ich bin öfter als einmal an der Frau vorbeigegangen, deren Reiz, deren Schönheit mich restlos glücklich gemacht hätten.«

Roger des Annettes hatte lächelnd zugehört. Er erwiderte: »Oh, das kenne ich so wie du! Genauso habe ich es einmal erlebt! Das war vor fünf Jahren. Da begegnete ich auf dem Pont de la Concorde einer jungen Frau. Sie war hochgewachsen, eine stattliche Erscheinung, und machte auf mich einen Eindruck, einen Eindruck... einfach unerhört! Ihr Gesicht war voll; braun schimmerte das Haar, es lag tief in der Stirn. Die Brauen zogen sich über beide Augen in einem großen Bogen von einer Schläfe zur andern. Ein Schimmer von Haar auf der Oberlippe ließ Träume wach werden... Träume... wie man an ein liebgewordenes Wäldchen sich erinnert, wenn ein Blumenstrauß auf dem Tisch steht. Die Taille war schön geschwungen, vielleicht ein wenig stark. Wie eine Verlockung trug sie den üppigen Busen vor sich her. Das Auge war schwarz, schwarz wie ein schwarzer Fleck auf weißem Schmelz. Das war kein Auge mehr, es war eine dunkle Öffnung, durch die man tief hineinblickte in diesen Kopf, eindrang in das Wesen dieser Frau. Ein seltsamer Blick, schwarz aus opalenem Weiß, leer. Und doch, wie schön war dieses Auge!

Es war wohl eine jüdische Schönheit. Ich ging ihr nach. Die

Männer sahen sich nach ihr um. Sie wiegte sich in den Hüften; es sah nicht zierlich aus, aber es war aufreizend. Auf der Place de la Concorde nahm sie eine Droschke, und ich blieb am Obelisk stehen wie einer, der nicht weiß, was er tun soll. Noch nie hatte eine Frau auf mich einen solchen Eindruck gemacht.

Mindestens drei Wochen stand ich völlig in ihrem Bann; dann vergaß ich sie etwas.

Wohl an die sechs Mal sah ich sie noch wieder, in der Rue de la Paix. Wenn ich ihrer gewahr wurde, schlug mein Herz heftig, wie wenn man eine unendlich geliebte Frau wieder zu sehen bekommt. Ich blieb stehen, um den Anblick ganz zu genießen, wie sie auf mich zuschritt. Wenn sie dann dicht an mir vorüberging, meinte ich, ein feuriger Ofen glühe mich an. Und war sie vorüber, hatte ich das Empfinden, ein frischer Windhauch wehe mir übers Gesicht. Nachgestiegen bin ich ihr nicht wieder; ich fürchtete, etwas Dummes zu tun. Ich hatte Angst vor mir selber.

In meinen Träumen wurde ich sie nicht los – du kennst ja solche Plagen!

Ein Jahr lang etwa bin ich ihr nicht wieder begegnet, da sah ich sie eines Abends, im Monat Mai mag es gewesen sein, gerade als die Sonne unterging. In der Avenue des Champs-Elysées schritt sie vor mir her.

Vor dem feuerfarbenen Himmel stand der Arc de l'Étoile. Golden flimmerte es im strahlend roten Dunst der Luft. Es war einer der köstlichen Abende, an denen sich Paris in seinem schönsten Glanze zeigt.

Ich folgte ihr und war entschlossen, sie anzusprechen. Ich wollte mich vor ihr auf die Knie werfen und ihr meine verzehrende Leidenschaft gestehen.

Zweimal ging ich vorüber; zweimal verspürte ich im Vorbeigehen dies Empfinden glühender Hitze, das mich in der Rue de la Paix gestreift hatte.

Sie sah mich an, dann verschwand sie in einem Hause der Rue de Presbourg.

Zwei Stunden wartete ich in einem Toreingang. Sie kam nicht wieder. Da entschloß ich mich, den Pförtner des Hauses nach ihr zu fragen. Er schien mich nicht zu verstehen. ›Es muß eine Fremde gewesen sein‹, sagte er.

Wieder vergingen acht Monate, und ich bekam sie nicht zu

Gesicht. Da ging ich eines Morgens im Januar, in einer wahrhaft sibirischen Kälte, über den Boulevard Malesherbes. Ich hatte es eilig, weil ich mich warm laufen wollte, und prallte plötzlich an einer Straßenecke so heftig gegen eine Frau, daß ihr ein kleines Päckchen zur Erde fiel.

Ich wollte mich entschuldigen – sie war es!

Zunächst war ich wie vor den Kopf geschlagen. Dann reichte ich ihr das Päckchen, das sie in der Hand getragen hatte, und gab mir einen Ruck: ›Es tut mir sehr leid, Madame, daß ich Sie so plump angerempelt habe, und doch bin ich auch beglückt darüber. Seit zwei Jahren kenne ich Sie und verehre Sie und wünsche nichts sehnlicher, als mit Ihnen bekannt gemacht zu werden, und ich konnte nie erfahren, wer Sie sind und wo Sie wohnen. Entschuldigen Sie, daß ich gleich so deutlich zu sprechen wage! Halten Sie es meinem leidenschaftlichen Wunsch zugute, zu den Glücklichen zu gehören, die Ihnen ihre Huldigung bezeigen dürfen. Das kann Sie nicht verletzen, nicht wahr? Sie kennen mich noch nicht. Ich bin Baron Roger des Annettes. Bitte, ziehen Sie Erkundigungen ein; sie werden Ihnen bestätigen, daß ich der guten Gesellschaft angehöre. Wenn Sie mich jetzt abwiesen, würden Sie mich sehr unglücklich machen. Seien Sie freundlich zu mir, geben Sie mir Gelegenheit, sagen Sie mir eine Möglichkeit, Sie wiederzusehn!‹

Sie heftete ihre Augen scharf auf mich mit dem fremdartigen, schwarzen Blick und sagte mit feinem Lächeln: ›Wo wohnen Sie? Ich werde Sie besuchen.‹

Zunächst war ich so betroffen, daß ich es kaum verbergen konnte. Aber auch solche Überraschungen machen mich nicht lange verlegen. Ich überreichte ihr meine Karte, und sie ließ sie schnell mit einem Geschick in ihre Tasche gleiten, das offensichtlich im Umgang mit heimlichen zugesteckten Briefen geübt war.

Nun wurde ich kühn und fragte: ›Wann werden Sie kommen?‹

Sie zögerte, wie wenn sie genau überlegen müßte. Sie mag ihre genau eingeteilte Zeit Stunde für Stunde durchgegangen sein, dann flüsterte sie: ›Sonntag vormittag, ist Ihnen das recht?‹

Und ob es mir recht war!

Sie sah mich wieder scharf an. Ihr dunkler, starrer Blick haftete auf mir. Mir war, als ob mir davon etwas auf der Haut hängengeblieben wäre, wie ein klebriger Hauch, als ob sie mich mit einer dunklen Flüssigkeit angespritzt hätte, so, wie Tintenfische das Wasser trüben, um ihre Opfer zu täuschen. Sie wog mich ab, sie wertete und prüfte mich. Dann ging sie.

Bis zum Sonntag zerbrach ich mir den Kopf. Wer war diese Frau? Wie sollte ich mich verhalten?

Konnte ich ihr Geld anbieten? Und wie?

Ich kam zu dem Entschluß, einen Schmuck zu kaufen, einen wirklich schönen Schmuck, und stellte ihn in seinem Kästchen auf dem Kamin bereit.

Und dann wartete ich. Aber ich hatte schlecht geschlafen.

Gegen zehn Uhr kam sie, ganz vornehme Dame, völlig sicher. Sie bot mir die Hand wie einem alten, guten Bekannten. Ich lud sie ein, Platz zu nehmen, und nahm ihr ihren Hut, ihren Schleier, ihren Pelz und ihren Muff. Noch ein wenig befangen begann ich, zärtlich zu werden; ich wollte die Zeit nicht unnütz verstreichen lassen.

Sie tat übrigens auch nicht spröde. Wir hatten kaum zwanzig Worte gewechselt, da fing sie an, sich zu entkleiden. Sie nahm die ziemlich schwierige Angelegenheit allein auf sich. Ich hätte sie auch nie zu Ende gebracht. Ich steche mich an den Nadeln; Bänder ziehe ich zu festen Knoten, statt Schleifen zu lösen; ich bringe alles durcheinander, verwirre alles, komme nicht weiter und verliere schließlich die Ruhe.

Oh, lieber Freund, kennst du etwas Köstlicheres als den Augenblick, in dem du dich schonend abseits hältst, um die Scham nicht zu verletzen, die sie alle an sich haben, und die Frau ihre Hüllen abwirft, für dich? Raschelnd fällt der Stoff rund um ihre Füße nieder!

Was ist schöner als die zarten Bewegungen, mit denen sie die duftigen Kleidungsstücke vom Körper löst, und sie sinken nieder, leer und schlaff, wie vom Tode berührt? Wie wunderbar ist es, hinreißend, wenn die Bluse abgestreift ist und das nackte Fleisch erscheint, die entblößten Arme und der Hals! Wie locken die Linien des Leibes, die das Auge unter der letzten Hülle ahnt!

Da, plötzlich, sah ich etwas Sonderbares. Sie wandte mir den Rücken zu, und zwischen ihren Schultern gewahrte ich einen dunklen Fleck, einen großen, erhabenen, schwarzen Fleck. Ich hatte eigentlich versprochen, ihr nicht zuzusehen. Was war das? Ich wußte nicht, was ich davon halten sollte, wenn mich auch eigentlich das Schnurrbärtchen, das jederzeit zu sehen war, die dichten Augenbrauen, die über der Nase zusammengewachsen waren, und das üppige Haar, das schwer wie ein Helm den Kopf bedeckte, auf eine ähnliche Überraschung hätten vorbereiten können.

Ich aber war wie vom Blitz getroffen. Sonderbare Vorstellungen und Erinnerungen stürmten auf mich ein. Hatte ich denn eine Fee aus Tausendundeiner Nacht vor mir, eine der gefährlichen, bösen Feen, die Menschen hinunterziehen in ungeahnte Abgründe? Ich mußte an Salomo denken. Er ließ die Königin von Saba über einen Spiegel schreiten, weil er erst sehen wollte, ob sie nicht an einem Fuß Ziegenhufe habe.

Und als ich mein Liebeslied singen sollte, da hatte ich keine Stimme, wirklich, mein Lieber, kaum eine Spur! Nimm mir's nicht übel, aber ich war tatsächlich ein ganz schlechter Sänger. Erst staunte sie, aber dann wurde sie zornig. Sie kleidete sich schnell an und warf hin: ›Da war ja alles ganz überflüssig!‹ Ich wollte ihr den Ring geben, den ich gekauft hatte. Doch sie fertigte mich ab: ›Wofür halten Sie mich eigentlich?‹ Ich wurde rot bis über die Ohren, so war ich beschämt. Sie aber ging, ohne noch ein Wort zu sagen.

Das ist die ganze Geschichte. Aber das schlimmste ist, daß ich nun diese Frau liebe, ganz rasend liebe.

Ich kann keine Frau ansehen, gleich muß ich an sie denken. Alle andern Frauen sind mir zuwider, wenn sie ihr nicht wenigstens ähnlich sind. Ich kann keine Wange küssen, ohne daß mir die ihre vor Augen erscheint und ohne daß ich fast vergehe vor Sehnsucht nach ihr.

Wenn ich mit einer Frau zusammen bin, ist sie ungesehen dabei; wenn ich zu einer zärtlich bin, nimmt sie mir das Vergnügen daran und macht mir's zuwider. Sie ist mit dabei in jeder Lage, im Kleid oder nackend; sie ist zugegen dicht neben der andern, stehend oder liegend; ich sehe sie und kann sie nicht greifen. Ich bin überzeugt, es war eine verzauberte Frau, und zwischen den Schultern trug sie das geheime Zaubersiegel.

Wer die Frau ist? Ich weiß es auch heute nicht. Ich bin ihr noch zweimal begegnet. Ich habe gegrüßt; sie hat mir nicht gedankt, wie wenn sie mich nicht kennte. Wer ist sie? Vielleicht eine Orientalin? Ja, ohne Zweifel eine Tochter des Morgenlandes. Sicher eine Schönheit vom Libanon! Ich bin überzeugt, sie ist Jüdin. Aber warum meine Sehnsucht? Ja, warum? Ich weiß es nicht!«

Quellenverzeichnis

Der Abdruck der Übersetzungen von Helmut Bartuschek: Das Brot der Sünde, Das Treibhaus, Der Fall Luneau, Die Martine, Papa Boniface und die Mordtat, Das Glück, Erinnerung und Karl Friese: Das Fenster, Miß Harriet, Mein Freund Patience, Die Auszeichnung, Ein Geständnis, Die Erbschaft, Die Unbekannte erfolgt mit freundlicher Genehmigung des Aufbau-Verlags, Berlin/Weimar.
Die Übertragungen von Leopold Adrian (Die Reue) und anderen, namentlich nicht genannten Übersetzern sind der Ausgabe: Guy de Maupassant, Romane und Novellen, München 1924 entnommen.